TOXIC

Mark T. Sullivan
TOXIC

Roman

Aus dem Amerikanischen von
Sonja Schuhmacher und
Thomas Wollermann

Weltbild

Die amerikanische Originalausgabe erschien 2003 unter dem Titel
The Serpent's Kiss im Verlag Atria Books, New York

Besuchen Sie uns im Internet:
www.weltbild.de

Genehmigte Lizenzausgabe für Verlagsgruppe Weltbild GmbH,
Steinerne Furt, 86167 Augsburg
Copyright der Originalausgabe © 2003 by Mark Sullivan
Copyright der deutschsprachigen Ausgabe © 2005 by
S. Fischer Verlag GmbH, Frankfurt am Main
Übersetzung: Sonja Schuhmacher und Thomas Wollermann
Umschlaggestaltung: Johannes Frick, Augsburg
Umschlagmotiv: Getty Images, München
Gesamtherstellung: Clausen & Bosse GmbH,
Birkstraße 10, 25917 Leck
Printed in Germany
ISBN 3-8289-8724-9

2009 2008 2007 2006
Die letzte Jahreszahl gibt die aktuelle Lizenzausgabe an.

Für Linda Chester und Joanna Pulcini, die mir ebenso
wunderbare Freundinnen wie Literaturagentinnen sind.

So ging Kain hinweg von dem Angesicht des Herrn und wohnte im Lande Nod, jenseits von Eden, gegen Osten. Und Kain erkannte sein Weib ...

Genesis, 4:16–17

Prolog

Der nackte Mann auf dem Bett lag im Sterben, und er hatte keine Ahnung, weshalb.

Mondlicht sickerte durch die dünnen Vorhänge, die sich am Fenster neben dem Bett bauschten. Er roch das Meer und versuchte stöhnend, seine Gedanken zu sammeln. Doch was ihm durch den Kopf ging, war ohne Logik und Zusammenhang: Die Krone eines frei stehenden Baumes im Dämmerlicht eines Gartens; das zielstrebige Rascheln eines unsichtbaren Tieres, das durch hohes Gras gleitet; der säuerliche Geschmack eines grünen Apfels; die schwüle Atmosphäre nach dem Sex. Fragen stürmten auf ihn ein: Wie heiße ich? Wie bin ich hierher geraten? Warum fließt in meinen Adern auf einmal Feuer statt Blut?

Auf all diese Fragen fand er keine Antwort. Schon eine ganze Stunde lang erreichten sein Bewusstsein nur noch Bruchstücke von Wahrnehmungen. Keine Vergangenheit. Keine Zukunft. Nur zusammenhanglose Momente einer entsetzlichen Gegenwart.

Beispielsweise spürte er, wie sich ein gelber Schleier über seine Augen legte, verschwand und wiederkam, als befände er sich in einem kleinen Boot auf stürmischer See, die Augen voller Salzwasser. Und als könne er nur ab und zu von einem Wellenkamm aus den Horizont erspähen. Seine Zähne klapperten. Die Finger, die Zehen und die Kopfhaut juckten und schmerzten. Sein linker Oberschenkel und seine rechte Armbeuge fühlten sich geschwollen an, hohl und straff, und das Blut pochte darin, dass er meinte, die Haut müsse aufplatzen. Unregelmäßiger Pulsschlag hallte in seinen Ohren wider.

Mit einem Mal setzte sein Atemreflex aus. Nun wur-

de jeder Atemzug zu harter Arbeit. Mühsam musste er die Brust aufblähen und Luft einsaugen. Ein marternder Druck baute sich in seinem Schädel auf, direkt hinter den Augäpfeln. Schrei, dachte er. Schrei, damit jemand kommt und dir hilft.

Aber er brachte nur ein hilfloses, rasselndes Geräusch heraus. Er spürte, wie sein Herz stockte, zögerte, dann wieder schlug, wie ein stotternder Motor, der mit schlechtem Treibstoff kämpft.

Wasser, dachte er. Ich brauche Wasser. Er versuchte, die Hände zum Mund zu führen, um irgendwie seine Zunge beiseite zu schieben, damit er etwas schlucken konnte, aber es gelang ihm nicht; seine Handgelenke schienen hinter seinem Kopf festgebunden. Auch die Beine konnte er nicht bewegen.

Einen Moment lang wurde er ohnmächtig. Dann fuhr ihm ein gewaltiger Stich durch den Brustkasten und peitschte ihn ans Ufer des Bewusstseins zurück. Atmen, atmen.

Nun konnte er kaum noch etwas sehen. Das ganze Zimmer, das Bett, die Decke, die Vorhänge und das Mondlicht verschwammen in einer schmutzig gelben Brühe.

Mit einem Mal spürte er, dass da etwas war in dieser Flüssigkeit, ein schemenhafter Umriss, der in seine Richtung schwamm. Die Schattenform schien zu leuchten, sie trug eine Kapuze und wirkte irgendwie erotisch. Ein Höhlengeruch wie nach vermoderndem Holz schien ihr zu entströmen. Dazu ein trockenes, rasselndes Geräusch.

»Hilfe«, brachte er mühsam hervor.

Der Schatten beugte sich über ihn. Eine Stimme kam wie durch eine meterdicke Wasserwand zu ihm: »Ich werde dir helfen: Markus, Kapitel sechzehn ...«

Die Stimme sprach weiter, doch der Mann achtete nicht mehr auf die unverständlichen Worte. Seine Aufmerksamkeit wurde jetzt von einem Gewicht gefesselt, das plötz-

lich auf seiner Brust lastete, kühl, glatt und sich windend, und die Stimme, die aus der Flüssigkeit zu ihm drang, war nur noch wie ein Gesang aus der Ferne.

Etwas Schartiges bohrte sich in seinen Kinnansatz. Flüssiges Feuer ergoss sich in seinen Körper. Er krampfte sich zusammen, rang nach Luft, und seinem verlöschenden Geist erschien eine letzte Vision: Gewitterblitze zuckten über einen Nachthimmel. Zikaden sangen. Eulen schrien. Bedrohlich krochen Wolken über den Horizont, er erwartete sie auf einer Felsklippe in einem Wald aus Buscheichen, Kiefern und Kudzu. Die Regentropfen wurden dicker und dunkler, dann verwandelten sie sich in Hagelkörner. Der Eisregen verdichtete sich zu einem Wirbel, der ihn ins Wanken brachte und von seinem Felsausguck riss. Taumelnd stürzte er in eine schwarze, brodelnde flüssige Tiefe.

1

Dreißig Stunden später, morgens um Viertel vor acht, zogen Wolken vom Pazifik landeinwärts, grau wie Tahitiperlen, getrieben von einem eisigen, unermüdlichen Wind, der die Wellen niederdrückte und an den Klippen nagte. Ein ungewöhnlich unfreundliches Wetter für einen Landstrich, der ansonsten vom Klima verwöhnt ist. Aber an diesem Morgen des 1. April, einem Samstag, war es kalt in La Jolla, Kalifornien. Hätte jemand Mary Aboubacar gefragt, ein Zimmermädchen, das erst kürzlich aus Kenia eingewandert war, so hätte sie sogar ohne Zögern gesagt, es sei eiskalt.

Mary bibberte, sah den aufgewühlten Ozean tief unter ihr und kehrte dem Wind den Rücken. Die hoch gewachsene Frau war Ende zwanzig und hatte eine Haut wie die Farbe von cremigem Mokka. Sie schlug den Kragen ihrer Jacke hoch und griff nach dem Eimer mit dem Putzzeug. Dann setzte sie ihren Weg durch das üppig bewachsene Areal eines Apartmentkomplexes fort, der den einfallslosen, aber treffenden Namen »Sea View Villas« trug. In der Anlage wohnten die Forscher und Laboranten, die mit Zeitverträgen in der boomenden Biotechnologie-Industrie von San Diego arbeiteten und sich hier monatsweise für 2000 Dollar einmieteten. Für Wäsche und Putzfrau waren 400 Dollar extra fällig.

Marys Chef hatte sie um sechs Uhr morgens angerufen und sie gebeten einzuspringen, weil sich die Samstagsputzfrau krankgemeldet hatte. Für Mary war es schon die zweite Extraschicht, und sie hatte noch sieben Objekte vor sich.

Sie stemmte sich gegen den Wind. Der betonierte Weg

bog zu Gebäude Nummer fünf ab, einem dreistöckigen Bau, der sie an eine Botschaft in Nairobi erinnerte. Weiß verputzte Wände, verzierte Holztüren und ein Dach in der Farbe des roten Lehms, wie es ihn in dem Hochland gab, wo sie aufgewachsen war.

Mary setzte den Eimer an der Treppe ab und machte einem Mann Platz, der die letzten Treppenstufen herunterhastete. Die Einwohner von Sea View sahen alle irgendwie gleich aus: Jung, reich und immer in Eile, und sie wohnten hier nur so kurz, dass Mary ihre anfängliche Gewohnheit aufgegeben hatte, sie zu grüßen. Dennoch registrierte sie, dass es ein Weißer war und sie ihn noch nie zuvor gesehen hatte. Und er kam ihr aufgeregt vor. Mit einem burgunderroten Lederkoffer verschwand er Richtung Parkplatz.

Mary rieb sich den Rücken, nahm ihren Eimer wieder auf und ging in den zweiten Stock hinauf zu ihrem ersten Objekt. Sie klingelte, wartete eine Weile, klingelte noch einmal. Als ihr niemand antwortete, drückte sie die Klinke herunter und öffnete die Tür einen Spaltbreit. »Der Reinigungsservice«, rief sie mit ihrer singenden Stimme. »Niemand zu Hause?«

Mary stieß die Tür ganz auf. Mit zögernden Schritten trat sie ein, knipste das Licht an und erfasste den großen Wohnraum mit einem Blick. Das war eine Luxuswohnung mit freier Aussicht und Möbeln in Sonderausstattung. Gläserne Schwebetüren führten auf einen Balkon mit Meerblick. Die Vorhänge mit dem Fischgrätenmuster waren zugezogen. Cremeweißer Teppich. Couchtisch mit Glasplatte, Ledersofa und Zweiercouch vor Fernseher und Stereoanlage. Die Küchenzeile hinter einem Tresen komplett in Edelstahl.

Die Wohnung sah aus, als sei sie gerade sauber gemacht worden. Nirgends eine Zeitung. Kein Geschirr im Abwaschbecken. Der Teppich frisch gesaugt. Es roch nach Putzmittel.

Mary zog einen Zettel aus der Tasche und verglich ihre hingekritzelten Notizen mit der Nummer an der Außentür – *Haus fünf, Wohnung neun*. Sie zuckte die Schultern und freute sich über ihr Glück. Dieses Objekt konnte sie als erledigt eintragen, ohne einen Finger krumm gemacht zu haben.

Sie war schon drauf und dran, zu ihrem kleinen Pausenversteck draußen an der Klippe zu gehen, um dort in Ruhe eine Zigarette zu rauchen, als sie zur Sicherheit doch noch einen Blick auf den Rest der Wohnung werfen wollte. Sie ging durch den Flur, wo eine gerahmte Fotografie der Coronado vorgelagerten Inseln bei Sonnenuntergang hing. Als sie auf dem Teppich vor der verschlossenen Tür des Schlafzimmers rotes Kerzenwachs sah, runzelte sie die Stirn. Ein übler Geruch stieg ihr in die Nase, und sie hielt einen Moment inne. Offenbar war der jetzige Mieter – sie kannte nicht einmal seinen Namen – auf der Toilette gewesen, als sie an der Tür geklingelt und gerufen hatte.

Sie klopfte. »Hallo?« Da sie nichts hörte, drückte sie die Klinke herunter und öffnete die Tür. Ein heftiger Windstoß schlug ihr durchs offene Fenster entgegen. Mary warf einen Blick in das Schlafzimmer und sprang entsetzt zurück.

»Ebola!«, schrie sie und rannte über den Flur zur Haustür. »Ebola!«

2

Etwa fünfundzwanzig Kilometer entfernt, auf einem Baseballplatz in North Park, in einem bedeutend schmuckloseren Teil von San Diego, erlebte Jimmy Moynihan zu dieser Stunde sein erstes Golgatha.

Das erste Inning war gerade vorbei, und Jimmy lag drei zu null hinter dem besten Hitter der League zurück, einem Brocken namens Rafael Quintana, gerade einmal zwölf Jahre alt, dessen Schultern vermuten ließen, dass ihn sein alter Herr mit testosteronfördernder Kraftnahrung voll stopfte.

»Los, Jimbo, zeig's ihm«, rief ich ihm vom Zaun am rechten Spielfeldrand zu. »Ich will ›Strike‹ hören.«

Jimmy sah durch seine Brille an mir vorbei. In Gedanken ganz woanders, spielte er hinter seinem Rücken mit dem Ball. Er war unsicher. Schlecht für einen Pitcher. Ganz ähnlich wie ich im Alter von zehn war er ein langer, schmaler Kerl mit Sommersprossen, dichtem schwarzem Haar und einer mächtigen Zahnspange im Mund. Und genau wie ich war er mit einem überraschend starken Arm und flüssigen Bewegungen gesegnet. Aber ich habe in vielen Jahren gelernt, dass es Tage gibt, an denen man in Form ist, und solche, an denen einem nichts gelingt, und an diesem feuchtkalten Morgen sah es so aus, als würde mein einziger Sprössling rein gar nichts zustande bringen.

Er holte zum Wurf aus. Ich schickte ein stummes Gebet zum Gott der Little League. Jimmy servierte den Ball wie auf dem Silberteller, eine Idealvorlage, hüfthoch. Rafael pulverisierte ihn. Das ergab drei Runs. Und ich fühlte mich wie der Typ, dem Paul Newman in *Butch Cassidy und Sundance Kid* in die Eier tritt.

Ich war auf einen Tränenausbruch von Jimmy gefasst, wie er normal ist bei einem Kind, das was auf den Deckel bekommt. Aber in seinen Augen blitzte nur Zorn auf, und er trat gegen das Mal.

»Was sagst du dazu?«, fragte Don Stetson, mein Assistenztrainer, ein zäher Kerl, der mich vergötterte, weil ich vor Urzeiten, vor vielen, vielen Monden, einmal in den Major Leagues Pitcher gewesen war. Allerdings nur neunzehn Spiele lang.

»Dass wir Rafaels Geburtsurkunde überprüfen sollten, vielleicht ist er alt genug, mit uns nach dem Spiel ein paar Coronas zu kippen. Ein, zwei Bluttests wären vielleicht auch angesagt.«

»Unsinn, Shay«, meinte Don. »Die machen uns gerade platt.«

»Das sehe ich auch. Mist, wie ich das hasse«, erwiderte ich, trat aufs Spielfeld und rief: »*Time!*«

Ich lief über das Feld zu Jimmy, der immer noch mit dem Fuß das Mal bearbeitete. Er würdigte mich keines Blickes.

»Das ist in die Hose gegangen«, sagte ich und nickte zum Zaun am linken Spielfeldrand.

»Mir geht's prima, alles bestens«, antwortete Jimmy. »Lass mich weitermachen.«

»Früher oder später kriegt jeder mal eins aufs Dach.«

»Du nicht.«

»Es gibt noch vieles, was du über deinen Alten lernen musst.«

»Das sagt Mom auch immer.«

»Kluge Frau, deine Mom.«

»Sie meint das nicht nett.«

»Sieh mal an«, antwortete ich. »Jetzt schick Lawton rein und übernimm seinen Posten im Rightfield. Und mach mir Ehre da draußen. Aufgegeben wird nicht, klar?«

Er blickte zu mir auf und antwortete sarkastisch: »Aufgegeben wird nicht. Schön, Dad, ich werd's mir merken.«

Er drückte mir den Ball in die Hand, drehte sich um und rannte nach links. Ich sah ihm nach, schüttelte den Kopf und ging zur Trainerbank zurück. Jungs haben es wirklich nicht leicht: Gerade mal zehn Jahre sind sie auf dieser Erde, da müssen sie schon lernen, dass das Leben eine harte Sache ist.

Von den Stehplätzen aus sah uns meine Exfrau Fay zu. Selbst in ausgefransten Shorts und einem alten Sweatshirt sah sie noch umwerfend aus. Rotblondes, sonnendurchflutetes Haar fiel ihr wild über die Schultern, umrahmte sommersprossige Wangen, eine Adlernase und Lippen, die sich halb spöttisch, halb bestürzt kräuselten, als ob sie alleine die grausame Ironie des Lebens zu würdigen wüsste. Aber es waren ihre Opalaugen, die mich packten – die mich schon immer gepackt hatten –, diese rauchigen Augen, mit denen sie mich mühelos durchschauen konnte. Was ungefähr die Hälfte unseres Problems ausmachte.

Sie schaute mich an, und ich zuckte mit den Schultern. Sie lächelte mir nicht zu, sondern hob nur die Augenbrauen und wandte sich ihrem neuesten Kerl zu. Der hieß Walter Patterson, stand auf Gartenarbeit und selbst gebackenes Brot, trommelte, ging zu Lyriklesungen und war für lange Strandspaziergänge zu haben – die übrige Zeit rackerte er sich als Chefarzt in der Notaufnahme des Universitätsklinikums von San Diego ab, dem größten Krankenhaus im County.

Walter hatte regelmäßige Arbeitszeiten, versäumte nie eine Verabredung, brach nie ein Versprechen, lief nicht anderen Frauen hinterher, spielte nie verrückt und überließ es Fay, die Grenzen ihrer Beziehung zu bestimmen. Das ist wahrscheinlich sein größtes Plus, dachte ich und wandte mich wieder dem Spiel zu.

Jimmy war als Nächster am Schlag. Da meldete sich der Piepser an meinem Gürtel.

»Mist«, sagte ich, als ich die Nummer sah. Ich zog mein

Handy heraus und ging hinter die Trainerbank. »Das ist hoffentlich nichts Unangenehmes. Mein Kleiner ist gleich dran.«

»Tut mir Leid, Sergeant«, meldete sich die glockenhelle Stimme von Lieutenant Anna Cleary, der Diensthabenden. »Wir haben eine Leiche. Der Sheriff hat Mondanzüge für die Besichtigung geordert.«

»Mondanzüge?«

»Die Streife sagt, es könnte eine bakteriologische Verseuchung vorliegen. Rogers will nichts riskieren. Der Arzt auch nicht.«

»Klingt prickelnd.«

»Hab ich mir gedacht, dass es was für Sie ist.«

»Sie sind immer so nett zu den Mühseligen und Beladenen, Anna«, sagte ich.

»Nur zu Ihnen, Shay«, erwiderte sie.

»Wo?«

»Sea View Villas, La Jolla.«

»Tod unter den Schönen, Superreichen und Dompteuren der DNA«, meinte ich, schaltete das Handy aus und kam wieder hinter der Trainerbank hervor, um Jimmy an der Homeplate zu sehen. Als er sich fertig machte, sah er mich mit diesem »Bitte geh nicht weg«-Blick an, mit dem ich in den letzten vier Jahren zu leben gelernt hatte. Ich fummelte meine Dienstmarke heraus. Bei ihrem Anblick stieg wieder die Wut in ihm hoch, und er wandte sich ab. Das Gewicht der ganzen Welt lag in seinem Schlag, und in meinem Bauch breitete sich das bekannte hohle Gefühl aus, das mich immer packt, wenn ich ihn allein lassen muss.

3

Zwanzig Minuten später war ich bei den Sea View Villas und parkte meine metallic-grüne Corvette. Dieses Auto in einem tadellosem Zustand zu erhalten, war mehr oder weniger das Einzige in meinem Leben, was ich mühelos schaffte. Im Dienst fahre ich den guten alten Sportwagen aber so gut wie nie. Für meine Ausflüge auf die dunkle Seite von San Diego stellt mir die Polizei einen zivilen Plymouth zur Verfügung. Aber Jimmy liebt das Gefährt, und an diesem Morgen war ich an der Reihe, ihn zum Spiel zu bringen. Und eine Fahrt in einer alten Corvette ist nun wirklich das Mindeste, was ich für ihn tun kann.

Diesiger Nebel hing über dem Parkplatz, als ich ausstieg, und man roch das Meer. Ich ging zu dem uniformierten Polizisten, der an der Hecktür eines weißen Vans vom Sondereinsatzkommando für Gefahrstoffe stand. Das Blaulicht verfing sich mit einem merkwürdigen Stroboskopeffekt im Nebel, und ich stutzte, weil vor mir plötzlich das Bild eines viel jüngeren, einundzwanzigjährigen Seamus Michael Moynihan auftauchte, der auf klickenden Stollen durch einen dunklen Tunnel lief, in dem der Geruch von Schweiß, Ruhm und rasch verflogenen Träumen hing.

Solche Flashbacks aus meinem früheren Leben hatte ich schon seit Monaten mit wachsender und frustrierender Regelmäßigkeit: Kaum erblickte ich die Maschinerie der Mordkommission in Aktion, da sah ich mich selbst, wie ich vor vielen Jahren durch diesen Tunnel dem strahlenden Sonnenlicht und einer jubelnden Menge entgegenlief.

Ich bleibe geblendet stehen und schaue auf meinen Handschuh. Mir ist zumute, als ob ich gleich kotzen müsste.

Die Rufe im Stadion schwellen ohrenbetäubend an, wie Sirenen, die mich ins Licht und in die sagenumwobenen Gefilde von Fenway Park locken.

Beim Warm-up schaue ich bewusst nie in die Zuschauerränge. Ich konzentriere mich auf meinen Catcher, auf seinen Handschuh, auf das schimmernde Gras und den feuchten roten Sand zwischen uns. Nur ab und zu erlaube ich mir zwischen zwei Würfen einen kurzen Blick auf die Wand, die links von mir in schwindelerregende Höhe wächst. Dann endet die Nationalhymne, und ich nehme meine Position ein, ohne zu ahnen, dass es mein letztes Spiel in der Major League sein wird.

Nach dem Warm-up erlaube ich mir schließlich einen Blick zur Tribüne. Zuerst erscheint mir die Menge nur als ein Gewimmel tausender lärmender Farbflecke, ein lebendig gewordenes impressionistisches Gemälde.

Dann treten einzelne Gesichter hervor, allesamt weiblich. Die Rothaarige an der Ecke vom Schutzzaun winkt mir zu. Ich könnte schwören, dass ich sie kenne. Die Brünette drei Reihen hinter der Trainerbank der Yankees hebt ihr Bier, bei ihr bin ich mir nicht sicher. Die Blonde hinter der Third Base klimpert mit ihrem Hotelzimmerschlüssel, und ich wende mich erschrocken ab: *Die kenne ich wirklich.*

»Play ball!«, ruft der Schiedsrichter. Gerade werfe ich einen letzten Blick in die Menge, vorbei an der Blonden in die Tribüne, die an das Green Monster, die hohe Schutzwand von Fenway Park, grenzt. Dort steht ein Mann. Er ist hager, trägt ein blaues Polohemd und hat dichtes rotes Haar. Eine Sekunde lang bin ich völlig verwirrt. Er sieht aus wie mein Vater. Und mir ist, als liefe meine gesamte Vergangenheit und Zukunft in diesem einen Augenblick zusammen. *In diesem einen Augenblick.*

Ich blinzle, schüttle den Kopf, und weg ist er. Ein Geist. Ein Gespenst, das mich bis auf den heutigen Tag verfolgt.

Alles mag sich ändern, das jedoch nie. Die Fixpunkte meines Lebens: Baseball, Frauen, der Tod.

Der Nebel ging in eiskalten Regen über, der mich aus meinen Erinnerungen riss. Auf den letzten Metern zu dem Sonderfahrzeug beschleunigte ich meinen Schritt. Gleich darauf half man mir in einen Anzug, mit dem ich auch in Tschernobyl eine gute Figur gemacht hätte. Kein Mensch wusste, ob wir es wirklich mit Ebola zu tun hatten, aber wir wollten es natürlich nicht darauf ankommen lassen.

Als ich den Hosenbund festzurrte, traten die hinter dem Van versammelten Polizisten zur Seite, um einem gebräunten Mann in der blauen Windjacke der Mordkommission Platz zu machen. Detective Rikko Varjjan war Anfang vierzig, groß und wog seine neunzig Kilo. Er hatte eine schon leicht ergraute Stoppelfrisur, im linken Ohr trug er einen Diamantstecker.

»Wie läuft's?«, fragte ich.

»Missy unterhält sich gerade mit dem Hausverwalter«, nuschelte Rikko mit dem starken Akzent eines Israeli. »Jorge befragt die Putzfrau. Ich? Ich bete, dass es ein Selbstmord ist, was sonst?«

»Sie hoffen wohl immer, dass es Selbstmord ist, Detective Varjjan, was?«, lachte Dr. Marshall Solomon, der medizinische Gutachter des San Diego County, der neben mir gerade in seinen Kampfanzug verpackt wurde.

Rikko verzog das Gesicht. »Erklären Sie es zum Selbstmord, dann kann ich nach Hause gehen und bei der Ballettvorführung meiner Kleinen zusehen. Ich verpasse das nicht gerne, nur weil irgendein Schwachkopf sich vom Leben in den Tod befördert hat.«

Ich musste grinsen. Typisch Rikko. Sein Vater war ein ungarischer Jude, ein Überlebender von Treblinka, der nach Israel emigriert war, wo er eine Amerikanerin aus San

Diego kennen lernte. Wie alle jungen Israelis hatte Rikko in der Armee seines Landes gedient. Während der Intifada in den späten achtziger Jahren war er Patrouillenführer in Jerusalem gewesen. Danach war er in den Jerusalemer Polizeidienst gewechselt und einer der Besten in der Mordkommission der Heiligen Stadt geworden.

Vor sieben Jahren arbeitete er an einem Fall, der ihn nach San Diego führte. Dort lernte er mich kennen, und über mich meine Schwester. Die beiden verliebten sich ineinander. Er hatte genug vom Leben in Israel und bewarb sich bei der Polizei von San Diego. Da er eine doppelte Staatsbürgerschaft besaß und beeindruckende Leistungen vorweisen konnte, wurde er bald eingestellt. Seine Einschüchterungstaktik gegenüber Verdächtigen ist nicht bei allen Vorgesetzten gut angesehen. Aber er arbeitet sehr erfolgreich. Außerdem ist er ein lustiger Kerl und mein bester Freund.

Normalerweise ist Rikko durch nichts aus der Ruhe zu bringen. Aber an diesem Morgen wirkte er verunsichert.

»Doc, hatten Sie es schon mal mit Ebola zu tun?«

Solomon, ein hagerer Typ mit silbrigem Spitzbart, schüttelte den Kopf. »Vor ein paar Jahren hatten wir mal einen Fall von Hantavirus, ein entfernter Verwandter des Ebolavirus, draußen im East County. Die Autopsie war ein Albtraum. Die Gesundheitsbehörde ließ dafür einen komplett versiegelten Container einrichten.«

Ich schüttelte mich und bat den Helfer vom Seuchenteam, mehr Klebeband um meine Handgelenke zu machen, als eine kleine, kräftig gebaute Asiatin durch den Regen auf uns zukam, in der einen Hand einen Starbucks-Becher, in der anderen ein schmales weißes Notizheft.

»Ich habe eine vorläufige Identifizierung des Opfers, Sarge«, erklärte sie.

»Lassen Sie hören.«

»Morgan Cook, Jr.«, begann sie. »Biotechnologe bei Double Helix. Seit etwa drei Monaten hier. Verheiratet.

Kinder. Hat ein Haus im Norden von L.A. Fährt an den Wochenenden normalerweise nach Hause. Der Hausverwalter hat keine Klagen über ihn. Verhielt sich unauffällig.«

»Ist sich die Putzfrau sicher mit dem Ebola?«, wollte Rikko wissen.

Solomon verzog spöttisch das Gesicht. »Klar doch«, warf er hin. »Sie hat einen Doktortitel in Raumpflege, kann also mit Leichtigkeit eine der seltensten und gefährlichsten Viruserkrankungen der Welt diagnostizieren.«

»Nicht so voreilig, Doc«, widersprach Missy und wedelte mit dem Notizblock. »Sie sagt, sie hat als Schwesternhelferin in einem Krankenhaus in Nairobi gearbeitet und dort Ebola-Leichen gesehen.«

Selbst der unförmige Polizeiregenmantel konnte die athletische Figur von Missy Pan nicht kaschieren. Auf dem College war sie Mittelfeldspielerin in der zweiten Hockey-Nationalmannschaft gewesen. Sie hat die kräftigsten Beine und die breitesten Schultern, die ich je an einer Frau gesehen habe. Ihre Versuche, ihre Gestalt ein wenig weicher erscheinen zu lassen, sind zum Scheitern verurteilt – von ihrer Statur geht einfach der Eindruck geballter Kraft aus. In ihr steckt ein Drache, habe ich oft gedacht, der über wilde Entschlossenheit, ein ansteckendes Lachen und die Fähigkeit verfügt, vierundzwanzig Stunden durchzuarbeiten, ohne auch nur einmal zu gähnen. Wirklich kein einziges Mal.

»Wir werden das schon noch herausfinden, danke schön, Detective«, grummelte Solomon in ihre Richtung.

»Hat jemand eine Ahnung, woran Cook in dieser Biotechnologie-Firma gearbeitet hat? Vielleicht an irgendeinem Virus, über das wir besser Bescheid wissen sollten?«

»Ich kümmere mich drum«, versprach Missy und ging zu ihrem Wagen.

Rikko sah ihr durch den Regen nach und ließ seinen Blick dann zu dem gelben Absperrband am Treppenaufgang zu Gebäude Nummer 5 schweifen. »Glaubst du, man kann sich irgendwie mit Ebola das Leben nehmen?«

»Schätze, das kommt alle Tage vor«, erwiderte ich. »In Mombasa.«

4

»Ein kleiner Schritt für Moynihan«, sagte ich und stieß die Wohnungstür auf, die nach Mary Aboubacars Flucht immer noch einen Spalt offen stand.

»Ein großer Sprung für Amerikas beste Polizeitruppe«, gluckste Dr. Solomon mit schaurig rauschender Stimme durch die Funkübertragung. Wir waren beide mit Kameras ausgerüstet, ich mit einer Polaroid, er mit einer Nikon.

Bei der Besichtigung eines Leichenfundorts hätten Solomon und ich normalerweise gleich ein Team vom Erkennungsdienst mitgenommen. In diesem nun wirklich ungewöhnlichen Fall wollten wir die erste Inaugenscheinnahme aber allein durchführen, um abschätzen zu können, ob weitere Vorsichtsmaßnahmen getroffen werden mussten. Schließlich konnte Cook ja tatsächlich an Ebola gestorben sein. An der Tür zum Schlafzimmer blieb ich stehen. Durch das offene Fenster wurde der Regen durch das ganze Zimmer geweht. Der Teppich war bereits voll gesogen, der Spiegel an der gegenüberliegenden Wand mit Tröpfchen besprüht. Der Tote lag auf dem Bett.

»Allmächtiger«, entfuhr es mir.

In meiner Zeit bei der Polizei hatte ich schon so einiges zu Gesicht bekommen: Stark verweste Tote, Wasserleichen, die fürchterlichsten Schussverletzungen und Mordopfer, die regelrecht hingemetzelt worden waren. Aber so etwas hatte ich noch nicht gesehen. Mir wurde schwindlig, und mir wurde flau im Magen, wie damals mit zehn Jahren bei meiner ersten Achterbahnfahrt.

»Allmächtiger kann man hier wohl sagen«, sagte Solomon. »Fotografieren wir ihn erst einmal *in situ*, bevor wir reingehen.«

Ich nickte, schluckte und wappnete mich mit der Gefühllosigkeit, die mein Beruf verlangt. Dann knipste ich das schwache Deckenlicht über dem Bett an und fummelte mit der Polaroid herum. Ich nudelte zehn Bilder durch, Solomon schoss unterdessen mit seiner Nikon.

»Schreckliches Licht, wie üblich, aber das sollte reichen«, sagte ich und wies zum Fenster. »Ich mach das mal zu.«

»Pass bloß auf, dass du dir nicht irgendwo den Anzug aufschlitzt«, warnte mich Solomon. »Nach neuesten Untersuchungen wird Ebola nicht auf dem Luftweg übertragen. Aber wir gehen lieber kein Risiko ein.«

»Keine Angst, Doc, ich mach hier keine Turnübungen.«

Die Plastikhüllen, die ich über meinen Sneakern trug, knisterten auf dem cremefarbenen Teppich. Ich passierte einen Kleiderschrank aus Kiefernholz sowie einen blauen Koffer mit dazu passender Laptoptasche, bevor ich vorsichtig durch die Wasserpfütze auf das doppelflüglige Fenster zutrat, um es zu schließen. Ich wandte mich um und blickte auf eine nasse, niedrige Kiefernkommode unter einem wasserblinden, tropfenden Spiegel. Darauf lagen eine Toilettentasche für Herren und deren teilweise verstreuter und regennasser Inhalt: Rasierschaum, Haarwasser, Deo, Männerparfüm Southern Nights und eine angebrochene Schachtel Kondome.

Die Nachttischchen zu beiden Seiten des schmiedeeisernen Betts passten zum Kleiderschrank und zur Kommode. Darauf standen Nachttischlämpchen, die dem rustikalen Charakter der gesamten Möblierung entsprachen. Das Zimmer hätte wunderbare Weichzeichneraufnahmen für einen Landhausmöbelkatalog hergegeben.

Wäre da nicht die Leiche gewesen.

Der Tote lag nackt auf dem Rücken, Arme und Beine weit gespreizt. Die malvenfarbene Tagesdecke, das weiße Betttuch und die Bettdecke hatte er ans Fußende gestrampelt.

Er hatte zottiges, sonnengebleichtes Haar wie ein Surfer. Der Kopf war in den Nacken geworfen und der Oberkörper nach links geneigt, als habe er sich in den letzten Momenten seines Todeskampfes herumgeworfen. Sein Körper war mit schwarzen Flecken übersät und an manchen Stellen extrem geschwollen. Besonders entlang der rechten Hüfte und am linken Arm spannte sich die Haut wie über einer Trommel. An diesen Stellen zeigten sich rote Hautblasen, die wie Glasrubine aussahen, die meisten von der Größe eines Zehncentstücks, manche auch so groß wie eine Dollarmünze. Mindestens ein Dutzend davon waren aufgeplatzt. Blut und Körperflüssigkeit waren aus den Wundstellen ausgetreten und an Armen und Beinen zu einem blassroten Marmormuster eingetrocknet. Geronnenes Blut verkrustete die schlaffen Mundwinkel. Es sah aus, als hätte sich ein verwirrter Greis mit Lippenstift beschmiert. Zwischen den Beinen war ein bräunliches Rinnsal zu sehen, das sich über das weiße Bettzeug schlängelte.

Auf dem Nachttisch zur Rechten lagen eine Brieftasche und ein umgefallenes Bilderrähmchen. Ich legte die Kamera auf den Boden, drehte den Rahmen um und sah einen gut aussehenden Mann, Mitte dreißig, mit Surferfrisur und kräftigem, muskulösem Körperbau. Er saß auf einem Felsen, flankiert von einer hübschen, rundlichen Frau und zwei kleinen Kindern, einem Jungen und einem Mädchen. Alle vier trugen khakifarbene Shorts und blaue Polohemden. Ein vom Fotografen arrangiertes Familienporträt.

Ich stellte es wieder hin und griff nach der Brieftasche. Die Handschuhe des Schutzanzugs waren ziemlich klobig, weshalb sich der gesamte Inhalt über den Boden verstreute: Kreditkarten, Visitenkarten, Mitgliedskarte der Ehemaligenorganisation einer texanischen Universität, ein kalifornischer Führerschein – alles auf denselben Namen ausgestellt.

»Morgan Cook junior, was haben sie bloß mit dir gemacht?«, murmelte ich in das Mikrophon.

Solomon, der auf der anderen Seite der Leiche stand, blickte auf. »Gute Frage«, rauschte es in meinem Kopfhörer.

»Nun, war unsere Ms Afrika mit ihrer Diagnose auf dem Holzweg?«

»Blutaustritt aus den Körperöffnungen, das passt zu Ebola. Entfärbung und Zerstörung des Gefäßsystems ebenfalls. Außerdem zeigen Opfer von Ebola und verwandten Viren häufig Bullae – das sind diese Blasen und Pickel hier auf der Haut. Der Tod ist schon vor einer ganzen Weile eingetreten, wahrscheinlich vor mehr als einem Tag, teilweise sind das schon Verwesungsmale. Was aber nicht zu Ebola passt, sind das rechte Bein, der linke Arm, der Kopf und der Hals.«

»Aha?«, sagte ich.

»Wenn das Ebola ist, woher kommen dann die großen Ödeme gerade an diesen Stellen?«, dachte Solomon laut nach. »Warum ist nicht der ganze Körper gleichmäßig entstellt? Und schau dir mal das linke Handgelenk und das rechte Fußgelenk an.«

Ich musste meine Position ändern, um zu sehen, was er meinte. Da fiel es mir auch auf: Beide Gelenke waren eingeschnürt wie eine Sanduhr, und an diesen Stellen war die Haut besonders dunkel und glänzte stark. »Wo zum Teufel kommt das her?«, fragte ich.

Solomon wies zum rechten Handgelenk und zum linken Fußgelenk, die weniger schwärzlich angeschwollen waren und auch nicht so glänzten. »Das war das Gleiche, was die drei durchgehenden Furchen um die beiden anderen Gelenke verursacht hat.«

»Seile.«

»Als Fesseln«, sagte Solomon.

Der Leichenbeschauer beugte sich vor, um durch seinen Sehschlitz die Blutblasen und offenen Wunden am Hals der Leiche begutachten zu können. Schließlich streifte er seinen Kopfschutz ab. »Mit diesem blöden Ding kann man ja nichts sehen.«

Ich sah ihn an, als wäre er durchgedreht. »Doc, du riskierst ...«

»Das ist kein Ebola, Shay«, meinte er finster. »Dieser Mann ist an Gift gestorben.«

»Gift?«

»Schlangenbisse.«

»Das kommt von Schlangenbissen?«

Solomon nickte. »Manche Schlangengifte zerstören das Gewebe und das Gefäßsystem, ganz ähnlich wie Ebola. Und sie rufen auch derartige Blutblasen und Schwellungen hervor. Aber ich habe noch nie einen gesehen, den es so schlimm erwischt hat. Wie es aussieht, ist Cook mehrmals gebissen worden. Wir werden seinen Körper mit der Lupe absuchen müssen, um die Bissstellen zu finden.«

Ich ließ den Blick von den Abschürfungen der Fesseln zu den trommelartig geschwollenen Stellen von Cooks Körper schweifen und bekam wieder das Achterbahngefühl. »Was ist das für ein Irrer, der jemanden auszieht, fesselt, und dann eine Schlange auf ihn loslässt?«

»Du bist die Leuchte der Mordkommission von San Diego, mein Freund. Das herauszufinden ist dein Job.«

5

Die Polizei von San Diego arbeitet bei der Untersuchung von Todesfällen etwas anders als die Gesetzeshüter in den meisten anderen amerikanischen Städten. Wie aus Film und Fernsehen einschlägig bekannt, versuchen in Los Angeles, Chicago oder New York immer zwei Detectives gemeinsam, die Fragen zu lösen, die sich beim Auffinden von Personen mit einer Körpertemperatur unter 37 Grad ergeben. Nicht so hier an der schönen Pazifikküste nahe der mexikanischen Grenze. Bei uns besteht ein Team immer aus vier Detectives und einem Sergeant.

Und das funktioniert prima. Die Mordkommission von San Diego kann sich der höchsten Aufklärungsquote in ganz Amerika rühmen. Die allerhöchste Aufklärungsquote überhaupt aber hat seit drei Jahren in Folge mein Team – Rikko Varjjan, Missy Pan, Jorge Zapata und Freddie Burnette. Wie das kommt? Weil wir ein erfolgreiches Experiment sind.

Die Idee, aus modernen kommunikationstheoretischen Überlegungen für die Polizeiarbeit geboren, bestand darin, ein Team zusammenzustellen, das den kulturellen Schmelztiegel von San Diego widerspiegelt. Dieses Konzept war anfangs sehr umstritten und stößt auch nach wie vor bei manchen auf Skepsis. Unbestreitbar aber ist die Tatsache, dass sich die Mitglieder meines Teams zwanglos unter die verschiedensten Bevölkerungsgruppen der Stadt mischen können, die bei uns den Anteil der erfolgreich gelösten Fälle sechsunddreißig Monate lang auf Rekordniveau gehalten hat.

Vier Wochen vor der Entdeckung von Cooks Leiche hatte allerdings Freddie Burnette, eine meiner besten Detectives, bei einer Verfolgungsjagd eine schwere Knieverletzung erlitten. Die Arbeit mit einem unterbesetzten Team war nicht leicht. Ich musste mich neben den offenen Fällen noch um den Verwaltungskram kümmern. Unsere Aufklärungsquote sank, und ich spürte den Druck von oben, besonders von Lieutenant Aaron Fraiser, meinem Vorgesetzten.

Und tatsächlich, kaum fünf Minuten, nachdem Solomon und ich das Apartment verlassen hatten, eilte Lieutenant Fraiser den Weg herauf. Er ist ein rosiger Typ mit Hängeschultern, kahl rasiertem Schädel und großen Ohren, ein ehemaliger Marine. Für mich hatte er nie viel übrig gehabt, unter anderem deshalb, weil er mich (ganz zu Recht übrigens) für den Spitznamen verantwortlich machte, den er bei der Polizei weghatte: Arsch mit Ohren. Er sah gereizt aus, ein Eindruck, der sich noch verstärkte, als er mich, Rikko und Missy erblickte.

»Wunderbar, unsere Multi-Kulti-Truppe ist an dem Fall dran«, grummelte er. »Was liegt an?«

Ich setzte ihn rasch ins Bild. Er hörte zu, verzog dabei das Gesicht zu einer Grimasse. »Wer hat hier die Leitung?«

Die Leitung bei der Untersuchung eines Todesfalls rotiert normalerweise. Die Arbeit besteht im Wesentlichen darin, sämtliche zu einem Mordfall gehörenden Spuren zusammenzutragen. Der Leiter führt außerdem die Fallakte – in ihr wird der Ablauf des Mordes beschrieben, so gut er sich aus den Spuren rekonstruieren lässt. Darauf stützt sich der Staatsanwalt bei seiner Anklageerhebung. Normalerweise wird der Team-Sergeant nicht Leiter des Falls, aber bei unserer knappen Personaldecke kam es für mich nicht infrage, die Aufgabe jemand anderem aufzuhalsen.

»Zu Ihren Diensten.«

Fraiser klappte die Ohren an. »Gott stehe uns bei.«

»Ihr Vertrauen in mich ist wieder einmal überwältigend.«

Der Arsch kniff die Augen zusammen und schritt von

dannen, um zu überprüfen, ob man die Sea View Villas ordentlich abgesperrt hatte. Welch glückliche Fügung, dass sich just in diesem Augenblick die Wolkenschleusen öffneten und ein heftiger Schauer über dem Gelände niederging. Er dauerte gerade mal fünf Sekunden, doch Fraiser war bis auf die Knochen durchnässt.

So schön kann das Leben sein.

Die folgenden sechseinhalb Stunden verbrachten die Kriminaltechniker mit der Spurensicherung. Als Leitender konzentrierte ich mich darauf, alles, was wir fanden, fein säuberlich aufzulisten. Das war zunächst nicht viel. Die Möbel, die Tischflächen und die Gläser in der Küche waren sorgfältig abgewischt worden. Desgleichen die Türgriffe, innen wie außen. In die Abflüsse des Waschbeckens im Badezimmer und in die Badewanne hatte man Rohrreiniger geschüttet und dann ordentlich nachgespült.

Die einzigen brauchbaren Fingerabdrücke fanden sich auf der Nachttischlampe, auf dem Gestänge an der Kopfseite des Bettes und auf der Parfümflasche neben dem Toilettenbeutel. Mehr Glück hatten wir bei der Suche nach Fasern und Haaren auf den Teppichen, Polstermöbeln und Fußböden. Eigentlich zu viel Glück: Obwohl die Sea View Villas versprachen, vor jedem Mieterwechsel eine Dampfreinigung durchzuführen, fanden wir auf dem Teppich im Schlafzimmer, im Badezimmer und tief in den Fasern des Flurteppichs sowie im Wohn- und Essbereich Haare von dreizehn verschiedenen Personen. In einer an die Küche angrenzenden Kammer entdeckten wir einen Staubsauger, dessen Inhalt zur Laboruntersuchung ging. In Cooks Toilettenbeutel fiel uns noch ein Röhrchen Wellbutrin auf, ein Mittel gegen leichte Angstzustände.

Schließlich machte Rikko unter den Kleidern im Koffer eine interessante Entdeckung: Die aktuelle Nummer von *Ménage*, einem Pornomagazin, das sich auf Sex mit zwei

Partnern spezialisiert hat. Es enthielt einschlägige Fotos in beiderlei Varianten: Zwei Männer, die einer Frau zu Willen sind, und zwei Frauen mit einem Mann. Hinter der Fernseh- und Musikanlage war eine DVD versteckt, deren Inhalt in dieselbe Richtung ging.

»Unser Mr Cook hatte ein Sexualleben«, meinte Rikko und hielt mir die Scheibe hin.

»Wer hätte das gedacht«, antwortete ich.

An den Pfosten der schmiedeeisernen Bettstatt fand die Spurensicherung grüne Nylonfasern, wie man sie zu Fallschirmschnüren verdrillt. Das Gestänge des oberen Bettteils war mit Fingerabdrücken übersät, als wäre es von allen Seiten angefasst worden. Die Laken wiesen blutige Hautschuppen auf, eingetrocknetes Sperma, Vaginalflüssigkeit und Spuren eines Gleitgels. Dummerweise fand sich im Schlafzimmer nur blondes Scham- und Kopfhaar. In den Falten der Decke stießen wir dann endlich auf etwas, das Solomons These erhärten konnte, dass Cook an einem Schlangenbiss abgenippelt war: Zwei gezackte Hautstückchen, eines so groß wie ein Fingernagel, das andere dreieckig und noch etwas größer.

»Eine Klapperschlange?«, fragte Rikko und hielt die Plastiktüte der Spurensicherung im Wohnzimmer gegen das Licht. Solomon half unterdessen, Cooks Leichnam auf einer fahrbaren Trage aus der Wohnung zu rollen.

»Scheint so«, sagte ich und sah aus dem Fenster. »Wir brauchen einen Experten. Wenn wir nicht genau sagen können, von was für einer Schlange das stammt, macht uns der Anwalt der Verteidigung die Hölle heiß.«

Missy trat ein. »Ich habe gerade mit Alfred Woolsley gesprochen, dem Chef von Double Helix.«

»Und?«

Sie nahm einen Schluck von ihrem Latte Macchiato. »Er hat Cook vor vier Monaten von einer Firma namens Biogen abgeworben und ihm die Leitung eines Forschungsprojekts für eine viel versprechende neue Behandlung bei Nierenversagen übertragen. Cook und seine Frau Sophia wollten aus Westlake Village hierher ziehen, sobald ihre Kinder das Schuljahr beendet hätten. Cook kam vorerst allein und fuhr jedes zweite Wochenende nach Hause – eine Fahrt von fünf Stunden. Laut Woolsley war Cook ein hart arbeitender Wissenschaftler: Von seiner Aufgabe besessen, brillant, zeitweise launisch, jemand, der in seiner Freizeit für den Minitriathlon trainierte. Seiner Aussage nach war Cook zuletzt Donnerstagmittag an seinem Arbeitsplatz, danach hatte er frei, weil er sich um den Verkauf seines Hauses kümmern wollte. Laut Cooks Sekretärin hätte er am Freitag um zwei Uhr nachmittags einen Termin mit einem Makler von Sotheby's Realty gehabt.«

»Den Makler schon angerufen?«, grummelte Rikko.

»Längst erledigt«, meinte sie. »Cook ist nicht aufgetaucht und hat den Termin auch nicht abgesagt.«

Ich runzelte die Stirn. »Dann bleiben uns also ungeklärte zweiundsiebzig Stunden von seiner Abfahrt bei Double Helix bis zur Entdeckung der Leiche.«

»Korrekt«, bestätigte Missy. »Und seine Frau sagt, sie hätte seit Mittwoch früh nichts mehr von ihm gehört. Sie ist unten in einem Ferienzentrum in Los Cabos, zusammen mit den Kindern und ihren Schwiegereltern. Ich habe sie von Double Helix aus angerufen.«

»Wie hat sie es aufgenommen?«

»Sie ist fix und fertig«, erklärte Missy ernst. »Sie nimmt den ersten Flug.«

Jorge Zapata kam mit einer Phantomzeichnung in der Hand herein. Er hatte den ganzen Morgen mit Mary Aboubacar an dem Bild des Mannes gearbeitet, den sie aus Haus Nummer fünf hatte herauskommen sehen: Breites Kinn, scharfe Nase, hervortretende Augen, schmale Lippen, die innere Anspannung verrieten, und braunes, nach hinten gekämmtes Haar.

»Haben Sie das schon in der Nachbarschaft herumgezeigt?«, fragte ich.

»Bin überall durch«, erklärte Jorge und schüttelte den Kopf. »Außer der Putzfrau hat ihn niemand gesehen.«

Jorge ist zweiunddreißig Jahre alt, knapp eins achtzig groß, hat dichtes, schwarzes Haar und zusammengewachsene Brauen, die sich wie eine wollige Raupe über seine ganze Stirn erstrecken, sowie einen geschmeidigen, in vielen Jahren Geländelauf trainierten Körper. Er hat das Zeug zum Starpolizisten, in der kürzestmöglichen Zeit von sieben Jahren hat er es zum Detective gebracht, außerdem ist er ein Computer-Crack.

»Klappere auch alles um die Absperrung herum ab«, sagte ich. »Notiere sämtliche Autonummern, und halte auch unter den Schaulustigen nach dem Knaben Ausschau. Aber kein Wort zu den Journalisten.«

»Wird gemacht.« Jorge zog den Reißverschluss seiner Regenjacke hoch und verschwand.

Es war inzwischen etwa fünfzehn Uhr dreißig, und der Regen ließ nach. Weit draußen auf dem Ozean stand eine Lichtsäule auf dem von elfenbeinfarbenem Schaum gekrönten Wellenkamm, der mich an knirschende Zähne denken ließ. Ich besah mir noch einmal die Zeichnung. Ein müdes Gesicht mit kräftigen Backenmuskeln, buschigen Augenbrauen und schmalen Lippen. Einen Moment lang blitzte das Bild von einem regennassen Dock bei Nacht in mir auf, und von einem Mann, der hinter hölzernen Kisten kauerte. Dieser Mann hatte das Gesicht von der Zeichnung, das Gesicht desjenigen, den Mary Aboubacar gesehen hatte.

Ich hob leicht erregt den Blick von der Zeichnung und spürte, wie mir das Blut in den Kopf schoss. Eine Kollegin von der Spurensicherung kam mit erschrockenem Gesicht auf mich zu.

»Sergeant, ich ... äh«, stammelte sie. »Ich habe Luminol im ganzen Schlafzimmer versprüht und ... vermutlich konnte man es bei dem Regen erst nicht sehen. Sie sollten sich das mal anschauen.«

Luminol ist eine chemische Substanz, die mit dem in Hämoglobin enthaltenen Eisen reagiert und einen bläulichen Leuchteffekt erzeugt, den man »Chemoluminiszenz« nennt. Wir setzen es ein, um auch kleinste Blutspuren zu finden.

Ich verdrängte das Bild des Mannes auf dem Dock und eilte hinter der Kriminologin her. Als ich die großen, leuchtenden Flecken sah, die die Chemie auf dem Spiegel hervorgerufen hatte, blieb ich wie angewurzelt in der Schlafzimmertür stehen und betrachtete die leuchtenden Buchstaben, die die Chemikalie auf den großen Spiegel gezaubert hatte. Mittendrin waren neun halb verwischte Worte zu lesen:

Welch unsagbare Freude, den Tod in Händen zu halten.

6

Es war nach sechs Uhr abends, als ich meinen ersten Bericht auf Lieutenant Fraisers Schreibtisch legen konnte und zum Parkplatz des Präsidiums trottete. Ich stieg in mein grünes Monster, drehte den Zündschlüssel um und fand Trost in dem machtvollen Geblubber seiner 7½-Liter-Maschine.

Es war etwas Wind aufgekommen, und als ich auf der Auffahrt zum Freeway 163, der sich durch einen steilwandigen Canyon schlängelt, Gas gab, war der Asphalt bereits trocken. Ich ließ das Seitenfenster herunter und drückte auf die Tube. Die vierhundert Pferdestärken der alten Corvette pressten mich in die Schalenledersitze, und kühle Abendluft peitschte mir ins Gesicht und verwirbelte das schreckliche Bild von Morgan Cook und der blutigen Botschaft, die der Killer auf dem Spiegel hinterlassen hatte.

Die Corvette hatte ich gekauft, nachdem ich am Ende meines zweiten Studienjahres in Stanford bei den Boston Red Sox unterschrieben hatte. Die anderen Jungs hatten sich für ihre Einstiegsprämie meist einen brandneuen Porsche oder BMW zugelegt. Aber in der Straße von Roslindale, wo ich aufgewachsen war, damals ein Arbeiterviertel vor den Toren von Boston, gab es einen Installateur, der eine wunderbar gepflegte schwarz glänzende 67er Corvette mit chromblitzenden Seitenauspuffrohren fuhr. Von hinten sah sie aus wie der Kopf einer Libelle. Von vorne wirkte sie eckig und bedrohlich – nicht umsonst nannte man sie auch »Stingray«, Stachelrochen. An Sommertagen fuhr ich oft mit dem Fahrrad die Straße hinunter, nur um einen Blick auf die 67er zu werfen, wenn der Installateur sie aus der Garage holte, um an ihr herumzuschrauben oder Lackpflege zu betreiben. Nichts wünschte ich mir so sehnlich wie, einmal mitfahren zu dürfen, aber ich traute mich nie zu fragen.

Eines Tages jedoch fuhr der Installateur einfach so bei uns vor, klopfte und fragte meine Mutter, ob er mich zu einer Spazierfahrt mitnehmen könne. Ich nehme an, er hatte gehört, dass mein Vater am Abend zuvor getötet worden war, auch wenn er es mit keinem Wort erwähnte. Ehrfürchtig ließ ich mich auf dem Beifahrersitz nieder. Er fuhr raus auf die I-93, nach Süden entlang der Küste durch Dorchester Richtung Quincy. Die Seitenfenster waren heruntergelassen, und wir brausten mit neunzig Meilen die Stunde dahin. Die salzige Luft des Atlantik peitschte mein Gesicht und stach mir in die Augen. Sie blies das bedrückende Bild meiner Mutter hinweg, die sich am Küchentisch die Seele aus dem Leib weinte.

Selbst jetzt noch, fast achtundzwanzig Jahre später, kann mir eine Fahrt in meiner 67er über das hinweghelfen, was ich als Bulle zu sehen bekomme. Als ich die Interstate 8 erreichte, die wichtigste Ost-West-Verbindung von San Diego, ging es mir schon wieder etwas besser.

An einem normalen Samstagabend wäre ich Richtung Norden nach Del Mar gebraust, wo es eine tolle kleine Bar gibt, in der Rock-'n'-Roll-Bands auftreten, was jede Menge interessante und hübsche Frauen anzieht. Aber irgendwie hatte mir dieser trübe Tag jede Lust auf menschliche Gesellschaft verdorben, ich wollte einfach nur noch ein bisschen durch die Gegend brettern. Ich machte einen Abstecher durch Mission Valley und zurück ins Zentrum und fuhr dann auf den lang gezogenen Bogen der Brücke, die das Festland mit Coronado Island verbindet. Über Seitenstraßen gelangte ich auf die Westseite der Insel.

Vor dreißig Jahren war Coronado eine verschlafene, konservative Gegend, in der hauptsächlich Offiziere der U.S.

Navy wohnten. Heute ist die Insel ein piekfeiner Vorort von San Diego. Die Preise der Anwesen dort können sich mit allem messen, was in Kalifornien gut und teuer ist. Die Neureichen und Kurzzeit-Berühmtheiten blättern selbst für Bruchbuden locker eine Million hin, um sie dann abzureißen und sich stattdessen Retortenschlösser hinzusetzen.

Sechs Blocks nördlich vom Hotel Del Coronado fand ich die gesuchte Seitenstraße und parkte die Corvette unter Palmen, die sich vor einer weiß getünchten Mauer erhoben. Darüber zeigten sich im Licht der Straßenlaterne die verwitterten Holzschindeln und der Giebel des Hauses. Ein rotes Holztor war von einem Bogen wilder Rosen umrankt. Eine ganze Weile blieb ich sitzen und schaute mir das an, als würde es mein halbes Leben bedeuten.

Ich stieg aus und öffnete das Tor. Den größten Teil des Gartens nahm der Pool ein, den Fay im Jahr zuvor hatte anlegen lassen. Dahinter erhob sich ein kleines Treibhaus. Es schien noch mehr Orchideen zu geben, bestimmt waren es schon dreihundert verschiedene, etliche blühten in Töpfen rund um den Pool. Durch die gläserne Schwebetür konnte ich Jimmy sehen, immer noch in seiner Baseballhose. Er saß auf dem Fußboden vor dem Fernseher und schaute sich Zeichentrickfilme an. Fay war in der Küche und spülte Geschirr. Sie trug einen Overall und sah darin noch umwerfender aus als sonst.

Leise klopfte ich auf der Höhe von Jimmy an die Glasscheibe. Seine Mutter entdeckte mich gleich und zog ein finsteres Gesicht. Jimmy blickte auf, zögerte einen Augenblick, strahlte dann übers ganze Gesicht und lief zur Tür. »Hallo, Dad«, begrüßte er mich.

»Hallo, Jimbo«, sagte ich und umarmte ihn. »Wie ist das Spiel gelaufen?«

»Im vierten Inning wegen Regen abgebrochen», antwortete er. »Hast du für morgen schon die Angelruten gerichtet? Wie ist dein neuer Fall?«

Ich seufzte. »Scheußlich ist er, mein neuer Fall, Sportsfreund. Und Angeln fällt morgen leider ins Wasser.«

»Wie bitte?«, fragte er spürbar enttäuscht.

»Wir sind knapp mit Leuten im Moment, und das ist wirklich eine der übelsten Geschichten, die ich je gesehen habe.«

Jimmy nickte zwar, doch er wandte die Augen von mir ab, und sein Gesicht nahm einen Ausdruck an, den ich bisher nur bei Fay gesehen hatte: Verstört und voller Zweifel. »Und nächsten Sonntag?«, fragte er. »Falls du bis dahin den Fall gelöst hast, meine ich.«

»Nächsten Sonntag ganz bestimmt«, versprach ich.

Hinter mir räusperte sich meine Ex. »Kann ich mal draußen mit dir sprechen, bitte?«

Ich klopfte Jimmy auf die Schulter. »Wir sehen uns die ganze Woche beim Training.«

»Klar«, sagte Jimmy und rang sich ein Lächeln ab, bevor er sich wieder seinen Zeichentrickfilmen zuwandte. Fay ging mit mir nach draußen und schloss die Glastür. Der Duft der Orchideen hing schwer in der Luft. Sie rieb sich die Stirn mit dem Handrücken, ein sicheres Zeichen, dass sie mir eine Gardinenpredigt halten wollte.

»Es wäre mir recht, wenn du in Zukunft vorher anrufen würdest, wenn du vorbeikommst«, begann sie. »Ich könnte auch zickig werden und die Besuchsregelung wortwörtlich auslegen. Aber daran liegt mir nichts, deshalb erwarte ich von dir, dass du die Höflichkeit aufbringst, anzurufen, bevor du hier reinschneist. Du weißt, wie man ein Handy bedient, Shay.«

»Hast Recht. Tut mir Leid. Ist Walter da?«

»Das geht dich nichts an. Und außerdem ist es schon das zweite Mal, dass du einen Angelausflug mit deinem Sohn absagst.«

Bedauern und Schuldgefühle erstickten meinen Zorn, der schon in mir aufzuwallen begann.

»Nichts zu machen. Das ist ein Mord wie in einem Horrorfilm. Das Opfer war ungefähr in meinem Alter. Es geht mir nahe.«

Fay sah mich mit ihren alles durchdringenden rauchigen Opalaugen an. »Du hast wirklich ein inniges Verhältnis zu Leichen, Shay. Woher kommt es bloß, dass du mit den Lebenden so wenig anfangen kannst? Siehst du den Jungen da drinnen? Er ist dein Fleisch und Blut, aber trotzdem kommt er bei dir immer erst an zweiter Stelle. Du merkst gar nicht, wie er zu dir aufschaut. Es dauert nicht mehr lange, und er sieht an dir vorbei.«

»So wie du?«

Über Fays Gesicht huschte ein gequältes ironisches Lächeln. »Nein, so wie du es mit mir gemacht hast.«

Wir sahen uns wortlos an. Die gemeinsam verbrachten Jahre standen zwischen uns wie eine Mauer. Ich fühlte mich mit einem Mal sehr müde.

»Hör zu, können wir das auf ein andermal verschieben? Ich habe eine medizinische Frage. An Walter.«

»Ich reiche dir wohl nicht?«

»Ich brauche keine Säuglingsspezialistin. Ich benötige seine Spezialkenntnisse.«

Fay sah mich forschend an. »Und du benimmst dich auch?«

»Tue ich das nicht immer?«

»Nein«, sagte sie, zuckte mit den Schultern und wandte sich zum Haus. »Warte hier.«

Gleich darauf kam sie zurück, einen drahtigen, bärtigen Mann in dunklem Trainingsanzug und Birkenstock-Sandalen im Schlepptau. Bei meinem Anblick ballte er kurz die Hände zu Fäusten, öffnete sie wieder und ballte sie erneut. »Fay meint, Sie bräuchten meine Hilfe?«

»Ja, Walt. Sie haben doch schon öfter mit Schlangenbissen zu tun gehabt? In der Notaufnahme, meine ich.«

Walter wusste genau, dass ich weiß, wie sehr er es hasst,

Walt genannt zu werden. Er verzog das Gesicht, antwortete aber höflich: »Kommt vor. Leute, die sich in den Canyons rumtreiben, hauptsächlich im Osten des County. Gelegentlich auch Touristen und Saisonarbeiter. Wieso?«

»Ich arbeite an einem Fall, wo jemand durch einen Schlangenbiss zu Tode gekommen ist. Wie oft kriegen Sie dergleichen im Jahr zu Gesicht?«

»Fünfzehn-, vielleicht zwanzigmal. Wenn es die Leute innerhalb der ersten beiden Stunden zu uns schaffen, geht es selten tödlich aus. Die Seren wirken sehr gut. Wir verwenden CroFab, das ist das allerneueste.«

»Und es stirbt sich ziemlich hässlich, wenn man kein Serum bekommt?«

»Kann man denn auch schön sterben?«, meinte Walter süffisant.

»Wahrscheinlich nicht«, antwortete ich. »Aber das ist keine Antwort auf meine Frage.«

Walter hörte auf, seine Hände zu ballen. »Patienten, die gebissen wurden, berichten von extremen Schmerzen. Im fortgeschrittenen Stadium des Vergiftungszustands vergisst man offenbar, wer und was man ist, und sogar, dass einen eine Schlange gebissen hat. Man merkt, dass man stirbt, aber man versteht nicht, warum. Ziemlich grausige Angelegenheit, körperlich wie psychologisch.«

»Warum psychologisch?«

Nun hatte Walter Oberwasser, und das wusste er auch. Er verfiel in den Tonfall eines erfahrenen Arztes, der vor einem Studenten doziert.

»Am Anfang steht man unter Schock, weil man gebissen worden ist, was natürlich Angst auslöst und den Adrenalinpegel steigen lässt – das muss man in den Griff kriegen, wenn man überleben will«, meinte er. »Dem steht das Wissen gegenüber, dass man gebissen worden ist und einem nur noch eine begrenzte Lebenszeit verbleibt. Das ist ziemlich quälend, bis schließlich das Denkvermögen aussetzt. Sterben ist eine Sache, Moynihan. Etwas anderes ist es, sich darüber voll im Klaren zu sein, besonders, wenn der Tod aus dem Maul eines Tieres kommt, das als das archetypisch Böse gilt.«

7

Eine halbe Stunde später parkte ich in einer Garage von Shelter Island, ungefähr zehn Meilen nördlich von Coronado, und ging dann zu Fuß zu dem Yachthafen, wo ich wohne. Unter meinen Schuhen knirschte der Kies. Der Duft von Glyzinen mischte sich in die Salzluft. In Gedanken war ich bei Walters Beschreibung des Todes durch Schlangenbiss.

Das archetypisch Böse. So ungern ich es zugab, Fays Freund hatte Recht: Der Mörder von Cook hatte es mit kalter Berechnung darauf angelegt, die Seele seines Opfers in tiefste Qualen zu stürzen. Ich hatte es mit einem Foltermord zu tun, der an Sadismus nicht zu übertreffen war.

Ich öffnete das Tor zum Yachthafen und ging hinunter zu den Anlegeplätzen. Über die hölzernen Planken schritt ich zu Z-30, dem letzten Liegeplatz direkt am Hafendamm, hinter dem das offene Meer beginnt. Mein Zuhause ist eine dreizehn Meter lange, hochseetaugliche Motoryacht mit Flybridge, die eine Reichweite von dreihundert Meilen hat. Sie verfügt über zwei 530 PS starke Cat-Dieselmotoren, die es auf einunddreißig Knoten bringen. Das Cockpit ist mit Satellitenkommunikation, Loran, Sonar, GPS und Computer ausgestattet. Voll eingerichtet zum Schwertfischfang, samt Kampfstuhl auf dem Achterdeck. Ein schlankes Boot mit aerodynamischem Rumpf und Aufbauten.

Mein verstorbener Exschwiegervater, Harry Gordon, hat zwei Jahre seines Lebens der Planung und dem Bau des Bootes gewidmet. Harry hatte sich als Kreditbeschaffer für Start-up-Unternehmen aus dem Bereich Handheld-Kommunikationsgeräte, dem Rückgrat der Wirtschaft von San

Diego, eine goldene Nase verdient. Das Schwertfischboot war Harrys letzte Prämie, die Anerkennung für ein erfolgreiches Leben. Aber eine Woche vor der Schiffstaufe starb er an einem Herzanfall. Er war noch nicht einmal mehr dazu gekommen, seinem Boot einen Namen zu geben.

Fay und ich lebten damals schon getrennt. Ihre Mutter bekam das Haus mit dem Blick auf den Mount Soledad und den größten Teil von Harrys Vermögen. Fay erbte das Boot und genügend Geld, um nicht mehr arbeiten zu müssen. Trotzdem hat sie ihre Stelle als Ärztin auf der Frühgeburten-Station der Universitätsklinik von San Diego nicht aufgegeben. Kalifornien gehört zu den Bundesstaaten der USA, in denen bei einer Scheidung das gesamte Vermögen durch zwei geteilt wird. Als es mit unserer Trennung ernst wurde, beschlossen wir, dass Jimmy sein Zuhause behalten sollte. Zum Ausgleich bot mir Fay Harrys Boot an. Ich lehnte zunächst ab. Aber sie bestand darauf und betonte, sie könne es ohnehin nicht unterhalten, würde sich aber freuen, wenn es in der Familie bliebe. Außerdem hätte es auch für Jimmy eine Bedeutung.

Vor nunmehr fünf Jahren, am Vorabend unserer Scheidung, lag ich mit der fünften Flasche Bier an Deck meines noch namenlosen Bootes und sah eine Sendung von *National Geographic* über die Tuareg im Niger. Auf Kamelen zogen sie in lang gestreckten Karawanen über das Sandmeer, um Salz aus den Minen am äußersten Ende der Sahara zu holen. Sie trugen Turbane von leuchtendem Indigo, die ihrer glatten braunen Haut einen bläulichen Schimmer verliehen. Sie kauerten sich um funkensprühende Lagerfeuer, tranken Tee und stimmten einen schrillen Gesang an, der mir die Haare zu Berge stehen ließ. Natürlich verstand ich kein Wort, aber der Kommentator erklärte, ihr Lied würde den Schmerz eines Lebens ohne Bindungen beschreiben.

Ich stolperte zum Kühlschrank, holte den Champagner

heraus, trat hinaus in die Nacht, zerschlug die Flasche am Bug und taufte mein neues Heim auf den Namen *Nomad's Chant – Das Lied des Nomaden.*

Ich tippte den Code in das Sicherheitssystem der *Nomad's Chant*, kletterte auf das Achterdeck und ging in die Kajüte. In der Kombüse nahm ich mir ein Bier aus dem Kühlschrank und ging durch den kleinen Salon ins Cockpit. Ich schaute nach, ob der Computer irgendwelche Fehlfunktionen zu vermelden hatte, fuhr das Sicherheitssystem herunter und ging unter Deck.

In meiner geräumigen Kajüte steht ein riesiges Bett mit brasilianischer Holzverkleidung. Auf dem Klappschreibtisch waren Steuerunterlagen verstreut. In den offenen Schränken stapelten sich Romane und Biographien. Auf der Musikanlage türmten sich leere CD-Hüllen. Und es lag ein Geruch in der Luft, mit dem ich nicht gerechnet hatte. Die erste Ahnung von etwas, das mir schon in Dutzenden finsteren Wohnungen entgegengeschlagen war – der bittere, ätzende Geruch, den ein alternder, allein lebender Mann verbreitet.

Bevor ich vollends in Melancholie versank, zog ich ein Sweatshirt an und ging zu der Kajüte, in der Jimmy schläft, wenn er bei mir ist. Über seinem Bett hängt mein altes Trikot von den Red Sox mit der Nummer 67. Fast hätte ich die immer noch unordentlichen Laken glatt gezogen, doch dann ließ ich es, wie so oft, wenn ich weiß, dass er eine Weile nicht kommt. Ich trank das Bier aus, holte mir noch eins – damit war ich an meinem Limit – und setzte mich mit einem Notizblock in der Kombüse an den Tisch.

Welch unsagbare Freude, den Tod in Händen zu halten.

Wer von Jugend an Sport treibt, lernt, seine Stärken auszuspielen. Mein Fastball war Mitte der neunziger Jahre auf dem Höhepunkt. Mein Curve und mein Change up konnten sich sehen lassen. Aber damit hatte ich mein Repertoire auch schon erschöpft. Mein Sinker und mein Slider waren mal so, mal so. Mit dem Splitter hatte ich schon immer meine Schwierigkeiten gehabt. Aber was mir an Technik fehlte, machte ich mit schierer Kraft und der Fähigkeit wett, mich in den Kopf des Batters zu versetzen und zu erahnen, was er gerne hätte, um dann aus meinem Arsenal genau den Wurf auszuwählen, der ihm am ungelegensten kam.

Und genauso gehe ich auch bei der Aufklärung eines Verbrechens vor. Spuren sammeln und verfolgen, das verstehen andere aus unserer Einheit besser, Jorge und Missy beispielsweise. Rikkos Spezialität ist es, Verdächtige zum Singen zu bringen. Er zieht dazu eine bühnenreife Show als Guerillero-auf-Peyote-Trip ab, dass denen der Arsch auf Grundeis geht. Meine Stärke ist die Analyse: Ich nehme die Elemente des Rätsels, wie sie sich gerade bieten, lasse meine Einbildungskraft spielen und füge sie zu einem Bild dessen zusammen, was passiert sein muss.

Welch unsagbare Freude, den Tod in Händen zu halten.

Die Worte riefen in mir die unangenehme Vorstellung einer Schlange hervor, die über ausgestreckte Handflächen kriecht. Ihr Kopf gleitet auf den nackten Morgan Cook zu, der panisch an seinen Fesseln zerrt. Der Typ mit den schmalen Lippen von der Phantomzeichnung gerät in Verzückung. Seine Hände zittern leicht, als die Viper zubeißt.

Ich spürte einen wachsenden Druck im Kopf, während sich dieses Bild vor mir entfaltete. Das Blut pochte in meinen Schläfen. Wieder stand das regennasse nächtliche Dock vor mir und der Mann, der hinter leeren Kisten versteckt eine Pistole umklammerte. Mein Herz schlug wie wild, meine Kehle schnürte sich zu, und ich schnappte panisch nach Luft.

Ich nahm mein Bier und ging nach oben auf die Brücke. Dort stand ich und versuchte mich zu beruhigen, mir einzureden, dass diese plötzlich hochgespülten Flashbacks nichts zu bedeuten hatte. Es dauerte einige Minuten, bis ich mich so weit beruhigt hatte, um mich in den Kapitänsstuhl zu setzen, in die Dunkelheit hinauszuschauen und dem Plätschern der Wellen und dem entfernten Tuten des Nebelhorns am Point Loma zu lauschen. Ein Schiff fuhr vorbei, hinaus aufs Meer, und ich sah ihm mit dem unruhigen Gefühl nach, dass auch ich mich auf eine Reise ins Ungewisse begab.

8

Wenn man an einem Mordfall arbeitet, findet man selten erholsamen Schlaf. Selbst wenn man am nächsten Tag keinen Dienst hat, bleibt man in ein Netz böser Vorahnungen verstrickt, die einen daran hindern, in jene tiefe Bewusstlosigkeit abzutauchen, die man braucht, um die Erlebnisse des Tages abzuschütteln. Man wälzt sich schweißgebadet hin und her und schreckt dauernd auf, weil man meint, das Telefon hätte geklingelt, und dann geht es wieder los: Irgendwo in der Stadt ist ein Mitglied einer Straßengang niedergestochen worden, ein kleines Mädchen wurde vergewaltigt und in einen Canyon bei Burlingame geworfen, ein Besoffener wurde ertrunken am Pazifikstrand angespült, ein Erhängter baumelt an der Brücke nach Coronado, oder eine alte Dame sitzt mit halb weggepustetem Kopf auf der Veranda hinter ihrem Haus in Mira Mesa.

Aber in dieser Nacht blieb das Telefon zum ersten Mal seit Monaten still, und ich fiel in einen tiefen Erschöpfungsschlaf. Als der Morgen anbrach, träumte ich von einer grünen Flügeltür, die sich in eine türkisfarbene, hoch über einer Felsklippe stehenden Ozeanwelle verwandelte. Ich lag auf einem Handtuch auf einem weißen Sandstrand. Von dort aus beobachtete ich, was geschah. Plötzlich erblickte ich in der Welle ein schwarzes Etwas, das ich zuerst für eine Robbe hielt, dann jedoch als eine mit Blutblasen übersäte, verkohlte Leiche erkannte.

Ich fuhr schweißgebadet hoch und sah mich um. Es war schon hell, aber vor meinem geistigen Auge hatte ich immer noch die Leiche im Wasser. Mühsam richtete ich mich auf und warf einen Blick durch das Bullauge. Die Sonne stand an einem saphirblauen Himmel. Irgendwann würde ich im Büro auftauchen müssen, aber immerhin war es Sonntag, und ich war vierzehn Tage ununterbrochen im Einsatz gewesen.

Mit dem Schwimmanzug im Gepäck fuhr ich mit meinem neutralen Dienstwagen nach La Jolla Cove. Dreimal die Woche schwimme ich dort im offenen Meer. In der Woche komme ich so auf meine zehn Kilometer Kraulen, das hält mich in Form und sorgt dafür, dass mein kaputter Arm geschmeidig bleibt.

Gegen neun war ich wieder beim Boot, erschöpft vom Kampf gegen die Wellen, aber trotzdem entschlossen, alle liegen gebliebenen Haushaltspflichten zu erledigen: Mit dem Staubsauger durch die *Chant* zu gehen, die Fenster zu putzen und das Deck zu schrubben. Anschließend schnappte ich mir den Akkubohrer, um die Reling und die Klampen festzuschrauben, die sich in den Winterstürmen gelöst hatten.

Dabei überlegte ich, wie der Mörder es wohl geschafft hatte, Cook ans Bett zu fesseln. Ein mögliches Szenario bestand darin, dass Cook seinen Peiniger nicht kannte. Vielleicht hatte er ihn überrumpelt und mit vorgehaltener Pistole gezwungen, sich auszuziehen und aufs Bett zu legen, bevor er die Schlange auf ihn losließ. Oder Cook kannte den Täter, der ihn zwang, sich auszuziehen und aufs Bett zu legen. Die dritte und verstörendste Möglichkeit war, dass Cook seinen Mörder gekannt hatte und sich freiwillig fesseln ließ, bevor die Schlange hinzukam – dass alles als erotisches Spiel begonnen hatte und dann entgleist war.

»Schau an, schau an, wenn das nicht Sergeant Moynihan ist, der sich da abrackert, statt den Sonntag zu heiligen. Und das auch noch ganz ohne weibliche Begleitung?«

»Tja, auch das gibt es.«

Brett Tarentino lehnte an der Reling seiner *Hard News*, einem elf Meter langen Kabinenkreuzer am benachbarten Liegeplatz. Er hatte einen Becher dampfenden Kaffee in der Hand und trug eine dunkle Sonnenbrille, eine winddichte schwarze Hose und ein dazu passendes T-Shirt, das sich über einer im Fitnessstudio modellierten Brust straffte. Tarentino ist fünf Jahre jünger als ich, ziemlich gerissen, belesen und sehr ehrgeizig. Er hatte als Reporter für die *San Diego Tribune* gearbeitet, die größte Tageszeitung der Stadt. Inzwischen hat er seine eigene Skandalkolumne bei der *San Diego Daily News*, einem aufstrebenden, finanziell gut ausgestatteten Revolverblatt, das ihn mit einem kleinen Vermögen an Bord gelockt hatte.

»Du wirst mir doch nicht träge werden?«, fragte er und nippte an seinem Kaffee. »Wir haben in dieser Ecke des Hafens den Ruf zu verteidigen, dass wir nichts anbrennen lassen.«

»Hmhm. Und was ist aus deiner Nachtbegleitung geworden?«

Er lächelte. »Schon vor Tagesanbruch verschwunden.«

»Na, das ist ja schön für dich«, meinte ich in der Hoffnung, wieder zu meiner Arbeit zurückkehren zu können.

Doch Tarentino war noch nicht fertig: »Weißt du, ich denke öfter über dich nach.«

»So, tatsächlich?«

»Ja«, antwortete Brett. »Diese Zeitung wird mir allmählich langweilig. Ich überlege, ob ich nicht mal was anderes machen sollte. Zum Beispiel Krimis schreiben.«

Ich verschränkte die Arme. »Und das bringt dich auf mich?«

»Ja. Ich überlege, ob ich meinen Detective nicht nach deinem Vorbild gestalte.«

»Nicht nach deinem eigenen? Wo bleibt dein Narzissmus? Was ist los mit dir?«

Er machte eine wegwerfende Geste. »Ich kenne doch

den Markt, Seamus. Ein schwuler Zeitungsfritze lässt sich nicht als knallharter Detective verkaufen, ganz gleich, wie machomäßig er in Wahrheit ist. Da bleibst nur du, mein Freund. Willst du die tiefgründige dunkle Lesart deiner Persönlichkeit, also der meines Helden, hören? Mit der ich in New York Furore machen werde?«

Ich lehnte mich amüsiert an die Brücke. »Das lasse ich mir natürlich nicht entgehen.«

»Du bist einer wie Kennedy, Beatty, Nicholson oder Clinton.«

»Tatsächlich?«

»Tatsächlich«, fuhr er fort. »Kerle wie ihr könnt einfach nichts dafür. Es liegt euch im Blut. Diese unersättliche Gier des Heteros. Das Erste, was euch vor Augen schwebt, wenn ihr morgens aufwacht, sind Titten. Das Letzte, worauf abends euer Blick fällt – Titten. Weißt du, was mal auf deinem Grabstein stehen wird?«

»Sag's mir.«

»*Seamus Moynihan. Bekämpfte das Verbrechen. Liebte Titten.*«

Ich musste laut auflachen. »Und auf deinem? *Brett Tarentino. Kämpfte gegen Windmühlen. Liebte Männerärsche?*«

»Etwas in der Art«, bestätigte er grinsend.

»*Bekämpfte das Verbrechen. Liebte Titten.* Das solltest du als Titel nehmen.«

»Wird als Taschenbuch bestimmt ein Bestseller», stimmte er mir zu. Mit einem Mal fror sein Grinsen ein, und wir waren nicht länger Freunde oder Nachbarn. Nun war er ganz Journalist. Und ich ein Bulle. »Du hast reizend ausgesehen in deiner Einwegverpackung gestern Abend im Fernsehen.«

»*Seamus Moynihan. Bekämpfte das Verbrechen. Ging immer mit der Mode*«, antwortete ich. »Klingt irgendwie nicht so fetzig, was?«

Er reagierte nicht darauf, sondern nahm nur seine Sonnenbrille ab. »Was hat der Mörder auf den Spiegel geschrieben? Irgendetwas mit »Freude«, soviel ich gehört habe. Und wie sauber war es eigentlich in der Wohnung?«

Das war ärgerlich. Presse und Fernsehen waren in hellen Scharen in den Sea View Villas eingefallen, als sich herumgesprochen hatte, dass Cook von einer Schlange getötet worden war. Wir hatten sie nur mit den nötigsten Informationen abgespeist und allen, die drin gewesen waren, eingeschärft, dass sie keine Einzelheiten preisgeben sollten, insbesondere nichts über die Botschaft auf dem Spiegel und die Tatsache, dass der Tatort blank geputzt worden war. Jemand musste also geplaudert haben. Eigentlich nicht überraschend. Tarentino hatte viele gute Kontakte. Zumindest hatte seine Quelle nicht die ganze Botschaft verraten.

»Keine Ahnung, wovon du redest«, gab ich zurück und unterdrückte meinen Ärger.

»Schön«, meinte Tarentino. »Dann müssen sich meine beiden Quellen geirrt haben.«

»Zwei!«, entfuhr es mir, unwillkürlich zornig. »Du willst doch nicht etwa darüber schrei–«

In diesem Augenblick klingelte mein Handy. Während ich noch in meinen Hosentaschen danach kramte, grinste er und hielt mir die neueste Ausgabe der *Daily News* unter die Nase. Die Schlagzeile lautete:

PUTZTEUFEL TÖTET BIOTECHNOLOGEN
DURCH SCHLANGENBISS
BEKENNT »FREUDE« IN BOTSCHAFT AN POLIZEI

»So eine Scheiße«, knurrte ich ins Handy.

»Wie bitte?«, meinte Lieutenant Anna Cleary, die Diensthabende.

»Tschuldigung, Anna«, meinte ich. »Ich habe gerade die Morgenzeitung gesehen.«

»Nicht nur Sie, Cooks Frau auch«, sagte sie. »Sie hat völlig aufgelöst vom Flughafen aus angerufen. In zwanzig Minuten ist sie hier. Solomon hat sich auch schon gemeldet. Er will lieber sofort als gleich mit der Autopsie anfangen. Die Leiche wird nicht frischer.«

9

Auf den ersten Blick sah Sophia Cook aus wie eine jener Frauen, von denen Fay immer verächtlich sagt, sie seien aus dem Modekatalog entsprungen. Sie trug eine dunkle Sonnenbrille, einen schicken Hosenanzug im Navy-Stil und Gold an Hals, Ohren und Handgelenken. Das war zwar mehr ein Outfit für eine reiche Frau um die fünfzig, aber ihr stand es. Sie strahlte eine natürliche Selbstsicherheit aus, schien aus gutem Hause zu stammen und konnte sich offenbar auch in feindlicher Umgebung ihre Anmut bewahren. Sie war schlanker, als es das Foto auf dem Nachttisch neben der Leiche ihres Mannes erwarten ließ. Aber ich sah gleich, dass sie nicht von ungefähr abgenommen hatte. Die hohlen Wangen und hervortretenden Fingerknöchel ließen vermuten, dass sie nicht erst seit dem Tod ihres Mannes eine schwere Zeit durchmachte.

Sophia Cook wies auf den kleinen drahtigen Mann, der neben ihr in der Lobby des Präsidiums stand. »Das ist Morgans Vater«, näselte sie vornehm.

Morgan Cook senior stellte sich in seinen schwarzen Cowboystiefeln und gebügelten Jeans auf die Zehenspitzen, um wenigstens teilweise den Höhenunterschied zwischen uns wettzumachen. Ich bin eins fünfundneunzig groß und wiege knapp hundert Kilo. Cook schaffte es mit seinen knapp einsfünfundsiebzig sicher nicht auf 65 Kilo, so mager wie er war. Er hatte Schwielen an den Händen und ein wettergegerbtes Gesicht. In McAllen, Texas hatte er als Betonmischer angefangen und dann mit dem Transport von Betonarmierungen von Galveston in die boomenden Städte Houston, Dallas und Fort Worth ein Vermögen gemacht. Als typischer Selfmademan war er es gewohnt, Anweisungen zu erteilen und jeden anzublaffen, den er unter sich glaubte und der ihm mit Fragen kam. Leute wie mich also.

»Ich will meinen Jungen sehen«, sagte er, ohne sich damit aufzuhalten, mir die Hand zu schütteln. »Sofort.«

»Zum Gebäude der Gerichtsmedizin sind es gut zwanzig Minuten, Sir«, sagte ich. »Wenn Sie und Mrs Cook uns jetzt gleich ein paar Fragen beantworten könnten, würde Ihnen das einige Zeit ersparen.«

»Zeit ist das Einzige, was ich noch habe«, stieß er hervor. »Ich habe meinen Jungen verloren.«

Sophia Cook legte ihm die Hand auf die Schulter. »Sergeant Moynihan möchte uns helfen, M.C. Wir sollten ihn nicht verärgern.«

Sie nahm ihre Sonnenbrille ab und ließ rot verschwollene Augen sehen. »Sie müssen entschuldigen, wenn wir ein wenig ungeduldig sind, Sergeant«, sagte sie. »Wir haben seit Ihrem Anruf nicht mehr geschlafen. Und wir haben die Zeitungen gelesen. Wir werden Ihre Fragen so gut beantworten, wie wir können.«

Ich besorgte ihnen Besucherausweise und begleitete sie zum Aufzug. Im dritten Stock, wo die Mordkommission von San Diego zu Hause ist, erwartete uns Detective Missy Pan. Ich habe sie gerne dabei, wenn Angehörige befragt werden.

Wir gingen in den Konferenzraum und schlossen die Tür. Ich wappnete mich für die Fragen, die ich gleich würde stellen müssen. Wenn ich von meiner Zeit als Pitcher erzähle, dann will fast jeder wissen, wie ich es ausgehalten habe, vor 34000 kreischenden Zuschauern auf dem Mound zu stehen. Ich sage dann immer, dass es mich nicht besonders aus der Ruhe gebracht hat, in der Major League zu werfen: Wenn alles richtig lief, dann war ich wie weggetreten, vollkommen taub und blind gegenüber der Menge, und dann handelte ich nur noch instinktiv. Wie viel schwieriger ist es dagegen, mit den Gefühlen der Familie eines Mordopfers konfrontiert zu werden. Äußerlich muss ich dabei ganz ruhig bleiben. Dabei bin ich genauso aufgewühlt, ausgeliefert, verletzt und zornig wie sie.

»Ich möchte Ihnen zunächst etwas sagen, was ich jeder Familie eines Mordopfers sage«, begann ich, als wir uns gesetzt hatten. »Ich weiß, wie Ihnen zumute ist.«

»Das kann ich mir kaum vorstellen«, meinte M.C. bissig.

»Doch, Sir, das kann ich«, erwiderte ich. »Mein Vater ist ermordet worden, als ich noch ein kleiner Junge war. Der Täter wurde nie gefasst. Auch deshalb bin ich zur Polizei gegangen. Ich verspreche Ihnen hier und jetzt, dass ich alles in meiner Macht Stehende tun werde, um den Schuldigen zu finden, zu fassen und vor Gericht zu bringen. Das wollte ich Ihnen sagen.«

Ich schwieg einen Augenblick und blickte die beiden forschend an. Sie glaubten mir. Und das brauchte ich. So wie damals in meiner Zeit als Pitcher. Mir war es wichtig zu spüren, dass meine Mitspieler hinter mir standen. Das ließ mich durchhalten, wenn es ums Ganze ging. In meinem Leben nach dem Baseball ist es meine größte Befriedigung, wenn die Angehörigen davon überzeugt sind, dass ich ihr Racheengel sein kann.

»Dankeschön«, sagte Sophia Cook.

»Danken Sie mir, wenn wir den Täter haben«, sagte ich. Nach einer kleinen Pause fuhr ich fort: »Ich muss Ihnen jetzt ein paar unangenehme Fragen stellen. Das kann ich Ihnen nicht ersparen, wenn ich meine Arbeit machen und den Mörder Ihres Mannes und Ihres Sohnes finden will. Und ich bitte um ehrliche Antworten.«

Der Gesichtsausdruck von M.C. verhärtete sich, aber Sophia Cook nickte und meinte: »Nur zu.«

»Wir haben Beruhigungspillen beim Rasierzeug gefunden.«

»Ja. Er war deswegen beim Arzt gewesen«, sagte Sophia Cook.

»Wovor hatte er Angst?«, fragte Missy.
»Vor dem Leben, glaube ich«, antwortete sie leise.
»Vor dem Eheleben?«, hakte ich nach.
»Die Ehe war in Ordnung«, warf M.C. ein.

Ich wandte mich dem älteren Herrn zu. »Sie habe ich nicht gefragt, Mr Cook.«

Sophia Cook legte ihrem Schwiegervater die Hand auf den Unterarm. »Wir hatten so unsere Probleme, wie es eben ist, wenn man seit vierzehn Jahren verheiratet ist«, sagte sie, und Tränen stiegen ihr in die Augen. »Aber in letzter Zeit hatte ich das Gefühl, dass Morgan sich eingeengt fühlt. So ist das mit Männern, nicht wahr?«

»Sicher doch, meine Liebe«, stimmte ihr Schwiegervater zu. »Aber gute Männer wie Morgan laufen deshalb nicht gleich davon.«

Missy ergriff wieder das Wort. »Wie war Ihre Beziehung in sexueller Hinsicht?«

»Was ist denn das für eine Frage?«, brauste M.C. auf.

»Sie ist zugegebenermaßen ungehörig, aber leider notwendig«, entgegnete Missy.

»Wo ich herkomme, stellt man Fremden nicht solche Fragen«, schimpfte er.

»Doch, wenn es nötig ist«, antwortete ich. »Wenn Sie uns weiterhin unterbrechen, muss ich Sie leider bitten, den Raum zu verlassen.«

Sophia Cook hatte den Blick auf ihre gefalteten Hände geheftet, die sie nervös aneinander rieb, als würde sie einen Rosenkranz befingern.

»Wir – das heißt, Morgan – war nicht ... so richtig glücklich. Zumindest in letzter Zeit nicht.«

Ihr Schwiegervater machte ein betroffenes Gesicht.

»In welcher Hinsicht?«

Die Witwe sah immer noch auf ihre Hände. »Es ist nicht so einfach, darüber zu reden.«

»Wir haben pornographisches Material in der Wohnung

Ihres Mannes gefunden«, sagte ich. »Es waren Darstellungen von Gruppensex. Ménage à trois. Frauen und Männer.«

M.C. reckte seinen Schildkrötenhals. Er schlug mit der flachen Hand auf den Tisch, sprang auf und platzte zornig heraus: »Was soll der Mist? Ihre schmutzige Phantasie geht wohl mit Ihnen durch. Mein Junge? *Mein Junge?* Er war ein richtiger Mann. Ein guter Vater. Ein großartiger Wissenschaftler. Ein toller Sportler. Frauen und Männer? Sie reden ja, als wäre er eine Schwuchtel gewesen. Mein Junge war keine Schwuchtel!«

»Mr Cook!«, sagte ich in dem kühlen und sachlichen Tonfall, den ich mir für solche Gelegenheiten zugelegt habe. »Niemand fällt hier irgendwelche Urteile. Die Umstände, unter denen Ihr Sohn zu Tode gekommen ist, lassen vermuten, dass Sex im Spiel war. Deshalb müssen wir wirklich alles wissen.«

»Er war Footballspieler, Cornerback bei A&M. Ein ganzer Kerl«, raunzte M.C.

Sophia Cook hatte nach wie vor den Kopf gesenkt.

»Mrs Cook?«, sagte Missy. »Helfen Sie uns bitte. Es könnte wichtig sein.«

Sophia Cook zitterten Schultern und Kinn, als sie erst Missy und dann ihren Schwiegervater ansah. »Du weißt manches nicht, M.C., du kennst ihn nicht, wie er wirklich war.«

Einen Moment lang sah es so aus, als wolle ihr Schwiegervater sich auf sie stürzen, dann las er ihr vom Gesicht ab, welche Qualen sie durchlitt, und er wurde bleich. Schließlich stand er auf und verließ den Raum.

Traurig und zugleich erleichtert blickte sie ihm nach. »Ich hätte gern mit jemandem darüber gesprochen«, erklärte sie, nachdem sich die Tür geschlossen hatte. »Aber mit wem? M.C. und Marlene waren so stolz auf ihn. Und so wie ich erzogen worden bin, tut man sich schwer, über solche Dinge zu reden.«

Im Flüsterton fuhr sie fort: »Wir haben uns auf dem College kennen gelernt, er war ein großartiger Student und ein großartiger Sportler. Für mich war es Liebe auf den ersten Blick. Auch er war in mich verliebt. Wir waren von Anfang an die besten Freunde. Und der Sex« – sie warf mir einen Blick zu und errötete – »der war einfach unglaublich.«

»Gut«, sagte ich. »Warum hat sich das geändert?«

Ihr Kinn zitterte. »Zwanzig Jahre harte Arbeit. Zwei Kinder. Ich war nicht mehr so schlank wie früher. Sagen wir, er verlor das Interesse. Bis auf ...«

»Bis auf was, Mrs Cook?«, fragte Missy.

Sie blickte uns beide an. Tränen strömten ihr über die Wangen.

»Das kommt dann alles vor Gericht, eines Tages, nicht wahr? Es wäre so schrecklich, wenn die Leute so etwas von ihm ... und von mir ... denken würden.«

»Was meinen Sie mit ›so etwas‹?«, fragte ich.

Sophia Cook schloss die Augen und schauderte. »Ich bin als Baptistin aufgewachsen, im Süden, Sergeant Moynihan. Ein Mann. Eine Frau. So hat Gott es gewollt.«

»Aber er wollte mehr?«, hakte Missy nach.

Sie nickte. »Ich weiß nicht, woher das kam. Dieses Interesse an ekelhaften Dingen. Vor ein paar Jahren fragte er mich eines Abends, ob ich nie daran denken würde, mit einem anderen Mann zu schlafen. Ich war entsetzt, umso mehr, als er sagte, es würde ihn erregen. Anfangs habe ich mich auf solche Gespräche eingelassen. Es war nur eine Phantasie, Sie verstehen? Ich habe gelesen, dass nichts Schlimmes dabei ist. Es sind ja nur Worte, nicht wahr? Und für eine Weile war unser Sexualleben wieder besser. Dann hat ihn auch das gelangweilt, und er brachte Videos mit nach Hause und bedrängte mich, sie mit ihm beim Sex anzuschauen. Nicht mehr lange, und er fragte mich, ob wir das nicht richtig machen sollten, Sie wissen schon, eine Swinger-Hotline anrufen, um einen Mann zu finden. Oder eine Frau. Er sagte, er denke andauernd an Gruppensex. Und ich sollte mitmachen.«

»Und haben Sie?«

Sie schüttelte heftig den Kopf. »Nein! Von mir aus können Sie mich prüde nennen. Ist mir gleich. Ich konnte es einfach nicht.«

»Und was hat Ihr Mann getan, als Sie sich weigerten?«, fragte Missy.

»Er zog los, um seine Wünsche woanders zu befriedigen«, erwiderte sie unglücklich.

»Woher wissen Sie das?«

Sie zog ein Taschentuch heraus und tupfte sich die Augen. »Ich hatte irgendwo etwas über den Cache im Computer gelesen, in dem die besuchten Internetseiten gespeichert werden. Da habe ich mich eben informiert, wie ich herausbekomme, auf welchen Seiten er gewesen war. Und es waren Swinger-Seiten dabei. Ich fand auch E-Mails, mehrere, mit Verabredungen.«

»Wie viele solcher Verabredungen hat er gehabt, was glauben Sie?«

Sophia nahm eine tragische Haltung ein. »So viele, dass es ihn das Leben gekostet hat, Sergeant.«

10

Bevor die Welt von Wortklaubern beherrscht wurde, war ein medizinischer Gutachter noch ein Leichenbeschauer, und die Stätte seines Wirkens hieß schlicht Leichenschauhaus. Aber ganz gleich, wie man diese Leute und ihren Arbeitsplatz nennt, es umgibt sie immer ein Geruch, den kein noch so kräftiges Reinigungsmittel jemals tilgt. Er gehört zu jenen Begleiterscheinungen meines Berufs, an die ich mich sicher nie gewöhnen werde. Für mich ist dieser Geruch untrennbar mit der Erinnerung an rote Lakritze und Lavendel verbunden.

Zwei Tage nach der Ermordung meines Vaters, am Tag nach meiner Jungfernfahrt in einer 67er Corvette, zog meine Mutter ein schwarzes Kleid und die Zuchtperlenkette an, die ihr mein Vater zu Weihnachten geschenkt hatte. Mich und meine jüngere Schwester Christina steckte sie in den Sonntagsstaat. Begleitet von unserem eigens aus San Diego eingeflogenen Onkel Anthony gingen wir zum Leichenschauhaus von Suffolk County. Onkel Anthony redete auf meine Mutter ein, sie solle die Leiche nicht selbst identifizieren. Doch meine Mutter Angelina Moynihan war eine eigensinnige, stolze Sizilianerin der zweiten Generation, die an der Boston Latin School, der angesehensten Schule von Boston, mit sanfter Gewalt Englisch unterrichtete. Sie wollte nicht warten, bis das Bestattungsunternehmen seine Verschönerungsarbeit getan hatte. Niemand konnte sie daran hindern, sich anzuschauen, was meinem Vater, ihrem geliebten James Michael Moynihan, angetan worden war. Heute denke ich, wir Kinder wurden mitgeschleppt, damit sie nicht einfach zusammenklappte.

Die Southern Mortuary, das Leichenschauhaus von Boston, befand sich damals, im Frühjahr 1976, in einem großen Ziegelsteingebäude unweit des Stadtteils Mattapan. Eine Woche zuvor hatte ich meinen zehnten Geburtstag gefeiert, und ich weiß noch gut, wie ich die fleischige, schwielige Hand meines Onkels Anthony hielt, als wir das City Hospital passierten, um die Ecke bogen und zwei Blocks weitergingen, bis wir über einige Betonstufen zu einer Tür kamen, über der ein halbmondförmiges Fenster prangte. Ein rotgesichtiger Captain der Bostoner Polizei namens Slattery empfing uns in der düsteren Eingangshalle.

»Sie sind nicht dazu verpflichtet, Mrs. Moynihan«, sagte er und ergriff ihre Hand. »Wir haben ihn bereits anhand des Zahnschemas identifiziert.«

»Das sage ich ihr schon den ganzen Morgen«, bemerkte Onkel Anthony.

»Bringen Sie mich zu ihm«, sagte meine Mutter unbeirrt. Und dann verschwanden sie und der Captain durch die grüne Flügeltür aus Metall, die noch eine Weile nachschwang und uns den Geruch zuwedelte, der mir später allzu vertraut werden sollte.

Christina und ich setzten uns neben Onkel Anthony auf eine Bank in der Eingangshalle. Anthony war der Bruder meiner Mutter, Steinmetz wie sein Vater, gläubiger Katholik und Baseball-Fan wie meiner. Er gab uns rote Lakritzstangen, während wir warteten. Ich trug seit kurzem eine Zahnspange und nagte vorsichtig mit den Backenzähnen an der Lakritze, damit sie sich nicht in den Krampen und Drähten verfing. So kaute ich vor mich hin und starrte abwechselnd auf die grüne Tür und auf die Uhr an der Wand, während ich versuchte, mir das Unvorstellbare vorzustellen – dass mein Vater tot war und irgendwo dort drinnen lag. Am Tag zuvor hatte ich mit angehört, wie meine Mutter spätabends mit Onkel Anthony redete. Sie sagte, mein Vater sei aus unmittelbarer Nähe von zwei Kugeln getroffen und anschließend mit Benzin übergossen und angezündet worden.

Die Uhr tickte im Gegentakt zu meinen Kaubewegungen. Und immer wieder einmal öffnete und schloss sich die Tür mit dem gleichen rhythmischen, knarrenden Geräusch, das ich aus dem Vergnügungspark von Nantasket Beach kannte, von dem Geburtstagsausflug, den mein Vater eine Woche vorher mit uns gemacht hatte. Es war das Geräusch eines chaotisch wirbelnden Karussells. Und mit jeder Sekunde, die meine Mutter hinter dieser grünen Tür verschwunden blieb, verstärkte sich das Gefühl, eingesperrt zu sein und herumgeschleudert zu werden, bis es mir förmlich die Luft abschnürte.

Erst als meine Mutter wieder durch die grüne Tür trat, verlangsamte sich die Drehung. Ich wusste, dass sie nun eine andere war, dass wir alle nicht mehr die Gleichen waren, die noch vor kurzem die Southern Mortuary betreten hatten. Bis zu diesem Augenblick hatten wir gegen besseres Wissen und entgegen aller Versicherungen noch am Fädchen der Hoffnung gehangen, es müsse irgendeine Verwechslung vorliegen, mein Vater sei gar nicht erschossen worden, seine Leiche nicht angezündet worden, es müsse irgendein anderer Mann dort auf dem kalten, stählernen Tisch liegen, mein Dad sei einfach noch auf der Arbeit und komme bald nach Hause, dann würden wir lachen und alles wäre wieder gut, er würde im ärmellosen T-Shirt herumsitzen und eine Camel rauchen, dazu ein Miller High Life trinken, mit meinem Onkel Anthony Karten spielen, wenn der zu Besuch käme, mit meiner Mutter in der Küche tanzen und mich mit raus zum Fenway Park nehmen, wo wir mit Popcorn auf der Tribüne sitzen und Jim Rice bei seinen Line Drives zusehen würden, für immer und ewig. Amen.

Doch dann kam meine Mutter auf wackligen Beinen heraus und blieb vor uns stehen. Sie sah um Jahre gealtert aus und zwinkerte nervös, was sie bis heute nicht mehr ganz verlassen hat. Sie schien es befremdlich zu finden, dass Christina und ich an roten Lakritzstangen lutschten, während sie sich ansah, was mit unserem Vater geschehen war. Einen Moment lang dachte ich, sie würde gleich umfallen und nie mehr wieder aufstehen. Aber sie fasste sich und kniete sich vor mich hin. Wie immer roch sie nach Lavendel. In ihren schönen großen braunen Augen standen Tränen. Sie nahm meine Hände und drückte sie so fest, dass ich beinahe aufschrie.

»Du musst es mir versprechen, und zwar hier und jetzt, Seamus Moynihan!«, schrie sie. »Du versprichst mir, dass du nie Polizist wirst!«

Im ersten Moment war ich zu verblüfft, um etwas zu sagen. Dann brach alles aus mir heraus, was ich zwei Tage lang zurückgehalten hatte, und ich umarmte sie schluchzend: »Ich verspreche es.«

Es sollte nicht das einzige Versprechen bleiben, das ich einem geliebten Menschen gab, nur um es später zu brechen.

»Ich schaffe das nicht«, sagte Sophia Cook.

»Keine Angst, Liebes, M.C. macht das«, meinte ihr Schwiegervater.

Eine Stunde war vergangen. Wir standen vor dem Leichenschauhaus von San Diego – einem niedrigen, bräunlichen Klinkerbau mit Flachdach, umgeben von einem Maschendrahtzaun und inmitten kleiner Industriebetriebe und Lagerhäuser gelegen, die sich auf einem heißen, staubigen Tafelberg unweit des Stadtzentrums erstreckten.

Ich rief mir das Bild meiner Mutter im Leichenschauhaus ins Gedächtnis und nickte Sophia Cook zu. »Ich glaube, das ist eine gute Idee. Sie können hier warten, Mrs Cook.«

Drinnen empfing uns Dr. Marshall Solomon. Er schüttelte M.C. die Hand, sprach ihm sein Beileid aus und geleitete uns durch einen Bürotrakt – die Schreibstube des Todes in Amerikas sechstgrößter Stadt. Über einen Flur ging es vorbei an Solomons Büro und durch eine Schwingtür in das Innerste des Leichenschauhauses. Die Böden mit makellosen kalkweißen Fliesen. Tische aus rostfreiem Stahl mit integrierten Wasserschläuchen und Abläufen. Große ovale Halogenlampen. Mikrophone über den Tischen. Waagen. Probenröhrchen. Skalpelle. Sägen. Der Geschmack roter Lakritze. Der Geruch von Lavendel. Und auf einer Bahre, die Solomon aus einem begehbaren Kühlraum herausrollte, lag die Leiche von Morgan Cook Junior.

Stocksteif sah M.C. auf das schwärzliche Etwas herab, das einmal sein Sohn gewesen war. Sein Junge, der ein Leben geführt hatte, von dem er nichts wusste. »Wann wird er für die Beerdigung freigegeben?«

»Übermorgen«, antwortete Solomon.

M.C. nickte abwesend, ohne den Blick von der Leiche zu wenden. Er hob den Kopf und sah mich an, die Augen wie Granit, über den Wasser läuft: »Eines müssen Sie von Morgan wissen: Er hat niemals aufgegeben«, sagte er mit zitternder Stimme. »Das erwarte ich auch von Ihnen. Schnappen Sie dieses kranke Schwein, Sergeant Moynihan. Jagen Sie ihn bis ans Ende aller Tage, wenn es sein muss. Haben Sie mich verstanden?«

Die Autopsie von Morgan Cook junior dauerte mehr als vier Stunden. Haut und Muskelgewebe waren stark nekrotisch und an Cooks rechtem Oberschenkel und seinem linken Arm auch vielfach aufgeplatzt, weshalb Solomon eine ganze Weile brauchte, bis er die Bissstellen exakt lokalisiert hatte. Aber es gab sie, wie er vorausgesagt hatte: Eine befand sich auf der Innenseite der Oberschenkel, unweit der Hoden, ein zweiter Biss dort, wo der linke Bizeps am Ellbogengelenk sitzt, und ein dritter am Hals, direkt unter dem Kinn.

Es lagen weitere Anzeichen einer massiven Vergiftung vor: Cooks Gehirn war vergrößert, die Zunge beinahe auf den doppelten Umfang angeschwollen, der Herzmuskel geschädigt und voller Wasser. Bei einem Mann von Cooks Statur wiegen die Lungenflügel normalerweise zwischen 250 und 300 Gramm. Die von Cook wogen beide an die 700 Gramm, so viel blutige Flüssigkeit hatte sich durch das Gift, das sein Atemsystem lahm gelegt hatte, in ihnen angesammelt. Aus der Zersetzung der Haut, des Gewebes und der Gefäße rund um die Bissstellen leitete Solomon ab, dass Cook zuerst unterhalb des rechten Ellenbogens gebissen worden war, dann in der Nähe der Hoden und schließlich am Hals. Zwischen den einzelnen Bissen lag jeweils mindestens eine Stunde.

»Der Knabe muss durch die Hölle gegangen sein«, sagte ich, während Solomon Cooks Mund untersuchte. »Wie lange wird das wohl insgesamt gedauert haben?«

»Sechs, vielleicht sieben Stunden.«

»Was für eine Art Klapperschlange war es?«

»Spielt das eine Rolle?«

»Vor Gericht durchaus. Immerhin ist sie die Mordwaffe.«

Solomon hob die Schultern. »Das Gift muss zur genauen Analyse eingeschickt werden. An der University of Southern California haben sie ein Laboratorium, das ... was haben wir denn hier?«

»Was gibt's?«, fragte ich und beugte mich über die Leiche, um besser sehen zu können.

Solomon nahm eine Pinzette und förderte ein grünes Stückchen zutage, das unter Cooks Zunge gesteckt hatte. Er roch daran. »Apfel. Da ist noch mehr, zwischen seinen Zähnen. Offenbar seine letzte Mahlzeit.«

Solomon steckte das Apfelstückchen in eine Plastiktüte und schob dann mit der Pinzette Cooks Zunge beiseite. Er runzelte die Stirn und bog das an einem Federarm befestigte gewaltige Vergrößerungsglas über Cooks Mund. Nachdem er eine Weile hindurchgeschaut hatte, machte er mir ein Zeichen. »Schauen Sie sich mal das Zahnfleisch und die Zunge an. Das kommt nicht von einem Schlangenbiss.«

Ich beugte mich vor und warf einen Blick durch das Vergrößerungsglas. Cooks Zahnfleisch und Zungenrand sahen verschrumpelt, entzündet, aufgeschürft aus. »Woher kommt das?«

»Gift«, antwortete Solomon.

11

Es war Strychnin.

Irgendwann im Verlauf des langwierigen Tötungsprozesses von Morgan Cook hatte ihm sein Mörder auch Rattengift eingeflößt. Die Laboruntersuchung wies eine relativ geringe Menge der Chemikalie in seinem Körper nach, sicherlich nicht genug, um einen kräftigen, gesunden Mann wie Cook zu töten.

Solomon und ich konnten uns keinen Reim darauf machen. Wozu noch das Strychnin, wenn man ihm schon so viel tödliches Schlangengift beigebracht hatte? Ich wälzte mich die ganze Nacht unruhig hin und her und versuchte, dieses neue Teilchen im Puzzle unterzubringen. Die Schlangenbisse lagen etwa eine Stunde auseinander. Sollte man daraus schließen, dass die Schlange die ganze Zeit auf Cook herumgekrochen war und ihn biss, wann es ihr einfiel? Als der Morgen graute, war ich fest davon überzeugt, dass die Verwendung und anschließende Entfernung der Fesseln, die Verteilung der Bisse, die Botschaft der »unsagbaren Freude« und die lange Leidenszeit, die man Cook auferlegt hatte, für einen Ritualmord sprachen. Was auch hieß, dass es vielleicht nicht der erste Fall dieser Art war und mit weiteren gerechnet werden musste.

Mit diesen Gedanken im Kopf stand ich kurz nach Sonnenaufgang auf und rief meine Schwester an.

Jeden Montagmorgen um acht Uhr treffen sich die sechs Sergeants und zwei Lieutenants, die die Mordkommissionen der Polizei von San Diego leiten, zur Besprechung, um den Fortgang der laufenden Ermittlungen zu diskutieren. Gewöhnlich wird das Palaver von Captain Hugh Merriweather geleitet, einem grantigen Walross von einem Mann mit grauem Schnurrbart und mehr als dreißig Dienstjahren auf dem Buckel. Als ich gähnend und mit einem Kaffee in der Hand in den Konferenzraum stolperte, sah ich zu meiner Überraschung, dass auch die stellvertretende Polizeichefin Helen Adler anwesend war. Sie saß zwischen Merriweather und Lieutenant Fraiser.

Helen ist eine gut aussehende Afroamerikanerin Ende vierzig. Sie hat Jura studiert und ist die erste Frau in der Polizeigeschichte, die es bis zur stellvertretenden Polizeichefin geschafft hat. Entgegen hartnäckiger Gerüchte war dieser einzigartige Aufstieg nicht ethnischen Förderquoten, sondern harter Arbeit, Hingabe und der Aufklärung einer Serie von Prostituiertenmorden zuzuschreiben, die San Diego Anfang der neunziger Jahre erschütterten. Sie ist knallhart, fair, besitzt ein heiseres Lachen und hat eine tolle Figur. Etwa sechs Monate nach meiner Scheidung ging auch ihre Ehe unter dramatischen Umständen in die Brüche, und eines Abends endeten wir nach zu vielen Drinks in der Bugkabine der *Nomad's Chant*. Einen Monat waren wir in aller Heimlichkeit ein Paar und halfen einander über eine schlimme Zeit hinweg. Danach gingen wir wieder unsere eigenen Wege. Die Trennung erfolgte in aller Freundschaft und aus Einsicht: Eine Beziehung zwischen einem weißen männlichen Sergeant mit wenig Ambitionen nach oben und einem schwarzen weiblichen Captain, der nach ganz oben will, das hatte keine Zukunft.

»Hast du das gesehen?«, fragte sie und schob mir die *Daily News* über den Tisch.

Auf der unteren Hälfte der Titelseite stand ein weiterer Artikel von Brett Tarentino. Jemand musste ihm gesteckt haben, dass am Tatort pornographische Darstellungen von Gruppensex gefunden worden waren. Er hatte Sophia in der Lobby des Omni Hotels aufgelauert, um sie über die Vorlieben ihres Mannes zu befragen. Wir hatten ihr versichert, Morgans Privatleben würde vorerst geheim bleiben. Sie fühlte sich betrogen und brach weinend zusammen. M.C. drehte durch, verpasste Tarentino einen Faustschlag und musste gebändigt werden.

»Was soll ich dazu sagen?« Ich zuckte die Schulter und las zu Ende. »Manchmal ist er eben ein Arschloch. Leider ist es genau diese Eigenschaft, die ihn zu einem guten Journalisten macht.«

»Ein Journalist, der auf dem Boot neben Ihrem wohnt«, warf Lieutenant Fraiser ein.

»Was wollen Sie damit andeuten?«

»Dass Sie die Plaudertasche sein könnten.«

»Sie glauben im Ernst, ich hätte Tarentino das gesteckt?«

Fraiser ließ ein kehliges Lachen hören. »Ich glaube, Sie würden so einiges für ein wenig Publicity tun.«

Der Arsch mit Ohren gehörte zu den Typen, die sich praktisch nie ein Lachen entlocken lassen – es sei denn auf meine Kosten. Selten habe ich ihn so kichern hören wie an dem Tag, an dem er zum Lieutenant ernannt wurde. Wir hatten fast vier Jahre lang konkurrierende Mordkommissionen geleitet, und es erboste ihn ohne Ende, dass mein Team besser war. Er ist einer dieser Detectives, die auf Laufarbeit setzen und nichts für kreative Analyse übrig haben. Seine Stärken: Papierkram, Zeitmanagement und pingelig eingeteilte Arbeitsschritte.

Nach meiner Überzeugung rührte seine Verbitterung daher, dass er etliche Jahre bei den Marines damit verbracht hatte, mit einem 50-Pfund-Rucksack über die staubigen Hügel von Camp Pendleton zu keuchen, um sich auf einen Kriegseinsatz vorzubereiten, zu dem er nie abkommandiert wurde: Sein Offizierspatent erhielt er kurz nach Grenada, nach Panama wurde er nicht gerufen, und bevor der Desert Storm losbrach, wurde er ausgemustert. Meine größte

Angst war, dass der Rambo in ihm durchbrechen könnte, wenn er eines Tages auf einen Täter in Militärklamotten und mit arabischem Akzent stoßen sollte.

Wie auch immer, als sich die Gelegenheit bot, Lieutenant der Mordabteilung zu werden, gelang es Fraiser, unsere Vorgesetzten davon zu überzeugen, dass ich bloß ein Spinner sei, zugegeben einer mit Ermittlungstalent, aber ohne Führungsqualitäten. Gegen diese mittlerweile verfestigte Ansicht komme ich kaum noch an. So wurde der Arsch mit Ohren mein Vorgesetzter, und ich muss mich seitdem mit seinen ätzenden Kommentaren, seinem fiesen Lachen und seinen unter die Gürtellinie gehenden Gemeinheiten herumschlagen.

Ich sah ihm fest in die Augen und erwiderte: »Ich lese hier nirgends meinen Namen. Ihrer hingegen ist bei den Dementis kaum zu übersehen.«

Fraiser lief rot an und schien kurz davor zu explodieren, doch Helen hob beschwichtigend die Hand. »Der Punkt ist, dass der Fall anscheinend eine große Presse bekommt, Shay.«

Ich setzte mich, unbeeindruckt von Fraisers glühendem Blick. »Ich weiß. Die *Daily* hat ein Problem mit ihrer Auflage. Sie werden Tarentino Tag und Nacht daransetzen. Die Fernsehstationen werden auch nicht lange fackeln.«

»Ich möchte jeden Morgen Berichte auf meinem Schreibtisch sehen«, verlangte Helen. »Verstanden?«

Ich verstand durchaus. Polizeichef Norman Strutt hatte kürzlich durchblicken lassen, dass er bald in Pension gehen wolle, und Helen Adler wollte sich die Chance nicht entgehen lassen, als erste dunkelhäutige Frau die Polizei einer Metropole zu leiten.

»Kein Problem«, versprach ich.

Merriweather pochte auf die Zeitung. »Schlangen und Gruppensex. Ist das eine neue Mode? So wie die Schwulen es vor ein paar Jahren mit Gerbilen getrieben haben?«

»Das waren doch reine Erfindungen, Cap«, erwiderte ich.

»Fragen Sie besser Ihren Freund Tarentino, ob nicht doch was dran ist«, warf Fraiser scharf ein.

Bevor ich darauf reagieren konnte, klopfte es an der Tür, und Dr. Christina Varjjan trat ein. Mit ihrem etwas abwesenden Gesichtsausdruck, ihrer porzellanweißen Haut, ihrem langen, rot gelockten Haar und dem grauen Leinenkostüm hätte man denken können, sie komme gerade aus einer Fotosession mit Laura Ashley. Ich bin ein dunkler Typ, mehr nach meiner Mutter geraten. Meine jüngere Schwester hat ihre irische Schönheit von Dad geerbt.

Christina hat auch Dads eingebauten Riecher für Ärger mitbekommen, der ihr bei der Arbeit sehr zupass kommt. Seit fast einem Jahrzehnt ist sie leitende psychologische Beraterin bei der Staatsanwaltschaft von San Diego. In dieser Eigenschaft hat sie Tausende von Verbrechern befragt. Es geht der Witz um, dass sie sich deshalb in Rikko verguckt habe: Die Heirat mit ihm ermögliche ihr die lebenslange Studie einer Gangsterpsyche, die es geschafft habe, innerhalb der Grenzen des Gesetzes zu bleiben. Polizeistationen in ganz Südkalifornien greifen auf Christina zurück, wenn es gilt, ein Täterprofil zu erstellen und die Verhaltensspezialisten vom FBI überlastet sind.

»Was will sie hier?«, fragte Fraiser.

»Schön, Sie zu sehen, Lieutenant«, sagte Christina und nahm neben mir Platz. »Seamus meinte, ich könnte in der Sache mit dem Schlangenmörder helfen.«

»Es gibt keine Hinweise darauf, dass es sich um einen Serienmörder handelt«, widersprach Fraiser.

»Leben Sie eigentlich hinter dem Mond?«, fragte ich. »Die ganze Sache stinkt nach einem Ritual.«

»Shay hat Recht«, meinte Christina und blickte in die Runde. »Schauen Sie sich nur einmal die Botschaft an: *Welch unsagbare Freude, den Tod in Händen zu halten.* Es ist eine ekstatische Erfahrung für ihn.«

Merriweather rieb sich mit den Daumen die Schläfen. »Wie viel Zeit haben wir?«

Meine Schwester zuckte die Schultern. »Das hängt davon ab, wie lange er das schon macht.«

Helen Adler drehte unablässig einen Stift zwischen Daumen und Zeigefinger. »Hatten Sie schon Akteneinsicht, Dr. Varjjan?«

Christina nickte. »Flüchtig, aber Shay hat mir alles Wesentliche erzählt.«

»Ich bin sicher, Sie beide haben schon eine klare Vorstellung, wer es war«, meinte Fraiser und rollte mit den Augen.

»Das nicht«, antwortete Christina. »Aber wir können immerhin ein paar Vermutungen wagen.«

»Nur zu, Dr. Varjjan«, sagte Adler.

Christina rutschte auf ihrem Stuhl nach vorne. »Ihr Mörder ist mit größter Wahrscheinlichkeit weiß, Ende zwanzig bis Anfang vierzig, hochintelligent und gut organisiert. Er könnte ein Kindheitstrauma mit sich herumschleppen, wahrscheinlich sexueller Natur, vielleicht waren dabei Schlangen im Spiel.«

»Ein Mann, sagst du?«, unterbrach ich sie. »Morgan stand auf Paare. Und wir haben am Tatort auch Scheidenflüssigkeit gefunden.«

Sie nickte. »Ich nehme an, dass sie zum Zeitpunkt der Tat schon gegangen war. Wenn sie doch dabei war, stand sie unter der Kontrolle des Mörders. Es war seine Phantasie, nicht ihre.«

»Woher wollen Sie das wissen?«, fragte Adler.

»Statistiken«, erwiderte Christina. »Aus welchen Gründen auch immer, es ist eine Tatsache, dass Frauen ihre Enttäuschungen und emotionalen Verletzungen nicht so aggressiv ausleben wie Männer. Sie mutieren nicht wie Männer zu Raubtieren, und sie reagieren sich nicht emotional und sexuell an Fremden ab. Es mag sexistisch klingen, aber das Problem sind nun einmal die Männer. Bisher hat es nur eine Frau gegeben, die mit Ritualmorden von sich reden machte – Aileen Wuornos. Also können wir davon ausgehen, dass ein Mann dahinter steckt. Vielleicht benutzt er die Frau als Lockvogel. Aber letztendlich ist es sein Spiel.«

Adler legte ihren Stift weg und sah meine Schwester aufmerksam an. »Und was für ein Spiel ist das?«

»Tja, das ist die Frage«, antwortete Christina und hob die Hände. »Das kann ich noch nicht sagen. Was ich allerdings weiß, ist, dass sich außer den Abschürfungen durch die Fesseln und den Schlangenbissen keinerlei Anzeichen eines Kampfes an Cooks Leiche fanden. Deshalb würde ich die Suche auf einen Extrovertierten konzentrieren, der über die Fähigkeit verfügt, sich Menschen, insbesondere Männer, gefügig zu machen.«

»Woher wollen Sie das nun wieder wissen?«, fragte Captain Merriweather.

Christina lächelte gelassen. »Weil Männer sich beim Sex wie Platzhirsche verhalten, die ihr Territorium verteidigen. In der Gegenwart eines Weibchens wäre es trotz dieser Swingerei mit Sicherheit peinlich geworden. Um es zu wiederholen, Cooks Leiche wies keine Spuren eines Kampfes auf. Unser Killer ist also ein guter Schauspieler, ein Serienmörder vom Kaliber Ted Bundys, er ließ Cook nichts von der sexuellen Raserei spüren, die sich in ihm angestaut hatte.«

»Was soll dieser Platzhirsch-Quatsch?«, schnaubte Fraiser. »Vielleicht haben sie Cook einfach eine Kanone unter die Nase gehalten und ihm klargemacht, er legt sich aufs Bett, oder es knallt.«

Christina schüttelte den Kopf. »Zu einfach. Sexualverbrecher fühlen sich anderen Menschen überlegen. Es war sicherlich schon erregend für ihn, sich Cook zu nähern und ihn in die entsprechende Situation zu manövrieren. Er gestaltete diese Phase der Zeremonie sehr trickreich, um sich zu beweisen, dass er es fertig bringt.«

»Warum Cook?«, wollte Adler wissen.

Christina lehnte sich zurück und faltete die Hände zusammen. »Das ist eine schwierige Frage. Betrachten wir es vom sexuellen Blickwinkel her. Cook steht auf Gruppensex. Das ist der Köder. Aus noch unbekannten Gründen bringt das unseren Mörder in Rage. Warum? Vielleicht, weil Cook ein Ehebrecher ist. Vielleicht auch nur, weil Cook ein Opfer seiner Begierden ist und der Mörder solche Gefühle an sich selbst ablehnt.«

»Intellektuelle Selbstbefriedigung«, warf Fraiser sarkastisch ein. »Kommen wir noch zu echter Polizeiarbeit hier? Damit werden wir den Mörder jedenfalls nicht schnappen.«

»Lassen wir Dr. Varjjan ausreden, Lieutenant«, fuhr ihn Adler an. »Was gibt es noch zu bemerken?«

Christina beugte sich wieder vor. »Beachten Sie, wie die Schlange benutzt worden ist, Chief. Bisse mit großem Zeitabstand. Der Mörder versteht sich nicht bloß als Geißel, die jene hinwegfegt, deren Neigungen er verdammenswert findet. Er möchte, dass seine Opfer noch eine Weile leben. Die Schlange ist hier nicht nur ein Tötungsinstrument, sondern, worauf Seamus mich hingewiesen hat, auch ein Folterinstrument. Wir haben es also mit einem Sadisten zu tun, jemand, der ›unsagbare Freude‹ aus Cooks Leiden gezogen hat. Eine schreckliche, tödliche Mischung.«

»Was schlagen Sie also vor, Dr. Varjjan?«, fragte Adler.

»Das Einzige, was Sie tun können«, antwortete Christina und sah mich dabei an. »Den Mörder schnappen, bevor er wieder zuschlägt.«

12

Die Innenausstattung des Morddezernats von San Diego hätte direkt aus dem Ladenbüro eines Versicherungsmaklers in Omaha stammen können. Mit stumpfgrauem Stoff bespannte Raumteiler untergliederten den vierten Stock des Präsidiums in größere Kabinen. Die Möblierung bestand aus schlichten Metallschreibtischen und Aktenschränken. Jede der sechs Mordkommissionen hatte ihr eigenes, voll gestopftes Kabuff.

Nach der Besprechung heftete ich die Phantomzeichnung des Mannes, den Mary Aboubacar aus den Sea View Villas hatte kommen sehen, über meinen Schreibtisch, direkt neben das Foto von Jimmy im Trikot seiner Mannschaft. Dann informierte ich das Team darüber, welche neuen Erkenntnisse wir durch Sophia Cook, die Autopsie und meine Schwester gewonnen hatten.

»Wo fangen wir also an, Boss?«, wollte Jorge wissen.

»Du nimmst Cooks Laptop unter die Lupe«, antwortete ich. »Schau nach, ob da irgendwelche Terminkalender drin sind oder Hinweise auf die Chat Rooms, von denen seine Frau gesprochen hat.«

»Ich werde das Ding ins forensische Computerlabor des FBI mitnehmen«, versprach er.

»Und löse ViCAP-Alarm aus. Hier und bundesweit.«

ViCAP ist die Abkürzung für »Violent Criminal Apprehension Program«. Es handelt sich um ein Computernetzwerk, das beinahe sämtliche Polizeistationen des Landes miteinander verknüpft. Wir aktivieren es oft, um zu überprüfen, ob ein Fall, der bestimmte Merkmale aufweist, Ähnlichkeiten zu einem anderen Tötungsdelikt in einer fernen Stadt oder einem anderen Bundesstaat aufweist.

»Wird gemacht«, versprach Jorge.

»Prima. Dann brauchen wir jemanden, der sich mit Giftschlangen auskennt und uns die Schuppen identifizieren kann, die wir gefunden haben.«

Missy setzte ihren ersten Latte Macchiato des Tages ab. »Der Zoo«, sagte sie. »Dort gibt es ein Schlangenhaus, das der Hauptdarsteller von *Kaltblütig* leitet!«

»Ich kenne den Clown aus dem Kabelfernsehen«, meinte Rikko und stopfte sich den Rest einer Blätterteigtasche in den Mund. »Wie soll man es ausdrücken? Ein bisschen unterbelichtet ist der Kerl schon. Dauernd hält er seine Fresse vor eine Kobra oder einen Alligator und sagt dazu: ›Oh Mann, das ist aber ein hässlicher Bursche.‹«

Missy warf Rikko einen bösen Blick zu. »Ist aber ein süßer Typ. Außerdem habe ich eine Schwäche für seinen australischen Akzent.«

»Macht uns einen Termin bei diesem Schlangenmenschen«, sagte ich. »Und Rikko, wenn du mit dem Papierkram fertig bist, geh nochmal zu Double Helix. Sprich mit Cooks Kollegen. Versuch rauszubekommen, ob sie mehr über sein Privatleben wussten als sein Chef.«

Der Zoo von San Diego beherbergt eine der größten Sammlungen von Säugetieren, Reptilien und Vögeln aus der ganzen Welt. Er ist berühmt für die artgerechte und einfallsreiche Präsentation seiner Bewohner. Ein besonderes Schmuckstück ist das Klauber-Shaw-Reptilienhaus. Auf den ersten Blick erscheint es wie ein schmucker weißer Bungalow mit umlaufender Veranda. Dann erst bemerkt man die großen Glasflächen, die in die Wand eingelassen sind. Dahinter hingen an diesem frühen Nachmittag Boas Constrictor und Pythons von Ästen herab. Eine Anakonda sonnte sich in einem großen Teich. Ein riesiger Komodo-Waran stolzierte in einem Freigehege herum.

Missy und ich schoben uns durch Dutzende von Kindern, die vor Vergnügen und Schauder kreischend von einem Terrarium zum nächsten rannten. Wir klingelten an einer großen, gelbbraunen Metalltür. Eine äußerst attraktive Frau öffnete uns. Sie war Anfang dreißig, annähernd einen Meter achtzig groß, hatte die Figur einer Tänzerin, und man sah auf den ersten Blick, dass sie sich der Wirkung ihrer Erscheinung bewusst war. Das dunkelbraune Haar trug sie modisch kurz geschnitten. Die im Zoo übliche Einheitskleidung – Khakibluse, Shorts, Wanderstiefel – ergänzte sie mit Perlenohrringen und einer passenden Kette. Allerdings verzichtete sie auf Make-up. Ihre braunen, mandelförmigen Augen waren von natürlich dichten Wimpern umrahmt. Sie hatte volle rote Lippen, und ihre Wangenknochen bildeten einen sanften Bogen. Ihre Nase war etwas großzügig bemessen, für meinen Geschmack jedoch fügte sie ihrer Gesamterscheinung nur einen Hauch Exotik bei. Ein Schildchen an ihrer Bluse wies sie als Dr. Janice Hood, stellvertretende Leiterin des herpetologischen Instituts aus.

Normalerweise verfehlen meine Größe und mein Aussehen ihre Wirkung auf Frauen nicht, Dr. Hood jedoch nahm kaum Notiz von mir.

»Kann ich etwas für Sie tun?«, fragte sie.

Wir stellten uns vor und zeigten unsere Marken. Dann erkundigten wir uns nach Nick Foster.

Sie hob die Augenbrauen und quälte sich ein Lächeln ab. »Zu dem wollen immer alle. Gut, kommen Sie, seine Show fängt gleich an. Er steht Ihnen anschließend sicher gern zur Verfügung.«

Wir folgten Dr. Hood über einen betonierten Weg zu einem Saal mit steil aufragenden Sitzreihen. Unten gab es ein Wasserbecken, dahinter eine Bühne und einen Vorhang. »Hier findet auch unsere Seehund-Show statt«, informierte uns Dr. Hood. »Nehmen Sie bitte Platz. Wenn man überhaupt etwas Positives über Nick sagen kann, dann, dass er unterhaltsam ist. War nett, Sie beide kennen zu lernen.«

Zu meiner großen Bestürzung ging sie von dannen, ohne mich eines Abschiedsblicks zu würdigen. Missy und ich setzten uns zwischen die etwa fünfhundert Zuschauer. Die sechs vordersten Reihen füllten Frauen jüngeren und mittleren Alters. Bald begann die Menge zu klatschen, mit den Füßen zu stampfen und den Beginn der Show zu fordern. Aus den Lautsprechern dröhnte die nervenzerfetzende Kennmelodie von *Kaltblütig* – eine Tiersendung mit der höchsten Einschaltquote in der Geschichte des Kabelfernsehens. Der Bühnenvorhang öffnete sich ein Stück und gab den Blick frei auf einen geflochtenen Korb vor einer großen Projektionsleinwand. Während die Musik anschwoll, erschien das Bild einer Königskobra auf der Leinwand. Die Kobra richtete sich aus einer zusammengeringelten Stellung auf, wirbelte herum und blähte ihren Hut auf. Ihre Augen glänzten wie kleine polierte Steine, und ihre Zunge fuhr durch die Luft.

»Da«, rief Missy und wies zur Bühne, wo sich die echte Kobra aus ihrem Korb erhob.

In den vorderen Reihen begannen Frauen zu kreischen. Einige Kinder warfen sich schutzsuchend in die Arme ihrer Mütter, andere reckten die Hälse, um einen besseren Blick zu erhaschen. Dann öffnete sich der Vorhang vollends, und der Star von *Kaltblütig* höchstpersönlich sprang auf die Bühne, das Mikrophon an einem Headset befestigt.

Nick Foster war ein kantiger, gut aussehender Mann mit schulterlangem, sonnengebleichtem braunem Haar. Sein kurzärmeliges, bis zum Nabel offenes Safarihemd spannte sich über mächtigen Armmuskeln. Die Menge tobte, und zu meiner Überraschung klatschte Missy begeistert mit. Foster ließ den Applaus abebben und ging dann behutsam auf die Schlange zu.

Der Mann war ein begnadeter Unterhaltungskünstler.

Ohne große Umschweife gab er dem Publikum, weswegen es gekommen war – jemanden, der dem Tod ins Auge sah. Tiefes Schweigen senkte sich über die Zuschauerränge, unterbrochen lediglich vom leisen Schluchzen eines Kindes. Foster hielt inne, sah ins Publikum, fand das weinende Kind und legte den Finger an die Lippen. Das kleine Mädchen verstummte sofort, nickte und richtete sich im Schoß seiner Mutter auf.

Foster lächelte, machte ihr ein aufmunterndes Zeichen und wartete, bis sich das freundliche Lachen gelegt hatte. Dann nahm er die Haltung eines Skaters an, der sich anschickt, eine Reihe gefährlicher Sprünge vorzuführen. Er näherte sich der Schlange, die ihre Aufmerksamkeit immer noch auf die verschreckten Frauen in der ersten Reihe gerichtet hatte, von der Seite. Das Tier nahm keine Notiz von Foster, bis er auf anderthalb Meter herangekommen war.

Die Schlange wandte den Kopf und blickte Foster geradewegs an. Dann ließ sie sich aus ihrer aufrechen Stellung fallen, wirbelte ihren zusammengeringelten Hinterleib herum und hob wieder den Kopf. Nun schaute sie in seine Richtung, bog sich zurück und pendelte leicht hin und her. Foster ging vor der Schlange in die Knie, das Körpergewicht auf den Ballen, den Mund sperrangelweit offen, als wüsste er selbst nicht, ob er mit heiler Haut aus dieser Situation herauskäme.

»Vorsicht, Spucke«, warnte er über das Mikrophon. »Diese fiesen Biester spucken einem gern in die Augen, bevor sie zum Todesbiss ansetzen. Sie wollen ihr Opfer blind machen, meine Damen und Herren, liebe Jungen und Mädchen. Passen Sie auf. Gut aufpassen, Leute.«

Kaum hatte er dies verkündet, als die Schlange auch schon ausholte, ihr Maul öffnete und zwei sichelförmige Fangzähne sehen ließ, bevor ihr Kopf nach vorne schnellte. Ein dünner Strahl schoss durch die Luft.

Doch der Direktor des herpetologischen Instituts war schneller, er duckte sich, wobei er der Schlange noch näher kam. Das Gift spritzte über seinen Rücken hinweg, ohne Schaden anzurichten. Mit einem Mal hatte Foster den Korb zwischen den Knien, die Nase nur Zentimeter vom offenen Rachen der Schlange entfernt. Die Kobra holte wieder aus, und der Menge entfuhr ein Schreckensschrei.

Foster war so schnell, dass man kaum mitkam. Die Schlange stieß zu, und im nächsten Augenblick hatte er sie schon fest im Griff, die Hand direkt unter den klaffenden Kiefern.

Es folgte eine dramatische Pause, erfüllt vom Jubel des Publikums, dann rollte Foster rückwärts und sprang auf die Füße, die Kobra hoch über den Kopf hebend. Das wütende Maul der Schlange stand weit offen, und sie peitschte und wand sich um seinen Unterarm.

»Willkommen bei *Kaltblütig!*«, röhrte Foster.

Das Publikum tobte. Missy sprang auf die Füße und applaudierte begeistert. »Ist er nicht wie Indiana Jones?«, rief sie mir zu.

Ich konnte es nicht fassen, dass sich da eine meiner abgebrühtesten Detectives wie ein Groupie im Angesicht von Mick Jagger benahm. Dr. Hood trat mit einem schwarzen Metallbehälter auf die Bühne. Foster hielt ihr die Schlange hin. Sie zuckte zurück, öffnete aber die Box. Er lachte. »Wer unsere Show regelmäßig sieht, der weiß, dass Janice Hood eine der größten Reptilienexpertinnen der Welt ist. Ihre Spezialität sind Chamäleons. Aber bei Giftschlangen wird sie leicht nervös.«

Hood lachte demonstrativ über sich selbst. »Ehrlich, Nick, die machen jeden nervös, der auch nur ein paar Gramm Hirn im Kopf hat.«

»Jeden mit ein paar Gramm Hirn außer mir«, erwiderte Foster und warf den Frauen in der ersten Reihe einen schmachtenden Blick zu.

13

Der weitere Verlauf der Show war dann eher lehrreich gestaltet. Foster und Hood mischten Biologie, Umweltschutz und spannende Geschichten, um die Kobra als eine der gefährlichsten Schlangen der Welt zu präsentieren.

Nach der Vorstellung gingen wir zum Reptilienhaus zurück und läuteten noch einmal. Diesmal öffnete uns ein Mitarbeiter, der uns in einen großen rechteckigen Raum mit blankem Estrichboden führte. Drinnen herrschte eine schwüle Atmosphäre. Ein säuerlicher Geruch wie von tierischem Urin lag in der Luft. Wir passierten Terrarien mit Schlangen und einen hohen Kühlschrank mit Glastür, dessen Inhalt ein Schild als »Gegengift« auswies. Darin lagen kleine weiße Schachteln, auf denen »Puffotter«, »Gabunviper«, »Taipan« oder »Mamba« geschrieben stand. Durch eine Art Atrium kamen wir zu einer Tür mit der schlichten Aufschrift »Nick«.

Wir klopften. Foster antwortete dröhnend mit spürbar australischem Akzent: »Yeah, immer reinspaziert!«

Ich drehte den Türknopf und betrat ein voll gestopftes Büro. Es wurde von einem massiven Eichenschreibtisch und gerahmten Fotografien beherrscht, die Foster mit Prominenten und Politikern zeigten. Mr Kaltblütig stand hinter dem Tisch. Aus der Nähe betrachtet hatte er etwas Affenartiges, insbesondere seine Unterarme und Hände ließen an einen Gorilla denken. Zwischen seinen knubbligen Fingern glimmte eine Zigarette. Eine bläuliche Rauchwolke wirbelte vor seinem Gesicht, das noch kantiger aussah als unter der Bühnenbeleuchtung. Anstelle des Mikrophons trug er nun ein Telefon-Headset. Er nickte seinem unsichtbaren Gesprächspartner bejahend zu, während er mit seiner fleischigen Pranke meine Hand drückte und Missy schamlos taxierte.

»Tag, mein Freund«, sagte er in seinem breiten Akzent. »Tag, Miss. Setzen Sie sich. Bin gleich für Sie da.«

Missy schmachtete ihn hemmungslos an. Foster zwinkerte ihr zu, als sie sich auf einen Holzstuhl vor seinem Schreibtisch niederließ. Ich verfrachtete zunächst einmal einen Stapel zoologischer Fachzeitschriften vom zweiten Stuhl auf den Boden. Foster hob zustimmend den Daumen, bevor sich seine Brauen zusammenzogen und er seine Zigarette im Aschenbecher zerdrückte.

»Jetzt fang mir nicht so an, Richard!«, schimpfte er. »Ich fahre elf Prozent zur Hauptsendezeit ein, das dürfte ja wohl einzigartig sein für eine Tiersendung im Kabelfernsehen. Wenn ihr Bodenturner in New York nicht bald ein bisschen mehr Kohle rüberschiebt, dann gehen wir mit *Kaltblütig!* eben zu Discovery oder Geographic!«

Er lauschte eine Sekunde und stieß dann mit dem Finger in die Luft. »Glaubst du nicht? Jetzt hör mir mal zu, mein Freund, ABC verhandelt schon mit meinem Agenten über mehrere einstündige Sendungen, komplett finanziert, Thema egal, wozu ich Lust habe, so wie sie dieser Jacques Dingsda, äh, Cousteau, früher gedreht hat. Also, machen wir den Sack jetzt zu, oder du kannst dir die ganze Geschichte in die Haare schmieren. Habe ich mich klar ausgedrückt, Richard?«

Foster horchte wieder und nickte dann eifrig. »Das hört sich schon viel besser an, mein Freund«, sagte er. »Halt mich auf dem Laufenden.«

Er riss sich das Headset vom Kopf, warf es auf den Schreibtisch und grabschte sich eine Packung Marlboro. »Tschuldigung. Diese Knilche in New York bilden sich im Ernst ein, dass sie *Kaltblütig!* zum Erfolg machen, und nicht meine Wenigkeit«. Er zwinkerte wieder. »Die haben doch einen an der Waffel, oder?«

Missy blinzelte und lächelte gezwungen. »Ich mag Ihre Show, ich schaue sie mir jede Woche an.«

»Fans sind mir immer willkommen«, meinte er. »Was kann der gute alte Nick Foster für Sie tun?«

Ich zog die Spurensicherungstüte mit den zwei Hautschuppen, die wir zwischen Cooks Bettzeug gefunden hatten, aus meiner Hemdtasche. »Vielleicht können Sie uns sagen, von was für einer Schlange das hier stammt.«

Foster nahm die Tüte und hielt sie stirnrunzelnd gegen das Licht. Dann setzte er sein Headset wieder auf und wählte eine Nummer an der Basisstation. »Janice? Hast du mal Zeit? Lass das Chamäleon in Ruhe und komm in mein Büro rüber.«

Wieder riss er sich den Kopfbügel achtlos herunter. »Ich erkenne sie prima, wenn sie herumkriechen, aber wenn es nur ein paar Stückchen sind wie das hier, dann ist Janice zugegebenermaßen besser.«

Hood stürzte herein und fiel sogleich über ihn her. »Mir bleiben noch zwei Wochen für dieses Projekt, das weißt du doch.«

»Dr. Janice Hood«, stellte Foster sie kühl vor. Hood klappte den Mund zu und sah uns dann entschuldigend an. »Verzeihung, Officers, Sie habe ich ganz vergessen.«

»Die Polizei braucht unsere Hilfe, Janice«, sagte Foster, ihre Verlegenheit sichtlich genießend. Er reichte ihr die Tüte: »Kannst du uns sagen, von was für einer Schlange diese Schuppen stammen?«

Hood hielt die Tüte ins Licht. Verwunderung huschte über ihr Gesicht, dann meinte sie: »Hast du ein Vergrößerungsglas?«

Foster kramte in einer Schublade und reichte ihr eines mit einem Messinggriff. Sie drehte die Tüte hin und her und betrachtete sie eingehend. »Das stammt von zwei verschiedenen Schlangen«, sagte sie schließlich. »Das quadratische Stück ist von einer *Crotalus*, einer

Klapperschlange. Das dreieckige stammt von einer *Dendroaspis*. Einer Mamba.«

»Im Ernst?«, meinte Foster, mit einem Mal interessiert. »Von einer schwarzen oder von einer grünen?«

»Einer grünen, würde ich sagen, aber mit Sicherheit lässt sich das nur durch eine DNA-Analyse feststellen«, antwortete sie. »Gilt auch für die Klapperschlange.«

»Zwei Schlangen?«, wunderte ich mich. »Sind Sie sicher?«

»Kein Zweifel«, sagte sie. »Mambas haben alle diese länglichen, ungekielten Schuppen wie Blätter einer Kriechpflanze.«

»Wie sieht so eine Mamba aus?«, fragte Missy.

»So wie dieses nette Tierchen hier«, sagte Foster und wies auf ein eingerahmtes Poster.

Es zeigte ihn selbst in der halb kauernden Haltung, in der wir ihn auf der Bühne gesehen hatten. Den Blick hatte er fest auf eine wütende schwarze Schlange gerichtet, die er etwa einen halben Meter vom Schwanzende gepackt hielt. Die Schlange bog sich mit weit aufgerissenen Kiefern zurück. Deutlich hob sich die orangefarbene Kopfzeichnung gegen den beeindruckenden Fang ab. Über dem dramatischen Actionfoto, das wie das Cover eines Abenteuerromans aussah, prangte in reißerisch großen Buchstaben: »Nick Foster – Mr Kaltblütig!«

Foster kam hinter seinem Schreibtisch hervor und trat vor das Poster. Mit spürbarer Erregung erklärte er: »Die Mamba ist eine der gefährlichsten Schlangen der Welt. Die Geißel Afrikas. Diese hier lebte in den Wäldern von Tansania an der Grenze zu Kenia. Soll sechs Menschen in einem einzigen Dorf getötet haben. Es sprach sich herum, dass ich in der Gegend eine Sammeltour unternahm, da hat man mich gefragt, ob ich sie nicht einfangen will. Kapitales Exemplar. Jetzt ist es da draußen in einem Terrarium.«

Foster kam ins Schwärmen wie ein Kind. Dass er sich für etwas, das den meisten Menschen Schauer über den Rücken jagte, ungezügelt begeisterte und noch dazu aussah wie ein Abenteurer, machte seinen Erfolg aus: Fans wie Missy bewunderten an ihm, dass er so offensichtlich in die Gefahr verliebt war.

»Wenn jemand am Biss einer Mamba stirbt, sieht das dann so ähnlich aus wie Ebola?«, fragte ich.

»Jetzt weiß ich, worum's geht.« Foster schnippte mit den Fingern. »Diese Geschichte aus der Zeitung.«

»Richtig«, meinte Missy. »Die Leiche des Opfers war schwarz angelaufen und mit Blutblasen übersät. Kann das die Folge von Mambabissen sein?«

Foster schüttelte nachdenklich den Kopf. »Ich habe nie jemanden gesehen, der von einer Mamba gebissen wurde. Von Puffottern. Braunschlangen. Von einer Kobra, einmal. Aber von einer Mamba? Nein. Du vielleicht, Janice?«

Sie schüttelte den Kopf. »Aber grundsätzlich kann man sagen, dass das Gift der Mamba aus Neurotoxinen zusammengesetzt ist: Es greift das zentrale Nervensystem an. Das Gift einer Klapperschlange dagegen wirkt auf das Atemsystem und den Blutkreislauf. Da scheint mir die Wahrscheinlichkeit von Blutbläschen größer. Aber eigentlich ist das nicht mein Spezialgebiet.«

»Könnten wir sie uns einmal ansehen?«, fragte ich. »Die Mamba, meine ich.«

Foster zog die Augenbrauen zusammen und schaute auf seine Uhr. »Muss mich entschuldigen, leider, ich habe eine Telefonkonferenz«, sagte er. »Janice, zeig ihnen die Mamba, und hilf ihnen, wenn sie sonst noch Fragen haben.«

Einen Moment lang verschlug es Dr. Hood die Sprache, dann lächelte sie und schüttelte ungläubig den Kopf. »Das liebe ich an dir, Nick. Du bist immer so zuvorkommend.«

14

Die Mamba befand sich in einem Terrarium hinter dem Besucherbereich. Sie war annähernd einen Meter fünfzig lang und glänzte wie gelackt. Ihre Farbe war eher olivbraun als schwarz, der geschuppte Unterleib war perlweiß, und auch an beiden Seiten des Kopfes hatte sie weiße Streifen, was ihren unverwandt starrenden, schwarzen Augen einen hypnotischen Ausdruck verlieh. Entfernt erinnerte der Kopf an den eines Seepferdchens, nur dass er breiter und größer war. Halb aufgerichtet rutschte sie an der Scheibe entlang.

»Sie hat gemerkt, dass wir auf sie zukommen«, erklärte Janice Hood. »Schlangen nehmen sehr gut Erschütterungen wahr. Diese Burschen verteidigen ihr Territorium. Sie sind ziemlich aggressiv.«

»Der Biss ist tödlich, oder?«, fragte Missy.

Die Herpetologin nickte. »Die *Dendroaspis polylepis* schafft sogar einen Wasserbüffel. In manchen Gegenden Afrikas nennt man sie den ›Schatten des Todes‹. Sie ist sehr schnell. Angst vor Menschen kennt sie nicht.«

»Wer hat Zugang zu den Schlangen hier?«, fragte ich.

»Beinahe jeder, der in diesem Institut arbeitet«, antwortete sie. »Im Ganzen elf Leute. Außerdem das Wachpersonal. Aber ich kann Ihnen versichern, dass es unmöglich ist, unbemerkt eine Schlange raus- und wieder reinzuschaffen.«

»Und sind in jüngerer Zeit irgendwelche Klapperschlangen oder Mambas weggebracht worden oder hinzugekommen?«

»Nicht dass ich wüsste«, erwiderte sie.

»Wenn die gesuchte Schlange nicht von hier stammt …

wie könnte sich ein gewöhnlicher Bürger so eine beschaffen?«, fragte ich. »Also jemand, der nicht über solche Kenntnisse verfügt wie Sie oder Ihr Mr Foster.«

Sie machte ein verärgertes Gesicht. »Um eins klarzustellen: Er ist nicht ›mein‹ Mr Foster.«

»Ich gebe zu, er macht auch auf mich einen anderen Eindruck als im Fernsehen«, sagte Missy. »Aber kann es vielleicht sein, dass Sie ihn nicht besonders mögen?«

»Mr Kaltblütig?«, erwiderte sie amüsiert. »Ja, Detective, das kann durchaus sein.«

»Darf ich fragen, wieso?«, sagte ich.

Sie hob die Hände. »Die Gründe kann ich gar nicht alle aufzählen.«

Sie erzählte uns, dass Foster aus einer Familie stammte, die im australischen Busch südlich von Cairns eine Schlangenshow präsentierte. Cairns ist die Stadt mit den meisten giftigen Reptilien der Welt. Von frühester Kindheit an zeigte Foster Talent im Umgang mit Mulgaschlangen, Nattern und auch den gefährlichsten überhaupt, den Taipan. Foster entging nicht, dass es die Menschen fasziniert, wenn jemand keine Furcht vor Schlangen zeigt. Er sah die Möglichkeit, sich mit seinen Fähigkeiten vor einem breiteren Publikum einen Namen zu machen. So kaufte er sich eine Videokamera und begann, seine Spielchen mit den Giftschlangen im Busch zu filmen. Das australische Fernsehen riss sich um das Material.

»Ein paar Jahre später sah ihn einer von den hohen Tieren hier vom Zoo in San Diego im australischen Fernsehen und kam auf die Idee, ihn als Zugpferd einzuspannen«, fuhr sie mit spürbarer Verbitterung fort. »Also holten sie ihn rüber, machten ihn zum Direktor des herpetologischen Instituts und verhalfen ihm zu einem Vertrag für die erste Staffel von *Kaltblütig!* Der Rest ist, wie man so schön sagt, Geschichte. Ich habe an der Universität von Florida promoviert und in sämtlichen wichtigen zoologischen Zeitschriften publiziert. Und jetzt ist es meine Hauptaufgabe, in seinen Shows das Mädchen für alles zu spielen und dafür zu sorgen, dass er auf der Bühne keinen Unsinn erzählt.«

»Klingt unerquicklich«, sagte ich.

»Und wird von Minute zu Minute unerquicklicher.«

»Um auf meine Eingangsfrage zurückzukommen: Wie beschafft sich jemand, der weder als Wissenschaftler noch als Unterhaltungskünstler Umgang mit solchen Tieren hat, eine Mamba oder eine Klapperschlange?«

Janice Hood dachte einen Augenblick nach. »Eine Klapperschlange? Die fängt er sich einfach in der Wüste. Eine Mamba? Ich nehme an, man kann bei der Naturschutzbehörde eine Importgenehmigung beantragen, wenn man den legalen Weg wählt. Aber zur mexikanischen Grenze sind es von hier nur 25 Kilometer. Dort gibt es einen florierenden Schwarzmarkt. Auch für heiße Ware.«

»›Heiße Ware‹?«

»Giftige Reptilien«, erwiderte Hood. »Gehen Sie dort unten in eine beliebige Zoohandlung, die Exoten anbietet. Ich bin sicher, die helfen Ihnen weiter. Oder schauen Sie im Web nach: Da gibt es Newsgroups aller Arten und Websites, in denen es nur darum geht, wie man solche Tiere hält und wie sie gehandelt werden. Ich wette, allein hier in Südkalifornien gibt es Dutzende Sammler.«

»Dutzende?«

»Wenn nicht Hunderte.«

»Erfordert der Umgang mit solchen Tieren nicht spezielle Kenntnisse?«, fragte ich.

»Wenn Sie nicht dabei draufgehen wollen, schon, Sergeant. Aber Grips braucht man nicht, um in den Besitz einer Giftschlange zu kommen. Nur Geld.«

Die Mamba rollte sich zusammen; ihre Knopfaugen sahen uns unverwandt an.

»Sie beißen aber nur, wenn man sie reizt, oder?«, meinte Missy.

»Nicht unbedingt«, antwortete sie. »Wir behandeln sie stets mit großem Respekt. Ich bin nicht so erfahren im Umgang mit ihnen wie Nick, aber je länger ich ihn bei der Arbeit mit den Tieren beobachte, desto mehr Angst machen sie mir.«

»Warum?«

»Weil sie unberechenbar sind«, sagte Dr. Hood.

Sie streckte die Hand zum Terrarium aus, als wollte sie die Mamba berühren. Die Schlange schoss explosionsartig aus ihrer Ruhestellung, ihr Körper entfaltete sich wie ein Seil am Enterhaken. Das Maul stand offen. Ein Klacken ertönte. Die Schlange zog sich zurück. Dr. Hood nahm die Hand von der Glasscheibe und gab den Blick auf zwei dünne Rinnsale gelblichen Giftes frei, das an der Innenseite herablief.

15

»Das Vieh wollte sie umbringen, Rikko«, sagte ich. »Ohne das Glas wäre es aus gewesen mit ihr.«

»Ich hasse Schlangen«, erklärte er energisch. »Vor ein paar Jahren hat mich so ein Miststück beinahe mal erwischt, auf einer Wanderung mit Christina, in der Wüste bei Borrego Springs. Die hat noch nicht mal gerasselt. Ist einfach auf mich los. Großer Kopf.« Er machte eine Faust. »So etwa.«

»Was hast du da gemacht?«

»Abgeknallt. Neun Millimeter. Fünfmal.«

»Das ist aber doch verboten.«

»Kannst mich ja einbuchten.«

Es ging auf fünf zu. Ich hatte Missy in der Stadt abgesetzt und dafür Rikko mitgenommen. Wir waren unterwegs zum Yellow Tail, einem bekannten Anmachschuppen in Mission Beach. Rikko hatte inzwischen eine Liste Zahlungsvorgänge von Cooks Visa Card besorgt. Der Genforscher hatte am letzten Donnerstag, dem Abend nach seinem Verschwinden, den Nachtclub besucht, und wir wollten herausfinden, mit wem er dort gewesen war.

Rikkos Befragung der Mitarbeiter von Cook hatte erhärtet, dass er ein ehrgeiziger und geschäftstüchtiger Wissenschaftler gewesen war. Keiner der Männer und Frauen, die für Cook an dem Nierenforschungsprogramm arbeiteten, wusste von irgendwelchen sexuellen Anspielungen oder gar direkten Angeboten zu berichten.

»Dieser Cook hat Privat- und Berufsleben fein säuberlich auseinander gehalten«, sagte Rikko, als wir SeaWorld verließen. »Muss ein ziemlich einsamer Typ gewesen sein.«

»Übrigens, sie ist eine Wucht.«

»Wer? Die Schlange?«

»Nein, du Blödmann. Die Schlangentante.«

»Echt? Wie viel Wucht hatte sie denn?«

»Siebenkommazwei auf der Richterskala.«

»Haut Brücken um. Bringt Wohnhäuser zum Einsturz. Sehr gefährlich.«

Zehn Minuten später hielten wir vor dem Yellow Tail, einem in die Jahre gekommenen Gebäude, das unmittelbar an den Bürgersteig grenzte. Rikko wollte gerade aussteigen, als ich ihn fragte: »Hast du manchmal mit Albträumen oder plötzlich auftauchenden Erinnerungen zu tun? Mit schlimmen Dingen, die du in Israel gesehen hast?«

Rikko setzte ein ernstes Gesicht auf. »Kommt vor.«

»Was machst du dann?«

Er blickte geradeaus auf die Straße. »Ich bete zu Gott, dass er sie mir aus dem Gehirn spült. Was nicht weggespült werden kann, das übertünche ich, indem ich mir meine schlafenden Mädchen ansehe. Was kann man da sonst tun?«

Er heftete seine schieferfarbenen Augen auf mich. »Alles in Ordnung mit dir, mein Freund?«

»Ich hatte bloß neulich ein paar schlimme Träume, in denen mein Vater vorkam.«

»Christina macht sich auch schon Sorgen um dich. Du bist so anders geworden in letzter Zeit, sagt sie.«

»Aha. Und findest du das auch?«

»Du scheinst mir öfter geistig weggetreten als üblich.«

»Der Frühling, Rikko«, erklärte ich. »So bin ich nun mal, wenn die linden Lüfte wehen.«

»Linde Lüfte? Willst du mich verscheißern?«

»Nein, das ist nur meine poetische Ader.«

Rikko winkte ab. »Christina bezeichnet dich als den Weltmeister im Ausweichen.«

»Christina soll sich um ihren eigenen Kram kümmern. Ist nicht böse gemeint.«

»Hab ich auch nicht so verstanden«, sagte er und öffnete die Tür. »Sie kann einem schon auf den Wecker fallen, dauernd will sie von einem wissen, wie man sich fühlt, und dann will sie einem alles erklären. Trotzdem, sie ist eine prima Frau.«

»Stimmt.«

»Aber wenn das mit den Träumen schlimmer wird, solltet ihr mal miteinander reden.«

Ohne zu antworten ging ich auf das Yellow Tail zu. In meinen ersten Jahren bei der Polizei, nach meiner Baseball-Karriere und bevor ich Fay kennen lernte, hatte ich regelmäßig zu später Stunde in diesem Nachtclub Station gemacht. Mein erster Besuch seit nunmehr elf Jahren versetzte meiner Stimmung allerdings einen größeren Dämpfer als meine Unterhaltung mit Rikko. Der Parkettboden sah abgewetzt aus, die Wände schmuddelig, die Fenster waren schon lange nicht mehr geputzt worden. Nur die Poster an den Wänden waren neu – sie zeigten Sportler und Hollywood-Stars –, aber die Kundschaft bestand noch immer aus den gleichen einsamen Verlierern, die nach ein wenig Liebe Ausschau hielten.

Eine Rothaarige Ende zwanzig in einem ärmellosen Zebralook-Hosenanzug, der die Langeweile im viel zu stark geschminkten Gesicht stand, steuerte auf uns zu. Das blassgraue Namensschild verriet uns, dass sie CAMILLE genannt wurde.

»Zwei Personen? Zum Essen?«, fragte sie.

»Unsere Mägen sind nicht robust genug für derlei Experimente«, erwiderte Rikko und hielt ihr die Marke hin. »Ich habe vorhin angerufen, wollte ein paar Takte mit dem Personal reden.«

Ihr Gesicht erstarrte. »Die Spätschicht kommt gerade erst.«

»Und wie steht es mit Ihnen, Camille?«, fragte ich. »Haben Sie letzten Donnerstag gearbeitet?«

»Klar«, sagte sie, kaute herausfordernd ihren Kaugummi und schaute zu mir hoch. »Und?«

Rikko zückte das Foto von Cook und die Phantomzeichnung nach der Beschreibung, die uns Mary Aboubacar geliefert hatte. »Die da schon mal gesehen?«

Bei der Zeichnung schüttelte Camille den Kopf. Das Foto nahm sie in die Hand und betrachtete es genauer. »Den hier vielleicht. Wieso?«

»Er ist tot«, sagte ich. »Wir versuchen herauszufinden, wie's passiert ist.«

»Oh«, sagte sie und runzelte die Stirn mit den schmalen Augenbrauen. Dann tippte sie unnötig lange mit dem Fingernagel auf dem Foto herum. »Ja, ich glaub, der war hier. Gut aussehend für sein Alter. Ein bisschen wie Sie, Sergeant.«

»Ist er mit jemandem weggegangen?«, fragte ich und ignorierte die Anmache.

»Da muss ich passen.« Camille hob die Schultern. »Donnerstags ist hier immer viel los. Der Typ hat an der Bar gegessen. Reden Sie doch mal mit Stan.«

Rikko sah zur Bar hinüber, wo ein magerer Mann mit einer Heavy-Metal-Frisur Bierkrüge einräumte, und setzte sein Wolfsgrinsen auf.

»Sieh mal an, Stanley Galusha, ein alter Bekannter.«

Auch der Barmann schien sich an Rikko zu erinnern. Kaum sah er den Israeli, der mit leicht irre flackerndem Blick auf ihn zusteuerte, da suchte er panisch das Weite.

Rikko setzte über den Tresen und rannte ihm über einen schmalen Gang hinterher. Beim Militär hatte sich mein Schwager Krav Maga angeeignet, eine waffenlose Kampftechnik der Israelis. Später kam Aikido hinzu, eine japanische Variante des Ringens, bei der das Körpergewicht des Gegners gegen ihn selbst ausgenutzt wird.

Er schnappte Galusha kurz vor dem Hinterausgang am Kragen, wirbelte auf einem Bein herum und setzte das andere zurück. Die Drehbewegung brachte den Barmann aus dem Gleichgewicht, sodass er durch den Hinterausgang auf den Schotterbelag neben den Altglascontainer fiel. Als ich bei ihnen ankam, war Rikko schon eifrig dabei, Galusha mit der Mündung seiner Beretta das Schmalz aus dem linken Ohr zu kratzen.

»Und jetzt erklär's mir, Stanley«, knurrte Rikko. »Sag, was du für einen scheiß Grund hast, abzuhauen.«

»Ich bin sauber, Varjjan«, stöhnte Galusha. »Ich schwöre es.«

Rikko sah zu mir hoch. »Sauber will er sein, aber wegrennen tut er, Shay.«

»Er macht mir Angst«, brüllte Galusha mir zu, die Augen aufgerissen wie ein scheuendes Pferd.

»Alle haben Angst vor Detective Varjjan«, bestätigte ich. »Aber nicht alle laufen vor ihm weg.«

»Was würden Sie tun, wenn der Kerl, der Sie für zwei Wochen krankenhausreif geschlagen hat, wieder mit dem gleichen durchgeknallten Blick auf Sie zukommt?«

»Du hast ihm einen Krankenhausaufenthalt verschafft, Rikko?«

»Ich hätte ihn einbuchten sollen«, erwiderte er und presste die Pistole noch fester in Galushas Ohr. »Ich bin in meinem ersten Jahr hier über diesen Burschen gestolpert, bevor ich zu deinem Team stieß. Ein Zuhälter war Stanley damals, stimmt's, Stanley? Ein prügelnder Zuhälter, der seine verkorkste Kindheit an Mädchen auslebte, die von zu Hause abgehauen waren. Eine kleine Vietnamesin bezahlte das mit zwei gebrochenen Armen und der Entfernung ihrer Gebärmutter in einer Notoperation. Ich weiß auch nicht, Shay. Da habe ich eben rotgesehen und musste etwas Dampf ablassen, du verstehst?«

»Leuchtet mir ein.«

»Ich habe an einem Anti-Gewalttraining teilgenommen im Knast«, winselte Galusha. »Ich bin ein neuer Mensch.«

Rikko riss den Barmann auf die Füße. Galusha brabbelte ohne Punkt und Komma, in panischer Angst, dass Rikko gleich Hackfleisch aus seinem Gesicht machen würde. Ich hielt ihm das Bild von Cook unter die Nase. »Den schon mal gesehen?«

Galusha wischte sich mit dem Ärmel über die Nase und sah kurz auf das Foto.

»Hundert Pro. Letzte Woche irgendwann. Trank Cuervo pur, hat ein Lendensteak gegessen, war auf der Tanzfläche.«

»Hat er sich mit jemandem getroffen?«, fragte Rikko.

»Er hat jede Menge Mädchen angebaggert.«

»Gab es jemand Besonderen?«

»Nein, Varjjan, er wollte sich wohl nicht so festlegen.«

»Also niemand Besonderes?«

»Wie gesagt, hier jedenfalls nicht«, erwiderte er und sah mich an.

Ich verstand, worauf er hinauswollte. »Draußen vielleicht?«

»Muss so um Mitternacht gewesen sein«, antwortete Galusha, wandte sich um und zeigte Richtung Parkplatz. »Drin darf man nicht rauchen, Stadtverordnung, also bin ich mal raus, eine qualmen. Normalerweise gehe ich auf den Bürgersteig für meine Zigarettenpause, aber es nieselte und war neblig in dieser Nacht, also bin ich hier unter dem Dachvorsprung geblieben.«

»Und was hast du da gesehen?«, fragte Rikko.

»Den hier«, sagte er und tippte zitternd auf Cooks Foto. »Die blonden Haare, kein Zweifel. Er stand mitten auf dem Parkplatz und hat mit einem Typen gesprochen, der mir den Rücken zukehrte. Sein Gesicht konnte ich nicht sehen. Aber er trug einen ausgebeulten Trenchcoat, olivgrün, und einen dazu passenden Deckel, so ein schlappes Ding.«

»Schlapp?«, sagte ich.

»Na ja, keine Baseballkappe – mehr wie man es bei Anglern sieht.«

»Der vielleicht?« Ich hielt ihm die Phantomzeichnung hin.

Galusha schüttelte den Kopf. »Wie gesagt, ich hab ihn nur von hinten gesehen und über die Autodächer weg. Aber er hatte dunkles kurzes Haar wie der. Und er war eindeutig größer als der Andere, bestimmt fünf Zentimeter.«

»Dick, dünn, schwarz, weiß, sonst etwas?«, fragte Rikko.

»Eindeutig weiß oder vielleicht ein Mexikaner, auf jeden Fall kein Schwarzer. Dick?« Er hob die Schultern. »Seinen Trenchcoat hat er schon ausgefüllt.«

»Könnte es vielleicht auch eine Frau gewesen sein?«, fragte ich und dachte dabei an die Theorie meiner Schwester, dass der Mörder einen Lockvogel benutzt hatte.

»Möglich«, sagte er, verzog dann aber das Gesicht. »Nein, der hat sich wie ein Typ bewegt. Sportlich.«

»Gut«, meinte ich. »Wie ging's weiter?«

»Sie haben miteinander geredet«, sagte Stan. »Der Blonde schien froh, den Trenchcoat zu treffen. Und dann sind sie gegangen.«

»Zusammen?«, fragte Rikko.

Galusha zuckte die Schultern. »Keine Ahnung. Ich habe sie zusammen über den Parkplatz laufen sehen, dann musste ich wieder an die Arbeit, die letzte Bestellung aufnehmen.«

»Du hast nicht gesehen, dass sie weggefahren sind?«

»Nein. Da war ich schon wieder drin.«

Rikko und ich löcherten Galusha, die Hilfskellner und die Bedienung noch eine halbe Stunde, förderten aber keine weiteren Informationen zutage. Niemand hatte den Mann im Trenchcoat im Yellow Tail gesehen. Es war fast sechs Uhr, in vierzig Minuten sollte ich bei Jimmys Training sein. Wir stiegen gerade wieder in unser Zivilfahrzeug ein, als mein Handy klingelte.

»Moynihan.«

»Hallo, Boss«, meldete sich Jorge. »Ich habe den ganzen Tag an Cooks Festplatte gearbeitet und was gefunden, was du dir so schnell wie möglich anschauen solltest.«

Ich sah auf die Uhr. »Wichtig genug, um Jimmys Training zu verpassen?«

»Fürchte ja«, sagte Jorge.

16

Eine Welt ohne Computer könnten wir uns heute nicht mehr vorstellen, und auch im Kampf gegen das Verbrechen hat er vielseitige Aufgaben übernommen.

Jorge Zapata hatte in Fullerton Informatik mit Nebenfach Kriminalistik studiert. Seit dem frühen Morgen war er im kriminaltechnischen Computerlabor des FBI damit beschäftigt gewesen, den Datenspuren auf Cooks Laptop nachzugehen.

Jorge hatte in Cooks Dateien das gefunden, was dessen Frau vermutet hatte: Chat-Kontakte, E-Mails und Passwörter für diverse Internetseiten, darunter mehrere Swinger-Börsen.

»Schön und gut«, meinte Rikko. »Sie hatte also Recht. Anscheinend hat er seinen Horizont erweitert. Na und?«

»Das ist nicht alles«, erwiderte Jorge.

»Bei weitem nicht«, sagte Missy, sichtlich aufgeregt.

Wir scharten uns um den Computer, und Jorge setzte sich an die Tastatur. Er loggte sich ein, und ein Chat erschien auf dem Bildschirm.

»Cook benutzte den Nickname ›Hunter‹«, erklärte Jorge. »Es waren mehrere Leute an der Diskussion beteiligt, aber für uns interessant ist vor allem das, was zwischen Hunter und diesem Typen hier läuft, der sich ›Seeker‹ nennt.«

»Lies das mal zu Ende«, sagte Missy. »Du wirst es nicht glauben.«

Ich starrte auf den Bildschirm, und Jorge scrollte nach unten.

>*Seeker: Immer noch heiß nach letzter Woche?*
>*Hunter: Immer noch. Immer mehr.*

>*Seeker: Wir würden dich gerne wieder treffen. Bist du bereit?*
>*Hunter: Mehr als bereit.*
>*Seeker: Hast du noch unser Spielzeug?*
>*Hunter: Alles hier. Erwarte euch. Wie geht es unserer Freundin?*
>*Seeker: Sie wird beim Gedanken an dich und deine große böse Liebespython ganz feucht.*
>*Hunter: Donnerstag? Bei mir?*
>*Seeker: Donnerstag ist prima. Gleiche Uhrzeit?*
>*Hunter: Die Tür ist offen.*
>*Seeker: Wir können es kaum abwarten.*

»Ach du liebe Zeit«, entfuhr es mir. »Wann hat denn dieses Gespräch ... äh, dieser Chat, stattgefunden?«

Jorge grinste mich zufrieden an. »Vor fast einer Woche. Zwei Tage, bevor Cook verschwunden ist.«

Ich las mir den Dialog noch einmal durch. »Ich würde gern mal mit diesem Seeker und seiner Partnerin reden.«

Jorge nickte. »Aber ›Seeker‹ ist nicht sein richtiger Name. Wir kommen an ihn und seine Freundin nur ran, wenn wir das Sicherheitssystem dieses Chatrooms knacken.«

»Dann finde mal heraus, wo dieser Swinger-Service sitzt«, schlug Missy vor. »Besorg eine Strafandrohung. Dann werden sie ihre Firewall schon runterlassen.«

»Hab sie schon geortet«, sagte Jorge. »Die gehören zu dem großen Cybersex-Konglomerat bei Reno. Jede Wette, dass sie sich mit allen juristischen Mitteln dagegen wehren, die Identität dieses ›Seeker‹ preiszugeben. Die werden sich auf den ersten Verfassungszusatz berufen. Das kann Wochen dauern.«

»Ich habe eine bessere Idee«, sagte ich. »Schätze, Mr Seeker und seine Freundin sind hier aus der Gegend. Sie wohnen in Südkalifornien. Schauen wir doch einfach mal im Chatroom vorbei und stellen ihnen eine Falle.«

Wie nicht anders zu erwarten, war Lieutenant Fraiser wenig begeistert von der Idee, dass sich Detectives seines Morddezernats an einem lasziven Gedankenaustausch im Internet beteiligten. Aber nachdem Captain Merriweather einen Ausdruck des Dialogs zwischen Cook und »Seeker« gelesen hatte, bekamen wir grünes Licht.

Wir beschlossen, den Chatroom in Schichten von zehn Uhr morgens bis Mitternacht im Auge zu behalten. Der Plan war, dass jeder meiner Detectives sich einen Nickname und eine Identität mit einer speziellen erotischen Neigung zulegen sollte. Wenn wir das Netz weit auswarfen, so unsere Berechnung, stiegen unsere Chancen, dass sich Seeker meldete und wir eine Verabredung ausmachen konnten.

Jorges Nickname lautete »Wrangler«. Er stellte einen Mann Ende dreißig vor, der sich ein wenig außerhalb seiner Ehe umsehen wollte. Rikko präsentierte sich als »Randy Man«, frisch geschieden, unter dem Motto »alles kann, nichts muss« auf der Suche nach einem toleranten Paar. Da Cook im Web sowohl Interesse für Dreier mit zwei Frauen wie mit zwei Männern angezeigt hatte, hielt ich es für ratsam, eine der falschen Identitäten als Frauenrolle anzulegen. Missy zierte sich zuerst, als »Ms Lover« aufzutreten, eine Endzwanzigerin, Single, die ihrem Leben durch Begegnungen mit einem Paar etwas mehr Schwung geben wollte. Aber als ich ihr erzählte, dass ich selbst unter dem Namen »Anaconda« als gut bestückter männlicher Profi mit Faible für aggressive Rollenspiele mitmachen würde, willigte sie widerstrebend ein.

Es war schon dunkel, als ich Richtung Shelter Island fuhr. Ich rief bei Fay an, um Jimmy zu sagen, dass ich mir auf jeden Fall am nächsten Abend sein Spiel anschauen würde. Aber es ging niemand ran.

An Bord der *Nomad's Chant* holte ich mir ein Bier aus

dem Kühlschrank und ging wieder auf Deck. Weiter draussen leuchteten die Bojen, die den Yachthafen markieren, und die Lichter der Stadt spiegelten sich im Wasser. Ich betrachtete die tintenschwarzen Schatten der Wellen und dachte über meine Unterhaltung mit Rikko nach.

Ich musste mir leider eingestehen, dass ich eher in der Lage war, mich einem eingewanderten Israeli zu öffnen, den ich erst seit sieben Jahren kannte, als irgendeiner der Frauen, die in meinem Leben eine Rolle gespielt hatten. Christina. Meine Mutter. Fay. Die Frauen, die ich in Bars aufgegabelt hatte. Die Frauen, die ich bei der Arbeit kennen gelernt hatte. Die mich in ihr Bett mitgenommen hatten. Die ich in meins mitgenommen hatte. Dabei liebte ich die Gesellschaft von Frauen, nicht nur körperlich. Frauen sind ungeheuer stark und doch so zerbrechlich. Jede ein Geheimnis für sich.

Aber aus Gründen, die mir selbst ein Rätsel sind, verschanze ich mich mit meinen achtunddreißig Jahren immer noch hinter eine Mauer, sobald ich einer Frau nahe komme, und vertreibe sie damit. Aus dem Radio tönte Reggae. Ein Bild stieg in mir auf: Die Verzweiflung im Gesicht meiner Mutter, als der Priester den Sarg meines Vaters segnete. Vor achtundzwanzig Jahren war ich nicht in der Lage gewesen, sie anzusehen. Und noch heute weigerte ich mich, darüber nachzudenken.

Ich trat an die Reling und versuchte, einen klaren Kopf zu bekommen. Es ist nicht gut, in der Vergangenheit herumzuwühlen, sagte ich mir, atmete tief durch und blickte auf die schwarzen Wellen. Um auf andere Gedanken zu kommen, konzentrierte ich mich darauf, mir Morgan Cooks Mörder vorzustellen. Diesen Trick wende ich oft an. Es ist hilfreich, wenn man sich ganz auf die gesuchte Person fixiert.

Ich ließ den Mörder vor meinem geistigen Auge erstehen: Den Mann im Trenchcoat, den Cook auf dem Gelände des

Yellow Tail getroffen hatte. Dünnlippig und mit grauen Augen unter einer schmalen Stirn stellte ich ihn mir vor, und er nannte sich »Seeker«. Das Licht der Neonbeleuchtung des Nachtclubs traf ihn von hinten, seine Statur war durch die Dunkelheit, den Nebel, den Mantel und den Knautschhut nur schwer auszumachen. Aus seinem Ärmel lugte der Kopf einer Schlange hervor, die sich in dem matten Licht wand wie eine Kobra, die aus ihrem Korb aufsteigt.

Doch trotz aller Bemühungen, dieses Bild in Gedanken festzuhalten, verwandelten sich die Umrisse des Mannes im Trenchcoat und seiner Schlange in eine breitschultrige Gestalt, die sich in finsterster Nacht am Hafen im Süden Bostons hinter Kisten duckte.

Zwei Uhr in der Frühe. Die Docks liegen still und verlassen da. Es weht eine leichte Brise, und nichts ist zu hören außer dem gegen das Kai schwappenden Hafenwasser und den Schritten meines Vaters auf den nassen Planken.

Mein Vater sieht sich erwartungsvoll um. Ein gesichtsloser Mann taucht hinter den Kisten auf. Mein Vater zögert nicht. Er geht auf ihn zu. Er kommt ihm so nahe, dass der Mann zweimal auf ihn schießen kann. Dann übergießt er die Leiche meines Vaters mit Benzin und zündet sie an. Mein Leben geht in Flammen auf.

17

Der Dienstag begann mit einem vierstündigen Einsatz als »Anaconda«. Danach hatte ich das dringende Bedürfnis, noch einmal unter die Dusche zu gehen. Ich bekam eine Menge Angebote, teilweise mit erschreckend komplizierten Wünschen, aber nichts von Seeker.

Der Rest des Tages verging mit Papierkram, ich schrieb einen Bericht für Helen Adler, brachte die Fallakte auf den neuesten Stand und stellte ein Schaubild über den Gang der Ermittlungen zusammen. Ich schaffte es, rechtzeitig zum Training zu kommen. Jimmy schien sich zu freuen, mich zu sehen, aber als ich ihn auf eine Pizza einladen wollte, sagte er, er hätte noch Hausaufgaben zu machen.

Am Mittwoch waren Rikko und ich vom späten Nachmittag bis zum frühen Abend im Yellow Tail und versuchten, einen Stammgast aufzutreiben, der Morgan Cook und den Mann mit dem olivgrünen Trenchcoat und dem Knautschhut gesehen hatte. Aber niemand erinnerte sich an ihn oder seinen Begleiter.

Die ersten Laborergebnisse kamen Donnerstagmorgen. Der Samen in Cooks Bett stammte von einer Person mit Blutgruppe 0. Cook hatte Blutgruppe 0. Leider eine sehr häufige Blutgruppe. Die Vaginalflüssigkeit konnte Blutgruppe 0 negativ zugeordnet werden, die zwar etwas seltener vorkommt, aber immer noch recht häufig verbreitet ist.

Das Gleitmittel in den Laken entpuppte sich als Sensicare, eine Marke, die es in jeder Drogerie zu kaufen gibt. Das Wachs auf dem Teppich war von einer Duftkerze getropft, die erotische Stimmung verbreiten sollte und in zwanzig Geschäften des Countys zu bekommen war. Das

Apfelstückchen in Cooks Mund stammte von einem grünen Granny Smith, einer Sorte, wie man sie für Apfelkuchen verwendet.

Außer einer schwachen Dosis Strychnin stellte das Labor in Cooks Blut einen Alkoholgehalt von 1,6 Promille fest. Weiter fand man Spuren einer nicht zu identifizierenden Substanz. Solomon meinte, es handele sich um etwas Organisches, das eine chemische Verwandtschaft mit leichten Beruhigungsmitteln zeige.

Das medizinische Gutachten kam zu dem Schluss, dass das Strychnin, der Alkohol und das unbekannte Narkotikum zusammen ausgereicht hatten, Cook in einen willenlosen Zustand zu versetzen, der es möglich machte, ihn ans Bett zu fesseln, bevor die Schlange ins Spiel kam.

Im Beutel des Staubsaugers fanden sich weitere Haare, die nach Aussage des Labors von siebzehn verschiedenen Personen stammten. Jorge fiel die wenig beneidenswerte Aufgabe zu, die früheren Mieter des Apartments sowie sämtliche Reinigungskräfte, Handwerker und Verwaltungsangestellten aufzusuchen, die im Laufe des vergangenen Jahres Cooks Wohnung betreten hatten. Er sollte sie um Haarproben zum Vergleich bitten.

Am Freitag hatten Missy und ich einen Termin mit Beamten der Tierschutzbehörde. Sie versorgten uns mit den Daten sämtlicher Personen, die in den vergangenen fünf Jahren im Südwesten der USA einen Antrag auf Einfuhr von Giftschlangen gestellt hatten. Allein in der Region Kalifornien-Nevada-Arizona waren aus verschiedensten Gründen 318 Ausnahmegenehmigungen erteilt worden, darunter für Zoos, Wildparks oder medizinische Forschungsinstitute sowie eine Firma, die das Schlangengift Pferden injizierte und auf diese Weise Seren herstellte.

Jorge machte Überstunden und fütterte unseren Computer mit den Namen und Organisationen, während ich zu Jimmys Spiel ging. Als ich ankam, war er schon draußen auf dem Feld. Er sah gequält aus und sprach kein Wort. Aber trotz seiner schlechten Laune spielte er einwandfrei. Gleich bei seinem ersten Schlag schaffte er es bis zum dritten Base. Walter und Fay erschienen direkt nach dem Schlag unter den Zuschauern. Kaum hatte seine Mutter ihn auf dem dritten Base erblickt, da steuerte sie auch schon auf mich zu.

»Du lässt ihn spielen?«

»Klar, warum denn nicht?«

Sie zog ein Gesicht. »Hat er dir nichts gesagt? Er sollte es dir doch sagen.«

»Was denn?«

Sie hob die Hände. »Also gut, soll er sein Spiel haben. Reden wir später darüber.«

Sie stürmte zu Walter zurück, der in eine Fachzeitschrift für polynesische Trommeln vertieft war. Der kleine Stetson holte Jimmy mit einem Bloop heim. Ich hätte beinahe etwas zu ihm gesagt, verschob es dann aber auf nach dem Spiel. Jimmy hielt sein Niveau und schaffte schließlich einen Homerun.

Anschließend kletterte er so schnell in Walters Wagen, dass ich keine Chance hatte, ihn mir vorzuknöpfen. Fay sprach mich auf dem Parkplatz an. »Er hat in der Schule ein anderes Kind geschlagen.«

»Ein anderes Kind geschlagen?« Ich setzte meine Sporttasche ab. »Weswegen denn?«

»Das spielt doch wohl keine Rolle, oder? Sein Lehrer meint, er sei ziemlich jähzornig.«

»Jähzornig! Er ist ein Kind. Und noch dazu völlig in Ordnung. Der andere wird ihn provoziert haben. Er wird sich wohl noch wehren dürfen. Das ist doch Kinderkram.«

Fay verschränkte die Arme und schüttelte den Kopf. »Der Direktor sagt aber, es war Jimmy, der angefangen hat. Irgendetwas macht ihm zu schaffen, Shay. Er kriegt den Mund nicht auf, wenn er Probleme hat, er reagiert sich einfach ab. Erinnerst du dich, wie er sich neulich Abend auf dem Mound benommen hat?«

Ich warf einen Blick zu Jimmy, der uns aus der Ferne beobachtete. »Er ist nun mal ehrgeizig. Es ist völlig normal, wenn man wütend wird, weil man etwas vermasselt hat. Vielleicht stinkt es ihm ja nur, dass Walter nun praktisch bei euch eingezogen ist.«

»Er mag Walter.«

»Jaja, und Walter ist ganz vernarrt in ihn.«

»Walter verbringt mehr Zeit mit ihm als du«, antwortete sie gleichmütig. »Jimmy wurde für zwei Tage vom Unterricht ausgeschlossen. Das ist eine ernste Angelegenheit, Shay. Ich will dich am Mittwochmorgen um neun dabeihaben. Ein Termin mit seinem Lehrer, dem Schulpsychologen und dem Direktor.«

»Weißt du, mein aktueller Fall, ich kann …«

Sie tippte mir an die Brust. »Sei pünktlich, oder ich mache dir die Hölle heiß, Shay …«

Ich hob die Hände. »Schon gut, schon gut. Ich ergebe mich. Ich werde kommen.«

»Und jetzt bitte nicht kneifen, weil es dir wehtut, ihn zu bestrafen. Ich brauche dich hier nicht als Anglerkumpel oder als Trainer. Nimm bitte deine Vaterrolle wahr. Du musst mit ihm reden. Ich dringe nicht mehr durch bei ihm. Er hasst mich, sagt er.«

Ich nickte und fühlte mich dabei schlechter als in dem Moment, wo ich ihn vom Platz genommen hatte. Jimmy sah, dass seine Mutter ihn heranwinkte, und setzte sich mit gesenktem Kopf und schlurfenden Schritten in Bewegung. Ungefähr drei Meter entfernt blieb er stehen und sagte: »Bist du sauer?«

»Ja, und zwar total«, erwiderte ich scharf. »Hätte ich das gewusst, hättest du heute Abend nicht gespielt. Du bist für die nächsten beiden Spiele gesperrt.«

»*Gesperrt?*«, rief er. »Das kannst du nicht machen!«

»Und ob ich das kann«, erwiderte ich. »Komm her. Sofort.«

Jimmy warf mir einen schiefen Blick zu, sah wieder zu Boden und tappte ein paar Schritte vor. Dann blieb er stehen, den Blick auf meine Schuhe gerichtet, die Hände zu Fäusten geballt. Ich nahm ihm die Kappe vom Kopf und hob sein Kinn hoch. »Jetzt erzähl mal, was ist da passiert?«

Er sah zu mir auf, und Zorn blitzte in seinen Augen. »Tino hat sich wie ein Arschloch benommen, also habe ich ihm eine gesemmelt.«

»Das sind ja nette Ausdrücke. Mit deiner Selbstbeherrschung steht es aber nicht zum Besten. Habe ich dir nicht gesagt, dass sich ein guter Sportler immer in der Gewalt haben muss?«

Er wand sich aus meinem Griff und schüttelte den Kopf. »Kann dir doch egal sein. Wenn es nicht um deine Arbeit geht oder um Baseball oder ums Angeln, dann kriegst du doch sowieso nichts mit.«

Ich ging in die Hocke. »Was kriege ich nicht mit, Jimbo?«

Er blickte mich kurz an, sein Kinn zitterte. Plötzlich brach er in Tränen aus. »Alles ist kaputt.«

»Wovon redest du?«

Schluchzend wies er mit dem Finger auf mich. »Du wirst schon sehen. Alles ist kaputt. Und du machst einfach weiter, als wär das egal. Wie immer!« Er drehte sich um, bevor ich ihn zu fassen kriegte, und rannte an seiner Mutter vorbei zum Wagen.

»Jimmy!«, rief ich ihm hinterher. »Jimmy!«

Aber er schaute sich nicht um.

18

»Das göttliche Strafgericht ist wieder da«, sagte die Stimme. »Zweite Verhandlung.«

Der nackte Mann auf dem Bett war nass geschwitzt. Sein Ellbogen brannte und pulsierte. Speichel troff von dem grünen Apfel herab, der ihm in den Mund geklemmt war. Die Augen hatte er geschlossen. Obwohl er kaum bei Bewusstsein war, versuchte er trotzdem der Stimme zu folgen, dieser bösen Stimme, die von Sex und Erlösung sprach.

»Bist du so würdig wie der heilige Paulus, Matthew?«

Er kam nicht dagegen an. Obwohl der nackte Mann wusste, dass es der Tod war, der da zu ihm sprach, musste er sich ihm doch zuwenden, wie einer Sirene, die ihm ein Lied von Fleischlichkeit, Gott und Verdammnis sang.

Lust. Pure, ungezügelte Lust. War es nicht das, was er gewollt hatte? War ihm nicht das versprochen worden? Hatte er das denn nicht verdient nach so vielen Jahren der Einsamkeit und der Verleugnung? Es war alles so rein und sinnlich gewesen, jede Minute hatte er genossen, bis ihm schwarz vor Augen geworden war und diese neue Stimme ertönte. Die Stimme des göttlichen Strafgerichts, die da durch eine Schlange zu ihm sprach.

»Antworte, Matthew.«

Die Stimme ist zwischen meinen Beinen, dachte Matthew. *Zwischen meinen Beinen!*

Trotz seiner Benommenheit stieg Panik in ihm hoch. Matthew drückte das Kinn auf seine schwitzende Brust und riss die Augen auf. Tatsächlich, da war das göttliche Strafgericht, über und zwischen seinen Beinen wand es sich und zischelte, nur knapp außer Bissweite gehalten von einem Peiniger, der sich im Schatten hielt.

Matthew blickte in die todverheißenden Augen der Schlange, erkannte, was sie vorhatte, und schrie mit dem Apfel im Mund: »Naah! Naaah!« Er zuckte zurück und wälzte wild den Kopf hin und her, als die Hände die Schlange herabsenkten.

Die Schlange holte zum Biss aus. »Bist du bereit für den Herrn, Matthew?«, fragte die Stimme.

19

Am Samstag ließen wir die Namen der Personen und Einrichtungen, die sich um die Erlaubnis zum Import von Schlangen bemüht hatten, durch unsere eigene Kriminaldatenbank sowie die des Bundesstaats und anderer regionaler Polizeistationen laufen. Ergebnis von beinahe zwei Tagen Arbeit: Nicht ein Treffer.

»Welch eine Überraschung, Seeker pfeift auf Genehmigungen«, meinte Missy.

»Immer noch nichts von ViCAP?«, fragte ich Jorge.

»Nada.«

Es war später Nachmittag geworden. Dass wir so wenig Fortschritte machten, war deprimierend. Außer der vagen Beschreibung des Mannes in dem langen grünen Mantel vor dem Yellow Tail, der Phantomzeichnung nach den Angaben von Mary Aboubacar und der geheimnisvollen Botschaft auf dem Spiegel hatten wir keinerlei Anhaltspunkte.

»Machen wir Feierabend und gönnen uns einen wohlverdienten Ruhetag«, sagte ich. »Am Montag geht es dann in alter Frische weiter. Ich werde mit Jimbo zum Angeln fahren, mal sehen, ob er ein bisschen auftaut.«

»Immer noch kein Glück, wie?«, fragte Rikko.

»Fay sagt, er hockt nur in seinem Zimmer rum und brütet vor sich hin.«

Missy packte ihre Sachen zusammen. »Tut mir Leid, ich kann mich hier nicht länger aufhalten und deine kaputte Familie durchkauen, ich habe eine Verabredung. Ihr könnt euch ja vorstellen, wie schwer es ist, mit meinen athletischen Schultern bei einem Typ zu landen.«

»Ich habe auch eine Verabredung«, erklärte Jorge, erhob

sich von seinem Computer und zwinkerte mir und Rikko zu. »Die Blonde mit den Riesentitten, die draußen in den Heights Streife fährt.«

Missy knuffte ihn in die Seite. »Ein bisschen mehr Respekt, wenn ich bitten darf.«

Jorge krümmte sich vor Lachen. »Wie bitte?«

Das Telefon klingelte. Lachend hob ich ab. »Moynihan.«

»Geht ja lustig zu bei euch da oben am späten Samstagnachmittag«, meinte Lieutenant Anna Cleary, die Einsatzleiterin.

»Es geht gerade erst so richtig los, hoffe ich. Haben Sie heute Abend schon etwas vor?«

»Ja, arbeiten. So wie Sie. Es tut mir Leid, wenn ich Ihren Feierabend ruiniere, Shay, aber wir haben wieder einen: Schwarz, mit Blutblasen übersät und ans Bett gefesselt.«

Wie das Leben – oder der Tod – manchmal so spielt, wohnte Matthew Haines in Point Loma, nur wenige Kilometer westlich meines Liegeplatzes auf Shelter Island. Sein gelbes, rustikales Haus mit drei Schlafzimmern war von der ruhigen Straße und den Nachbarhäusern durch eine Hecke aus wilden Rosen komplett abgeschirmt. Haines war als Systemtechniker bei einer Firma namens Pantheon Group angestellt, die für die Marine arbeitete und ihren Sitz in Newport Beach hatte. Den größten Teil seiner Arbeitszeit verbrachte er mit der Wartung von Sonargeräten auf der U-Boot-Basis von San Diego.

Haines war ein schüchterner, untersetzter Fünfunddreißigjähriger mit deutlichem Glatzenansatz gewesen. Montag bis Freitag arbeitete er von acht bis vier Uhr dreißig, ansonsten werkelte er an seinem Haus herum. Um die Raten aufbringen zu können, vermietete er Zimmer an zwei jüngere U-Boot-Offiziere, die selten in San Diego waren. Einer von ihnen, Lieutenant Chuck Larsen, versah seinen Dienst gegenwärtig auf den Philippinen. Der andere, Lieutenant Commander Donald Aiken, war am frühen Nachmittag von einem dreiwöchigen Lehrgang in Virginia zurückgekommen und hatte die Haustür sperrangelweit offen und seinen Vermieter nackt ans Bett gefesselt vorgefunden.

»Der Tod ist vor mindestens fünfzehn Stunden eingetreten«, erklärte Dr. Marshall Solomon, der mich auf der Veranda begrüßte. »Schlangenbisse in der Nähe des Geschlechts, am Ellbogen und am Kinn. Der Mörder hat auch wieder eine Botschaft hinterlassen.«

»Wer hier nicht unbedingt gebraucht wird, raus!«, rief ich den Polizisten zu, die überall herumliefen.

»Und wir?«, fragte Missy.

»Rikko geht mit mir rein. Du und Jorge, schnappt euch die Uniformierten und klappert die Nachbarschaft ab. Jemand muss doch etwas gesehen oder gehört haben.«

Solomon wies Rikko und mir den Weg. Von der Küche, die gerade renoviert wurde, zweigte ein Flur ab, in dem es ebenfalls nach frischer Farbe roch. Der beige Teppichboden war neu verlegt. Zwei kleinere Schlafzimmer und ein Badezimmer lagen an diesem Flur. Die Tür zum Schlafzimmer des Vermieters war abgeschliffen, aber noch nicht gebeizt worden.

Das Zimmer dahinter war mit einem Sammelsurium von Möbeln gefüllt, die von irgendwelchen Dachböden zusammengetragen und hergerichtet worden waren. In einer Ecke standen zwei kleinere Terrarien auf Holzgestellen unter einer Batterie Wärmestrahler. Im ersten saß auf einem Stück ausgebleichtem Treibholz eine Echse, die wie ein kleiner Leguan aussah. Im zweiten kringelte sich auf braunem Kies eine Schlange mit tintenschwarzer Schnauze und rotorange eingefassten Augen. Dieses Farbmuster setzte sich über die ganze Körperlänge fort.

Der Heimwerker selbst lag in der gleichen Position wie Morgan Cook auf einem schmiedeeisernen Bett, alle viere weit von sich gestreckt. Die Fesseln waren dieses Mal nicht entfernt worden. Es waren schlichte weiße Nylonseile, knapp ein Zentimeter im Durchmesser, wie man sie in jedem Gemischtwarenladen findet, nur dass sie von den Abschürfungen an Haines' Knöcheln und Handgelenken rot gefärbt waren. Das Gesicht war aufgedunsen, die Augen weit aufgerissen und stumpf. Kopf und Körper wirkten verrenkt, als hätte er verzweifelt versucht, sich gegen etwas zu wehren, bis er schließlich starb. In seinem Mund steckte ein grüner Apfel. In den Geruch des Todes mischte sich ein merkwürdig erdiger Duft, den ich nicht einordnen konnte.

Wie bei Cook zeigte auch die Haut von Haines rötliche Spuren eingetrockneter Körperflüssigkeit. Auch sein linker Arm und rechter Oberschenkel waren angeschwollen. Ansonsten sah die Leiche etwas anders aus als die des ersten Opfers. Solomon erklärte uns, das läge teilweise daran, dass Haines nicht so durchtrainiert war wie Cook. Der Sonartechniker hatte eine eher birnenförmige Figur und eine ziemliche Wampe, weshalb sein Körper nicht durchgängig, sondern bloß stellenweise schwarz angelaufen war. Die Innenseiten seiner Oberschenkel waren mit einer weißen Substanz eingeschmiert worden, die sich in Streifen durch sein Schamhaar bis zum Unterbauch zog.

Auf der anderen Seite des Bettes stand ein offener Kleiderschrank. An der Innentür war ein Spiegel angebracht. Mit Haines' Blut stand darauf geschrieben: *Apostelgeschichte 28,5–6.*

Alles verschwamm und wirbelte vor meinen Augen, wie immer, wenn ich mit einem gewaltsamen, unerklärlichen Todesfall konfrontiert werde. Doch diesmal stieg auch noch Übelkeit in mir auf.

»Halleluja«, sagte ich.

»Schöne Bescherung«, stimmte Rikko zu.

Mörder, die ihre Tat auf abwegige Weise mit dem Willen

Gottes rechtfertigen, sind laut meiner Schwester eine besonders gefährliche Spezies. Da sie sich von einer höheren Macht geleitet fühlen, hören sie erst auf zu morden, wenn man sie geschnappt hat.

»Hier geht es nicht bloß um Sex«, sagte ich. »Da ist etwas Religiöses im Spiel. Wir sollten Christina nochmal hinzuziehen.«

»Ich rufe sie an«, erklärte Rikko. »Vielleicht kann eure Mutter als Babysitter einspringen.«

Zwei Leute von der Spurensicherung erschienen in der Tür. »Sucht hier jeden Quadratzentimeter ab«, sagte ich. »Er hat einen Fehler gemacht. Ich kann es förmlich riechen. Findet mir diesen Fehler.«

Es sollte sich jedoch herausstellen, dass Haines' Schlafzimmer beinahe so spurenfrei war wie das von Cook. Der Fußboden war gesaugt worden. In dem Hoover, den wir auf der rückwärtigen Veranda entdeckten, fand sich kein Staubsaugerbeutel.

Die Möbel waren abgewischt worden, ebenso der Waschtisch im Badezimmer. Die weißen Streifen um Haines Geschlechtsteil entpuppten sich als Rohrreinigungsmittel, womit man nach Meinung von Solomon versucht hatte, im Schnellverfahren die im Sexualkontakt hinterlassenen DNA-Spuren zu beseitigen. An der Innenseite von Haines Oberschenkeln fand sich Samen, aber keine Scheidenflüssigkeit.

»Es wird doch wohl noch mehr Spuren geben«, sagte ich. »Irgendwelche Fasern, Fingerabdrücke, was weiß ich.«

Jorge steckte seinen Kopf zur Tür herein. »Die Nachbarn sind wir alle durch, Boss«, berichtete er. »Niemand hat etwas gehört. Wenn er nicht gerade gehämmert und gesägt hat, war der Typ so ruhig wie ein buddhistischer Mönch. Die meisten wussten nicht einmal, wer er war. Aber einer seiner Mieter ist da. Draußen auf der Veranda. Samt Rechtsverdreher.«

20

Lieutenant Commander Donald Aiken saß auf der Verandaschaukel. Er hatte den Blick in einen Styroporbecher mit Kaffee von 7 Eleven versenkt, den er zwischen den Knien hielt. Er achtete offenbar sehr auf seine Erscheinung, war Anfang dreißig und hatte auffällige Aknenarben. Neben ihm stand eine Militäranwältin, eine untersetzte Frau mit Boxergesicht, Anfang vierzig. Beide trugen khakifarbene Uniformen.

»Commander Betty Riggs«, stellte sie sich vor. »Haben Sie hier die Leitung, Sergeant?«

»Im Moment, ja«, antwortete ich. »Braucht der Lieutenant denn Rechtsbeistand?«

»Reine Formsache«, erwiderte sie. »Wir empfehlen allen Offizieren, die mit der Zivilpolizei zu tun haben, sich von einem Militäranwalt begleiten zu lassen. Aber seien Sie ganz unbesorgt, der Lieutenant möchte offen reden.«

»Dann schießen Sie mal los«, wandte ich mich ihm zu.

»Ich war auf See, einen Monat lang, und als ich heute zurückkam, fand ich Matt einfach so auf dem Bett«, begann er kopfschüttelnd. »Ich kann's nicht glauben ... Er war ja schon ein schräger Vogel, aber so etwas ... so etwas hätte man nicht für möglich gehalten.«

»Was meinen Sie mit ›schräger Vogel‹?«

Aiken hob die Schultern. »Na ja, ein Außenseiter halt. Hatte für Sport nichts übrig. Ist nie ausgegangen. Hat immer nur an seinem Haus rumgewerkelt, stand auf *Star Trek*, hockte tagelang vor dem Computer, hielt sich eine Echse als Haustier.«

»Wie stand's mit Sex?«, fragte ich.

Aiken schob den Unterkiefer vor. »Das ist eine Geschichte

für sich«, antwortete er. »Soweit ich weiß, war Matt Jungfrau. Er ist streng katholisch aufgewachsen, irgendwo in Illinois, Champagne-Urbana, glaube ich. Er hat öfter mal bemerkt, dass er von Sex vor der Ehe nichts hält.«

»Er hat sich aufgespart, mit sechsunddreißig?«

»Verrückt, was? Aber ich glaube, das hat schon an ihm genagt, denn wie gesagt, er war ein schräger Vogel. Die Frauen haben sich nicht gerade um ihn gerissen. Larsen und ich haben ihn mal eines Abends besoffen gemacht, bevor wir ausgelaufen sind ...« Aiken hielt inne und sah kurz zu Commander Riggs, zuckte dann mit den Schultern und fuhr fort: »Sie entschuldigen, Commander, aber wir haben ihm gesagt, es ist nicht normal, wenn ein Kerl in seinem Alter nicht regelmäßig bumst, und wir würden ein paar Häschen besorgen, damit er auch mal seinen Spaß hat. Auf unsere Kosten.«

Riggs hob eine Augenbraue, sagte aber nichts.

»Hat er sich darauf eingelassen?«

Aiken schüttelte den Kopf. »Zuerst dachte ich, ja. Larsen hatte schon den Telefonhörer in der Hand. Aber dann bekam Matt auf einmal eine knallrote Birne und hat uns zurückgepfiffen.«

»War er vielleicht schwul?«

»Habe ich auch manchmal gedacht«, antwortete Aiken. »Ich glaube aber nicht. Also, er hat den *Playboy* gelesen und schien durchaus Gefallen an den Bildern zu finden. Aber wer weiß schon, was im Innern anderer Menschen vor sich geht? So, wie er gestorben ist, muss er ziemlich schaurige Phantasien gehabt haben.«

Ich nickte. »Was ist mit der Schlange im Terrarium?«

»Die ist neu«, sagte er. »Das letzte Mal war sie jedenfalls noch nicht da.«

»Sind wir fertig?«, wollte Commander Riggs wissen.

»Fürs Erste, ja«, antwortete ich. »Bleiben Sie vorläufig in San Diego und Umgebung, Lieutenant?«

Aiken nickte. »Die nächsten drei Monate habe ich keinen Dienst auf See.«

»Geben Sie uns Bescheid, falls Sie doch früher wegmüssen«, sagte ich.

Riggs und Aiken verließen die Veranda. Die Dämmerung setzte ein und tauchte Haines' Anwesen in glutrotes Licht. Die ersten Falter der Saison flatterten durch das Zwielicht. Hinter der Hecke hörte man Stimmen murmeln. Und jenseits davon summte das Leben von San Diego, wo man noch nichts von dem Grauen ahnte, das die Sonntagszeitungen verkünden würden. Ich musste daran denken, wie ich als kleiner Junge auf der Titelseite des *Boston Globe* die Schlagzeile von der Ermordung meines Vaters gelesen hatte. Viel habe ich nicht verstanden von dem Artikel, nur dass sein Captain meinen Vater einen Helden nannte. Bis auf den heutigen Tag ist mir das Wort »Held« verdächtig. Zu oft bezeichnet es jemanden, der eine junge Familie hinterlässt.

Lieutenant Fraiser eilte die Einfahrt herauf, gefolgt von Captain Merriweather und Assistant Chief Helen Adler.

»Gleiches Muster?«, fragte Merriweather. Er sah aus, als hätte man ihn vom Golfplatz weggeholt: Lindgrüne Hose, dazu passendes Hemd, blauer Baumwollsweater.

»Gleiches Muster, nur die Botschaft auf dem Spiegel ist diesmal eine andere«, erklärte ich und erwähnte den Hinweis auf die Apostelgeschichte.

»Was soll das Zitat bedeuten?«

»Christina schlägt es nach. Sie kommt gleich«, sagte ich.

Fraiser zog ein Gesicht. »Wer hat Ihnen die Erlaubnis erteilt, Beistand von außerhalb anzufordern? Eine solche Entscheidung steht Ihnen als Sergeant nicht zu.«

Ich antwortete nichts darauf, sondern sah nur Adler an.

Assistant Chief Adler warf Fraiser einen kurzen Blick zu und sah dann mich an. »Sie ist dabei. Ich will, dass dieser

Kerl geschnappt wird, und zwar schnellstens.« Sie trat einen Schritt näher. »Aber eins ist klar, Sergeant: Da werden harte Zeiten auf dich zukommen. Alle – der Lieutenant, der Captain, ich, der Chief, der Bürgermeister, die Fernsehstationen, jeder, der einem das Leben zur Hölle machen könnte – sieht dir jetzt genauestens auf die Finger. Ich weiß das. Ich hab's durchgemacht.«

»Ich krieg das schon hin«, versicherte ich ihr. »Wir arbeiten Tag und Nacht daran, aber ich brauche mehr Unterstützung: Mindestens noch zwei Detectives.«

»Aus anderen Teams können wir keine abziehen«, protestierte Fraiser. »Die sind selbst total überlastet.«

»Wenn Sie wollen, dass der Fall gelöst wird, Chief, dann geben Sie mir auch die Leute dafür.«

»Wann kommt Burnette wieder?«, fragte Merriweather.

»Montagmorgen«, antwortete ich. »Aber ihr Knie ist noch nicht wieder in Ordnung. Draußen wird sie uns nicht viel helfen können.«

»Dann sitzt sie eben am Telefon«, sagte Adler. »Mehr kann ich im Moment nicht tun.«

Adler und Merriweather gingen hinein und ließen mich mit Fraiser auf der Veranda allein. Er wartete, bis die anderen außer Hörweite waren, und sagte dann: »Damit wir uns richtig verstehen, Sportsfreund: Ich habe Sie im Auge. Wenn Sie bloß einmal aus der Reihe tanzen, wenn Sie auch nur eine Spur übersehen oder im falschen Moment husten, Moynihan, dann dürfen Sie wieder Streife fahren.«

Ich sah auf Fraisers glänzenden Schädel herab und zwang mich zu einem Lächeln. »Wette, dass Sie das zu allen sagen, Lieutenant.«

21

Christina kam kurz nach neun in Jeans, Joggingschuhen und einem grauen »UC Berkeley«-Kapuzenshirt zu Haines' Haus. Ihr rotes Haar hatte sie zu einem Pferdeschwanz gebunden, und ich sah sie wieder vor mir, wie sie als Siebenjährige im schwarzen Kleid neben meiner Mutter in der Kirchenbank gesessen hatte, als acht Polizisten in Uniform Dads Sarg zum Leichenwagen trugen. Unsere Mutter stand damals kurz vor dem Zusammenbruch, und in Christinas Augen las ich, dass wir alle verloren waren.

»Schön, dass du kommst«, sagte ich, als die beiden Uniformierten an der Einfahrt sie durchgelassen hatten. »Was machen die Mädchen?«

»Sie sind bei Mom«, sagte sie und drückte Rikko einen Kuss auf die Wange.

»Du siehst schrecklich aus, wie der Tod auf Urlaub«, sagte sie.

»Und du wie eine Studentin im ersten Semester, und das als Mutter von zwei Kindern mit einer gut gehenden Praxis«, gab ich zurück. »Wie machst du das bloß, Sis?«

»Siehst du«, sagte sie zu Rikko. »Ständig versucht er, von sich abzulenken.« Und zu mir gewandt: »Ich habe gehört, dass dich Dads Tod beschäftigt und du Flashbacks hast.«

»Danke, Kumpel.« Ich warf Rikko einen bösen Blick zu. »Alles halb so schlimm, Chrissy.«

»Da bin ich anderer Meinung.« Sie sah mich prüfend an. »Soviel ich weiß, hast du nie mit einem Psychologen über Dads Tod gesprochen. Das ist nicht gesund, Shay.«

»Hervorragende Diagnose, Ms Freud.« Ich ging wieder zum Haus zurück. »Aber ehrlich gesagt, habe ich jetzt keine Zeit für so was. Ich habe genug am Hals, Jimmy prügelt andere Kinder, und Fay gibt mir die Schuld daran. Außerdem habe ich mit einem gewissen Lieutenant zu tun, der an meinem Stuhl sägt, und zwei Mordopfer mit Schlangenbissen, verdammt. Ich wüsste wirklich nicht, wie ich die Stunden beim Psychoklempner noch unterbringen soll!«

Sie nahm mich mit einem Blick auf die beiden Polizisten, die sich bei meinem lauten Tonfall umgewandt hatten, beim Arm und flüsterte: »Rikko macht sich Sorgen, ich mache mir Sorgen und Mom auch. In letzter Zeit hattest du ziemlich viel Stress. Das kann solche Flashbacks auslösen. Du stehst damit nicht allein da, Shay. Du bist nicht der Einzige, dem Dads Tod zu schaffen macht. Ich habe deshalb viele Therapiestunden hinter mir.«

»Ich weiß«, gab ich ungeduldig zurück. »Ich will dich nicht kränken, Schwesterherz, aber ich bin mir vollkommen bewusst, was sein Tod bei uns beiden ausgelöst hat. Ich möchte, dass dieser Namenlose vom Dock und sämtliche Mistkerle wie er in der Todeszelle landen. Du hingegen willst in erster Linie verstehen, welche Motive einen Mörder antreiben.«

Wir sahen einander mit jenem verständnisvollen Blick an, wie es ihn nur bei Geschwistern gibt, die an den Folgen eines Gewaltverbrechens leiden. »Damit wir ihn kriegen, bevor er wieder zuschlägt«, sagte sie.

Ich lächelte. »Genau. Also lassen wir die Vergangenheit ruhen, und schnappen wir uns diesen Kerl. Okay?«

Sie sah mich nachdenklich an. »Gut. Das musst du selbst wissen.«

Im Haus war das Thema vergessen, und Christina kehrte die Expertin heraus. Nachdem sie den ersten Schock über den Zustand der Leiche überwunden hatte, trat sie näher und ließ sich von Solomon die Bisswunden zeigen.

Sie ging zum Fußende des Bettes, sah sich um und be-

trachtete eingehend das mit Blut geschriebene Bibelzitat.
»Ein Künstler«, erklärte sie.

»Was heißt hier Künstler?«, fragte Rikko.

Sie steckte die Hände in die Taschen ihres Sweatshirts. »Serientäter lieben Souvenirs ihrer schauerlichen Verbrechen«, begann sie. »Ein beliebtes Andenken ist ein Polaroidfoto vom Tatort. Das kommt gar nicht so selten vor. Es gibt eine plausible Theorie, die besagt, dass Jack the Ripper ein Maler gewesen sei, der später Bilder von den Prostituierten malte, die er abschlachtete. Der springende Punkt ist, ob Polaroid oder Gemälde, solche Täter verhalten sich wie Journalisten: Sie halten ihr Blutbad im Bild fest. Aber hier liegt der Fall anders«, fuhr sie fort, »ganz anders. Er ist nicht der Journalist, der nach der Tat ein ungestelltes Bild macht. Er stellt die Staffelei mit dem fertigen Gemälde schon vorher auf.«

Ich betrachtete die Leiche und ließ den Blick durch den Raum wandern. »Erklär mir das nochmal.«

Christina deutete auf die Seile, das Bett, den blutigen Spiegel und die Bisse. »Es ist genau das Gleiche. Nicht genug, dass er diese Männer tötet. Wichtig ist, wie er es tut. Die Seile, das Bett, die Position der Bisse – das alles bedeutet ihm etwas. Es erinnert an einen Künstler, der Gegenstände zu einem Stillleben anordnet. Es ist etwas ganz Persönliches. Es erscheint mir weniger wie ein Ritual, mehr wie eine Neuinszenierung.«

»Er hat es also schon mal getan?«, fragte ich.

»Oder jemanden dabei beobachtet. Darauf wette ich, Shay. Die Details sind zu auffällig.«

»Und was ist mit der Botschaft?«, wandte Rikko ein.
»Die ist anders.«

»Und das Bleichmittel in der Leistengegend«, ergänzte ich.

»Variationen desselben Themas«, erwiderte sie. »Stellt ihn euch als Künstler vor, der ein Wandgemälde aus Einzelbildern schafft. Jeder Mord, jedes Einzelbild des großen Gemäldes enthält diese festen Größen: den nackten Mann, die Seile, die Hinweise auf Sadomasochismus, die Schlangenbisse. Aber bei Serienmorden gibt es häufig eine Entwicklung. Auf jedem Bild, bei jedem Mord fügt er nach Lust und Laune Variationen hinzu oder lässt sie weg.«

»Aber er ist doch der Einzige, der diese Bildsprache versteht«, meinte Solomon, der in der Tür stand.

»Und die Gesamtbedeutung seines Werks«, stimmte Christina zu.

»Also wird er auf keinen Fall nach zweien aufhören«, sagte Rikko.

»Ganz bestimmt nicht«, fand auch Christina. »Die beiden Morde sind im Abstand von etwa einer Woche erfolgt. Häufig werden die Intervalle zwischen derartigen Taten kürzer.«

»Was ist mit der Apostelgeschichte?«, fragte ich. »Hast du das Zitat?«

»Aus Dads alter King-James-Bibel.« Sie zog einen Zettel aus ihrer Hosentasche. »Die zitierten Verse und die unmittelbar davor beziehen sich auf die Jahre nach Christi Tod, als der Apostel Paulus die Frohe Botschaft verbreitete, durch Schiffbruch an eine fremde Küste verschlagen wurde und von einer Schlange angegriffen wurde, die sich unter einem Haufen Reisig verborgen hatte: ›Er aber schlenkerte das Tier ins Feuer, und es widerfuhr ihm nichts Übles. Sie aber warteten, dass er anschwellen oder tot umfallen würde. Da sie aber lange warteten und sahen, dass ihm nichts Schlimmes widerfuhr, änderten sie ihre Meinung und sprachen: Er ist ein Gott.‹«

»Er hält sich für Gott?«, fragte Rikko.

»Auf jeden Fall identifiziert er sich mit Paulus, der nicht gebissen wurde, während sein Opfer wiederholt gebissen wird«, meinte Christina. »Aber ehrlich gesagt, ist das nicht ganz mein Metier. Ihr solltet euch einen Experten suchen, der die Bedeutung dieser Bibelstelle besser erklären kann. Das könnte wichtig sein, ihr solltet jedenfalls in dieser Richtung weiter ermitteln«, fuhr sie fort und sah Solomon, Rikko und mich nacheinander an. »Aber ich glaube trotzdem, dass die Lösung eher zu finden ist, wenn wir uns die Tat als Neuinszenierung vorstellen. Findet heraus, woher er die ursprüngliche Szene hat, und ihr habt den Kerl.«

22

Die heiße Zeit, die Helen Adler vorausgesagt hatte, brach schon an, kaum dass wir den Tatort verlassen hatten. Die Lokalsender brachten in den Spätnachrichten Aufnahmen des Leichensacks, der aus dem Haus des Sonartechnikers getragen wurde, dann folgte ein Schnitt zu Christina, Rikko und mir, wie wir aus dem Haus in Point Loma treten.

Ich kam erst weit nach Mitternacht zur *Nomad's Chant* zurück. Hinter mir lag eine Neunzigstundenwoche, und ich fiel bäuchlings aufs Bett und schlief in den Kleidern ein. Um halb acht weckte mich das Telefon.

»Moynihan.«

»Dad.«

»Jimbo. Hey, was ist los?«

»Wann holst du mich zum Angeln ab?«

Bevor ich wach genug war, um zu antworten, klopfte ein zweiter Anrufer an. Ich bat Jimmy dranzubleiben und holte mir das andere Gespräch her. »Moynihan.«

»*Hast du heute Morgen schon die Daily News gesehen?*«, brüllte mir Helen Adler ins Ohr.

Das klang so spitz, als würde mir ein Nagel in den Kopf getrieben. »Warum?«

»Hol dir die Zeitung, und zwar plötzlich«, befahl sie. »Ich bleibe solange in der Leitung.«

»Hm ... okay.« Ich stand mühsam auf und drückte wieder die Flashtaste. »Jimmy.«

»Wann holst du mich ab?« Ich stolperte die Treppe zum Hauptdeck hinauf. »Ich glaube, wir müssen unseren Ausflug verschieben, Kleiner«, sagte ich. »Gestern Abend wurde wieder ein Toter gefunden, und meine Chefin ist auf dem Kriegspfad.«

Nach langem Schweigen meinte Jimmy: »Du bist genau wie Mom. Euch ist einfach alles egal.«

»Jimbo«, sagte ich, trat ins gleißende Sonnenlicht hinaus und sah mich blinzelnd nach der Zeitung um. »Ich stecke in der Klemme, und du hilfst mir nicht gerade –«

»Nein!«, schrie er. »*Du* hilfst *mir* nicht. Und sonst auch niemand! Ihr beide nicht.«

Er hatte aufgelegt.

»Scheiße, Jimbo, verdammt nochmal.« Ich war sauer, todmüde und schuldbewusst, doch dann kam auch schon der nächste Schlag. Die *Sunday Daily News* lag neben der Gangway. Und über Brett Tarentinos Kolumne die Schlagzeile:

SCHLANGENBESCHWÖRER SCHLÄGT WIEDER ZU
Täter hinterlässt Bibelzitat
Polizei verdächtigt Homosexuellenzirkel

»Was zum Teufel ist das!«, rief ich und griff mir die Zeitung.

In dem Artikel hieß es, Haines, Zivilangestellter der Navy, sei das zweite Opfer des so genannten »Schlangenbeschwörers«, anschließend wurde ein »ungenannter Informant aus dem Umkreis der Ermittlungen« zitiert, der berichtete, der Täter habe »auf einem Spiegel am Tatort ein Bibelzitat aus dem Neuen Testament« hinterlassen.

Dann wurde Lieutenant Donald Aiken als Mieter von Haines vorgestellt. Aiken hatte Tarentino verraten, dass wir verschiedene Fragen zum Sexualleben des Opfers gestellt hatten, unter anderem, ob Haines möglicherweise schwul gewesen sei.

Aus dieser einzigen harmlosen Frage wurden Parallelen zwischen diesen beiden Mordfällen und den Taten Andrew Cunanans abgeleitet, einem Gigolo aus San Diego, der drei Männer auf dem Gewissen hatte, unter anderem den Modedesigner Versace. Tarentino hob hervor, beide Opfer des Schlangenbeschwörers seien Männer, dann wiederholte er, wir hätten Aiken nach der sexuellen Orientierung von Haines befragt, und behauptete dann kühn, Cooks Interesse an Gruppensex, insbesondere als Dreierkonstellation mit zwei Männern, könne als »wenigstens bisexuell, wenn nicht als rundweg homosexuelles Verlangen« gedeutet werden.

Der Artikel schloss mit der Warnung an die Schwulen der Stadt, ein bibelfester Serienmörder könnte ihnen nach dem Leben trachten.

Ich drückte erneut die Flashtaste. »Chief?«

»Ich bin dran«, zischte sie. »Hast du den Mist gelesen?«

»Gossenjournalismus, damit hab ich nichts zu tun«, begann ich. »Tarentino hat mich gestern Abend ständig angefunkt, aber ich habe nicht zurückgerufen – ich hab kein Wort mit ihm gesprochen. Aiken habe ich tatsächlich gefragt, ob Haines schwul war, aber das schien nur logisch, da er mit seinen sechsunddreißig Jahren noch nie mit einer Frau geschlafen hatte. Den Rest hat sich Tarentino aus den Fingern gesaugt.«

»Lass dir eins gesagt sein, Shay: Der Bürgermeister wird seit anderthalb Stunden von den Wortführern der homosexuellen Mitbürger mit Anrufen bombardiert. Und das heißt, dass er sich seinerseits an mich wendet.«

»Ich verstehe, was du sagen willst, Helen. Aber ich hab nichts damit zu tun.«

»Handelt es sich um einen schwulen Serienmörder?«, wollte sie wissen.

»Nein«, wiederholte ich. »Dafür gibt es keinerlei Hinweise. Das ist kompletter Quatsch. Ich werde mir Tarentino vorknöpfen, und zwar jetzt. Er wird eine Richtigstellung bringen.«

Ich legte auf, bevor sie noch etwas sagen konnte, dann stürmte ich über die Gangway und den Kai zu Tarentinos Boot. Ich hämmerte an die Tür. Nichts rührte sich, und ich hämmerte erneut. Schließlich hörte ich Schritte, und ein zwanzigjähriger barbrüstiger Latino mit zackiger Haargelfrisur öffnete und musterte mich wütend. »Hast du'n Problem, Mann?«

»Wo ist Tarentino?«

Er warf sich in die Brust. »Was geht dich das an, du Witzfigur? Jetzt ist Chaco hier.«

Ich starrte ihn ungläubig an. »Ich bin kein Ex, du Erbsenhirn. Ich bin von der Mordkommission und –«

»Ist schon gut, Chaco, der Sergeant ist ein guter alter Freund«, rief Tarentino, der gerade in Sandalen und einer blauen Surfhose die Treppe zum Deck hochkam. Auf seiner muskulösen Brust baumelte ein goldenes Kreuz. Der Kolumnist hatte einen Bartschatten und sah aus, als hätte er noch weniger geschlafen als ich. Im Mundwinkel baumelte eine unangezündete Zigarette.

Er nahm eine Sonnenbrille von einem mit Zeitungen übersäten Kombüsentisch, setzte sie auf, quetschte sich an Chaco vorbei ins Freie und stöhnte: »Bisschen früh für einen Sonntagmorgenschwatz. Womit hab ich diese Ehre verdient? Mit meiner Kolumne vermutlich?«

»Dieser Quatsch sorgt in der ganzen Stadt für Aufruhr. Unter anderem springt der Bürgermeister im Dreieck.«

Tarentino verschränkte die Arme und lief dunkelrot an. »Quatsch? So nennst du das, wenn ich die Wahrheit schreibe, nämlich dass schwule Männer getötet werden? Da haben wir es wieder, der Durchschnittspolizist ist schwulenfeindlich.«

»Es steht doch überhaupt nicht fest, dass sie ermordet wurden, weil sie schwul waren!«

»Aber du kannst auch nicht das Gegenteil beweisen«, gab er zurück. »Ich werde jedenfalls nicht herumsitzen und darauf warten, dass das dritte Opfer von einer Giftschlange gebissen wird, ohne über eine Spur zu berichten, die die Polizei offensichtlich verfolgt.«

»Das war eine Routinefrage, weil Haines noch Jungfrau war. Und Parallelen zwischen den Vorgängen hier und Andrew Cunanan sind kompletter Unsinn.«

»Das finde ich nicht. Es könnte sich um einen schwulen Täter handeln, der wie Cunanan Männer ermordet, die kurz davor sind, sich zu outen.«

»Brett, das ist das Problem bei euch Reportern: Ihr seid geistig nicht offen genug, um über den Tellerrand eurer Vorurteile hinauszublicken – in diesem Fall ist es deine sexuelle Orientierung. Wir glauben, dass hier ein Paar am Werk ist. Ein Mann und eine Frau: Der Mann ist der Mörder und die Frau der Lockvogel.«

»Möglich«, räumte Tarentino ein. »Aber unwahrscheinlich. Sie müssten beide Ungeheuer sein, und Ungeheuer treten normalerweise nicht paarweise auf.«

»Schön, Brett, im Zweifel für den Angeklagten. Kennst du irgendwelche Homos, die auf Gewalt stehen und sich Giftschlangen halten?«

»Nur einen.« Um seine Lippen spielte ein höhnisches Lächeln.

»Und wer könnte das wohl sein?«

Tarentino sah seinen Lustknaben an, der am Rumpf lehnte. »Sag ihm, was du mir kürzlich erzählt hast, Chaco.«

Der junge Latino machte ein ratloses Gesicht, doch als ihm klar wurde, wovon Tarentino sprach, hellte sich seine Miene auf, und er sah mich verschlagen an. »Nick Foster. Er hat mich mal gefesselt. Und ziemlich den wilden Mann markiert.«

23

»Nicht zu fassen«, grummelte Missy Pan am Montagmorgen und schüttelte den Kopf. »Dabei habe ich einen Riecher für so etwas, aber bei Foster habe ich nichts gemerkt.«

»Dann lass dich mal neu eichen«, gab ich zurück und nahm Mary Aboubacars Zeichnung von der Zwischenwand über meinem Schreibtisch. Ich zuckte die Schultern. »Möglich ist es. Bei dem Kinn und diesem durchtrainierten Oberkörper. Jedenfalls ist sich dieser Chaco sicher, dass unser Mr Kaltblütig bisexuell ist. Er meint, wenn schon die Frauen schwach werden, wenn er mit den Alligatoren knutscht, dann sollte man erst mal die Tunten erleben, wenn er spätabends in den Bars droben in Hillcrest auftaucht. Laut Chaco mag er es auf die harte Tour.«

Rikko saß auf seiner Schreibtischkante und trank Kaffee. »Was ist unter ›harter Tour‹ zu verstehen?«

»Fesseln, Ketten, Leder.«

»Ach, das«, sagte Rikko.

»Dominanter SM-Fan?«, fragte die eifrige Afroamerikanerin, die mir gegenübersaß. Ihr linkes Bein, das mit der Schiene, ruhte auf einer gegen den Schreibtisch gelehnten Krücke.

»So stellt ihn Chaco dar, Freddie.«

»Wir sind also kurz vor der Schlussfolgerung, dass er möglicherweise Cook und Haines mit einer Klapperschlange malträtiert hat?«, bohrte sie nach.

»Nicht ganz«, gab ich lächelnd zurück.

Detective Freddie Burnette gehört zu den Leuten, die ich wirklich schätze. Sie ist in Watts aufgewachsen und konnte mit einem Sportstipendium an der University of California in Los Angeles studieren, wo sie ihren Abschluss in Kriminalistik machte. Ich kenne kaum jemanden, der eine so rasche Auffassungsgabe hat, sie ist gewieft und kann eine eigene Meinung vertreten. Mit ihren eins fünfundsechzig bringt sie 130 Pfund auf die Waage, ein geschmeidiges Muskelpaket, und sie läuft hundert Meter unter elf Sekunden. Jedenfalls bis Anfang März, als ihr bei der Verhaftung eines Drogenbosses asiatischer Abstammung namens Fatty Wu Marshall das linke Knie zerschmettert wurde.

Fatty Wu war einer der miesesten Halunken in Südkalifornien, ein Drahtzieher im Amphetaminhandel. Kaltblütig ließ er zwei seiner Stellvertreter hinrichten, als sie es wagten, seine Autorität infrage zu stellen. Als wir Fatty Wu festnehmen wollten, floh er durch das rückwärtige Fenster aus der Wohnung seiner Freundin und türmte auf eine Baustelle. Freddie sprang ihm hinterher und verfolgte ihn bis in den Rohbau eines Apartmentgebäudes.

Fatty Wu versteckte sich und wartete auf Freddie. Er schlug ihr ein Stemmeisen vors Knie, was eine Meniskuszerrung und einen Kreuzbandabriss zur Folge hatte. Als er Ähnliches mit ihrem Schädel anstellen wollte, durchlöcherte Freddie seine Brust mit vier Neunmillimeterkugeln ... Wie gesagt, sie gehört zu den Leuten, die ich wirklich schätze.

Jetzt sah sie mich erwartungsvoll an und meinte: »Sollten wir Foster nicht wenigstens verhören?«

»Erst wenn wir mehr haben«, sagte ich. »Nach dem Stand der jetzigen Ermittlungen hatte er weder zu Cook noch zu Haines irgendwelche Verbindungen. Und kein Motiv. Oder vielleicht sehen wir es einfach nicht.« Ich griff nach der Akte und warf sie Freddie zu. »Schau, ob wir etwas übersehen haben, dann laden wir ihn vor.«

Missy gestikulierte resigniert. »Foster ist besser als nichts, Boss. Bei Haines haben wir weniger Spuren gefunden als bei Cook.«

»Mengenmäßig weniger, das kann sein«, gab ich barsch zurück. »Aber heute Morgen steht im Bericht, dass die Spurensicherung zwei ungelockte braune Haare am Kopfende der Matratze gefunden hat. Ich habe euch doch gesagt, dass Seeker einen Fehler gemacht hat. Übrigens, wer hat heute Erotikdienst?«

Jorge hob die Hand. »Ich bin von zehn bis zwei dran.«

Missy verzog missmutig das Gesicht. »Und ich von zwei bis vier.«

»In Ordnung, ihr beide dürft euch heute in der Welt der Swinger austoben, und Rikko und ich –«

Das Telefon auf meinem Schreibtisch klingelte. Ich nahm ab. »Mordkommissariat.«

Eine Frau mit ausgeprägtem Südstaatenakzent meldete sich. »Ich möchte Sergeant Moynihan sprechen.«

»Am Apparat.«

»Sind Sie der Ermittler, der sich mit den Schlangenmorden befasst?«

»Der bin ich. Was kann ich für Sie tun?«

»Mein Name ist Susan Dahoney, Dr. Susan Dahoney, wissenschaftliche Assistentin am Fachbereich Religionswissenschaften der San Diego State University. Vielleicht haben Sie von meinem kürzlich veröffentlichten Buch –?«

»Sie wünschen bitte?«, fragte ich ungeduldig. »Ich habe viel um die Ohren.«

Sie zögerte, räusperte sich, dann rückte sie mit der Sprache heraus. »Es tut mir Leid, wenn ich Ihnen die Zeit stehle, aber ich habe gestern in der Zeitung gelesen, dass der Mörder ein Bibelzitat –«

»Dazu geben wir keinen Kommentar ab.«

»Sergeant, ich könnte Ihnen bei der Auslegung helfen«, erbot sie sich. »Damit Sie durchschauen, was in dem Mörder vorgeht, meine ich.«

Ich zögerte. »Könnten Sie einen Moment dranbleiben, Professor ...«

»Dahoney«, sagte sie. »Susan Dahoney. Selbstverständlich.«

Ich schaltete den Apparat stumm und wandte mich an Rikko und Jorge. »Überprüft eine Susan Dahoney. Bibelexpertin an der San Diego State. Sie will uns mit dem Haines-Zitat helfen. Beeilt euch. Ich rede solange noch ein bisschen mit ihr.«

Die beiden verstanden sofort. Solche Anrufe können ernsthafte Hilfsangebote darstellen. Oder man hat es mit Spinnern zu tun. Und hin und wieder, vor allem wenn es um Serienmorde geht, versuchen der Täter oder seine Nachahmer sich in die Ermittlungen einzuschleichen. Schon aus diesem Grund wollen wir wissen, mit wem wir es zu tun haben.

Ich drückte wieder auf den Knopf: »Bitte entschuldigen Sie, Professor Dahoney.«

»Kein Problem«, entgegnete sie freundlich.

»Wir haben bereits Fachleute, die uns beim psychologischen Täterprofil zur Hand gehen, und in der Regel können wir die Einzelheiten unserer Ermittlungen nicht weitergeben.«

»Selbstverständlich nicht. Aber wie gesagt, ich bin Bibelexpertin, Sergeant. Mehr eine Bibeldetektivin, sozusagen. Ich könnte Ihnen einige Einsichten vermitteln, die Ihren Helfern sicher nicht zugänglich sind. Und ich wäre gern bereit, Sie aufzusuchen.«

Sie war so hartnäckig, dass ich ihr sofort Hintergedanken unterstellte. Ich warf einen Blick über die Schulter. Jorge, den Hörer am Ohr, gab mir ein Zeichen.

»Könnten Sie noch einen Augenblick dranbleiben?«, sagte ich und drückte den Knopf, ohne eine Antwort abzuwarten. Jorge hatte aufgelegt, und ich sah ihn erwartungsvoll an.

»Sie ist in Ordnung«, sagte er. »Im Januar eingestellt aufgrund eines Buches über die zweite Frau in der Bibel oder so ähnlich. Ihre erste Dozentenstelle. Vermutlich hat sie was auf dem Kasten. Eine ehrgeizige Person.«

»Grund genug, mit ihr zu sprechen und herauszufinden, was sie will«, sagte ich und betätigte erneut den Hold-Knopf. »Professor, wie wär's, wenn wir bei Ihnen vorbeischauen?«

24

Die Sonne strahlte von einem wolkenlosen Himmel, als Rikko und ich das Präsidium verließen. Das ist das Irre an San Diego: Dreihundert Tage im Jahr ist das Wetter so schön, dass es alles in den Schatten stellt, was nicht so toll ist an der Stadt – das Verbrechen, der bevorstehende Verkehrsinfarkt, die ungezügelte Bauwut. Die Bewohner von San Diego wissen, dass sie am Rande des Chaos leben, aber es ist ihnen gleich, weil sich bei geringen Niederschlägen und 30 Grad am Strand ein saphirblauer Himmel über dem Chaos wölbt.

Eine Dreiviertelstunde später hatten wir nach zwölf qualvollen Kilometern Stau Richtung Osten die San Diego State erreicht. Das Universitätsgelände erstreckt sich über 70 Hektar in bester Lage hoch oben auf einem Steilhang südlich der Interstate 8. Die Stahlbetonbauten überblicken quadratische Rasenflächen, unterteilt durch Asphaltwege, aufgelockert durch Palmengruppen und bevölkert von Scharen attraktiver kalifornischer Studentinnen, die einer typisch amerikanischen Männerphantasie entsprungen zu sein schienen.

Rikko und ich wanderten nordwärts über den Campus zur Crowley Hall, wo der Fachbereich Religionswissenschaften untergebracht war, und fanden im dritten Stock an der Südostecke des Gebäudes das Büro von Dr. Susan Dahoney. Das obere Drittel der Eichenholztür bestand aus einer Rauchglasscheibe.

Daran klebte der Schutzumschlag eines Buches, der ein altes Terrakotta-Basrelief einer nackten Frau zeigte, die in einer Astgabel saß. Zu ihren Füßen lag ein Drachen und über ihr thronte ein Vogel. Der Titel, *Die zweite Frau*, stand unter dem Foto, der Name der Verfasserin, Susan Dahoney, darunter.

Ich klopfte laut und vernehmlich.

Drinnen scharrte ein Stuhl, Schritte näherten sich, die Tür ging auf, vor uns stand eine umwerfend aussehende Frau Ende zwanzig und strahlte uns an. Sie trug ein schlichtes Kleid mit einem golden-indigoblauen Batikmuster. Im braunen schulterlangen Haar hatte sie hennarote Strähnchen, und ihr Gesicht erinnerte an die junge Elizabeth Taylor.

Sie lächelte Rikko an, streckte beide Hände aus und schüttelte die seine wie ein Politiker am Nationalfeiertag.

»Dr. Susan Dahoney«, stellte sie sich vor.

»Rikko Varjjan, Detective«, sagte er mit gequältem Lächeln.

»Das Vergnügen ist ganz meinerseits«, erwiderte sie, als würde sie sich über die Bekanntschaft freuen.

Ihr Blick wanderte zu meiner linken Hand, als suche sie einen Ehering, dann grinste sie und trat einen Schritt näher. Sie war groß, feingliedrig und hatte faszinierende blaue Augen. Ihrem weiblichen Reiz konnte man sich schon deshalb nicht entziehen, weil sie etwas näher trat, als es sich gehörte. Außerdem trug sie ein zartes, betörendes Parfüm.

»Meine Güte«, sagte sie mit einem gedehnten Südstaaten-Akzent, »Sie sind aber groß geraten, Sergeant Moynihan.«

Leicht benebelt lächelte ich. Normalerweise bringt mich mein Job mit dem Bodensatz der Gesellschaft in Berührung, und nun hatte ich seit etwa einer Woche ständig mit schönen Frauen zu tun. »Das Problem hatte ich schon als Jugendlicher«, erwiderte ich.

»Das glaube ich gern«, schnurrte sie, hängte sich bei mir ein und geleitete mich in ihr Büro. »Kommen Sie, Detective Varjjan«, rief sie über die Schulter. »Ich beiße nicht.«

Ihr Büro war klein und ähnlich ausgestattet wie jenes am

anderen Ende des Campus, in dem meine Mutter als Dozentin für Englisch gearbeitet hatte. Die Möbel waren schlicht und funktionell. An einem Kleiderständer in der Ecke hing ein gewachster Reitmantel. Natürlich gab es eine Menge Bücher, die meisten befassten sich mit verschiedenen Aspekten der Bibel. Aber während die Wände im Büro meiner Mutter mit gerahmten Diplomurkunden und Familienbildern geschmückt waren, hatte Dahoney die freien Flächen mit Fotos primitiver Kunstwerke bedeckt, darunter zahlreiche Variationen des Motivs an ihrer Bürotür.

Auf einigen Darstellungen hatte die nackte Frau eine eindeutig sexuelle Ausstrahlung, war von Eulen flankiert und trug einen Kopfschmuck, der aus Schlangen zu bestehen schien. Ein Bild zeigte sie auf dem Rücken von geflügelten Löwen, wie sie die Beine spreizte und ihre Vagina präsentierte. Auf mehreren Kunstwerken sah man die nackte Frau an einer Meeresküste stehen, umgeben von bedrohlichen schwarzen Gestalten. Ein kleines Gemälde fiel mir ins Auge: Es war im Stil der alten Meister gemalt und zeigte eine üppige Frau, halb Mensch, halb Schlange, um einen Baum geringelt.

»Wer ist das?«, fragte ich.

»Sie steht im Mittelpunkt meines Buches«, sagte Dahoney, ließ meinen Arm los und nahm zwei Exemplare von *Die zweite Frau* von ihrem säuberlich aufgeräumten Schreibtisch. Sie reichte jedem von uns eines. »Sie sind signiert.«

»Danke«, sagte ich. Das Buch war keine schlichte akademische Veröffentlichung, wie ich es erwartet hätte, sondern als populärwissenschaftliche Geschichtsdarstellung aufgemacht. Auch das Autorenfoto sollte offenbar neugierig machen: Es zeigte Dahoney in einer schwarzen Lederjacke mit hochgestelltem Kragen und weißer Bluse mit Dekolleté. Ihr Haar war kunstvoll verstrubbelt.

»Wie gesagt, ich bin selbst eine hervorragende Detektivin. Sie halten die Lösung eines der größten Rätsel in der Geschichte der jüdisch-christlichen Welt in Händen, meine Herren.«

Rikko beäugte skeptisch das Buch. »Tatsächlich?«

»Allerdings.« Mit einer Geste bot sie uns zwei Holzstühle mit Leiterlehne an.

»Und worin besteht dieses Rätsel?«, erkundigte sich Rikko und setzte sich.

»Wer war Kains Frau?« Als sie unsere ratlosen Gesichter sah, biss sie sich auf die Lippe, grinste und nahm uns gegenüber an ihrem Schreibtisch Platz. »Wir wissen oder glauben zu wissen, wer die erste Frau auf Erden war, wenigstens nach der King-James-Version der Bibel.«

»Eva«, sagte ich.

»Das wird allgemein vermutet«, räumte sie ein. »Und wir wissen, dass Eva nach der Vertreibung aus dem Paradies zwei Söhne gebar, Kain und Abel. Kain war Bauer und Abel ein Hirte. Kain wurde eifersüchtig auf Abel, weil er scheinbar von Gott bevorzugt wurde. Kain erschlug seinen Bruder. Wegen dieses ersten Mordes verbannte Gott Kain, und er lebte schließlich jenseits von Eden im Land Nod.«

»Das Land Nod?«, warf ich stirnrunzelnd ein. »Ich dachte, das kommt nur in Gutenachtgeschichten vor.«

Sie schüttelte den Kopf. »Nod gehört ins Alte Testament, das Buch Genesis. Warum man dabei gern an Schlaf denkt, Sergeant, liegt daran, dass man Nod als Exil, als Land des ruhelosen Wanderns interpretieren kann. Es ist sozusagen die Heimat der Träume oder Albträume.«

»Und was war mit Kains Frau?«, fragte Rikko.

»Nur Geduld, Detective Varjjan«, mahnte sie sanft. »Der Bibel zufolge fand Kain im Land Nod seine Frau, erkannte sie, und sie empfing und gebar Henoch, so wurde die Linie Adams fortgesetzt. Aber nirgends wird Kains Frau namentlich genannt. Wir wissen weder, wer sie war, noch, woher sie kam. Wenn man die Welt so sieht wie unsere Vorfahren, wurden Adam und Eva von Gott geschaffen und auf der Erde ausgesetzt. Sie hatten zwei Söhne, einer von ihnen wurde ermordet. Der in Ungnade gefallene Täter nimmt sich eine Frau, die zweite Frau, die in der Bibel vorkommt. Und hier liegt das Rätsel: Wer war sie? Woher kam sie? Sie sehen also, was für ein Durcheinander dadurch entsteht?«, fragte sie, fuhr aber, ohne eine Antwort abzuwarten, fort: »Skeptiker, die am Schöpfungsmythos zweifeln, meinen, da Kain eine Frau fand, müsse es noch andere Menschen auf der Erde gegeben haben, die nicht von Adam und Eva abstammten. Andere, die die Bibel als die wahre Geschichte der Menschheit verteidigen«, erklärte sie weiter, »müssen nachweisen können, dass alle Menschen von einem Mann und einer Frau abstammen, denn nur ihre Nachkommen können durch die Taufe von der Erbsünde befreit werden. Leider würde das bedeuten, dass Kain eine seiner Schwestern hätte heiraten müssen, denn viele frühchristliche Kommentatoren behaupten, Adam und Eva hätten noch einige Töchter gehabt. Und damit sind wir beim Inzest, einem der größten Tabus in der Bibel. Wie Sie sehen, sind auch die Anhänger des Schöpfungsmythos in der Zwickmühle. Sie können Ihnen auch nicht verraten, wer Kains Frau war. Die Geschichte hat's in sich, nicht wahr?«

Bevor wir antworten konnten, erklärte sie mit einem Fingerzeig auf ihr Buch: »Die zweite Frau, wie ich sie nenne, war von jeher Gegenstand lebhafter Debatten. Sie wurde als eine Art stille Zeugin in der Debatte um die Abstammung des Menschen beim so genannten ›Affenprozess‹ gegen John Scopes aufgerufen, Sie wissen, dieser Lehrer, der es in den zwanziger Jahren wagte, Darwins Evolutionslehre im Schulunterricht durchzunehmen. Clarence Darrow, als Vertreter der Anhänger der Evolutionstheorie, befragte die Verfechter der Schöpfungstheorie ausführlich über sie, um die Vorstellung, Adam und Eva seien die Eltern der

Menschheit, in Misskredit zu bringen. Aber das steht alles in meinem Buch. Lesen Sie es.«

»Wird gemacht«, versprach ich. »Aber ich habe das Gefühl, dass Sie hinsichtlich der zweiten Frau eine andere Theorie vertreten, stimmt's?«

Dahoneys Augen sprühten Funken, sie nickte und fuchtelte mit dem Finger. »Bei meiner akademischen Detektivarbeit war ich immer davon überzeugt, dass man Fragen stellen, tiefer graben, die ursprünglichen Quellen finden muss. Also habe ich in den alten Schöpfungsgeschichten im Talmud und in den Schriften der Gnostiker nachgeforscht, Schriften, die nie in die männerlastige Bibel, wie wir sie kennen, aufgenommen wurden.«

»Sie sind also eine feministische Bibelexpertin«, stellte Rikko fest.

»Sozusagen«, stimmte Dahoney zu. »Wer heute die Bibel liest, der erfährt, dass Gott zunächst Adam schuf und dann aus einer seiner Rippen Eva formte. Die Frau stammt vom Mann ab, jedenfalls nach dieser Version der Schöpfungsgeschichte. Aber aus den gnostischen Schriften geht hervor, dass Gott zuerst ein hermaphroditisches Wesen schuf, halb Mann, halb Frau, das am Rücken zusammengewachsen war: Adam und Lilith, nicht Adam und Eva. Gott teilte Adam und Lilith und überließ ihnen den Garten Eden. Doch Adam versuchte, Lilith zu unterwerfen, indem er von ihr die Missionarsstellung verlangte. Lilith sah sich aber als gleichwertig an und weigerte sich, solange es ihr verwehrt war, ihrerseits auf Adam zu reiten. Adam lehnte das ab. Lilith verließ den Garten Eden aus eigenem Antrieb«, Dahoney erzählte nun mit Feuereifer, »und ging ins Exil ans Rote Meer. Als Adam sich bei Gott beschwerte, schickte Gott seine Abgesandten, um Lilith zurückzuholen. Sie stellten fest, dass Lilith mit Dämonen lebte und sich allerhand sinnliche Genüsse gönnte. Lilith wollte nicht ins Paradies zurückkehren und sich von Adam beherrschen lassen. Deshalb schuf Gott Eva, die Adam Söhne gebar. In den Schriften der Gnostiker habe ich meine Antwort auf das älteste Rätsel der Welt gefunden: Als Kain in das Land jenseits von Eden verbannt wurde, verließ Lilith, die der Dämonen müde war, das Rote Meer und ging nach Nod, wo sie Kain fand, der ebenfalls gegen Gottes Gebot rebelliert hatte, und wurde seine Frau. Das ist die These meines Buches.«

Ich nickte. »Sehr interessant.«

»Hat aber nichts mit dem zu tun, weshalb wir hier sind«, sagte Rikko und legte das Buch aus der Hand.

»Stimmt.« Sie lehnte sich zurück. »Was kann ich also für Sie tun? Haben Sie nun ein Bibelzitat bei der Leiche dieses bedauernswerten Mannes gefunden oder nicht?«

Ich zögerte, folgte dann aber meinem Instinkt und entschloss mich, weiterzumachen.

»Da war ein Zitat aus dem Neuen Testament. Aber bevor wir die Einzelheiten besprechen, brauche ich Ihre feste Zusage, dass Sie mit niemandem über unser Gespräch reden, vor allem nicht mit den Medien.«

Sie zögerte kurz, dann nickte sie und legte den Finger auf den Mund. »Meine Lippen sind versiegelt, Sergeant. Ich will nur helfen.«

In den nächsten zwanzig Minuten stellten Rikko und ich die relevanten Fakten des Falles dar und schlossen mit den beiden Botschaften, die wir auf dem Spiegel gefunden hatten.

Als wir fertig waren, schüttelte sie nachdenklich den Kopf. »Das erste: ›Welch unsagbare Freude, den Tod in Händen zu halten‹ stammt nicht aus der Bibel«, sagte sie. »Oder wenigstens erinnere ich mich nicht daran. Ich kann es später anhand der Computer-Konkordanzen prüfen, wenn Sie möchten.«

»Konkordanzen?«, fragte Rikko. »Was ist das?«

»Datenbanken, in denen ich Worte in umfangreichen

theologischen Schriften wie der Bibel, dem Talmud und dem Koran suchen kann. Ich habe sie bei der Arbeit an meinem Buch ständig benutzt.«

»Das wäre hilfreich«, sagte ich. »Und was ist mit der zweiten Botschaft?«

»Apostelgeschichte, Kapitel 28, Vers 5-7«, murmelte Dahoney und griff nach einer ledergebundenen Bibel auf ihrem Schreibtisch.

Schon hatte sie das Zitat gefunden und las die Stelle laut vor: »*Er aber schlenkerte das Tier ins Feuer, und ihm widerfuhr nichts Übles. Sie aber warteten, wann er anschwellen oder tot niederfallen würde. Da sie aber lange warteten und sahen, dass ihm nichts Schlimmes widerfuhr, änderten sie ihre Meinung und sprachen, er wäre ein Gott.*«

Sie tippte mit dem Finger auf die aufgeschlagene Seite. »Die Apostelgeschichte ist im Wesentlichen eine Geschichte der frühchristlichen Kirche«, erklärte sie. »Sie hält fest, was die Jünger Jesu in den Jahren unmittelbar nach der Kreuzigung taten. Lukas, der Kapitel 28 der Apostelgeschichte schrieb, ist mit Paulus, dem ersten echten Missionar, weit gereist. Vor Paulus fand der christliche Glaube nur aufs Geratewohl, man könnte fast sagen zufällig, Verbreitung, bald stieß der eine, bald der andere auf die Geschichte Jesu. Dann beschloss der Apostel Petrus, der damals in Antiochia lebte, die gezielte Propagierung und Verbreitung der Frohen Botschaft. Er fand, das sei der richtige Schritt für die junge Kirche. Deshalb schickte Petrus Paulus auf mehrere Missionsreisen in den Nahen Osten, nach Asien und Osteuropa.«

Dahoney begann auf und ab zu gehen. »Paulus hatte den Auftrag, Nichtjuden und Juden zu dem Glauben zu bekehren, dass Jesus der im Alten Testament prophezeite Messias sei. Für seine Predigten wurde er gesteinigt, geschlagen und ins Gefängnis geworfen. Die ersten drei Missionsreisen unternahm er freiwillig. Paulus' vierte Reise, die in

Kapitel 28 der Apostelgeschichte geschildert wird, erfolgte gegen seinen Willen. Er wurde wegen Aufwiegelung verhaftet und auf ein Schiff gesetzt, das ihn zu seinem Prozess vor den römischen Kaiser nach Rom bringen sollte. Auf der Reise, im Jahr 59, wenn ich mich recht entsinne, erlitten Paulus, Lukas und die römischen Wachleute Schiffbruch und landeten auf dem heutigen Malta. Wie das Zitat andeutet, wurde Paulus von einer Natter gebissen, aber es zeigten sich keine Folgen. Aufgrund dieses Wunders bekehrten sich sämtliche Malteser zum Christentum.«

Ich nickte. »Und was sagt uns das über den Mörder?«

Dahoney dachte kurz nach. »Natürlich betrachte ich das Ganze aus einer historischen und textbezogenen Perspektive.«

»Im Augenblick ist uns jede Perspektive recht«, meinte Rikko.

Sie nickte. »Man könnte darüber spekulieren, ob sich Ihr Killer als Missionar sieht, der seine eigene verschrobene Version vom Wort Gottes verbreiten will. Oder als Verbannter, der unter Barbaren Schiffbruch erleidet. Oder auch als Gefangener.«

»Oder er übernimmt alle drei Rollen«, warf ich ein.

»Ja, auch das könnte man vermuten«, erwiderte sie.

»Wir haben Grund zu der Annahme, dass Cook Gruppensex praktizierte, wobei wir nicht ausschließen können, dass er ein verkappter Bisexueller oder Schwuler war«, sagte ich. »Hat das Folgen für Ihre Interpretation?«

Die Dozentin dachte nach. »Ich nehme an, wenn sich Ihr Mörder mit Paulus identifiziert, was er anscheinend tut, dann sieht er sich als einen von Gott Berufenen, der seinen Willen erfüllen soll und damit frei von den Schwächen der gewöhnlichen Sterblichen ist. Homosexualität? Vielleicht. Das Gift einer Schlange? Auf jeden Fall. Vielleicht will er auch sagen, dass seine Opfer – hätten sie sich nur nicht dem Gruppensex oder der Homosexualität ergeben – die

Gnade Gottes erfahren könnten und wie der Heilige Paulus gegen Schlangengift immun wären.«

Rikko nickte. »Das könnte ich nachvollziehen.«

»Wir haben an beiden Tatorten einen Apfel gefunden«, sagte ich. »Dazu fällt mir die Schlange und die verbotene Frucht ein. Adam und Eva.«

»Sicherlich«, meinte sie. »In der Bibel tritt die Schlange stets als Symbol des Bösen in Form der Versuchung auf. In meinem Buch finden Sie Abbildungen von Lilith, auf denen sie einen Kopfputz aus Schlangen trägt. Die Frucht ist hingegen das Symbol der Erkenntnis. Die Schlange verleitet Eva, entgegen Gottes Gebot, einen Apfel zu essen. Das Böse bringt Erkenntnis hervor.« Dahoney schüttelte den Kopf. »Aber da begebe ich mich ins Reich der Spekulation.«

»Das tun wir alle«, sagte ich. »Was denken Sie?«

Ihre rechte Hand zitterte ein wenig. »Wenn die entfernte Möglichkeit zutrifft und beide Morde mit den sexuellen Sehnsüchten der Opfer zusammenhängen, dann verweist die Symbolik darauf, dass der Täter die verbotene Frucht mit Erkenntnis gleichsetzt, in diesem Fall sexuelles Erkennen im biblischen Sinne: tabuisiertes sexuelles Erkennen. Er sieht die Schlange nicht nur als das Böse, sondern als Symbol für den Phallus.«

Rikko sagte: »Sie glauben, dieser Kerl meint, dass er Cook und Haines mit seinem Penis tötet?«

Dahoney zog eine Grimasse. »So könnte man es auch ausdrücken, Detective.«

»Mann o Mann«, sagte ich. »Der Kerl hat Probleme.«

25

Um kurz vor drei kamen wir zurück ins Präsidium. Rikko machte sich sofort auf den Weg zum Büro der Staatsanwaltschaft, um mit den Anklägern einen Prozess vorzubereiten, bei dem es um die Entführung einer Drittklässlerin vom Schulhof ging; das Kind war anschließend vergewaltigt und ermordet worden. Rikko hatte im vergangenen Jahr seine ganze Energie in den Fall gesteckt und den Täter geschnappt. Es war ein Sportlehrer der Schule mit einer einschlägigen Vorgeschichte in Louisiana, die bei seiner Einstellung nicht bekannt gewesen war.

Ich legte Susan Dahoneys Buch auf meinen Schreibtisch. Jorge arbeitete am Computer. Missy war online und tummelte sich mit steinerner Miene auf irgendwelchen Sexseiten. Freddie war in der Personalabteilung, um irgendetwas mit ihrer Krankenversicherung zu klären.

»Ich habe Haines' Computer mit einer Software geprüft, die mir das FBI überlassen hat«, berichtete Jorge.

»Was rausgefunden?«

»Keine Hinweise, dass er in Bisexuellen- oder Schwulen-Chatrooms gewesen wäre.«

»Siehst du. Reine Spekulationen, die Tarentino da anstellt.«

»Übrigens auch keine Hinweise auf Swinger-Chatrooms«, konterte Jorge. »Allerdings hat er regelmäßig Websites besucht, die sich Reptilien widmen. Auf mehreren gab es Verweise auf den Handel und die Pflege von verbotenen Arten.«

Er hielt das Farbbild einer zusammengerollten Schlange in die Höhe.

»Dieselbe wie in Haines' Terrarium«, sagte ich.

»Arizona-Korallenotter. Er hat das Internet abgegrast, was die Spezies betrifft. Vielleicht ist auf dem Computer noch mehr drauf, aber da müsste ich nochmal ins FBI-Computerlabor, um das rauszubekommen.«

»Das ist doch eine schöne Beschäftigung für den Rest des Tages«, regte ich an.

»Bin schon unterwegs.« Jorge steckte Haines' Laptop in einen Plastikbeutel für Beweismaterial.

Ich setzte mich an den Schreibtisch, sah Jimmys Foto an und wollte ihn schon anrufen, als mir einfiel, dass er noch in der Schule sein musste. Ich zog meinen gelben Notizblock heraus, malte Figürchen und ließ mir durch den Kopf gehen, was Susan Dahoney über die Apostelgeschichte gesagt und was Chaco über Fosters Gewaltsex mit Fesseln erzählt hatte. Aber die Teilchen fügten sich einfach nicht zu einem stimmigen Bild.

Aber andererseits passte bei beiden Fällen kaum etwas zusammen. Abgesehen von der Art und Weise, wie sie zu Tode gekommen waren, konnten wir keine Berührungspunkte im Leben der beiden Männer entdecken. Auf den Kreditkartenabrechnungen von Haines fand sich keinerlei Hinweis auf das Yellow Tail oder andere einschlägige Nachtbars in San Diego. Und bei Cook verwies rein gar nichts auf ein Interesse an Reptilien.

Haines wiederum besaß einen dicken Ordner über eine Eidechsenart, die Bart-Agame, die er etwa zwei Jahre zuvor in einem auf exotische Haustiere spezialisierten Laden am Sports Arena Boulevard gekauft hatte.

Ich holte den Ordner aus einem Stapel auf meinem Schreibtisch und sah ihn durch. Mindestens vier Dutzend Mal seit dem Kauf der Eidechse hatte Haines im selben Geschäft Futter und Zubehör besorgt, darunter ein zehn Tage vor seinem Tod erstandenes Terrarium. Ich nahm mir vor, in dem Laden vorbeizuschauen, noch ein Punkt auf der stetig wachsenden Liste abzuarbeitender Dinge.

Inzwischen quälte mich der Hunger. Ich drehte mich zu Missy um, die wie wild auf ihre Tastatur einhackte.

»Hast du Lust, was zu essen zu holen?«, fragte ich. »Oder denkst du dir gerade sexuelle Abnormitäten aus, die als Köder für Seeker taugen könnten?«

Missy wurde rot und warf mir einen giftigen Blick zu.

Ich lachte. »Ich hab also richtig geraten.«

Ungnädig verschränkte sie die Arme und schob ihr Kinn vor. »Stimmt genau. Mein Großvater hat mich als kleines Mädchen manchmal mit zum Angeln genommen. Er sagte immer, wenn man den größten Fisch fangen will, dann muss man etwas echt Ekelhaftes auf den Haken piksen.«

»Und was hast du nun Verlockendes in den Ozean geschmissen?«

Sie zögerte, dann rückte sie pikiert mit der Sprache heraus. »Ms Lover ist absolut heiß auf einen Dreier am kommenden Wochenende. Langweiler und einfallslose Typen haben keine Chance.«

»Whoa«, sagte ich. »Vielleicht sollte ich mich darauf melden.«

»Langweiler und einfallslose Typen haben keine Chance«, wiederholte sie.

»Har-har. Hast du schon Antworten?«

»Es läuft langsam an«, Missy wandte sich wieder dem Bildschirm zu, »anscheinend ist Montagnachmittag bei Swingern nicht gerade die heiße Zeit, aber ich denke, bei dem Köder könnte ...«

Sie starrte auf ihren Computer. »Er hat geantwortet! Er hat angebissen! Wir haben ihn!«

Ich sprang auf und schaute ihr über die Schulter.

>*Seeker: Ihr Angebot ist faszinierend, Ms Lover. Wir sind ein abenteuerlustiges Paar aus San Diego, Ende dreißig, sehr attraktiv, fit, intelligent, finanziell unabhängig. Interessiert?*<

»Was antworte ich darauf?«

»Gib dich spröde.«

>Ms Lover: Ich hatte mir Anzeichen von Feuer und Kreativität gewünscht, keinen Lebenslauf.<

Wir starrten eine Minute lang auf den Bildschirm, doch es kam keine Antwort. Ich fragte mich schon, ob Missy zu weit gegangen war, da blinkte eine neue Nachricht auf.

>Seeker: Du zeigst gleich die Krallen. Das gefällt uns. Aber meine Lady und ich hoffen, dass du auch eine weiche Seite hast, Ms Lover. Was unseren sexuellen Einfallsreichtum betrifft, macht uns niemand was vor. Wir sind erfahrene Künstler in Rollenspielen aller Art. Und du?<

»Künstler«, sagte ich und dachte an Christinas Kommentar am Tatort.

»Wir müssen hier wie bei einer Verführung vorgehen«, sagte ich. »Nur dass ich noch nie einen Mann verführen musste.«

»Es geht nicht nur um ihn, sondern auch um seine Partnerin«, meinte Missy. »Außerdem bin ich da selbst nicht ganz unbeschlagen.«

»Das kann ich mir vorstellen.« Ich klopfte ihr auf die Schulter. »Wir wollen nur nicht übereifrig erscheinen. Nach Haines ist er bestimmt nervös. Mein Gott, das ist erst drei Tage her. Warum antwortet er also – noch dazu dir, einer Frau?«

»Vielleicht steigt er auf weibliche Opfer um.« Missy zuckte die Schultern. »Vielleicht hat er eine androgyne Ader. Oder er versucht es bei jedem, der den etwas anderen Sex sucht.«

»Keine Ahnung – kann alles sein. Warten wir ein paar Minuten ab, damit er denkt, du antwortest nicht. Das macht es spannender. Dann wirf ihm etwas hin, worüber er nachdenken muss. Etwas, was seinen Appetit reizt.«

Missy schnaubte verächtlich und wippte mit dem Knie.

Nach drei Minuten fragte ich: »Ist dir schon was eingefallen?«

»Ja«, gab sie zu. »Aber es ist mir peinlich, das hinzuschreiben.«

»Außer uns beiden braucht es ja niemand zu erfahren.«

»Mal langsam. Das Zeug wird nachher bei Gericht vorgelegt, das weißt du genau.«

»Willst du den Kerl schnappen?«

Ohne zu antworten, begann Missy zu tippen.

>*Ms Lover: Ich habe akademische Weihen in der orientalischen Liebeskunst, ob hetero oder lesbisch.*<

»Heiliger Strohsack, Missy, mir bricht der kalte Schweiß aus.«

»Ich habe dir gesagt, dass es peinlich ist.«

»Nein, nein, das ist echt gut.«

»Es sei denn, er mag keine Asiatinnen.«

»Das gibt's nicht«, versicherte ich ihr. »Alle Männer phantasieren über asiatische Frauen – und über Lesben. Du hast beides zu bieten. Wie sollte er da widerstehen?«

Missy drehte sich mit ihrem Stuhl um und zog die Brauen hoch. »Wie bitte?«

»Da, schau!« Ich wies auf den Bildschirm.

>*Seeker: Eine bisexuelle Asiatin? Jetzt sind wir aber vollkommen vom Hocker. Dürfen wir vielleicht ein Nacktfoto von dir sehen?*<

»Ein Nacktfoto?«, rief Missy. »Von solchem Schweinkram war aber nicht die Rede!«

»Auf die Idee wäre ich gar nicht gekommen«, gab ich zurück. »Ich hab nicht besonders viel Erfahrung in der Welt der bisexuellen Swinger, Ms Lover.«

»Ich doch auch nicht! Was soll ich antworten?«

»Ende der Diskussion, du sagst ja.«

Sie stand auf und schüttelte wild gestikulierend den Kopf. »Ich posiere doch nicht nackt und verschicke mein Foto dann übers Internet. Als Nächstes lande ich dann auf der

Festplatte sämtlicher Perverslinge im ganzen Land – oder jedenfalls bei sämtlichen Perverslingen unserer Abteilung. Das hängt mir dann mein Lebtag nach.«

»Du musst ja nicht selbst posieren«, versprach ich ihr. »Die Computerfreaks eine Etage tiefer montieren dein Gesicht auf ein Foto aus irgendeinem Herrenmagazin. In der Zwischenzeit gehst du wieder online und bittest sie, ebenfalls Fotos zu schicken.«

Missy musterte mich skeptisch. »Das geht mir langsam zu weit, Boss.«

»Glaub mir, du tust das für Sophia Cook und die Mutter von Haines.«

Missmutig tippte Missy ihre Antwort ein und erklärte, sie werde nur dann ein Foto schicken, wenn er und seine Partnerin auch dazu bereit seien. Nach fünf Minuten stimmte Seeker zu, meinte aber, die Fotos sollten nicht direkt verschickt werden, sondern über gesicherte Mailboxen, die der Swinger-Internet-Service zusätzlich anbot. Missy erwiderte, sie sei dafür noch nicht registriert, wolle das aber nachholen und sich in einer Stunde wieder melden.

Während Missy für Ms Lover eine elektronische Mailbox anforderte, holte ich mir ein Zivilfahrzeug aus der Tiefgarage und fuhr zum nächsten Zeitschriftenladen etwa acht Blocks westlich von der Zentrale. Dort fand ich ein Magazin, das sich auf asiatische Reize spezialisiert hatte. Als ich wiederkam, hatte Missy ein paar Schnappschüsse von sich ausgegraben und erwartete mich mit Freddie und einer Computerexpertin, die einen Scanner und einen Apple-Laptop inklusive Adobe Photoshop mitgebracht hatte.

»Such dir dein Body-double aus«, sagte ich und warf die Zeitschrift auf den Tisch.

Angeekelt griff Missy nach dem Magazin. »Dafür hab ich aber was gut, Sarge.«

»Total plemplem«, meinte Freddie und drohte mir mit dem Finger. »Bei mir brauchst du so etwas gar nicht erst zu versuchen.«

Schließlich entschied sich Missy für eine Japanerin namens Hasu mit weich gerundeten Schultern, rosa knospenden Nippeln und einer Vorliebe für Origami. Die Technikerin scannte das kleine Poster und Missys Porträt ein und montierte beides zusammen. Nach einer halben Stunde und etlichen Retuschen fügten sich die Bilder nahtlos aneinander. Am Ende lehnte meine Mitarbeiterin scheu, aber splitterfasernackt auf einer Zedernholzbank in einem Zen-Garten vor den Toren Kyotos.

»Jorge und Rikko sollten das nicht zu Gesicht bekommen«, meinte ich. »Sonst sehen sie dich künftig mit völlig anderen Augen.«

Missy gab mir einen Knuff, der sich gewaschen hatte. »Du bist ein Scheißkerl!«

»Du hast's erfasst, Schwester«, sagte Freddie. »Das zahlen wir ihm irgendwann heim.«

»Beruhigt euch. War doch bloß Spaß«, sagte ich. »Schick das an den Seeker. Mal sehen, was dann kommt.«

Es kam eine sabbernde Antwort, in der er Ms Lover um ein Rendezvous bat, sowie das Polaroidfoto eines nackten kopflosen Paares neben einem Doppelbett aus edlem Holz in einem matt beleuchteten Zimmer. Der Mann sah ganz stramm aus und hatte einen auffällig kleinen, nicht beschnittenen Penis. Auch die Frau hatte sich gut gehalten, hatte sommersprossige, wahrscheinlich silikongefüllte Brüste, ein Rosentattoo unter dem Nabel und leuchtend rotes Schamhaar im Irokesenlook.

»Was soll das, die Köpfe fehlen«, empörte sich Missy. »Ich musste mein Gesicht rausschicken.«

»Aber mit dem falschen Körper.«

»Darum geht es nicht!«

»Überleg doch mal«, sagte ich, »sie haben gerade ihr

zweites Opfer umgebracht, da glaubst du doch nicht im Ernst, dass sie ihre Gesichter im Web veröffentlichen?«

Missy schob die Unterlippe vor. »Ich hasse diesen Fall.«

»Ich auch, und ich sitze erst einen Tag dran«, sagte Freddie. »Was nun?«

»Missy vereinbart ein Treffen«, erwiderte ich. »Wir kassieren die Mörder, und anschließend gönnen wir uns zur Feier des Tages ein paar Bierchen auf der *Nomad's Chant*.«

26

»Du kannst mich hören?«, fragte Missy.

»Laut und deutlich«, erwiderte ich.

»Und siehst mich?«

»Alle Kameras sind in Betrieb, du kleine Geisha, du.« Ich warf einen Blick auf die drei schimmernden Monitore hinten im Lieferwagen, den wir auf dem Parkplatz vor einem noblen Wohngebiet östlich der Interstate 5 und südlich vom Zentrum La Jollas abgestellt hatten.

»Ich bin koreanisch-chinesischer Abstammung, Sarge, das solltest du wissen«, murmelte Missy ungnädig in das winzige Mikrophon, das sie im Ausschnitt trug.

»Heute Abend ist sie empfindlich, was?«, sagte ich zu Rikko neben mir.

»Aber sie sieht echt gut aus«, meinte Rikko. »In dem Kleid wirken ihre Schultern nicht so kantig, und auch die Neunmillimeter bemerkt man kaum.«

»Sag ihr das mal. Ich bin bei ihr zurzeit in Ungnade gefallen.«

»Sie ist wirklich umwerfend«, fand Rikko. »Da sind sich alle Kollegen einig. Warum hat sie eigentlich nicht mehr Verehrer?«

»Das kannst du sie auch gleich selbst fragen, wenn du schon dabei bist.«

Es war Mittwoch, der 12. April, zweiundzwanzig Uhr zehn. Vom Pazifik waren Nebelschwaden herübergezogen, die den Asphalt schwarz glänzen ließen und sich auf den Eukalyptusbäumen niederschlugen. Wie man auf den Bildschirmen sah, trug Missy einen dunkelroten Kimono, darunter verbargen sich schwarze Shorts und ein Sport-BH. Sie befand sich in einer Wohnung, die mit Chinavasen und geschnitzten Wandschirmen geschmückt war, und warf immer wieder einen Blick in die Ecken, wo wir winzige Überwachungskameras installiert hatten, und auf die Schlafzimmertür, hinter der Jorge wartete.

Die Wohnung gehörte einem Freund von Jorge, einem Firmenanwalt mit einer Vorliebe für asiatische Möbel, der gerade für ein paar Tage in San Francisco war. Das Haus ließ sich denkbar einfach überwachen: Der Komplex hatte ringsum fünf Parkplätze. Unser Kommandofahrzeug hatten wir auf dem Parkplatz abgestellt, der von der Hauptstraße abging.

Am vergangenen Wochenende hatte es in der Stadt einige Bandenmorde gegeben, deshalb hatte sich Fraiser geweigert, uns mehr Leute zuzuteilen. Außerdem war das Sondereinsatzkommando mit einer Geiselnahme beschäftigt. Deshalb mussten wir uns mit einigen Streifenpolizisten in Zivil begnügen, die in unauffälligen Fahrzeugen über die restlichen Parkplätze verteilt waren. Rikko überwachte ihre Aufstellung, während ich Missy und Jorge im Auge behielt.

»Viertel nach«, sagte Missy, die nervös auf und ab ging. »Sie sollten eigentlich schon hier sein.«

»Verführung besteht zu 75 Prozent aus Vorfreude«, sagte ich. »Seeker und seine Frau lassen dich warten, weil sie hoffen, dass du umso gefügiger bist, wenn sie kommen.«

Rikko musterte mich erstaunt. »Wo hast du denn das her?«

Ich legte die Hand übers Mikrophon. »Ich bin unter lauter Frauen aufgewachsen. Nach einer Weile entwickelt man ein Gespür dafür, wie sie behandelt werden wollen.«

»Deine Schwester wäre bestimmt entzückt, wenn sie dich hören würde. Wie wollen sie denn behandelt werden?«

»Das wechselt«, erwiderte ich. »Und das ist der springende Punkt. Verführung ist eine Mischung aus Routine und Intuition.«

»Was du für ein krauses Zeug im Kopf hast«, meinte Rikko, dann hob er den Finger, drückte seinen Kopfhörer ans rechte Ohr und flüsterte mir zu: »Wir bekommen Gesellschaft. Ein Paar, Ende dreißig, stellt am Westparkplatz einen Acura ab.«

Mit ernster Miene sagte ich: »Niemand rührt sich, bis ich den Befehl gebe.«

Rikko nickte. Ich funkte Missy an. »Es könnte gleich losgehen. Ich sage dir Bescheid, wenn sie an deiner Tür sind. Lass sie beide rein und sieh zu, dass er sich als Seeker zu erkennen gibt. Wir wollen das mit der Kamera festhalten. Sobald wir das haben, nimmst du ihn fest. Jorge wird dich unterstützen. Verstanden, Jorge?«

»Legen wir los«, meinte Jorge.

Auf dem Monitor sah ich, dass Missy mit den Schultern zuckte, dann klopfte sie auf ihre Waffe. »Ich bin soweit.«

Ich wandte mich an Rikko: »Sind sie schon ausgestiegen?«

»Ein kräftiger Kerl«, sagte er und nickte. »Sie ist platinblond. Ziemlich mager.«

Ich runzelte die Stirn. »Was haben die angestellt, gefälschte Fotos geschickt?«

Über den Kopfhörer bekam ich mit, dass es an der Wohnungstür läutete. Missy blickte überrascht auf und zischte: »Du hast doch gesagt, sie sind noch auf dem Parkplatz.«

»Das Paar, das ich meine, ist da auch noch. Sie müssen auf einem anderen Weg reingekommen sein«, sagte ich. Wieder läutete es. »Sei jetzt cool, Missy. Lass sie rein. Wir sind bereit.«

Missy machte ein finsteres Gesicht, dann rief sie: »Ich komme!«

»Warte auf Missy, Jorge«, befahl ich. »Sie ist der Quarterback.«

»In Ordnung.«

Missy schob den Riegel zurück, setzte ein verführerisches Lächeln auf und öffnete die Tür. »Hallo«, meinte sie lasziv. »Ich bin schon ganz feucht vom Warten.«

»Das ist ein Leben!«, grölte Rikko. »So hat mich Christina noch nie begrüßt.«

»Wahrscheinlich weil sie weiß, dass du dann vollkommen durchdrehen würdest«, gab ich zu bedenken. »Und jetzt halt den Mund.«

Wir konnten das Paar vor der Tür noch nicht sehen, aber wir hörten die näselnde Stimme eines Mannes: »Du bist größer als auf dem Foto, Ms Lover.«

»Ich habe dein Bild gesehen und dasselbe gehofft«, gab Missy unverfroren zurück. »Komm doch rein. Du bist also Seeker?«

Er antwortete nicht und Missy trat einen Schritt zurück. Eine Sekunde lang fürchtete ich, sie sei mit der Bemerkung über seinen kleinen Penis zu weit gegangen. Dann trat ein großer Mann Ende dreißig ein, der von seiner Statur her Profiringer hätte sein können. Er trug eine schwarze Hose, dazu passende Schuhe und ein gelbes Polohemd. Außerdem hatte er einen dunkelroten Lederkoffer bei sich. Statt Missy anzusehen, spähte er in alle Zimmerecken. Eine Sekunde lang schaute er direkt in die Kamera. Irgendwie war ich enttäuscht, dass es nicht Nick Foster war. Aber Mary Aboubacar hatte eine hervorragende Beschreibung geliefert: Abgesehen von seinen Augen hatte sie ihn bis ins Detail genau erfasst.

Ihm folgte eine aufgedonnerte Rothaarige. Sie trug schwarze Steghosen, Pumps, Silberarmreifen und ein kurzärmliges silberfarbenes Lamétop, das einen ziemlich freien Blick auf ihren Silikonbusen bot. In der Hand hatte sie eine in blaues Zellophanpapier verpackte Flasche Wein. Sie überreichte Missy die Flasche und sagte wie beschwipst: »Ich bin Paula. Ich hoffe, dass wir gute Freunde werden …«

Ihre Augen waren glasig, und sie wirkte so wackelig, als

hätte sie vor ihrer Ankunft Dope geraucht oder Wein getrunken – oder beides.

»Du kannst mich Missy nennen, Paula«, sagte Missy, nahm die Flasche und drehte sich zu dem Mann um. »Darf ich dich Seeker nennen?«

Sie hatte nun zweimal nach seinem Namen gefragt, und ein Schatten des Misstrauens huschte über sein Gesicht. Paula schien nichts zu bemerken. Sie trat auf Missy zu und griff nach dem Revers ihres Kleides. »Entspann dich, Baby«, sagte Paula. »Wir werden alle Freunde sein, egal wie wir uns nennen.«

Missy wollte zurückweichen, doch die Frau hielt sie am Kimono fest, der sich öffnete, sodass der schwarze Sport-BH und ein Stückchen ihres ledernen Schultergurts sichtbar wurden. In diesem Augenblick schaltete sich Jorge ein: Er öffnete die Schlafzimmertür, die auf den Flur führte, einen Spaltbreit, doch es genügte, dass man sie quietschen hörte. Seeker erstarrte, und sein Blick sprang vom Ledergurt an Missys Schulter zu der noch offenen Eingangstür.

»Er hat es gemerkt!«, brüllte ich ins Mikrophon. »Zugriff! Jetzt!«

Missy stieß Paula weg und griff nach ihrer Pistole. Seeker wirbelte herum und rammte ihr den Koffer mit solcher Wucht in die Rippen, dass er aufsprang. Missy taumelte seitwärts gegen das Sideboard und zerdepperte drei Vasen.

»Lauf!«, bellte Seeker. »Das ist eine Falle!«

»Polizei!«, rief Jorge aus dem dunklen Flur. »Stehen bleiben!«

Aber die beiden waren schon zur Tür hinaus. Missy rollte ab und griff nach ihrer SIG Sauer. Jorge stürmte mit gezogener Waffe ins Wohnzimmer.

»Gelände abriegeln«, schrie Rikko in sein Headset. »Sie türmen!«

Ich stieg bereits durch die Hintertür aus dem Lieferwagen. Oberhalb von mir sah ich im Nebel, wie das Paar aus dem Haus kam und nach Westen floh. Paula hatte ihre Pumps abgestreift, konnte im feuchten Gras aber kaum mit Seeker Schritt halten. Statt ihnen zu folgen, machte ich einen Bogen nach Süden, rannte mit gezogener Pistole den regennassen Asphaltweg entlang und gab meine Position übers Funkgerät durch.

»Ihr Wagen muss auf der Westseite stehen«, rief ich. »Haltet sie auf. Kräftiger Mann, gelbes Polohemd. Sie ist wie eine Hure gekleidet.«

Als ich durch einen Torbogen kam, der zwei Gebäude des Komplexes verband, sah ich die beiden, wie sie den zentralen Innenhof durchquerten. Er war ungefähr vierzig Meter von mir entfernt und zog Paula hinter sich her. Als mich Seeker näher kommen sah, ließ er sie los. Sie stolperte ihm nach und schrie: »Dick, lass mich nicht im Stich!«

Da tauchte wie aus dem Nichts Missy auf, ihr offener Kimono flatterte wie Flügel, und ihr Gesicht zeugte von grimmiger Entschlossenheit. Sie versetzte Paula einen Schlag ins Genick und brachte sie zu Fall.

Seeker suchte in einer Hecke am Westrand des Hofs Zuflucht.

»Polizei! Stehen bleiben!«, brüllte ich. »Sie sind umzingelt!«

Ohne zu zögern sprang er behände wie ein Junge über die Hecke. Ich ihm nach, versuchte dasselbe Kunststück, fiel aber ins Bodenlose. Die Hecke wuchs auf einer zwei Meter hohen Stützmauer neben einem Bürgersteig. Ich landete unsanft auf der Seite. Durch den Sturz war ich ganz benommen. Reifen quietschten. Autos hupten. Seeker schlängelte sich durch den Abendverkehr. Ich rappelte mich auf und gab über Funk durch: »Er hat den Komplex verlassen, flieht Richtung Südwesten.«

In der Ferne heulten Sirenen. Seeker hatte die andere

Straßenseite erreicht und kämpfte sich eine mit Eiskraut bewachsene Böschung hoch. Wenn er es bis oben hin schaffte, würde er in dem Gewirr der Canyons untertauchen, die zum Ozean führten.

Ich rannte blindlings über die Straße. Ein grünes BMW-Coupé konnte gerade noch bremsen. »*Bist du verrückt?*«, schrie mir ein vietnamesischer Teenager mit einem roten Piratentuch nach. »*Lebensmüde, oder was?*«

Dann sah er meine Waffe und duckte sich. Ich hatte gerade die andere Straßenseite erreicht, als Seeker oben auf der Böschung angelangt war und im Gebüsch verschwand. Offenbar wollte er zum Hauptcanyon. Auf allen vieren kroch ich in südlicher Richtung den Hang hinauf. Zehn Meter, zwanzig, dreißig. Meine Lunge brannte wie Feuer.

An Wurzeln Halt suchend, schaffte ich es bis zur Mündung des Canyons und ließ mich in eine enge Rinne hinunter. Die Steilwand fiel etwa dreißig Meter in eine schmale Schlucht ab. Zweige knackten. Seekers dunkle Gestalt tauchte oberhalb von mir auf. Er befand sich etwa fünfzehn Meter links über mir. Langsam rutschte er tiefer.

Als klar war, dass er nicht mehr zurückkonnte, steckte ich meine Waffe weg und stürzte mich auf ihn. Ich rammte mit der Schulter seinen kräftigen Oberkörper, dass er aufstöhnte. Dann umklammerte ich ihn mit beiden Armen, wie Rikko es mir gezeigt hatte. Seeker fluchte und wehrte sich, während wir beide den Canyon hinunterpurzelten und durch ein Gestrüpp von Manzanita- und Chamisesträuchern brachen.

Er stieß mir den Ellenbogen in die Rippen, wir lösten uns voneinander und rollten Hals über Kopf den harten, knochentrockenen Abhang hinunter. Unten blieb ich einen Augenblick lang benommen liegen. Da sah ich Seekers schemenhafte Umrisse, er kniete und umschloss mit beiden Händen einen Felsbrocken von der Größe eines Footballs. Er drehte sich um, hob den Stein hoch über den Kopf und erstarrte mitten in der Bewegung.

Die Mündung meiner Neunmillimeter bohrte sich in seinen Schritt. »Eine Bewegung, Arschloch, eine winzige Bewegung, und dein kleiner Freund hier wird nie wieder auf die Suche gehen.«

27

Brett Tarentino hatte sich geirrt, Ungeheuer traten doch paarweise auf.

»Sie hielt es keinen Tag mehr aus, ohne zu lecken oder geleckt zu werden«, klagte Dick Silver am nächsten Morgen gegen neun. »So sieht's aus. Die Frau ist eine verdammte Nymphomanin. Wenn sie wenigstens einen Monat durchgehalten hätte, einen lächerlichen Monat ...«

»Ach, zum Teufel mit dir«, schoss Paula Silver zurück. »Wenn ich eine Nymphomanin bin, dann bist du ein geiler Bock. Du warst doch genauso scharf auf Ms Lover wie ich.«

Ihr Rechtsbeistand, ein zugeknöpfter Firmenanwalt namens Arthur Sheingold, wurde kreidebleich und legte ihnen seine zittrigen Hände auf die Schultern. »Ich möchte Ihnen beiden noch einmal raten, nicht auszusagen, bevor wir Ihnen nicht einen guten Strafverteidiger besorgt haben.«

Wir hatten Paula Silver und ihren Mann Dick, alias Seeker, fast die ganze Nacht in der Mangel gehabt, meistens einzeln. Aber beide hatten sich geweigert, ohne Anwalt zu reden. Wir ließen sie in einer Großraumzelle des County-Gefängnisses mit Betrunkenen, Cracksüchtigen und Huren schmoren, während wir Sheingold ausfindig machten. Es dauerte Stunden. Er traf frühmorgens ein, und nach einem Gespräch mit seinen Klienten teilte er uns mit, sie wollten reden. Gegen seinen Rat. Vorausgesetzt, wir behandelten sie milde.

Jetzt lehnte sich Dick Silver auf seinem Stuhl zurück.

Er reckte sein Anabolika-Kinn und sah seinen besorgten Anwalt wütend an. »Sie kapieren's nicht, Mr Schönschwafler? Dick Silver und Silver Enterprises sind ruiniert! Kein Börsengang, damit ist es aus, wenn das erst rauskommt.

Zehn Jahre Arbeit umsonst, weil es Paula dauernd irgendwo juckt.«

»Und wegen Dick Silvers unersättlichem Schwanz!«, schrie sie.

Sheingold schien den Tränen nahe. »Bitte, Dick, Paula. Ich bitte Sie ...«

Silver ignorierte seinen Anwalt und starrte stattdessen mich und Rikko an. »Das Ende der Welt liegt zwischen den Beinen einer Frau.«

Ich verdrehte die Augen. »Sie haben etwas zu sagen, Mr Silver, raus damit.«

»Ja, vielen Dank, Sergeant«, sagte Sheingold erleichtert. »Aber bevor sie reden, was bekommen sie als Gegenleistung? Ich meine, schließlich zeigen sie sich entgegenkommend.«

»Entgegenkommend?«, grollte Rikko. »Bis jetzt haben die beiden noch nichts von sich gegeben, außer dass sie sich gegenseitig an die Gurgel springen. Sie haben zwei Polizeibeamten tätlich angegriffen, und sie sind unsere beiden Haupttatverdächtigen in zwei Fällen von grausamem Foltermord. Da wird's langsam Zeit, dass Sie uns mal entgegenkommen.«

»Dick Silver hat niemanden umgebracht«, protestierte Silver und griff sich an seine aufgeschürfte linke Wange. »Ich mag zwar aussehen wie ein Hüne, aber wer mich kennt, der weiß, dass ich keiner Fliege was zuleide tue.«

»In Ordnung, mein Lämmchen«, sagte ich, »Sie haben das Apartmentgebäude, in dem Morgan Cook wohnte, zehn Minuten, bevor die Leiche entdeckt wurde, verlassen. Wir haben die E-Mails der Verabredung zwischen Ihnen, Ihrer Frau und Cook für den Abend vor dem Mord. Und ich wette, wenn mein Team Ihr Haus unter die Lupe nimmt, werden wir dort Schlangen, einen grünen Trenchcoat und einen Hut entdecken.«

Silver schüttelte missmutig den Kopf. »Ich hasse

Schlangen. Und einen grünen Trenchcoat habe ich auch nicht.«

»Vielleicht haben Sie einen, vielleicht auch nicht.«

»Er hat keinen«, warf Sheingold ein. »Sergeant, meine Mandanten sind kooperativ.«

»Dann sollten sie etwas offenherziger reden, oder sie wandern wieder in die Großraumzelle.«

Silver wurde blass und sah seinen Anwalt an, der seufzend nickte.

»Wir kennen nur Cook«, erklärte Silver. »Dieser Haines sagt uns überhaupt nichts. Aber Cook – ja, wir waren Freitagnacht um Mitternacht in Cooks Wohnung. Da war er schon eine Weile tot, er war schwarz und aufgedunsen. Ziemlich unappetitliche Sache.«

Paula nickte. Tränen liefen ihr über die Wangen und verwischten ihr Mascara. »Wir waren nämlich früher schon mal in Morgans Wohnung gewesen, zu einer kleinen … Intimparty. Und Morgan stand auf Rollenspiele. Wir sollten ihn sozusagen überraschen.«

»Wie sollten Sie ihn überraschen?«, erkundigte sich Rikko.

»Im Bett«, sagte Paula und rutschte unruhig auf ihrem Stuhl hin und her. »Wir durften ihm nicht genau sagen, wann wir kommen. Ihm gefiel es, wenn er aufwachte und uns sah, als wäre es ein Sexüberfall oder so. Das hatten wir in der Woche zuvor schon mal so gemacht, und er fuhr darauf genauso ab wie wir. Wir wollten das an diesem Abend wiederholen.«

»Also sind Sie um halb eins erschienen, und da war er bereits tot«, sagte Rikko.

Paula nickte und sah dabei ganz elend aus.

»Warum haben Sie den Mord nicht gemeldet?«, fragte ich.

Sie tauschten einen Blick, dann kreuzte Dick Silver seine Ringerarme. »Weil wir Panik gekriegt haben, okay?

Wir besitzen hier in San Diego und Orange County eine Fitnessclubkette. Kennen Sie Silver Bodies?«

Ich nickte. Den aufdringlichen Werbespots im Lokalsender konnte man kaum entgehen.

»Jedenfalls stehen wir nach zehn Jahren harter Arbeit kurz vor dem Börsengang«, erklärte Silver. »Wir sahen die enormen Gewinnmöglichkeiten, und das Letzte, was wir gebrauchen konnten, war, in einen Skandal hineingezogen zu werden.«

»Wenn das Emissionskonsortium so etwas zu Ohren bekommt, ist es ganz aus«, schaltete sich Paula ein. »Man stelle sich vor: Die Unternehmensleitung in einen Sexualmord verwickelt.«

»Sie waren also verwickelt«, stellte Rikko fest.

»Nein!«, protestierte Silver. »Aber jeder hätte es geglaubt. Wenn wir die Polizei gerufen hätten, dann wären die Sachen gefunden worden, die wir in Cooks Apartment zurückgelassen hatten.«

Rikko und ich schwiegen erwartungsvoll.

»Nicht kapiert?«, fragte Silver. »Wir waren vorher schon mal dort gewesen, und wir hatten unser Spielzeug bei Morgan gelassen, damit wir es nicht immer durch die Gegend schleppen mussten.«

»Die Spielsachen, die Sie auch zu Ms Lover mitgebracht haben?«, fragte Rikko.

Als Silver Missy den Koffer in die Rippen rammte, war er aufgegangen, und der Inhalt hatte sich über den Boden verstreut: eine Ledermaske mit Ketten, eine neunschwänzige Katze, ein Dildo und eine aufblasbare Sexpuppe.

»Ja«, bestätigte Paula Silver. »Sie wissen schon: Lotionen, ein wenig SM-Zubehör, etwas Haschisch. Morgan rauchte gern einen, bevor wir loslegten.«

»Wie rührend«, sagte ich. »Nur dass wir nichts dergleichen in Cooks Wohnung gefunden haben. Videos schon, und Zeitschriften, aber kein Spielzeug.«

»Das kommt, weil wir sauber gemacht haben«, sagte Silver.

»*Was haben Sie getan?*«, schrie ich.

»Sauber gemacht«, bestätigte Paula kleinlaut. »Wir dachten, wenn wir Staub saugen und putzen, dann würde uns niemand mit Cook in Verbindung bringen und der Börsengang von Silver Bodies könnte wie geplant über die Bühne gehen. Wir hatten wirklich nichts mit dem Mord zu tun. Wir haben nur sauber gemacht, das ist alles.«

Sheingold schloss die Augen und rieb sich die Schläfen.

»Ich glaube denen kein Wort«, sagte Rikko. »Wenn du meine Meinung hören willst, Shay, besorg dir einen Wisch vom Staatsanwalt, lass sie hier noch ein bisschen schmoren, und durchsuche ihr Haus und ihre Büroräume. Wir haben vierundzwanzig Stunden Zeit für die Anklageerhebung. Bis dahin steck sie wieder in ihre Zelle.«

»Nein!«, flehte Dick Silver. »Bitte. Wir sagen die Wahrheit.«

»Warum sind Sie nicht gegangen, ohne vorher noch sauber zu machen?«, wollte ich wissen.

»Weil Dick Silver nach der High School bei der Armee war und Paula Silver als Kindergärtnerin gearbeitet hat«, erklärte Sheingold.

»Was heißt das?«, fragte Rikko.

»Von uns wurden Fingerabdrücke genommen«, rief Silver aufgeregt. »Und wir wussten, dass unsere Abdrücke von unserem vorherigen Rendezvous mit Cook in der ganzen Wohnung zu finden sein mussten, ganz zu schweigen von dem Spielzeug. Also haben wir alles von oben bis unten geputzt.«

Nach längerem Schweigen fragte ich: »Um welche Uhrzeit sind Sie gegangen?«

Silver zuckte die Achseln. »Gegen zwei.«

»Quatsch, Sie wurden morgens um sieben Uhr dreißig dort gesehen«, erwiderte ich.

»Da bin ich nochmal hin«, sagte Silver, »weil wir etwas vergessen hatten.«

»Was denn?«

»Die Seile, mit denen er ans Bett gefesselt war, haben uns gehört.«

»Haben Sie, als Sie die Wohnung zum zweiten Mal verlassen haben, jemanden gesehen?«

»Ja, eine schwarze Frau. Mit Narben auf den Wangen. Sie trug einen Eimer und einen Mopp.«

Ich warf Rikko einen Blick zu. Ich wusste nicht mehr, was ich glauben sollte, stand auf und verließ den Raum. Lieutenant Fraiser, Captain Merriweather und Assistant Chief Adler hatten das Verhör durch den Einwegspiegel beobachtet. »Was meinen Sie?«, fragte ich.

»Die lügen«, sagte der Arsch mit Ohren.

»Da bin ich mir nicht so sicher.« Merriweather zwirbelte seinen Schnurrbart. »Aber sie wissen mehr, als sie zugeben.«

»Mach ihnen die Hölle heiß«, riet Adler.

Ich nickte und kehrte ins Verhörzimmer zurück. »Wir können uns also darauf verlassen, dass der Name der Silvers nicht in die Zeitungen kommt?«, sagte Sheingold.

»Sie können auf gar nichts hoffen, solange ich nicht die ganze Geschichte höre«, entgegnete ich. »Was genau haben Sie gereinigt?«, fragte ich die Silvers. »Was haben Sie aufgesaugt? Was haben Sie gewischt? Was haben Sie weggeworfen? Wo befindet sich der Staubsauger? Wo ist der Müll? Wo sind die Seile geblieben? Und wir möchten ganz genau wissen, was Sie gesehen haben, als Sie die Wohnung betreten haben, alles, woran Sie sich erinnern. Wo war was, und wo haben Sie es hingetan?«

Dick Silver blinzelte, dann nickte er seiner Frau zu. »Die Wohnungstür war nicht abgesperrt wie beim letzten Mal«, begann sie. »Wir gingen in das Apartment, und ich zog mich bis auf meinen Stringtanga und den BH aus. Morgan sah mich immer gern zuerst. Das Spiel sah vor, dass Dick als eifersüchtiger Ehemann auftaucht, der uns entdeckt und schließlich mitmacht.«

Rikko verdrehte die Augen. Es würde meiner Schwester nicht leicht fallen, ihm diese Spielarten der menschlichen Natur zu erklären.

»Weiter«, sagte ich.

Paula Silver schluckte und fuhr fort: »Ich zündete eine Kerze an, stopfte eine Dopepfeife und ging auf Zehenspitzen durch den Flur zum Schlafzimmer. Ich öffnete die Tür, warf einen Blick ins Zimmer und wurde ohnmächtig.«

Silver nickte. »Sie plumpste auf den Boden wie ein Mehlsack und ließ die Pfeife und die brennende Kerze fallen. Beinahe wäre das Haus abgefackelt. Ich blies die Kerze aus und legte Paula auf die Couch, dann ging ich rein und sah mir das Ganze an.« Er starrte zur Decke, atmete schwer, dann sagte er: »Morgan lag mit gespreizten Gliedmaßen da, war ans Bett gefesselt, schwarz angelaufen und hatte diese roten Pusteln am Körper.«

»Wo sind die Seile jetzt?«, wollte Rikko wissen.

»Ich hab sie verbrannt.«

»Lieber Himmel«, stöhnte ich. »Weiter. Was noch?«

»Auf dem Nachttisch standen Weingläser und eine halb leere Flasche Pinot Noir«, sagte Dick Silver. »Auf dem Bett und auf dem Boden lagen einige unserer Spielsachen. Außerdem lag ein Apfel auf dem Nachttisch, von dem ein paarmal abgebissen worden war.«

»Und es stand diese grauenhafte Botschaft auf dem Spiegel«, sagte Paula Silver. »›Welch unsagbare Freude, den Tod in Händen zu halten.‹ Die haben wir gelassen, weil wir dachten, die könnte für Sie wichtig sein. Wir haben nur unsere Fingerabdrücke rund um die Schrift abgewischt und sind dann gegangen.«

»Warum waren Ihre Fingerabdrücke auf dem Spiegel?«, hakte ich nach.

Dick Silver wurde blass und antwortete nicht.
»Beantworten Sie die Frage«, befahl Rikko.
Paula Silver wurde blutrot. Ich sah sie eindringlich an.
»Warum, Paula?«
»Weil …«, begann sie, wich aber meinem Blick aus.
»Nicht!«, bat Dick.
Paula sah erst ihren Mann an, dann mich. Ihr mascaraverschmiertes Gesicht zeugte von Resignation. »Es ist vorbei, Dick«, sagte sie. »Wir haben den Spiegel geputzt, weil mein Mann bei unserem letzten Besuch auf der Kommode hockte. Ich saß auf ihm, und hinter mir war Morgan. Doppelte Penetration, Sie verstehen? Ein Sandwich. Und ich musste mich mit beiden Händen am Spiegel abstützen. Also haben wir den Spiegel so gut es ging gereinigt, ohne die Schrift zu verwischen. Zufrieden?«
Sheingold sah aus, als würde er am liebsten im Erdboden versinken. Dick Silver verbarg das Gesicht in den Händen. »Wir sind ruiniert!«
»Unsinn«, entgegnete Sheingold unsicher. »Die Silvers haben kooperiert. Wir können doch bestimmt eine Vereinbarung aushandeln, dass die Sache nicht in die Medien kommt und den Silvers die Demütigung eines Gefängnisaufenthalts erspart bleibt.«
»Ich kann Ihnen folgendes Angebot machen«, erwiderte ich. »Wenn Ihre Geschichte einer Überprüfung standhält, werden Sie wegen Mord Nummer eins nicht angeklagt. Aber ich muss Sie trotzdem verhaften.«
»Mit welcher Begründung?«, rief der Anwalt.
»Behinderung der Justiz, Vernichtung von Beweismitteln, Widerstand gegen die Staatsgewalt und tätlicher Angriff auf Polizeibeamte. Das wär's fürs Erste.«
Verblüfftes Schweigen senkte sich über den Raum, dann brach Dick Silver auf dem Vernehmungstisch zusammen, und Paula begann zu schluchzen.

28

Nachdem der Haftbefehl gegen die Silvers unter Dach und Fach war, schickte ich alle zum Schlafen nach Hause. Wir hatten eine lange Nacht hinter uns. Ich machte noch im Büro Halt, um meinen Anrufbeantworter abzuhören. Susan Dahoney bat um Rückruf. Doch noch bevor ich mir die Nummer notieren konnte, klingelte das Telefon.

»Moynihan. Mordkommissariat.«

»Wo warst du?«, fragte Fay ärgerlich.

»Wovon redest du ...?«, begann ich, dann fiel es mir ein. »So ein Mist, der Termin in Jimmys Schule.«

»Du hattest es versprochen, Shay, und du bist einfach nicht aufgetaucht.«

»Ich hatte einen Überwachungseinsatz. Ich dachte, es sei der Schlangenmörder, und hatte anschließend die ganze Nacht lang ein Verhör mit anschließender Anklageerhebung.«

»Weißt du, was dein Sohn vorgestern Abend gemacht hat?«, schrie sie ins Telefon. »Walter hat versucht, mit ihm zu reden, um ihn auf das Gespräch mit dem Schulleiter und dem Schulpsychologen vorzubereiten. Und Jimmy hat ihn zum Dank für seine Freundlichkeit und Fürsorge in die Eier getreten.«

»Nein!« Ich unterdrückte ein Lächeln.

»Mir ist klar, dass du das wahrscheinlich unglaublich komisch findest, aber das ist es nicht, Shay«, sagte sie. »Gewalt war ihm früher völlig fremd, und schau, was jetzt los ist! Ich möchte, dass er therapeutische Hilfe bekommt. Aber mit dem Schulpsychologen spricht er kein Wort. Vielleicht mit deiner Schwester. Er vertraut ihr.«

»Bitte, Fay. Lass Chrissy aus dem Spiel.«

»Warum denn? Immerhin ist sie die Einzige von deiner Seite der Familie, die kommt, wenn ich sie darum bitte.«

»Das ist nicht fair.«

»Das Recht auf Fairness hast du vor einer Stunde verloren, als ich in der Schule ständig gefragt wurde, wo du steckst!«, rief sie. »Heute Abend kommt er zum Spiel, weil ich möchte, dass du ihm klarmachst, dass er mit Chrissy sprechen soll.«

»Jimmy ist suspendiert. Er darf nicht spielen.«

»Dann sitzt er eben auf der Bank. Vielleicht regt ihn das zum Nachdenken an.«

Sie legte auf. Ich schüttelte erschöpft den Kopf. Wieder klingelte der Apparat, und ich nahm lustlos ab. »Moynihan«, meldete ich mich gähnend. »Mordkommissariat.«

»Sergeant«, schnurrte eine Frauenstimme. »Was gibt es Neues bei den Ermittlungen?«

»Wie?«, fragte ich, dann erkannte ich sie. »Oh, tut mir Leid, Professor Dahoney. Nein, leider nichts Weltbewegendes. Wie steht's bei Ihnen? Hatten Sie Glück mit unserer ersten Botschaft?«

»Ich habe heute stundenlang in sämtlichen Konkordanzen, die infrage kommen, nach Belegen für ›unsagbare Freude‹ gesucht«, berichtete sie.

»Und?«

»Leider nichts. Aber ich werde mich weiter umtun.«

»Vielen Dank für Ihre Mühe.«

Nach einer kleinen Pause sagte sie: »Würden Sie mir dafür auch einen Gefallen tun?«

»Wenn ich kann.«

»Essen Sie mit mir zu Abend«, schlug sie vor. »Ich finde Ihre Arbeit faszinierend. Natürlich auf meine Rechnung.«

Ich dachte an unsere Begegnung zurück, die junge Elizabeth Taylor, die noch dazu diesen betörenden Duft verströmte. Und das letzte Mal war sechs Wochen her – beinahe ein Rekord. Ich fühlte mich einsam.

»Klar«, antwortete ich freundlich. »Ich würde wirklich gern mit Ihnen essen, Professor.«

»Nennen Sie mich Susan. Wie wär's heute Abend?«

Ich warf einen Blick auf meinen Kalender und den Spielplan der Little Leage. »Bei mir geht's nur nach halb neun. Ich bin Trainer des Baseball-Teams meines Sohnes.«

»Sohn?«, sagte sie deutlich kühler. »Ich wusste nicht, dass Sie verheiratet sind.«

»Geschieden.«

»Ich liebe Baseball«, meinte Susan. »Mein Daddy war ein großer Fan der Pittsburgh Pirates. Darf ich zuschauen?«

29

Sieben Stunden später spielte Jimmy auf dem Little-League-Feld von Santee östlich von San Diego den Batboy. Wenn er sich nicht gerade um die Ausrüstung kümmerte, saß er allein auf seiner Bank. Das war eine der Auflagen seiner Suspendierung: Er musste seinem Team helfen, obwohl er nicht spielen durfte.

Meine Schwester hielt das für eine gute Idee. Sie hatte sich alles geduldig angehört, als ich sie anrief, und erklärte, was mit Jimmy los war. Sie sei bereit, auf neutralem Boden mit ihm zu sprechen, sagte sie. Ich holte ihn mit der Corvette von zu Hause ab und fuhr mit ihm zum Spiel. Er war eingeschnappt und würdigte mich keines Blickes.

Ich gab keine großen Erklärungen ab, deutete nur an, seine Tante Chrissy wolle ihn nächste Woche mal zum Eis einladen. Er zuckte wortlos die Schultern. Ich bräuchte seine Antwort nach dem Spiel, sagte ich noch und beließ es dabei.

Zu Beginn des dritten Inning führten wir 3 zu 0 ohne Outs und hatten zwei Läufer auf Base. Ich trank Espresso, um nach mageren fünf Stunden Schlaf wach zu bleiben, und versuchte mich auf das Spiel zu konzentrieren. »Komm schon«, ermunterte ich den kleinen Stetson. »Hau drauf.«

Während ich auf den nächsten Pitch wartete, dachte ich darüber nach, was mir meine Schwester am Telefon noch gesagt hatte. Ich hatte sie gefragt, was sie davon hielt, dass die Silvers den Tatort einer Grundreinigung unterzogen hatten und der Täter ihr Vorgehen dann bei Haines kopierte.

»Wahrscheinlich schneidet er sich alle Zeitungsartikel

über seine Morde aus«, meinte sie. »Tarentino hatte den makellosen Tatort in seiner ersten Story erwähnt. Vielleicht fand der Mörder die Idee nicht schlecht und hat sie übernommen. Die meisten Leute denken, dass Serienmörder jedes Mal genau gleich vorgehen. Weißt du noch, ich habe das Ganze mit einem großen Werk, bestehend aus kleineren Einzelgemälden, verglichen? Das Ganze ist ein Prozess, es entwickelt sich, wird vom Umfeld beeinflusst – in diesem Fall vielleicht von den Zeitungsberichten. Das Bild wird zur Collage, bei jedem Opfer ist das Einzelgemälde ausgeklügelter. Aber bestimmte Symbole bleiben bestimmend.«

Ich konnte den Gedanken nicht weiterverfolgen, weil in diesem Augenblick der kleine Stetson einen Double Hit hinlegte. Ich drehte mich zur Zuschauertribüne um und sah Susan Dahoney begeistert applaudieren. Sie sah zum Anbeißen aus in ihrem eng anliegenden pflaumenfarbenen Kleid, einem weißen, über die Schulter gelegten Pullover, ergänzt durch auffällige Ohrringe und Pumps. Mehrere Väter unter den Zuschauern verrenkten sich den Hals nach ihr, etliche Mütter dagegen, darunter auch Fay, verzogen missbilligend das Gesicht.

»Wer ist das?«, fragte mich mein Hilfstrainer Don Stetson.

»Na, das ist die Verabredung, die mich nach dem Spiel zum Essen ausführt.«

Er spuckte die Schalen von Sonnenblumenkernen auf den Boden. »Das Leben ist einfach ungerecht.«

Die nächsten drei Batter erreichten die Bases nicht. Als meine Spieler an der Reihe waren, kam Fay in den Dugout, sah zu Jimmy am anderen Ende der Bank und sagte: »Kann ich mal mit dir reden?«

»Sicher.« Ich trat mit ihr ein paar Schritte beiseite. »Ich habe ihm gesagt, dass Christina mit ihm ein Eis essen möchte. Er hat noch nicht ja gesagt.«

»Das meine ich nicht.« Ihre Stimme klang frostig. »Ich dachte, wir hätten abgemacht, dass du keine blöden Tussis anschleppst, wenn Jimmy dabei ist. Vor allem nicht bei Baseballspielen.«

»Das ist keine blöde Tussi, Fay, die Frau hat einen Doktortitel.«

»Ach nee.«

»Ach ja. Bibelexpertin an der Uni.«

»Eine Bibelexpertin, die sich aufdonnert wie die Königin von Saba?«

»Stell dir vor.« Ich grinste.

»Du bist ein kluges Kerlchen, Shay«, sagte Fay, bevor sie ging. »Man könnte meinen, du würdest mal was dazulernen.«

Wir gewannen sieben zu zwei. Ich machte Susan Dahoney ein Zeichen, noch ein paar Minuten zu warten, und nahm Jimmy beiseite. »Ich möchte eine Antwort wegen der Verabredung zum Eisessen mit deiner Tante, und zwar jetzt.«

Nach einer Weile nickte er. »Okay.«

»Gut«, seufzte ich. »Deine Mutter wartet.«

»Gehen wir diesen Sonntag angeln, Dad?«, fragte er in einem Tonfall, in dem alles Leid der Welt lag.

»Auf keinen Fall. Du glaubst wohl, du wirst noch belohnt dafür, dass du andere in die Eier trittst?«

Er starrte mich erst ungläubig, dann wütend an. »Du willst wohl überhaupt nicht mehr mit mir zusammen sein?«

Ohne eine Antwort abzuwarten, lief er über den Parkplatz zu Fays Wagen. Frustriert ging ich in die Umkleide und tauschte meine Sportklamotten gegen eine khakifarbene Hose, Halbschuhe und ein blaues Polohemd. Susan Dahoney erwartete mich auf dem Parkplatz.

»Ihr Junge war ziemlich durcheinander«, sagte sie. »Ist alles in Ordnung?«

»Leider nein. Er ist absolut unglücklich, will mir aber nicht sagen, was los ist.«

»Zu dumm.« Ehe ich mich versah, hatte sie sich wieder bei mir untergehakt. »In nicht allzu ferner Zukunft werden sich die Mädchen den Hals nach ihm verdrehen. Aber das kennen Sie ja bestimmt.«

Ich sah sie an, sie grinste. Ihr betörender Duft war mir schon vertraut. Wir blieben vor dem grünen Monster stehen. »Sie können mir folgen, oder ich setze Sie später wieder hier ab.«

»So eine Fahrt lasse ich mir nicht entgehen.« Sie wies mit boshaftem Lächeln auf die Corvette. »Ich war noch nie in einem Phallusmobil unterwegs.«

»Ja, ja, sehr komisch. Wo fahren wir hin?«

»Buscillachis in Hillcrest«, schlug sie vor. »Sizilianisch, glaube ich.«

»Mein Lieblingsrestaurant.«

»Ich weiß.« Sie drückte meinen Arm. »Ich habe mich erkundigt.«

30

Wir saßen auf der überdachten Terrasse neben dem Brunnen. Ich bestellte für uns beide ein traditionelles sizilianisches Bauernmenü, bestehend aus Broccolisuppe, Bratwürstchen in Olivenöl und Knoblauch, dazu frisches Brot und eine Flasche Chianti.

»Also, Shay – darf ich Sie Shay nennen?« Susan schenkte mir einen bezaubernden Blick aus ihren blauen Augen.

Sie hatte also mein Lieblingsrestaurant und meinen Spitznamen herausgefunden. »Klar«, sagte ich, ein wenig beunruhigt, dass es mich gar nicht störte. »Nennen Sie mich Shay.«

Lächelnd nippte sie an ihrem Wein. »Erzählen Sie mir von sich.«

»Da gibt's nicht viel zu erzählen. Ich bin Polizist, trainiere eine Baseball-Jugendmannschaft, wohne auf einem Boot, fahre ein Phallusmobil und habe üble Probleme mit einem Verrückten, der Schlangen auf Menschen loslässt.«

»Das weiß ich alles schon. Wie sind Sie zur Polizei gekommen?«

»Durch Zufall. Wie meistens im Leben.«

»Kommen Sie. Wenn wir Freunde werden wollen, will ich ein bisschen mehr erfahren.«

Es war lange her, seit ich zum letzten Mal die Verkettung von Ereignissen hergebetet hatte, die mich zur Polizei von San Diego geführt hatte, aber Susan war eine gute Zuhörerin. Sie verstand es, einem das Gefühl zu geben, man sei der interessanteste Mensch auf der Welt. Während wir beim Wein aufs Essen warteten, berichtete ich, dass ich als Jugendlicher Baseball gespielt hatte, mein Vater ermordet worden war, dass wir dann nach San Diego zu meinem Onkel Anthony gezogen waren und ich auch auf der Stanford University im Baseballteam gewesen war.

»Stanford?«, hakte sie nach. »Die nehmen nicht jeden. Das weiß ich aus Erfahrung, ich hab's nämlich auch versucht.«

Ich zuckte die Achseln. »Meine Mom hat dafür gesorgt, dass wir was lernten, und meinen Wurfarm, eine echte Kanone, habe ich von meinem Dad geerbt. Leider war ich doch nicht gut genug.«

Sie wartete auf mehr.

»Ich war ein so genannter Fireballer«, erklärte ich. »Im ersten Studienjahr spielte ich im Halbfinale der National College Athlete Association Pitcher, und die gegnerische Mannschaft konnte nur einen meiner Bälle schlagen. Noch im selben Winter wurde ich von den Boston Red Sox angeworben. Im zweiten Jahr an der Uni verbuchte meine Mannschaft vierzehn Siege, keine Niederlagen, und hatte pro Spiel im Schnitt zwölf Strikeouts. Da machten mir die Sox ein Angebot, das ich nicht ablehnen konnte. Gegen den Rat meiner Mutter und meines Onkels schmiss ich mein Studium, um für den Rest des Sommers in der Zweit- und Drittligamannschaft der Sox mitzuspielen. Im Winter spielte ich dann mit meinen Leuten zwei Monate in der Dominikanischen Republik und schloss mich zum Frühjahrstraining der Major-League-Mannschaft an.«

»Major League? Das ist ja nicht zu fassen!«, rief sie und klatschte begeistert in die Hände.

»Ja, aber nicht einmal eine Saison. Genau gesagt, waren es insgesamt neunzehn Spiele. Von den ersten achtzehn haben wir fünfzehn gewonnen, drei verloren. In *Sports Illustrated* erschien sogar ein Artikel über mich, und ich wurde als Newcomer des Jahres gehandelt.«

»Was ist dann passiert?«

Ich zögerte, wählte meine Worte mit Bedacht. »Es war Mitte August. Wir spielten gegen die Yankees. Ich war wie weggetreten an diesem Abend, alles schien in Zeitlupe abzulaufen, und ich glaubte, ich sei der Einzige, der die Physik des Spiels begriff. Ich hatte sie in der Tasche, in sechs Innings hatten sie keinen einzigen Ball geschlagen. Reggie Jackson stand mir als Batter gegenüber, einen Ball hatte er nicht getroffen, zwei waren zu hoch oder zu niedrig gekommen, eine Situation, wo ein Mister Wonderful wie er meint, dass man allmählich nachlässt. Ich beschloss, den Ball schnell, niedrig und korrekt zu bringen. Also holte ich aus, technisch gesehen machte ich es ganz genauso wie schon seit Jahren.

Aber als ich zum Wurf ansetzte, war da ein splitterndes Geräusch, und es tat höllisch weh. Die Zuschauer im Fenway Park hielten den Atem an, und mir blieb förmlich die Luft weg. Dann liege ich auf dem Boden, noch halb auf dem Mound, zittere, unter Schock vermutlich, und als Einziger auf dem Spielfeld habe ich keine Ahnung, was passiert ist.«

Susan schlug sich die Hand vor den Mund. »Was war passiert, Shay?«

»Die offizielle Erklärung lautet, dass der Wurfimpuls und die Stärke meiner Schulter- und Armmuskulatur meinen Oberarmknochen schlichtweg überfordert haben. Er ist direkt über dem Ellbogen zersplittert und hat meinen Bizeps und sämtliche Bänder zerhackt.«

»Mein Gott!«, rief Susan. »Das konnte man nicht mehr hinkriegen?«

»Jedenfalls nicht gut genug, um weiter in der Major League zu spielen. Meine Karriere war vorbei, bevor sie richtig angefangen hatte.«

»Das muss ja schrecklich für Sie gewesen sein.«

Sie sagte das mit so ungekünsteltem Bedauern, dass sich mir die Kehle zuschnürte. Überrascht von ihrer Reaktion vertraute ich ihr etwas an, was nur sehr wenige Menschen über mich wussten. »Als ich im Krankenhaus aufwachte, war ein Teil von mir gestorben – der Teil von mir, in dem mein Vater weitergelebt hatte. Es war sein Traum gewesen, dass ich Baseball-Profi werde.«

»Aber Sie haben sich irgendwann damit abgefunden und sind dann Polizist geworden, um sein Andenken in Ehren zu halten«, sagte sie nachdenklich.

Mich beschlich das Gefühl, dass Susan wirklich etwas Besonderes war, auf intelligente Weise gefühlvoll, mit der Gabe, im rechten Augenblick das Richtige zu sagen.

»Wahrscheinlich haben Sie Recht. Nach einem Jahr und zwei Operationen wurde mir klar, dass ich im Grunde Glück gehabt hatte. Einen wunderbaren Sommer lang hatte ich erlebt, wovon die meisten Jungs träumen, wenn sie zum ersten Mal ein Baseballfeld betreten. Ohne das Stipendium konnte ich mein Studium an der Stanford nicht abschließen. Also wechselte ich an die San Diego State und machte meinen Abschluss in Kriminalistik. Zwei Wochen später ging ich auf die Polizeiakademie. Seitdem ist die Polizei mein Leben.«

Susan ergriff meine Hand. »Es tut mir Leid, dass Sie nicht weiter Baseball spielen konnten. Aber Ihre Geschichte bestätigt eine Theorie, an die ich schon seit Jahren glaube, Seamus: Jeder erlebt irgendwann einmal eine Katastrophe, aber letztlich erweist sich dieser Umbruch als Segen. Man wird gezwungen, sich selbst neu zu erfinden, um zu überleben.«

Der Kellner brachte das Essen. Ich zeigte Susan, wie man das Würstchen zusammen mit dem Knoblauchbroccoli in das Brot füllt. »Sie reden, als hätten Sie Erfahrung damit, sich selbst neu zu erfinden«, sagte ich.

Erstaunlicherweise brachte sie diese Frage aus dem Konzept. Sie legte die Gabel weg. »Warum? Was meinen Sie damit?«

Ich zuckte die Achseln. »Keine Ahnung. Wie sind Sie Bibelexpertin geworden?«

»Ach so, das.« Susan tupfte sich die Lippen mit der Serviette ab. Ihr Blick flackerte unruhig. »Eine langweilige Geschichte, jedenfalls im Vergleich zu Ihrem Leben. Baseball in der Major League! Erfolgreiche Verbrecherjagd.«

»Kommen Sie. Wenn wir Freunde werden sollen, muss ich schon ein bisschen mehr über sie erfahren.«

Sie zögerte, nahm einen Schluck Wein. »Als Frau aus dem Süden hat man mir beigebracht, mit einem gut aussehenden Mann nicht über persönliche Dinge zu reden.« Sie lachte nervös. »Ist doch lächerlich, dass wir unsere Kindheit einfach nicht hinter uns lassen können?«

»Keine Ahnung. Ich habe aber nicht den Eindruck, dass Sie zu den Schüchternen und Zurückhaltenden gehören, Professor. Sie haben sich an mich gewandt, und Sie haben mich zum Essen eingeladen.«

»Ja, das stimmt.« Wieder lachte sie unsicher. »Manchmal bin ich mir wirklich selbst ein Rätsel.«

»Sind wir das nicht alle?«

Sie griff nach ihrem Glas, und schließlich erzählte sie zögernd und in groben Umrissen ihre Lebensgeschichte. Sie war in Huntington, West Virginia geboren, ihr Vater, ein Zimmermann, und ihre Mutter waren fromme Christen, Anhänger der Pfingstbewegung. Als Kind hatte sie mit Vorliebe die Geschichten aus dem Alten Testament gehört. In der Schule gehörte sie zu den Besten. Gegen den Wunsch ihrer Eltern schrieb sie sich an der Universität von Virginia ein statt an der Oral-Roberts-Universität in Tulsa. In Charlottesville belegte sie Anthropologie, und die Grundlagen ihres Glaubens wurden erschüttert. Zum ersten Mal sah sie, dass die Bibel, der Talmud, der Koran und andere religiöse Texte für Wissenschaftler nichts anderes als Ausgrabungsstätten für die Suche nach dem Ursprung von Ideen waren.

»Meinen Magister machte ich in Chapel Hill«, sagte sie und wich meinem Blick aus. »Promoviert habe ich an der

Universität Tel Aviv. Die letzten drei Jahre habe ich an meiner Doktorarbeit gesessen und habe sie dann für *Die zweite Frau* aufbereitet. Und nun bin ich hier.«

»Glücklich?«

»Manchmal ein bisschen einsam, aber im Grunde schon. Ich hatte nicht damit gerechnet, dass das Buch in dieser Form erscheint. Ich dachte, irgendein Universitätsverlag würde es herausbringen, aber dann haben sich gleich mehrere große New Yorker Verlage darum bemüht. Diese Neuerfindung meiner selbst, wie Sie sagen, hatte ich nicht vorhergesehen.«

»Wie meinen Sie das?«

Sie wies auf ihre Frisur und ihr Kleid. »Das war alles die Idee des Verlags. Nachdem sie mein Manuskript angenommen und mich kennen gelernt hatten, fanden sie, ich könnte ein neues Image gebrauchen. Früher habe ich mich eher unscheinbar gekleidet, kein Make-up, keine vernünftige Frisur. Aber es hieß, bei Büchern geht es um die Vorstellung, was die Leute in einem sehen, nicht um das, was man wirklich ist. Das will ich auch gar nicht bestreiten. Ich glaube nämlich, dass ich inzwischen ganz gut aussehe.«

»Da kann ich nicht widersprechen, Professor.«

»Danke, Sergeant.«

Zum Dessert gab es Eis, dann zahlten wir, und bald röhrten wir mit offenen Fenstern auf der 163er Richtung Norden. Susan kicherte ein wenig beschwipst. »Ich nehme meine abfällige Bemerkung über das Phallusmobil zurück. Es macht Spaß.«

»Kann man sagen. Und warum San Diego?«

Susans Gesicht verdüsterte sich, dann zwang sie sich zu einem Lächeln. »Ehrlich gesagt, die einzigen Angebote nach meiner Promotion kamen von kleinen Unis, die sehr schlecht zahlten. Ich wollte mich nicht unter Wert verkaufen, also habe ich stattdessen gekellnert und an der *Zweiten Frau* gearbeitet. Als das Buch nach fünf Jahren harter

Arbeit erscheinen konnte, folgten auch die Lehrangebote. Die Fakultät hier in San Diego hat einen guten Ruf. Und das Wetter gefällt mir. Also bin ich hier gelandet.«

»Fünf Jahre Schreiben. Das ist eine lange Zeit.«

»Die Leute sagen, dass ich besessen bin. In Wirklichkeit will ich nur einfach, dass die Menschen mit meinen Ideen vertraut werden und wissen, wer ich bin. So einfach ist das.«

»Ich habe das Gefühl, da haben Sie gute Aussichten.«

»Und ich werde alles daransetzen, dass es passiert. Ich spiele immer auf Sieg.«

»Was halten Ihre Eltern von Ihrem Ehrgeiz? Die Zimmermannstochter geht unter die Gelehrten …«

Ein schmerzlicher Ausdruck huschte über ihr Gesicht. »Wir reden nicht mehr viel miteinander. Was ich schreibe, gefällt ihnen nicht. Aber das spielt keine Rolle. Sie haben ihre Meinung, und ich meine.«

Sie schaute aus dem Fenster, als wir Richtung Osten nach Santee zurückfuhren. »Ich habe noch mehr Bücher im Kopf«, sagte sie schließlich. »Nicht nur über die Bibel. Mein Verlag sagt, ich muss mir mit diesem Buch eine Leserschaft aufbauen. Ich arbeite sehr intensiv an der Verkaufsförderung.«

»Sie gehen in Buchhandlungen und signieren?«

Sie nickte. »Und Lesungen, Symposien, Interviews für Zeitungen, Fernsehen, Rundfunk. Was so dazugehört. Leider herrschen im Buchsektor heute auch die Gesetze des Ruhms. Das sagt jedenfalls mein Verleger. Man muss selbst dafür sorgen, dass man bekannt wird, Schritt für Schritt. Dann verkaufen sich auch die Bücher.«

»Sie möchten also tatsächlich berühmt werden?«

»Ich will jedenfalls nicht als Akademikerin versauern. Ist das so schlimm?«

»Eigentlich nicht. Wie sind Sie auf Kains Frau gekommen?«

Sie grinste durchtrieben. »Durch eine alte Fliese.«

»Wie?«

»Es war folgendermaßen: Ich war in Tel Aviv im Museum, und da war das Bruchstück einer Fliese aus den Ruinen eines sumerischen Palastes ausgestellt. Sie ist auch auf meinem Buch abgebildet – die Frau mit dem Vogelkopfputz, die in einer Astgabel sitzt, die Füße auf dem Rücken eines Drachen. Das Bild hat mich fasziniert, und ich habe angefangen, dieser Gestalt in den Schöpfungsmythen nachzuspüren.«

Sie erklärte mir, dass der Lilith-Mythos im Altertum in Dutzenden Varianten auftaucht. Der Name soll sich vom babylonisch-assyrischen Wort *lilitu* herleiten, einem weiblichen Dämon oder Windgeist. Sie erscheint zweitausend Jahre vor Christus als »Lillake« auf einer sumerischen Schrifttafel aus Ur, auf dem auch die Geschichte von Gilgamesch und dem Weidenbaum aufgezeichnet ist, die älteste schriftlich überlieferte Erzählung der Menschheitsgeschichte.

»In dieser Legende ist Lilith eine Dämonin, die im Stamm einer Weide lebt und von der Göttin Anath behütet wird. In manchen Versionen gebiert Lilith die Kinder von Dämonen, den so genannten *Lilim*. In den hebräischen Geschichten ließ Gott zu, dass sie männliche Kinder bis zum achten Lebenstag, an dem traditionell die Beschneidung durchgeführt wird, erdrosselte. Sie war die Dämonin, die Hiobs Söhne tötete. Salomon vermutete, sie sei die Königin von Saba. Nach Jesaja lebte Lilith mit Bocksdämonen, Eulen, Raben und Schlangen in den verlassenen Ruinen der Wüste von Edom.«

»Das Mädchen hat ganz schön was erlebt«, bemerkte ich und parkte neben Susans Camry.

Sie lachte. »Ja, das stimmt.« Dann sah sie mich an. »Es war wirklich nett. Danke, dass Sie mit mir ausgegangen sind.«

»Das Vergnügen war ganz meinerseits. Ich habe schon lange keine so interessante Frau mehr kennen gelernt.«

»Danke.« Sie gab mir einen Abschiedskuss. Ihre Lippen waren weich und feucht und schmeckten nach Knoblauch und Wein. Ich wollte sie enger an mich ziehen, aber sie wich zurück. »Vorerst nur einen, bitte.«

»Warum nur einen?«, protestierte ich.

»Weil ich das Gefühl habe, dass du beim zweiten gefährlich werden könntest.«

»Wie kommst du auf die Idee? Sehen wir uns am Wochenende?«

Susan schüttelte den Kopf. »Tut mir Leid. Da bin ich auf einem Symposium in Berkeley.«

»Dann rufe ich dich nächste Woche an.«

»Gute Idee«, sagte sie, stieg aus und schlug die Tür zu.

31

Am Freitag hatten wir in aller Frühe eine Teambesprechung und entwarfen einen neuen Aktionsplan. Wir beschlossen, dass Missy Nick Foster auf den Zahn fühlen sollte. Ich hatte immer noch das Gefühl, dass der Verdacht gegen ihn weit hergeholt war, aber angesichts des Aufruhrs, den Tarentinos Bericht ausgelöst hatte, schien es mir besser, ihn wenigstens zu überprüfen. Jorge hörte sich nochmal in Haines' Nachbarschaft um, für den Fall, dass wir bei der ersten Befragung irgendein Detail übersehen haben sollten. Freddie Burnette hatte am Vormittag einen Reha-Termin und sollte sich erst nachmittags wieder zum Dienst melden.

Ich setzte mich erst mal mit Rikko zusammen, um die Berichte und Laborergebnisse durchzusehen, die sich auf meinem Schreibtisch angesammelt hatten, während wir mit den Silvers beschäftigt gewesen waren. Die toxikologische Untersuchung stellte bei Haines einen Blutalkoholwert von einem Promille fest. Wie Cook war der Sonartechniker also nach Maßgabe des Gesetzes betrunken gewesen, als er vergiftet wurde. Außerdem war bei ihm eine geringe Dosis Strychnin und dieselbe mysteriöse organische Substanz nachgewiesen worden wie bei Cook.

Ganz unten im Stapel entdeckte ich die Ergebnisse einer Analyse der University of Southern California, wo sich Wissenschaftler mit dem für Cook tödlichen Gift beschäftigt hatten. Sie hatten herausgefunden, dass das Gift aus drei Komponenten bestand, die typisch für eine der gefährlichsten amerikanischen Grubenottern waren, *Crotalus adamanteus*, der Östlichen Diamantklapperschlange.

»Warum benutzte der Mörder eine Diamantklapperschlange, wo er sich doch draußen in der Wüste ohne weiteres eine normale Seitenwinderklapperschlange hätte besorgen können?«, fragte ich. »Und warum wurden bei Cook Schuppen einer Mamba und einer Klapperschlange gefunden, obwohl er nur durch das Gift der Letzteren umkam?«

Rikko zuckte die Achseln. »Vielleicht hat er die Klapperschlange in einem Behälter befördert, in dem zuvor eine Mamba gewesen war, und die Schuppe klebte an dem Tier?«

Ich nickte. »Klingt einleuchtend. Gehen wir doch nochmal in den Zoo, sprechen mit Foster und finden raus, wie man solche Viecher befördert. Wenn er unser Mann ist, macht ihn das vielleicht nervös.«

»Das ist nie verkehrt«, meinte Rikko.

Nick Foster hatte einen Matchbeutel aus Leinen und Leder über der Schulter und kam gerade aus der herpetologischen Abteilung, als wir eintrafen. Zu seinem gewohnten Outfit trug er heute auch noch eine Pilotensonnenbrille.

»Wir möchten Sie bitten, uns zu zeigen, wie man eine Schlange transportiert, die Ausrüstung und die Technik und so«, sagte ich, nachdem ich Rikko vorgestellt hatte.

»Sorry Freunde, aber heute habe ich leider keine Zeit zum Plaudern«, erwiderte er. »Mein Flug nach Tucson geht in fünfzig Minuten. Die nächsten paar Tage filmen wir Gila-Krustenechsen in der Sonora-Wüste. Für die Auftaktsendung von *Kaltblütig!* im nächsten Jahr. Das wird eine Supersendung, so viel kann ich schon mal verraten.«

»Wann kommen Sie wieder?«, fragte Rikko.

»Montagabend. Vielleicht Dienstag. Hängt davon ab, wie's mit dem Dreh klappt.«

»Sie reisen viel?«

»Ständig auf Achse«, meinte er und warf einen Blick auf die Uhr.

»Und letztes Wochenende?«, wollte Rikko wissen.

»Da nicht.« Er nahm seine Sonnenbrille ab. »Da war ich mit Freunden hier in der Stadt. Auf einem Empfang im Museum.«

»Und diese Freunde können bezeugen, wo Sie sich Freitagabend aufgehalten haben?«

»Was soll das jetzt bedeuten?«, empörte er sich. »Verdächtigen Sie mich etwa wegen dieser Schlangenmorde?«

»Jeder, der Klapperschlangen hält, ist verdächtig«, stellte Rikko klar.

Foster wurde wütend. »Ich war, wie gesagt, auf einem Empfang im Naturkundemuseum. Da haben mich ungefähr zweihundert Leute gesehen.«

»In Ordnung«, sagte ich. »Gute Reise. Ist Dr. Hood da?«

Das muss etwas eifriger geklungen haben als beabsichtigt, denn Foster stellte seine Tasche ab und grinste wissend. »Jetzt kapiere ich, was hier läuft«, meinte er. »Sie haben eine unbestimmte Sehnsucht verspürt und brauchten einen Grund, um herzukommen, stimmt's?«

»Was war das jetzt?«, fragte ich. Rikko runzelte die Stirn.

»Mir können Sie doch nichts vormachen«, meinte er mit anzüglichem Zwinkern. »Sie sieht toll aus, eine umwerfende Figur, stimmt's? Da stellt man sich gerne vor, wie's mit ihr wäre. Aber der alte Nick Foster verrät Ihnen was, Sergeant: Schon viele Männer haben versucht, Dr. Janice Hood rumzukriegen, und mussten feststellen, dass da nichts läuft, ich spreche aus Erfahrung. Unter ihrem hübschen Äußeren hat sie ein Herz aus Eis, keine Hitze, weder in der Brust noch zwischen den Schenkeln.«

»Ich weiß, dass Sie im Fernsehen groß rauskommen, mein Freund«, sagte ich. »Aber wer Sie aus der Nähe erlebt, der merkt schnell, dass Sie zur Gattung der Riesenarschlöcher gehören.«

Fosters Gesichtszüge verhärteten sich. »Tun Sie, was Sie

nicht lassen können, Sergeant. Vielleicht können Sie ja bei ihr landen. Dr. Hood ist da drüben und arbeitet an ihrem Lieblingsprojekt.«

Er setzte seine Brille wieder auf, griff nach seinem Gepäck und drängte sich an mir vorbei. »Viel Spaß beim Schnüffeln, Sergeant«, rief er mir über die Schulter zu.

Das Pantherchamäleon hatte drei Zehen, war lindgrün und machte ein trauriges Gesicht. Von der Stirn verlief ein knochiger Kamm über den halben Rücken und ging dann in einen verschnörkelten Schwanz über. Auf seinem Weg von Zweig zu Zweig hielt es nach jedem Schritt inne, um uns aus seinen Glubschaugen zu mustern. Das grüne Licht über dem Terrarium färbte sich rosa. Die Echse blieb stehen und sah neugierig nach dem Licht. Es war, als würde man Farbe auf Leinwand auftragen, innerhalb von Sekunden nahm seine Haut ein schmutziges Magentarot an.

»Zauberhaft«, fand Rikko.

»Nicht wahr?« Dr. Hood schenkte dem Reptil einen hingebungsvollen Blick. Sie musste sich seit unserer letzten Begegnung gesonnt haben. Ihre Haut war goldbraun wie Honig. »Ich habe ihn mit der Hand aufgezogen. Aber seinetwegen sind Sie ja bestimmt nicht gekommen. Kommen Sie, wir suchen Wiley. Abgesehen von Nick kann er am besten mit Schlangen umgehen. Ich glaube, er macht heute Nachmittag die Käfige sauber.«

Wiley war zweiunddreißig, ein schlaksiger, muskulöser Typ, der sich als Cowboy in Montana besser gemacht hätte als hier in San Diego unter lauter Reptilien. Er war in der Nähe von Billings aufgewachsen und hatte begonnen, sich für Schlangen zu interessieren, nachdem er als Kind einmal gebissen worden war.

»Das hat gebrannt, als hätte man mich mit dem Autogenschweißgerät traktiert«, sagte Wiley und nahm einen großen schwarzen Metallbehälter vom Regal. »Daran muss ich immer denken, bevor ich eine von denen raushole.«

Wir standen im Flur hinter den Schlangenterrarien. Er ließ mich und Rikko einen Blick in den Behälter werfen. Dr. Hood hielt sich ein wenig im Hintergrund. Die Box bestand aus schwerem Stahl mit Luftlöchern. »Darin werden sie also befördert?«, fragte ich.

»Meistens jedenfalls«, erklärte Janice Hood. »Das sind unsere Transportbehälter. In der Regel locken wir die Giftschlangen mit Futter in die Box, damit wir sie nicht anfassen müssen.«

»Sie müssen die Tiere also gar nicht berühren?«

»Aber sicher doch«, sagte Wiley. »Wir versuchen nur, das auf ein Minimum zu reduzieren. Niemand will gebissen werden, wenn's sich vermeiden lässt.«

»Wie transportieren Sie Schlangen, wenn Sie keine solche Box verwenden?«, fragte Rikko.

»Äußerst vorsichtig. Ich zeige Ihnen mit dem Taipan-Männchen, wie das funktioniert. Ich muss sowieso sein Terrarium sauber machen und ihm ein Medikament verabreichen.«

Dr. Hood wurde blass und runzelte die Stirn. »Das Taipan-Männchen?«

»Was hat es mit ihm auf sich?«, fragte Rikko.

»Die giftigste Schlange der Welt«, erklärte Dr. Hood. »Die passt zu Foster. Ein hinterhältiges Tier.«

»Wie die schwarze Mamba?«, wollte ich wissen.

»Viel schlimmer. Sie ist unglaublich schnell, bringt es auf zwanzig Stundenkilometer. Bevor das Opfer reagieren kann, hat sie schon drei- bis viermal zugebissen. Ein grauenhaftes Gift. Neurotoxin. Das wirkt direkt aufs Hirn.«

32

Der Taipan war ein Meter achtzig lang, schmal, rostrot, hatte einen schlanken Hals und ums Maul eine beige Zeichnung. Seine Körpermitte wirkte eher kräftig. Sein Kopf mit den blutrot schimmernden, schräg gestellten Augen und den geweiteten Pupillen wie ein bekiffter Teenager erinnerte an eine Ritualmaske.

Als Frank Wiley die Tür am hinteren Ende des Terrariums öffnete, war die Schlange hellwach und erregt. Der Schlangenexperte trug dicke Lederhandschuhe, ein durchsichtiger Plastikschild schützte sein Gesicht, und in der Hand hielt er ein Gerät, die so genannte Schlangenzange, eine Art große Pinzette mit Pistolengriff und Seilzug, deren breite Enden weich ummantelt waren, um die Schlange zu packen, ohne sie dabei zu verletzen. Damit griff er nach der Schlange. Der Taipan wich zurück, glitt durch Bambusstangen, ringelte sich wieder um sich selbst – ein fließendes, tödliches Makramee.

»Vorsicht, Wiley«, flüsterte Dr. Hood.

»Keine Sorge«, erwiderte er, ohne den Blick von der Schlange zu wenden. »Jetzt hab ich sie.«

Der Taipan schoss nach links, dann schlug er einen Haken nach rechts. Der Wärter griff zu. Die Zange umschloss das Tier fünf Zentimeter hinter dem Kopf, so sauber wie bei einem gelungenen Lassotrick. Aber der Taipan wehrte sich auch wie ein wildes Pferd. Jeder Muskel seines Körpers zuckte. Sein Torso und das Schwanzende peitschten gegen die Pflanzen und die Glaswände, und aus seinem weit aufgerissenen Maul stieg Atemdampf auf.

»Treten Sie zurück, Sergeant, Detective«, rief Janice Hood.

Rikko stand neben Wiley. Er wich so hastig zurück, als würde eine Bombe entschärft. Ich suchte bei Dr. Hood Zuflucht. Wiley holte die unentwegt zischende und sich windende Schlange heraus und öffnete die Klappe des Transportbehälters mit dem Stiefel. Dann schob er den Taipan mit dem Kopf voraus hinein, löste den Griff der Zange und schloss die Klappe.

Wiley sah uns an. Seine Stirn war schweißnass. »So wird das gemacht, Gentlemen.«

»Um den Job beneide ich Sie nicht«, meinte Rikko. »Wie viele Leute hier beherrschen den Trick?«

Wiley zuckte die Schultern. »Nick, ich, noch zwei, vielleicht drei andere.«

»Sie auch?«, fragte ich Dr. Hood.

»Nein«, erwiderte sie fröstelnd. »Ich arbeite lieber mit einem Köder. Das ist wesentlich ungefährlicher.«

»Ich werde mich mal kurz mit Dr. Hood unterhalten«, sagte ich zu Rikko. »Lass dir von Wiley zeigen, wo die Transportbehälter und Zangen aufbewahrt werden. Ich brauche die Namen von allen, die Zugang dazu haben.«

Wiley zögerte, und als Janice Hood nickte, entfernte er sich mit Rikko durch eine Metalltür am anderen Ende des Flurs.

»Das kenne ich aus dem Fernsehen.« Sie musterte mich nachdenklich. »Sie befragen uns getrennt, um zu prüfen, ob unsere Aussagen übereinstimmen?«

»Polizisten werden ständig angelogen«, sagte ich achselzuckend. »Das ist vollkommen normal. Wer lügt, bekommt man am leichtesten heraus, wenn man sich zwei Versionen derselben Geschichte anhört.«

»Sie glauben also, dass ein Mitarbeiter des Zoos in die Sache verwickelt ist?«

»Das ist der einzige Ort, der mir momentan einfällt, wo ich eine Klapperschlange in eine Box verfrachten kann, in der zuvor eine Mamba gewesen ist.«

»Wie bitte?«

»Auf dem Bett des ersten Mordopfers haben wir die Haut einer Mamba und einer Klapperschlange gefunden«, erklärte ich. »Aber in seinem Blut war nur das Gift der Östlichen Diamantklapperschlappe nachweisbar.«

»Der Diamantklapperschlappe?« Sie klang überrascht. »Sie glauben, die Klapperschlange hätte die Haut der Mamba mitgeschleift …«

»In einem Transportbehälter. Oder etwas Ähnlichem.«

»Das klingt einleuchtend«, meinte sie. »Aber zur Verteidigung der Zoomitarbeiter muss ich sagen, Sergeant, dass die meisten Halter gefährlicher Reptilien solche Transportboxen besitzen. Haben Sie sich in diesen Kreisen schon umgetan?«

»Noch nicht«, gab ich zu, entschied mich dann aber für eine andere Taktik. »Haben Sie Nick Foster am letzten und am vorletzten Freitag gesehen?«

Janice Hood dachte nach. »Ja, er war tagsüber hier.«

»Und abends?«

»Keine Ahnung. Am Freitagabend fahre ich immer ans Meer, gehe schwimmen und arbeite anschließend zu Hause.«

»Und an den letzten beiden Freitagen, wo haben Sie da den Abend verbracht?«

»Zu Hause. Ich habe den Schaukasten für das Pantherchamäleon entworfen und das Drehbuch für die nächste *Kaltblütig!*-Folge überarbeitet.«

»Sie schreiben für die Sendung?«

»Eine der Demütigungen, die die Tätigkeit hier mit sich bringt.«

»Dann sitzen Sie also jeden Freitagabend zu Hause und arbeiten?«

»Stimmt.« Sie bedachte mich mit einem kühlen Blick.

»Nicht verheiratet? Kein Freund, der Ihnen Gesellschaft leistet?«

Sie legte den Kopf schief und taxierte mich unverhohlen. »Ist diese Frage privat oder beruflich motiviert, Sergeant?«

Ich setzte mein erstauntes Grinsen auf. »Ein wenig von beidem, Dr. Hood.«

Sie schüttelte den Kopf. »Vergessen Sie's. Sie sind nicht mein Typ.«

»Das hat mir Foster auch schon gesagt.«

Sie wurde ärgerlich. »Wie hat er mich diesmal bezeichnet? Drachenlady? Echsenfrau? Kaltblütiges Luder?«

»Das war so die Stoßrichtung. Neigt er zur Gewalt?«

Die Frage brachte sie aus dem Konzept. »Nick? Nein ... das heißt, wenn er wütend ist, dann wirft er schon mal was über den Haufen, und er ist ein echter Kotzbrocken. Aber Mord? Nein. Ich glaube nicht, dass er dazu imstande wäre.«

»Und wie steht's mit sexueller Gewalt?«

Sie konnte ihren Ekel nicht verhehlen. »Über so etwas habe ich nie mit ihm gesprochen, geschweige denn Erfahrungen gemacht, und ich lege auch keinen Wert darauf. War's das?«

»Nein«, sagte ich. »Wo baden Sie am liebsten, Dr. Hood?«

»Was?«, fragte sie verblüfft.

»Reine Neugier. Ich schwimme auch gern im Ozean.«

Ihr Gesicht entspannte sich. »La Jolla Cove, natürlich. Manchmal auch bei Black's Beach.«

»Sind Sie schon mal in der Lion's Lagoon geschwommen?«

Sie schüttelte den Kopf. »Nie gehört.«

»Das ist ein größerer Meeresarm auf einer der äußeren Coronado-Inseln. Beeindruckende Landschaft. Ruhiges Wasser. Jede Menge Tiere.«

»Da kommt man nur mit dem Boot hin. Ich habe keines.«

»Ich schon. Am Sonntag fahre ich zum Schwimmen raus. Kommen Sie mit?«

Die Tür am anderen Ende des Flurs ging auf. »Acht Boxen«, rief Rikko. »Alle acht sind da. Sauber. Keine Hinweise, dass eine davon letzten oder vorletzten Freitag benutzt wurde.« Er wies mit dem Daumen auf den Tierwärter. »Aber Wiley hat eine interessante Geschichte zu berichten.«

»So?«, fragte ich.

»Der Laden, in dem Haines seine Echsen gekauft hat, ist auch auf dem Schwarzmarkt aktiv.«

»Stimmt das?«, fragte ich Wiley.

Der Wärter nickte. »Der Inhaber wurde vor ein paar Jahren erwischt, als er ein Tier ohne Papiere verkauft hat.«

Ich sah auf die Uhr, es war drei. Zu Janice Hood sagte ich: »Wir müssen jetzt los, Doc. Wie sieht's aus, habe ich eine Chance?«

Sie musterte mich vom Scheitel bis zur Sohle, dann zuckte sie die Schultern und lächelte. »Ich hätte schon Lust, schwimmen zu gehen. Warum nicht?«

33

»Was hatte das jetzt zu bedeuten – ob du eine Chance hast bei Siebenkommafünf auf der Richterskala?«, brummte Rikko, als wir auf den Parkplatz eines alten Einkaufszentrums bogen, das sechs Blocks von der San Diego Sports Arena entfernt war. Über die Hälfte der Ladenschilder waren in Vietnamesisch oder Spanisch.

»Eine harmlose kleine Verabredung«, sagte ich. »Wir gehen schwimmen, und ich horche sie ein bisschen über Foster aus. Vorher möchte ich aber noch ein paar Hintergrundinformationen über sie.«

»Ich kümmere mich gleich morgen früh drum«, versprach Rikko und deutete auf ein Geschäft. »Hier ist der Laden.«

Global Exotics befand sich in einem ehemaligen Supermarkt an der Westseite des Parkplatzes. Die hohen Schaufenster waren mit Werbeaufschriften bedeckt. Die Eingangstüren standen weit offen, sodass uns der scharfe Ammoniakgeruch der Reptilien und dröhnende Heavy-Metal-Musik entgegendrangen. Drinnen stapelten sich Terrarien mit Rotschwanzboas, schwarz-weißen Tejus, Skinks, Kaiserskorpionen, Taranteln, indischen Pythons, Königspythons und Pfeilgiftfröschen. In einem deckenhohen achteckigen Terrarium lauerte ein züngelnder Waran, so groß wie ein Beagle, einem zerrupften Huhn auf, das versuchte, seinem züngelnden Schicksal zu entfliehen. An dem wuchtigen Gehege prangte ein Aufkleber: »Für Geisteskranke vergeht die Zeit wie im Flug.«

Hinter dem Terrarium stießen wir auf einen punkmäßig zurechtgemachten Rothaarigen, etwa Mitte zwanzig, mit vier Nieten im Ohr und zwei Ringen in der Nase; seine

Arme zierten tätowierte Schädel, Schlangen, Streitäxte und üppige Gladiatorinnen. Er stand hinter der Ladentheke, fischte mit einer Küchenzange weiße Mäuse aus einem Terrarium und ließ sie in eine braune Papiertüte plumpsen.

»Horace hat wohl immer noch einen Bärenhunger?«, fragte er seinen Kunden, einen Teenager mit fettigen Haaren und einem grauen T-Shirt, auf dem eine Königskobra und die Aufschrift AUFPASSEN – SIE SPUCKT GLEICH prangte.

»Er kann nicht genug kriegen«, erwiderte der Junge. »Er vertilgt Mäuse wie Popcorn. Und das Beste ist, meine Mutter rastet aus, wenn sie ihn fressen sieht.«

»Das ist ja auch was wert«, meinte der Punk, lachte und gab den Preis der Mäuse in die vollelektronische Kasse ein.

Rikkos Nasenflügel bebten. »Gibt's eigentlich noch Leute, die Hunde, Katzen, Meerschweinchen und Hamster halten?«, murmelte er.

»Heutzutage sind das wohl nur noch Vorspeisen auf dem Reptilienbuffet.«

Der Teenager bezahlte seine Mäuse und ging zum Ausgang.

»Kann ich helfen, Leute?«, erbot sich der Punk.

»Sind Sie der Inhaber?«, fragte ich, zeigte meine Polizeimarke und nannte meinen Namen.

»Paul Reardon«, sagte er, plötzlich auf der Hut. »Was gibt's? Ich bin sauber. Fragen Sie meinen Bewährungshelfer.«

»Liebend gerne.« Rikko bedachte ihn mit einem so bösen Blick, dass der Bursche einen Schritt rückwärts machte.

Ich legte Fotos von Morgan Cook und Matthew Haines auf die Ladentheke. »Haben Sie diese Männer schon mal gesehen?«

Reardon zögerte, sah Rikko an, nahm dann Cooks Foto

und schüttelte den Kopf. »Den kenne ich nicht.« Auf das Bild von Haines warf er nur einen kurzen Blick. »Klar. Ein Echsenfreak. Mehlwürmer und Grashüpfer.«

»Könnten Sie das übersetzen?«, bat ich.

»Der Typ hat eine Bart-Agame. Er kauft bei mir alle paar Wochen das Futter, nämlich Mehlwürmer und Grashüpfer«, erwiderte er. »Warum? Was hat er angestellt?«

»Er ist tot«, sagte ich. »Schlangenbiss.«

Reardon machte große Augen. »Der ist das? Ich habe es gelesen. O Mann, wenn die Leute hören, dass ein Echsenfreak an 'nem Biss gestorben ist. Auch nackt, oder? Und schwul oder so?«

»Oder so«, bestätigte Rikko und tippte auf Haines' Foto. »Hat Haines bei Ihnen Schlangen gekauft?«

Reardon verspannte sich ein klein wenig. »Nö, nur Futter.«

»Hat er nie Interesse an Giftschlangen gezeigt?«, fragte ich.

»Niemals. In Kalifornien ist der Handel mit gefährlichen Reptilien verboten. Ich habe meine Lektion gelernt.«

»Danach haben wir nicht gefragt.«

Reardon sah uns nicht an. »Auf keinen Fall. Davon hab ich nichts gehört.«

Ich zog die Kopie einer Rechnung heraus, die wir in Haines' Aktenschrank gefunden hatten. »Hier steht, er hat vor zwei Wochen ein nagelneues Zweihundertliterterrarium bei Ihnen gekauft.«

Reardon zwinkerte nervös. »Ach ja?«

»Sein Mieter, der einen Monat lang unterwegs war, sagte, vor seiner Abreise habe Haines keine Schlange besessen. Wir fanden eine Arizona-Korallenotter in dem Terrarium, das er bei Ihnen gekauft hat.«

»Terrarien zu verkaufen ist doch nicht verboten.«

»Das nicht, aber haben Sie sich nicht gefragt, warum er ein Terrarium bei Ihnen kauft, aber keine Echse?«

Reardon wurde rot. »Okay, okay«, sagte er schließlich, »er hat mich gefragt, wo er illegal was kriegen kann. Daraufhin hab ich ihm klargemacht, dass ich damit nichts zu tun haben will, in Ordnung? Und das habe ich auch nicht. Wie gesagt, bei mir ist alles legal. Ich bin so sauber, dass es quietscht.«

»Komm schon, Pauly.« Rikko trat näher und setzte die Berserkermiene auf, mit der er immer die Leute einschüchtert. »Vielleicht hast du ja doch ein paar Giftschlangen verkauft?«

»Nein!«, protestierte Reardon. »Ich sag Ihnen mal was: Früher waren Reptilien was für Eingeweihte, für Freaks und Spinner, das war so'n Anti-Ding. Heute spazieren Ärzte, Anwälte, ach Scheiße, sogar Mamis hier rein und kaufen die Viecher für ihre Kids. Mein Umsatz hat sich in den letzten zwei Jahren vervierfacht. Glauben Sie, ich mach mir das kaputt, indem ich illegale Ware unterm Ladentisch verkaufe?«

»Aber Sie wissen, wo man sie kriegt – die illegale Ware?«, fragte ich.

»Das ist nicht schwer, wenn man sich umtut«, gab er zurück. »Wenn Sie was richtig Gefährliches suchen, fahren Sie nach Vegas oder nach Tijuana: Da bekommen Sie alles, was das Herz begehrt, keine zehn Kilometer südlich der Grenze.«

»Das wissen wir auch«, entgegnete ich. »Aber man muss lernen, wie man die Viecher handhabt, nicht wahr?«

»Wenn nicht, dann landen Sie verdammt schnell im Krankenhaus.«

Rikko rückte ihm noch enger auf die Pelle. »Mit dem Schwarzmarkt kenne ich mich aus«, brummte er. »Der braucht Kommunikation, um zu existieren. Verkäufer reden mit Käufern. Tauschen Informationen aus. Und was giftige Reptilien betrifft, gibt es doch bestimmt ein Netzwerk vor Ort. Hab ich Recht?«

»Davon hab ich nie gehört«, nuschelte Reardon.

»Das ist aber schade, findest du nicht, Rikko?«, sagte ich. »Da müssen wir uns wohl eine Vorladung holen, Mr Reardons Bücher mitnehmen und einen Rechnungsprüfer aus der Spurensicherung bitten, sie durchzusehen, während die Tierschutzbehörde die Ware hier im Laden unter die Lupe nimmt. Damit dürfte dieses Geschäft mit dem tollen Umsatz mindestens ein, zwei Monate lahm gelegt sein, was meinst du?«

Rikko zog die Brauen hoch. »Das glaube ich auch.«

Wir drehten uns um und gingen zur Tür. Als wir bei einem Terrarium mit einem Albinopython angelangt waren, rief Reardon uns nach: »Ihr Bullen seid doch alle Schweine. Man kann machen, was man will, wie ein braver Spießer leben, irgendwann taucht ihr auf und macht alles kaputt.«

»Er wächst einem richtig ans Herz«, sagte ich.

»Ich glaube, ich lade ihn für nächste Woche zum Sabbat-Dinner ein«, meinte Rikko. »Christina macht Lasagne mit Lammsauce.«

Wir traten durch die Tür, als Reardon uns nachschrie. »Wenn rauskommt, dass ich Leute mit heißer Ware verpfeife, ist mein Geschäft im Eimer. Reptilienfreunde halten zusammen.«

Ich drehte mich um und sah ihn an, dann wanderte mein Blick durch den leeren Laden. »Es kann doch unter uns bleiben, Paul.«

34

Es war kurz vor sechs, als wir wieder ins Büro kamen. Freddie saß an Jorges Computer. Ich gab ihr eine Liste mit siebenunddreißig aktiven Sammlern von illegalen Reptilien in San Diego County und bat sie, die Namen mit den Vorstrafenregistern und allen in Kalifornien aktenkundigen Strafsachen abzugleichen.

»Heute kann ich nicht mehr lange bleiben, aber ich setz mich gleich morgen früh dran«, versprach sie.

»Ist in Ordnung, morgen arbeiten alle. Am Sonntag machen wir frei.«

»Außer wir kriegen heute Abend noch einen Fall«, meinte Rikko gähnend. »Die letzten beiden Freitage hat er ja zugeschlagen.«

»Deshalb gehen wir ja jetzt auch alle nach Hause, schlafen gründlich aus und tauchen morgen früh pünktlich hier auf. Pager und Handys bleiben über Nacht an. Ausreden gibt's nicht.«

Zu Hause auf der *Chant* fiel ich in einen unruhigen Schlaf. Ich war überzeugt, dass mich das Telefon bald wecken würde. In einem unangenehm realistischen Traum sah ich ein Geschöpf mit Nick Fosters Oberkörper und dem Unterleib einer Schlange, das sich durch die Wurzeln exotischer Pflanzen schlängelte und zischelnd meinen Namen rief. In einem zweiten Albtraum wurden die Schlangen auf dem Kopfputz der Lilith lebendig und züngelten frei schwebend. Die Hälfte der Schlangen verwandelten sich in Taipans, die andere in Chamäleons, deren Haut in allen Farben des Feuers schillerte.

Jimmy saß schweigend auf der Bank, als ich zu unserem Vormittagsspiel auf dem Baseballfeld von Coronado eintraf. Fay sagte, er hätte kaum ein Wort mit ihr gesprochen, seit er aus der Schule heimgekommen war. Christina hatte angerufen. Sie wollte Jimmy am Mittwoch nach der Schule zum Eis einladen. Ich fragte Jimmy, ob er mit mir am Sonntag angeln gehen wollte, und er schüttelte den Kopf.

»Okay, Jimbo«, sagte ich traurig, als er davonstampfte. »Wie du meinst.«

Als ich ins Präsidium kam, warteten Missy, Jorge und Freddie schon auf mich. Alle drei hatten diesen ganz besonderen Gesichtsausdruck, den ich seit meiner Kindheit kenne: das Gesicht gerötet, die Lippen von der Zunge benetzt, aufgeregter Blick. So hatte mein Vater ausgesehen, als ich ihn zum letzten Mal lebend sah: Anfang Mai, eine Woche nach meinem zehnten Geburtstag.

Am Mittwoch kochte meine Mutter immer Spaghetti. An diesem Tag kam er zum Abendessen nach Hause. Er hatte vorher ständig Doppelschichten geschoben. Außer an meinem Geburtstag, da hatten wir einen Ausflug in den Vergnügungspark in Nantasket Beach gemacht, aber die vier Wochen davor hatte ich ihn kaum gesehen. Er arbeitete an einem großen Fall. Beim Essen flirtete er mit meiner Mom und lobte Christina für die Eins, die sie in irgendeinem Fach geschrieben hatte. Es nieselte schon den ganzen Tag, aber nicht genug, um das Spiel der Red Sox gegen die Baltimore Orioles zu verschieben.

Nach dem Essen saßen wir auf der Couch im Wohnzimmer und sahen das Spiel auf Channel 38. Fred Lynn im Left Center fing vier von vier Bällen, er sprang so hoch, dass er fast das Scoreboard erreichte, und stahl Frank Robinson einen sicheren Triple. Meine Mom erinnerte immer wieder daran, dass morgen Schule sei und ich ins Bett müsste. Aber mein Dad war so in das Spiel versunken, dass er davon nichts hören wollte. Er trank sein Bier und ich meine Limonade. Dazu aßen wir Popcorn. Das Spiel ging bis elf. Mein Dad lachte. »So ein Spiel siehst du so bald nicht wieder, Shay«, sagte er. »Merk dir, was du heute Abend gesehen hast, okay?«

Ich nickte verschlafen. Er nahm mich hoch und trug mich in mein Zimmer. Dann half er mir beim Ausziehen, deckte mich mit meiner Spiderman-Decke zu und küsste mich auf die Wange. Als ich noch einmal die Augen aufschlug, sah ich seine Silhouette im Türrahmen. »Gute Nacht, Shay«, sagte er.

»Nacht, Daddy.«

»Mach mir Ehre, ja?«

»Mach ich.«

Als ich einschlief, hatte ich das Aroma seiner Pall Mall in der Nase, den Limonenduft seines Aftershaves und jenen einzigartigen Geruch, den ich als Kind nicht einordnen konnte, den ich aber inzwischen genauestens kenne: der adrenalingepushte Schweiß, die Ausdünstungen der Schuldigen, wenn sie gefasst werden, der Geruch, den Polizisten an sich haben, wenn sie etwas wissen, was man selbst nicht weiß – etwas, das zur Lösung führen könnte.

Dieser Geruch war in unserem Büro jetzt deutlich wahrnehmbar.

»Und, was habt ihr?«, fragte ich.

Freddie lächelte Missy und Jorge an. »Ihr beiden zuerst.«

Missy kam mit federnden Schritten näher. »Tarentino hatte Recht. Mein Riecher hat hier überhaupt nicht funktioniert. Mr Kaltblütig ist tatsächlich bisexuell und ziemlich unberechenbar. Wir haben das australische Konsulat in Los Angeles eingeschaltet. Sie haben bei der Polizei von Sidney und Cairns angefragt. Auf dem College wurde Foster wegen Unzucht mit einer Minderjährigen angeklagt –

es ging um eine Fünfzehnjährige. Er wurde freigesprochen, weil die Familie des Mädchens ihr die Aussage vor Gericht ersparen wollte.«

»Sonst nichts?«

»Doch, doch, noch einiges«, sagte Missy. »Er wohnt im Norden bei Poway. Vom dortigen Sheriff ist zu erfahren, dass im letzten Jahr dreimal die Polizei zu ihm gerufen wurde. Jedes Mal ging es um sexuelle Begegnungen, die außer Kontrolle gerieten. Eine Frau. Zwei Männer. Chaco hat Recht: Foster fesselt gern Leute an Betten. Und jetzt passt auf – er filmt sie dabei.«

Rikko gesellte sich zu uns. »Mann o Mann.«

»Im Ernst?«, warf Freddie ein.

»Anzeige ist aber nicht erstattet worden?«, fragte ich.

Missy und Jorge schüttelten den Kopf. »Entweder redet er mit denen und kauft sich irgendwie frei, oder es ist ihnen so peinlich, wo sie da reingeraten sind und auf wen sie sich eingelassen haben, dass sie nicht an die Öffentlichkeit wollen. Und deshalb können wir auch sein Haus nicht durchsuchen und die Videos nicht kassieren.«

»Ich möchte, dass sein Alibi für letzten und vorletzten Freitag überprüft wird. Namen. Telefonnummern.«

»Wird gemacht.«

»Wie steht's mit dir?«, fragte ich Freddie.

Sie grinste breit. »Du wirst es nicht glauben, wer auf der Liste der illegalen Schlangenbesitzer steht.«

»Foster?«

»So viel Glück haben wir nicht. Tao Wu Biggs, alias Lanny Biggs.«

Beide Namen sagten mir nichts.

»Alias Bigg Ja Moustapha«, fuhr Freddie fort. «Fatty Wu Marshalls mutmaßlicher Nachfolger im Amphetamin-Handel des Südens.«

»Der Verrückte, der sich für einen Hip-Hop-Gott hält und eigene CDs aufnimmt?«

»Eben jener. Mutter Indonesierin, Vater afroamerikanischer Erweckungsprediger. Aber Bigg Ja ist vom Glauben abgefallen. Er hat sich schon früh durch kriminelle Neigungen hervorgetan. Als Jugendlicher stand er dreimal vor Gericht. Die letzten beiden Male ging es auch um Waffendelikte. Als Erwachsener hat er sich nicht mehr schnappen lassen, aber nach unseren Informationen zählt er bei mindestens drei Bandenmorden, die vermutlich von Fatty Wu angeordnet wurden, zu den Verdächtigen.«

»Wissen wir, welche Reptilien er hält?«, fragte ich.

Freddie schüttelte den Kopf. »Wir wissen nicht mal, wo er sich zurzeit aufhält. Die Adresse, die er dem Besitzer des Reptilienladens gegeben hat, ist falsch, und das Drogendezernat sagt, dass er nicht mehr gesichtet wurde, seit ich Fatty Wu vor sechs Wochen in eine bessere Welt geschickt habe.«

»Ich verstehe dein persönliches Interesse wegen seiner Verbindung zu Fatty Wu, aber wo ist der Zusammenhang mit diesen Morden?«

»Lies das und weine«, sagte Freddie und warf mir einen Computerausdruck hin. »Geschrieben und gespielt von Bigg Ja Moustapha auf seiner Underground-CD *Chuck That Key!*«

Das sagt die Bibel, das sagt Gott
Weg mit den Homos, sie wär'n besser tot
Die stinken zum Himmel, hat keinen Zweck
Zwei Daddys, is' ja reizend
Lesben, die die Beine spreizen
Alles klar, das is nur Dreck
Sperrt sie ein und schmeißt den Schlüssel weg!

Wir schmeißen ihn weg und schicken die Gören
Ab nach Sodom, wo sie hingehören
So viele Tunten, da wird einem bange

Ab ins Loch als Futter für meine Schlange
Alles klar, das is' nur Dreck
Sperrt sie ein und schmeißt den Schlüssel weg!

»Ein Musterknabe an Toleranz«, bemerkte Rikko, der über meine Schulter mitlas.

»Heilige Schrift, schwulenfeindliche Ausfälle, Schlangen, besorgt seine Ausrüstung im selben Laden, in dem Haines für seine Reptilien einkaufte«, listete Freddie auf. »Was willst du mehr, Shay? Wir müssen den Kerl kassieren und ihn in die Mangel nehmen.«

»Wie steht's mit Foster?«, gab Missy zu bedenken.

»Wir kaufen sie uns beide«, sagte ich. »Foster kommt am Montag wieder, ich möchte, dass wir ihn rund um die Uhr überwachen. Und fragt bei der Polizei von Tucson an: Ich will wissen, ob sie irgendwelche Mordfälle mit Schlangen haben. Christina sagt, solche Ritualtötungen können mit jedem Mal ausgefeilter werden.«

»Und Bigg Ja?«, fragte Freddie.

»Wir finden raus, wo unser Drogenfreund steckt, und schnappen ihn uns. Dann soll Rikko ihn in den Schwitzkasten nehmen.«

35

Brett Tarentino verkündete es in einem Exklusivinterview, das am 16. April in der Sonntagsausgabe der *Daily News* erschien: Nach sechsundzwanzig Dienstjahren wollte Polizeichef Norman Strutt am folgenden Nachmittag beim Bürgermeister seinen Abschied einreichen.

Seine Stellvertreterin Helen Adler weckte mich um Punkt sieben, um mich über den Artikel zu informieren und sich nach dem Stand der Ermittlungen zu erkundigen. Ich rieb mir die Augen und lieferte ihr einen Bericht über alles, was seit der Festnahme bekannt geworden war, und bat dann erneut um mehr Beamte zur Überwachung Fosters und um die Kooperation des Drogendezernats bei der Suche nach Bigg Ja.

»Du bekommst deine Leute«, versprach sie. »Ich möchte Sand über Foster informieren.«

»Warum?«, fragte ich ungläubig. Bürgermeister Bob Sand war für seine Geschwätzigkeit berüchtigt.

»Muss ich dich daran erinnern, dass der Zoo in dieser Stadt ein Heiligtum ist, Shay?«, gab sie zurück. »Wenn der Bürgermeister herausfindet, dass ein Star wie Foster wegen dieser Morde überwacht wird und ich es ihm nicht gesagt habe, kommt ein größeres Unwetter auf mich zu.«

Das Telefon am Ohr lag ich da, blickte zur Decke und grübelte über Adlers Hintergedanken nach. Vermutlich suchte sie einen Vorwand, um persönlich mit dem Bürgermeister zu sprechen, damit er das Gefühl hatte, mit dem innersten Zirkel der Ermittler in Kontakt zu stehen. Aus ihrer Sicht ein kluger Schachzug. Der Bürgermeister würde ihr dieses Vertrauen hoch anrechnen, wenn er über die Nachfolge von Polizeichef Strutt entschied.

»Wie wär's mit einem Kompromiss?«, regte ich an. »Sag Sand, dass wir einen Zoomitarbeiter überwachen, ohne Fosters Namen zu nennen. So ist der Bürgermeister vorgewarnt, kann aber den Leiter der Herpetologie nicht an die Medien rausgeben.«

Adler trommelte mit den Fingernägeln auf den Tisch, das tut sie immer, wenn sie etwas ausheckt. »Ich möchte täglich einen Lagebericht, Shay. Oder besser noch zweimal täglich.«

Da ich schon mal früh aus den Federn war, rief ich gleich bei Fay an. Jimmy ging ran, legte aber auf, bevor ich sagen konnte: »Bist du sicher, dass du nicht angeln gehen willst?«

Das verdarb mir den restlichen Vormittag, den ich mit Wäschewaschen und Saubermachen verbrachte. Gegen Viertel nach elf war ich gerade unter Deck und reparierte ein lockeres Bullauge, als ich Brett Tarentino dröhnen hörte: »Und wen suchen Sie denn?«

»Sergeant Moynihan. Bin ich hier richtig?«

Ich stöhnte, lief aufs Achterdeck und erspähte bei Tarentinos Boot Janice Hood, bekleidet mit einer hellbraunen Windjacke, blauen Shorts, Sonnenbrille, Augenschirm und Turnschuhen. Über der Schulter hatte sie einen schwarzen Sportbeutel.

»Völlig richtig«, beschied ihr Brett und prostete ihr mit einer Bloody Mary zu. Chaco sonnte sich in einem Hawaiihemd mit Vulkanmotiv auf dem Achterdeck. »Und was ist, wenn ich fragen darf, der Anlass Ihres Besuchs, Ms …?«

Bevor sie ein Wort sagen konnte, brüllte ich: »Sprechen Sie nicht mit diesem Mann!«, und sprang auf den Kai. Ich eilte zu ihr und flüsterte ihr zu: »Er ist geisteskrank.«

»Das habe ich gehört!«, empörte sich Tarentino. »Glauben Sie ihm kein Wort. Wenn jemand eine Bedrohung für die Gesellschaft darstellt, dann ist es Moynihan.«

»Hast du keinen Artikel, an dem du arbeiten musst?«

»Ich habe heute Morgen bereits einen Knüller gelandet. Jetzt habe ich meinen freien Tag. Außer, du hast einen Tipp für mich?«

»Tut mir Leid, wir tappen immer noch im Dunkeln.«

»Und du nimmst dir einen Tag frei, statt Licht ins Dunkel zu bringen. So viel zu den wackeren Rittern, die die schönste Stadt Amerikas hüten.«

»Auch Ritter legen dann und wann mal ihre Rüstung ab«, warf Janice ein.

Tarentino grinste blöd. «Sie hat was auf dem Kasten, Seamus! Bravo! Er ist eher ein Ritter von der traurigen Gestalt, Ms ...?«

»Hood«, sagte sie, bevor ich eingreifen konnte. »*Doktor* Janice Hood.«

»Dr. Janice Hood vom Zoo.« Brett deutete auf die hellbraune Windjacke mit dem Zoo-Logo. «Da haben Sie ihn kennen gelernt?«

»Nichts wie weg«, sagte ich und schob sie zur Leiter. «Hau'n wir ab, oder er saugt Sie aus.«

»Tschüs, Dracula«, rief sie ihm über die Schulter zu.

Ich wollte ihr die Leiter hinauf aufs Deck helfen, aber sie schaffte das mühelos. Brett brummte und widmete sich wieder Chaco.

»Willkommen auf meinem bescheidenen Hausboot«, sagte ich, bevor ich meine Führung begann.

»Ein tolles Hausboot«, meinte sie, als wir wieder an Deck kamen. »Wenn Sie mir die Frage gestatten, wie kommt ein Polizist zu so einem Boot? Sind Sie bestechlich?«

»Das nicht«, erwiderte ich kühl. »Beute aus einem Scheidungskrieg.«

»Tut mir Leid.« Sie zögerte. »Ich weiß nicht genau, warum ich eigentlich hier bin, Sergeant Moynihan. Das macht mich nervös. Und wenn ich nervös bin, sage ich Dinge, die ich mir lieber verkneifen sollte.«

»Was macht Sie denn nervös?«, fragte ich. »Wir gehen schwimmen. Sie schwimmen doch gerne, oder?«

»Nennen Sie mich bitte Dr. Hood«, sagte sie. »Das ist alles, wozu Sie mich eingeladen haben?«

Sie hatte große braune aufmerksame Augen, die es gewohnt waren, das Verhalten von Geschöpfen zu analysieren, die in düsteren feuchten Dschungeln herumkriechen, und sie schulte ihren Blick an mir.

»Was mich betrifft schon«, log ich, ohne die Augen abzuwenden.

Die Wahrheit war natürlich etwas komplizierter: Ich wollte mehr über Nick Foster und auch über sie herausfinden. Obwohl sie ihm keinen Mord zutraute, hoffte ich doch, dass sie uns den Mann und seine Gewohnheiten so nahe bringen konnte, dass wir unsere Überwachung gut vorbereitet antreten konnten. Gleichzeitig ging es mir persönlich darum, dahinter zu kommen, was für ein Mensch sie war.

Rikko hatte inzwischen über die Zooverwaltung ermittelt, dass Janice Hood siebenunddreißig war und aus Miami stammte. Sie hatte an der University of Florida Zoologie studiert und dort auch promoviert. Feldarbeit in Brasilien, Madagaskar und auf den Fiji-Inseln. Als Wissenschaftlerin war sie hoch angesehen, publizierte regelmäßig und sprach auf internationalen Kongressen. Auch auf der Jahresversammlung der Amerikanischen Gesellschaft der Ichthyologen und Herpetologen in Chicago am folgenden Wochenende sollte sie einen Vortrag halten.

»Und wenn ich mir die Frage erlauben darf, warum Echsen?«, sagte ich und führte sie auf die Brücke.

»Meine Eltern kamen durch einen Autounfall ums Leben, als ich sieben war«, sagte sie. »Ich bin dann bei meiner Tante und meinem Onkel aufgewachsen, die keine Kinder hatten und Chamäleons für den Handel im Inland züchteten. Im Jahr nach dem Tod meiner Eltern saß ich stundenlang da und sah den Chamäleonfamilien beim Spielen zu. Andere Freunde hatte ich nicht. So hat es angefangen.«

Sie warf einen Blick auf die Armaturen der *Chant*. »Doppelschraubenyacht?«

»Woher wissen Sie das?«

»Ich habe in Miami gelebt.« Ihr Blick schweifte in die Ferne. »Freunde von mir hatten solche Boote.«

»Reiche Freunde?«

»Teilweise. Sie haben bei Bimini gern Schwertfische geangelt. Ich bin nur wegen des Nachtlebens mitgekommen.«

»Das kann ich mir bei Ihnen gar nicht vorstellen.«

»Jeder schlägt mal über die Stränge, oder?«, meinte sie.

Janice Hood erwies sich als fähiger Maat und kam an Deck wunderbar zurecht, obwohl wir bei den Wellenbrechern hinter Point Loma mit dem Seegang und den Strömungen zu kämpfen hatten. Als wir dann aber aufs offene Meer gelangten, wurde es ruhiger, und der Ozean glänzte smaragdgrün wie ein schottisches Moor nach einem Frühlingsregen. Ein weißer Pelikan schoss am Bug vorbei und bediente sich aus einem Heringsschwarm, den die Räuber der Tiefe an die Oberfläche getrieben hatten.

Janice Hood stand neben mir auf der Brücke und überzeugte mich durch verständige Fragen über das Schiff, den Motor und das Navigationssystem davon, ihr für eine Weile das Steuer zu überlassen. Wir fuhren Richtung Südwesten und hielten auf die Inseln zu, die sich verschwommen am Horizont abzeichneten. Ich stand neben ihr, kontrollierte den Gashebel und beobachtete, mit welchem Vergnügen sie das Boot übers offene Meer steuerte. Hin und wieder trieb mir die Brise einen Hauch ihres Dufts zu: Moschus und reife Beeren.

Als wir uns den vier flachen Inseln näherten, Festungen aus windgepeitschtem Vulkangestein und kümmerlicher Vegetation, übernahm ich wieder das Steuer. Die Saison für den Gelbschwanz hatte noch nicht begonnen, nirgends waren gecharterte Anglerboote zu sehen. Die Ostküsten der Inseln bestanden aus steilen grauen Klippen, die zwölf Meter und höher emporragten. Doch etwa einen Kilometer nördlich der Südspitze der südlichsten Insel hatte das Bollwerk eine Lücke. Vor vielen Tausend Jahren, bei der Entstehung der Insel, hatte die Lava hier zwei Kanäle gegraben und eine geschützte Lagune geschaffen, die sich bis tief ins Herz der Insel erstreckte.

Als wir uns der Bucht näherten, sichteten wir steuerbord eine Delphinherde, während weiße Möwen unter der Mittagssonne kreischend unser Boot umrundeten. Ich navigierte die *Chant* in die Lagune. Die Bucht war hier etwa achtzig Meter breit und zur Linken und zur Rechten von Klippen begrenzt. Hier und da hatten Lava und Verwitterung knapp über dem Wasser Absätze und Simse geschaffen, die mit dem Kot von Vögeln und Robben bedeckt waren. Das Tuckern des Motors hallte von den Felswänden wider, die immer enger zusammenrückten.

Schließlich schlossen sich die Klippen wie eine spitz zulaufende Urne. Nur an der Westwand öffnete sich ein kaum zehn Meter breiter Spalt. Etwa fünfzig Meter davor drosselte ich den Motor und ging vor Anker. Von nahem betrachtet sah die Öffnung wie zwei ineinander geschobene Lippenpaare aus, die in eine Höhle ohne Dach führten. Das Sonnenlicht fiel schräg in die Kluft und warf glitzernde Schattenmuster auf die dunkle Wasseroberfläche.

»Hier schwimmen wir los«, sagte ich.

Janice Hood schirmte die Augen mit der Hand. »Wie weit geht es von hier noch?«

»Ein ziemliches Stück, dann teilt sich die Schlucht«, sagte ich. »Die beiden Arme laufen im Bogen zurück, enden dann aber in einer Sackgasse. Neben der Kochecke ist eine Kammer, da können Sie sich umziehen. Ich gehe nach unten.«

Zehn Minuten später erschien sie wieder an Deck mit Schwimmbrille und einem dünnen schwarzen Neoprenanzug, der eigens zum Ozeanschwimmen gedacht war und ihre drahtige Figur betonte. Als ich ins Wasser sprang, folgte sie mir ohne Zögern. Das kalte Wasser schmerzte an Gesicht, Händen und Füßen. Janices Wangen röteten sich, und sie blickte voller Vorfreude in den Kanal. »Schwimmen Sie voraus«, sagte sie.

Ich kraulte durch den lippenförmigen Eingang in den Kanal. Janice Hood war eine robuste Schwimmerin, die mühelos mithalten konnte. Nach zweihundert Metern hatte sich meine Verspannung in Schultern und Beinen gelöst und ich verlegte mich aufs Brustschwimmen. Janice holte auf und wir traten Wasser. Unser Geplätscher hallte von den feuchten Wänden wider und mischte sich in das Geschrei der Möwen, die hoch oben an den Klippen nisteten. »Toll«, sagte sie.

»Nicht wahr?«, sagte ich. »Das Wasser ist hier so tief, dass man nicht bis zum Grund tauchen kann. Warten Sie nur, bis wir auf der anderen Seite von dieser Steilwand sind.«

Nach weiteren zweihundert Metern glänzten die Wände hell im Sonnenlicht. Wir hatten den breiteren Zusammenfluss der beiden Kanalarme erreicht. Die Spitze des Y umspannte ein glattes Felsgesims. Der Sims erstreckte sich von der Kante schräg abfallend gut fünf Meter lang, dann begann der Steilhang. Wir schwammen durch türkisblaues, von der hereinbrechenden Sonne verzaubertes Wasser darauf zu.

Wir waren noch ein Stück vom Sims entfernt, als einige Meter unter uns der erste graue Torpedo vorüberschoss. Dann folgte in geringerem Abstand ein zweiter, der sich mit schier unfassbarer Geschwindigkeit und bedrohlicher Anmut durch sein Element bewegte. Als ich einen dritten und einen vierten Schatten erspähte, der aus dem rechten

Arm der Lagune auf uns zuhielt, packte ich Janice am Arm und zog sie an mich.

Sie stieß mich weg und trat wütend nach mir. »Was soll das?«

»Behutsam Wassertreten und bei mir bleiben«, riet ich ihr. »Wir sind umzingelt.«

36

Janice fuhr herum und sah gerade noch, wie ein ausgewachsener Seeelefant, der bestimmt an die siebenhundert Kilo auf die Waage brachte, im Abstand von einem Meter an ihr vorbeischoss. Ihr blieb die Luft weg, und sie warf sich mir an den Hals, als ein jüngeres Männchen gegen ihren Rücken stieß.

»Wir sind in ihrem Revier«, rief sie. »Die können uns umbringen, wenn sie sich bedroht fühlen.«

»So ist es. Bleiben Sie einfach ganz ruhig, die wollen uns nur auf den Zahn fühlen.«

Weitere Bullen kamen aus dem rechten Kanal. Sie schwammen in dichter Formation, dann lösten sich einzelne Tiere von der Herde, legten sich auf die Seite und inspizierten uns im Vorüberschwimmen, manche bellten warnend, bevor sie eine Kehrtwende machten und uns aus einem anderen Blickwinkel unter die Lupe nahmen. Janices Gesicht war mir ganz nah. Ihr Körper drängte sich an meinen. Ihr Atem ging flach und schnell. Aufgeregt verfolgte sie jeden grauen Schatten, der durchs Wasser schoss.

»Wir sollten sehen, dass wir hier wegkommen«, flüsterte sie mit zitternder Stimme. »Durch unsere Anzüge haben wir viel Ähnlichkeit mit Robben. Das ist ziemlich gefährlich.«

»Noch gefährlicher wäre es, wenn wir gleich losschwimmen. Ich bin denen hier schon begegnet, und normalerweise lassen sie einen in Ruhe, sobald sie einen genug beschnuppert haben.«

Der größte Bulle kam neben dem Sims an die Oberfläche, hievte sich auf den glatt geschliffenen Felsen, baute sich bedrohlich auf und ließ ein kehliges Bellen hören, das von den hohen Wänden widerhallte. Bald gesellte sich der ganze Trupp zu ihm, ging vor uns in Stellung, bellte, jaulte, brummte und warf die Köpfe herum wie unwillige Pferde, die von Bremsen geplagt werden.

»Das wird nicht besser«, murmelte ich. »So habe ich sie noch nie erlebt.«

»Wir haben sie überrascht«, flüsterte sie. »Und jetzt sind sie schlecht drauf.«

»Bleiben wir schön nah beisammen und verschwinden wir unauffällig.«

Sie zögerte eine Sekunde, dann glitt ihr Arm von meiner Schulter und legte sich um meine Hüfte, während ich ihre Taille umfasste. Mit sachtem Beinschlag und mit dem freien Arm paddelnd traten wir, begleitet von dem bedrohlichen Chorgesang, unseren langsamen Rückzug an.

Der zornige Gesang der Seeelefanten hallte uns auch noch nach, als wir die Leiter der *Chant* erreichten.

Janice kletterte zitternd hinauf, ließ sich auf den Kampfstuhl sinken und nahm die Schwimmbrille ab. Sie sah mich mit schweren Lidern an und schüttelte lächelnd den Kopf.

»Tut mir Leid, Dr. Hood«, sagte ich keuchend. »Das ist mir noch nie passiert, und ich schwimme dahinten seit fast zwanzig Jahren.«

Sie stand etwas unsicher auf und grinste mich an; ihre Wangen waren gerötet. »Nein, das war einmalig! Eine tolle Erfahrung! Diese Tiere rundherum und ...«

Sie zog mich an sich und küsste mich. Zuerst war ich überrascht. Dann schloss ich sie in die Arme und erwiderte den Kuss.

Als Janice etwas später unter Deck ihren Schwimmanzug ablegte und zu mir in die dampfende Duschkabine kam, blieb mir die Luft weg. Ihre Brüste waren voll, ihre merlotfarbenen Nippel standen nach oben. Und der Venushügel unter ihrem muskulösen Bauch war zu meinem Erstaunen vollkommen nackt. Ich war noch nie mit einer Frau zusammen gewesen, die hier keine Haare hatte.

Ihr entging nicht, dass ich sie anstarrte, und sie drängte sich an mich und rieb sich an mir. Das heiße Wasser rieselte an uns herab. »Das nennt man brasilianisch. Gefällt's dir?«, flüsterte sie.

Ich presse mich fester an sie und spürte, wie meine Erektion wuchs. »Ja, sehr sogar.«

»Zeig es mir.«

Für Janice Hood war Sex Freude und Flucht zugleich. Als sie sich dem Höhepunkt näherte, traten die Sehnen ihres Halses hervor wie Klaviersaiten, ihr Unterkiefer schob sich vor, ihre Schultern und Schenkel zitterten, dann versteifte sich ihr ganzer Körper und ich sah etwas von ihr, was sie sonst verbarg. Fort war die Wissenschaftlerin. Fort war das Waisenkind. Fort war die Frau, die Verbalgefechte mit Nick Foster ausgetragen hatte.

Sie kam zum Orgasmus, und für den Bruchteil einer Sekunde sah ich, dass sie weder wusste, wer ich noch wer sie selbst war. Dann zeichneten sich in rascher Folge verschiedenste Gefühle auf ihrem Gesicht: Lust, Angst, Wut, Erstaunen und ein halbes Dutzend andere, die ich nicht benennen konnte, die aber aus den Tiefen ihres Selbst zu kommen schienen, ein Selbst, das unerforschlich und unergründlich wirkte. Dann fuhr sie mir durchs Haar, küsste mich heftig und fand zitternd ihre Erlösung.

Endlich entspannten sich ihre Finger und ihre Schenkel, und ich stützte die Stirn an die Wand neben ihr. Ihre Brüste und ihr Bauch drängten sich an mich, und ich spürte ihre Lippen an meinen Wangen und an meinem Hals, während ihre Hand Kreismuster auf meinen Rücken malte.

Mit der anderen Hand drehte sie das Wasser ab, und mit dem Fuß schob sie die Kabinentür auf. Janice trat rückwärts aus der Dusche, griff sich ein Handtuch und begann, mich abzutrocknen. Danach führte sie mich zum Bett und drückte mich auf das Laken.

Als sie sich rittlings auf mich setzte, musste sie den Kopf einziehen. Sie stützte sich mit beiden Händen auf meine Brust und begann sich zu bewegen, während sie mich unablässig aus sehnsüchtig verschleierten Augen ansah.

»Komm«, flüsterte sie heiser, als sie schneller wurde. Das Blut pulsierte in meinen Adern. Dann durchströmte mich eine unbeschreibliche Lust. Sie trieb mich bis zum Ende, dann brach sie auf mir zusammen und wir klammerten uns aneinander.

»Nie«, keuchte sie. »Nie war es so.«

»Nie«, erwiderte ich. »Niemals. Mein Gott. Niemals.«

Lange Zeit lag Janice einfach schweißnass und atemlos auf mir. Heiß drang die Sonne durch das offene Bullauge herein. Man hörte die Möwen und den Ozean, der über die Klippen strich wie der Besen des Schlagzeugers über das Becken. Es roch nach Sex, nach Janice, nach Meer. Schließlich löste sie sich von mir, stützte sich auf den Ellbogen und fuhr mit dem Finger über meine Brust. »Es ist lange her. Du tust mir so gut.«

»Unglaublich.«

Sie betrachtete meinen Körper, dann glitt ihre Hand über die blasse Doppelnarbe, die sich im Zickzack über meine rechte Schulter zog, und dann über den unregelmäßigen Seestern auf meinem linken Schenkel. »Was hast du da gemacht?«

»Schusswunde«, sagte ich. »Vor fünf Jahren. Ich rede nicht gern drüber. Ziemlich üble Geschichte.«

Sie runzelte die Stirn, dann zuckte sie die Schultern und lächelte. »Jeder hat das Recht, böse Erinnerungen zu verdrängen. Ich mag dich, Moynihan.«

»Ich dich auch.«

Ihr Gesicht wurde ernst. »Aber etwas möchte ich klarstellen. Ich bin nicht auf eine Beziehung aus.«

In diesem Augenblick schloss sich für Seamus Moynihan wieder einmal eine Tür im Reich der Möglichkeiten. Aber ich ließ mir meine Enttäuschung nicht anmerken. Stattdessen streichelte ich ihre Schulter und gab meine Standardantwort: »Du meinst also, wir können nicht befreundet sein und uns von Zeit zu Zeit treffen? Ich suche eigentlich nicht viel mehr. In meinem Leben geht's rund. Und ich mag's gern unkompliziert. Aber meine Freunde weiß ich zu schätzen.«

Eine Weile sah sie mich nur forschend an. »Ich habe was gegen Lügen«, sagte sie. »Wenn ich etwas nicht ausstehen kann, dann das.«

»Da haben wir etwas gemeinsam. Was willst du damit sagen?«

»Wie viele andere Freundinnen hast du noch?«

Ich dachte an den Kuss mit Susan Dahoney, schüttelte aber den Kopf. »Im Augenblick keine.«

»Na dann.« Ihre Hand glitt über meine Brust zum Bauch. »Wenn wir uns einig sind, dass wir einander nicht belügen, dann würde ich dich gern von Zeit zu Zeit treffen.«

»Wie passt es dir jetzt gleich?«

Sie grinste verschmitzt. »Und *wie* passt es dir?«

37

Als ich am 17. April in die Montagsbesprechung ging, hatte ich schon ein Gespräch mit meinem Team hinter mir. Freddie hatte sich mit dem Dezernat für Drogen- und Bandenkriminalität kurzgeschlossen. Doch über den Verbleib von Bigg Ja war bisher nichts bekannt. Andererseits war es nun schon zwei Wochen her, dass wir unsere ViCAP-Nachforschungen angeleiert hatten. Bilanz: Bislang negativ.

Christina war nach wie vor davon überzeugt, dass der Mörder für seine Foltermethode ein Vorbild hatte. Also ließ ich Jorge eine zweite ViCAP-Nachforschung aufsetzen, die durch Einzelheiten des Mordes an Haines ergänzt wurde. Außerdem beschlossen wir, eine Anfrage an die Polizei in Australien und Neuseeland zu richten.

Aber was Janice mir nach der zweiten Runde im Bett erzählt hatte, fand ich wirklich spannend. Auf der Fahrt zurück zum Hafen hatte ich Fragen über Nick Foster ins Gespräch eingestreut – über seine Reisegewohnheiten, seine Einstellung und sein Verhalten allgemein. Sie beantwortete alles bereitwillig, rückte aber nicht von sich aus mit Informationen heraus. Sie sagte, sie rede nicht gern über andere Leute. Dennoch wurde durch sie mein Bild des Fernsehstars deutlich.

Janice schilderte Foster als einen Mann mit vielen und vielseitigen Interessen. Er watete gern in Freizeitschuhen durch Schlammlöcher in der Hoffnung, ein verstimmtes Krokodil, einen Alligator oder eine Anakonda aufzuschrecken. Wenn die Tiere dann angriffen, reagierte er wie der Blitz und vollkommen furchtlos. Foster trainierte regelmäßig, teilweise zweimal täglich und hielt eine fanatische Diät ein. Während der Woche verzichtete er rigoros auf Alkohol, aber auf Zooveranstaltungen und bei anderen öffentlichen Anlässen am Wochenende sah man ihn des Öfteren betrunken. Er konnte sehr übellaunig werden und machte das Team von *Kaltblütig!* regelmäßig zur Schnecke. Später tat ihm das dann Leid, und er beschwichtigte sein Opfer mit einem Fläschchen Parfüm oder Wein, einem Kunstgegenstand.

»Seltsam, aber gerade deshalb kommt er gut an«, sagte Janice. »Der gut aussehende, begabte Idiot, der sein Verhalten auch mal bedauert. Die Show zieht er für alle ab – außer für mich.«

»Warum ausgerechnet nicht für dich?«

»Ich mache ihm Angst. Ich schlafe nicht mit ihm. Und er ist ein rachsüchtiger Scheißkerl.«

Janice berichtete außerdem, dass Foster vor ein paar Wochen bei einer Veranstaltung im Naturkundemuseum in Balboa Park sternhagelvoll auf der Herrentoilette in eine Auseinandersetzung geraten sei. Ein Kellner hatte ihr erzählt, Foster hätte einen jungen Mann angeschrien, der eine Zookappe trug.

»Warum hast du mir das nicht schon früher erzählt?«

Sie zuckte die Achseln. »Ich dachte, es sei nicht wichtig.«

»Wie haben Sie sie dazu gebracht, damit herauszurücken?«, fragte Lieutenant Fraiser, nachdem ich ihm, Merriweather und Adler eine Kurzfassung von Janices Erzählung geliefert hatte.

Ich hatte nicht vor, meine Vorgesetzten in unser Techtelmechtel einzuweihen: Nach Janices nachdrücklicher Definition war das, was zwischen uns passiert war, im Grunde nur Sex. Also zuckte ich die Schultern und sagte: »Ich habe gemeinsame Interessen entdeckt, nämlich dass wir beide gern im Ozean schwimmen. Da hat sie sich entspannt und geredet.«

»Wir müssen rausfinden, mit wem er die Auseinandersetzung hatte«, meinte Adler.

Ich grinste und schob die Kopien von Haines' Visa-Abrechnungen über den Tisch. »Sehen Sie sich die Abbuchungen für den Freitag vor dem Mord an Haines an. Der Abend, an dem Cook starb.«

Adler, Captain Merriweather und der Arsch mit Ohren überflogen die mit Leuchtstift markierten Zeilen. Am 31. März hatte Haines an einer Tankstelle in Mission Valley eingekauft, ferner in einem mexikanischen Imbiss bei Hillcrest und in einem Andenkenkiosk …

»… des Naturkundemuseums«, sagte Adler.

Ich nickte. »Am selben Tag, als Foster in die Auseinandersetzung verwickelt war.«

»Das wäre aber ein Zufall?«

»Allerdings, oder?«

Es stellte sich heraus, dass bei der fraglichen Veranstaltung, die um 18 Uhr begonnen hatte, Spenden für die Erforschung der Galápagos-Schildkröten gesammelt worden waren. Foster hatte schon vor dem Empfang einiges getrunken und sprach auch bei der Gala dem Alkohol zu. Das bekamen Rikko und ich durch Befragungen von leitenden Mitarbeitern des Zoos und des Museums heraus. Aber keiner von ihnen hatte den Streit beobachtet, in den Foster angeblich auf der Herrentoilette verwickelt gewesen war. Dasselbe galt für den Partyservice, die Musiker und die Wachleute. Allmählich fragte ich mich, ob Janice sich geirrt hatte.

Dann stießen wir auf Lorraine D'Angelo, eine hübsche Frau, mediterraner Typ, die an jenem Freitag bis spätabends das Schaufenster des Museumsshops dekoriert hatte, der in der Lobby direkt gegenüber der Herrentoilette lag. Sie erinnerte sich an Haines.

»Er trug Leinenhosen und ein blaues Baumwollhemd

und wirkte ziemlich durcheinander. Es war kurz vor sieben, und ich musste ihm sagen, dass wir bald schließen. Er kaufte ein Poster mit Vögeln der bedrohten tropischen Regenwälder. Das sei für jemand ganz Besonderen, sagte er. Er achtete genau darauf, dass ich es nicht knickte, als ich es in die Papphöhre schob. Dann ist da dieser Mann vom Zoo aufgetaucht, der sich die Schlangen direkt vor die Nase halten lässt.«

»Nick Foster«, hakte Rikko nach.

»Genau«, sagte die Verkäuferin. »Dann ist dieser Mann ... Haines?«

»Stimmt«, bekräftigte ich.

»Er ist kurz nach Foster in die Herrentoilette gegangen. Ein paar Minuten später hat dort jemand gebrüllt.«

»Worum ging's?«, fragte Rikko.

»Ich hab's nicht verstanden«, sagte D'Angelo händeringend. »Die Tür war zu, und es lag ja die Lobby dazwischen. Aber dann stürmte Foster aus der Toilette und ging in den Saal zurück. Ein paar Minuten später ist auch Haines herausgekommen und hat das Museum verlassen. Er sah aus, als hätte ihm jemand das Herz gebrochen.«

»Das Herz?«, fragte ich.

Sie nickte. »Er ging gebückt, und die Posterröhre hielt er achtlos in der Hand. Ich weiß, wie einer aussieht, dem das Herz gebrochen wurde.«

Wie Christina mir immer wieder versichert hat, sind Serienmörder häufig charismatische Typen, die ihre Opfer mit Hilfe ihrer Ausstrahlung dazu bringen, sich in gefährliche Situationen zu begeben. Eine weitere häufige Eigenschaft ist ihr fester Glaube an die Überlegenheit der eigenen Intelligenz und Tücke.

Foster, so meinten wir, hielt sich einfach für zu talentiert, um geschnappt zu werden. Er nutzte seinen Ruhm und sein schneidiges Aussehen wie eine Venusfliegenfalle, die süße Pollen absondert, um ihre Beute anzulocken. Einiges sprach dafür, Foster am Abend gleich vom Flugzeug weg zum Verhör abzuholen. Er hatte ein Händchen für Klapperschlangen und Mambas. Bekanntermaßen ging er beim Sex gern etwas zu weit. Und sein Streit mit Haines ließ darauf schließen, dass er den Sonarexperten bereits vorher gekannt hatte.

Doch bevor wir Foster befragten, wollte ich mehr über seine Vorgeschichte erfahren. Ich wollte gut gerüstet sein, damit ich den Widerstand des Herpetologen rasch brechen und ihn zum Geständnis bringen konnte. Missy und Jorge verbrachten den Abend in Schwulen- und Heterobars, zeigten Bilder von Haines herum und versuchten herauszufinden, wo er Foster kennen gelernt hatte. Freddie wandte sich unterdessen an die Staatsanwaltschaft und holte die Genehmigung ein, Fosters Telefonverbindungen im Büro und zu Hause einzusehen.

Gegen halb acht am selben Abend sahen Rikko und ich, wie Foster, aufgekratzt und von der Wüstensonne gebräunt, mit zwei Regisseuren, einem Kameramann und einem Tontechniker eintraf. Am Flughafen machte er viel Aufhebens um sich. Reisenden, die ihn erkannten, nickte er zu wie ein Politiker, der um die Gunst von Wählern buhlt.

Wir hatten vor, Foster rund um die Uhr zu überwachen. Dabei trieb uns wohl die Phantasie, Foster würde unmittelbar nach dem Auschecken seine Begleitung loswerden und in einem Nachtclub auf die Jagd nach seinem nächsten Opfer gehen. Aber so viel Glück hatten wir nicht. Er fuhr mit dem Taxi zum Zoo, wo er in seinen BMW X5 umstieg und schnurstracks heimfuhr. Sein weitläufiges ranchartiges Haus stand auf einem kleinen Hügel auf einem anderthalb Hektar großen, mit Obst- und Nussbäumen bepflanzten Grundstück in Poway, einem Vorort im Norden der Stadt.

Zu der steilen Einfahrt gelangte man durch ein elektronisches Tor; das ganze Anwesen war von einem weiß gestrichenen Holzlattenzaun umgeben. Im Osten grenzte ein fünfzehn Meter breiter Streifen an das Grundstück, unter dem sich Versorgungs- und Gasleitungen verbargen. Nachdem wir das Büro des Sheriffs von San Diego informiert hatten, der für dieses Gebiet zuständig war, schickte ich die beiden Beamten, die mir Adler zugeteilt hatte, auf den Hügel neben den Versorgungsleitungen, um das Haus von einer Weidengruppe aus zu beobachten.

Foster löschte um zehn das Licht. Um Mitternacht war Schichtwechsel. Jorge und Missy hielten eine ereignislose Nacht lang die Stellung. Bei ihrer Tour durch die heißen Aufreißerlokale der Stadt hatten sie keine Hinweise auf Kontakte des Herpetologen mit Haines oder Cook gefunden.

Am Dienstagmorgen, Punkt sechs Uhr fünfzehn, machte sich Foster auf den Weg in einen Fitnessclub der Silvers an der Interstate 19 bei Rancho Escondido. Wie vorherzusehen, hatte die Festnahme von Dick und Paula ihr kleines Imperium ins Chaos gestürzt. Sie waren gegen eine hohe Kaution, die einen Großteil ihrer liquiden Mittel band, auf freien Fuß gesetzt worden. Über die Wirtschaftsseiten der *Daily News* und der *Union Tribune* wurden Gerüchte verbreitet, Silver Bodies stehe kurz vor dem Bankrott.

Die Fitnessclubs waren aber noch geöffnet und wurden von Stammgästen wie Foster regelmäßig genutzt. Nach dem Training mit Gewichten und dem Erklimmen von vierhundert Stockwerken auf dem StairMaster fuhr er zur Arbeit, wo Rikko und ich zum zweiten Mal die Überwachung übernahmen. Den Vormittag verbrachte er bei Besprechungen mit der Zooleitung. Am Nachmittag führte er im Amphitheater, assistiert von Janice Hood, seine Liveshow vor. Rikko und ich mischten uns, mit Sonnenbrillen und Hüten touristisch verkleidet, unter die rund fünfhundert Zuschauer und setzten uns in die letzte Reihe. Da ich nun so viel mehr über Janice wusste, wurde mir klar, wie sehr es sie frustrierte, neben jemandem wie Foster die zweite Geige zu spielen. Obwohl sie scheinbar unbeschwert mit ihm scherzte, fiel während der gesamten Show die Anspannung nicht von ihren Schultern. Um punkt sechs war Fosters Arbeitstag beendet, und er fand sich noch einmal zu einem Yogakurs bei Silver Bodies ein. Um neun kam er nach Hause, und um zehn machte er das Licht aus.

So ging es auch am nächsten Tag weiter. Stets hielt sich Foster an denselben Ablauf, stand früh auf, trainierte, arbeitete acht bis zehn Stunden und suchte dann nochmals das Fitnesscenter auf.

Die Schicht zwischen Mitternacht und Tagesanbruch, die wir abwechselnd erledigten, setzte uns allen ziemlich zu. Schlimmer noch, Fraiser und Adler setzten mich unter Druck, Foster zum Verhör zu zitieren. In einer spannungsgeladenen Besprechung brachte ich sie so weit, die Überwachung noch über die kommende Freitagnacht fortzusetzen. Mit ein wenig Glück schnappten wir ihn dann vielleicht in flagranti mit der Schlange im Koffer und unterwegs zu seinem nächsten Opfer. Und wenn er bis Samstagmorgen nichts Verdächtiges tat, konnten wir ihn ja zu einem freundschaftlichen Plauderstündchen hereinbitten.

Auch die Suche nach Bigg Ja Moustapha machte keine Fortschritte. Die Informanten des Drogendezernats wussten Bescheid, dass wir uns für den neuen Herrscher im Imperium des dahingeschiedenen Fatty Wu interessierten, aber die ganze Woche lang verlautete rein gar nichts über den Großdealer mit Rap-Ambitionen.

Als ich am Mittwochnachmittag nach einer weiteren Folge von *Kaltblütig!* ins Büro zurückkehrte, rief ich Janice an und fragte, ob sie Lust auf ein »freundschaftliches Abendessen an Bord der *Nomad's Chant*« hätte. Sie seufzte. »Du kannst wohl Gedanken lesen. Ich habe einen grauenhaften Tag hinter mir. Treffen wir uns um acht?«

Bevor ich ging, rief ich Christine zu Hause an. »Hey«, sagte ich, als sie sich meldete. »Wie war's heute mit Jimmy?«

Es folgte eine längere Pause. »Ich musste es aus ihm herauskitzeln und ihm immerhin einen Bananensplit spendieren, aber ich glaube, ich weiß jetzt, was ihm Sorgen macht.«

»Was denn?«

»Ich habe schon mit Fay gesprochen. Und wir meinen, dass sie die Sache mit dir persönlich bereden sollte.«

38

»Persönlich? Was zum Teufel ist eigentlich los, Sis?«, fragte ich.

»Jimmy ist ziemlich durcheinander, aber er wird drüber wegkommen«, versicherte sie mir. »Sprich mit Fay. Sie will Freitagabend zum Spiel kommen. Ihr beide werdet das schon regeln. Tschüs.«

Sie legte auf, bevor ich noch einen Anlauf machen konnte, und ich erwog, sofort zu Fay zu fahren, aber dann fiel mir Janice wieder ein, und ich steuerte stattdessen meinen Lieblingschinesen an, um unser Abendessen zu besorgen.

Sie saß schon in ihrer Windjacke vom Zoo auf der *Nomad's Chant*, als ich kam. Die Abendsonne schimmerte in ihren Haaren. Wir machten den gut gekühlten Chardonnay auf, den sie mitgebracht hatte, und aßen draußen bei Kerzenlicht. Sie erzählte, dass sie Überstunden gemacht hatte, um ihren Vortrag für die Jahresversammlung der Ichthyologen und Herpetologen in Chicago am Samstag vorzubereiten. Über Foster sprach ich diesmal nicht. Ich wollte auf keinen Fall riskieren, dass unser Verdächtiger von der Überwachung Wind bekam. Aber dann fragte sie mich unverblümt, ob wir ihn für den Täter hielten: Im Zoo wurden die Fragen, die wir gestellt hatten, ausführlich diskutiert. Ich sah ihr in die Augen und versicherte ihr, ohne rot zu werden, der Zwischenfall im Naturkundemuseum sei bedeutungslos gewesen. Wir hätten nichts gegen Foster in der Hand.

Als ich das Geschirr spülte, klingelte das Telefon. »Kannst du mal rangehen«, bat ich Janice. »Es könnte meine Ex sein, die wegen meines Sohnes anruft. Wir haben Probleme mit ihm.«

Sie nickte, griff zum Telefon und meldete sich. Sie lauschte, dann sagte sie: »Ja, er ist da«, und hielt mir das Telefon hin. »Susan Dahoney?«

»Ach?« Diesmal wurde ich rot. «Ja, natürlich.«

Ihre Miene verdüsterte sich, und sie wandte sich ab, als ich sprach. »Hallo, Professor.«

»Du kannst mich ruhig Susan nennen«, schnurrte sie. »Wer war das?«

Ich räusperte mich. »Eine Freundin, Janice Hood vom Zoo. Sie kennt sich mit Reptilien aus und berät uns in dem Fall.«

Nach kurzem Schweigen sagte sie ein wenig kühler: »Heute ist Donnerstag, und du hast versprochen, mich anzurufen.«

Ich zuckte zusammen. »Ja, stimmt. Na ja, während du droben in Berkeley warst, war hier die Hölle los. Wir dachten, wir hätten den Kerl, aber er war's dann doch nicht. Und mein Sohn hat ...«

»Das glaube ich gern«, sagte sie noch kühler. »Ich habe inzwischen sämtliche Konkordanzen durchgesehen, die ich kenne, und nach der ersten Botschaft gesucht. Immer noch nichts. Ich könnte mich auch noch weiter umtun, wenn du möchtest. Oder wir vergessen es.«

»Nein, nein«, protestierte ich. »Wir vergessen es nicht. Jede Unterstützung von deiner Seite ist willkommen, Susan. Ich melde mich morgen wieder, okay?«

Schließlich sagte sie etwas freundlicher: »Okay.«

»Eine Freundin?«, fragte Janice, als ich auflegte.

»Ja und nein ... Wir kennen uns beruflich.« Ich deutete auf den Tisch in der Kochecke, wo Susans Buch lag, das ich vor ein paar Tagen aus dem Büro mit nach Hause genommen hatte. »Das Buch ist von ihr. Sie ist Bibelexpertin. Der Mörder hat Botschaften hinterlassen.«

»Das habe ich in der Zeitung gesehen.« Janice griff nach dem Buch und betrachtete das Relief auf dem Cover. »*Die zweite Frau.*« Sie blätterte und entdeckte das Foto der Autorin. »Wow! Sie ist schön.«

»Nun ja. Auf ihre Art eben.«

»Gib dir keine Mühe. Nur ein Blinder könnte übersehen, dass sie umwerfend ist. War sie auch mit dir schwimmen?«

»Nein«, entgegnete ich mit Nachdruck. »So ist das nicht.«

Sie bedachte mich mit einem prüfenden Blick. »Wovon handelt das Buch?«

Ich fasste es kurz für sie zusammen und schenkte ihr Wein nach. Wir saßen nebeneinander auf der Couch, als sie die Fotos mit den Lilith-Darstellungen betrachtete.

»Klingt interessant«, meinte sie. »Es gibt ein Lilith Fair Musikfestival, aber mir war nicht klar, worauf sich das bezieht. Darf ich es lesen?«

»Gern, aber nicht jetzt«, sagte ich und schloss sie in die Arme.

»Oh«, sagte sie.

Janice hatte eine erstaunliche Ader für Erotik. In dieser Nacht überraschte sie mich immer wieder mit ihrer sexuellen Kreativität, mit einer leisen Berührung, einer Beschleunigung des Rhythmus, und vor allem vergaß sie sich vollkommen in den Zärtlichkeiten, die wir austauschten. Nachdem wir uns ein zweites Mal geliebt hatten, fragte ich: »Wo hast du das alles gelernt? Gibt es eine Schule für Chamäleonsex?«

»Die brasilianische Schule«, kicherte sie. »Da laufen sowieso alle halb nackt rum.«

»Nein, im Ernst.«

»Im Ernst. Ich war vor langer Zeit in einen Brasilianer verliebt, er hieß Tomás. Er hat Schmetterlinge erforscht, war Dichter und hat im Amazonasurwald gearbeitet. Wir haben dreizehn Monate lang zusammengelebt und das Amazonasgebiet durchstreift. Wir wollten heiraten. Er war ein unglaublicher Liebhaber. Dann ging Tomás auf diese Reise in einen Teil des Dschungels, wo wir nie zuvor gewesen waren. Eine Inselkette in einem Nebenfluss, dem Del Teu, wo es angeblich eine seltene Spezies geben sollte. Ich musste nach Washington und meinen Jahresbericht für meine Geldgeber vorlegen, deshalb begleitete ich ihn nicht.«

Sie lächelte traurig. »Als Tomás eines Abends von den Inseln in sein Lager zurückkehrte, wurde sein Boot von Flusspiraten angegriffen. Er hat sich gewehrt, da haben sie ihn mit Macheten umgebracht.«

»Mein Gott«, sagte ich. »Wie grauenhaft. Das tut mir Leid.«

»Es ist lange her. Ich bin drüber weg.« Sie pochte auf meine Brust. »Ich habe meine Seele entblößt. Jetzt möchte ich wissen, was mit deiner Ehe passiert ist.«

Ich dachte eine Weile nach, die Antwort fiel mir nicht leicht. »Als ich Fay kennen lernte, dachte ich, ich sei so weit, die Kurzbeziehungen hinter mir zu lassen, die ich mit Anfang zwanzig hatte. Sie war eine Frau, wie ich sie mir erträumt hatte: klug, hübsch, reich, ehrgeizig.«

»Und dann?«

Ich rieb mir die Narbe am Oberschenkel, sah noch einmal vor mir, wie ich mit Rikko, die Waffe in der Hand, hinter dem Sondereinsatzkommando stand, das mit einem Rammbock das schwere Garagentor eines Fabrikgebäudes bearbeitete. Die Tür splitterte, und wir waren drin, zwischen den parkenden Autos suchten wir mit Taschenlampen nach den Ganoven, schrien sie an, die Hände hochzunehmen.

Aber das alles erwähnte ich nicht.

»Wir hatten« beide einen sehr fordernden Beruf«, sagte ich stattdessen. »Fay im Krankenhaus, und ich am Anfang meiner Polizeikarriere. Manchmal sahen wir uns wochenlang kaum. Wir konnten es uns beide nicht leisten, Schwäche zu zeigen. Doch es stellte sich heraus, dass ich von uns beiden derjenige war, der kein Rückgrat hatte.«

Sie betrachtete mich lange. »Hast du deshalb Schuldgefühle?«

»Ja, ziemlich«, seufzte ich. »Ziemlich arg.«

Sie stand auf und griff nach ihren Kleidern.

»Du kannst bleiben.«

»Lassen wir es doch hübsch ordentlich so, wie es ist. So tut keiner dem anderen weh.«

»Stimmt«, sagte ich. »So tut keiner dem anderen weh.«

39

Der nächste Tag war der zwanzigste April. Kurz nach achtzehn Uhr, nach einem langen und größtenteils ereignislosen Tag, erschien Lieutenant Fraiser in unserem Büro. Er fletschte grinsend die Zähne und wies mit dem Daumen hinter sich.

»Adler möchte Sie sprechen«, sagte er. »Sie hatten es wohl eilig, die Sache zu vermasseln, wie?«

Ich ließ ihn links liegen und ging nach oben, überzeugt, dass der Arsch mit Ohren nichts Gutes im Schilde führen konnte. Die Sekretärin der stellvertretenden Polizeichefin winkte mich sogleich durch. Ich betrat Adlers Büro, das ganz im Landhausstil möbliert war. In einem kastanienbraunen Kostüm erwartete sie mich wutentbrannt hinter dem Schreibtisch.

»Wer ist Susan Dahoney, Sergeant?«, wollte sie wissen.

»Eine Bibelexpertin der Universität«, sagte ich. »Steht im Bericht. Worum geht es?«

»Sie verbreitet Informationen über den Fall im Fernsehen, darum geht es!«, schrie Adler. »Sie behauptet – ach, schau doch selbst.«

Adler nahm eine Fernbedienung vom Schreibtisch und drückte ungeduldig darauf herum. Im Regal flackerte ein kleiner Fernseher auf und zeigte den Buchumschlag von *Die zweite Frau* in Nahaufnahme. Eine weibliche Stimme lieferte dazu einen Kommentar, der mir nicht viel Neues bot: Wie Susan Dahoney als Doktorandin an der Universität von Tel Aviv auf die Terrakottadarstellung gestoßen war, die sie zu ihren umfangreichen Forschungen über die ewigen Rätsel des Buchs der Bücher veranlasste.

Als Nächstes erschien Susan Dahoney, wie sie sich gerne

in der Öffentlichkeit präsentierte: Enge Jeans, Jeanshemd und abgewetzte schwarze Lederjacke. Sie wanderte vor dem Hintergrund der Lilith-Kunstwerke durch ihr Büro.

»Dr. Dahoney bezeichnet sich selten als Archäologin und Schriftgelehrte«, kommentierte die Reporterin. »Sie versteht sich eher als Detektivin. Und das kann man im Moment ganz wörtlich nehmen. Seit kurzem steht sie nämlich der Polizei von San Diego rund um die Uhr als Beraterin bei den beiden Schlangenmorden zur Verfügung, die unsere Stadt erschüttert haben. Wie bereits berichtet wurde, hat der Mörder Bibelzitate am Tatort hinterlassen, deretwegen Dr. Dahoney hinzugezogen wurde.«

Susan rückte in Großaufnahme ins Bild, das Gesicht ernst und gespannt. Die Reporterin fuhr fort: »In einem Exklusivreport für Channel 4 enthüllt Dr. Dahoney nun Einzelheiten über die Botschaften, die am Tatort hinterlassen wurden.«

Entweder war Susan Dahoney ein Naturtalent, oder ihr Verleger hatte ihr einen Kurs spendiert, wie man sich in den Medien präsentiert. Jedenfalls machte sie vor der Kamera eine hervorragende Figur: Sie war fotogen, intelligent, charmant und fesselnd. Ihre Stimme war weich und melodiös. Jede Regung ihres Gesichts, jede ihrer Bewegungen schien genau einstudiert.

»Ich habe mir die erste Botschaft unter allen möglichen Gesichtspunkten angeschaut, und ich bin mir ganz sicher, dass sie nichts mit der Bibel zu tun hat«, erklärte sie.

»Und was ist mit dem zweiten Fall – Matthew Haines?«, fragte die Reporterin.

»Diese Botschaft ist definitiv biblischen Ursprungs«, sagte sie und nickte. Sie beugte sich geheimnisvoll vor: »Apostelgeschichte.«

»Kapitel? Vers?«, wollte die Reporterin wissen.

»Das kann ich nicht sagen«, erwiderte sie lächelnd. »Meine Freunde bei der Polizei wären nicht begeistert, wenn ich Ihnen mehr erzählte.«

Adler schaltete wütend den Fernseher aus. »Da haben wir's. Sie geht mit ihrem Buch hausieren, benutzt uns, um sich als Detektivin zu verkaufen, behauptet, wir bräuchten sie. Es gefällt mir nicht, wenn die Polizei in solche Werbesendungen reingezogen wird. Und dem Bürgermeister genauso wenig.«

»Mir auch nicht«, sagte ich und hob kapitulierend die Hände. »Ich hätte es mir denken können, zugegeben.«

»Sie ist raus aus dem Fall.«

»Keine Frage«, erwiderte ich. Ich war wirklich sauer und fühlte mich ausgenutzt.

»Und du hast auch keinen Kredit mehr«, sagte Adler. »Dieser Fall ist zu wichtig. Noch so ein Patzer, und du bist ihn los.«

Sie hob schon beim ersten Klingeln ab und klang ganz aufgeregt. »Dr. Susan Dahoney!«

»Moynihan«, knurrte ich.

»Seamus! Hast du es gesehen? Das Interview?«

»Das haben hier alle gesehen und –«

»Mein Telefon hat pausenlos geklingelt«, unterbrach sie mich. «NBC will es auf der Lokalstation von L.A. bringen. Und gerade hat CNN angerufen. Die Sache hat eingeschlagen wie eine Bombe. Mein Verleger ist völlig aus dem Häuschen!«

»Mein Boss auch, aber ein Grund zur Freude ist das für mich nicht«, antwortete ich scharf.

Sie schwieg verdutzt und fragte: »Aber wieso denn?«

»Warum?«, schrie ich. »Du bist nicht rund um die Uhr als Beraterin der Polizei von San Diego engagiert!«

»Ich habe euch doch beraten«, gab sie zurück. »Ihr habt mich in meinem Büro aufgesucht. Wir haben den Fall beim Abendessen besprochen. Wir haben telefoniert. Ich kann das mit Fug und Recht behaupten.«

»Du hast mich und die Polizei benutzt. Ich habe den

Verdacht, du hattest das von Anfang an geplant, schließlich hast du uns angerufen, regelrecht aufgedrängt hast du dich.«

»Dein Benehmen ist nicht besonders nett«, sagte sie. »Ich dachte, wir sind Freunde.«

»Anscheinend haben wir uns nicht verstanden, Susan. Ich habe dir gleich beim ersten Mal gesagt, dass du nicht über den Fall sprechen darfst. Du hast wichtige Details ausgestreut, die wir nicht preisgeben wollten. Du hast diesen Fall benutzt, um dein Buch zu verkaufen. Unsere Zusammenarbeit ist hiermit beendet.«

»Was? Aber das könnt ihr doch nicht machen«, sagte sie in flehendem Ton. »Du machst alles kaputt. Kapierst du das nicht? Gut, ich habe ein wenig übertrieben mit diesem ›rund um die Uhr‹. Eine harmlose Lüge. Das macht doch jeder mal. Und schau, was passiert ist! *Die zweite Frau* ist auf einmal in aller Munde. Kannst du dir vorstellen, wie lange und wie hart ich dafür gearbeitet habe?«

»Ist mir egal.«

»Das glaube ich gern«, gab sie wütend zurück. »Kein Mensch interessiert sich für eine unbekannte Schriftgelehrte. Aber eine Schriftgelehrte, die an einem Mordfall arbeitet …«

»Ich weiß, dass du dich vermarkten kannst, Susan.« Ich warf das Telefon auf den Tisch und schleuderte einen Stift durch den Raum.

40

Meine schlechte Laune hielt sich bis zum nächsten Tag, einem Freitag, an dem ich Foster observierte. Etwa um zwei rief mich Janice auf dem Handy an, weil sie nach Chicago flog und sich verabschieden wollte. Um vier Uhr wurden Rikko und ich von Missy und Jorge in der Überwachung Fosters abgelöst. Sie sollten Mr Kaltblütig folgen, bis er wieder zu Hause war, danach sollten Wight und Leras übernehmen, die uns zur Aushilfe zugeteilten Detectives.

Auf dem Heimweg hielt ich am Yachthafen, stieg in das Grüne Monster und holte Jimmy ab. Als er durch das Tor kam und in den alten Sportwagen sprang, schien mir seine feindselige Haltung von neulich verflogen.

»Hallo, Sportsfreund.«

»Hallo, Dad«, sagte er. »Kann ich heute Abend spielen?«

»Die Sperre ist abgelaufen«, antwortete ich. »Kommt deine Mutter auch?«

Jimmy lächelte gezwungen. »Zum zweiten Inning.«

»Darf ich erfahren, wieso?«

Tränen traten ihm in die Augen. »Frag lieber Mom. Gehen wir zum Spiel?«

»Klar«, sagte ich und fuhr los. »Was macht dein Arm?«

»Gut«, sagte er und sah aus dem Fenster. »Ich habe mit Walter trainiert.«

Das versetzte mir einen Stich, doch ich nickte. »Prima. Du machst dich.«

Wir spielten gegen die Panthers, das beste Team der innerstädtischen Liga. Nach zwei Innings hatte mein Junge sie arg in Bedrängnis gebracht. Er schien seine momentane Lebensstrategie auf das Pitchen übertragen zu haben: Da er mit Zorn nichts ausrichten konnte, verlegte er sich auf Unberechenbarkeit und brachte alle Tricks, die wir in den letzten fünf Jahren probiert hatten.

Als Jimmy, von seinen Kameraden umringt, zur Spielerbank gerannt kam, hatte ich wieder einen Flashback: Ich sah mich selbst auf meinen Vater am Spielfeldrand zulaufen, im Sommer vor seinem Tod.

Dann erblickte ich Fay, die auf der Tribüne eintraf, und die Vision verschwand. Der Gedanke an die Zukunft verursachte mir ein flaues Gefühl im Magen.

Gegen Ende des dritten Innings rief mich Missy an. Foster erlaubte sich offensichtlich eine Abwechslung von der streng geregelten Lebensweise, die er vier Tage lang durchgehalten hatte. Um halb sechs hatte er den Zoo verlassen und war zu einer Singlebar namens Coyote in Hillcrest gefahren. Jorge war vor Ort und hatte ihn im Auge.

»Verlier ihn nicht«, sagte ich. »Und halte mich auf dem Laufenden.«

Wir hielten über sechs Innings unseren Vorsprung von einem Punkt. Der kleine Stetson entschied im siebten Inning das Spiel für uns, als er mit einem Hechtsprung den Ball der Gegner fing und ihnen die dritte Chance nahm, einen Punkt zu machen. Es war zweifellos unser Spiel des Jahres.

Als Jimmy nach der Spielbesprechung sein Zeug zusammenpackte, fragte er: »Gehen wir am Sonntag angeln?«

»Unbedingt.«

»Okay, bis dann«, sagte er, umarmte mich hastig und verlegen in Hüfthöhe und rannte zu seiner Mutter, die über das Spielfeld auf uns zukam. Sie trug enge Jeans, Sandalen und einen schönen purpurfarbenen Sweater, der ihr sehr gut stand. Als Stetson mit seinem Jungen wegging, standen wir uns an der Trainerbank gegenüber. Das letzte Sonnenlicht brach durch die Schutzwand und warf ein Schattengitter zwischen uns.

»Es geht ihm offenbar besser«, sagte ich. »Christina hat anscheinend was erreicht bei ihm.« Fay lächelte matt. »Es ist nicht gut, wenn man etwas so in sich hineinfrisst. Du brauchst nur ein Wort in der Richtung zu sagen, schon spürst du, wie viel Druck da auf ihm lastet.«

»Scheint eine größere Geschichte zu sein«, sagte ich und verschränkte die Arme vor der Brust.

»Ich wollte es dir nicht auf diese Weise mitteilen«, fing sie an. »Ich meine den Grund für das ganze Problem.«

»Spuck es aus«, sagte ich. »Lass den Druck ab.«

Fay lächelte so traurig wie Jimmy. »Erinnerst du dich, wie vor zwei Wochen alles angefangen hat? Das Theater auf dem Mound?«

»Ja.«

»Also, es hat sich herausgestellt, dass er an dem Abend vor dem Spiel eine Stunde, nachdem ich bei ihm das Licht ausgemacht habe, nochmal aufgestanden ist, um einen Schluck Wasser zu trinken. Und da hat er mich und Walter gehört.«

»Wenn er euch im Bett erwischt hat, will ich lieber nichts davon hören.«

»Nein, das war's nicht«, sagte sie. »Er, äh, ... na ja, er hat gehört, wie Walter mich gefragt hat, ob ich ihn heiraten will. Und er hat gehört, dass ich ja gesagt habe.«

Das hatte ich schon seit fast einem Jahr erwartet. Trotzdem traf es mich in seiner Endgültigkeit wie ein Schlag. »Bist du glücklich?«

»Ja«, antwortete sie, sah mich aber nicht an dabei.

»Kein Bedauern?«

»Und wie.« Tränen strömten über ihr Gesicht, und sie fiel mir in die Arme.

So lange war es schon her, dass wir uns zuletzt umarmt hatten. Die Erinnerungen brachen über mich herein: Wie ich sie als Streifenpolizist in der Notaufnahme kennen gelernt hatte; wie wir auf dem alten Boot ihres Vaters durch die Wellenbrecher gesegelt waren und sie gesagt hatte, sie liebe mich; wie sie mir gesagt hatte, sie sei schwanger; wie ich zum ersten Mal Jimmy gehalten hatte. Ihren Gesichtsausdruck, wenn ich wieder einmal den Geruch einer anderen Frau mitbrachte. Und am allerschlimmsten: Der Tag, an dem sie mir gesagt hatte, sie könne nicht mehr mit mir zusammenleben.

»Ich wünschte, ich hätte es besser gemacht«, sagte ich.

»Ich auch«, sagte sie, trat zurück und wischte sich die Nase mit dem Handrücken ab.

»Du hast also mit Jimmy geredet«, sagte ich.

»Und mit deiner Schwester«, antwortete sie. »Er hat wahrscheinlich insgeheim gehofft, wir würden eines Tages wieder zusammenkommen.«

Ich zögerte einen Augenblick, bevor ich sagte: »Irgendwie habe ich das auch immer geglaubt.«

Sie legte mir die Hand auf den Mund und flüsterte: »Ich weiß. Aber ich kann nicht.«

Ich nickte und sah sie forschend an, wie die Karte eines Landes, in dem ich einmal gelebt hatte. »Aber es ist okay für ihn? Jimmy, meine ich?«

»Ich habe ihm, so gut es geht, die Wahrheit gesagt«, meinte sie. »Dass ich meinen Frieden mit dir gefunden habe, auch wenn ich vielleicht nie verstehen werde, warum du getan hast, was du getan hast. Wir hatten so lange eine schöne Zeit, Shay. Und dann wurdest du angeschossen, und alles war anders.«

»Fay ...«

»Pscht«, sagte sie. »Ich habe dir doch gesagt, ich bin darüber hinweg. Ich weiß, dass du dir viel Mühe gibst, meistens. Wir drei werden immer irgendwie zusammengehören, habe ich zu Jimmy gesagt. Aber wir müssen auch Walter einen Platz einräumen. Ich schätze ihn sehr, Shay. Ich brauche ihn in meinem Leben.«

Mit einem Kloß im Hals sagte ich: »Okay.«

Sie lächelte. »Jimmy sollte das auch von dir hören.«

»Wir gehen Sonntag zusammen angeln. Ohne Wenn, Aber und Vielleicht.«

»Gut«, antwortete sie. Es trat eine verlegene Pause ein, sie drückte mir einen flüchtigen Kuss auf die Wange und verschwand.

Es war auf einmal ganz still, und ich beobachtete, wie sich das letzte Licht des Tages in der Schutzwand brach und den Staub sichtbar machte, der nach dem Spiel immer noch in der Luft lag. Die Spielerbank versank in fahlen, gelben Schatten. Etwas Knisterndes lag in der plötzlichen Ruhe, wie kurz vor einem Sturm. So muss die Stimmung draußen in den Ebenen von Kansas sein, dachte ich, wenn sich ein Tornado zusammenbraut.

41

Mein Handy klingelte. Wahrscheinlich Missy mit einer Lagemeldung von Foster, dachte ich. Stattdessen hatte ich eine total aufgedrehte Freddie Burnette am Ohr: »Wir haben Bigg Ja, Sarge.«

Ich lief sofort zu meinem Wagen. »Wo?«

»Der Kokskönig hat sich in einer alten Ranch draußen in Alpine eingenistet. Soll einen Haufen Schlangen in einer Scheune und im Haus haben. Samt Wärmelampen und lauter solchem Zeugs.«

»Wer ist vor Ort?«

»Nur ich und Rikko.«

»Das reicht. Machen wir Mr Moustapha zusammen unsere Aufwartung.«

Alpine liegt vierzig Kilometer östlich von San Diego. Wie der Name vermuten lässt, handelt es sich um bergiges Gelände. Die Landschaft ist von steilen Schluchten durchzogen, die Felsbrocken und Gestrüpp nahezu unpassierbar machen. Nirgendwo sonst in der Nähe von San Diego kann man so günstig Weideland für Pferde bekommen, weshalb zahllose kleine Ranches über die Canyons und das Hügelland verstreut sind.

Von Osten her war es einigermaßen hell, obwohl wir nur Halbmond hatten. Ich steuerte die Corvette über eine der abgelegeneren Strecken von Alpine, eine kurvenreiche Straße, die einem Bachbett folgte und von Pferdeweiden mit gelbbraunem Gras und immergrünen Eichen gesäumt war. Sie führte in einen kleinen, kaum bevölkerten Canyon.

Hinter einer Biegung zweigte ein Feldweg zu einer Ranch ab. Dort sollte Bigg Ja Moustapha mit seinen Freunden herumhängen. Ein Reh kreuzte vor mir im Scheinwerferlicht die Fahrbahn, und dann erblickte ich einen alten Schuppen, vor dem eines unserer Zivilfahrzeuge und ein Streifenwagen des County parkte.

Neben dem Streifenwagen stand Rikko. Freddie stützte sich auf einen Stock. Deputy Harold Champion, ein imposanter Schwarzer, der wie Muhammad Ali aussah, als der sich noch Cassius Clay nannte, lehnte sich, einen Daumen in den Pistolengürtel geschoben, an die Kühlerhaube seines Wagens. Da wir hier außerhalb unseres Amtsbereichs waren, brauchten wir ihn, wenn wir uns rechtmäßig mit Bigg Ja unterhalten wollten.

»Du siehst ja aus wie drei Tage Regenwetter, mein Freund«, sagte Rikko. »Ist was passiert?«

»Ach, lass mal«, antwortete ich. »Erzähl ich dir später.«

»Vier Mann?«, fragte Champion, nachdem ich mich vorgestellt hatte. »Was soll das werden, eine Großrazzia, Sergeant?«

»Snitch sagt, da sind nur drei Leute drin, aber wir kennen diese Methadonbrüder. Die sind unberechenbar.«

Mein Handy klingelte, bevor Champion etwas sagen konnte. Ich hielt einen Finger hoch und klappte das Handy auf. »Schießen Sie los.«

»Foster hat einen Typen und eine Frau mitgenommen und fährt mit ihnen Richtung Norden«, sagte Missy. »Jorge beschreibt die Frau als ziemlich hübsch und blond, ansehnliche Oberweite, kaum Klamotten am Leib. Sie hat die Bar vor etwa einer Stunde betreten und schien Foster zu kennen. Er hat sich gleich an ihr festgesaugt. Dann ist der andere Kerl aufgetaucht. Drahtig, ein Surfertyp wie Morgan Cook, nur jünger, vielleicht Anfang dreißig. Sie haben sie auf der Tanzfläche in die Mitte genommen.«

»Sind die beiden schon identifiziert?«, fragte ich.

»Noch nicht. Sie sind in Fosters Wagen eingestiegen, deshalb haben wir ihre Kennzeichen nicht.«

»Habt ihr Unterstützung?«

»Leras und Wight sind direkt hinter uns«, sagte sie.

»Wenn sie zu Foster nach Hause fahren, postieren sich zwei von euch am Zaun. Die zwei anderen auf der Straße. Und haltet mich auf dem Laufenden.« Ich klappte das Handy zu und schnaubte verärgert. Warum kann man auch nicht gleichzeitig an zwei Orten sein? »Packen wir's?«

Um diese Jahreszeit hätte es so weit ab von der Küste wesentlich kälter sein sollen, aber es wehte ein warmer Ostwind, der viel Staub mitbrachte. Der Schotterweg zur Ranch führte steil bergan. Rikko half Freddie so gut wie möglich. Der Mond beschien halb verrottete Lattenzäune und eine von Unkraut überwucherte Wiese. Auf dem Gipfel ging es durch eine Zedernhecke, die die Ranch von der Straße abschirmte. Der dumpfe Rhythmus von Rapmusik dröhnte durch die Nacht. Ich erkannte Bigg Jas schrillen Gesang von den CDs wieder, die Freddie besorgt hatte.

Direkt hinter der Hecke stand ein offener Wellblechschuppen, der verrostete landwirtschaftliche Gerätschaften beherbergte. Am First glühte ein kümmerliches Licht. Ungefähr fünfzig Meter dahinter stand eine Scheune. Drinnen brannte Licht.

»Unser Informant hat gesagt, dass er da drinnen einen Teil seiner heißen Schlangen hält«, flüsterte Freddie.

Was mich allerdings mehr interessierte, war das von einer alten Lebenseiche halb verborgene, verwitterte Ranchhaus mit umlaufender Veranda, zu dem die bogenförmig verlaufende Zufahrt führte. Der Anstrich blätterte ab. Etliche Bretter der Verkleidung des einstöckigen Gebäudes waren heruntergefallen und ließen die dahinter liegende Teerpappe erkennen. Eine einsame nackte Glühbirne erleuchtete die Veranda. Die Vorhänge waren zugezogen.

Wir waren im Licht der Schuppenbeleuchtung kaum fünf Schritte weit auf das Haus zugegangen, als ein magerer, etwa zwanzigjähriger Asiate mit einem roten Piratenkopftuch aus der Scheunentür trat. Kaum hatte er uns gesehen, da nahm er die Beine in die Hand und lief Richtung Haus.

»Vorwärts, Leute!«, rief Champion, zog seine Pistole und stürmte los. »Sie versuchen zu türmen, das hab ich gern.«

»Ruf Verstärkung und sichere den Hof!«, rief ich Freddie zu und lief Champion hinterher, Rikko auf den Fersen.

Der Deputy legte ein Tempo vor wie ein Football-Profi, trotzdem holte er den Mann nicht mehr ein. Er hatte bereits die Veranda erreicht, warf mit der Schulter die Tür auf und schrie über die stampfende Hip-Hop-Musik hinweg: »Razzia! Haut alles kaputt!«

Unverzüglich hörte man laute Stimmen, klirrendes Glas und schepperndes Metall. Ich blieb auf der Stelle stehen und rief hinter Champion her: »Deputy! Halt!«

Aber es war schon zu spät. Champion setzte bereits über die Terrasse hinweg und stürmte mit vorgehaltener Pistole durch die offene Eingangstür. Ein Schuss traf den Deputy mitten in die Brust. Er flog rückwärts über das Geländer der Veranda und blieb auf den Stufen liegen. Das Klirren und Scheppern drinnen nahm kein Ende. Ein riesiger Samoaner erschien in der Tür, mit nichts bekleidet als gelben Schwimmshorts, Sandalen und einem Gewehr. Am Hals, den Oberarmen und Schenkeln zeigte er rituelle Tätowierungen. Seine hektisch eiernden Bewegungen verrieten mir, dass wir in großer Gefahr waren. Wir hatten eine Drogen-Küche vor uns. Und der Samoaner sah aus, als wäre er der Oberabschmecker.

Kriminelle, die sich größere Mengen Amphetamine eingeschmissen haben, werden unberechenbar und sind hochgefährlich. Die Droge frisst sich ins Gehirn und setzt sich in den Synapsen gerade jener Areale fest, die für die Verhaltenskontrolle zuständig sind. Metamphetamin-Konsumenten reagieren ziemlich durchgeknallt und haben einen Hang zu extremer Gewalttätigkeit.

Was ich natürlich nicht wissen konnte, war, dass Bigg Ja und seine Jungs den Irrsinn gerade in dieser Nacht auf ein ganz neues Niveau gehoben hatten: Nach jeder fünften Line Speed hatten sie sich als besonderen Kick noch Schlangengift injiziert. Das hatte ihre Gehirne auf mörderische Touren gebracht.

Der Samoaner lud seine abgesägte Schrotflinte mit lautem *Tscha-tschak* durch, leckte sich über die Lippen und zielte auf den am Boden liegenden Deputy. Seine Augen flackerten wie ein alter Kinofilm. »Bereit für den Abgang, du Wichser?«, rief er Champion zu.

»Wenn hier jemand einen Abgang macht, dann du!«, brüllte Rikko. Wie ein Rhinozeros stürmte er, aus seiner Beretta feuernd, über den Grasstreifen auf den Samoaner zu.

Von diesem Augenblick an schien wieder einmal alles in Zeitlupe abzulaufen. Ich wich nach links aus. Rikkos Schuss ging ziemlich daneben und zersplitterte nur den Türpfosten. Der Samoaner rollte mit einem Hechtsprung über die Veranda, kam wieder auf die Füße und ballerte zurück. Rikko und ich ließen uns fallen. Eine Erdfontäne spritzte auf, genau zwischen uns.

Mein erster Schuss traf den Samoaner in den Knöchel. Er drehte sich einmal brüllend um die eigene Achse, biss die Zähne zusammen und ließ noch eine Ladung Schrot los. Die nächsten beiden Schüsse Rikkos trafen ihn zweimal im oberen Brustbereich. Der Samoaner taumelte, behielt aber sein Gewehr fest im Griff und richtete es auf mich. Blutiger Schaum flog von seinem Mund. Ich schoss ein letztes Mal und traf seinen Kehlkopf. Der Schuss durchschlug seinen Hals.

Schon hechtete ich über das Verandageländer und auf die Tür zu. Von drinnen dröhnten immer noch die Bässe.

Rikko kam mir von der anderen Seite der Veranda entgegen. Beim Türpfosten blieb ich stehen und sah nach dem Deputy, der auf den Stufen lag.

Die Kevlarweste hatte Champion das Leben gerettet. Er blutete aus einigen Wunden an den Armen, am Hals und in der unteren Gesichtshälfte, aber die meisten Schrotkugeln hatten seine geschützte Brust getroffen. Wütend und benommen blickte er zu mir auf. »Alles vergeigt«, flüsterte er. »Ich werd schon nicht draufgehen, aber ich hab alles vergeigt.«

»Ach was«, meinte Rikko.

»So ein Quatsch«, sagte ich und schrie dann in die offene Tür: »Hier ist die Polizei von San Diego! Legen Sie die Waffen weg, und kommen Sie mit erhobenen Händen heraus!«

Zwei wummernde Schüsse aus einer großkalibrigen Waffe ließen den Holzpfosten direkt über Champions Kopf zersplittern. »Gib mir Deckung«, flüsterte ich Rikko zu.

Mein Schwager nickte und zeigte mir drei Finger. Dann hielt er seine Pistole um die Ecke und feuerte dreimal rasch hintereinander in das Gebäude. Irgendetwas explodierte. Die Rap-Musik verstummte schlagartig. Ich machte eine flache Rolle vorwärts durch die Tür. Glassplitter auf dem Holzboden knirschten unter meinem Körper und schnitten mir in die Hände. Aber ich spürte weder Schmerz, noch nahm ich Einzelheiten wahr; ich hob bloß die Pistole und hielt nach irgendeiner Bewegung Ausschau.

Deshalb sah ich auch nicht sofort den asiatischen Sprinter mit dem roten Piratenkopftuch. Er kauerte in einer kleinen Nische gleich links neben der Tür an der Wand. Ich war direkt an ihm vorbei in den Raum geplatzt. Rikkos Schuss hatte ihn anscheinend knapp verfehlt. Seine Augen waren vor Angst ganz starr. Schweiß troff ihm von der Stirn und sammelte sich als Perlen in seinem spärlichen Schnurrbart. Er hielt eine schwere Kanone umklammert, eine schimmernde Smith & Wesson Kaliber .44 Magnum, mit der er direkt auf mich zielte.

Ich brauchte nicht den Bruchteil einer Sekunde, um zu begreifen, dass ich so gut wie tot war. Auf einmal nahm ich jede Einzelheit der Drogenküche messerscharf wahr: Umgestürzte Klapptische, zerbrochene Gläser und Glasröhrchen, die in dampfenden Pfützen am Boden lagen, grüne Chemikalien und gräuliches Pulver. In einer Ecke stand eine qualmende Bassröhre. Ein halbes Dutzend Propangasbrenner flackerten inmitten der Glasscherben und den kristallinen Rückständen. Der ganze Laden konnte jeden Augenblick in die Luft gehen, und ich wollte nur noch weg. Und zwar gleich. Aber der silbrige Lauf hing nur zwei Meter vor meinem Gesicht.

Später erfuhr ich, dass Champion sehen konnte, wie ich starr in eine Richtung schaute. Der Deputy hob seine Pistole und schoss auf den inneren Türpfosten.

Der Asiate zuckte bei jedem Schuss zusammen, behielt mich aber fest in seinem versteinerten Blick und ließ auch nicht den Revolver sinken. Da zersprang das Erkerfenster hinter ihm, Rikko kam im Hechtsprung durch die Vorhänge geflogen und landete in den Glasscherben.

Bigg Jas Mann wirbelte herum und ließ einen ohrenbetäubenden Schuss krachen, der Rikko die Pistole aus der Hand fegte. Es klingelte mir in den Ohren, und ich suchte kriechend nach Deckung. Der letzte Schuss aus meinem Magazin verfehlte sein Ziel. Der Asiate drehte sich zu mir herum und hob seine Waffe.

Rikko war wieder auf den Beinen und stürzte sich auf ihn. Mit einer blitzschnellen Bewegung umklammerte er das Handgelenk des Schützen und drehte den Lauf der Pistole seitwärts nach unten. Wieder krachte die Vierundvierziger. Rikko trat dem Schützen die Beine weg, warf ihn mit dem Gesicht in die Scherben der Speed-Küche und schlug ihn bewusstlos.

Keuchend ließ sich Rikko auf dem Indonesier nieder. Ich sah meinen Schwager wie benommen an. Es klingelte mir immer noch in den Ohren, und ich konnte kaum glauben, dass wir noch lebten.

Von jenseits des schwach erleuchteten Ganges, der vom Hauptraum abzweigt, hörte ich ein Krachen. Mühsam schob ich ein neues Magazin in meine Pistole. Ich sah drei Türen, zwei auf der linken, eine auf der rechten Seite. Die weiter entfernte auf der linken Seite war geschlossen. Das wiehernde Lachen eines Drogenberauschten dröhnte in meinen Ohren. Ich sprang auf die Füße und sah einen untersetzten, dunkelhäutigen Mann mit afrikanischen Gesichtszügen und Dreadlocks, mit einem blauen Dashiki gekleidet durch den Raum sprinten. Bigg Ja stemmte die verschlossene Tür auf und schlug sie hinter sich zu, bevor ich zum Schuss kam.

Ich wollte hinausstürzen, um seine Flucht zu verhindern. Da fiel mein Blick auf das Tier, das dem rappenden Drogenboss folgte. Es steuerte mit ungeheurer Geschwindigkeit im Zickzackkurs auf mich zu. Es war eine Schlange, etwa anderthalb Meter lang, sie hatte einen braunen, hinter dem Kopf sehr schmalen Körper, ein blasses Maul und böse orangefarbene Augen.

»Ein Taipan!«, schrie ich, schoss und warf mich zur Seite.

Die Schlange fegte aggressiv vorwärts, den Kopf in der Luft. Rikko versuchte ihr zu entkommen und hechtete über einen der umgestürzten Labortische. Aber die Schlange fuhr mit weit geöffnetem Rachen wie ein Blitz auf ihn zu. Ihre Fangzähne schimmerten im Licht der umgestürzten Propanbrenner und schlugen in Rikkos Kniekehle.

Rikko heulte auf und schüttelte sein Bein. Der Taipan ließ los und fiel in die Glasscherben. Er zuckte wild hin und her, schüttelte die scharfen Splitter ab und glitt, eine

Blutspur hinter sich herziehend, aus der Eingangstür, die Treppe hinab an Champion vorbei in die Dunkelheit.

Ich eilte zu Rikko, der mit dem Rücken zur Wand unter dem zerschmetterten Erkerfenster saß und mit beiden Händen seinen Oberschenkel umklammert hielt. »Fühlt sich an wie ein Hammerschlag«, sagte er. »Das brennt! Wie das brennt!«

Rikko sah mich mit wirrem Blick an. Schweiß troff ihm von der Stirn, und ich schickte ein Stoßgebet zum Himmel, dass mein Schwager stärker war als ein Wasserbüffel. Da fiel mein Blick wieder auf die Gasbrenner. Ich musste Rikko rausschaffen, bevor alles in die Luft flog. Rasch griff ich ihn unter den Armen und schleifte ihn zur Tür. Hinter mir ertönten zwei Schüsse. Als ich herumfuhr, sah ich Freddie neben Champion auf den Stufen der Veranda. Die Mündung ihrer Pistole zeigte auf den durch die Zedernhecken entschwindenden Bigg Ja.

»Er läuft zur Straße!«, rief sie.

»Vergiss ihn«, sagte ich. »Rikko ist von einem Taipan gebissen worden. Er braucht sofort ein Gegengift. Außerdem ist da drin alles voller Chemikalien und umgestürzter Brenner. Das fliegt uns gleich um die Ohren.«

»Ich rufe einen Hubschrauber, der die beiden holt«, erklärte Freddie. »Kümmere du dich um Bigg Ja!«

Rikko nickte mir benommen zu. »Sie hat Recht. Schnapp das Rapper-Schwein!«

Ich zögerte einen Augenblick und stürmte dann über den Rasen durch die Lücke in der Zedernhecke. Ich konnte Bigg Jas Schatten gerade noch über den Weidezaun setzen sehen, der die Wiese von der Straße trennte. Meine Füße verfingen sich in dem verfilzten und taunassen Gras. Hinter mir hörte ich eine Explosion, und als ich mich im Laufen umwandte, sah ich Flammen über die Zedernhecke schlagen. Ich rutschte aus und verlor dabei mein Funkgerät aus dem Brusthalfter. Da ich es nicht gleich fand, lief ich weiter, sprang über den Zaun auf die Straße und rannte zu der Scheune, wo wir unsere Wagen geparkt hatten.

Die Scheunentore flogen auf. Ein kastanienbrauner 1969er Pontiac GTO mit Faltdach schoss mit quietschenden Reifen heraus, schleuderte knapp an der Motorhaube von Champions Streifenwagen vorbei und raste mit qualmenden Reifen auf mich zu. Ich feuerte meine Pistole ab und rette mich dann in das Gestrüpp des Straßengrabens. Wieder war die Luft von Bigg Jas Musik erfüllt, diesmal dröhnte sie aus der 150-Watt-Stereoanlage seines Autos. Er hielt direkt auf mich zu und sang lauthals im Playback zu seiner eigenen CD. In der linken Hand hielt er eine Uzi. Eine Garbe fuhr in die Böschung direkt über meinem Kopf. Bigg Ja brach in wieherndes Lachen aus.

Ich sprang auf und lief zu meinem Wagen, warf den Motor der alten Corvette an, ließ die Kupplung kommen und schlitterte auf die Straße. Ich konnte Bigg Jas Rücklichter gerade noch hinter einer Kurve verschwinden sehen. Ich gab Gas. Die 427er heulte auf. Die Kraft des Motors schoss in die Hinterachse, und in null Komma nichts fegte das Gefährt mit 120 Stundenkilometern durch den weiten Bogen, der aus dem Canyon hinausführt.

Die Straße war mit Schlaglöchern und Geröll übersät. Die Corvette brach seitlich aus, ich hatte alle Mühe, sie auf der Piste zu halten. In der Ferne sah ich mit Blaulicht die Unterstützung heranbrausen, die Freddie angefordert hatte.

42

Bigg Ja Moustapha war vielleicht nicht gerade der Rapper mit dem beeindruckendsten Mundwerk, aber er hatte einen guten Geschmack, was Autos betraf, und fahren konnte er auch. Sein Pontiac GTO war ein schnittiger Wagen für die flotte Fahrt auf Landstraßen. Aber Bigg Ja wusste ihn wie einen kurvenverliebten Porsche zu fahren. Der afro-asiatische Hip-Hopper jagte den GTO durch die Haarnadelkurven, dass man jeden Augenblick damit rechnete, ihn wie einst James Dean durch die Leitplanken brechen und an der nächsten Canyonwand zerschellen zu sehen. Aber seine Reifen klebten förmlich am Asphalt, und ich fiel immer weiter zurück, bis wir mit hundertdreißig Sachen südlich von Alpine einen Berg hinabfegten.

Wir brausten an dunklen Wohnwagensiedlungen und verstreut liegenden Häusern mit verwahrlosten Vorgärten vorbei. Hunde schlugen hinter Maschendrahtzäunen an. Ich ärgerte mich wahnsinnig, das Funkgerät verloren zu haben. Niemand wusste, wo ich war oder was ich tat. Das war nicht nur gefährlich, es war auch gegen jede Vorschrift. Aber Bigg Jas Leute hatten versucht, einen Deputy umzubringen. Er hatte einen Taipan auf meinen Schwager losgelassen. Und er hatte vor wenigen Minuten versucht, mir mit einer Uzi die Birne wegzupusten. Da konnte ich ihn nicht einfach davonbrausen lassen.

Bigg Ja lenkte den GTO auf eine breite Landstraße, die in südwestlicher Richtung auf Bonita zulief, einen dicht besiedelten Vorort von San Diego. Mir wurde ganz anders bei der Vorstellung, was ein Bewaffneter im Drogenvollrausch dort anrichten konnte. Ich schaltete in den dritten Gang zurück und gab Gas. Der Drehzahlmesser schnellte in den roten Bereich, aber der Abstand zwischen uns verringerte sich von Sekunde zu Sekunde. Erst als ich bis auf etwa hundert Meter herangekommen war, schaltete ich wieder in den vierten.

Links und rechts tauchten nun beleuchtete Fenster auf. Ein langsamer Lieferwagen vor uns ermöglichte es mir, die Lücke bis auf vierzig Meter zu schließen. Ich schaltete das Fernlicht ein und setzte ein Blaulicht aufs Dach.

Bigg Ja sah unruhig in den Rückspiegel. Er legte seine Uzi über die Schulter und ließ eine Salve los, die drei Löcher ins Dach meines Babys schlug. Ich riss das Steuer herum und verlangsamte das Tempo. »Jetzt hast du einen Fehler gemacht!«, rief ich.

Bigg Ja feuerte mit seiner Maschinenpistole über die Windschutzscheibe hinweg. Der Lieferwagen rutschte mit zerfetzten Reifen in die Leitplanke. Der Rapper hielt mit seinem GTO voll auf den Gegenverkehr zu und gab Gas. Ein silberner Jeep Cherokee machte einen Schlenker, um eine Frontalkollision zu vermeiden, und verschwand über die Böschung in der Dunkelheit.

Vor uns tauchte eine Kreuzung auf, die Ampel stand auf Rot. Bigg Ja raste ungerührt darüber hinweg, ich hinterher. Der Lieferwagen einer Klempnerfirma auf der ostwärts führenden Spur kam ins Schlingern, drehte sich um die eigene Achse und knallte gegen einen Lichtmast. Ein grüner Chevy Pick-up zog herüber, verfehlte Bigg Jas GTO nur knapp und trat dann unmittelbar vor mir auf die Bremse. Ich ging in die Eisen und klammerte mich ans Steuerrad. Meine Scheinwerfer strahlten direkt in die Fahrerkabine des Pick-ups. Drei aufgebretzelte Mädels rissen ihre Münder sperrangelweit auf, als mein linker Kotflügel den ihren rammte.

Ihr schrilles Kreischen mischte sich mit dem Geräusch von zermalmtem Fiberglas, und das grüne Monster drehte sich einmal um die eigene Achse. Ich kurbelte wie wild am

Lenkrad und sah gerade noch, wie Bigg Jas GTO Richtung Freeway 94 abbog. Er war geradewegs auf dem Weg ins Zentrum von San Diego.

Als ich den Freeway erreichte, hustete es ungesund im Motorraum des Monsters. Der rechte Scheinwerfer war hinüber. Trotzdem drückte ich das Gaspedal bis zum Boden durch. Der Drehzahlmesser schwankte beim Heraufschalten hektisch hin und her. Bigg Ja wedelte wie ein lebensmüder Skifahrer mit über hundertfünfzig Sachen durch den Verkehr. Das Lenkrad der Corvette vibrierte wahnsinnig in meiner Hand.

Das Handy auf dem Beifahrersitz klingelte. Vor Schreck verlor ich beinahe die Kontrolle über den Wagen. Ich hatte es komplett vergessen. Nun betete ich, dass es Freddy war und ich ihr meine Position durchgeben konnte.

»Sarge!«, brüllte Missy.

»Missy, ruf die Einsatzleitung!«, rief ich zurück. »Ich fahre auf der 94er Richtung Westen ins Zentrum, ich verfolge Bigg Ja mit hohem Tempo. Rikko ist von einer Schlange gebissen worden. Ein Deputy ist angeschossen worden. Bigg Ja hat mit einer Uzi in der Gegend rumgeballert.«

»Wir haben hier auch einige Probleme!«, gab sie zurück. »Wight und Lera stehen am Zaun bei Foster. Sie haben drinnen einen Mann schreien hören.«

»Wann war das?«

»Gerade eben! Was sollen wir tun? Wir sind außerhalb unseres Zuständigkeitsbereichs.«

»Zum Teufel mit dem Zuständigkeitsbereich! Da drin treibt's vielleicht gerade einer mit einer Klapperschlange. Geht rein! Schnappt ihn! Und die Blonde gleich mit!«

Ich knallte in ein Schlagloch. Das Auto kam ins Schlingern. Ich warf das Handy hin, fasste mit beiden Händen ins Steuerrad und ging vom Gas, bis ich den Wagen wieder unter Kontrolle hatte. Die vier Fahrspuren verengten sich auf zwei. Als wir uns dem Zentrum näherten, ging Bigg Ja auf 140 herunter und versuchte, auf die Ringstraße zu entkommen, die Richtung Norden zur Interstate 5 führt.

»Macht schon, macht schon, zeigt euch!«, stieß ich hervor. Ich wünschte sehnlichst die Blinklichter einer Straßenblockade am Ende der Auffahrt zur Schnellstraße zu sehen. Aber die Streifenwagen waren Missys Aufforderung noch nicht nachgekommen. Ich warf einen Blick auf das Handy, das auf dem Boden vor dem Beifahrersitz gelandet war, und fluchte. Bei diesem Tempo ließ ich es lieber bleiben, danach zu greifen.

Plötzlich kam Scheinwerferlicht von oben, das suchend hin und her fuhr. Es fegte über den GTO und die Corvette hinweg. Bigg Ja wechselte von der äußersten linken auf die äußerste rechte Fahrspur und hielt auf eine im Bogen verlaufende Ausfahrt zu, die sich auf Stelzen zwanzig Stockwerke hoch erhob – der Anfang der Schnellstraße, die westwärts zum Pazifik läuft.

»Jetzt wird's langsam eng für dich, Junge«, murmelte ich wild entschlossen. »Es ist nur noch eine Frage der Zeit, wir kriegen dich.«

Bigg Ja ging nicht vom Gas, als er in die kurvige Auffahrt einbog. Der GTO schlitterte an der Betonwand entlang wie ein Bob im Eiskanal. Funken sprühten. Sein rechter Außenspiegel flog mir entgegen. Von seinen Reifen stieg Qualm auf. Schließlich schaffte er es, von der Wand loszukommen. Auf dem abschüssigen Stück Richtung Ozean drehte er erneut auf.

Salzgeruch wehte zum Fenster herein. Schwaden von Küstennebel zogen über die feuchte Straße. Der Scheinwerfer war wieder da, begleitet vom pulsierenden Brummen eines Hubschraubers und der dröhnenden Stimme aus einem Lautsprecher: »Die Fahrer des Pontiac GTO und der grünen Corvette, hier spricht die Polizei von San Diego. Halten Sie an, stellen Sie den Motor ab, und legen Sie die Hände aufs Steuerrad!«

Die Schnellstraße endete an einer roten Ampel. Bigg Ja ließ sich davon nicht aufhalten und bog nach links auf den Sunset Cliff's Boulevard, der Richtung Süden nach Ocean Beach, einem superschicken Stadtviertel, führt.

Bevor sie die Häuser erreicht, führt die Schnellstraße an Robb Field vorbei, einem Freizeitpark mit Baseballfeldern und Tennisplätzen. Im Licht des Scheinwerferkegels lenkte Bigg Ja den GTO über eine Rollstuhlfahrerrampe auf den Bürgersteig. Er hatte dabei immer noch fünfundsiebzig Sachen drauf. Der Sportwagen flog zwanzig Meter durch die Luft und wühlte dann im Zickzackkurs den Rasen auf. Er schlitterte seitlich knapp an einem Baum vorbei und hielt wieder auf die Fahrbahn zu. Plötzlich kam er zwischen zwei parkenden Autos wieder vor mir auf die Straße geschossen.

Bigg Jas Dreadlocks wiegten sich im Rhythmus seiner dröhnenden Musik. Für ihn war das alles nur ein Spaß im Drogenrausch, nicht mehr als ein Computerspiel auf seiner Ein-Mann-Gangsterparty.

Der Möchtegern-Hip-Hopper lenkte den GTO auf den West Point Loma Boulevard, eine enge, dicht mit Autos zugeparkte Straße, gesäumt von weißen Bungalows und Palmen. Als er links in die Abbott Street bog und auf das Einkaufszentrum von Ocean Beach zusteuerte, war der Hubschrauber wieder da und leuchtete Bigg Jas offenen Wagen mit gleißendem Licht aus.

Er hob seine Uzi, zielte nach dem Suchscheinwerfer, schüttelte seine Dreadlocks und drückte singend ab. *Bumm!* Der Suchscheinwerfer erlosch, und der Hubschrauber drehte mit stotterndem Motor ab. Bigg Ja reckte die Uzi à la Saddam Hussein in die Luft und feuerte eine Freudensalve ab. Im Süden tauchten die Lichter des Ocean Beach Pier auf, des längsten an der ganzen Westküste. Links und rechts auf dem Bürgersteig und am Strand gingen Abendspaziergänger in Deckung.

Die Jagd ging weiter Richtung Newport Street, der Hauptstraße von Ocean Beach, einer Ansammlung von Bars, Restaurants, Surfershops und Läden, die jegliche Art von Zubehör zum Drogenkonsum feilboten. An der Einmündung zur Newport Street befindet sich ein Parkplatz, direkt unterhalb des Piers. Seit ein paar Jahren ist dort ein Polizeiwagen postiert, der die Dealer abschrecken soll. Ich hoffte inständig, dass er auch jetzt auf dem Posten war.

Es war fast Mitternacht, aber in der Newport Street waren sicherlich immer noch viele Wochenendurlauber, und ich wollte unbedingt verhindern, dass Bigg Ja da durchbrauste. Daher hielt ich meine Pistole aus dem Seitenfenster und versuchte, mit der linken Hand zu zielen. Aber es waren zu viele Leute unterwegs.

Ein Streifenpolizist kam vom Parkplatz gelaufen und stellte sich Bigg Ja mit gezogener Pistole in den Weg. Der bremste, um die scharfe Linkskurve in die Newport Street zu kriegen. Der Polizist schoss, und Bigg Jas Windschutzscheibe ging zu Bruch, was ihn aber nicht aufhielt. Ich schaltete herunter und knirschte mit den Zähnen beim Gedanken, was ich nun tun musste – ich gab Gas und rammte den GTO schräg von hinten.

Wir schleuderten ein Stück Seite an Seite, bevor wir voneinander loskamen. Bigg Ja gelang es, die Kontrolle über seinen GTO wiederzugewinnen. Er ließ eine weitere Salve aus seiner Uzi auf mich ab, bevor er bei einem Fischrestaurant in eine Seitenstraße abbog.

Nun raste er die Straße hinunter, direkt auf den Pier zu. Seine Reifen drehten quietschend durch, bevor sie auf der nassen Betonpiste Halt fanden und er den Damm entlangschlingerte. Angler warfen ihre Ruten weg und sprangen ins Wasser.

Bigg Ja gelang es noch einmal, den Wagen geradeaus zu richten, dann hielt er mit Vollgas auf das Ende des Kais zu, das sich nach links und rechts in zwei Arme verzweigt. An dieser Stelle steht eine Holzhütte. Auf die raste der GTO nun mit Vollgas zu. Wie eine Fahne schwenkte der Rapper seine Uzi über dem Kopf. Im letzten Moment riss er das Steuer herum, sauste links an der Hütte vorbei und brach mit sechzig Sachen durch das Holzgeländer.

Ich kam gerade noch vor der klaffenden Lücke im Geländer zum Stehen. Meine Frontachse war gebrochen, und mein geliebter 67er gab qualmend seinen Geist auf.

Bigg Jas Kabrio flog sechzig Meter weit, bevor sich die Haube nach unten neigte und der Hip-Hopper herausgeschleudert wurde. Seine Beine wirbelten in der Luft, seine Arme ruderten gegen eine unsichtbare Strömung an. Zum letzten Mal schoss eine Feuergarbe aus seiner Uzi.

Dann sah ich nichts mehr, sondern hörte ihn nur noch einmal gellend auflachen. Der Wagen verschwand im Wasser, die Musik verstummte.

43

»Oh Mann, war ich gut, Mann, war ich nicht gut?«, krächzte Bigg Ja.

Bis auf die Knochen durchnässt wand und krümmte er sich auf der Trage eines Krankenwagens, der auf dem Parkplatz am Pier stand. Sieben Streifenwagen und zwei weitere Krankenwagen standen noch direkt auf dem Pier. Ein Abschleppwagen hatte die Reste des grünen Monsters am Haken. Rettungsschwimmer kurvten auf Schlauchbooten herum.

Die Rettungssanitäter hatten Bigg Ja mit Gurten an der Trage festgeschnallt. Seine Arme zeigten schwarze Flecken – dort hatte er sich Schlangengift unter die Haut gespritzt. Er versuchte sich loszureißen, seine Dreadlocks flogen hin und her. Die Sanitäter setzten ihm eine Spritze in den Arm, die ihn mit noch mehr Chemie möglichst schonend aus seinem Drogenrausch herausholen sollte. Seine Augen standen weit offen und rollten hin und her. Als die Wirkung der Beruhigungsmittel einsetzte, wurde sein Blick etwas fester und blieb an mir hängen. »Setzt mich aber nicht auf kalten Entzug, ja?«, sagte er.

»Mr Moustapha, Sie wissen, dass Sie das Recht haben zu schweigen?«, antwortete ich. »Und dass Sie das Recht haben, nur in Gegenwart eines Anwalts zu sprechen?«

»Ich hab schon so 'nen Rechtsverdreher. Mann, war ich nicht gut? Kennst du diesen alten Film über Jamaika, *The Harder They Come*? Wo der gute alte Jimmy Cliff herumballert, mit solchen Pistolen mit Perlmuttgriff?«

Er legte den Kopf zurück und begann zu singen. »*Cause as sure as the sun will shine, I'm gonna get my share what's mine, oh yeah, the harder they come the harder they fall one and all.*«

Am liebsten hätte ich dem Kerl eine Luftinjektion verpasst und ihn von seiner elenden Existenz erlöst. Aber ich sagte nur: »Du hast es geschafft, Bigg Ja. Wenn das hier bekannt wird, bist du von morgens bis abends auf MTV. Sie werden dich den ›Killer‹ nennen.«

Er grinste und ließ dabei einen Goldzahn blitzen. »Klar, Bigg Ja, der Killer-Rapper.«

»Genau«, antwortete ich. »Bigg Ja, der Killer-Rapper. Aber soll ich dir mal sagen, was daran wirklich cool ist? Dass es nicht bloß eine Masche ist. Bigg Ja tut nicht bloß groß, so wie Snoop Dogg oder Puff Daddy. Bigg Ja ist ein waschechter Killer, ein richtiger Mörder, stimmt's?«

Bigg Ja nickte unbekümmert. Mit halb geschlossenen Augen genoss er die Vorstellung. Da setzte mit einem Mal die Wirkung der Spritze ein, die ihm die Sanitäter verpasst hatten. Er stemmte sich gegen die Gurte. Seine feucht glänzenden Augen erinnerten mich an den Taipan. »Worauf willst du hinaus, Mann?«

»Na, darauf, dass du zur Legende wirst.«

»Hör mal, Mann, ich bin vielleicht ein bisschen aufgepulvert, aber ich erinnere mich an alles, was heute Abend passiert ist. Wir sind angegriffen worden, von einem Fremden.«

»Wir haben uns als Polizisten zu erkennen gegeben.«

»Sonst noch was«, antwortete Bigg Ja und schüttelte seine Dreadlocks. »Ein großer Schwarzer ist mit einer Knarre durch die Tür gesprungen. Ich kann nichts dafür, wenn mein Leibwächter nervös wird und die Uniform nicht sieht. Das war reine Notwehr. Legitime Selbstverteidigung. Und dann habe ich eine kleine Spritztour die Küste runter gemacht. Bisschen rumgeballert? Kann schon sein. Zu schnell gefahren? Sowieso. Aber um die Ecke gebracht hat Bigg Ja niemanden.«

Ich packte ihn wütend am Kragen. »Mein Partner liegt auf der Intensivstation, weil ihn ein Taipan gebissen hat, du Erbsenhirn. Er wird vielleicht draufgehen.«

»Die Schlange ist für sich selbst verantwortlich«, antwortete Bigg Ja. »Da kann ich doch nichts für.«

»Ich habe gerade einen Anruf bekommen: Wir haben eine Klapperschlange in eurer Scheune gefunden«, sagte ich. »Und eine Mamba.«

»Na und? Ich hab eben 'ne Schwäche für scharfe Schlangen. Ist doch kein Verbrechen.«

»Hör mal gut zu, Bigg Ja. Es wird sich bald herumgesprochen haben, dass du diese beiden Weißen mit der Klapperschlange getötet hast. Fühlt sich gut an, so gefesselt zu sein wie Cook und Haines, oder? Du hasst Männer, die an Sex mit anderen Männern auch nur denken. Du singst darüber. Wie war das nochmal? ›Wir schmeißen ihn weg und schicken die Gören, ab nach Sodom, wo sie hingehören, die vielen Tunten, da wird einem bange, ab ins Loch als Futter für meine Schlange.‹«

Er verzog das Gesicht. »Aber doch bloß im Song! Das ist freie Meinungsäußerung!«

»Du bist im Besitz der Waffen, die bei diesen Morden verwendet wurden«, bluffte ich. »Wir lassen gerade eine DNA-Analyse der Klapperschlange und der Mamba machen. Und dann haben wir dich, Bigg Ja. Deinen nächsten Trip wirst du in der Gaskammer von San Quentin erleben. Dafür sorge ich. Hast du verstanden, du Erbsenhirn? In die Gaskammer bringe ich dich.«

Bigg Ja blieb der Mund offen stehen. Offenbar versuchte er zu begreifen, was ich ihm da sagte. Er schüttelte heftig den Kopf. »Diesen Mist kannst du mir nicht anhängen! Ich habe nie im Leben eine Schlange auf jemanden losgelassen.«

»Ich werde die Richter schon davon überzeugen.«

»Nein, Sergeant, das werden Sie nicht«, hörte ich Helen Adler, die an der Hecktür des Krankenwagens stand. Sie trug eine Polizei-Windjacke und eine Baseballkappe. Ihre Miene war wie versteinert. Ich hatte keine Ahnung, wie lange sie uns schon zuhörte.

»Helen ...«, setzte ich an, verstummte aber, als ich den Arsch mit Ohren sah.

»Steigen Sie bitte aus, Sergeant«, befahl sie. »Lieutenant Fraiser, nehmen Sie bitte Mr Moustaphas Aussage zu Protokoll?«

»Gerne, Chief«, antwortete Fraiser. Er kletterte in den Wagen und sah mich selbstgefällig an. »Da haben Sie sich ja schneller reingeritten, als ich dachte.«

Ich ließ ihn links liegen und stieg aus. »Was ist los, Chief?«

»Gehen wir ein Stück«, sagte Helen Adler kühl und lenkte ihre Schritte Richtung Meer. Es war halb zwei Uhr morgens. Die Ebbe hatte eingesetzt. Wolken fegten über den Halbmond hinweg. Am Strand angekommen, blieb Helen stehen, streckte ihre Hand aus und sagte: »Pistole und Dienstmarke, Sergeant.«

»Wie bitte?«

»Du bist ohne Gehalt vom Dienst suspendiert«, sagte sie. »Du kriegst natürlich eine Anhörung. Ganz zu schweigen von der internen Untersuchung.«

»Anhörung? Suspendierung? Untersuchung? Weswegen denn?«

»Weswegen?«, erwiderte sie zornig. »Ich weiß gar nicht, wo ich da anfangen soll. Vielleicht, weil du ein Drogenlabor hast hochgehen lassen, ohne die erforderliche Unterstützung anzufordern ...«

»Weil ...«

»Halt den Mund! Jetzt rede ich!«, schrie sie. »Ein Deputy ist verwundet. Ein Immigrant aus Samoa tot. Eine Ranch niedergebrannt. Einer meiner Detectives liegt mit einem Schlangenbiss im Koma. Du hast dein Funkgerät verloren und dir unüberlegt eine Verfolgungsjagd geliefert, und zwar quer durch fünf – ich wiederhole fünf – lokale und regionale Zuständigkeitsbezirke. Ein Mann wurde verletzt, als sein Jeep von der Fahrbahn abkam. Ein Polizeihubschrauber wurde durch Schüsse getroffen und konnte gerade noch landen. Zwei ältere Angler haben sich jeweils ein Bein gebrochen, als sie vom Pier sprangen. Und wenn wir schon dabei sind: Das war keine Diamant-Klapperschlange da draußen bei Bigg Ja, sondern irgendeine Arizona-Untergattung. Er ist nicht unser Mann.«

»Helen...«

»Ich bin noch nicht fertig! Vier Leute deines Teams haben ohne Durchsuchungsbefehl und außerhalb ihres Zuständigkeitsbereichs das Haus eines der angesehensten Bürger dieser Stadt gestürmt.«

»Er ist in Begleitung eines Paars nach Hause gegangen«, erwiderte ich. »Wir gehen davon aus, dass der Mörder eine Frau als Lockvogel benutzt. Dann hat jemand geschrien. Ich habe mich zum Handeln entschlossen, weil Menschenleben in Gefahr waren.«

»Du hast Erwachsene beim Intimverkehr gestört, der mit ihrem Einverständnis von Foster gefilmt wurde«, sagte sie. »Weißt du, wer da geschrien hat – vor Lust, wenn ich das hinzufügen darf?«

Mir rutschte das Herz in die Hose. Ich schüttelte den Kopf.

»Marvin Sand«, sagte sie. »Der Vorsitzende des Kulturausschusses im Stadtrat, der älteste Neffe des Bürgermeisters, Rechtsanwalt von Beruf. Und rate mal, wer die Frau war, die ihn geritten hat? Anita James, seine langjährige Freundin, eine politisch engagierte Künstlerin. Und obendrein hatte Foster interessante Sachen zu erzählen, Sergeant. Wie es scheint, hast du ein Auge auf die stellvertretende Leiterin des herpetologischen Instituts geworfen. Und anscheinend hat sie was gegen Foster, sie hält sich für klüger als er, und sie versucht ihm am Zeug zu flicken, seit er aus Australien rübergekommen ist. Nach Fosters Darstellung hat sie mit dir darüber geredet.«

»Janice Hood hatte keine Ahnung, dass wir Foster wegen

dieser Morde im Visier haben!«, rief ich. »Ich habe ihr sogar das Gegenteil erzählt. Foster hat eine einschlägige Vorgeschichte, was sexuelle Gewalt angeht, und wir haben einen Zeugen, der Haines drei Tage vor seinem Tod zusammen mit Mr Kaltblütig gesehen hat.«

»Wir haben Foster über Haines befragt!«, gab Adler zurück. »Er hat ihn einmal in Coyote getroffen. Sie sprachen über Korallenschlangen. Der Typ wurde lästig, ist ihm nachgelaufen, hat ihn mehrfach in seinem Büro angerufen, tauchte überall auf, wo Foster war, zum Beispiel auch auf dieser Sponsorenveranstaltung, wollte dauernd mit ihm über Giftschlangen reden. Bei dem Streit in der Toilette ging es darum, dass Foster ihm mit einer Anzeige gedroht hat, falls er ihn nicht in Ruhe lässt.«

»Na also. Ein Motiv mehr.«

»Kaum ausreichend, um ein felsenfestes Alibi zu erschüttern. Der Neffe des Bürgermeisters bestätigt Fosters Geschichte. Haines hat in seiner Gegenwart im letzten Monat zigmal Foster in seinem Büro und zu Hause angerufen. Sand und seine Freundin sagen aus, sie hätten Foster von dieser Sponsorenveranstaltung mitgenommen und den Abend dann bei ihr verbracht. Sie drohen damit, Anzeige wegen Verletzung der Privatsphäre zu erstatten. Foster außerdem wegen Hausfriedensbruch.«

»Das alles ist kein Grund, mir die Marke oder den Fall wegzunehmen«, erwiderte ich. »Das war ein legitimer Einsatz. Meine Detectives haben mich darüber informiert, dass Gefahr im Verzug war, und ich habe unter Abwägung der Umstände eine Entscheidung getroffen.«

Helen Adler warf mir einen bösen Blick zu. »Die falsche Entscheidung, Shay, verstehst du es immer noch nicht? Der Neffe des Bürgermeisters und also auch der Bürgermeister sind nicht sehr amüsiert. Dasselbe gilt für den Zoo. Eine prominente Persönlichkeit fühlt sich in ihrem Privatleben belästigt. Kapier's endlich!«

Ich schaute über den Strand. Wind blies mir ins Gesicht und wurde von Minute zu Minute beißender. »Oh doch, ich kapiere. Hier geht es um etwas ganz anderes. Um dich, Helen, und den Posten des Polizeichefs, und was du tun musst, um ihn zu ergattern. Unsere Vergangenheit zählt da wohl nicht mehr?«

»Nein, die zählt hier nicht«, gab sie zurück. »Und dass du dir einen Sonderbonus ausrechnest, nur weil wir mal miteinander gebumst haben, fördert auch nicht gerade meine Wertschätzung deiner Person. Aber deine Schwester meinte, du hättest zurzeit Probleme. Flashbacks an die Ermordung deines Vaters oder so etwas. Nur deshalb bin ich so nachsichtig und lasse dich mit sechs Wochen Suspendierung davonkommen.«

»Sechs Wochen! Helen, das kannst du nicht machen. Ich muss an diesem Fall weiterarbeiten.«

»Der Bürgermeister wollte dich kurzerhand rausschmeißen. Ich habe mich für dich eingesetzt, Shay.«

»So kann man das auch ausdrücken. Du hast mich ans Messer geliefert, um deinen Aufstieg nicht zu gefährden.«

Adlers Schultern bebten vor Zorn. »Dienstmarke und Pistole, Sergeant«, sagte sie. »Und dann zieh Leine. Das ist ab jetzt der Fall von Lieutenant Fraiser.«

44

Einmal etwas Besonderes erleben, dachte der nackte Mann, der sterbend auf dem Bett lag. Mehr wollte ich gar nicht, und nun dies. Erst war es eine Stimme, nun zwei. Die zweite klang verächtlich, herablassend.

Und die Schlange. Dieses verdammte Vieh! Wie war die denn ins Spiel gekommen?

Der nackte Mann wehrte sich schon lange nicht mehr gegen seine Fesseln. Nur noch sekundenweise flackerte sein Bewusstsein in ihm auf und brachte Erinnerungen, die das Gift noch nicht ausgelöscht hatte. Überdeutlich sah er das Gesicht seiner Tochter vor sich. Er wusste, er würde sie nie mehr sehen. So vieles hatte er ihr noch über die Geheimnisse der Männer erzählen wollen. Warum sie taten, was sie taten. Warum sie sagten, was sie sagten. Die Weisheit seines Geschlechts.

Am Ende, dachte er mit bitterer Ironie, dreht sich alles doch nur um den Schwanz. Bei seiner Scheidung, einer hässlichen Geschichte, hatte seine Frau es ihm prophezeit: Der wird dich nochmal das Leben kosten. Er hatte sich so bemüht, treu zu sein, aber als er auf die vierzig zuging, hatte ihn das unbezähmbare Bedürfnis überkommen, noch ein paar Abenteuer zu erleben.

Ein Freund hatte ihm gesagt, das sei ein ganz normaler biologischer Vorgang: Die Hormone würden bewirken, dass ein Mann in mittleren Jahren, der sich mit dem Alter konfrontiert sieht, ein letztes Mal versucht, seine Gene weiterzugeben. Und so war es gekommen, dass er angefangen hatte, all den Frauen mit den aufreizenden Hintern nachzulaufen.

Und was hatte ihm das gebracht?, fragte er sich nun bitter. Seine Ehe war in die Brüche gegangen, seine Tochter wollte nichts mehr von ihm wissen, viele alte Freunde ebenfalls nicht. Dabei hatte er es noch nicht einmal geschafft, seine Gene weiterzugeben: Sämtliche Frauen, mit denen er in den letzten zwei Jahren gebumst hatte, hatten auf einem Kondom bestanden.

Und nun das, dachte er. Einen solchen Tod habe ich nicht verdient.

Der Todeskampf setzte ein. Er kroch durch seinen Arm und seine Hoden und ließ keinen Raum mehr für Gedanken. Wie ein Buschfeuer breitete sich das Gift in seinem Körper aus, es loderte in sämtlichen Zellen, überschwemmte seine Lungen mit grünem Rauch, raubte ihm jede Hoffnung auf Erlösung.

Da war wieder die Stimme. Wo war sie gewesen? Wie lange hatte er sie nicht mehr gehört? Sie schürte das Feuer noch an, sie verhöhnte ihn, verspottete seine Lust.

»In meinem Namen«, sprach die Stimme, »in meinem Namen werden sie Dämonen austreiben.«

45

Das Gift, das durch die Kanäle in den Zähnen eines australischen Taipan schießt, wirkt im Blut und Nervensystem des Opfers wie ein flüssiges Feuerwerk und führt einen langsamen, elenden Tod herbei. Das Gift der schwarzen Mamba und der Königskobra, an Gefährlichkeit dem des Taipans vergleichbar, enthält eine schnell wirkende Komponente, die ihre Opfer schlagartig lähmt und ihnen jedes Zeitgefühl nimmt. Ganz anders beim Taipan. Sein Gift entfaltet eine komplizierte Wirkung, es versetzt das Opfer in eine Zeitlupenwelt endloser Qualen.

Freddie hatte medizinische Hilfe für Rikko und Champion angefordert und die beiden ein gutes Stück vom Haus weggeschafft, bevor es ganz in Flammen aufging. Der Rettungshubschrauber traf nach acht Minuten ein. Über Funk hatte Freddie unterdessen von den Ärzten Anweisung bekommen, als Erste-Hilfe-Maßnahme die Stelle um den Biss mit einem Gürtel abzuschnüren. Aber bis Freddie die Aderpresse am Oberschenkel meines Schwagers angelegt hatte, waren fast neun kostbare Minuten verstrichen, in denen sich das Gift des Taipans ungehindert in seinem Körper hatte ausbreiten können.

Zehn Minuten nach dem Biss wurde ihm übel. Dann glaubte er plötzlich, etwas im Auge zu haben. Zwei Minuten später klagte er über Sehstörungen. Er fühlte sich wie geblendet. Seine Zunge wurde dick und schwer.

Als der Hubschrauber in Richtung Universitätsklinikum abhob, war Rikko schon fast blind. Das Gift des Taipans griff nun die neuromuskulären Verbindungen an und beeinträchtigte den sensorischen und motorischen Apparat. Der Notarzt im Hubschrauber wusste sehr wohl, dass Rikko dringend Gegengift benötigte. Aber ihm war auch klar, dass ihn das falsche Mittel auf der Stelle töten konnte. Deshalb nahm er Kontakt mit dem Zoo auf und veranlasste die Bereitstellung von Taipan-Gegengift samt Behandlungsplänen im Krankenhaus.

Als der Helikopter endlich landete, befand sich Rikko in einem Zustand der Verwirrung. Halb auf Hebräisch, halb auf Englisch brabbelte er unzusammenhängende Geschichten vor sich hin, die offenbar von schlimmen Erlebnissen im Nahen Osten handelten. Speichel troff ihm vom Mund. Er hatte Schluckbeschwerden, und bevor das Ärzteteam – es wurde ausgerechnet von Walter geleitet – ihm das Gegenmittel spritzte, legten sie ihm wegen des Würgreizes einen Schlauch in die Speiseröhre. Magenkrämpfe schüttelten ihn.

Inzwischen hatte eine Komponente des Giftes Rikkos Muskelgewebe angegriffen. Zerstörte Muskelzellen fanden den Weg in die Blutbahnen. Erst zeigten sich rechtsseitig Lähmungserscheinungen, bald darauf dehnte sich dies auf die linke Körperhälfte aus. Obwohl er nun die erste Spritze des Gegenmittels erhalten hatte, setzte seine Atmung aus, und das Herz meines besten Freundes blieb stehen.

Walter verabreichte ihm ergebnislos drei Elektroschocks. Erst beim vierten Versuch setzte das Herz wieder ein, schwach zwar, aber es schlug. Rikko atmete langsam und schwer.

Einige Minuten später fiel sein Blutdruck auf achtzig zu sechzig, und wieder hing er zwischen Leben und Tod. Walter setzte Rikko noch eine Spritze mit Gegengift, woraufhin er kurzfristig wieder zu Bewusstsein kam.

Rikko erkannte die Stimme meiner Schwester, die gerade gekommen war. Er musste sich übergeben, wobei er so heftig würgte, wie es weder Walter noch die anderen Ärzte je erlebt hatten. Was er erbrach, roch Christinas Worten zufolge wie alter Pferdeurin. Sie glaubte, die letzte Stunde ihres Mannes hätte geschlagen.

Um Mitternacht herum gab Walter Rikko eine dritte Dosis mit Gegengift, und für einen Moment schien es ihm besser zu gehen. Er konnte wieder ein wenig sehen, wenn auch verschwommen. Etwa um ein Uhr ließ die Übelkeit nach. Sein Blutdruck lag nun bei hundertfünfzig zu fünfundsiebzig und blieb auch in der folgenden Stunde stabil. Um zehn vor zwei wurde seine Atmung wieder unregelmäßig. Um zwei Uhr fünfundzwanzig, fünf Minuten bevor ich ins Krankenhaus kam, ordnete Walter künstliche Beatmung an. Rikko verlor zum dritten Mal das Bewusstsein.

»Ich habe solche Angst, dass er es nicht schafft«, sagte Christina, die mir aus der Intensivstation entgegenkam. Sie sah furchtbar aus. Ihre Jacke und ihre Bluse waren nicht richtig geknöpft, und ihr langes rotes Haar, auf das sie stets sehr viel Mühe verwandte, hing ihr strähnig über die Schultern. Ihre ansonsten stets zarte Gesichtshaut wirkte jetzt trocken und spröde. Ich sah sie wieder vor mir, wie sie damals, mit acht Jahren, lautlos schluchzend, beobachtete, wie die Ehrenwache den Sarg unseres Vaters hinaustrug.

»Natürlich schafft er es«, antwortete ich und nahm sie in die Arme. »Rikko ist der zäheste Bursche, den ich kenne. Wer passt auf die Mädchen auf?«

»Mutter ist bei ihnen«, antwortete sie, legte den Kopf an meine Schulter und flüsterte: »Was soll ich bloß tun, wenn …? Was soll aus den Mädchen werden …?«

»Pst«, beschwichtigte ich sie. »Denk gar nicht erst an so etwas.«

Christina stieß mich von sich. »Ich muss aber doch, Shay. Ich kann nichts dafür. Ich sehe ja schon aus wie Mutter. Und das macht mir Angst. Mir ist, als würde ich in dieses schwarze Loch schauen und …«

Sie konnte nicht weitersprechen, suchte nach einem Taschentuch. Ihre Angst verstärkte noch meine Ohnmacht und die Wut, die in mir tobten, seit ich den Parkplatz am Pier verlassen hatte. Mir war danach zumute, mit der Faust die Glastür der Intensivstation zu zertrümmern, einfach nur, um sie zersplittern zu hören.

Doch meine Schwester gehört zu den Menschen, die sich auch in Augenblicken größten Kummers beherrschen können. Sie putzte sich die Nase und sah mich an. »Was ist los?«

»Was los ist? Mein bester Freund und Schwager kämpft mit dem Tod, das ist los.«

»Da ist noch etwas anderes. Mir kannst du nichts vormachen, Shay.«

»Bitte, Chrissy, lass es ausnahmsweise mal sein, dir über die Probleme anderer Gedanken zu machen. Hier geht es jetzt ausschließlich um Rikkos Leben, um sonst nichts.«

Bei diesen Worten begann ihre Unterlippe zu zittern, und sie warf sich mir wieder in die Arme. Die folgenden zwei Stunden saßen wir vor der Intensivstation und versicherten uns gegenseitig, dass unser großer Quatschkopf von Israeli auf keinen Fall das Schicksal unseres Vaters erleiden würde.

Um vier Uhr nachts mühte sich eine Lungenspezialistin ab, in Rikkos Unterarm eine Vene zu finden. Als sie die Nadel herauszog, um neu anzusetzen, floss eine dünne, mit Blut versetzte Flüssigkeit aus der kleinen Stichwunde. Walter sah in Rikkos Mund und sah die gleiche Flüssigkeit aus seinem Zahnfleisch austreten. Plötzlich lief sie auch aus seiner Nase. Als man meinen Schwager umdrehte, zeigten sich rötliche Flecken auf dem Laken.

Walter kam heraus, nickte mir kurz zu und sagte zu Christina: »Den Angriff der Neurotoxine auf sein Atemsystem und die Nieren hat er überstanden, aber das Gift des Taipan wirkt noch immer, trotz des Gegenmittels.«

»Wie ist das möglich?«, fragte ich.

Walter setzte uns in aller Seelenruhe auseinander, dass

eine unbekannte Komponente im Schlangengift einen Gerinnungsprozess in Walters Körper ausgelöst haben musste. Das war während des Rettungsflugs und in der ersten Stunde auf der Intensivstation noch nicht zu registrieren gewesen.

Das Gift hatte den Prozess der Blutgerinnung, der normalerweise den Blutfluss bei Verletzungen unterbinden soll, in Rikkos gesamtem Körper in Gang gesetzt. Sein Blutkreislauf wurde von verklumpten weißen Blutzellen überschwemmt, was die Gefahr einer Thrombose mit sich brachte. Fünfeinhalb Stunden nach dem Biss machte sich ein weiterer heimtückischer Effekt des Schlangengifts an der blutigen Flüssigkeit bemerkbar, die aus Rikkos Körperöffnungen rann: Offenbar war die Gerinnungsfähigkeit seines Blutes nun vollkommen erschöpft.

»Rikko ist nun vom genauen Gegenteil einer Thrombose bedroht«, erklärte Walter. »Aus seinen Kapillargefäßen sickert Blut in seine Körperhöhlen.«

»Wie wird das ausgehen, Walter?« fragte ich. »Rede bitte nicht drum herum.«

»Es besteht die Gefahr einer Hirnblutung«, antwortete er. Christina schluchzte auf.

Ich beobachtete durch die Glasscheibe der Intensivstation, wie Walter und sein Team Rikko einen Beutel Blutplasma nach dem anderen verabreichten. Christina saß neben seinem Bett. Sie sah so verloren und verängstigt aus, dass ich gar nicht merkte, wie Freddie, Missy und Jorge hinter mir auftauchten. Sie hatten die ganze Nacht einer von Helen Adler eingesetzten Untersuchungskommission Rede und Antwort gestanden.

»Wie geht es ihm?«, fragte Freddie.

Ich nahm sie in die Arme und antwortete nur: »Betet mal lieber.«

»Wir haben gehört, was passiert ist, Sarge«, sagte Missy mitfühlend.

»Ziemlich dicke Luft«, sagte Jorge. »Wie's aussieht, hängen wir alle mit drin.«

»Du solltest was unternehmen«, meinte Freddie.

»Das interessiert mich im Moment einen Dreck«, erklärte ich. »Rikko kämpft mit dem Tod. Alles andere ist mir gleichgültig.«

»Leras und Wight sind nicht ganz unschuldig«, meinte Missy. »Sie waren es, die am Zaun standen und den Jungen schreien hörten.«

»Was willst du damit sagen, Missy? Hat er denn nicht geschrien?«

»Doch, geschrien hat er«, antwortete Jorge. »Aber sie haben es falsch interpretiert. Mensch, du hättest Wights Gesicht sehen sollen, als er da reingeplatzt ist, mit gezogener Pistole, darauf gefasst, es mit einer Klapperschlange aufzunehmen. Und was bietet sich ihm stattdessen? Der Neffe des Bürgermeisters pimpert vor dem Kamin die Blonde, und Foster tanzt mit einer Kamera um die beiden herum. Du kennst doch Wight, diesen verklemmten Protestanten, er hat fast einen Herzinfarkt bekommen.«

Ich lachte freudlos, setzte mich auf eine Bank und vergrub den Kopf in den Händen. »Was für ein Fiasko. Was für ein totales Fiasko.«

Freddie setzte sich neben mich. »Das ist nicht deine Schuld, Sarge. Wir stehen hinter dir. Wir reden mit deinem Freund von der Zeitung, diesem Tarentino. Wir gehen an die Öffentlichkeit und sagen, was wirklich hinter deiner Suspendierung steckt.«

»Macht keinen Unsinn«, antwortete ich. »Setzt nicht wegen mir eure Karrieren aufs Spiel.«

»Aber jetzt haben wir einen Monat lang Fraiser vor der Nase«, grummelte Jorge. »Fraiser und einen Serienmörder fangen ... Der Kerl würde selbst in einem Irrenhaus keinen Psychopathen auftreiben.«

Bevor ich etwas darauf erwidern konnte, sah ich meine

Schwester aus der Intensivstation kommen, gefolgt von Walter. Tränen strömten über ihre Wangen. Die Welt kippte aus den Angeln, und mir wurde flau.

Christina sah mir an, was ich dachte. Sie schüttelte den Kopf und griff lächelnd nach meiner Hand. »Die Blutungen haben jetzt aufgehört, Shay. Er verliert zwar immer nochmal das Bewusstsein, aber Walter meint, er wird es schaffen. Das Serum hat schließlich doch die Oberhand behalten.«

Ich stand auf und reichte Walter die Hand. »Danke«, sagte ich. »Er bedeutet uns allen sehr viel.«

»Ich habe nur meinen Job gemacht«, antwortete Walter. »Er ist über den Berg, aber es wird noch ein paar Tage dauern, bis er wieder auf dem Damm ist.«

Um neun Uhr abends ließ uns Walter zu ihm. Kurz zuvor hatte man aufgehört, ihn künstlich zu beatmen. Rikko war grau im Gesicht, er wirkte völlig erschöpft, und seine Augen waren halb eingefallen. Ich musste an den halb ertrunkenen alten Mann denken, den ich vor etlichen Jahren einmal zu Gesicht bekommen hatte. Rikko las uns den Schreck über sein Aussehen wohl von den Gesichtern ab, denn er meinte: »Ihr seht ja aus wie drei Tage Regenwetter! Wisst ihr denn nicht, dass wir auf dieser Welt sind, um es uns gut gehen zu lassen – wie lang spielt keine Rolle?«

»So ist das?«, fragte ich lachend.

»Natürlich«, antwortete er. »Was ist mit Bigg Ja?«

»In Untersuchungshaft. Er ist für eine Weile aus dem Verkehr gezogen, aber unser Mörder ist er wahrscheinlich nicht.«

Ich wollte Rikko nicht aufregen, deshalb sagte ich nichts von meiner Suspendierung. Die anderen schickte ich einfach heim und blieb mit Christina an seinem Bett sitzen. Zorn und Rachegefühle waren einer müden Dankbarkeit gewichen, dass mir mein bester Freund erhalten geblieben war.

Tarentino versuchte es ohne Ende auf meinem Pager, aber ich reagierte nicht darauf. Gegen ein Uhr nachmittags schlief ich auf dem Stuhl neben Rikkos Bett ein. Zwei Stunden später weckte mich das Klingeln meines Handys. Verschlafen meldete ich mich: »Moynihan.«

»Du hast mich angelogen«, hörte ich Janice leise und zornig sagen.

»Janice, ich ...«

»Halt den Mund.«

»Janice, hör mir zu.«

»Nein«, sagte sie. »Ich habe dir gesagt, ich verzeihe alles, bloß nicht, wenn du mich anlügst.«

»Ich habe dich nicht angelogen.«

»Das hast du sehr wohl!«, schrie sie. »Ich habe dich gefragt, ob ihr Nick im Verdacht habt, und du hast nein gesagt. Du hast mir nichts davon gesagt, dass er überwacht wird. Du hast mir nicht gesagt, dass ihr ihn für einen Mörder haltet! Heute Morgen komme ich in Chicago an, fünfundvierzig Minuten vor meinem Vortrag, weil mein Flug ausgefallen war, und da kriege ich einen Anruf von der Polizei, in dem man mir andeutet, ich hätte dich darauf gebracht!«

»Janice, ich habe ihnen deutlich gesagt, dass du nichts davon wusstest. Ich habe ihnen gesagt dass ...«

»Du hast mich angelogen«, wiederholte Janice. »Und jetzt weiß ich nicht einmal, ob ich überhaupt noch einen Job habe, wenn ich nach San Diego zurückkomme. Mein Name wird in den Zeitungen und im Fernsehen durch den Kakao gezogen, man wird mich als rachsüchtiges Miststück hinstellen. Ach, hätte ich dich nie kennen gelernt, Moynihan.«

Und mit diesen Worten legte sie auf.

46

Gegen drei Uhr nachmittags verließ ich das Krankenhaus. In Christinas altem Volvo fuhr ich zu ihrem Haus nach Cardiff-by-the-Sea im Norden. Ich wollte mit meiner Mutter sprechen – mir war zumute wie einem kleinen Jungen, dem auf dem Spielplatz eine Kränkung widerfahren ist und der dringend Trost braucht. Die Tür war nur angelehnt, ich betrat den Bungalow, ohne zu klopfen. Das Spielzeug meiner Nichten lag überall auf dem Teppich verteilt. Ich hörte sie in der Küche schwatzen. Als das Fliegengitter knarrend zufiel, waren sie mit einem Mal still.

»Wer ist das?«, rief meine Mutter aufgeschreckt aus der Küche.

»Ich bin's, Mutter.«

Es dauerte einen Moment, bevor sie antwortete: »Wer ist ›ich‹?« Dann trat sie ins Wohnzimmer. Sie trug eine Leinenhose und eine marineblaue Bluse. Sie musste erst vor kurzem beim Friseur gewesen sein. Auch mit ihren siebenundsechzig Jahren war sie noch eine schöne Frau.

»Dein Sohn.«

»Mein Sohn?«, sagte sie und blinzelte mich über den Esstisch hinweg an. Sie setzte ihre Lesebrille auf, um mich genauer in Augenschein zu nehmen. »Eine gewisse Ähnlichkeit ist nicht zu leugnen.«

»Ich *bin* dein Sohn, Mutter.«

»Tatsächlich? Mein Sohn hat schon so lange nicht mehr angerufen oder sich bei mir blicken lassen, dass ich mir nicht mehr sicher bin, ob ich ihn wiedererkenne.«

»Ich weiß ja nicht mal, ob ich mich selbst wiedererkennen würde, wenn ich in den Spiegel schaue«, antwortete ich und ließ mich auf das Sofa fallen.

»Da hast du's«, meinte sie und hob mahnend den Finger. »Hättest du vor dreißig Jahren auf mich gehört und dein Versprechen gehalten, niemals Polizist zu werden, dann hättest du dieses Problem jetzt nicht. Du würdest deine Mutter öfter sehen, und Rikko würde nicht auf Leben und Tod im Krankenhaus liegen.«

»Die Ärzte sagen, er ist über den Berg.«

»Christina hat mir erzählt, du bist vom Dienst suspendiert.«

Ich nickte und warf den Kopf zurück. »Das ist eine irre Geschichte, einiges ist schief gelaufen. Ich blick selbst nicht mehr durch, Ma. Ich weiß einfach nicht mehr weiter.«

Sie antwortete nichts darauf, sondern ging in die Küche zurück. Ich hörte, wie sie den Mädchen sagte, dass mit ihrem Vater alles gut werden würde und sie ihn am nächsten Tag besuchen könnten. Sie schickte sie fernsehen und kam wieder zu mir zurück.

»Tut mir Leid«, sagte sie. »Ich weiß, wie viel dir deine Arbeit ...«

»Fay heiratet wieder, Ma.«

»Auch das hat mir deine Schwester erzählt«, antwortete sie mit schmerzlichem Gesichtsausdruck. »Wann denn?«

»Keine Ahnung. Was spielt das für eine Rolle? Sie hat ihre Entscheidung getroffen.«

Meine Mutter sah mich mit ihren dunkelbraunen Augen an. »Du wirst eine andere finden, Shay.«

»Keine Chance. Es geht immer schief mit mir und den Frauen.«

»Aber mit mir doch nicht.«

»Ja, aber du bist meine Mutter.«

»Schon«, sagte sie. »Aber es ist auch sonst nicht immer schief gegangen mit dir und den Frauen. Mit Fay nicht. Jedenfalls nicht, bevor du angeschossen wurdest.«

Ich stöhnte auf. Daran wurde ich nicht gerne erinnert.

Jimmy war damals drei gewesen, Fay Assistenzärztin. Ich war gerade zum Detective befördert worden und jagte eine Bande von Autoknackern. Die Spur der Wagen, die am Flughafen Lindbergh Field gestohlen worden waren, führte zu einer illegalen Autowerkstatt in einem Lagerhaus in Normal Heights. Unterstützt von einer Spezialeinheit nahmen wir den Laden an einem heißen Julinachmittag hoch.

Wir stürmten gleichzeitig durch die Vorder- und die Hintertür. Ein paar Männer, die mit einem weißen Acura Integra beschäftigt waren, hoben brav die Hände. Doch die Watson-Brüder, die an einem zweiten, roten Integra werkelten, waren nicht so kooperativ. Clete, der ältere, war kein unbeschriebenes Blatt. Bei einer weiteren Verurteilung konnte er nicht mit Nachsicht rechnen. Als er aus einem Seitenfenster sprang, drehte sein jüngerer Bruder Royalton, dessen IQ knapp über schwachsinnig angesiedelt war, durch. Er hatte plötzlich eine Ruger Blackwark .357 Magnum in der Hand und zielte auf den Erstbesten. Auf mich.

Ich hatte Royalton nicht im Blick, da ich meine Pistole auf einen der Männer gerichtet hatte, die an dem weißen Acura arbeiteten. Bevor die Leute von der Spezialeinheit Royalton außer Gefecht gesetzt hatten, war ich schon zweimal getroffen. Die erste Kugel durchschlug meinen linken Oberschenkel und verletzte die Arterie. Der zweite Schuss, Royaltons letzte Tat auf Erden, traf mich im Rücken, als ich zu Boden ging. Die Schussweste rettete mir – wie Champion – das Leben. Aber die Wucht der Kugel so nahe am Rückgrat ließ mich für einen ganzen Tag das Bewusstsein verlieren.

Ich sah meine Mutter an und wusste nicht, was ich sagen sollte. Sie hatte nie Nachsicht für meine Schwächen gezeigt, und ich machte mich auf eine Gardinenpredigt gefasst. Doch stattdessen verzog sie ihr liebenswertes Gesicht, rang die Hände, und Tränen traten ihr in die Augen.

»Je mehr ich darüber nachdenke, desto mehr komme ich zu der Überzeugung, dass ich es bin, die an der ganzen Sache mit Fay schuld ist.«

»Was redest du da?«, erwiderte ich. »Ich weiß besser, wer schuld war, du bestimmt zuallerletzt.«

Sie schüttelte den Kopf. »Ich werde vielleicht langsam alt, aber meine Gedächtnis ist noch tadellos. Es ist mir nicht entgangen, welchen Einfluss meine Anwesenheit auf dich hatte, als du nach der Operation an deinem Bein erwacht bist. Zuerst hast du mich gar nicht wahrgenommen. Du hast die Augen aufgeschlagen und hast nur Fay gesehen, die Jimmy auf dem Arm hatte. Beide sahen völlig verstört aus, vom Kummer ganz überwältigt. Und du hast darauf reagiert wie damals auf der Beerdigung deines Vaters.«

Das Bild von Christina stand mir wieder vor Augen, wie sie verloren den Sargträgern hinterherblickte. Dann sah ich mich selbst als kleinen Jungen, wie im Film. Ich schaute zu meiner Mutter auf, konnte aber ihr Gesicht nicht sehen.

»Das ist nicht wahr ...«, setzte ich an.

»Doch«, beharrte sie. »Du hast mich in Fay gesehen, wie ich damals versuchte, mit dem Tod deines Vaters fertig zu werden. Diese entsetzlichen Tage.« Tränen rannen ihr über das Gesicht. Sie zog ein Taschentuch hervor.

Wieder sah ich das Gesicht meiner Mutter in der Kirche vor mir. Wie verzweifelt sie war, als der Sarg an ihr vorüberzog. Dann hatte ich wieder das Bild von Fay und Jimmy vor Augen.

Ich schüttelte das alles ab. »Ma, sei nicht so streng mit dir. Ich bin für das alles selber verantwortlich.«

»Hör mich zu Ende an!«, rief sie. »Ich habe viel darüber nachgedacht. Tief in deinem Innern konntest du den Gedanken nicht ertragen, dass Fay und Jimmy eines Tages so leiden könnten, wie wir gelitten haben, deshalb hast du unbewusst deine Frau und deinen Sohn von dir gestoßen. Damit sie dir gegenüber gleichgültig werden. Du hast sie auf

Abstand gehalten, damit es ihnen nicht so wehtut, wenn dir im Dienst etwas zustoßen sollte.«

Wie sie dies so unvermittelt vor mir ausbreitete, hatte ich das Gefühl, die Schüsse würden mich noch einmal treffen. »Ich muss los, Ma. Ich habe einiges mitgemacht heute Nacht, ich kann einfach nicht mehr.«

Ich stand auf und ging zur Tür.

»Rikko und Christina haben mir erzählt, dass dir die Erinnerung an den Tod deines Vaters zusetzt. Du bist nie richtig darüber hinweggekommen, Shay. Eigentlich gar nicht. Einmal wirst du dich …«

Hinter mir fiel die Tür ins Schloss.

47

In Cardiff fand ich eine heruntergekommene Kneipe namens Silver John's, die meiner düsteren Stimmung entsprach. Drinnen herrschte Halbdunkel, es war verqualmt, an der Wand klebte ein Poster mit Strandmotiv, und eine Jukebox spielte Hits der achtziger Jahre. Etwa zehn Gestalten saßen an diesem Samstagnachmittag an der Bar. Ich suchte mir einen Fensterplatz mit Blick auf die Straße und trank Stolichnaya mit Soda und Zitrone.

Im Fernseher über der Bar lief Sport. Es wurde über die gerade begonnene Baseball-Saison berichtet. In einem Beitrag ging es um einen jungen Kerl von der Uni von Oklahoma, der es mit gerade einmal einundzwanzig Jahren in die Starting Rotation der Arizona Diamondbacks geschafft hatte.

Als ich den Drink zur Hälfte intus hatte und gerade Bob Seger »We've Got Tonight« sang, machte sich eine nicht ganz frische Bikerbraut namens Sunshine an mich ran. Sie trug nicht viel mehr als ein trägerloses Ledertop. Erst laberte sie mich mit Erzählungen von Bikertreffen in Sturgis, South Dakota zu, dann vertraute sie mir an, dass sie unter ihrer ausgefransten kurzen Jeanshose nichts weiter trug. Bei anderer Gelegenheit wäre ich vielleicht diesem unmissverständlichen Hinweis gefolgt, hätte sie in ein billiges Hotel abgeschleppt und mir meine Seelenqualen mit einem Abenteuer betäubt.

Aber ich musste ständig an das denken, was meine Mutter über Fay und Jimmy und meine Flashbacks gesagt hatte. Sunshine gab es irgendwann auf und zog weiter, um sich jemand anderes aufzureißen. Ich bestellte mir noch einen doppelten Wodka. Am liebsten wollte ich gar nicht darüber nachdenken, dass meine Mutter und meine Schwester Recht haben könnten und alles mit dem Tod meines Vaters zusammenhing. Stattdessen versuchte ich mir einzureden, dass diese lebhaften Erinnerungen nur Teil der gewöhnlichen Midlife-Crisis waren.

Als ich den zweiten Doppelten leerte, dämmerte es mir, dass mein ganzes bisheriges Leben eine einzige Midlife-Crisis gewesen war. Ich hatte Baseball in der Major League gespielt, war Polizist gewesen, fuhr einen Machoschlitten und wohnte auf einem Boot. Und mit meinen Seitensprüngen hatte ich meine Ehe ruiniert. Für meinen Sohn war ich mehr ein mittelprächtiger Freund als eine Leitfigur.

Bei meinem dritten Stoli kam ich zu der Überzeugung, dass die Flashbacks ein Ergebnis von Überarbeitung waren. Mein Kopf war einfach überladen mit all den scheußlichen Sachen, die Menschen einander antun können, und all diese gewalttätigen Bilder verknüpften sich mit dem Bild vom Tod meines Vaters, weil sich tief im Herz eines Zehnjährigen der verzweifelte Wunsch gebildet hatte zu verstehen, warum ausgerechnet sein Vater erschossen und verbrannt worden war, tausend andere Bostoner Polizisten aber nicht. Es war vielleicht was dran an dieser Theorie, aber auch sie traf nicht den Kern der Sache, und so verwarf ich sie bald wieder.

Als ich im Begriff war, den vierten Doppelten zu bestellen, verstand ich plötzlich, was eigentlich dahinter steckte. Es traf mich wie ein Dolchstoß ins Herz, und ich verließ fluchtartig die Kneipe, damit ich nicht wie ein Idiot vor allen Leuten in Tränen ausbrach.

Ich stolperte in den grellen Sonnenschein des Spätnachmittags hinaus. Ich stieg in Christinas Wagen und fuhr auf dem Highway 1 Richtung Süden. Kurz vor dem Naturschutzgebiet von Torrey Pines dämmerte mir, dass ich die Promillegrenze längst überschritten hatte. Dafür eingebuchtet zu werden war das Letzte, was ich jetzt gebrauchen konnte.

Ich hielt an und stieg aus. Das Naturschutzgebiet ist ein ausgedehnter Strandabschnitt zwischen Del Mar und La Jolla. So viel Wildnis findet man nirgends in der Küstenregion des San Diego County. Ich zog Schuhe und Socken aus und lief Richtung Süden den Strand entlang. An der Spitze der Landzunge ließ ich mich zwischen zwei Felsblöcke fallen. Ich lehnte mich mit dem Rücken an den bröckligen Stein und sah zu, wie die Wellen an den Strand rollten. Die Sonne ging langsam unter, tauchte aber immer noch alles in das gleißende Licht einer unerbittlichen Wahrheit.

In einer Woche wurde ich achtunddreißig. So alt war mein Vater bei seinem Tod gewesen. Bis jetzt hatte ich das, was ich erreicht hatte, immer noch an ihm messen können. Doch im Alter von achtunddreißig Jahren und zwei Monaten hatten zwei Schüsse und ein Kanister Benzin für meinen Vater alles beendet. Zurückgeblieben waren lauter unbeantwortete Fragen.

Vor mir lag, riesig und unerforscht, der Ozean des Lebens, und ich fühlte mich genauso gelähmt wie an jenem Tag, als ich meine Mutter weinend am Küchentisch zurückgelassen hatte, um eine Fahrt in einer 67er Corvette zu unternehmen. Die wahre Ursache der Flashbacks war, dass ich keine Ahnung hatte, wie ich damit fertig werden sollte, älter als achtunddreißig Jahre und zwei Monate zu werden. Bis zu meinem Unfall in jenem Spiel der Yankees hatte ich immer das Gefühl gehabt, dass mein Vater unter den Zuschauern war und meine Baseball-Karriere mit seiner Liebe zu diesem Sport lenkte. Er war auch sonst immer an meiner Seite gewesen, bei meiner Polizeiarbeit beispielsweise. Jetzt, wo ich betrunken war, fühlte ich mich verlassen. Mir war, als wandere er den Strand hinunter, während ich mich anschickte, in die raue See zu stechen.

Und mit einem Mal brachen sich die in siebenundzwanzig Jahren aufgestauten Gefühle Bahn, so heftig wie ein Vulkan. Die Eruption kam tief aus meinem Bauch, und ich tat etwas, das ich schon seit der Beerdigung meines Vaters nicht mehr getan hatte: Ich weinte um ihn. Ich weinte um mich. Ich weinte um all die Zeit in meinem Leben, die wir nicht zusammen verbracht hatten. Und ich weinte um all die Zeit im Leben meines Sohnes, die wir nicht miteinander geteilt hatten.

Es wurde schon dunkel, als ich nach Shelter Island zurückkam. Ich stellte Christinas Volvo auf dem Parkplatz ab und trottete den Kai hinunter. Ich hatte nur noch den Wunsch, einen ganzen Tag, oder besser sogar noch länger, tief und fest zu schlafen. Aber gerade als ich die *Nomad's Chant* erreichte, tauchte Brett Tarentino auf. In der einen Hand hielt er einen Notizblock, in der anderen ein Handy, das er gegen sein Ohr presste.

»Gib mir fünfzehn Minuten. Wann ist endgültig Redaktionsschluss für die Frühausgabe am Sonntag?« Er nickte und sagte: »Reservier mir zwei Spalten. Ich fülle sie.«

Als der Schreiberling sein Telefon ausschaltete, bemerkte er meine zerzauste und betrunkene Gestalt. Der Zorn stieg ihm ins Gesicht, und ich machte mich auf einen Wortwechsel gefasst. »Na komm schon, Tarentino«, sagte ich. »Du kannst ruhig auf mich einprügeln, so wie alle anderen.«

»Ich hole die Leute von ihrem hohen Ross, aber ich trete sie nicht, wenn sie im Dreck liegen«, antwortete Tarentino. »Die jüngsten Ereignisse sind weitaus interessanter als deine neuesten Heldentaten. Du bist auf dem Kehrichthaufen der Nachrichten von gestern gelandet. Mehr als eine Randnotiz über die Unfähigkeit der Polizei von San Diego bist du nicht mehr wert. Das soll jemand anderes machen. Ich habe Besseres zu schreiben.«

»Was ist los?«, fragte ich.

»Wie schnell man doch aus dem Rennen ist«, sagte er

und schritt an mir vorbei den Kai hinauf. »Vor ungefähr einer Stunde hat man eine dritte Leiche gefunden, gefesselt und von einer Schlange gebissen, in einem Hotel im Mission Valley.«

48

Mission Valley liegt unweit des Zentrums von San Diego. Das Tal, von vier großen Straßen durchschnitten, ist ein äußerst aktives Geschäftszentrum. Nördlich und südlich der Interstate 8 gibt es so viele Übernachtungsmöglichkeiten für Touristen, die San Diego besuchen wollen, dass die Stadtväter diesem Gebiet den einfallsreichen Namen »Hotel Circle« gegeben haben.

Das Six Palms Lodge im nördlichen Teil des Hotel Circle war einst das größte Kongresszentrum der Stadt. Dann hatte man direkt am Meer ein neues, viel größeres Kongressgebäude errichtet, und das Six Palms musste sich fortan mit weniger glanzvollen – und weniger einträglichen – Konferenzen begnügen. An diesem Wochenende tagte dort beispielsweise der kalifornische Verband der Leichenbestatter, um sich zwei Tage lang über die neuesten Sargmodelle und die Trends beim Leichenschmaus auszutauschen.

Am Abend zuvor hatten die Konferenzteilnehmer ordentlich gebechert, wie es bei solchen Veranstaltungen üblich ist. Die Zimmermädchen, an verkaterte Tagungsteilnehmer gewohnt, dachten sich nichts dabei, dass am Türgriff von Zimmer 1157 bis fünf Uhr nachmittags das »Bitte nicht stören«-Schild hing.

Zimmer 1157 lag in einem etwas abgelegenen Teil des Six Palms Lodge, in einem Anbau jenseits des Pools. John Sprouls, ein neununddreißigjähriger geschiedener Afroamerikaner, Pharmavertreter, der im vorangegangenen Jahr schon öfter im Six Palms gewohnt hatte, war Freitagabend gegen sechs Uhr angekommen und hatte den Wunsch nach einem Zimmer in eben jenem Anbau geäußert. Er glaubte, dort unbehelligt vom Nachtleben der Kongressteilnehmer schlafen zu können. Das erklärte er jedenfalls an der Rezeption.

Samstag um Viertel nach fünf, fünfundvierzig Minuten, bevor die Zimmermädchen Feierabend machten, klopfte man an seine Zimmertür. Da der Gast nicht reagierte, versuchte man es über sein Zimmertelefon. Als auch das keinen Erfolg hatte, öffnete der Zimmerservice die Tür mit einem Generalschlüssel. Sprouls lag nackt und gefesselt auf dem Bett, seine Haut war von Blutblasen übersät. Ein grüner Apfel steckte in seinem Mund.

In meinem Namen werden sie Dämonen austreiben! stand auf dem Spiegel.

Sprouls war in der Nacht von Freitag auf Samstag der einzige Gast auf diesem Flur gewesen. Niemand hatte etwas von ihm gesehen oder gehört, seit er sein Zimmer bezogen hatte. Die Auswertung der Daten seines Mietwagens ergab, dass er vom Flughafen aus fünfunddreißig Kilometer gefahren war, das hieß, er hatte auf dem Weg zum Six Palms Lodge einen Abstecher von ungefähr fünfzehn Kilometern gemacht.

Das Zimmer von Sprouls war nachträglich gesäubert worden, aber nicht mit der gleichen Sorgfalt wie bei Haines. Das deutete darauf hin, dass der Mörder sich beeilt hatte, vielleicht, weil es ihn nervös machte, seine Tat an einem relativ öffentlichen Ort auszuführen. Die Spurensicherung entdeckte Fingerabdrücke auf einem Plastikbecher im Mülleimer des Badezimmers, die nicht von Sprouls stammten. Sechs weitere Fingerabdrücke fanden sich in Sprouls Mietwagen und an verschiedenen Stellen des Hotelzimmers. Auch bei Sprouls war der Genitalbereich mit einem Rohrreiniger geschrubbt worden. In den Laken waren Samenspuren zurückgeblieben, die zur DNA-Analyse geschickt wurden.

Sprouls Organizer verzeichnete mehrere Termine mit Ärzten und Klinikverwaltungen am Montag, jedoch keinerlei Verabredungen für Freitag, Samstag oder Sonntag.

Das Gerät enthielt die Adressen und Telefonnummern besagter Ärzte und Krankenhäuser, aber von niemandem sonst in San Diego.

Die Aussage eines Bestattungsunternehmers aus Sacramento, der das gegenüberliegende Zimmer auf der anderen Seite des Pools hatte, wurde zu Protokoll genommen. Er sagte, er hätte am Abend vorher zu viel getrunken und sei um halb fünf aufgestanden, weil er sich übergeben musste. Er habe eine Dusche genommen und sei anschließend auf die Terrasse gegangen, in der Hoffnung, die frische Nachtluft würde seinen Magen beruhigen. Er sah jemanden auf der anderen Seite des Pools aus dem Gebäude kommen und in Richtung des nördlichen Parkplatzes gehen. Er beschrieb die Person als groß, sie trug einen Knautschhut und einen langen, dunklen Regenmantel. Das fand er merkwürdig, weil keine Wolke am Himmel zu sehen war und das Thermometer knapp fünfzehn Grad zeigte.

Das alles erfuhr ich erst am darauf folgenden Nachmittag.

Natürlich fuhr ich gleich hin und versuchte von außerhalb der Absperrung, Informationen von Missy, Jorge oder Freddie zu bekommen. Als Fraiser mich sah, wies er mich an, das Gelände zu verlassen. Ich weigerte mich zunächst mit der Begründung, ich befände mich auf öffentlichem Grund und Boden und er könne mir den Buckel runterrutschen. Schließlich kam aber Helen Adler dazu und drohte mir weitere Disziplinarmaßnahmen an, wenn ich nicht unverzüglich verschwand. Ich ging nach Hause, trank noch ein paar Stoli und schlief augenblicklich ein.

49

Die *Sunday Daily News* verkündete in ihrer Ausgabe vom 23. April den dritten Mord in großen Lettern. Tarentino hielt an seiner Theorie fest, dass sich der Mörder Schwule und Bisexuelle als Opfer aussuche, die ihre Neigungen im Verborgenen auslebten. Als Zeugin führte er Sprouls Ex an. Allerdings hatte sie während ihrer Beziehung keinerlei Anzeichen von homosexuellen oder bisexuellen Interessen bei ihrem Mann feststellen können. Ihre Ehe war wegen einer Reihe von Seitensprüngen in die Brüche gegangen.

Trotzdem sagte sie zu Tarentino: »Bei John würde mich heute gar nichts mehr überraschen. So wie er sich immer benommen hat … Schwul? Bi? Ja, das könnte eine Erklärung sein.«

Wie Tarentino es angekündigt hatte, wurden meine Suspendierung und mein Ausschluss von den weiteren Untersuchungen nur noch am Rande auf Seite 3 behandelt. Der Artikel ritt vor allem darauf herum, dass der wahre Mörder Sprouls mit einer Schlange zu Tode gefoltert hatte, während ich Bigg Ja verfolgt und meine Detectives auf Foster gehetzt hatte.

In diesem Artikel wurde auch der Name des Mannes genannt, der während der Schießerei erschossen worden war. Es handelte sich um einen Samoaner namens Olo Buntz, dessen Touristenvisum seit vierzehn Monaten abgelaufen war. Rikkos Todeskampf mit dem Schlangengift wurde halbwegs ausführlich im mittleren Teil geschildert. Zu meiner großen Erleichterung wurde meine Bekanntschaft mit Janice Hood nur beiläufig erwähnt.

Ich spülte die Reste meines Wodka-Katers so gut es ging mit Kaffee hinunter und holte Jimmy bei Fay ab.

Er stand schon mit seiner Angelausrüstung am Tor und stieg gleich ein. Unterwegs sprachen wir beide kein Wort. Wir fuhren zu einer der Molen, die in die Mission Bay hinausführen. Wir stellten den Wagen ab, holten unsere Sachen heraus und kletterten über die Felsen weit nach draußen, bis die offene See vor uns lag. Ich machte unsere Ruten zurecht, wir warfen unsere Köder weit hinaus in die unruhige See und steckten die Angeln dann zwischen die Felsen.

Es kam Wind auf, aber nicht genug, um die Worte meines Sohnes zu verwehen: »Mom und Walter heiraten. Ich hatte solche Angst, dich zu verlieren.«

»Ich weiß, Sportsfreund«, antwortete ich und schloss ihn in die Arme. Er weinte.

Der Tagesplan sah vor, gemeinsam an Bord der *Nomad's Chant* etwas zu essen, anschließend sollte ich Jimmy nach Hause bringen, damit er seine Schularbeiten machen konnte. Als wir aber gegen drei Uhr am Nachmittag beim Boot ankamen, beide etwas erleichtert von der Last, die uns das Leben auferlegte, saßen dort Jorge, Missy und Freddie auf dem Deck.

»Fraiser ist ein unfähiger Trottel«, begrüßte mich Missy.

»Und ihr setzt eure Karriere aufs Spiel, wenn ihr hierher kommt«, antwortete ich. »Fraiser und Adler haben sich am Tatort doch deutlich genug ausgedrückt. Ich habe nichts mehr mit dem Fall zu tun.«

Keiner der drei erwiderte etwas. Ihr kollektives Schweigen machte mich neugierig. Ich sagte Jimmy, er solle sich das Baseball-Spiel im Fernsehen anschauen, und ließ mich in einen Deckstuhl fallen. »Was wollt ihr von mir?«

»Lass uns die Spurenlage durchgehen, Sarge«, fing Jorge an. »Vielleicht übersehen wir etwas. Fraiser ist eine Niete in solchen Sachen. Er hat uns überall rumgescheucht, um rauszufinden, ob jemand den Kerl im grünen Regenmantel gesehen hat. Oder ob er irgendwo was liegen gelassen hat. Bei Parkplatzwächtern, Taxifahrern und so weiter.«

Ich hob die Schultern. »Gar nicht so dumm. Wir haben mehr als einmal große Fälle gelöst, weil sich jemand fand, der den Mörder gesehen hatte, oder weil der Mörder am Tatort etwas Belastendes zurückgelassen hat.«

»Aber für Fraiser ist das die einzige Art, auf die er überhaupt jemals einen Fall löst!«, rief Freddie. »Und du selbst hast gesagt: Dieser Mörder macht kaum Fehler. Außer den Opfern hat ihn nie jemand wirklich zu Gesicht bekommen. Er ist äußerst umsichtig und klug. Fraiser verlässt sich einzig auf das Glück. Ich glaube nicht, dass uns das so bald hold sein wird. Wir sollten unsere eigenen Talente bemühen.«

»Meine Talente werden dieser Tage nicht besonders geschätzt, wie euch sicher nicht entgangen ist.«

»Wir fanden das mit Bigg Ja und Foster völlig in Ordnung«, sagte Missy.

»Und die Silvers waren auch nicht schlecht«, fügte Freddie hinzu.

»Du hast bloß ein Formtief«, meinte Jorge. »Bitte, Sarge, lass uns nicht im Stich.«

So wie sie jetzt hatten mich früher meine Trainer angeschaut, wenn sie mich nach etlichen Innings baten, mich noch einmal sechs Battern zu stellen. »Wenn herauskommt, dass ihr mir Insider-Informationen über diesen Fall gegeben habt, könnt ihr eure Polizeikarriere in den Wind schreiben.«

»Ist uns egal«, antwortete Missy. »Wir wollen diesen Kerl kriegen, Boss. Der macht sich ja lustig über uns.«

Ich dachte einen Augenblick nach, nickte dann und sah rüber zu Tarentinos Boot. »Ich will euch hier nicht mehr sehen. Und ihr habt nicht mit mir gesprochen. Verstanden?«

Sie nickten alle drei gleichzeitig und erzählten mir dann

alles, was sie wussten, einschließlich von der Botschaft auf dem Spiegel. »Wieder Apostelgeschichte?«, fragte ich.

»Nein, Markus, Kapitel sechzehn, Verse siebzehn bis achtzehn«, antwortete Jorge und reichte mir ein Blatt.

Und durch die, die zum Glauben gekommen sind, werden folgende Zeichen geschehen: In meinem Namen werden sie Dämonen austreiben, sie werden in neuen Sprachen reden, und wenn sie Schlangen aufheben oder tödliches Gift trinken, wird es ihnen nicht schaden ...

Ich las das Zitat dreimal durch und versuchte, den Sinn richtig zu erfassen. »Was soll das aussagen? Dass diese Männer wegen ihrer sexuellen Neigungen nicht an Jesus geglaubt haben?«

»Vielleicht will er gerade das beweisen«, meinte Freddie. »Er hat ihnen Strychnin eingetrichtert und Schlangen auf sie losgelassen, und sie sind trotzdem gestorben.«

»Da muss mehr dran sein«, sagte ich und schüttelte den Kopf. »Es muss noch irgendeine Verbindung zwischen den Opfern geben außer ihren sexuellen Vorlieben. Aber ich kriege es nicht zusammen. Und warum ist er von seinem Zeitschema abgewichen? Er hat an zwei Freitagen in Folge zugeschlagen, dann eine Woche ausgelassen. Außerdem war Sprouls ein Schwarzer. Serienmörder halten sich normalerweise an eine ethnische Gruppierung.« Ich sah Jorge an. »Immer noch nichts von ViCAP, was?«

»Nada«, antwortete Jorge.

»Versuch's noch ein drittes Mal.«

Freddie zog einen Schnellhefter hervor. »Hier ist eine Kopie der Fallakte, eine Auflistung sämtlicher Spuren, die Aussagen seiner Ex, des Hotelpersonals, der Kongressteilnehmer und ...«

Jimmy tauchte in der Kabinentür auf, er sah einsam und verlassen aus.

»Alles in Ordnung mit dir, mein Junge?«, fragte ich.

»Wir wollten doch jetzt was essen, Dad. Und ich dachte, sie haben dich rausgeworfen.«

»Du hast völlig Recht«, antwortete ich. »Eine Minute, ja?« Ich wandte mich wieder meinem Team zu. »Warum lasst ihr das nicht einfach hier? Ich werde es später durchlesen.«

Sie gingen. Jimmy und ich hatten ein schönes Abendessen. Anschließend spielten wir eine Stunde Baseball auf dem Parkplatz. Wir schmiedeten Pläne, was wir in Zukunft alles unternehmen würden, und als ich ihn nach Hause fuhr, wirkte er sehr viel entspannter.

Walter stand am Tor. Bei unserer Begegnung am Abend zuvor war es ausschließlich um Rikko gegangen. Doch jetzt ließ sich nicht mehr ausblenden, dass sich das Verhältnis zwischen uns verändert hatte. Jimmy verabschiedete sich und stürmte ins Haus. Walter blieb zurück.

»Er bedeutet mir viel«, sagte er. »Aber ich werde mich nie in eure Beziehung einmischen.«

Ich wollte schon einen abfälligen Kommentar loslassen, dann hielt ich ihm einfach die Hand hin und gratulierte ihm zur bevorstehenden Hochzeit. Er schien etwas überrascht, ergriff aber doch meine Hand und schüttelte sie. »Tut mir Leid, diese Geschichte mit deinem Job.«

»Das hab ich mir selbst eingebrockt, Walter.«

»Klingt nach einer gesunden Einstellung, Moynihan.«

»Ja, so bin ich nun mal: Die Ausgeglichenheit in Person.«

50

Als ich zur *Nomad's Chant* zurückkam, tauchte ein bleicher Mond den Hafen in mildes Licht. Zum ersten Mal seit beinahe zwanzig Jahren hatte ich nichts zu tun, wusste nicht, was mir der nächste Tag bescheren würde, hatte in absehbarer Zukunft keinerlei Termine. Seamus Moynihan war zum Nomaden geworden, oder vielleicht zu einem Exilanten – ich hätte es selbst nicht sagen können. Dieser Gedanke trieb mich beinahe unweigerlich zur Bar, wo Mr Stoli wartete. Doch dann standen mir all die traurigen Gestalten jener Kollegen vor Augen, die versucht hatten, ihre Probleme im Alkohol zu ertränken.

Also machte ich mir lieber einen Kaffee, setzte mich an den Kombüsentisch und ging den Schnellhefter durch, den Freddie dagelassen hatte. Zur Musik von Matchbox Twenty las ich, was das Zimmermädchen, ihr Chef und die Hotelleitung des Six Palms zu Protokoll gegeben hatten. Anschließend ging ich die Aussagen von Sprouls' Exfrau, seinem Arbeitgeber, die des Leichenbestatters aus Sacramento, die einer Parkplatzwächterin der Alaska Airlines, die am Flughafen mit dem Pharmavertreter gesprochen hatte, und die eines Angestellten des Autoverleihers durch.

Sprouls' Chef gab zu Protokoll, sein verstorbener Angestellter hätte erst am Montag seinen ersten Termin gehabt, sei aber früher nach San Diego geflogen, um sich ein wohlverdientes schönes Wochenende zu machen. Die Parkplatzwächterin der Alaska Airlines erinnerte sich an Sprouls nicht nur wegen seiner imposanten Erscheinung – der Einmeterneunzig-Mann brachte 115 Kilogramm auf die Waage –, sondern auch, weil er gefragt hatte, ob er mit dem

Wagen rüber nach Mexiko fahren könne. Sie hatte ihm gesagt, dies sei nicht möglich.

Als ich mir alles ein zweites Mal durchgelesen hatte, ging es schon auf zehn Uhr zu. Aber ich fand auch nicht mehr Anhaltspunkte als der Arsch mit Ohren – ich sah keine andere Hoffnung, als dass vielleicht doch noch jemand anderes den Mann mit dem grünen Regenmantel und dem Schlapphut bemerkt hatte. Trotzdem sagte mir etwas tief in meinem Innern, dass es eine Gemeinsamkeit geben musste, irgendeinen Grund, warum der Mörder ausgerechnet Cook, Haines und Sprouls ausgewählt hatte.

Ich nahm mir noch einmal die Liste aller Spuren vor. Die Kriminaltechniker führten mehr als siebzig Gegenstände in dem Hotelzimmer an, darunter eine Flasche Weißwein, den grünen Apfel, Seile. Außerdem listeten sie Spritzen, Nadeln und Mullbinden auf – das stammte aus Sprouls Musterkoffer. Weiter hatten sie Sprouls Socken eingesammelt, seine Unterwäsche, seine Hose, sein Hemd, einen Schlips, eine blaue Jacke, Stifte und den gesamten Inhalt seines Koffers, hauptsächlich zwei Garnituren Freizeitkleidung, eine Badehose, zwei Reiseführer, einer von San Diego, ein anderer von Baja. In Sprouls Toilettenbeutel fanden sich zwei Gilette-Rasierer, Rasiercreme, ein Mittel gegen Durchfall, eins gegen Sodbrennen, ein Eau de Toilette namens »Southern Nights«, ein Fläschchen mit Echinacea-Kapseln, ein Medikament gegen Allergien, eine Zahnbürste, Zahncreme der Marke Mentadent, drei Präservative und eine kleine Tube Gleitgel. Aus seiner Aktentasche stellte man seinen Organizer und seinen Laptop sicher, außerdem einige Unterlagen und einen ziemlich zerfledderten Krimi.

So ging die Liste immer weiter. Ich schüttelte den Kopf vor Enttäuschung. Außer dem Mann im grünen Regenmantel, der mit Cook zusammen vor dem Yellow Tail gesehen worden war, und der Vermutung, dass die Opfer gewissen sexuellen Angeboten zugänglich waren, fand ich weder in der Spurenliste noch in den Protokollen der Befragungen irgendetwas, das die drei Opfer miteinander verband. Ich stand auf, streckte mich, gähnte und nahm mir vor, alles am nächsten Tag noch einmal durchzugehen. Dann kletterte ich unter Deck, ging ins Bett und schaltete das Licht aus.

Etwa eine halbe Stunde lang schwebte ich zwischen Wachen und Schlafen. Bilder zogen an mir vorbei: Meine Mutter, die über Fay sprach; Bigg Jas GTO im freien Flug und der durch die Luft rudernde Hip-Hopper; der wütend durch den Raum schießende Taipan; Rikko unter der Beatmungsmaske; Nick Foster, der eine Königskobra hinter dem Kopf packte; meine Finger, wie sie Janices Bauch streichelten; Paula Silver, die ihren Mann anschrie; die alte Terrakotta-Statue der nackten Lilith im Baum auf Susan Dahoneys Buch; der gesichtslose Mann im grünen Regenmantel, der im Six Palms Lodge über das Poolgelände zum Ausgang wanderte; das Terrarium mit der Korallenschlange in Haines' Schlafzimmer; der gesichtslose Mann im grünen Regenmantel, wie er mit Cook über den nebelverhangenen Parkplatz des Yellow Tail ging; ich selbst im Mondanzug, wie ich Cooks schwarz angelaufenen, von Blasen übersäten Körper betrachtete; Dr. Marshall Solomon, der seinen Kopfschutz abzog, um mir die Bissstellen zu zeigen; dann wieder ich, wie ich mich von Cook abwandte und mich in jenem Schlafzimmer von Sea View Villas, Gebäude Nummer neun, Wohnung Nummer fünf ... vor meinem inneren Auge tauchte der Nachttisch auf, dann die Kommode.

Mit einem Mal fuhr ich hoch: »Das muss es sein!«

51

Ich strampelte die Decken weg, hechtete in die Kombüse und schaltete das Licht an. Fieberhaft blätterte ich durch Sprouls Hefter, suchte die Liste der sichergestellten Beweise und ging die einzelnen Posten durch.

»Tatsächlich«, flüsterte ich. »Kaum zu glauben.«

Ich wählte Freddies Privatnummer. Sie meldete sich schläfrig: »Burnette.«

»Ich glaube, ich habe etwas in den Unterlagen gefunden, die du mir gegeben hast«, erklärte ich ohne Umschweife. »Kannst du von zu Hause aus auf den Computer des Morddezernats zugreifen?«

»Was brauchst du?«, fragte sie, mit einem Mal hellwach.

»Geh die Liste der sichergestellten Sachen von Haines durch. Schau nach, ob ein Herrenparfüm namens ›Southern Nights‹ dabei war.«

»Herrenparfüm?«

»Sprouls hatte eine Flasche Southern Nights in seinem Toilettenbeutel«, erklärte ich. »Und auf der Kommode in Cooks Schlafzimmer in Sea View stand auch eine offene Flasche rum. Ich will wissen, ob es auch unter den Sachen von Haines auftaucht.«

»Gib mir zehn Minuten«, sagte sie und legte auf.

Ich ging unruhig auf und ab. Da war etwas, das wusste ich. Was genau, darüber war ich mir noch nicht sicher. Aber mein Instinkt sagte mir, dass hier die Verbindung zwischen den drei Opfern war. Das Telefon klingelte nach nur fünf Minuten. Ich griff hastig nach dem Hörer.

»Negativ«, sagte Freddie.

»Aber es muss dabei sein!«, rief ich. »Schau nochmal nach.«

»Nein, Sarge«, beteuerte sie. »Ich bin alles schon zweimal durchgegangen. Bei Cook ja, aber bei Haines fand sich kein Southern Nights. Wahrscheinlich nur ein Zufall. Ich habe in letzter Zeit einen Haufen Werbung für dieses Zeug gesehen. Ist was Neues, oder?«

»Keine Ahnung«, antwortete ich ziemlich enttäuscht. »Das ist wahrscheinlich egal. Ich habe wohl nur gehofft, etwas zu finden, das ...« Mitten im Satz hielt ich inne und starrte durch die Windschutzscheibe der *Nomad's Chant* auf die Lichter der Stadt. »Und Aiken?«

»Wer?«

»Lieutenant Donald Aiken, Haines' Mieter. Schau in den Akten nach. Sein militärischer Rechtsbeistand hat neulich gemeldet, dass er umgezogen ist. Ich brauche seine neue Adresse. Jetzt gleich.«

Fünfundzwanzig Minuten später hämmerte ich an die Tür einer Wohnung in Mission Hills, der feinsten Wohngegend von San Diego. Nach einer Weile ging drinnen das Licht an, und eine verschlafene Stimme fragte: »Wer ist da?«

»Sergeant Moynihan, Morddezernat von San Diego.«

Der Riegel wurde zurückgeschoben. Die Tür öffnete sich, soweit es die Kette erlaubte, und Aiken erschien. Er trug einen grünen Bademantel und rieb sich die Augen. Sein Kinn zeigte Stoppeln. »Wissen Sie eigentlich, wie spät es ist?«, schimpfte er.

»Durchaus, Lieutenant, und es tut mir Leid. Aber es ist wirklich wichtig ...«

Er seufzte und entriegelte die Sicherheitskette. Ich trat ein. Im Wohnzimmer standen überall unausgepackte Umzugskartons herum.

»Lassen Sie sich von der Unordnung nicht stören«, sagte Aiken. »Ihre Leute wollten mein Zeug erst vorgestern rausrücken. Haben Sie eigentlich eine Vorstellung, wie das ist, wann man beinahe einen Monat lang aus zwei Koffern leben muss?«

»Wahrscheinlich nicht so einfach«, meinte ich. »Benutzen Sie einen Herrenduft namens Southern Nights?«

»Sie holen mich mitten in der Nacht aus dem Bett, um mich nach meinem Rasierwasser zu fragen?«, entgegnete er unwirsch.

»Ich wäre nicht hier, wenn es nicht äußerst wichtig wäre.«

Er sah zu Boden und schüttelte den Kopf. Doch dann hob er den Blick: »Vielleicht doch. Meine Mutter hat mir irgend so ein Duftwässerchen zu Weihnachten geschenkt, aber ich habe es nie benutzt. Könnte es gewesen sein ... wie hieß es nochmal?«

»Southern Nights«, sagte ich.

»Kann sein. Aber wie gesagt, ich habe es nie benutzt. War nicht so mein Ding.«

»Was haben Sie damit gemacht?«

»Weiß nicht mehr«, antwortete er. »Weggeworfen? In irgendeinem Schrank verstaut?«

»Könnte es da drin sein?«, fragte ich und wies auf die Umzugskartons.

Er blinzelte und gähnte. »Nein«, antwortete er. »Wahrscheinlich nicht. Ich kann mich jedenfalls nicht erinnern, es gestern eingepackt zu haben. Andererseits, Ihre Leute haben mir nicht viel Zeit gelassen. Wir haben einfach alles in die Kartons geworfen.«

»Wer, wir?«

»Meine Freundin hat mir geholfen. Sie hat die Sachen im Badezimmer zusammengepackt.«

»Wäre es möglich, dass Sie einen Blick in die Badezimmer-Kartons werfen?«, fragte ich.

Er gähnte erneut. »Jetzt? Hat das nicht Zeit?«

»Nein.«

Aiken brauchte eine Viertelstunde, um die Kartons zu

finden, in denen seine Sachen aus dem Badezimmer in Haines' Haus waren. Weitere zehn Minuten dauerte es, bis ich die Flasche gefunden hatte, vergraben in einem Schuhkarton, zwischen abgelaufenen Medikamenten, Bräunungscremes und Wattepads.

Ich zog Gummihandschuhe an und hielt die honigfarbene Flasche gegen das Licht. Ein Viertel des Inhalts fehlte. »Haben Sie so viel verbraucht, bevor Sie feststellten, dass Sie es nicht mögen?«, fragte ich.

Aiken schielte zur Flasche hin und schüttelte den Kopf. »Bestimmt nicht. Ich habe mir ein paar Tropfen auf die Hand geschüttet, sofort festgestellt, dass ich es nicht mag, und es dann anscheinend im Medizinschränkchen entsorgt.«

Ich schraubte die Kappe ab, gab ein paar Spritzer auf den Gummihandschuh und roch daran. Es war ein altmodischer Duft, der mich an einen nächtlichen Wald nach einem kurzen Gewitter erinnerte. Der Geruch nasser Baumstämme war vorherrschend, Blütenduft mischte sich hinein, Leder, geröstete Pecannüsse, und darunter eine Note vom Moschusgeruch frisch gepflügter Erde.

»Was ist so wichtig an dem Zeug?«, fragte Aiken.

Ich lächelte grimmig. »Wenn ich Recht habe, Lieutenant, ist das ein mörderischer Geruch.«

52

Den ganzen Montag über bis zum Dienstagmorgen verließ ich die *Nomad's Chant* nicht. Über Telefon war ich in ständigem Kontakt mit Freddie Burnette, die mich heimlich mit den neuesten Informationen fütterte. Sophia Cook gab an, ihr Mann hätte das Southern Nights im Februar bei Bloomingdale's in Ventura gekauft. Aikens Mutter hatte die Flasche für ihren Sohn kurz vor Weihnachten erstanden, und zwar im Kaufhaus Fields in Champagne, Illinois. Sprouls war das Parfüm von seiner ältesten Tochter zum Geburtstag geschenkt worden. Sie hatte es bei Nordstrom in Tacoma gekauft.

»Völlig ausgeschlossen, dass sie dem Mörder beim Kauf begegnet sind«, sagte ich zu Freddie am Dienstag um die Mittagszeit. »Es sei denn, er ist Vertreter und kommt ziemlich weit rum.«

»Habe ich mir auch schon überlegt«, antwortete sie. »Ich habe heute Morgen bei der Franken & Holmes Aroma Company angerufen, der Firma, die Southern Nights herstellt, und mit der Chefin gesprochen, Liz Franken. Nach ihrer Aussage fallen die drei Orte in drei verschiedene Vertreterbezirke. Soweit sie weiß, war keines der Opfer je in Nashville, wo das Parfüm produziert wird. Southern Nights ist seit dem letzten Oktober auf dem Markt. Es ist der größte Verkaufserfolg in der Geschichte des Unternehmens. Zu Weihnachten wollen sie mit einer ganzen Produktlinie zu diesem Duft herauskommen.«

»Was ist da eigentlich drin?«

»Die Formel geben sie nicht preis, aber sie hat mir versichert, es seien keine ungewöhnlichen Pheromone drin. Lauter Zeug, das traditionell für Parfüms verwendet wird.«

»Großartig«, seufzte ich. »Und was machen wir jetzt damit?«

»Genau das wollte ich dich auch fragen, Sarge«, erwiderte Freddie. »Wir können Fraiser nicht einfach erzählen, dass die drei den gleichen Männerduft verwendet haben. Am Ende ist das doch bloß ein Zufall.«

Ich saß auf dem Vordeck, rieb mir die Nase und beobachtete ein Segelboot, das aufs offene Meer hinaussteuerte. Am liebsten hätte ich die Maschinen der *Nomad's Chant* angelassen und wäre hinterhergetuckert, hätte den Arsch mit Ohren mit der Sache allein gelassen. Aber ich brachte es einfach nicht fertig.

»Nein, da ist was dran. Ich hab's im Gefühl.«

»Schon möglich. Trotzdem musst du Beweise auftreiben.«

Drei Stunden später half ich Rikko in seine Zivilklamotten und anschließend in einen Rollstuhl. Christina stand dabei, sie sah total erschöpft aus und gleichzeitig so glücklich, wie ich sie noch nie gesehen habe.

»Jetzt geht's nach Hause«, sagte sie.

»So ein bisschen Schlangengift bringt doch ein altes Nashorn wie mich nicht um.«

»Nashorn?«, antwortete sie und kitzelte ihn an den Rippen. »Ich dachte, du bist mein großer Knuddelbär.«

»He«, sagte Rikko und wurde rot. »Lass das mal mit dem Knuddelbär, hier in aller Öffentlichkeit.«

Zwei volle Tage hatten die Ärzte gebraucht, um das Gift des Taipans in Rikkos Körper zu neutralisieren. Zwar hatte er noch einen großen Bluterguss um die Bissstelle herum und war nicht gerade in Höchstform, aber er fühlte sich schon wieder bereit zur Verbrecherjagd.

»Du bleibst mindestens eine Woche zu Hause«, erklärte Christina. »Anordnung von Adler.«

Ich schreckte auf. »War sie etwa hier?«

»Einmal«, sagte Rikko. »Angerufen hat sie allerdings mehrmals täglich. Hast du heute Morgen den Bericht in der *Union Tribune* gelesen?«

Ich nickte. Bürgermeister Sand hatte Helen Adler zur Polizeichefin ernannt. Damit war sie die erste Afroamerikanerin, die die Polizei einer amerikanischen Großstadt leitete. Sie wurde mit den Worten zitiert, sie hoffe, ihre Amtsführung leite eine neue Ära der Aufrechterhaltung von Recht und Ordnung ein, die vom Respekt für die Bürgerrechte geprägt sei. Sie wolle der in letzter Zeit vermehrt aufgekommenen Kritik an der Polizei den Boden entziehen.

»Ich frage mich nur, warum sie nicht verlangt hat, mir vor dem Rathaus vierzig Peitschenhiebe zu verabreichen«, schimpfte ich.

Ein Krankenpfleger kam und übernahm Rikkos Rollstuhl. Auf dem Weg zu Christinas Volvo erzählte ich ihnen von der Sache mit dem Southern Nights.

Rikko schüttelte den Kopf. »Da bist du auf dem Holzweg. Wenn du nochmal alles durchgehst, findest du bestimmt ein halbes Dutzend Sachen, die die drei gemeinsam haben. Rasierklingen, Rasiercreme, Wattestäbchen. Vielleicht haben sie alle drei das gleiche Plüschtier. Warum findest du dich nicht damit ab, dass du sechs Wochen Ferien hast, und genießt die Zeit?«

»Geht nicht«, antwortete ich. »Das ist eine persönliche Geschichte geworden.«

Rikko setzte ein ernstes Gesicht auf. »Wenn Adler herausfindet, dass du auf eigene Faust ermittelst, macht sie dich fertig.«

»Weiß ich«, erwiderte ich. »Aber das schreckt mich nicht. Du würdest auch nicht so einfach die Flinte ins Korn werfen, Rikko.«

Es war wieder mal ein wunderschöner Tag. Wir hatten etwa fünfundzwanzig Grad, der Himmel war türkisblau, und es wehte ein leichter Wind. Ich half Rikko ins Auto und nahm auf dem Rücksitz Platz. Christina saß am Steuer.

»Und was denkst du, Schwesterherz?«, fragte ich, als wir auf dem Freeway angelangt waren und Richtung Norden fuhren. »Über das Parfüm, meine ich? Meinst du auch, dass ich spinne?«

»Könnte natürlich ein Zufall sein«, erwiderte sie. »Oder ein Auslöser.«

»Ein Auslöser?«, meinte Rikko skeptisch.

»Der Geruchssinn ist der ursprünglichste unserer Sinne«, antwortete sie. »Er kann sehr leicht lebhafte Erinnerungen, Wachträume oder Déjà-vu-Erlebnisse auslösen. Nicht ausgeschlossen, dass dieses Parfüm den Mörder an ein schreckliches Erlebnis erinnert und er dadurch den Zwang verspürt, bestimmte Dinge zu tun.«

»Er tötet jemanden, weil er etwas riecht«, meinte Rikko abfällig. »Nein, das klingt mir doch zu einfach.«

»Ich glaube, du unterschätzt den komplexen Mechanismus des Geruchssinns«, erwiderte Christina. »Es handelt sich um einen chemischen Sinn, so wie der Geschmack, aber er funktioniert noch viel komplizierter. Der Nasentrakt hat neuronale Verbindungen zu sechs verschiedenen Hirnarealen. Einige gehören zum limbischen System, einer Hirnregion aus der Frühzeit der Entwicklungsgeschichte, die mit Antrieb, Gefühl und bestimmten Arten von Erinnerung zu tun hat. In zweien dieser Hirnareale – den Septumkernen und der Amygdala – vermutet die Wissenschaft die Schmerz- und Lustzentren. Denkt doch mal an die erste Botschaft: ›Welch unsagbare Freude, den Tod in Händen zu halten.‹«

»Klingt weit hergeholt«, widersprach Rikko erneut.

Christina warf ihm einen missbilligenden Blick zu und schaute mich dann über den Rückspiegel an. »Der Hippocampus, auch eine der limbischen Strukturen, die Informationen von der Nase erhalten, steht in enger Verbindung zum handlungssteuernden Erinnern. In zahlreichen Versuchen wurde nachgewiesen, dass Gerüche bestimmte Träume auslösen können. Da ist es nicht weit hergeholt, dass jemand durch einen ähnlichen Auslöser in einen Albtraum gerät.«

»Was soll das jetzt heißen? Er tötet andere im Schlaf, wenn er dieses Parfüm riecht?«, mokierte sich Rikko.

»Nein, natürlich nicht«, erwiderte Christina. »Was ich meine, ist sehr umstritten. Polizisten gefällt diese Idee nicht sonderlich, weil Anwälte schon versucht haben, mit solchen Argumenten eine Schuldunfähigkeit für ihre Mandanten zu erreichen. Aber vom psychiatrischen Standpunkt glaube ich, dass so etwas vorkommt, zumindest in bestimmten Fällen.«

»Das musst du mir genauer erklären«, sagte ich, leicht verwirrt. »Was meinst du mit *so etwas*?«

»Fugue-Zustände«, antwortete sie. »Manche meiner Kollegen glauben, dass Serienmörder vor der Tat in einen Fugue-Zustand geraten. Es gibt da einen Psychiater – aus Montana, glaube ich –, der behauptet, dass Richard Ramirez, dieser ›Night Stalker‹ aus L.A., damals in den frühen Achtzigern, seine Morde in solchen Fugue-Zuständen begangen hat.«

»Was ist denn das, ein Fugue-Zustand?«, fragte ich.

Wir hatten unsere Ausfahrt erreicht, und Christina fuhr erst bis zur roten Ampel an der Kreuzung, bevor sie antwortete. »Das wird ganz unterschiedlich definiert«, sagte sie. »Manche beschreiben es als Albtraum im Wachzustand, wie ihn Menschen erleben, die an posttraumatischen Störungen leiden, oder wie ihn Soldaten mit Kriegsneurose erleben, wenn sie laute Geräusche hören. In extremer Ausprägung gerät eine Person im Fugue-Zustand aufgrund traumatischer Erlebnisse in eine psychologische Situation, in der ihre normale Persönlichkeit in den Hintergrund tritt und sie jemand ganz anderes wird – im Fall von Ramirez ein psychotischer Mörder.«

»Alles Blödsinn«, erklärte Rikko. »Ich kenne die Geschichte. Ramirez war ein eiskalter Sadist.«

»Ich habe doch gesagt, dass Polizisten nichts für diese Theorie übrig haben«, sagte Christina, »trotzdem ist da was dran. Es gibt etliche Fallstudien von ganz normalen Leuten, die ihren Ehepartnern erklärten, dass sie nur mal Zigaretten holen wollten, und dann nie wiederkamen. Jahre später treffen sie dann am andern Ende der Welt jemanden, der sie von früher her kennt, und sie können sich an ihre frühere Existenz gar nicht mehr erinnern. Sie sind innerlich in einer ganz neuen Persönlichkeit aufgegangen, haben sich eine neue Geschichte zurechtgelegt. Normalerweise werden solche Fugue-Zustände durch Missbrauchserfahrungen in einer Beziehung oder durch Gewalterlebnisse ausgelöst.«

Ich verschränkte die Arme. »Ich muss Rikko Recht geben. Klingt mir schwer nach Verteidigergeschwätz.«

»Sei mal etwas offener für neue Vorstellungen, Shay«, erwiderte sie verärgert. »Oder übertrag es halt auf Sachen, die du kennst. Wenn Seamus Moynihan eine Frau trifft, die er attraktiv findet, was tut er dann?«

»Keine Ahnung«, sagte ich. Da fiel mir Susan Dahoney ein. »Er fängt an zu phantasieren?«

»Genau. Du lässt zu, dass ein Auslöser, in diesem Fall der visuelle Reiz einer attraktiven Frau, dein Gehirn veranlasst, sich die ideale Fortsetzung der Situation vorzustellen. Genau das machen auch Leute in Fugue-Zuständen, nur eben viel intensiver. Sie träumen sich am helllichten Tag in eine neue Existenz hinein, ohne eine bewusste Erinnerung an ihr früheres Leben.«

»Was willst du damit sagen – dass der Mörder im Alltag ein ganz normaler Mensch ist, aber wenn er Southern Nights schnuppert, dann gerät er in einen Fugue-Zustand, der ihn zum Mörder macht? Oder ist er von Anfang an in einem Fugue-Zustand und schlüpft wieder in seine normale Persönlichkeit, wenn er mit dem Duft konfrontiert wird?«

Christina bog in die Einfahrt ihres Hauses ein. »Könnte beides sein.«

»Das können wir Fraiser nicht verkaufen«, meinte Rikko. »Und Adler auch nicht.«

Ich nickte. »Wenn sie irgendwo zu Protokoll geben, dass es daran liegen könnte, dann liefern sie dem Mörder eine wunderbare Verteidigungsstrategie, bevor sie ihn überhaupt haben.«

Die Euphorie, die ich noch am Abend zuvor verspürt hatte, war verflogen. Obwohl mir Christina bestätigt hatte, dass ein bloßer Duft einen irrsinnigen Mörder in Aktion setzen kann, hatte ich mit einem Mal das Gefühl, einem Hirngespinst hinterherzulaufen, dass ich dem Mörder kein bisschen näher gekommen war und keinerlei Chance hatte, Helen Adler zu beweisen, wie falsch es war, mich zu suspendieren.

Christina stellte den Motor ab. Meine Nichten, Anna und Margarita, kamen in ihren Ballettröckchen angelaufen und stürzten sich auf Rikko. Er nahm sie gleichzeitig in die Arme und küsste sie ab, bis sie vor Lachen zu kreischen anfingen. Mit belegter Stimme meinte Rikko: »Ich hatte schon fast nicht mehr daran geglaubt, sie noch einmal so halten zu können.«

»Du bist halt doch ein Knuddelbär«, meinte ich.

Rikko warf mir einen Blick zu, bei dem selbst einem Rudel Wölfe das Zähneklappern gekommen wäre.

»Na gut«, lenkte ich ein. »Vielleicht doch eher ein Knuddelnashorn.«

53

O'Doran's Ale House auf Shelter Island hatte mit den üblichen Kneipen in San Diego wenig gemeinsam. Das hübsche Gasthaus hätte besser in ein raues Fischerdorf an der Küste von Oregon gepasst als nach Südkalifornien. Es ist mit verwitterten Holzschindeln verkleidet und mit alten Rudern, Netzen und Fischhaken dekoriert. In die Eingangstür ist ein Bullauge eingelassen, über allem thront ein Giebeldach.

Drinnen wird die Atmosphäre von schimmerndem Teakholz, Leder, Messing und sanftem Licht bestimmt. Die Fensterfront auf der Westseite bietet einen Blick über den Hafen. Die Tische stehen in Nischen, und überall an den Wänden hängen Anglerbilder und Fotos von Seeleuten. Sehr imposant ist die Bar, sie stammt aus den zwanziger Jahren und stand ursprünglich in einem Hotel in San Francisco, das irgendwann abgerissen wurde. So kam die Bar zum Verkauf, wurde zerlegt und nach San Diego geschafft. Wenn ich das Alleinsein satt habe, gehört das O'Doran's zu meinen Lieblingslokalen. Von meinem Liegeplatz aus kann ich es zu Fuß in fünfzehn Minuten erreichen.

Meistens sitze ich an der Bar und schaue mir ein Spiel an oder unterhalte mich mit Tommy O'Doran, dem Inhaber. Tommy war mit meinem verstorbenen Onkel Anthony befreundet gewesen, sie hatten zusammen in der Navy gedient. Er ist es auch, der mir die Freude am Angeln vermittelt hat. Tommy ist einer der nettesten Menschen, die man sich vorstellen kann, er freut sich immer, einen zu sehen, interessiert sich für alles und gibt sich stets die größte Mühe – einer der Gründe, warum sein Lokal so beliebt ist.

Es ging auf neun zu, als ich das O'Doran's betrat. Ich

hatte mir ein Glas verdient, fand ich. Wie immer standen einige Leute an der Tür herum und spähten nach einem freien Tisch, hungrig nach dem besten Fisch in der Stadt. Tommy, der sein breitestes Lächeln aufgesetzt hatte, schüttelte gerade einer Frau Mitte fünfzig im Yachtkostüm die Hand. Er küsste sie auf die Wange und klopfte ihrem Begleiter, einem großen Mann mit Silbermähne und perfekten Zähnen, auf die Schulter.

»Du solltest öfter mal von Santa Barbara herüberkommen, Ray«, hörte ich Tommy sagen. »Nicht bloß einmal im Jahr.«

»Denk du mal darüber nach, deinen Horizont zu erweitern, Tommy«, erwiderte Ray. »In Santa Barbara würde sich ein Ableger von O'Doran's Ale House gut machen. Meine finanzielle Unterstützung ist dir sicher.«

Tommy strahlte. »Ein tolles Angebot, ich werde darüber nachdenken, Ray. Aber ich fürchte, das wäre eine Nummer zu groß für mich, das könnte ich nicht so führen, wie ich es mir vorstelle.«

»Du brauchst bloß anzurufen, falls du es dir anders überlegst.«

Die Tür schloss sich, Tommy ließ wieder mit vergnügter Miene den Blick über seine Gäste wandern, bis er mich auf dem Weg zur Bar erspähte. Sein rundliches Gesicht wurde ernst, und er winkte mich in den Flur, der zur Küche führte.

»Meine Güte, Seamus. Habe gehört, dass du ganz schön in der Klemme steckst«, sagte er. »Dieser Zeitungsartikel. Und die Sache mit Rikko. Vorhin waren ein paar Leute von der Stadtverwaltung da, die haben von nichts anderem geredet.«

»Schon gut, ich bin kurzzeitig am Boden, aber noch lange nicht ausgezählt, Tommy«, erwiderte ich.

»Oh, das wollte ich auch nicht sagen, Junge«, antwortete er. »Ich kenne dich schließlich von klein auf. Du warst schon damals wie ein Terrier: Wenn du dich einmal festgebissen hattest, dann hast du nicht mehr losgelassen. Dein Problem ist aber, dass du manchmal was zwischen die Zähne kriegst, was deinem Magen nicht bekommt.«

»Da hast du wahrscheinlich Recht«, stimmte ich zu.

»Und deine Freundin da – die vom Zoo, von der auch etwas in der Zeitung stand. Hat sie Foster in Verdacht gebracht? Nicht dass es mich stört. Er lässt sich ab und zu hier blicken. Ziemlicher Kotzbrocken.«

»Das kann man wohl sagen«, antwortete ich. »Aber sie hat nichts damit zu tun.«

»Aber sauer ist sie schon auf dich, oder?«

»Und wie.«

»Sieht gut aus, nehme ich an.«

»Mindestens acht Punkte auf der Richterskala.«

»So was kommt einem Mann nicht alle Tage unter«, meinte Tommy gedankenverloren. »Das wird wohl die Frau sein, die schon seit zwei Stunden auf dich wartet.«

Überrascht schaute ich ihn an und spähte dann zur Bar. »Du nimmst mich auf den Arm.«

»Ich mache keine Witze, wenn es um solche Frauen geht«, erwiderte Tommy und schüttelte den Kopf. »Sie ist gegen sieben mit einem Taxi gekommen, hat sich umgesehen und mich dann nach dir gefragt. Sie hätte dir Unrecht getan, meinte sie, und wäre schon auf deinem Boot gewesen, um sich bei dir zu entschuldigen. Sie wollte auf dich warten.«

»Tatsächlich?«, sagte ich hocherfreut. »Bei unserem letzten Telefongespräch hat mich Janice so fertig gemacht, dass ich dachte, ich würde nie mehr was von ihr hören.«

»Janice?«, meinte Tommy verwundert. »Mir hat sie sich als Susan vorgestellt.«

54

Der Raum mit der Bar war für einen Mittwochabend gut besucht. Susan Dahoney saß ganz hinten an dem Fenster mit Blick über den Hafen. Sie trug schwarze Stiletto-Pumps, eine enge weiße Jeanshose, die über den Knöcheln endete. Ihre gestärkte weiße Bluse gab den Blick auf eine Zuchtperlenkette frei, die über einen üppigen, in violette Spitze gebetteten Busen fiel. Sie war von drei jungen Kerlen umringt und flirtete heftig.

Die Spezialität des O'Dorans's sind Biere aus aller Welt, darunter eine gepflegte Auswahl irischer Herkunft. Tommy verriet mir aber, dass sie sich für Wodka Martini entschieden hatte. Fünf hatte sie schon geschafft.

Als ich sie erspähte, war sie gerade bei ihrem sechsten Martini und machte bereits einen ziemlich beschwipsten Eindruck. Und sie war eindeutig auf dem Kriegspfad, sie lachte kehlig über jeden langweiligen Witz und bedachte die drei jungen Burschen nacheinander mit glänzenden Blicken aus ihren blauen Augen. Dabei beugte sie sich über den Tisch, machte runde Schultern und rührte die Olive in ihrem Martini, als legte sie es darauf an, dass die Blicke ihrer Gesprächspartner in ihren Ausschnitt wanderten.

Einer der drei flüsterte ihr etwas ins Ohr. Sie zog einen Schmollmund, schüttelte den Kopf, nahm den Zahnstocher zwischen die Zähne, lutschte die Olive ab und lachte verführerisch. Als ich einen Schritt näher trat, erblickte sie mich, lächelte, reckte mir das Kinn entgegen und erhob sich von ihrem Stuhl.

»Entschuldigt mich, Jungs, hier kommt meine Verabredung«, verkündete sie, wehrte ihren Protest ab und kam mir mit dem Glas in der Hand entgegen. Als sie vor mir stand, setzte sie den schuldbewussten Blick eines kleinen Mädchens auf, stellte sich auf die Zehenspitzen, warf mir die Arme um den Hals und flüsterte in ihrem weichen Südstaaten-Akzent: »Ich hatte so sehr gehofft, dich heute Abend noch zu sehen. Es wäre doch schade, wenn zwischen uns schon alles aus wäre. Vor allem nach diesem Kuss neulich.«

Ohne auf die Blicke zu achten, die mir von einigen Männern zugeworfen wurden, ergriff ich ihre Handgelenke und löste ihre Arme sanft von meinem Hals. »Für den Erfolg deines Buchs kann ich nichts mehr bewirken, Susan. Ich habe mit dem Fall nichts mehr zu tun.«

Hinter uns drängelte ein Paar vorbei, sodass wir näher zur Bar rückten. Sie zog wieder einen Schmollmund und nippte an ihrem Martini. Dann fixierte sie mich mit traurigen Augen und sprach ganz leise zu mir. Ich musste mich zu ihr hinabbeugen, um sie zu verstehen.

»Ich hatte inzwischen genug Zeit, um über mein Verhalten nachzudenken«, sagte sie leicht lallend. »Ich habe Fehler gemacht. Viele Fehler, Seamus. Es tut mir Leid. Der Verlag war enttäuscht über die Verkaufszahlen des Buchs. Die Sache hatte einen Anschub nötig, und da habe ich der Wahrheit ein wenig nachgeholfen. Es hat auch den gewünschten Effekt gehabt. Leider habe ich dabei dir und vielen anderen Unrecht getan. Dafür möchte ich mich entschuldigen. An der Universität habe ich mich auch schon bei allen entschuldigt, aber es hat anscheinend keinen Zweck. *Du* verzeihst mir doch, oder?«

Sie tänzelte auf den Zehenspitzen, ihre Hüfte rieb sich an meiner.

»Klar doch«, sagte ich. »Zum Teufel, das Leben ist einfach zu kurz, um nachtragend zu sein. Ich verzeihe dir.«

»Schön«, sagte sie und strahlte mich an. »Trinken wir ein Glas darauf?«

»Sei mir nicht böse, wenn ich nein sage. Außerdem habe

ich den Eindruck, dass du schon genug hast. Was war denn los in der Universität?«

Sie blies mir ihren Wodka-Atem ins Gesicht und nahm eine kämpferische Haltung ein. »Ach, davon wirst du schon noch hören. Die Wichtigtuer an meiner Fakultät wollten mir verklickern, eine Akademikerin dürfe keine Werbung für sich machen. Dann hat deine Vorgesetzte meinen Boss angerufen, und die zwei haben sich prächtig verstanden. Soll ich dir mal was sagen? Ich bin sowieso fertig mit dieser Stadt. Die sind alle nur neidisch auf meinen Erfolg außerhalb ihres Elfenbeinturms. Es geht doch nicht darum, was in der Zeitung steht oder was die Leute über dich sagen. Es geht um das, was man wirklich geleistet hat. Darauf kommt es an. Stimmt's?«

Ich verstand eigentlich nicht, worauf sie hinauswollte. Aber bevor ich der Bibelexpertin antworten konnte, flammten ihre Augen auf. Sie schüttelte den Kopf und machte eine verächtliche Geste. »Ach, egal. Wie auch immer. Susan Dahoney lässt sich nicht so leicht unterkriegen. Da ist sie ganz wie du, nicht wahr, Seamus?«

Die Worte sprudelten nur so aus ihr heraus, ich hatte gar keine Chance, ihr zu antworten. »Ich habe in der Zeitung gelesen, dass du wegen dieser Frau vom Zoo suspendiert worden bist. Das war doch die, die neulich abends bei dir gewesen ist, stimmt's?«

»Ja, stimmt.«

Sie lächelte herausfordernd. »Hat sie noch Chancen?«

»Das geht dich nichts an«, sagte ich und wimmelte den Barmann ab, der vor uns stehen geblieben war.

Das Lächeln erstarb für einen Augenblick, dann ließ Susan ihre Fingernägel über meinen Handrücken gleiten. »Vielleicht hast du Recht«, antwortete sie und beugte sich vor, um mir zuzuflüstern: »Aber selbst wenn sie noch Chancen hätte, wäre mir das völlig egal. Ich habe so lange zu Hause über diese schrecklichen letzten Tage nachgedacht. Wir beide sitzen im selben Boot. Und irgendwie ist es doch schade – immerhin war es schön mit uns zwei, neulich abends im Restaurant. Weißt du, was Lilith tun würde?«

Bevor ich etwas antworten konnte, sagte sie: »Ich bin eine gut aussehende Frau.«

»Da erhebe ich keinen Einspruch.«

»Ich kann viele Männer haben, wenn ich will.«

»Das bezweifle ich nicht.«

»Aber ich will gar nicht«, antwortete sie. »Jedenfalls selten. Das kommt von meiner Erziehung. Streng christlich, musst du wissen. Deshalb bin ich so gut im Flirten.«

»Das habe ich gesehen.«

Sie lächelte wieder, und auf einmal wurde sie ganz lebhaft und legte mir die flachen Hände auf die Brust. »Aber weißt du, tief in meinem Innern, da bin ich irgendwie die kleine Pfarrerstochter, Seamus.«

»Tatsächlich?«

»Ja. Sie war immer mein Vorbild, ich wollte tun, was sie tut.«

»Die Pfarrerstochter?«

Susan schüttelte langsam den Kopf und führte ihr Martini-Glas an die Lippen. Ohne den Blick von mir zu wenden, trank sie es aus. Sie setzte das Glas ab, stellte sich direkt vor mich und flüsterte mir ins Ohr: »Nein – Lilith.«

Ich spürte sehr deutlich ihren Körper, der sich gegen meinen presste. »Was macht denn Lilith so?«

»Das weißt du doch«, antwortete sie. »Du kennst das Buch.«

»Bis dahin bin ich anscheinend nicht gekommen.«

Sie ließ unter dem Tresen ihre Hand auf meinen Oberschenkel gleiten. »Lilith weist Adam und Gott zurück. Sie verlässt das Paradies. Kommt an einen Strand. Lebt am Meer. Und gibt sich allen möglichen sinnlichen Vergnügungen mit ...«

Susan sackte an meiner Brust zusammen. Ich packte sie an den Armen, damit sie nicht zu Boden fiel. »Hoppla«, sagte sie und hickste. »Du bist ja stärker, als ich dachte.«

Ich stellte sie wieder auf die Beine und hielt nach Tommy Ausschau, der am Eingang stand. Ich nickte ihm zu, und er setzte sich in Bewegung. »Ich glaube, wir haben für heute Abend genug, Susan. Ich lasse dir ein Taxi rufen. Du musst dringend ins Bett.«

»Nein«, widersprach sie mit glasigem Blick. »Ich würde mir gern dein Boot anschauen.«

»Vielleicht ein andermal.«

»Du willst wohl nicht alle möglichen sinnlichen Vergnügungen ausprobieren?«, lallte sie.

»Nicht, wenn du in diesem Zustand bist«, antwortete ich.

»Warum? Gefalle ich dir nicht?«

»Doch, du siehst hinreißend aus, Susan«, antwortete ich. »Aber ich nutze es nicht aus, wenn eine Frau betrunken ist. Egal, wie schön sie ist.«

»Oh«, setzte sie zum Widerspruch an, klappte dann aber erneut zusammen. Diesmal fing Tommy sie auf. »Mir ist schlecht«, erklärte sie ihm.

»Das glaube ich dir gern, mein Kind«, antwortete er.

55

Ich blieb noch so lange im O'Dorans, bis Tommy Susan Dahoney so viel Kaffee eingeflößt hatte, dass sie in der Lage war, sich ins Taxi zu setzen. Einen Moment lang dachte ich daran, sie selbst nach Hause zu bringen, verwarf diesen Gedanken aber gleich wieder. Die Vorstellung, dass sie mir regelrecht nachgelaufen war, ja, dass sie mir geradezu aufgelauert hatte, weil sie irgendwelche erotischen Phantasien über mich hegte, war mir unangenehm – ich wollte mich nicht als Lustobjekt fühlen. Also rief ich ein Taxi und verabschiedete mich.

»Ich ruf dich mal an«, sagte ich.

Sie schüttelte den Kopf. »Lass es lieber. Ich glaube, ich habe dir ein paar zu eindeutige Angebote gemacht. Das ist mir jetzt peinlich.«

»Macht nichts«, antwortete ich. »Niemand hat es gehört. Und ich werde es nicht weitererzählen. Keine Sorge.«

Sie wurde rot. »Egal, was du hörst, denk nichts Schlechtes von mir, ja?«

Ich zuckte mit den Schultern. Sie war offensichtlich noch immer ziemlich betrunken. »Klar, Susan, versprochen.«

Sie nickte, gab dem Taxifahrer ein Zeichen und entschwand.

Am nächsten Morgen, es war Mittwoch, der sechsundzwanzigste April, wohnte ich nach einer unruhigen Nacht bei einem Autoverwerter in Ocean Beach einer Beerdigung bei. Otis Spriggs war ein dicklicher, kahlköpfiger Typ mit Silberblick und einem Dauergrinsen im Gesicht. Er kaute auf einem Zigarrenstummel herum, während er mich zu den Wracks führte.

Die schlimm verbeulte Blechkiste, die einst meine pfefferminzgrüne 67er Corvette gewesen war, lag zwischen Unkraut, Bierdosen und Schotter neben einem platt gewalzten Ford und einem Silverado, der frontal gegen einen Baum gefahren war. Als ich auf das grüne Monster zuging, musste ich daran denken, wie ich mich zum ersten Mal hinter das Steuer gesetzt hatte.

Mir war zum Heulen zumute, und am liebsten hätte ich Bigg Ja Moustapha auf der Stelle den Hals umgedreht.

»Hätte schlimmer kommen können«, meinte Otis Spriggs.

»Ach ja?«, antwortete ich. »Wie denn das?«

»Hätte in 'ne Autopresse fallen können«, kicherte er.

»Witzbold«, gab ich zurück. »Also was jetzt, ist er schrottreif oder nicht?«

»Das muss natürlich der Gutachter entscheiden«, antwortete er. »Aber wenn Sie mich fragen, die Karre ist mehr als schrottreif. Rahmen verzogen. Vorderachse gebrochen. Das Getriebe ist hinüber. Aber Sie müssen auch die positiven Seiten sehen.«

»Und was sind die positiven Seiten?«

»Der Motor ist noch ganz gut. Und das Radio tut's auch noch.«

»Sie haben vermutlich jede Menge Stammkunden bei Ihrer einnehmenden Persönlichkeit?«

Er verzog das Gesicht und erwiderte trocken: »Und was soll ich mit der Karre machen, wenn sie für schrottreif erklärt wird, Sie Schlaumeier?«

Wehmütig betrachtete ich das dahingeschiedene Monster. »Wenn der Motor noch in Ordnung ist, will ich ihn haben. Und alles sonst, was noch brauchbar ist.«

»Und der Rest?«

»Machen Sie damit, was Sie wollen«, seufzte ich.

Auf die *Nomad's Chant* zurückzukehren und mich dort in Selbstmitleid über das Unglück zu ergehen, das ich mir selbst eingebrockt hatte, war ungefähr so reizvoll, wie bei einer Talkshow anzurufen und eine öffentliche Beichte all meiner Verfehlungen abzulegen. Ich zog es vor, eine Runde in der Bucht zu schwimmen, und fuhr dann zum Mittagessen ins O'Doran's.

Gegen vier Uhr holte ich Jimmy ab und fuhr ihn zum Sportplatz.

»Hat was für sich, wenn du suspendiert bist, Dad«, sagte er.

Ich gab ihm einen Klaps aufs Knie. »Es gehört zu den wenigen Vorzügen meiner Lage, dass wir jetzt öfter zusammen sein können.«

»Kann ich dieses Wochenende bei dir auf dem Boot schlafen?«, fragte er. »Ma hat gesagt, ich soll dich fragen. Sie will mit Walter wegfahren.«

»Aber natürlich«, antwortete ich und fühlte mich noch schlechter als beim Anblick der Überreste der Corvette. »Ich hole dich gleich nach der Schule ab.«

Während ich Jimmy beim Werfen zusah, dachte ich über die zweite Botschaft des Mörders nach, die vom gestrandeten Apostel Paulus berichtete: *Er aber schlenkerte das Tier ins Feuer, und nichts Schlimmes widerfuhr ihm. Sie aber warteten, ob er anschwellen oder tot niederfallen würde. Da sie aber lange warteten und sahen, dass ihm nichts Ungeheures widerfuhr, änderten sie ihre Meinung und sagten, er wäre ein Gott.*

Doch soviel ich auch darüber nachdachte, es blieb mir ein Rätsel.

Während des zweiten Innings, in dem Jimmy einige sehr schöne Würfe machte, dachte ich über die erste Botschaft nach: »Welch unsagbare Freude, den Tod in Händen zu halten.«

Sosehr das nach einer düsteren ekstatischen Erfahrung klang, auch dieser Satz gab mir keinen Aufschluss darüber, was in dem Mörder vorging.

Das dritte Inning beendete Jimmy mit drei gut platzierten Fastballs. Als er im vierten aufs Feld wechselte, dachte ich über die dritte Botschaft aus dem Markusevangelium und die sie begleitenden Verse nach: *Als Zeichen aber werden denen, die glauben, diese nebenhergehen: In meinem Namen werden sie Dämonen austreiben, in neuen Sprachen reden, Schlangen aufheben, und wenn sie etwas Tödliches trinken, wird es ihnen nicht schaden.*

Nachdem ich vier Batter lang diese Botschaft hin- und hergewälzt hatte, wollte ich es schon aufgeben, um mich ganz auf das Spiel zu konzentrieren. Mit einem Mal aber, vielleicht, weil ich der Sohn einer Englischlehrerin bin, fing ich an, mehr über die Formulierungen als über die Aussagen der Markus-Verse nachzudenken: *Als Zeichen aber werden denen, die glauben ... In meinem Namen werden sie Dämonen austreiben, in neuen Sprachen reden, Schlangen aufheben ...*

Da verstand ich. »*Sie*, nicht *er*«, murmelte ich laut vor mich hin, die Finger ins Drahtgitter des Dugouts gekrallt. »Es sind mehrere. Da wird eine Gruppe angesprochen. Wir haben es völlig falsch angefangen. Der Mörder hatte die Bibelstellen nicht ausgewählt, um uns damit auf vertrackte Weise eine persönliche Mitteilung zukommen zu lassen: Es handelt sich vielmehr um Bibelstellen, die sich auf eine Gemeinschaft beziehen, der er sich verbunden fühlt. Er glaubt, dass er zu einer Gruppe von Auserwählten gehört. Er handelt nicht alleine – zumindest nicht in seiner Vorstellung. Aber was für eine Gruppe ist das? Wer gehört noch dazu?«

»Schaust du dir überhaupt das Spiel an, Shay?«

Ich fuhr auf. Vor mir stand Don Stetson, der mich besorgt ansah. »Du führst Selbstgespräche.«

»Wie viele intelligente Menschen«, erwiderte ich und drückte ihm das Spielprotokoll in die Hand. »Ich muss weg. Sofort.«

»Jetzt?«, meinte er ungläubig. »Wir stecken in der Klemme. Die Jungs brauchen dich.«

»Du machst das schon«, antwortete ich und zog die Autoschlüssel aus meiner Tasche.

»Und was ist mit Jimmy?«

»Tu mir einen Gefallen, fahr ihn nach Hause. Sag ihm und Fay, ich rufe später an. Ich muss dringend bei jemandem vorbeischauen.«

56

Trüber Küstennebel war landeinwärts gerollt und verbreitete sich wie Giftschwaden in den Canyons rund um den Campus. Ich eilte über die Fußwege zu dem Gebäude der Universität, in dem Susan Dahoneys Büro lag. Der Buchumschlag von *Die zweite Frau* an ihrer Tür war verschwunden. Ich klopfte. Keine Antwort. Ich klopfte lauter.

»Susan!«, rief ich. »Ich bin's, Seamus Moynihan. Bitte, es ist sehr wichtig!«

Von drinnen kam kein Mucks. Ich ließ den Kopf hängen und ärgerte mich darüber, so Hals über Kopf Jimmys Spiel im Stich gelassen zu haben.

»Suchen Sie den gefallenen Engel?«, fragte ein Mann hinter mir.

Ich fuhr herum. Die gegenüberliegende Tür hatte sich geöffnet. Ein beleibter Mann Mitte fünfzig mit einem rosigen Gesicht hinter dicken Brillengläsern stand da. Er trug ein billiges Toupet, schwarze Socken, aber keine Schuhe an den Füßen, und graue, von Trägern gehaltene Freizeithosen, dazu einen roten Rollkragenpulli. Hinter dem Ohr hatte er einen Stift stecken, unter einem Arm klemmte ein Buch.

»Sie meinen Professor Dahoney?«, fragte ich.

»Ex-Assistenz-Professor Dahoney hat ihren Kram zusammengepackt und das Weite gesucht«, sagte er in abfälligem Ton. »Die sind wir los!«

»Sie hat gekündigt?«, fragte ich verwundert.

»Eher ist ihr gekündigt worden«, antwortete er naserümpfend. »Sie hatte einiges auf dem Kerbholz, ist ja nicht gerade selten heutzutage. All diese Geschichten über sie und ihr Buch, das musste früher oder später schief gehen. Sie sind wohl mit ihr befreundet oder bekannt?«

»Nein«, sagte ich und schüttelte den Kopf. »Seamus Moynihan ist mein Name. Sergeant des Morddezernats von San Diego.«

Er sah mich von oben bis unten an und schnippte dann mit den Fingern. »Ach, dann sind Sie der, den sie suspendiert haben. Der, von dem Dahoney behauptet hat, dass sie für ihn arbeitet.«

»Volltreffer.«

Er streckte die Hand aus. »Professor Edvard Erickson.«

»Freut mich, Sie kennen zu lernen«, sagte ich und schlug ein. »Was ist denn mit ihr passiert?«

»Ich dachte, Sie wüssten das.«

»Ich bin raus aus diesem Spiel.«

»Ach so, verstehe. Tja, nach ihrem Fernsehauftritt, in dem sie sich zur Polizeiberaterin erklärt hatte, war die Hölle los. Ihre Vorgesetzte, eine Miss …?«

»Adler.«

»Richtig. Letzten Freitag hat Miss Adler den Dekan der Fakultät angerufen und sich bitter über Susan beschwert. Sie würde die Aufklärung eines Mordfalls behindern, indem sie sich Kompetenzen anmaße. Am Montag hat dann ein Kolumnist der *Daily News* hier angerufen, ein gewisser Tarentino, der an einem Artikel über Susan arbeitete. Er wusste nicht nur über ihre angebliche Polizeiarbeit Bescheid, er hatte noch einiges aus ihrer Vergangenheit ausgegraben.«

»Was denn?«

»Sie hat gar keinen Doktorgrad an der Universität von Tel Aviv erworben«, sagte er. »Sie hat ein Jahr dort Vorlesungen besucht, das ist alles. Ich hatte schon immer den Verdacht, dass sie ihre Leistungsbilanz ein wenig aufpoliert hat, aber das hätte ich doch nicht für möglich gehalten. Als man sie zur Rede stellte, hat sie Stein und Bein geschworen, sie hätte den Doktorgrad rechtmäßig erworben. Aber sie ließen nicht locker, und schließlich gab sie zu, dass sie ihn nicht hatte, aber der Meinung sei, sie hätte ihn verdient, wegen ihres Buchs. Schon erstaunlich, wie manche Leute es fertig bringen, an ihre eigenen Lügenmärchen zu glauben.«

»Man hat sie also rausgeworfen?«

»Natürlich«, antwortete Erickson. »An anderen Universitäten mag man da nicht so streng sein, aber hier reichte es für die fristlose Kündigung. Man ließ ihr zwei Tage, um ihr Büro zu räumen. Ihr Verlag ist inzwischen auch im Bilde. Die sind ziemlich sauer, auch sie haben sich von dem falschen akademischen Titel täuschen lassen und hängen mit drin.«

»Meine Güte«, sagte ich und dachte an die bitteren Anspielungen, die sie am Abend zuvor gemacht hatte. »Haben die Leute denn gar nichts überprüft, bevor sie eingestellt wurde?«

»Sie hatte eben jede Menge Vorschusslorbeeren für ihr Buch geerntet, und der Verlag schien an ihrem akademischen Titel als Bibelexpertin auch nicht zu zweifeln«, erklärte er. »Wir sind nicht die Einzigen, die auf sie hereingefallen sind. Etliche Universitäten haben sich um sie gerissen. Wenn Sie die Wahrheit wissen wollen, unser Dekan hat sich gleich in sie verguckt und hat deshalb nie wirklich Nachforschungen angestellt. Er ist seit Freitag nicht mehr gesichtet worden, und es geht das Gerücht um, dass er auch seinen Hut nehmen muss.«

Ich schüttelte ungläubig den Kopf. »Wohin ist sie gegangen?«

»Sie hat heute Mittag ihre restlichen Sachen abgeholt. Sie schien mir reichlich verkatert, sonst habe ich sie nur mit einem Haufen Papieren und Kartons rumwirbeln sehen.«

Ich sah sie wieder vor mir im O'Doran's, völlig betrunken, und ich schüttelte erneut den Kopf. Sie hatte sicher gedacht, ihr ganzes Leben sei im Eimer, und ich hatte sie zurückgewiesen. Klar hatte sie jetzt einen mächtigen Kater, und Katzenjammer noch dazu.

»Kaum zu glauben«, sagte ich.

»Sie können das sicher morgen alles in Tarentinos Artikel nachlesen«, meinte er.

»Ich kannte sie nicht näher«, erklärte ich. »Aber ich habe auch gemerkt, dass sie ziemlich hart an ihrem Ruhm als Autorin gearbeitet hat. Anscheinend hat sie das ein wenig zu weit getrieben. Peinliche Geschichte. Ich hatte gehofft, sie könnte mir helfen.«

»Womit denn?«, fragte Erickson.

»Ich benötige Informationen über eine spezifische religiöse Richtung.«

»Nun, mein Fachgebiet ist vergleichende Religionswissenschaft. Vielleicht kann ich Ihnen helfen, Sergeant. Treten Sie ein.«

Das Büro des Theologieprofessors war von oben bis unten voll gestopft – mit Büchern, Aktenordnern und gerahmten Fotos, die ihn selbst in exotischer Umgebung zeigten, in jüngeren Jahren und mit mehr Haaren auf dem Kopf. Dazu kamen Mitbringsel von seinen Reisen: Holzskulpturen von Afrikanerinnen mit Hochzeitskopfschmuck, eine Sammlung von Buddhastatuen aus Jade, Pfeifen für den rituellen Gebrauch, bronzene Fruchtbarkeitsgöttinnen aus verschiedenen Kontinenten, tibetische Mandalas und leuchtend bunte Ölbilder, die seinen Worten zufolge von mexikanischen Schamanen im Peyote-Rausch gemalt worden waren.

Erickson ließ sich in einen bequemen Drehstuhl fallen, während ich auf und ab ging und ihn in die wichtigsten Einzelheiten zu den Mordfällen einweihte, die nicht durch die Presse gegangen waren, hauptsächlich die zwei auf den Spiegeln hinterlassenen Bibelzitate. Ich sagte ihm auch, dass ich glaubte, sie hätten etwas mit einem Glauben, einer Religion oder einer Sekte zu tun.

Als ich fertig war, blickte ich ihn an. »Meinen Sie, da ist was dran, oder bin ich auf dem Holzweg?«

Erickson schwieg eine Weile, das Gesicht in den Händen vergraben. Schließlich sah er auf. »Die erste Botschaft passt aber nicht zu Ihrer These, das wissen Sie?«

»Soweit wir wissen, gibt es in der Bibel keine Stelle, an der von ›unsagbarer Freude‹ und so weiter die Rede ist. Das meinte zumindest Susan Dahoney.«

»Damit hatte sie Recht«, stimmte Erickson zu. »Aber die anderen beiden, vor allem, wenn man sie zusammen betrachtet ...«

Er hielt mitten im Satz inne, stand vom Schreibtisch auf und trat auf eines der vielen Bücherregale zu, die hinter mir die Wand bedeckten und sich unter der Last von Papieren, Zeitschriften und Ordnern bogen. Er ließ den Finger über pralle Papierbündel gleiten, zog eines heraus und kramte darin herum.

»Hier«, sagte er schließlich. »Ich glaube, das ist es, wonach Sie suchen.«

Erickson warf mir eine glänzende Schwarzweißfotografie in den Schoß. Sie zeigte einen strengen Mann mit einem wie aus Granit gemeißelten Gesicht, der auf einem Dielenboden vor einem schlichten Altar stand. Ein einfaches Kreuz hing hinter ihm an der Wand. Er trug ein gestärktes weißes Hemd, das bis oben hin zugeknöpft war, eine schwarze Hose und Nagelstiefel. Seine weit geöffneten Augen blickten ohne Furcht auf eine wütende Klapperschlange, die sich in seinen Händen wand. Um ihn herum versammelt standen ähnlich gekleidete Männer und nicht gerade attraktive Frauen in sackartigen Kleidern mit Blümchenmuster. Alle hatten die Hände gen Himmel gereckt, etliche zeigten einen entrückten Gesichtsausdruck.

»Ihr Mörder ist oder war vermutlich ein Mitglied einer

dieser Schlangensekten in den Appalachen«, sagte Erickson. »Diese so genannten ›Holiness-Gemeinden‹ sind aus der Pfingstbewegung entstanden. Ihre Mitglieder trinken Strychnin, und ihre Gottesdienste finden immer mit Schlangen statt. Der Apostel Paulus spielt bei ihnen eine besondere Rolle, weil ihm ein Schlangenbiss nichts anhaben konnte. Sie berufen sich vor allem auf Kapitel sechzehn des Evangeliums nach Markus. Ehrlich gesagt wundert es mich ein bisschen, dass Dahoney Sie nicht darauf aufmerksam gemacht hat.«

»Warum meinen Sie, dass sie die Verbindung gesehen haben müsste?«

»Ihre Familie gehörte der Pfingstbewegung in West Virginia an«, sagte Erickson und nahm wieder Platz. »Sie ist im Norden der Appalachen aufgewachsen. Das Kerngebiet dieser Bewegung liegt zwar mehr in Kentucky und südlich davon, aber ich hätte doch gedacht, dass ihr das bekannt ist.«

Ich ließ mir das durch den Kopf gehen, zuckte dann aber die Schultern und blickte wieder auf das Foto. »Erzählen Sie mir mehr über diese Leute – alles, was mir Ihrer Meinung nach nützlich sein könnte.«

Erickson und ich saßen noch bis spät in den Abend zusammen. So merkwürdig der Professor aussah, er war ein helles Köpfchen und besaß ein glänzendes Gedächtnis. Wenn ihm etwas nicht gleich einfallen wollte, zog er aus irgendeinem Winkel seines Büros einen Artikel oder ein Buch hervor. Der Kern der Sache war, dass die heutigen Sektenmitglieder von christlichen Siedlern abstammten, die sich im späten achtzehnten Jahrhundert in den Ebenen von North und South Carolina, im südlichen Kentucky, im östlichen Tennessee und in den Bergen von Georgia und Alabama angesiedelt hatten.

Zwei Jahrhunderte lang führten ihre Nachkommen ein

entbehrungsreiches, bäuerlich geprägtes Leben in Abgeschiedenheit. Sie kannten nichts außer körperlicher Arbeit, Schlaf und Gebet. Sie kleideten sich einfach, verzichteten auf Alkohol, Tabak, Schmuck und Make-up, und sie glaubten, dass sie in ihrem strengen Glauben auf dem Pfad der Heiligkeit wandelten, weshalb sie sich »Holiness«-Gemeinde nannten.

Doch zu Beginn des zwanzigsten Jahrhunderts geriet diese Lebensweise in Gefahr. Viele Anhänger dieses Glaubens verloren ihr Land und mussten sich Arbeit in den umliegenden Sägemühlen und Bergwerken, auf Baustellen und in den neuen Handelszentren der größeren Städte des Südens suchen. Natürlich verließen nicht wenige den strengen Pfad ihrer Vorväter und erlagen den Versuchungen der modernen Welt: Schnaps und Whiskey, Tanz, Kino, Zigaretten, Poker, Ehebruch, Hurerei, und sogar der schlimmsten von allen – der Homosexualität.

»Für viele Abkömmlinge der ursprünglichen Holiness-Gemeinde war die Verbreitung der Homosexualität unter ihren Glaubensbrüdern ein endgültiger Beweis, dass sie in einem modernen Sodom und Gomorrha lebten«, erklärte Erickson.

Die Folge war, dass viele von ihnen in die Berge zurückkehrten und sich wieder jenen Dingen zuwandten, durch die sie annähernd zwei Jahrhunderte lang das unflätige und verdorbene Amerika abgewehrt hatten: der Heiligen Schrift, ihren schlichten Holzkirchen und einer neuen Art des Gottesdienstes – dem Schlangenaufheben.

»So um 1910 fing es damit an«, berichtete Erickson. »Einige Priester der Holiness-Gemeinden interpretierten das letzte Kapitel des Markus-Evangeliums als eine Art Handlungsanweisung, sie glaubten, einen Weg gefunden zu haben, sich des Beifalls Gottes zu versichern. Seit uralter Zeit gilt die Schlange in vielen Kulturen und Religionen als Symbol des Bösen. Aber für die Priester der Holiness waren die Giftschlangen mehr als nur ein Symbol der Niedertracht: Sie verkörperten für sie das moderne Leben, Satan in Person. In ihren Gottesdiensten ist daher der Umgang mit Schlangen und das Trinken von Strychnin ein Mittel, sich dem höllischen Irrweg der modernen Gesellschaft zu widersetzen.«

Ich ließ mir das durch den Kopf gehen. »Das bedeutet, wenn der Mörder mit Schlangen hantiert, ohne dass ihm etwas passiert, wird er selbst gottgleich, wie die Apostelgeschichte sagt, sein Opfer aber stirbt. Seine Opfer sind nicht gottgefällig, aber er ist es. Ist es vielleicht das, was er mitteilen will?«

Erickson verzog angewidert das Gesicht, nickte aber. »In gewissem Sinn ja. Schrecklich, wie die Religion den menschlichen Geist verwirren kann, nicht wahr?«

Es war schon fast elf, als ich zur *Nomad's Chant* zurückkam. Nebel hing wie ein klammer Vorhang über den Kais. In der Ferne konnte ich die Glockentonnen hören, welche die Fahrrinne absicherten. Auf dem Anrufbeantworter fand ich vier Nachrichten.

Die erste war von Dick Holloway, dem Kollegen, der die interne Untersuchung über den Tod von Olo Buntz führte, jenem Samoaner, der draußen auf Bigg Jas Drogenranch versucht hatte, Deputy Harold Champion abzuknallen. Er wollte mich wissen lassen, dass er zu dem Schluss gekommen war, ich hätte legitimen Gebrauch von der Schusswaffe gemacht. Ich seufzte schon erleichtert auf, da fügte er hinzu, dass die Untersuchung der Verfolgungsjagd noch nicht abgeschlossen sei.

Die zweite Nachricht stammte von Christina, die mich zum Abendessen einladen wollte. Die dritte war von Don Stetson. Unser Team hatte verloren. Der vierte Anruf stammte von Jorge, der mir mitteilte, ViCAP hätte sich gemeldet. Fraiser habe dem jedoch keine Bedeutung beigemessen.

Ich stieß einen Pfiff aus, holte mir ein Bier aus dem Kühlschrank und wählte Jorges Nummer im Hauptquartier. Da niemand ranging, versuchte ich es bei ihm zu Hause.

»Wo hast du denn gesteckt, Boss?«, fragte er.

»Überall und nirgends«, sagte ich. »Was hat ViCAP ausgespuckt?«

»Nichts Brauchbares, meint zumindest unser Arschgesicht.«

»Ich will wissen, was Sache ist, nicht, was Fraiser denkt.«

»Wir haben heute Morgen ein Fax von einem Officer Carlton Lee aus Hattiesburg, Alabama bekommen«, antwortete Jorge. »Er meinte, er hätte da einen Fall, der würde uns vielleicht interessieren, und zwar ... Moment, ich habe mir irgendwo Notizen gemacht. Ah, da sind sie. Ein Priester namens Lucas Stark hat seinerzeit seine Frau ans Bett gefesselt und sie mit einer Klapperschlange zu Tode gequält. Das war 1976.«

»Das ist alles?«

»Das ist das Wesentliche. Ich kann dir eine Kopie machen, wenn du willst. Aber ich habe bereits versucht, Officer Lee anzurufen und etwas mehr rauszufinden. Stattdessen bekam ich den Polizeichef von Hattiesburg an den Apparat. Der heißt Nelson Carruthers. Ein richtiges Ekelpaket. Er hat mir erklärt, Lee wäre einer von der übereifrigen Sorte, die keine Gelegenheit auslässt, sich wichtig zu machen. Dieser Mordfall hätte garantiert nichts mit unserem Mörder zu tun, meinte er.«

»Hat er dafür irgendwelche Gründe angegeben?«, fragte ich.

»Gleich mehrere. Erstens, das Geschlecht des Opfers. Zweitens ist der Tatort dreitausend Kilometer entfernt und die Tat vor siebenundzwanzig Jahren passiert. Außerdem sei es ein Eifersuchtsdrama gewesen, kein geplanter Mord. Anscheinend hatte Mrs Stark eine Affäre. Als ihr Mann das herausfand, ist er durchgedreht und hat zur erstbesten Waffe gegriffen.«

»Einer Schlange?«

»Genau«, antwortete Jorge.

»Man hüte sich vor den Eifersüchtigen«, sagte ich. »Was ist jetzt mit diesem Lucas Stark?«

»Tot. Er wurde erschossen, als er aus der Untersuchungshaft flüchten wollte.«

»Stark war ein Priester, hast du gesagt. Hat der Polizeichef erwähnt, welcher Kirche er angehört hat?«

»Irgendeiner Pfingstgemeinde, glaube ich.«

Ich umklammerte das Telefon, schloss die Augen und schickte ein Stoßgebet zum Himmel. »Ist das Wort *Holiness* gefallen, Jorge?«

Am anderen Ende der Leitung trat eine lange Pause ein. »Ja, ich glaube, er hat das Wort verwendet, Sarge.«

»Und Fraiser ist fest davon überzeugt, dass nichts dran ist?«

»Er hat Carruthers selbst angerufen, der hat ihm das Gleiche erzählt wie mir, darauf hat er die Meldung in einem Ordner abgeheftet und sie zur Sackgasse erklärt.«

»Dieses Gespräch hat nicht stattgefunden, Jorge.«

»Du glaubst, da ist was dran?«

»Jedenfalls genug, um mal persönlich vorbeizuschauen.«

»Du willst nach Alabama?«

»Mit dem nächsten Flieger.«

57

Ich ergatterte für den folgenden Abend einen Nachtflug mit Delta direkt ab San Diego. Freitag früh landete ich um sieben Uhr morgens in Atlanta. Drei Stunden später saß ich an Bord eines Kurzstreckenfliegers nach Chattanooga in Tennessee, die einzige Stadt in der Nähe von Hattiesburg, zu der kurzfristig ein Flug zu bekommen war.

Es hatte die Nacht über geregnet. Über der Turboprop-Maschine hingen immer noch dunkelgraue Wolken. Die Landschaft unter uns entfaltete sich in zartgrünen Weiden und gepflügten Feldern. In der Ferne tauchten Wälder und die steilen Hänge der Great Smoky Mountains auf. Sie schimmerten unter den vorbeifliegenden Wolken wie die glänzende olivschwarze Haut einer Mamba.

Selbst in diesem Moment war ich mir noch nicht ganz schlüssig, warum ich mich eigentlich auf eigene Kosten auf den Weg nach Alabama gemacht hatte. Wie Jorge gesagt hatte, das Verbrechen lag siebenundzwanzig Jahre zurück und war nicht an einem Mann, sondern an einer Frau in einem anderen Teil des Landes verübt worden. Außerdem hatten es die lokalen Behörden als Eifersuchtsdrama eingestuft. Man konnte das nicht mal eine Spur nennen. Trotzdem schien mir eine Verbindung zur Holiness-Gemeinde meine Nachforschungen zu rechtfertigen. Vielleicht würde ich so zumindest den Mörder besser verstehen lernen.

Den Donnerstag hatte ich damit verbracht, meine Reise vorzubereiten. Jimmy war ziemlich geknickt, als ich zu Fay fuhr, um anzukündigen, dass ich kurzfristig nach Alabama musste und nicht mit ihm zusammen das Wochenende auf dem Boot verbringen konnte. Zu meiner Überraschung reagierte Fay sehr verständnisvoll, als ich ihr erklärte, es gehe mir darum, meinen ramponierten Ruf wiederherzustellen.

»Sei vorsichtig, Shay«, sagte sie. »Jimmy braucht seinen Vater.«

»Ich gehe nach Alabama, nicht nach Afghanistan«, antwortete ich.

»Das ist fast dasselbe«, meinte Fay und drückte mir ein längliches Behältnis in die Hand, das wie ein Brillenetui aussah.

»Was ist das?«, fragte ich und machte es auf.

»Zwei Fläschchen mit polyvalentem Klapperschlangen-Gegengift und eine Spritze«, antwortete sie. »Ein Geschenk von Walter.«

Ich nahm eines der Fläschchen heraus und hielt es ins Licht. »Kluger Kerl, dein Walter.«

»Ja, das kann man sagen.«

Wir landeten kurz vor zwölf in Chattanooga. Es nieselte. Die Luft war warm und klebrig wie Honig. Ich holte mein Gepäck, inklusive einem verschließbaren Metallkoffer, in dem sich meine Ersatz-Neunmillimeter befand, und mietete einen blauen Dodge Neon bei Budget.

Nachdem ich mir einen Kaffee besorgt hatte, fuhr ich parallel zum Tennessee River Richtung Südwesten nach Alabama. Der Fluss war vom Regen angeschwollen; seine braunen Wassermassen bildeten Wirbel, die an den schlammigen Ufern nagten. Nördlich von Scottsboro flog ein Bussard aus dem Schilf auf und strich über meinen Wagen hinweg, in den Fängen einen blutenden weißbäuchigen Barsch.

Ich verließ den Highway bei Scottsboro und fuhr westwärts durch Woodville und Paint Rock, dann wieder nördlich in mehr bewaldetes Gebiet. Schließlich durchquerte ich auf einer windgepeitschten, schlecht geteerten Straße nebelverhangenes Hügelland: stellenweise kahle Schieferkämme, Weißdorn, Krüppelkiefern, Hickorybäume, Buchen.

Donner grollte, Blitze krachten, und der Wind heulte, als ich zu der Stelle gelangte, wo die zweispurige Straße sich zu einer Schotterpiste verengte und über einen Pass ins Gebirge führte. Die Vegetation, die hier die Straße säumte, bestand aus dichtem, undurchdringlichem Dornengestrüpp und breitblättrigem Kudzu. Mir war, als würde ich in eine Höhle vordringen, die mich auf verschlungenen Pfaden einer Katastrophe entgegenführte.

Über Haarnadelkurven ging es aufwärts. Die Scheibenwischer schlugen im Kampf gegen das Wasser und abgerissene Blätter wie wild hin und her. Hier und da öffneten sich die Bäume und gaben den Blick auf ein enges Tal mit blassen grauen Felswänden frei, in dem die Dächer von Farmen zu sehen waren. Schließlich wurde die Straße wieder eben und folgte einem Flüsschen namens Washoo. Ich überquerte eine Bogenbrücke, auf der drei Jungs standen, die im Regen mit Rohrstöcken angelten. Sie glotzten mir mit leeren Gesichtern nach, und kurz darauf tauchte Hattiesburg, Alabama, 665 Einwohner, vor mir auf.

Hier war keines jener sonst allgegenwärtigen Leuchtzeichen zu sehen, die ganz Amerika zu einem Konsum-Einerlei gemacht haben: Keine 7-Eleven-Tankstelle, kein Wal-Mart, kein Osco Drug, weder ein McDonald's noch ein Burger King und auch kein Wendy's. Nichts als Häuser aus rotem Ziegelstein und weißen Brettern, die nach Mörtel und frischer Farbe schrien, alles um einen traurigen Platz versammelt, in dessen Mitte sich die angeschlagene steinerne Statue eines Soldaten der Konföderierten erhob.

Bei der Hälfte der Läden waren die Schaufenster mit weißer Farbe zugepinselt. Auf der Nordseite, wo man ein Gericht oder ein Rathaus erwartet hätte, sah man nichts als von Unkraut überwucherte Fundamente. Auf der Südseite befanden sich ein Waschsalon, zwei Gemischtwarenläden, ein Secondhandladen und ein schummriges Lokal namens »Miss Hattiesburg«.

Ich hielt an und schaute hinaus in den Regen. Sofort hatte ich das Gefühl, aufzufallen: Mein Mietwagen war bei weitem das neueste Auto auf dem Platz. Alle anderen waren zehn bis fünfzehn Jahre alte verbeulte Kleinlaster und Familienkutschen mit ausgeleierter Federung und abgefahrenen Reifen. Ich stieg aus, holte mein Gepäck aus dem Kofferraum und nahm die paar Stufen zum Eingang des Hotels. Zwei ältere Männer, ein Schwarzer und ein Weißer, beide in ausgeblichenen Overalls, weißen T-Shirts und Baseballkappen mit »John Deere«-Schriftzug, beobachteten mich schweigend. Ich nickte ihnen zu. Sie erwiderten den Gruß nicht.

Ich öffnete die Tür des Washoo Arms, trat ein und stand auf einem bräunlichen Teppich, der so fadenscheinig war, dass sich die alten Dielenbretter darunter abzeichneten. Eine abgehärmte Frau Anfang fünfzig mit braungrauem, zu einem Knoten zusammengestecktem Haar saß am Schalter der Rezeption, gesichert mit einem Metallgitter, wie man es in alten Banken in Schwarz-Weiß-Gangsterfilmen sieht. »Suchen Sie was?«

»Ich hätte gern ein Zimmer.«

»Sie sind wohl nicht von hier?«, sagte sie und stand langsam auf.

»Nein, Ma'am. Aus Kalifornien.«

Ihr Gesicht wurde noch spitzer, falls das überhaupt möglich war. »Kenn ich nicht. Will ich auch gar nicht kennen. Gottlose Gegend, das.«

»Ach Madam, man gewöhnt sich an alles«, antwortete ich gutmütig. »Haben Sie nun Zimmer zu vermieten, oder soll ich mich woanders in der Stadt umsehen?«

»Außer dem Washoo gibt's keine Hotels mehr hier«, sagte sie und kramte einen weißen Meldezettel hervor. »Wir haben Einzelzimmer mit französischen Betten. Wie viele Übernachtungen?«

»Ich zahle erst mal für zwei, dann sehen wir weiter.«

Das schien ihr nicht sonderlich zu behagen, trotzdem schob sie mir den Meldezettel durch den Schlitz in ihrem Gitter hin. Ich füllte ihn aus. In die Spalte *Arbeitgeber* schrieb ich: *Polizei von San Diego*.

»Ist aber 'ne weite Dienstreise. Sie sind doch dienstlich hier?«, sagte sie und schob mir einen Schlüssel über die Theke, der wie ein Dietrich aussah.

»Sagen wir: halb dienstlich«, antwortete ich und nahm den Schlüssel. »Einen schönen Tag noch.«

Ich ging die knarrenden Stufen hinauf und über einen von einer nackten Glühbirne erleuchteten Flur, bis ich vor einem Zimmer mit der Nummer 203 stand. Ich steckte den Schlüssel ins Schloss, öffnete die Tür und fand ein sauberes, aber karg möbliertes Zimmer vor: Ein breites Bett mit ausgeleierten Sprungfedern und schwabbliger Matratze; ein Nachttischchen mit stark angelaufener Messinglampe, einem schwarzen Telefon mit Wählscheibe und einer Bibel in der Schublade; verblichene Vorhänge mit aufgedruckten springenden Forellen; zwei schlichte Stühle und ein Klapptisch. Im Badezimmer gab es eine Wanne mit Löwenfüßen, ein altmodisches Porzellanwaschbecken und ein Klo, dessen Spülung mit einer Kette ausgelöst wurde.

Am liebsten hätte ich mich für eine Stunde aufs Ohr gehauen, aber es war schon vier Uhr nachmittags, und ich wollte noch etwas vorankommen. Außerdem war Hattiesburg eines der deprimierendsten und unfreundlichsten Käfer, die mir je untergekommen waren – einer jener Orte, in denen man einen beständigen Druck auf den Schläfen fühlt. Ich hatte das gleich gespürt, als ich über die Brücke gefahren war.

Ich duschte, rasierte mich, zog ein frisches Hemd und eine Krawatte an und wechselte meine Laufschuhe gegen Straßenschuhe. Fast hätte ich auch mein Schulterhalfter angezogen, überlegte es mir aber anders und steckte die Pistole hinten in den Hosenbund. Ich nahm ein Notizbuch und einen Stift aus meiner Aktentasche und ging hinunter. Der alte Besen hielt immer noch die Stellung hinter dem Gitter und blätterte in den *Weekly World News*.

»Entschuldigung, dass ich Sie bei Ihrer gottlosen Lektüre unterbreche«, sagte ich und wies auf das Revolverblatt. »Wie komme ich denn zur Polizeiwache?«

Sie fuhr auf und wurde rot. Im selben Moment klappte die Eingangstür auf und zu. Hinter mir ertönte eine schroffe Stimme mit starkem Südstaateneinschlag: »Nicht nötig, bin schon da, Belle.«

Ich wandte mich um und erblickte einen stiernackigen Mann, der durch die Lobby auf mich zustapfte. Er war Ende sechzig, annähernd so groß wie ich und ließ die breiten Schultern hängen, die ohne jeden Halsansatz in ein feistes Gesicht übergingen. Das silbergraue Haar trug er kurz geschnitten. Seine finster forschenden Augen waren topasgrün und verrieten ein hitziges Temperament. Er trug einen tropfnassen durchsichtigen Regenüberwurf aus Plastik, der seine graue Uniform und den Stern auf seiner Brust erkennen ließ. Auch sein marineblauer Kavalleristenhut war in Plastik verpackt.

»Chief Nelson Carruthers«, stellte er sich nicht gerade freundlich vor. »Ein kurzer Anruf zur Ankündigung Ihres Besuchs wäre nicht verkehrt gewesen, Sir. Oder ist das nicht mehr üblich, wenn eine Polizeidienststelle von einer anderen Hilfe erbittet?«

Er stand nun direkt vor mir. Seine Zähne waren gelblich braun. Sein Atem roch nach Fruchtgummi und Bourbon. Er sah mich mit wässrigem Blick an. »Aber vermutlich hielten Sie das nicht für der Mühe wert, wo wir doch nur ein Städtchen voller Bauerntölpel sind, und Sie ein ganz wichtiger Detective in Kalifornien.«

»So ist das ganz und gar nicht, Chief Carruthers«, versuchte ich zu erklären. »Bitte, ich wollte ...«

»Jetzt machen Sie mir hier keinen Rückzieher, junger Mann«, schnauzte er. »Zeigen Sie mal ein bisschen Rückgrat. Dienstmarke und Ausweis, wenn ich bitten darf!«

Ich zog meine Brieftasche heraus und entnahm ihr eine alte laminierte Lichtbildkarte, die mich als Sergeant der Polizei von San Diego auswies. Bei dieser Gelegenheit bemerkte ich, dass die lederartige Haut seiner Handrücken mit schwarzen, punktförmigen Narben übersät war, die wie Pfefferkörner aussahen. Carruthers sah sich die Karte an und gab sie mir zurück.

»Und Ihre Dienstmarke, Sergeant Moynihan?«

»Ich bin nicht in offiziellem Auftrag hier, Chief.«

»Ach so?«, meinte er und kniff ein Auge zusammen. »Wie kommt denn das?«

»Mein Lieutenant sah keine Veranlassung dazu.«

»Ihr Lieutenant hat was auf dem Kasten«, antwortete Carruthers. »Er hört zu, wenn ihm ein Kollege sagt, dass es nicht der Mühe wert ist, wegen eines Falls, der seit siebenundzwanzig Jahren vergessen ist, den weiten Weg nach Hattiesburg, Alabama zu machen. Aber Sie sind trotzdem gekommen. Sind Sie nun verbohrt, oder sind Sie einfach dumm, junger Mann?«

»Beides hat man mir schon nachgesagt«, erwiderte ich, bemüht, mich zu beherrschen.

»Kann ich mir vorstellen«, gab Carruthers zurück. Er lachte gezwungen und tippte mir mit dem Zeigefinger auf die linke Brust. Er wollte wohl nachprüfen, ob ich eine Waffe trug. »Haben Sie vielleicht eine Lizenz als Privatdetektiv in Alabama, Mr Moynihan?«

»Nein, Sir.«

»Hab ich mir gedacht«, antwortete er. Er rieb seine fleckigen Hände aneinander. »Also, nachdem Sie keinen offiziellen Auftrag vorzuweisen haben, der über den ordentlichen Dienstweg gelaufen ist, und auch keine Lizenz als Privatdetektiv hier in Alabama haben, schlage ich vor, dass

Sie Ihre Sachen packen und ihren Hintern aus meiner Stadt bewegen.«

Er hatte sich groß aufgebaut und wartete darauf, dass ich klein beigab. Den Gefallen tat ich ihm nicht. Chief Carruthers erinnerte mich an Lieutenant Fraiser, und wie man diese Sorte unangenehmer Zeitgenossen anpackte, wusste ich inzwischen. »Wenn ich nicht in offiziellem Auftrag hier bin und auch nicht als Privatdetektiv, dann wohl als einfacher Tourist. Ich will mir bloß die Sehenswürdigkeiten hier anschauen und ein wenig über die Geschichte dieses trauten Städtchens erfahren«, sagte ich und setzte mein liebenswürdigstes Lächeln auf.

Carruther sah mich finster an. »Verscheißern lasse ich mich nicht, junger Mann.«

»Und ich lasse mich nicht so einfach einschüchtern, Chief«, erwiderte ich. »Man könnte ja direkt meinen, Sie haben etwas zu verbergen.«

Er verschränkte die Arme und kniff wieder ein Auge zu. »Hier gibt's nichts zu verbergen, Moynihan. Es ist bloß eine Tatsache, dass diese Tragödie vor fast dreißig Jahren in keiner Weise mit Ihren Morden in Verbindung steht.«

»Das ist Ihre Meinung.«

»Und ob das meine Meinung ist«, erwiderte er. »Ihr Vorgesetzter hat mich angerufen und gefragt, was ich über Lucas Stark weiß, und ich habe ihm weitergeholfen. Jetzt kommen Sie hier hinter meinem Rücken her. Sie haben keine Unterstützung von meinen Leuten zu erwarten, ist das klar? Was Sie da treiben, ist gegen alle Regeln.«

»Tut mir Leid«, antwortete ich. »Ich könnte Ihre Hilfe gut gebrauchen, aber wenn ich sie nicht kriegen kann, auch recht. Dies ist ein freies Land, das gilt auch für Alabama. Ich kümmere mich um meine Angelegenheiten und gehe Ihnen aus dem Weg, einverstanden?«

Ich hielt ihm die Hand hin, aber Carruthers schlug nicht ein. Er sah mich nur einen Augenblick unverwandt an und wurde dabei so rot, dass ich dachte, er müsse jeden Moment explodieren. Schließlich reckte er die Faust.

»Sie können's nicht ruhen lassen, was?«

Ein rasselndes Geräusch drang aus seiner Kehle, dann drehte er sich um und stampfte aus dem Washoo Arms hinaus in den Regen.

58

Nach den dürftigen Informationen, die Officer Carlton Lee auf unsere ViCAP-Anfrage geliefert hatte, hatte Lucas Stark seine Frau Ada im Lauf von zwei Tagen, am 29. und 30. April 1976 mittels einer Östlichen Diamantklapperschlange ermordet. Aber abgesehen von diesen kargen Fakten wusste ich wenig über die Ereignisse, die sich an diesen beiden Tagen vor siebenundzwanzig Jahren in Hattiesburg abgespielt hatten. Nachdem Carruthers gegangen war, machte ich mich im Regen auf den Weg, um mehr herauszufinden.

Zunächst ging es darum, die zum Fall gehörigen Akten aufzustöbern. Das Gericht von Hattiesburg, ein Ziegelbau aus der Vorkriegszeit, grenzte direkt an ein gedrungenes Gebäude mit rostigen Gitterstäben vor den Fenstern, in dem Polizei und Gefängnis der Stadt untergebracht waren.

Das Büro des Gerichtsschreibers lag am Ende eines mit Holzdielen ausgelegten Korridors. Parnell Jones, ein nervöses Männchen Anfang vierzig mit Entenschwanzfrisur, schwarzer Fliege und Hosenträgern, war auf meinen Besuch offenbar vorbereitet: Er begrüßte mich wie einen lange verschollen geglaubten Typhuskranken. Als ich mich erkundigte, wie ich die Akten zum Mordfall Ada Mae Stark auffinden könne, beschied er mir, das sei »praktisch unmöglich«. Bis 1977 seien die Behörden des County, das Gericht und das Rathaus in einem großen Holzgebäude an der Nordseite des Platzes angesiedelt gewesen, und das sei im Februar ebenjenes Jahres bis auf die Grundmauern abgebrannt.

»Kabelbrand?«, fragte ich.

»Brandstiftung«, stellte Parnell Jones richtig.

»Dann gibt es also überhaupt keine Akten? Auch keine Heirats- oder Geburtsurkunden?«

»Nichts«, erklärte Jones ungerührt. »Alles ist damals verbrannt. Ich selbst habe nicht mal mehr eine Geburtsurkunde.«

»Und was ist mit der Lokalzeitung?«

»Der *Hattiesburg Herald* hat vor acht Jahren Pleite gemacht. Jetzt lesen alle den *Scottsboro Daily Sentinel*.«

»Hat der über den Fall berichtet?«

Er zuckte die Achseln. »Weiß ich nicht mehr genau.«

»Hat Hattiesburg eine Bibliothek?«, fragte ich.

»Direkt gegenüber. Die machen in einer halben Stunde zu.«

Mit dem Notizbuch über dem Kopf trabte ich zwischen den wenigen Fußgängern, die sich unter dunkle Schirme duckten, durch den Regen. Als ich an dem leeren Grundstück vorbeikam, auf dem sich früher das County-Gericht befunden hatte, wurde ich etwas langsamer. Teile des Fundaments ragten noch aus dem Unkraut. Der Regen wurde heftiger, und ich spurtete weiter zur Stadtbibliothek, einem weißen, schindelverkleideten Bau an der Nordostecke des Stadtplatzes. Die Eingangstür war für wesentlich kleinere Menschen gedacht, als ich es bin. Ich zog den Kopf ein und gelangte in einen niedrigen Raum, wo sich Bücherregale rund um eine Reihe dunkel gebeizter Arbeitstische gruppierten. Zwei Schüler saßen da und machten Hausaufgaben.

Von einer Theke hinter den Tischen sah mir eine Frau entgegen. Sie war Ende vierzig, hatte ein kantiges, ungeschminktes Gesicht, ungezupfte Augenbrauen und ein Bärtchen an der Oberlippe. Aber was einem zuallererst auffiel, war ihr Haar. Es war wahrscheinlich niemals geschnitten worden und fiel ihr bis zur Taille ihres bodenlangen Baumwollkleides. Auf ihrem Namensschild stand: DARLENE WINTERRIDGE.

»Sie sind hier die Bibliothekarin?«, fragte ich.

»Sieht ganz so aus«, bestätigte sie.

»Ich brauche einen Mikrofilm des *Hattiesburg Herald* oder des *Scottsboro Daily Sentinel*.«

»Die haben wir beide.« Sie nickte und führte mich durch einen Bogengang am Ende des Lesesaals in einen Nebenraum, in dem ein Mikrofilmlesegerät und mehrere Metallkästen standen. »Welche Jahrgänge suchen Sie?«, fragte sie.

»Mai 1976.«

Das Gesicht der Bibliothekarin verhärtete sich. »April 76 bis Februar 77 fehlen, seit ich hier arbeite.«

»Die Mikrofilme beider Zeitungen?«

»Genau. Den *Daily Sentinel* bekommen Sie bestimmt drüben in Scottsboro, aber die dortige Bibliothek hat übers Wochenende geschlossen. Versuchen Sie's am Montag. Es sind knapp hundert Kilometer. Anderthalb Stunden Fahrt.«

Sie wandte sich ab, als sei das Thema damit erledigt, aber ich sagte: »Ms Winterridge, warum habe ich allmählich das Gefühl, dass sich niemand daran erinnern will, was mit Ada Mae Stark passiert ist?«

Sie zögerte, wich meinem Blick aus. »Weil es Dinge gibt, die man besser vergisst.«

»Wissen Sie denn, was passiert ist? Niemand will mir etwas sagen.«

Sie zuckte die Achseln, aber in ihrer Nonchalance lag ein Anflug von Trauer. »Ein anständiger Mann ist verrückt geworden, es war eine Katastrophe«, sagte sie. »Er hat seine Frau umgebracht, um sie den Klauen des Satans zu entreißen, nur hat er sich dabei selbst dem Teufel verschrieben.«

»Wer hat Lucas Stark auf der Flucht erschossen?«

»Carruthers«, erwiderte sie. »Nur war er damals noch nicht Polizeichef. So wie ich das sehe, hat er ihm damit einen Gefallen getan, ihn von seinem Elend erlöst. Mehr kann ich dazu nicht sagen.«

»Gibt es denn niemanden mehr, der das miterlebt hat und bereit wäre, mit mir zu sprechen?«

»Wir haben uns nach besten Kräften bemüht, die Sache zu vergessen«, entgegnete sie kühl. »Fahren Sie am Montag nach Scottsboro. Lesen Sie, was in der Zeitung stand, dann können Sie das vielleicht nachfühlen. Aber hier will niemand mehr über Lucas Stark reden. Außerdem lebt auch keiner mehr, der die ganze Geschichte kennt, wenn Sie mich fragen.«

»Polizeichef Carruthers doch bestimmt.«

»Dann sprechen Sie mit ihm.«

»Er will mir nicht helfen.«

»Da kann man nichts machen.«

Sie wollte schon gehen, aber ich hielt sie am Arm fest. »Was ist mit dem Haus, in dem es passiert ist? Steht das auch nicht mehr?«

Da flackerte in ihren Augen etwas auf, was man auch in meinem Metier nicht oft sieht: Entsetzen. Sie fasste sich aber rasch und antwortete: »Nein, das Haus gibt es noch.«

Der Handy-Empfang in Hattiesburg war miserabel, ich musste also meine Gespräche im Washoo Arms von dem schwarzen Wählscheibentelefon auf meinem Zimmer führen. Zuerst rief ich bei der Polizeiwache an, verstellte aber meine Stimme, für den Fall, dass Carruthers abnahm. Ich fragte nach Officer Carlton Lee und erfuhr, dass er seinen freien Tag hatte.

Lees Privatnummer stand im Telefonbuch. Als ich den Hörer abnahm, hörte ich ein hohles Rauschen, das bei meinem vorherigen Gespräch noch nicht da gewesen war. Vor meinem inneren Auge sah ich die Dame an der Rezeption, die ihre Illustrierte durchblätterte und nebenbei meine Gespräche belauschte. Ich legte auf, prägte mir die Adresse ein und suchte auf der beigelegten Karte die Gegend, in der Officer Lee wohnte.

Sein Haus lag im Nordwesten der Stadt an einer unbefestigten Straße, die geradewegs auf den Washoo River zulief, inmitten von Feldern, auf denen die Saat gerade aufging. Es schüttete immer noch, als ich seine Einfahrt erreichte. Durch ein Kiefernwäldchen gelangte man auf einen sauberen Hof, auf dem sich hinter einem weißen Lattenzaun ein kleines blaues Ranchhaus erhob. Im Vorgarten stand neben dem Sandkasten eine selbst gezimmerte Schaukel. In der gepflasterten Einfahrt stand ein alter Ford Fairlane ohne Räder auf Hohlblocksteinen.

Ich stieg aus, lief zur vorderen Veranda und klingelte. Drinnen hörte ich ein Kind rufen: »Mami, da ist ein Mann an der Tür!«

Nach kurzer Zeit kam eine hübsche schwarze Frau Ende zwanzig und machte mir einen Spaltbreit auf. Sie hielt ein Baby mit Schnuller auf dem Arm. Ein etwas hellhäutigerer dreijähriger Junge in einem T-Shirt mit Rennwagenmotiv klammerte sich an den Saum ihres gelben Kleides.

»Ja?« Sie musterte mich misstrauisch.

»Ich suche Carlton Lee.«

»Was wollen Sie von Carlton?«, fragte sie.

»Ich bin ein Detective aus San Diego.« Ich hielt ihr meinen alten Dienstausweis hin. »Er hat uns mitgeteilt, dass er uns bei einem Mordfall helfen könnte, den wir aufklären müssen.«

Jetzt schrillten bei ihr offensichtlich alle Alarmglocken. »Carruthers hat schon wegen Ihnen angerufen«, erklärte sie mit eisiger Stimme. »Er hat Carlton klargemacht, dass er besser den Mund halten soll, wenn er keine Probleme möchte. Er sagt, dass Sie sich nicht an die Regeln halten, also bekommen Sie keine Hilfe.«

»Das hab ich mir gedacht. Aber ich bin von Weit her gekommen, um mit Ihrem Mann zu sprechen. Und zwar auf eigene Kosten.«

»Wir wollen keinen Ärger«, sagte sie. »Es tut mir Leid, dass Sie so viel Geld und Zeit opfern, aber Carlton braucht den Job. Warum fahren Sie nicht einfach wieder dorthin, wo Sie hergekommen sind, Mr Moynihan. Lassen Sie uns in Ruhe.«

»Dreitausend Kilometer sind eine ziemlich weite Strecke, um einfach wieder heimzufahren.«

»Kann sein. Aber so ist es nun mal.«

Sie wollte die Tür schließen, doch ich stemmte mich mit der Hand dagegen. »Können Sie mir nicht wenigstens sagen, wo es passiert ist – das Haus, meine ich?«

Lees Frau zögerte, Angst flackerte in ihren Augen, doch dann deutete sie auf die Hügelkette und die Kalksteinfelsen, die aus dem Nebelschleier ragten, der über dem Tal hing. »Dort oben«, sagte sie. »Nach dem letzten Haus noch gut anderthalb Kilometer, dann hinauf zur Hochebene unterhalb der Felswand bei der Kirche. Die alte Zufahrt verläuft direkt unterhalb des Gipfels.«

59

Als ich rückwärts aus Lees Einfahrt herausfuhr, war ich drauf und dran, das Handtuch zu schmeißen und diese Leute mit ihrer Geheimniskrämerei in Frieden zu lassen. Was kümmerten mich eigentlich die Morde in San Diego? Ich hatte gute Lust, einfach das ganze Chaos hinter mir zu lassen und in sonnigere Gefilde aufzubrechen. Aber Carruthers hatte in einer Hinsicht Recht: Ich kann verdammt stur sein.

Es dauerte eine Weile, bis ich die Straße fand, die zum Kamm hinaufführte, aber als es zu regnen aufhörte und die Abendsonne durch die Wolken brach und die Wälder in aprikosenfarbenes Licht tauchte, hatte ich sie entdeckt. Der holprige Fahrweg, der sich in Haarnadelkurven den Hang hinaufwand, führte an heruntergekommenen Wohnwagensiedlungen und Hütten vorbei, in deren Vorgärten alte Waschmaschinen, kaputte Fernseher und Autowracks herumlagen. Nach weiteren anderthalb Kilometern ohne Behausungen gelangte man auf eine ausgedehnte Hochebene. Ich hätte fast die Zufahrt verpasst.

Sie bestand im Grunde nur aus einer überwucherten Fahrspur, die zum hinteren Ende des Plateaus führte. Wieder einmal erwies es sich als ungünstig, dass ich einen Sedan mit gerade mal 25 Zentimeter Bodenfreiheit fuhr. Ich riskierte es und lenkte den Neon auf den Weg. Pappelzweige und Kudzu streiften die Kühlerhaube und verkratzten den Lack. Nach fünfzig Metern schrammte meine Ölwanne über einen Stein, und ich hielt es für klüger, zu Fuß weiterzugehen.

Es war schon spät, und das Wäldchen wirkte düster. Kein Vogelgezwitscher. Kein Rascheln im Unterholz. Man hörte nur die dicken Tropfen, die von den Bäumen fielen, und im nassen Laub das Rauschen des Windes, der die Regenwolken nach Nordosten trieb. Der Weg war schlammig, und ich musste mich an Zweigen und Schlingpflanzen festhalten, um im feuchten Gras nicht auszurutschen. Aber er führte wieder zurück zu den Kalksteinfelsen.

Meine Gedanken drehten sich im Kreis. Ich rätselte, warum in dieser merkwürdigen Stadt niemand mit mir sprechen wollte, dann machte ich mir klar, dass Ada Mae und Lucas Stark diese Zufahrt wohl Hunderte Male entlanggegangen oder gefahren waren. Ich verlangsamte meinen Schritt, ließ mir nochmal alles durch den Kopf gehen, versuchte zu verstehen. Schließlich kam ich zu einer Lichtung, einer von Menschen geschaffenen Lichtung.

Normalerweise hätten die Kudzuranken hier längst alles überwuchert haben müssen. Aber vor nicht allzu langer Zeit war hier jemand mit der Machete zugange gewesen. Ringsum waren die Hiebe an den Pflanzen zu erkennen. An dünnen Drähten hingen Glasflaschen von den Zweigen der Bäume, die die Lichtung säumten. Insgesamt mochten es an die hundert Flaschen sein: Coca-Cola und Pepsi, Dr Pepper, Fanta und Mountain Dew. Später erfuhr ich, dass man sie »Geisterbäume« nennt.

Im ländlichen Alabama hängen die Leute bunte Flaschen in die Bäume, um das Böse einzufangen. Aber die Menschen von Hattiesburg hatten diesen Brauch noch ein bisschen weiter getrieben: Sie benutzten die Flaschen als eine Art Stacheldraht und geboten dem Wald Einhalt wie ein Gefängniswärter, der das Dickicht vor seinen Mauern lichtet.

Das Blechdach des alten Hauses hatte ein entwurzelter Milchorangenbaum eingedrückt, den wohl vor Jahren ein Wintersturm gefällt hatte. Teerpappe schälte sich von den Latten der Wände. Zackige Überreste von Glas ließen die Fenster wie Raubtierrachen erscheinen. Die Vordertür hing schräg an der unteren Angel. Aus den kaputten Dielen der Veranda wucherte Moos. Hinter dem Haus stand eine Scheune, daneben eine Außentoilette, aus deren Seitenwand Pilze wuchsen. Offenbar bekam die Lichtung wenig Sonne ab.

Doch in diesem Augenblick drangen die letzten Strahlen der untergehenden Sonne von der Felswand herüber, verliehen dem Nebel zwischen den Bäumen einen zartrosa Schimmer und fielen auf die Scheune. Ich folgte dem Licht zu den Hartriegelbüschen, die rund um einen alten Pecanobaum und die Scheune wuchsen.

Gärtnern ist Fays Leidenschaft, und in meiner Ehe habe ich einiges über Bäume und Sträucher gelernt. Ich hätte gedacht, dass so weit im Süden die meisten um diese Jahreszeit schon verblüht sein müssten. Aber zu meiner Überraschung blühte der Hartriegel immer noch rosa, und auch am Pecanobaum prangte eine helle Blüte. Als ich zur offenen Scheunentür ging, traf der letzte Sonnenstrahl die Tropfen an den Blütenblättern.

Suppendosen, Whiskeyflaschen, angeschlagene Teller und Einmachgläser bedeckten den Boden. Unter welkem Laub sah ich den Gitterdeckel einer Holzkiste. Ich ging in die Hocke, nahm ein Einmachglas in die Hand, sah Schrauben und Nägel, in einem zweiten Unterlegscheiben, in einem dritten Spinnweben und mumifizierte Kokons. Dann zog ich die Kiste aus dem Laubhaufen, stand auf und hielt sie ins verblassende Tageslicht.

Die Kiste erwies sich als eine Art Käfig, dessen Tür mit einer verrosteten Eisenhaspe geschlossen wurde. Die Scharniere an der Rückseite bestanden aus verrotteten Lederbändern. Am Boden der Kiste schimmerte etwas Blasses. Ich blinzelte, hielt die Kiste schräg, sah genauer hin und erschrak. In meinen zitternden Händen rasselte das Skelett einer Viper. Vor Entsetzen hätte ich den kleinen Kasten beinahe fallen lassen. Ich holte tief Luft – doch was mir da in die Nase stieg, verblüffte mich vollends.

Ich weiß nicht, warum mir der Geruch nicht schon bei meinem Spaziergang durch den Wald aufgefallen war. Oder als ich auf die Lichtung trat. Vielleicht hatte sich seine Intensität erst ganz entfaltet, als die Abendsonne hereinfiel, den feuchten Boden berührte und die Tröpfchen an den Blättern und Blüten von Pecanobaum und Hartriegel erwärmte, sodass rund um die Ruine, in der Lucas Stark vor siebenundzwanzig Jahren seine Frau ermordet hatte, eine eigenartige Melange von Molekülen aufgewirbelt wurde.

Aber der Duft war unverkennbar und erschütterte mich bis ins Mark.

Es war das Aroma des Frühlingswaldes am Abend nach einem Gewitter, nasse Rinde, Kiefernnadeln und schwarzer Boden, der Wald ganz sauber und klar, vermischt mit dem zarten Hauch der Hartriegel- und Pecanoblüten, dazu der prickelnde Geruch des Leders, untermalt vom Moschusaroma gewendeten Laubs.

»Der Duft von Southern Nights«, murmelte ich.

60

Jetzt war ich mir sicher, dass der Täter, der Morgan Cook, Matthew Haines und John Sprouls im fernen San Diego gefoltert und ermordet hatte, an einem Abend wie diesem auf genau dieser Lichtung in Alabama gestanden hatte – irgendwann im Frühling, als die letzten Sonnenstrahlen nach einem verregneten Tag die sinnliche Erinnerung an einen kaltblütigen Mord weckten.

Aber ich musste meinen Eindruck, dass die Lichtung in den Wäldern von Hattiesburg nach »Southern Nights« duftete, beweisen können, also stellte ich die Kiste ab und raffte Laub aus der Scheune, Grasbüschel und Kudzublätter zusammen. Dann schnitt ich mit meinem Messer die Pecano- und Hartriegelblüten ab, stach ein Stück feuchte Rinde von einer stämmigen Kiefer, und zupfte Blätter von der Milchorange und der Magnolie. Ich packte alles in die Kiste mit dem Schlangenskelett und ging zurück zu meinem Wagen.

Der Himmel färbte sich magentarot, durchsetzt mit Purpurstreifen. Schließlich stieg ein nahezu perfekter Vollmond am Himmel auf und warf ein blasses Licht in den sich verdunkelnden Wald. Die Bäume zeichneten ein wirres Muster fahlroter Schatten auf den Boden. Lichtstrahlen fingen sich in den Geisterflaschen und schufen einen düsteren Regenbogen. Es war unheimlich, und plötzlich fühlte ich mich erschöpft.

Ich eilte zum Auto zurück und kramte mein Handy aus der Tasche. Kein Empfang. Ich beschloss, wieder ins Washoo Arms zu fahren, Rikko und Christina anzurufen, ihnen von Hattiesburg und dem Duft auf der Lichtung zu erzählen.

Gerade als die Sonne vollends verschwand und der Wald ganz in den Bann des Mondes geriet, ertönte plötzlich Musik, und alles war auf einmal ganz anders.

Die Musik kam von Osten, von weit jenseits der Lichtung, sie klang blechern und maßlos laut, eine bizarre Mischung aus Southside-Chicago-Blues und elektronischem Hillbilly. Eine jaulende Gitarre machte den Anfang, dann ratterten die Tambourine, ein Dobro klagte melodisch, Becken dröhnten, Blasinstrumente plärrten, alles stampfend untermalt von E-Bass und Schlagzeug.

Dann setzte Gesang ein. Einige der Stimmen, die da in die Mikrophone schmetterten, klangen ziemlich heiser. Der Rest war ein ungeschulter Chor, dessen Lied, getragen von den verstärkten Instrumenten, durch den Wald herauf drang und von der Felswand widerhallte.

Das war die schrägste Musik, die ich je gehört hatte. »Bloß weg hier«, war mein erster Gedanke. Aber die Melodie wirkte sehr kraftvoll, ja sie rührte verführerisch an die Seele. Die ungekünstelte Erregung der Stimmen, die mit dem Bass anschwollen, der jähe frenetische Einsatz der höheren Instrumente lockte mich in den Wald zurück. Ich stolperte zurück zur Lichtung, duckte mich unter den Geisterfängern und kämpfte mich durch das Kudzugestrüpp. Im Mondlicht irrte ich durch ein Labyrinth umgestürzter Bäume und überwucherter Steinhaufen.

Schließlich gelangte ich zu einem kleinen Hügel, der mit Weihrauchkiefern bewachsen war, und dahinter blendete mich grelles Licht, das durch die Zweige drang. Vorsichtig ging ich bis an den Waldrand und blieb im Schatten stehen, erschüttert von der Szene, die sich mir bot.

Noch nie hatte ich ein Gotteshaus in einer so spektakulären Lage gesehen. Lange bevor der Mensch die Erde betrat, war ein riesiger L-förmiger Felsblock von dem Kalksteinkamm oberhalb von Hattiesburg abgebrochen und ins

Tal gestürzt. Zurück blieb der Halbkreis einer vierhundert Meter hohen Felsplatte, die weit in den Kamm hineinragte, sich verjüngte und schließlich auf die Rückwand einer breiten Höhle stieß. Gepflegte Wege führten zu der Steilwand, die Richtung Hattiesburg abfiel. Ein weiterer Weg verband die Kirche mit einem schlichten Spielplatz und einem Parkplatz im Wald auf der anderen Seite der Felsplatte. Dort sah ich gut fünfzig Fahrzeuge stehen.

Die Kirche selbst schmiegte sich in die Höhle, ihre Rückwand war keine fünf Meter von der Höhlenwand entfernt. Sie war klein und stand auf einem Betonsockel. Das ganze Gebäude war mit großer Sorgfalt errichtet, den Holzrahmenbau hatten geschickte Zimmerleute mit Schlitz- und Zapfenverbindungen gefertigt. Runde, geölte Holzschindeln verliehen dem Gebäude eine warme Patina.

Ein schlichtes Holzkreuz erhob sich auf dem Giebel direkt über dem Eingang. Unter dem Kreuz hing ein hufeisenförmiges Schild mit dunkelgrüner Schrift: KIRCHE JESU ZUNGENREDNER. Darunter stand auf einem kleineren Schild: *Markus 16, 15–18.*

Ich hatte ungewollt die Holiness Church von Hattiesburg entdeckt.

Die Holzläden vor den unverglasten Fensteröffnungen standen offen und ließen den Nachtwind ein, der über die Hochebene wehte. Drei der Fenster überblickte ich von meinem Standort bei den Kiefern. Drinnen tanzten und sangen etwa siebzig Gläubige.

Ihr armen Sünder, seid ihr bereit?
Ohne den Heiland droht dunkle Zeit;
Wird euch vergeben, die böse Tat,
Wenn das bleiche Ross und sein Reiter naht?

Auf den Bänken drängten sich Männer mit Entenschwanzfrisur, schlichten weißen Hemden und dunklen

Hosen. Die Frauen trugen knöchellange Blümchenkleider von der Art, wie ich sie an Darlene Winterridge gesehen hatte, ein Dutzend von ihnen war sichtlich schwanger, und die Haare fielen ihnen offen bis zur Taille, die älteren hatten ihre grauen Zöpfe hochgesteckt. Ich zählte achtzehn Kinder, die barfuß und erhitzt im Mittelgang tanzten. Manche Gemeindemitglieder hoben die Hände und bewegten sich zur Musik. Parnell Jones, der Gerichtsschreiber, schlug das Tamburin. Andere stampften mit den Füßen auf den massiven Dielen und sangen mit unsicherer Stimme:

*Bald kommt der Heiland, des Richters Zeit,
Da der Sünder heult und die Sünderin schreit;
Und endlich erntet ihr die Saat,
Wenn das bleiche Ross und sein Reiter naht.*

Schließlich verstummten die Sänger, und die Menge blickte gespannt in den vorderen Teil der Kirche, in den ich keinen Einblick hatte.

»Ich betreue diese Holiness-Gemeinde nun seit fast achtundzwanzig Jahren«, verkündete eine tiefe, rauchige, beruhigende Stimme über das Mikrophon.

Die Gläubigen klatschten, sagten »Amen« und hoben die Hände.

»Wir waren eine junge Kirche, als ich zu euch kam, eine Kirche, durch Versuchung geprüft. Es war in einer Nacht wie heute. Er hat mit uns sein Spiel getrieben und uns dann einer unsagbaren Niedertracht und Verderbtheit ausgesetzt.«

Zu meinem Erstaunen brachen plötzlich mehrere Frauen zusammen und schluchzten herzzerreißend. Und gleichzeitig wurde mir klar, dass auch die Musik nun von tiefer Trauer und Reue sprach.

Vielleicht war es die Müdigkeit, die mich nach meinem

Zwanzigstundentag überfiel, jedenfalls fühlte ich mich wie in Trance und konnte dem Drang nicht widerstehen, näher zu treten. Ich stahl mich an der Böschung entlang zu einer Gruppe von Eschen, von der ich das letzte Fenster einsehen konnte. Die Weinenden beruhigten sich, ich kroch die letzten Meter bäuchlings über die glitschige rote Erde, richtete mich auf und spähte durch die Zweige in die Kirche.

Ich weiß nicht, was ich erwartet hatte. Aber der Prediger, der, wie sich später herausstellte, Bruder Neal hieß, war ein schmächtiger Mann Ende fünfzig, das silbergraue Haar zurückgekämmt, mit langen, knochigen Händen und ausgeprägter Körpersprache. Er stand auf einem Podest aus rohen Kiefernbrettern, wippte mit dem Oberkörper und hielt ein Mikrophon in der Hand, dessen schwarzes Kabel zu einer kleinen Verstärkeranlage führte. An der Wand hinter ihm hing ein weiteres schlichtes Kreuz.

»Still, Schwestern«, sagte er. »Werdet jetzt still. Ich weiß, es tut weh. Aber manchmal muss etwas wehtun, damit es heilen kann.«

Zu Bruder Neals Füßen stand ein halbes Dutzend Kisten, wie ich sie im Kofferraum meines Wagens hatte. Hinter dem Prediger befand sich die Band, zwölf Musiker, die jede seiner Bewegungen gebannt verfolgten. Und mit seinen beruhigenden Flüsterlauten und Gesten zog er auch alle anderen in den Bann: Sie entspannten sich sichtlich und betrachteten Bruder Neal hingerissen. Tatsächlich war es schwer, den Blick von diesem unscheinbaren Mann zu wenden, der zitternd und bebend jeden Klagelaut der Frauen untermalte.

Er hob die Hände und schloss die Augen. »Es ist wichtig, dass wir uns erinnern, wie wir in unserer Kirche Jesu in Versuchung geführt wurden, aber durch unseren Glauben den Satan besiegen und seiner Macht entrinnen konnten.«

»Amen«, entrang es sich zahlreichen Kehlen.

Schweißperlen standen auf Bruder Neals Stirn, als er fortfuhr: »Es ist wichtig, dass wir uns erinnern, wie wir siebenundzwanzig Jahre mit Gott gelebt haben. Wir haben unsere Schuldigkeit getan. Alles getan, um mit dem Heiligen Geist im Einklang zu sein.«

»Lobet den Herrn«, intonierte die Gemeinde.

»Nun ist einer unter uns, der um diese Jahreszeit sehr unter den Wunden leidet, die ihm im Kampf mit dem Satan zugefügt wurden«, sagte Bruder Neal. »Und jetzt, wo er sich grämt und meint, Gott habe ihn vergessen, erfahre ich, dass ein Polizist aus Kalifornien in die Stadt gekommen ist und versucht, schmutzige Geschichten über Lucas Stark auszugraben.«

Bruder Neal schlug die Augen auf und schenkte den Versammelten einen ernsten Blick. »Täuscht euch nicht: Das ist nicht einfach nur ein Polizist, Brüder und Schwestern. Er ist es – wieder in anderer Gestalt. Er führt uns in Versuchung. Will uns zum Bösen verleiten. Er ist noch nicht fertig mit euch, noch nicht fertig mit mir. Überhaupt noch nicht. Wir haben ihn besiegt, aber er – er will, dass die Geschichte dieser Versuchung erzählt und immer wieder erzählt wird. Täuscht euch nicht, er bekommt, was er will, einfach durch die Schilderung seiner Niedertracht. Er will, dass seine Geschichte erzählt wird, und daran dürfen wir nicht teilhaben, denn wer die Geschichte des Bösen erzählt, fördert seine Ziele.«

Ich duckte mich, der Bann war für einen Augenblick gebrochen. Wahrscheinlich war es das Beste, hier zu verschwinden – statt vor dieser Kirche einer christlich-fundamentalistischen Sekte im Nordosten Alabamas bäuchlings auf dem nassen Boden zu liegen, während der Prediger mich als Abgesandten der Hölle geißelte.

Ich wollte mich schon davonstehlen, als ich Bruder Neal sagen hörte: »Wir haben uns also entschieden, die alten Wunden nicht wieder aufzureißen, in die Luzifer seine

Maden legen kann. Wir haben also beschlossen, dass unser Leiden vorbei ist und wir nun nach siebenundzwanzig Jahren in die Zukunft blicken können.«

Ich konnte nicht anders, ich hob unwillkürlich wieder den Kopf und schaute. Bruder Neal umklammerte mit beiden Händen das Mikrophon und ließ den Blick über seine Schäfchen schweifen. »Habt ihr gehört, Brüder und Schwestern?«, fragte er. »Ich sage, dass die Zeit des Leidens vorbei ist.«

In der Kirche herrschte Grabesstille. Die Gläubigen tauschten unsichere Blicke. Dann schüttelte eine rundliche Frau ihr Tamburin und rief mit schriller Stimme: »Amen. Amen!«

Bruder Neal lächelte sie an. »Danke, Schwester Rose. Ich sage es euch allen noch einmal, vor allem aber einem unter euch. Dein Leid hat ein Ende. Du hast dich genug bestraft. Du hast dich von allen Sünden reingewaschen. Jetzt weiß ich, wie es steht. Denn siebenundzwanzig Jahre lang mussten wir in Nächten wie dieser daran zurückdenken, auch wenn wir es nicht wollten.«

Mehrere Frauen und Männer sahen über die Schulter nach jemandem im hinteren Bereich der Kirche und begannen hemmungslos zu weinen. Andere standen auf, schlossen die Augen, hoben die Hände und riefen immer wieder: »Amen!«

»Wir erinnern uns, und das wird uns zur Last«, sagte Bruder Neal, schloss nun ebenfalls die Augen und hob die Hände zum Himmel. »Eine Last, die wir so schrecklich lange getragen haben. Genug, Herr. Genug. Nimm sie von unsern Schultern.«

»Er wird sie uns nicht abnehmen, und wenn ihr noch so lange betet«, dröhnte eine kampfeslustige Stimme. »Er macht sie noch schwerer. Das tut er! Er versteht sich darauf, Salz in die Wunde zu streuen.«

Ich erkannte seine Stimme sofort und kroch ein Stück

um die Eschen herum, um bessere Sicht zu haben. Nelson Carruthers, der Polizeichef, stand etwa in der zehnten Reihe in der Nähe der Wand. Er hatte wenig gemein mit dem Mann, der mich im Washoo Arms so barsch verhört hatte. Sein Uniformhemd war am Kragen offen und hing ihm aus der Hose. Seine Krawatte saß schief. Unter den Achseln und auf den Schultern hatte er Schweißflecken. Und der Alkohol, den er getrunken hatte, bekam ihm offenbar schlecht.

»Still jetzt, Bruder Nelson«, beschwor ihn Bruder Neal. »Dein Leid ist vorbei.«

»Das wird nie enden«, knurrte Carruthers. »Ich bin auf ewig verdammt.«

Eine Frau mit zinngrauem Haar und blauem Blümchenkleid stellte sich neben Carruthers und griff nach seinem Arm. »Komm, Nelson«, sagte sie. »Du darfst nicht so reden. Die Leute hier lieben dich für alles, was du für sie getan hast.«

Carruthers musterte sie mit trübem Blick. »Eileen, du denkst immer noch, du hättest es gut getroffen. Und dabei musstest du seine Brut aufziehen.« Er wies voller Abscheu auf einen jungen Mann Ende zwanzig hinter ihr, dessen weiche, schlaffe Züge unverkennbar auf Downsyndrom hinwiesen. Der junge Mann duckte sich und blickte zu Boden.

»Ja, von dir rede ich, du Schwachkopf«, sagte Carruthers mit schwerer Zunge. »Seinetwegen und euretwegen bin ich verdammt, und daran kann auch noch so viel Liebe nichts ändern.«

Er drängte sich an Eileen vorbei, ignorierte ihren Pflegesohn und stürmte hinaus. Vor der Kirche stolperte er und fiel auf den Rasen, stand aber sofort wieder auf und hetzte wie von Dämonen gejagt zum Parkplatz.

Mehrere Männer wollten ihm folgen, doch Bruder Neal rief ihnen zu: »Lasst ihn gehen, Brüder. Er muss das allein durchstehen, auch wenn er für uns leidet.«

Draußen auf dem Parkplatz wurde eine Autotür zugeschlagen.

Bruder Neal wartete, bis sich die Unruhe nach Carruthers' Aufbruch gelegt hatte. Dann sagte er: »Das ist sehr schwer für Bruder Nelson. Eine schreckliche Last. Aber Brüder und Schwestern, wir können dem Leiden ein Ende zu setzen.«

»Amen«, tönte es.

Der Prediger lächelte. »Wir von der Kirche Jesu wissen aus der Apostelgeschichte, dass unsere Leiden ein Ende haben, weil Gott auf unserer Seite ist.«

»Amen!«, rief die Gemeinde.

Ein halbes Dutzend Frauen sprang auf, warf die Hände in die Höhe und schrie: »Halleluja!«, darunter die säuerliche Empfangsdame aus dem Hotel und Darlene Winterridge.

Aber ihre Anwesenheit verblüffte mich weniger als die Sprache, die diese Leute sprachen. Anspielungen auf das Zungenreden und die Apostelgeschichte von Paulus. Irgendwie passte das alles zu den Hintergründen der Morde in San Diego.

Bruder Neal hob mahnend die Hand und riss mich aus meinen Gedanken. Er fuchtelte mit dem Finger wie mit einem Schwert. »Wisst ihr was, Brüder und Schwestern?«

»Nein, Bruder Neal, sag es uns«, riefen mehrere Gläubige.

»Ich weiß bereits, dass ihr der Versuchung widersteht!«, verkündete er mit zusammengekniffenen Augen. »*Und ihr wisst, woher ich es weiß!*«

»Woher, Bruder Neal?«, riefen mehrere, andere klatschten. »Sag es uns.«

Neals flackernder Blick schweifte über die Gemeinde. Er ging hinter den Kisten auf die Knie. Die Behälter waren seitlich mit Drahtgittern versehen, sodass man schattenhaft sah, was sich darin befand. In der Kirche war es totenstill. Bruder Neal fuhr mit den Fingerknöcheln hart über die Deckel der Holzkisten auf dem Altar, wie ein Musiker, der mit dem Klöppel über ein Bambusxylophon streift.

Hinter den Drahtgittern krümmten sich Schatten. Die nächtliche Frühlingsluft war vom trockenen Rasseln der Schlangen erfüllt. Voller Angst und doch fasziniert presste ich die Wange an den Stamm der Esche neben mir und wartete gespannt, was Bruder Neal als Nächstes tun würde.

Der Prediger legte die flache Hand auf eine der Kisten, als wolle er den Lufthauch spüren, den das Rasseln der Schlange verursachte. Sein Gesicht rötete sich, und er blickte zum Himmel. »Herr, wir bezeugen deine Güte hier in dieser Kirche«, sagte er. »Siebenundzwanzig Jahre lang haben wir deiner Prüfung standgehalten, haben wir dir mit Worten und Taten gezeigt, dass wir eins sind mit dir. Und wir bitten dich um Vergebung und um Linderung des Leidens, das heute einige von uns heimsucht.«

Bruder Neal zitterte am ganzen Körper vor Leidenschaft, als er schrie: »Wir sind eins mit dir, Herr. Wir zeigen dir, dass uns deine Feuerzungen berühren und uns immun machen gegen die Krankheiten Satans. Wir zeigen es dir, indem wir den Tod höchstselbst in die Hand nehmen!«

61

Angstvolles Schweigen legte sich über die Gemeinde, so bedrückend wie damals im Fenway Park, als mein Armgelenk brach. Viele stellten sich auf Zehenspitzen, um die Schlangenkisten besser sehen zu können. Dann begann der Bassist einen getragenen, sich langsam beschleunigenden Rhythmus zu spielen. Nach und nach gingen die Lichter aus, bis nur noch zwei Dutzend Kerzen rund um den roh gezimmerten Altar brannten.

»Spürt es«, mahnte Bruder Neal sanft.

Der hämmernde Bass hallte in meiner Brust nach, als sich das leise Zischen des Besens auf dem Becken dazugesellte und schließlich die Trommel eine schlichte, eingängige Melodie schuf. Bruder Neal sagte: »Spürt es wachsen wie ein Feuer, das vom Himmel herabsteigt, um eure Zungen zu lösen und Zeugnis abzulegen von seiner Herrlichkeit.«

»Halleluja!«, sang die Gemeinde. Die Lead-Gitarre stimmte ein, dann das Dobro. Die Musik, von den Höhlenwänden zurückgeworfen, ging mir durch und durch.

»Spürt, wie der Heilige Geist in euch fährt«, rief der Prediger. »Im Markus-Evangelium heißt es: ›In meinem Namen werden sie Teufel austreiben, mit neuen Zungen reden.‹ Neue Zungen singen. Spürt, wie das Feuer eure Lippen berührt, Brüder und Schwestern. Spürt, wie es euch Worte lehrt, um euren Herrn und seine geheimnisvollen Wege zu schildern.«

»Gelobt sei sein Name!«, brüllte die Menge und verfiel innerhalb von Sekunden in Ekstase. Viele sangen mit zitternder Stimme, andere sanken auf die Knie, hoben die Hände und wirkten vollkommen verzückt. Wieder andere sprachen Prophezeiungen aus und redeten in fremden Sprachen. Ich sah, wie die Hoteldame im Stechschritt auf- und abmarschierte und brabbelnd ein unverständliches Zeugnis ihrer Verbindung mit dem Erlöser ablegte.

Dann, ohne dass Bruder Neal dem Chaos Einhalt geboten hätte, verstummten allmählich die Gebete, und einige Männer und Frauen lösten sich aus der Menge. Schweigend und unerbittlich traten sie vor, auf ihren Gesichtern spiegelten sich urtümliche Emotionen, die mir fremd und zugleich eigenartig faszinierend erschienen.

Eine Frau Anfang zwanzig war als Erste bei den Kisten angelangt, kniete nieder, das Gesicht halb verdeckt von einer kastanienbraunen Mähne, die Arme zum Himmel gereckt. Die Menge rückte näher und hob ebenfalls die Hände.

»Das erste Mal, Schwester Alice?«, fragte Bruder Neal.

»Ja«, erwiderte sie.

»Das soll uns eine gute Erinnerung werden, an die wir an einem warmen Aprilabend zurückdenken können«, sagte er.

»Hilf mir, Jesus«, bat sie.

»Mögest du eins werden mit dem Herrn, Schwester Alice.«

Die Haltung, die Schwester Alice einnahm, als sie nun den Kopf hob, kann ich nur als alles hinnehmende Unterwerfung bezeichnen. Eine vollkommene Selbstaufgabe erfasste ihren ganzen Körper. Bruder Neal öffnete die äußerste rechte Kiste. Er warf einen Blick hinein und holte schließlich mit sicherem Griff eine grün-marmorierte Waldklapperschlange heraus.

Die Schlange wand sich, suchte Bruder Neals Unterarm, streifte ihn mit der Zungenspitze. Aber sie bäumte sich nicht auf, um ihn zu beißen, sondern ließ sich auf seinen Handrücken gleiten. Bruder Neal hob den Arm, sodass die Zunge der Schlange beinahe seine Lippen berührte, und sah ihr in die Augen. Dann wandte er sich mit angespannter Miene Schwester Alice zu und wisperte mit heiserer Stimme wie ein katholischer Priester beim Verteilen der Hostien: »Welch unsagbare Freude, den Tod in Händen zu halten.«

»Welch unsagbare Freude«, wiederholte Schwester Alice.

»Welch unsagbare Freude«, murmelte die Gemeinde.

Jäh war der Bann gebrochen, in den mich die Szene gezogen hatte. »Die Botschaft in Cooks Wohnung!«, flüsterte ich ungläubig.

Tamburine rasselten. Der Bass setzte wieder ein, tief und gleichmäßig wie der Herzschlag eines Menschen. Bruder Neal wand die Schlange um Schwester Alices ausgestreckte Arme. Sie wurde stocksteif, nur das Reptil bewegte sich. Aber es biss nicht. Dann entspannte sich die Frau, zitterte, weinte Freudentränen und betrachtete lächelnd die Schlange auf ihren Armen. Nun war sie überzeugt, dass sie sich der Versuchung gestellt, dem Tod ins Auge geblickt hatte und eins war mit dem Herrn.

Im Lauf der nächsten halben Stunde traten zwölf weitere Schlangenfreunde vor, um die Tiere zu halten. Ich sah, wie eine Giftnatter nach der anderen aus den Kisten geholt wurde, beobachtete die Gesichter der Gläubigen, die ihre Seele bloßlegten, mit erwartungsvoller Miene, geradezu freudig schaudernd.

Schließlich gab auch der Letzte der zwölf seine Schlange wieder an Bruder Neal und kehrte in den Schoß der Gemeinde zurück. Die Musik verstummte. Bruder Neal ließ den Blick über seine Schäfchen schweifen, aber es wollte keiner mehr vortreten. Seine Schultern sackten zusammen, und auch mich überfiel eine irrationale Enttäuschung bei dem Gedanken, dass Bruder Neal seine Schlangenzeremonie nun beenden würde.

Dann hörte ich, wie jemand aufstand, verrenkte mir den Kopf und sah die Frau, die zuvor Carruthers getröstet hatte.

Sie nahm den behinderten jungen Mann an den Händen. Er war von rundlicher Gestalt und hatte ein liebenswertes Gesicht. Unter seinem neuen Jeansoverall trug er ein gestärktes weißes Hemd, das bis zum Kragen zugeknöpft war. Seit Carruthers' Schimpftirade hatte er traurig den Kopf gesenkt gehalten.

»Komm, Caleb«, sagte sie.

Er blickte auf. Sein trauriges Lächeln ließ vermuten, dass er auf seine Weise Frieden gefunden hatte. Doch dann sah ich seine Augen: Angstvolle, blutunterlaufene Augen, die bezeugten, dass er Schreckliches gesehen hatte. Und ich dachte: *Seine Augen sind wie meine.*

Die Frau trat näher und sprach mit ihm. Was sie sagte, verstand ich nicht. Aber als sie nun noch einmal seine Hände drückte, stand Caleb auf und folgte ihr klaglos. Wieder setzte die Bassgitarre ein. Bruder Neal hob die Hände. Die Frau blieb stehen und schob Caleb weiter: »Geh jetzt.«

Wieder spielte das traurige Lächeln um seine Lippen, dann ging er nach vorne und kniete nieder. Viele der Anwesenden hatten sich auf die Bänke gestellt und die Hände ausgestreckt. Die Musik legte an Tempo zu, und Caleb wiegte sich in ihrem Rhythmus. Er schloss die Augen, warf den Kopf zurück und sang unverständliche Laute, die tief aus seiner Kehle drangen; es hörte sich ähnlich an wie der Chor, den ich anfangs draußen im Wald vernommen hatte. Aber Calebs Gesang hatte klare und helle Untertöne, seine Stimmbänder erklangen wie ein hervorragend gestimmtes Instrument.

Die Band drehte auf. Schwitzend und schaudernd hielt Caleb mit, sein Unterkiefer zitterte, aber seine Stimme versagte nicht. Bruder Neal ging zu der Kiste in der Mitte. Er öffnete sie, aber diesmal benutzte er eine Schlangenzange. Damit zog er eine gut einen Meter lange, schwarze Diamantklapperschlange heraus, die so dick war, dass er sie mit der Zange kaum umfassen konnte. Das Tier richtete sich aufmerksam auf, und sein Schwanz zitterte wütend.

»Welch unsagbare Freude, den Tod in Händen zu halten«, sagte Bruder Neal.

»Unsagbare Freude«, wiederholte Caleb. Trotz seiner Körpergröße hatte er die Stimme eines Kindes.

Bruder Neal schaute die Frau an. »Wen liebst du mehr, Schwester Eileen?«, fragte er. »Deinen Sohn oder Gott?«

Ohne Zögern entschied sich die alte Frau für Gott.

Caleb sang nun langsamer, stieß kehlige Klagelaute aus, die er alle fünf Sekunden unterbrach. Es klang wie das Geräusch eines Sonars unter Wasser. Bruder Neal legte die wütende Schlange auf Calebs ausgestreckte Unterarme. Caleb sah sie nicht an, sondern hielt die Augen halb geschlossen, als blicke er in die Ferne. Die Klapperschlange wirbelte herum, richtete sich auf, krümmte sich nach hinten und riss das Maul auf. Einen Augenblick lang sah ich, wie sie ihre Muskeln anspannte, um zuzuschlagen, und ich war mir sicher, dass sie Caleb ins Gesicht beißen würde.

Der junge Mann zeigte keinerlei Angst. Er sang einfach weiter und wiegte sich im Rhythmus, als die Schlange sich auf ihn stürzte. Die Gemeinde hielt den Atem an. Doch die Schlange schwenkte um, schloss das Maul, bäumte sich auf, überschritt aber nicht die unsichtbare Grenze, die Calebs Gesicht zu schützen schien.

Bald holte Bruder Neal eine noch größere Klapperschlange heraus und legte sie in Calebs Hände. Dann folgte eine dritte, eine vierte, eine fünfte. Caleb hob, den Kopf im Nacken, die fünf Tiere in die Höhe. Die Schlangen wanden sich, bewegten sich im Rhythmus seines Klagegesangs, der nun an die unwillkürlichen Schmerzensschreie einer Frau in den Wehen erinnerte.

Bruder Neal schickte sich an, eine sechste Schlange herauszuholen, aber Calebs Mutter schüttelte den Kopf.

»Er ist erschöpft, Bruder«, sagte sie. »Heute Nacht wird Caleb in Frieden schlafen, denn er weiß, er ist eins mit dem Herrn.«

»Amen«, sagte Bruder Neal. Mit seiner Zange griff er eine Schlange nach der anderen und beförderte sie wieder in ihre Kisten. Caleb sackte in sich zusammen, als hätte er einen Kampf gegen übermächtige Gegner durchgestanden. Zwei Mitglieder der Gemeinde halfen ihm auf die Beine. Seine Mutter küsste ihn auf die Stirn. Dann streckten andere die Hände nach ihm aus, lächelten ihn an, riefen »Amen«. Am liebsten hätte ich ihn selbst angefasst, warum, weiß ich nicht. Mir war nur klar, dass ich Zeuge von etwas Außerordentlichem geworden war, und dieser junge Mann, der Caleb hieß, hatte es vollbracht.

Ich schüttelte den Kopf, als wäre ich aus einem schweren Traum erwacht. Die Schlangenzeremonie hatte mich vollkommen gefesselt. Mir war, als sei ich an einem Ort ohne Vergangenheit und ohne Zukunft, wo ich nicht mehr ich, sondern ein Mitglied dieser außerordentlichen Kirche war. Übermüdet und orientierungslos wie ich war, beschloss ich, mich hier auf dem Laub ein wenig auszuruhen, bis die Kirchgänger aufgebrochen waren. Dann wollte ich mich durch den Wald zu meinem Auto zurückschleichen.

In diesem Augenblick bohrte sich hartes Metall in meinen Nacken und drückte meinen Kopf gegen die glatte Baumrinde. Mühsam drehte ich mich um und blickte in die Mündung einer Pumpgun, die Nelson Carruthers auf mich richtete.

62

»Na, gefällt dir, was die Verrückten da treiben, Moynihan?«, fragte Carruthers mit eisiger Stimme.

Allem Anschein nach war er nicht nur betrunken, sondern auch dem Wahnsinn nahe, deshalb ließ ich mich bäuchlings auf den Boden fallen und hob die Hände. »Nicht schießen«, bat ich. »Ich habe im Wald die Musik gehört und wollte sehen, was los ist. Ich wollte niemandem zu nahe treten, glauben Sie mir.«

»Warum liegst du dann da im Dreck?«, fragte er, bückte sich und zog die Pistole aus meinem Gurt. »Nur ganz bestimmte Kreaturen rutschen im Dreck, Junge.«

Carruthers lockerte den Druck seiner Pumpgun auf meinem Nacken, und trotz seines grausamen Tons dachte ich eine Sekunde lang, er würde mich aufstehen lassen. Dann spürte ich, wie der Lauf seiner Waffe an meinem Körper entlangglitt und sich schließlich in meinen unteren Rücken bohrte. Gleichzeitig packte er mich am Kragen und zerrte mich hoch. Die Pumpgun zielte nun auf meine rechte Niere.

»Moynihan, ich bin jetzt dein Erlöser, kapiert?«, sagte er mit schwerer Zunge. »Mach keinen Mucks, außer ich sag's dir. Verstanden?«

Noch nie hatte ich mit jemandem zu tun gehabt, der einen so einschüchtern konnte wie Nelson Carruthers. Betrunken und wütend wie er war, verfügte er über eine derart geballte Kraft, die genau an meinen Schwachpunkten ansetzte, sodass er mich mit der Pumpgun im Rücken und der Hand im Nacken dirigieren konnte wie eine Marionette. So stolperte ich vor ihm die Böschung hinunter, ohne zu sehen, wo ich hintrat.

Als wir die Wiese vor der Kirche erreichten, erspähte ich durch die Baumwipfel den Mond, der hoch über der Felswand stand. Ich musste mich umdrehen und niederknien, sodass ich den Eingang mit dem Kreuz darüber vor mir sah. Die Pumpgun hatte ich nun wieder im Nacken. Mittlerweile hatte sich die Gemeinde um mich versammelt und betrachtete mich mit versteinerter Miene.

»Konntest du nicht auf mich hören und hier verschwinden, he?«, sagte Carruthers, der nun neben mir stand und seine Waffe gegen meinen Bizeps drückte. Aus dem Augenwinkel sah ich, dass er mich mit demselben Blick musterte wie die Wagemutigen ihre Klapperschlangen während des Gottesdienstes. »Du bist wohl gekommen, um die Knochen von Lucas Stark auszugraben, stimmt's? Oder hast du mich auf dem Kieker? Bist du hinter mir her, Großstadtbulle?«

»Ich weiß nicht, wovon Sie reden«, gab ich zurück.

Er beugte sich über mich, und ich roch den Whiskey in seinem Atem. »Ach nö? Du kommst an so einem Abend und meinst, ich wüsste nicht, wer du wirklich bist, du, der du mich versuchen und verhöhnen willst?«

Jetzt löste sich Schwester Eileen, Calebs Mutter, aus der Menge. »Nelson, nimm das Gewehr weg. Bitte.«

Er wankte ein klein wenig und sah sie skeptisch an. »Der Satan ist erschienen, um mich zu peinigen, Frau«, sagte er. »Und ich zeige Gott, dass ich eins bin mit ihm, dass ich mit dem da fertig werde. Siehst du das nicht?«

»Bitte, Nelson«, sagte sie mit Tränen der Verzweiflung in den Augen. »Hör auf.«

Wieder spürte ich den Lauf der Waffe deutlich an meinem Hals. »Du hörst bei der Predigt wohl nie zu, Eileen?«, sagte er. »Bruder Neal hat doch erklärt, dass dieser Mann aus unserem Unglück Profit schlagen will. Er könnte das Werkzeug meiner Vernichtung sein!«

Es erhob sich ein wirres Gemurmel. Verzweifelt suchte

ich bekannte Gesichter – Darlene Winterridge, die Empfangsdame und Parnell Jones standen in der vordersten Reihe.

»Ich bin nur ein Polizist«, versicherte ich ihnen. »Ich arbeite an drei Mordfällen in San Diego und …«

»Halt's Maul«, fuhr Carruthers dazwischen. Dann leuchteten seine Augen, als hätte er eine Eingebung. »Bruder Moynihan sagt, er will uns nichts Böses. Warum beweist er es nicht?« Er lachte wie über einen gelungenen Scherz. »Glaubst du an den Herrn, Moynihan?«

»Bitte, ich …«

»Halt's Maul«, grollte er. *Bist du eins mit dem Herrn?*«

»Ich weiß nicht«, gestand ich.

Auch das fand er komisch. »Du wirst es bald rausfinden. Das ist das Schöne an der Schlangenzeremonie, Moynihan: Du findest schnell heraus, ob Gott auf deiner Seite ist oder nicht.«

Suchend ließ er den Blick über die Menge schweifen, dann nickte er Parnell Jones zu. »Du – dich meine ich – du gehst in die Kirche und bringst ihm eine Schlange.«

Jones zögerte. »Bruder Nelson, ich …«

»Nicht Bruder Nelson!«, brüllte Carruthers zornentbrannt. »Ich bin Polizeichef Carruthers, der oberste Ordnungshüter in Hattiesburg. Geh und hol mir eine Schlange!«

Der Gerichtsschreiber duckte sich ängstlich, drehte sich um und lief die Kirchentreppe hinauf. Das alles schien sich ganz lautlos zu vollziehen, so wie früher auf dem Sportplatz, wenn ich eine Erfolgsserie hatte. Als würde all das mit einem anderen geschehen, sah ich, wie Jones zum Altar rannte, sich eine Kiste griff und zu mir zurück spurtete.

»Stell sie da hin«, befahl Carruthers und wies mit dem Kinn auf die Grasfläche vor mir. Parnell Jones näherte sich unterwürfig und setzte den Behälter einen halben

Meter vor meinen Knien ab. Im Licht, das aus der Kirche drang, zeichnete sich matt die Silhouette des Tieres ab, das warnend klopfte. Es war die große Diamantklapperschlange.

Einen Augenblick lang bestand die Wirklichkeit nur aus Schatten: Der Schatten der Schlange, die sich in der Kiste wand, die Schatten der Gemeindemitglieder, die rundum standen, und der verschwommene Schatten Bruder Neals, der auf Carruthers zutrat.

»Bitte, Bruder«, sagte er. »Das ist nicht recht.«

»Ganz und gar nicht«, warf ich ein.

»Halt's Maul«, sagte Carruthers, doch sein Zorn richtete sich nun auf Bruder Neal. »Was ist nicht recht? Vieles ist nicht recht. Darum geht's doch, oder? Nur Weniges ist so gerecht wie die Zeremonie, Bruder. Das finden Männer wie du und ich so gut an der Sache. Weniges im Leben ist einfach schwarz oder weiß. Entweder der Heilige Geist ist mit dir oder nicht. *Du weißt, wie das ist.*«

»Stimmt«, sagte Bruder Neal. »Aber du und ich, Nelson, wir machen das freiwillig. Niemand hat uns je die Prüfung aufgezwungen.«

Carruthers dachte über den Einwand nach, dann schüttelte er den Kopf und zwinkerte erst mir, dann der Gemeinde übertrieben zu. »Wir müssen uns vor ihm hüten«, flüsterte er. »Er ist gerissen, wenn er auf die Jagd geht. Das steht fest. Ich weiß das.«

Bruder Neal wollte noch einen Schritt auf ihn zugehen, aber Carruthers hob die Waffe in seine Richtung. »Nein, Bruder«, sagte er. »So oder so, tut mir Leid. Aber wir werden diese uralte Religion hier und jetzt praktizieren.«

Carruthers löste den Verschluss der Schlangenkiste mit der Spitze seines Cowboystiefels. Ein Lichtstrahl, der aus der Kirche drang, beleuchtete das obere Drittel des Käfigs, ich hörte das Rasseln und spürte, wie sich meine Kehle zuschnürte.

»Jetzt mach schon«, befahl Carruthers. »Los. Schau Gott ins Angesicht.«

Und in diesem Augenblick sah ich meine Rettung. Ich musste einen Ort in meinem Innern aufsuchen, wo ich Frieden und Sicherheit fand. Aus irgendeinem Grund kam mir der Strand bei Torrey Pines in den Sinn, und ich stellte mir vor, wie mein Vater von mir wegging. Nur drehte er sich jetzt um, sah mich an und nickte.

Ich kroch auf Knien näher heran, griff nach der Kiste und sah hinein. Kaum einen Herzschlag lang blickte ich in die schwarze Leere, suchte nach irgendeiner Wahrheit. Ein Mondstrahl, der seitlich hereinfiel, ließ den rasselnden Schwanz aufleuchten, ihren schwarz schimmernden Rücken und ein nickelblaues Auge, das sich auf mich richtete. Dann bog sich das Tier zurück, und ich duckte mich, ebenfalls zum Angriff gerüstet.

Ich griff mir die Kiste, schwang sie einmal hin und her und schleuderte sie dann weg. Die aufs Äußerste gereizte Schlange flog direkt auf Carruthers zu. Dieser wollte sich ducken, aber schon bohrten sich ihre Zähne durch das Hemd in seine Schulter, bevor das Untier schließlich zu Boden fiel.

Der Polizeichef heulte auf und ließ seine Waffe fallen. Er schob das Kinn vor, seine Augen sprühten vor Zorn. »Sieht so aus, als würden wir beide heute sterben.«

Ich stürzte mich auf die Pumpgun. Carruthers stellte den linken Fuß auf den Schaft, mit dem rechten trat er mir ins Gesicht. Ich spürte, wie meine Haut aufplatzte, und hörte das Knirschen brechender Knochen. Wie benebelt rollte ich auf den Rücken und sah noch, wie Carruthers meine Pistole aus seinem Gürtel zog. Der Polizeichef zitterte, sein Kreislauf hatte nun nicht nur mit Alkohol, sondern auch noch mit Gift zu kämpfen. Ich schmeckte Blut und spuckte zerbrochene Zähne aus. Mit meinem Wangenknochen war etwas passiert, jedenfalls pochte er wie wild und blutete heftig. Ich stöhnte.

»Du sollst Gott lobpreisen«, sagte Carruthers und entsicherte die Pistole. »Denn du wirst mit neuen Stimmen singen.« Er hob die Waffe und zielte auf meinen Kopf.

63

»Lass die Waffe fallen, Chef«, rief jemand vom Parkplatz herüber.

Carruthers spähte in die Dunkelheit. Ein großer, schlaksiger Mann Ende dreißig kam mit einem Revolver in der Hand auf uns zu. »Weg damit, sofort«, befahl er.

»Verschwinde, Carlton Lee«, brummte Carruthers. »Du hast hier nichts verloren.«

»Ich war schon lange nicht mehr im Gottesdienst, Chef«, räumte Carlton Lee ein. »Aber darum geht's nicht. Hier geht es um einen Kollegen, der verwundet wurde, und ich habe gesehen, dass du es warst.«

Carruthers richtete meine Pistole auf Lee.

»Willst du das wirklich, Nelson?«, fragte Lee. »Zwei Kollegen erschießen? Du hast mir mal erklärt, Polizist zu sein sei was für anständige Leute.«

»Anstand gibt's nicht mehr«, gab Carruthers aggressiv zurück. »Es gibt gar nichts mehr.«

»Doch, sehr viel sogar«, entgegnete Lee. »Du hast Eileen und Caleb, die dich lieben. Was willst du mehr?«

»Eine Menge«, sagte der Polizeichef, dann hob er die Faust zum Himmel. »Mir steht eine Menge zu.«

»Das Gefühl verstehe ich«, sagte Lee. »Aber du musst jetzt die Waffe weglegen, Nelson, bevor du etwas tust, was du später bereust.«

»Bitte, Nelson«, sagte Carruthers' Frau.

Sein Blick wanderte von ihr zu mir. Seine Augen waren tränenverschleiert. Mit zitternder Hand zielte er erneut auf mich, doch statt blinder Wut hatte ihn nun die Verzweiflung gepackt.

»Tu ihm nichts, Papa.«

Carruthers' Sohn Caleb sah ihn aus großen, vertrauensvollen Augen an. »Du hast gesagt, man darf niemandem wehtun, Papa.«

Carruthers starrte seinen Sohn an. Dann sackte er ganz plötzlich in sich zusammen. Er ließ die Waffe fallen, ging in die Knie und warf den Kopf nach hinten. Dann versuchte er, die Hände nach Caleb auszustrecken, als wollte er ihn umarmen, aber er konnte nicht. Schweiß perlte von seiner Stirn, seine Gesichtszüge erschlafften, und er fiel neben mir ins Gras.

Bruder Neal lief zu Carruthers und rief: »Das Gift wirkt. Wir müssen ihn reinbringen.«

64

Am nächsten Morgen wachte ich um zehn Uhr auf und wusste weder, wo ich mich befand, noch wie ich hierher gekommen war. Die Ereignisse des vergangenen Abends flackerten auf wie Szenen aus einem Film. Mein Kopf dröhnte, ich fühlte mich benebelt, und mein Kiefer tat weh. Mehrere Zähne waren locker, mein linkes Auge zugeschwollen und meine Wange mit zwanzig Stichen genäht. Den Mund bekam ich kaum auf. Aber der brennende Schmerz, der mich nachts geplagt hatte, war weg. Als ich das erkannt hatte, setzte ich mich auf und sah, dass ich mich in einem schlichten Zimmer des Krankenhauses von Hattiesburg befand.

Officer Carlton Lee stand in der Tür und grinste aufmunternd. In der Hand hielt er einen Aktenordner und einen altmodischen Kassettenrecorder.

»Für die Provisorien, die Doc Granger gestern Abend noch eingesetzt hat, werden Sie sich Kronen machen lassen müssen, Sergeant Moynihan«, sagte er. »Und Ihre blauen Flecken können sich sehen lassen. Eine schlimme Platzwunde und eine Knochenprellung an der Wange, aber Gott sei Dank ist nichts gebrochen. Aber die Ärzte haben Sie ganz schön unter Drogen gesetzt. Sie hatten starke Schmerzen.«

»Das weiß ich immerhin noch.«

Er brachte mir ein Glas Limonade mit Strohhalm. »Essen können Sie erst später, sagt der Arzt. Also trinken Sie das. Damit Sie nicht austrocknen.«

Ich schlürfte das lauwarme Zeug, das sich doch auf einige Stellen in meinem Mund ziemlich unangenehm auswirkte, und betrachtete Carlton Lee bei Tageslicht. Er war ungefähr in meinem Alter, wettergegerbt und hatte die geschickten, schwieligen Finger eines Handwerkers.

»Was machen Sie nebenberuflich, Carlton?«, fragte ich und deutete auf seine Hände.

»Ich baue Schränke«, erklärte er grinsend. »Möbel. Vor allem aus Hickoryholz.«

»Das gefällt Ihnen wohl besser als der Job bei der Polizei?«

»Ja, aber leben kann man davon nicht«, meinte er ernst. »Wir haben drei Kinder. Außerdem ist es bei der Polizei gar nicht so schlecht. Die Leute hier sagen, ich sei fair. Hart, aber gerecht.«

»Das glaube ich gern.« Mir fiel ein, wie geschickt er am Vorabend mit Carruthers umgegangen war. »Was ist mit Ihrem Chef?«, fragte ich. »Ist er auch hier irgendwo?«

»Nein, die haben ihn gleich in der Kirche versorgt, die ganze Nacht durch«, sagte Carlton Lee. »Ich habe stündlich nach dem Rechten gesehen.«

»Haben sie ihm denn kein Serum gegeben?«

»Vermutlich nicht.« Er zuckte die Schultern. »Die verlassen sich auf Gott.«

»Er könnte sterben.«

Carlton Lee lachte und schüttelte den Kopf. »Der alte Sturkopf wurde schon öfter gebissen, als ich zählen kann. Wahrscheinlich könnte man jede Menge Serum von ihm abzapfen. Ende April, wenn die Bäume langsam verblühen, wird er fast jedes Jahr gebissen, denn da fängt er an zu saufen, macht Unfug mit Schlangen und verflucht Gott. Normalerweise behalte ich ihn in der Jahreszeit ein bisschen im Auge, aber an meinem freien Tag wollte mein Ältester mit mir am Tennessee angeln gehen. Lettie hat erzählt, dass Carruthers angerufen hatte, kurz bevor Sie kamen. Offenbar war er betrunken und hat alle möglichen Drohungen ausgestoßen, angefangen mit meinem Gehalt, über Sie, meine Ehe, bis hin zu den Mischlingskindern, die Lettie und ich noch in die Welt setzen. Jedenfalls war sie ziemlich durcheinander und hat mir aufgetragen, dass sie sich für ihr unhöfliches Verhalten bei Ihnen entschuldigen möchte.«

»Entschuldigung angenommen«, sagte ich und suchte eine bequemere Lage. »Muss ziemlich hart sein, in dieser Gegend als schwarz-weißes Paar zu leben.«

»Härter, als Sie sich vorstellen können«, stimmte er zu. »Aber wir kommen zurecht. Jedenfalls tut es mir Leid, dass es Ihnen so übel ergangen ist, und ich hoffe, dass Sie Carruthers nicht gleich anzeigen. Er ist an sich in Ordnung, solange er nicht trinkt. Wenn Sie versucht hätten, mich zu erreichen, nachdem Sie meine diversen Antworten auf Ihre ViCAP-Anfrage bekommen hatten, dann hätte ich Ihnen sagen können, was Sie wissen wollten. Ich halte nichts davon, wenn man Sachen totschweigt. Im Verborgenen wird alles bald überdimensional.«

»Ihre Antworten?«, fragte ich ratlos. »Wir haben nur eine erhalten, und Carruthers wollte uns nicht mit Ihnen sprechen lassen. Er hat Sie als minderbemittelten Dorfpolizisten bezeichnet.«

Wieder lachte Carlton Lee. »Das sieht Nelson ähnlich. Wahrscheinlich hat er meine erste Antwort entdeckt und die anderen abgefangen. Er möchte nicht, dass über die Starks geredet wird.«

»Warum nicht?«

»Das ist eine lange Geschichte.«

»Ich hab den ganzen Tag Zeit.«

»Stimmt.« Er legte seinen Ordner und den Kassettenrecorder zu mir aufs Bett und setzte sich auf einen Klappstuhl. »Der Doc sagt, Sie dürfen sich frühestens heute Abend vom Fleck rühren.«

»Carruthers rastet also jedes Jahr um diese Zeit aus?«

»Seit meiner Kindheit, kann man sagen. Ich stelle mir das so vor wie bei der Sendung auf dem Bildungskanal, die ich letzte Woche gesehen habe. Er ist wie so ein Schlammloch im Yellowstone Park, das tagaus, tagein vor sich hin blubbert und Schwefeldämpfe verbreitet, aber einmal im Jahr für ein paar Tage richtig ausbricht.«

»Was lässt ihn da nicht los?«

Carlton Lee öffnete den Ordner und zog ein Bündel ordentlich abgelegter Zeitungsausschnitte und Fotografien heraus. »Das ist eine noch längere Geschichte, und die hängt mit Lucas Stark zusammen. Das war Lucas.«

Er gab mir ein Foto, das einen großen, schlaksigen Mann in einem schlichten blauen Anzug ohne Krawatte zeigte. Ganz ähnlich wie Bruder Neal am Abend zuvor hielt er in der einen Hand ein Mikrophon, in der anderen eine Klapperschlange, die über seinem Kopf schwebte. Stark hatte breite Schultern, schmale Hüften, gewelltes blondes Haar und weiche blaue Augen in einem kantigen, sonnengebräunten Gesicht.

»Der hätte Filmstar werden können«, bemerkte ich.

»Das sagt jeder«, erwiderte Carlton Lee. »Schade, dass ich kein Bild von Ada Mae für Sie habe. Die sind schwer aufzutreiben.«

Er zog weitere Mappen heraus. Einen Großteil der Zeitungsausschnitte hatten seine Eltern aufbewahrt. Er hatte die Sammlung später ergänzt und Kopien der Dokumente angefertigt, die den Brand des Gerichtsgebäudes überlebt hatten.

»Was interessiert Sie so an einem Mord, der sich vor fast dreißig Jahren ereignet hat?«, fragte ich.

Carlton Lee zuckte die Achseln. »Ich bin Polizist, die Sache ist in meiner Stadt passiert, und Lucas Stark war der Prediger, der mir meine erste Schlange gegeben hat.«

Den Rest des Tages verbrachte ich mit der Lektüre der Ordner – wenn mir nicht gerade Nebraska, die große dunkelhäutige Krankenschwester, mit ihren Spritzen zu Leibe rückte – und hörte mir an, was Carlton Lee aus eigener Erfahrung und den Berichten ehemaliger Gemeindemitglieder über Lucas Stark zu erzählen wusste.

Das Erste, was meine Aufmerksamkeit fesselte, war, dass Lucas Stark zuvor schon einmal ein Familienmitglied getötet hatte. Er war das älteste von zwölf Kindern einer Farmerfamilie im Norden Kentuckys, hatte aber schon als Teenager gegen die Härten des Landlebens rebelliert. Da wandte er sich der Sünde zu. Saufen. Glücksspiel. Huren. Raufereien. Immer wieder kam er mit dem Gesetz in Konflikt. Wilderei. Mehrere kleine Eigentumsdelikte. Versuchte Vergewaltigung als Minderjähriger.

Der zweitälteste Bruder hieß Caleb, er war ein gut aussehender, beliebter junger Mann, der gern auf der Farm arbeitete und das Landleben genoss. Doch an Calebs einundzwanzigstem Geburtstag holte ihn Lucas ab und nahm ihn mit auf eine dreitägige Sauftour im Rotlichtmilieu von Nashville.

Am dritten Tag hingen sie nach fünfundfünfzig Stunden unter Alkoholeinfluss in der Nottingham Lounge, einem Striplokal, herum. Die Brüder gerieten in einen bösen Streit – worum es ging, konnten die Zeugen nicht sagen. Aber die Aggression schaukelte sich rasch hoch. Caleb schlug seinem Bruder eine Bierflasche über den Kopf und attackierte ihn dann mit dem abgebrochenen Flaschenhals. Lucas zog daraufhin ein Messer aus seinem Stiefel, schlitzte Caleb damit den Bauch auf und weidete ihn praktisch aus.

»Angeblich soll Caleb dort auf dem Fußboden des Stripclubs gestorben sein«, berichtete Carlton Lee. »Mit seinen letzten Worten verfluchte er Lucas und versprach ihm, er werde die Hölle auf Erden erleben. Stark kam in den Knast, er bekam zehn Jahre wegen Totschlags, mit einer Chance auf Begnadigung ab dem fünften Jahr«, fuhr Lee fort. »Er zuckte nicht mit der Wimper, als der Richter das Urteil verlas, aber die Wachleute sagten, sie hätten ihn im ersten Jahr Nacht für Nacht wimmern hören, weil ihm der Fluch, mit dem ihn sein toter Bruder belegt hatte, keine Ruhe ließ.«

Am Anfang des zweiten Jahres wurde Stark in die Zelle eines gewissen Neal Elkins verlegt, ein Autodieb, der auf der Flucht einen Fußgänger überfahren hatte. Elkins hatte einige Zeit zuvor zum Glauben gefunden. Stark war zunächst fasziniert, dann wie besessen von der Religion, vor allem als Elkin ihm erzählte, bestimmte Passagen in der Bibel verhießen die Erlösung durch den Umgang mit Schlangen. Stark entdeckte Gott, und kurze Zeit später glaubte er seine Rettung in der Berufung zum Prediger zu finden. In den nächsten sechs Jahren stellte sich Stark jeden Freitag- und Samstagabend vor seine Mithäftlinge und legte Zeugnis für die Macht des Heiligen Geistes ab. Er wurde auf dem Gefängnishof mit Essen beworfen, verhöhnt und geschlagen, aber diese Prüfungen stachelten seine Leidenschaft nur noch mehr an.

Der Begnadigungsausschuss von Kentucky ließ Lucas Stark nach sieben schweren Jahren frei. Er bestieg sofort den Bus und fuhr in den Süden nach Scottsboro, Alabama, wo Neal Elkins lebte. Bald hatte er Elkins davon überzeugt, mit ihm eine Holiness-Gemeinde aufzubauen. Stark spezialisierte sich auf Klapperschlangen, die er teils kaufte, teils selbst fing oder von Predigern erhielt, die seine Berufung unterstützten. Seine ersten Gottesdienste außerhalb von Gefängnismauern hielt er in einer angemieteten Halle. Er und Bruder Neal hatten außer den Schlangen kaum das Nötigste zur Verfügung. Doch das machten sie mit ihrem Feuereifer leicht wett: Schwitzend und in höchster Verzückung riefen sie Gott in fremden Zungen an, prophezeiten, tranken Strychnin, und als sie immer größere Scharen anzogen, engagierten sie auch Bands für ihre Gospels.

Was aber die Leute vor allem anlockte, war Starks Auftritt mit den Giftschlangen. Zeugen berichteten, dass er Bruder

Neal die Schlangen wild machen ließ, bis sie fast durchdrehten, bevor er sie Stark auf die ausgestreckten Arme legte. Die erregten Schlangen zischten ihn an und gingen aufeinander los. Aber Stark wurde fast nie gebissen.

Als der Holiness-Prediger von Hattiesburg starb, kamen einige Einheimische auf Stark zu und baten ihn, hauptamtlich als Geistlicher ihrer Gemeinde zu dienen. Stark und Elkins zogen an einem feuchtwarmen Augustabend nach Hattiesburg. Sie erhielten ein Haus im Wald hinter der Kirche. Und von da an wurde in der Kirche Jesu alles anders.

»Man sah es vor allem, wenn er droben am Altar stand«, erinnerte sich Carlton Lee. »Lucas hatte eine großspurige Art, wenn er predigte, das war geradezu diabolisch, dabei spielte sein Körper eine nicht unerhebliche Rolle, das war nicht rein seelisch, und ich könnte schwören, dass jede unverheiratete Frau, ob schwarz oder weiß, es auf ihn abgesehen hatte.«

Aber in seinen ersten beiden Jahren in Hattiesburg wollte Stark mit Frauen nichts zu tun haben. Er sagte, für Männer wie ihn seien Frauen die Wurzel allen Übels und er wünsche, in Keuschheit zu leben.

Doch im Sommer 1967 kam ein Hippiemädchen in die Stadt. Sie war Ende zwanzig und hieß Ada Mae Lewis. Sie war eine große, schöne Frau, die gerne barfuß ging und schlichte bäuerliche Kleider trug. Sie hatte lange blonde Locken, ihre Brüste waren durch keinen BH beengt, und ihre großen Augen leuchteten ebenso himmelblau wie die von Lucas Stark.

Ada Mae Lewis erzählte den Leuten, sie wolle ihre Vergangenheit in West Virginia und San Francisco hinter sich lassen, weil sie vom verderbten Leben in der Stadt genug habe. Freundliche Gemeindemitglieder nahmen sie am Freitagabend zur Messe mit.

»Mein Vater war auch dabei«, erinnerte sich Carlton Lee.

»Er sagte, Ada Mae sei ein großes, gut gebautes Mädchen gewesen. Zur Kirche kam sie in einem dünnen weißen Baumwollkleid, und wenn das Licht von hinten kam, sah man genau, dass sie darunter splitterfasernackt war. Mein Daddy war nicht der Einzige, den das aufwühlte.

Als Bruder Lucas sah, wie sie durch den Mittelgang auf ihn zukam, war es, als hätte er einen Stromschlag erhalten, und er brach beinahe zusammen. Er konnte sich gerade noch am Pult abstützen, und als er sich gefasst hatte, rief er ihr vom Altar herab mit dieser seltsam dröhnenden Stimme zu: ›*Bist du eins mit dem Herrn, Schwester?*‹

Ada Mae stand da, sah ihn lange an und sagte schließlich: ›Nein, Bruder. Aber ich möchte es sein.‹

Dann, sagt mein Daddy, rutschte sie auf Knien zu Stark, als hätte sie ihn ein Leben lang gekannt, und bat ihn und Gott um Vergebung für ihre Sünden. Schluchzend warf sie die Arme um ihn, drückte ihre Brüste gegen seine Lenden und ihr Gesicht an seinen Bauch.

›Ich will eins sein mit Gott, Bruder‹, sagte sie. ›Das möchte ich so gerne.‹

Wie Daddy sagt, stand Lucas Stark lange Zeit stocksteif da und blickte auf die zitternde Ada Mae herab, als sei er ein Fischer auf einem sturmumtosten See, der um seine Rettung bangt.

Eine Sekunde lang dachte mein Vater, Lucas werde sie zurückweisen«, fuhr Carlton Lee fort. »Ada Mae muss das auch gespürt haben, denn sie richtete sich auf, wimmerte und bot einen kläglichen Anblick. Fast so groß wie er, sah sie ihm direkt in die Augen und bat: ›Bitte, Bruder, wenn Gott dir verzeihen kann, kann er dann nicht auch mir verzeihen.‹

In diesem Augenblick, sagt mein Vater, brach ein innerer Damm. Lucas Stark drückte die halb nackte Ada Mae an sich, schluchzte und brabbelte in einer Sprache, die nur er verstand.«

65

Lucas Stark heiratete Ada Mae Lewis noch im September desselben Jahres in der Kirche Jesu. Bruder Neal traute das Paar. Noch bevor es Winter wurde, wölbte sich Ada Maes Bauch. Stark erzählte den Mitgliedern der Gemeinde, er hoffe sehnlichst, dass Gott ihm einen Sohn schenken werde – als Zeichen der Vergebung für den Mord an seinem Bruder. Er hatte sogar vor, den Jungen nach seinem Bruder Caleb zu nennen. Ada Mae bestand auf einer natürlichen Geburt, und Carlton Lees Mutter wurde als Hebamme hinzugezogen.

»Mama sagt, Stark sei wirklich nervös gewesen – das waren sie beide, auch Ada Mae. Sie konnten es kaum abwarten«, erzählte Carlton Lee. »Es wurde ein strammes Mädchen, sie wog gute acht Pfund und hatte tiefblaue Augen und blonde Haare wie ihre Eltern. Sie nannten sie Lil, nach Ada Maes Großmutter, und meine Mom sagt, Lucas sei anfangs enttäuscht gewesen. Aber nach ein paar Wochen versicherte er allen Leuten in der Stadt, wie sehr er sein Töchterchen liebe, dass die Geburt eines Kindes, rundum rosig und gesund, ihm noch mehr als der Umgang mit Schlangen gezeigt habe, dass er eins sei mit dem Herrn.«

Ada Mae Stark erwies sich als großartige Mutter. Lil war ihr Ein und Alles, und sie erzählte den Mitgliedern der Gemeinde, dass ihre Reiselust und die schlimmen Dinge, die sie früher getan hatte, einem anderen Leben angehörten, diese Haut hätte sie einfach abgestreift. Ada Mae unterwies Lil in der Heiligen Schrift und lehrte sie ein gottesfürchtiges Leben. Aber sie zeigte ihrer Tochter auch, dass es Spaß macht, nackt im Fluss zu baden und durch den Wald zu streifen. Lil war ein kräftiges, gescheites Mädchen wie ihre Mutter.

»Sie war ein paar Jahre jünger als ich, aber kindisch benahm sie sich nie«, erinnerte sich Carlton Lee. »Draußen im Wald kam sie gut allein zurecht. Sie kletterte gern auf den Kalksteinfelsen hinter dem Haus herum und konnte rennen wie der Wind. Und mit Schlangen hatte das Mädchen keine Probleme, das kann ich Ihnen sagen.«

In den sieben Jahren nach Lils Geburt hatte Ada Mae großes Pech mit ihren Schwangerschaften. Sie hatte vier Fehlgeburten, und jedes Mal wurde Lucas Stark ängstlicher und bedrückter und ließ sich lange darüber aus, wie übel ihm das Leben mitgespielt hatte.

Als Lil acht Jahre alt war, wurde Ada Mae zum sechsten Mal schwanger. Sie war jetzt siebenunddreißig, und mit jedem Monat, der verstrich, wurde sie runder und strahlte von innen heraus aus Freude auf das Kind. Auch Lucas Stark war sehr aufgeregt. Einmal erzählte er ausgewählten Mitgliedern der Gemeinde, er sei sicher, dass ihm als Zeichen der Vergebung Gottes ein Sohn geboren würde. Wieder stand Carlton Lees Mutter Ada Mae in der Nacht der Geburt bei.

»Stark bekam seinen Sohn«, sagte Carlton Lee. »Er wog an die neun Pfund, aber er litt am Downsyndrom. Mama sagt, Stark hätte beinahe einen Nervenzusammenbruch erlitten, als er sein behindertes Kind sah. Er fing an zu kreischen und zu schreien, wie beim Schlangenritual, nur viel kläglicher. Meine Mom sagt, es sei fast so gewesen, als würde er Gott anspucken, als er den Jungen Caleb nannte. Und Ada Mae? Sie liebte und verwöhnte Caleb genauso wie Lil. Meiner Mutter sagte sie, ihr sei jedes Geschenk lieb, das ihr Gott zugedacht hatte.«

Starks Stimmung wurde jedoch immer düsterer und reizbarer. Man konnte riechen, dass er wieder trank, und zwar umso mehr, je größer sein Sohn wurde. Stark ließ sich in der Öffentlichkeit nicht mit dem Jungen blicken, und als Caleb ein Jahr wurde, tauchte er für zehn Tage unter. In den Polizeiakten von Atlanta war vermerkt, dass Stark festgenommen und anschließend wieder freigelassen wurde, weil er versucht hatte, einer Polizistin in Zivil Geld für Sex anzubieten.

In Calebs zweitem Lebensjahr musste Ada Mae zweimal ins Krankenhaus. Sie behauptete, sie habe sich bei einem Sturz vom Fahrrad das Handgelenk gebrochen, aber der Arzt meinte, es sähe mehr danach aus, als sei ihr Arm durch das Zuschlagen einer Autotür gebrochen worden.

Zwei Monate später kam Ada Mae mit Unterleibsblutungen. Sie meinte, das hätte ganz überraschend angefangen, ob es wohl mit den bevorstehenden Wechseljahren zu tun hätte. Aber der Arzt vermutete, dass Lucas Stark seine Frau in den Bauch getreten hatte.

Damals, Anfang der siebziger Jahre, tickten in Alabama die Uhren noch anders, deshalb unternahm Nelson Carruthers als zuständiger Polizeibeamter erst mal nichts. Carruthers gab vor der Presse wiederholt zu, er hätte die Warnsignale nicht übersehen dürfen, aber als er Stark zur Rede stellte, erklärte ihm sein Freund und Geistlicher, er sei bestürzt, dass jemand denken könne, er würde der Frau, die er liebte, so etwas antun.

Wie ich schon vermutet hatte, war Carruthers Gefängniswärter gewesen, sieben Jahre lang in Angola, im Staatsgefängnis von Louisiana. Er kehrte dann aber in seine Heimatstadt und zu seiner Gemeinde zurück und übernahm einen Posten bei der Polizei von Hattiesburg. Carruthers und seine Frau Eileen waren mit Lucas und Ada Mae eng befreundet.

Damals war Eileen Carruthers eine junge Frau, kaum zwanzig Jahre, und sie betete dreimal die Woche zum Heiligen Geist und ließ sich mit Öl salben, um fruchtbar zu werden. Auch Carruthers engagierte sich stark in der Kirche und ging Lucas Stark und Bruder Neal oft beim Gottesdienst zur Hand. Schließlich wurde er Diakon.

Carruthers war auch am dritten Freitag im April 1976 in

der Kirche, als Lucas Stark betrunken und streitlustig zur Tür hereinkam.

»Ich war damals zwölf und saß neben meinen Eltern«, erinnerte sich Carlton Lee. »Lucas zerrte sie alle hinter sich her, Lil und Ada Mae mit Caleb auf dem Arm, und führte sich auf, als seien sie die Hölle auf Erden, die ihm der Fluch seines Bruders vorhergesagt hatte. Er erklärte der versammelten Gemeinde, seine Frau sei der letzte Dreck und seine Kinder eine Heimsuchung. Dann stieg er auf die Schlangenkäfige und verfluchte mit gellender Stimme den Himmel und Gott. Es war richtig unheimlich.«

Am nächsten Tag versuchte Ada Mae mit Lil und Caleb zu fliehen, aber Stark holte sie auf der Scottsboro Road ein und redete ihr ein, er habe sich wieder mit Gott versöhnt und sie müsse nach Hause kommen und ihn schützen.

Die wenigen, die Lucas Stark an den folgenden Tagen sahen, berichteten, seine Haut sei fahl und wächsern gewesen. Er trank und beklagte sich bitterlich über Schmerzen, die sich von der Wirbelsäule über den Unterleib und die Hoden bis ins linke Knie zogen. Am Dienstag, dem 27. April stellte ein ortsansässiger Arzt fest, das Problem sei auf einen Nierenstein zurückzuführen, und verschrieb ihm ein starkes Schmerzmittel.

Nachmittags um fünf humpelte Stark in die Apotheke, gestützt auf seine achtjährige Tochter Lil. Der Apotheker sagte später, das Mädchen sei durcheinander gewesen und habe geweint. Auch Ada Mae kam mit Caleb auf dem Arm herein. Sie trug eine Sonnenbrille und kaufte einen Pflegestift für aufgesprungene Lippen. Stark nahm vier Schmerztabletten, das Doppelte der verschriebenen Dosis, zahlte und ging. Danach wurde die Familie achtundvierzig Stunden lang nicht mehr gesehen.

»Inzwischen war Donnerstag, der 29., die Messe begann bei Sonnenuntergang«, sagte Carlton Lee. »Lucas Stark hätte predigen sollen, aber er tauchte nicht auf, und weder Ada Mae noch Lil kamen, um ihn zu entschuldigen. Da tuschelten die Leute, Ada Mae hätte am Vormittag einen Termin mit Lils Lehrerin verpasst. Und Lil fehlte seit zwei Tagen im Unterricht.«

Bruder Neal bat Carruthers, nach der Familie zu sehen. Carruthers stieg in seinen Dienstwagen und fuhr über die Bergstraße zu der Abzweigung, die zum Haus der Starks führte.

»Später sagte er aus, das Haus sei dunkel gewesen«, berichtete Carlton Lee. »Im Scheinwerferlicht sah er Starks schwarzen Chevy Impala unter dem Milchorangenbaum. Im Garten und auf der Veranda lag Kinderspielzeug herum.«

Carruthers klopfte, und als sich nichts rührte, trat er durch die unverschlossene Tür ein. Im Haus herrschte Chaos, der Boden war mit Glasscherben, zerbrochenem Geschirr und kaputten Lampenschirmen übersät. In der Spüle stapelten sich die verbliebenen schmutzigen Teller. Alle Fenster waren geschlossen und die Heizung auf höchste Stufe gestellt. Es stank nach verdorbenem Essen und benutzten Windeln.

Der Polizist sah einen Lichtschein, der durch den Flur aus dem Schlafzimmer drang. Ihm fiel auf, dass das Kinderzimmer, wo Lil mit Caleb schlief, offenbar leer war. Carruthers trat ins Schlafzimmer und fand sich in der Hölle wieder.

66

Ada Mae lag nackt auf dem Bett und war mit Händen und Füßen an die vier Bettpfosten gefesselt. Auf ihrem schwarz angelaufenen, von Pusteln bedeckten Körper ringelten sich drei Östliche Diamantklapperschlangen. Im Mund der Toten steckte ein grüner Apfel.

In einer Zimmerecke hockte, ebenfalls nackt, Stark und wachte über seine tote Frau. Er hatte die Beine an den Körper gezogen, die Ellbogen zwischen den Knien, und umfasste mit den Händen den Kopf. Sein Schauspielergesicht hatte er sich völlig mit den Fingernägeln zerkratzt. Carruthers sah, dass Blut zwischen seinen Beinen hervorsickerte. Offenbar hatte sich Stark entmannt. Stark war verwirrt, stand unter dem Einfluss von Alkohol und Schmerzmitteln und bemerkte Carruthers zunächst gar nicht, sondern schaukelte nur wimmernd vor und zurück.

Carruthers musste sich übergeben, dann umrundete er vorsichtig das Bett mit der Toten und den Schlangen, packte Stark, legte ihm Handschellen an und brachte ihn zu seinem Dienstwagen. Anschließend rief er einen Krankenwagen und informierte den zuständigen Coroner und den damaligen Polizeichef, einen schlafmützigen Mann namens Hardgraves. Danach ging er zurück und suchte Lil und Caleb.

Carruthers inspizierte das ganze Haus und öffnete schließlich den Schrank im Kinderzimmer. Dort fand er eine Schachtel Haferflocken, eine Flasche Milch und ein halbes Dutzend gebrauchter Windeln, sorgfältig in einer Ecke gestapelt. Im hintersten Winkel des Wandschranks, versteckt unter Kleidern, die sie von den Bügeln geholt hatten, saß Lil. Sie stand unter Schock, reagierte nicht, als

Carruthers sie ansprach, und ließ auch ihren Bruder nicht los, der in ihren Armen schlief.

»Lil war fast zwei Monate lang danach nicht ansprechbar«, erinnerte sich Carlton Lee. »Caleb und sie kamen erst einmal ins Krankenhaus. Körperlich waren sie unversehrt, so stand es jedenfalls in den Unterlagen, die ich gesehen habe, nur Lils Jungfernhäutchen war zerrissen, als wäre jemand mit dem Finger gewaltsam eingedrungen. Am nächsten Morgen nahm Eileen Carruthers die Kinder mit nach Hause und kümmerte sich um sie.«

Die Autopsie ergab, dass Ada Mae Stark dreimal gebissen wurde, einmal auf der Innenseite des rechten Knies, einmal am Hals neben dem Kieferknochen und schließlich an der äußeren Schamlippe. Nach dem ersten Schlangenbiss hatte sie noch annähernd vierzig Stunden gelebt. Man fand Strychnin in ihrem Blut und 2,5 Promille Alkohol. Offenbar hatte Lucas Stark mit seiner Frau Verkehr gehabt, sowohl vor wie nach ihrem Tod.

Die Menschen, die während der Krise mit Nelson Carruthers zusammenarbeiteten, berichteten, er sei über die Niedertracht der Tat vollkommen entsetzt gewesen, denn er hatte Lucas Stark als Freund und Geistlichen geschätzt. Aber ungeachtet dieser Gefühle bewies er bei den Ermittlungen Umsicht und Integrität. Es erwies sich als kluger Schachzug, dass er Hardgraves überredete, den Tatort von Polizeieinheiten des Bundesstaats bewachen zu lassen, um Plünderungen durch Souvenirjäger mit Hang zum Makabren zu verhindern. Unterdessen sorgte er durch strenge Abriegelung dafür, dass die Spurensicherung nicht behindert wurde, und fotografierte und dokumentierte den Tatort mit größter Sorgfalt.

Carruthers verließ das Haus gegen Morgen, als Ada Maes Leiche abtransportiert wurde, und suchte dann das Krankenhaus auf, in dem Stark behandelt wurde. Man hatte die Stichwunden an Hoden und Penis mit fünfzig Stichen zusammengeflickt. Nun lag er rücklings da, an Handgelenken und Knöcheln an das Gitter des Betts gefesselt, eine Windel um die Hüften. Stark faselte zusammenhangloses Zeug aus seinen Predigten der vergangenen Jahre. Die Ärzte erklärten, außer dem Blutverlust machten Stark die Überdosis Alkohol und Schmerzmittel zu schaffen. Erst nach dreißig Stunden war Stark so weit ansprechbar, dass man ihn einem Verhör unterziehen konnte.

»Unterdessen hatte sich vor dem Krankenhaus ein Mob versammelt«, fuhr Carlton Lee fort. »Nicht wenige waren darauf aus, ihn zu lynchen.«

Wieder reagierte Carruthers richtig. Dank seiner Erfahrung als Gefängniswärter gelang es ihm, die explosive Situation unter Kontrolle zu halten. Am Nachmittag überzeugte er Polizeichef Hardgraves, Stark ins Gefängnis zu verlegen und Verstärkung durch die Staatspolizei anzufordern.

Am nächsten Tag sprach Carruthers schließlich mit Lucas Stark. Carlton Lee besaß eine alte Tonbandaufzeichnung des Verhörs. Die verrauschte Aufnahme, die Carlton Lee nun in meinem Krankenzimmer abspielte, war stellenweise schwer zu verstehen. Zuvor war Stark, wie Lee sagte, entgiftet und medikamentös behandelt worden und hatte sieben Stunden lang unruhig geschlafen.

Angesichts der Tragödie, die er miterlebt hatte, und des Drucks, unter dem er stand, klang Carruthers' Stimme bemerkenswert ruhig. Sein Ton war fest, aber nicht hart. Carlton Lee sagte, Stark sei während des Verhörs in Handschellen an einen schweren Eichenstuhl gefesselt gewesen.

Stark verzichtete umstandslos auf sein Schweigerecht. Zu meiner Überraschung hatte er eine interessante Stimme, die an Hank Williams in seinen späteren Jahren erinnerte: volltönend, schnarrend und gezeichnet, sodass man einen weitaus älteren Sprecher erwartet hätte. Aber während des Verhörs sprach er emotionslos, als wäre er seelisch bereits ein toter Mann.

»Warum hast du Ada Mae auf diese Weise umgebracht, Lucas?«, fragt Carruthers im Lauf der Vernehmung.

»Bruder Nelson, sie ist mein Anfang und mein Ende«, antwortet Stark. »Sie war nicht eins mit Gott, genauso wenig wie ich.«

»Du hast sie gefoltert«, sagt Carruthers.

»Geprüft hab ich sie«, erwidert Stark hart. »Nicht anders, als Abraham seinen Sohn geprüft hat.«

»War es der Junge, Lucas? Hast du's deswegen gemacht? Wegen Caleb?«

Stark lacht verächtlich. »Willst du die Wahrheit wissen, Bruder Nelson?«

»Wir alle wollen verstehen, warum du das getan hast«, erwidert Carruthers. »Du hast Ada Mae geliebt. Das weiß ich. Ich habe das von Anfang an gesehen.«

Stark lacht rau. »Es war ihr Körper, Nelson, verstehst du das nicht? Ihr unglaublicher Geruch, ihre Bewegungen, wenn wir gefickt haben, wie sie mich angesehen hat, als könnte sie in meine Seele schauen und als wäre es ihr gleich, dass ich verdammt bin.«

Ein Krachen lässt darauf schließen, dass Carruthers Faust auf die Armlehne niedersaust. »Mir wird schlecht, wenn ich dich höre, Lucas.«

»Grün vor Neid wirst du, das trifft's eher«, schießt Stark zurück. »Denn ich konnte Ada Mae nehmen und ihr Kinder machen. Das kannst du von dir nicht behaupten.«

Schweigen. Dann sagt Carruthers: »Ich sitze hier und sehe dich an, Lucas Stark, und ich begreife nicht, dass ich dich für einen Auserwählten Gottes halten konnte.«

»Jetzt weißt du die Wahrheit«, schnarrt Stark. »Ich bin es nicht, und sie war es auch nicht. Wir wurden beide aus dem Garten Eden vertrieben.«

»Lucas«, sagt Carruthers, »wenn du auf Erlösung hoffen willst, dann musst du vor Gott und den Menschen bekennen, was du getan hast.«

»Es gibt keine Vergebung – die hat es nie gegeben!«, ruft Stark. »Nicht seit ich sie zum ersten Mal berührt habe, nachdem wir nackt im Fluss geschwommen waren. Keine Vergebung, Bruder Nelson, keine Erlösung. Nur Gottes grauenhafte Gerechtigkeit.«

Es folgen zwanzig Minuten, in denen Carruthers Stark einschüchtert und beschwört und immer nur jene ausweichenden Antworten erhält, die weitere Fragen aufwerfen, zu denen der Häftling nichts sagen will. Dann ruft Carruthers die Vergangenheit wach. Er schildert Szenen aus der Ehe von Lucas und Ada Mae vor Calebs Geburt: Ihren Hochzeitstag, ein Kirchenpicknick auf dem Berg, Ada Mae, wie sie die kleine Lil auf den Rücken gebunden durch den Wald trägt. Endlich bricht Stark zusammen und sagt Carruthers, er wolle seine Sünden bekennen.

»Aber nur dir, Bruder Nelson«, betont er. »Mach das Tonband aus. Höre meine Sünden als mein Diakon und Freund, nicht als der Polizist, der mich an den Galgen bringen wird.«

67

Carlton Lee schaltete das Tonbandgerät ab, das auf meinem Bett stand.

»Ist das alles?«, fragte ich.

»Ja.«

»Was hat Stark Carruthers erzählt?«

Carlton Lee zuckte die Schultern. »Das weiß niemand. Die Leute sagen, als Carruthers aus dem Verhörraum kam, sei er noch entsetzter gewesen als in den ersten Stunden nach der Entdeckung von Ada Maes Leiche. Aber Einzelheiten des Geständnisses wollte er nicht preisgeben. Nachdem er das Tonband ausgemacht habe, sagte er, sei er nicht mehr Polizist gewesen, sondern ein Diener Gottes, der einer Beichte lauscht. Carruthers betonte aber, was Stark ihm berichtete, habe wenig mit der Schuldfrage zu tun gehabt. Die Fakten lagen auf der Hand: Stark hatte die Tat allein begangen und übernahm die Verantwortung für den Mord an Ada Mae.«

»Aber über das Motiv wollte Carruthers nicht sprechen?«

Carlton Lee schüttelte den Kopf. »Bis zum heutigen Tag hat er kein Wort darüber verloren, warum Stark es getan hat, doch ich glaube, sein Beweggrund war beinahe noch schlimmer als der Mord selbst.«

Ich ließ mir das durch den Kopf gehen, dann fragte ich: »Wann hat Stark den Fluchtversuch unternommen?«

»Noch in derselben Nacht«, erwiderte Carlton Lee. »Bei Sonnenuntergang hatten sich an die vierhundert Leute vor dem Gefängnis versammelt. In der Gegend leben aber nur etwa zweitausend Menschen, Sergeant. Man kann sich nicht vorstellen, welche Empörung das Verbrechen ausgelöst hat. Es war, als habe sich der Teufel höchstpersönlich in die Kirche der Holiness-Gemeinde eingeschlichen. Ich bin mit meinem Fahrrad hingefahren. Die Leute, die sich da versammelt hatten, wollten Stark hängen sehen und sprachen vom ›gerechten Zorn des Heiligen Geistes‹ und von ›Racheengeln mit Schwertern aus Feuer‹. Ich kann Ihnen sagen, es war verrückt.«

Carlton Lee suchte in seinem Ordner und zog schließlich einen Zeitungsausschnitt heraus, der den Fluchtversuch und den Tod von Lucas Stark schilderte.

In den beiden Stunden nach Starks Bekenntnis, so hieß es, hatte Carruthers beobachtet, wie der Mob größer und aufsässiger wurde. Später sagte er aus, er habe Polizeichef Hardgraves versichert, Stark sei in der Zelle im Keller des Gerichtsgebäudes sicherer untergebracht, wo die Gefangenen sonst auf ihren Prozess warteten. Hardgraves war anderer Meinung.

In der nächsten halben Stunde, so Carruthers, habe sich die Situation zugespitzt. Der Mob entzündete neben der Statue auf dem Stadtplatz ein Feuer. An einen Tupelobaum wurde ein Seil geknüpft. Durch ein Fenster des Gefängnisses flog ein Stein. Jemand aus der Menge schoss in die Luft.

Carruthers sagte, er sei seinem Instinkt gefolgt, um das Leben des Gefangenen zu retten. Ohne jemanden über sein Vorgehen zu informieren, holte er Stark in Handschellen aus seiner Zelle und brachte ihn durch die Hintertür aus dem Gefängnis. Den Beamten, der die Gasse bewachte, kommandierte er zum Schutz des Haupteingangs ab. Carruthers hielt Stark im Genick und führte ihn nach Norden die Gasse hinunter, bog dann schräg nach Nordosten ab, außer Sichtweite des Wachmanns, und schlug einen Weg durch einen Magnolienhain ein, der zwischen Gericht und Gefängnis lag.

Laut Carruthers sagte Stark, er sei seit seiner Festnahme

nicht mehr gelaufen, ihm sei schwindlig und er müsse sich übergeben. Daraufhin verlangsamte Carruthers das Tempo und war einen Augenblick lang unachtsam. Aber das reichte. Stark fuhr herum, biss den Polizisten ins Handgelenk, befreite sich aus seinem Griff und rannte los. Ohne nachzudenken zog Carruthers seine Dienstwaffe, schoss zweimal auf den flüchtigen Mörder und traf ihn beide Male in den Hinterkopf.

»Aus fünfundzwanzig Metern Entfernung und im Dunkeln verpasst er mit einer Bisswunde am rechten Arm einem laufenden Mann zwei Kopfschüsse?« Ich blickte von dem Artikel auf.

»Der Chef hat heute noch die Narbe, die es beweist«, erwiderte Carlton Lee. »Vermutlich ist sie aber schwer auszumachen unter all den Schlangenbissen auf seinen Armen. Jedenfalls gab es eine Menge Untersuchungen, auch auf Staatsebene, aber alle befanden, Carruthers sei völlig im Recht gewesen. Lucas Stark war ein Teufel. Auf freiem Fuß wäre ihm alles zuzutrauen gewesen.«

Einige Tage später, nachdem die rechtsmedizinische Untersuchung des Leichnams abgeschlossen war, wurde Lucas Stark beerdigt.

»Kaum jemand ist gekommen«, erinnerte sich Carlton Lee. »Meine Eltern wollten nicht zur Kirche gehen, und ich sollte auch nicht mehr hin. Sie meinten, der Satan hätte das Gebäude besudelt. Aber als ich sah, dass dem Leichenwagen nur ein halbes Dutzend Autos folgte, schwang ich mich aufs Rad und fuhr hin.

Es war geplant gewesen, Lucas und Ada Mae Stark nebeneinander in dem Wald zwischen Kirche und Haus beizusetzen«, fuhr er fort. »Aber Carruthers persönlich scheuchte mich nach dem Gottesdienst fort. Ich sah nur noch, wie sie die Särge in den Wald trugen – Bruder Neal, Carruthers und noch ein paar Männer. Als ich wieder in die Stadt fuhr, standen die Leute vor ihren Häusern und schauten zu den

Berghängen hinauf. Aus den Baumwipfeln südlich der Kirche stieg schwarzer Rauch auf. Fast eine Stunde lang zog der Qualm zur Felswand, stieg zum Kamm auf und verlor sich oben in der Wildnis.«

»Die Leichen wurden also verbrannt?«

»Als wären sie gottlos«, erwiderte Carlton Lee. »Noch heute glauben die Leute, das alte Haus und die Wälder ringsum seien mit dem Bösen behaftet.«

»Und Carruthers frisst die Sache bis heute in sich hinein.«

»So könnte man sagen«, stimmte Carlton Lee zu.

Ich ließ mir das Ganze ein paar Minuten lang durch den Kopf gehen.

»Ich habe einen Vorschlag«, sagte ich schließlich. »Ich werde auf eine Anzeige verzichten, wenn der Polizeichef mit mir redet. Er soll mir sagen, was Lucas Stark ihm gestanden hat.«

»Versuchen Sie's«, meinte Carlton Lee, »aber ich wette, Sie kriegen keine Antwort.«

Es war nun fast Abend. Draußen vor dem Fenster sah ich die Berghänge, die sich über der Stadt erhoben und von den Strahlen der untergehenden Sonne in feuriges Licht getaucht wurden. Inzwischen war ich zu der Überzeugung gelangt, dass hinter den Morden in San Diego jemand aus Hattiesburg steckte und dass ihm der qualvolle Tod Ada Mae Starks als Vorbild diente. Aber wer?

Trotz allem, was ich durchgemacht, trotz allem, was ich erfahren hatte, war ich der Lösung des Mordfalls doch nur ein kleines Stückchen näher gekommen. In meinem Magen rumorte der Hunger. Carlton Lee hatte anscheinend meine Gedanken gelesen.

»Sie könnten jetzt wohl etwas Handfesteres vertragen?«, fragte er.

»Ein Milchshake wäre nicht verkehrt.«

»Letties Milchshakes sind nicht zu verachten, und wir

haben ein Gästezimmer«, sagte er und steckte seine Unterlagen über Lucas Stark weg. »Lassen Sie sich noch ein paar Schmerzmittel verschreiben, dann holen wir Sie hier raus.«

Noch bevor ich zustimmen konnte, steckte Nebraska, die Schwester, die sich den ganzen Tag um mich gekümmert hatte, den Kopf zur Tür herein.

»Carlton«, sagte sie mit leidvoller Miene. »Ich habe gerade einen Anruf von Neal Elkins droben in der Kirche bekommen. Polizeichef Carruthers ist vor zwanzig Minuten verstorben. Das Gift war stärker als er.«

68

Nelson Carruthers wurde am Montag, dem 1. Mai um zwei Uhr nachmittags beigesetzt. Der Gottesdienst fand am Grab statt, einer Art Gruft, die mit dem Presslufthammer in den weichen Kalkstein draußen vor der Kirche geschlagen worden war, nicht weit von der Stelle entfernt, wo der Polizeichef mich ertappt und wie eine Schlange am Nacken gepackt hatte. Es war ein wolkiger, feuchter, windstiller Tag. Moskitos schwirrten mir um die Ohren. Ich stand ein wenig abseits von der Menge am Parkplatz. Der dröhnende Schmerz in meinem Kiefer war inzwischen abgeflaut und meldete sich nur noch gelegentlich.

Die gesamte Gemeinde war versammelt, aber auch viele Bewohner von Hattiesburg, die dieser Gemeinschaft nicht angehörten. Schwarze und Weiße, Leute aus Scottsboro und anderen Orten, sie alle beobachteten mit trauriger Miene, wie Carruthers' Leichnam in einem schlichten Kiefernsarg aus der Kirche getragen wurde.

Unter den Sargträgern war auch Carlton Lee, in Uniform. Lettie saß mit ihren drei Kindern hinter Eileen Carruthers und Caleb Stark, die beide schwarz gekleidet und vom Leid gezeichnet waren.

Die Gemeinde sang »Amazing Grace«, die zittrigen Stimmen hallten von den Berghängen wider und tönten durch das Tal. Bruder Neal hielt eine Totenrede voller Leidenschaft, Trauer und Bewunderung.

Er sagte, Nelson Carruthers sei der mutigste Mensch gewesen, dem er je begegnet sei. Der Polizeichef stammte aus der ärmsten Familie der Stadt und übernahm als Achtzehnjähriger den einzigen Job, den er bekommen konnte. Er wurde Gefängniswärter und spezialisierte sich auf

Schwerstverbrecher. Danach war er nach Hattiesburg zurückgekehrt und hatte nach bestem Wissen und Gewissen für Recht und Ordnung gesorgt, gleichzeitig aber versucht, in seiner Kirche und zu Hause ein Vorbild zu sein.

»Nelson hatte seine Fehler, das wussten alle, die ihn kannten«, räumte Bruder Neal ein. »Aber vor langer Zeit, auf den Tag genau vor siebenundzwanzig Jahren, wurden ihm von Gott ungeheure Pflichten auferlegt, und an dieser Bürde trug er schwer bis wenige Minuten vor seinem Tod. Ich habe wenige Streiter Gottes wie ihn kennen gelernt. Und er hat bis zum Ende für den Herrn gefochten. Ich habe gehört, was er zu sagen hatte.«

Ich konnte mir vorstellen, wie Carruthers gegen das Gift gekämpft hatte, so wie zuvor Rikko. Er muss völlig von Sinnen gewesen sein. Wahrscheinlich hatte er vor allen, die es hören wollten, ausgepackt.

Ein jäher Windstoß fuhr von den Berghängen herab. Er kam von Osten, von jenseits der Kirche, vom Wald, in dem Starks Haus stand. Bruder Neal fuhr zusammen und duckte sich. Offenbar jagte ihm der Wind, der sich so plötzlich legte, wie er gekommen war, einen Heidenschreck ein.

Als Bruder Neal wieder den Blick auf die Gemeinde richtete, erschien er mir verwandelt: Aschfahl und unsicher, so wie meine Mutter an dem Tag, als sie meinen Vater in der Leichenhalle identifizierte. Ein Mensch, der unter der Last seiner Gefühle zusammenbricht. Bruder Neal plagte in diesem Augenblick mehr als nur Trauer: Es war Wissen – ein Wissen, das ihm die Luft abschnürte. Nun klangen die Worte, die er gerade gesprochen hatte, in mir nach: *An dieser Bürde trug er schwer bis wenige Minuten vor seinem Tod.*

»Er weiß es«, murmelte ich vor mich hin. »Bruder Neal weiß, was Lucas Stark Nelson Carruthers gebeichtet hat. Der Polizeichef hat es ihm gesagt, bevor er starb.«

Bei näherer Betrachtung war die gesamte Grabrede mit verschleierten Anspielungen gespickt, die meine Überzeugung festigten, dass Nelson Carruthers Lucas Stark nicht bei einem spontanen Fluchtversuch, sondern vorsätzlich erschossen hatte. Ich hatte von echten Experten gelernt, wie man einen Gefangenen sicher im Polizeigriff hält, und so wie mich Nelson Carruthers draußen vor der Kirche abgeführt hatte, war es undenkbar, dass Lucas Stark in seinem Zustand es geschafft haben könnte, den Polizisten zu beißen, sich loszureißen und davonzulaufen.

Das hatte ich Carlton Lee schon am Abend zuvor beim Essen erklärt. Er meinte, eine Menge Leute in der Stadt glaubten, Carruthers habe Stark kaltblütig niedergeschossen, und hinter verschlossenen Türen wurde er dafür von manchen auch gelobt.

»Und wie steht's mit Ihnen?«

»Gewiss nicht«, erwiderte er. »Ich habe nichts gegen die Holiness-Anhänger. Aber nach Lucas Starks Tod ist meine Familie aus dieser Religionsgemeinschaft ausgetreten und hat auch diese Denkungsart hinter sich gelassen. Trotzdem verstehe ich die Gefühle der Leute.«

Die Beerdigung ging mit einem Lied zu Ende.

Als die letzte Strophe verklungen war, half Bruder Neal der schluchzenden Eileen Carruthers auf die Beine und führte sie zu dem schwarzen Cadillac, der auf dem Rasen parkte. Ihnen folgte Caleb Stark, dem Tränen über die Wangen liefen.

Ich bahnte mir meinen Weg durch die Trauernden zu dem Wagen. Bruder Neal sah mich kommen und schrak zusammen, als wäre ich eine Ausgeburt der Hölle. Da bekam mich Carlton Lee zu fassen. »Was haben Sie vor?«

»Ich möchte mit Bruder Neal sprechen«, sagte ich und riss mich los.

Er sah mich fest an. »Nein, das werden Sie nicht tun.«

»Er weiß, was Stark Carruthers gesagt hat!«, beharrte ich.

»Vermutlich«, gab Carlton Lee zurück. »Hört sich an, als hätte Nelson sich auf dem Sterbelager beim Kampf gegen das Gift einiges von der Seele geredet. Wahrscheinlich weiß Eileen auch Bescheid. Aber heute dürfen Sie den beiden keine Fragen stellen.«

»Warum nicht?«

»Weil ich der neue Polizeichef von Hattiesburg bin und sage: Lassen Sie sie in Ruhe trauern«, gab er gleichmütig zurück. »Das sind gute Leute, Seamus, die mit Erlebnissen jenseits unserer Vorstellungskraft zu kämpfen haben. Die Woche ist noch lang, und dann werde *ich* mit ihnen sprechen. Ich halte Sie auf dem Laufenden.«

Der Cadillac fuhr an, während das hintere Seitenfenster heruntergekurbelt wurde. Caleb Stark sah mich voller Trauer an – er hatte zum zweiten Mal einen Vater verloren.

Am liebsten wäre ich dem Wagen nachgelaufen und hätte Lucas Starks Geheimnis eingefordert. Aber am Ende vertraute ich auf Carlton Lees Urteilsvermögen. Bei derartigen Ermittlungen stößt man selten auf jemanden, dem man vertrauen kann, jemanden mit genauen Kenntnissen, der einem in kurzer Zeit das Wesentliche mitteilen kann. Er hatte sein ganzes Leben in dieser Stadt verbracht. Auch wenn Carlton Lee doch nicht herausfinden sollte, was Stark Carruthers erzählt hatte, seine Chancen, der Wahrheit auf den Grund zu gehen, standen doch immer noch besser als meine. Also nickte ich widerstrebend, und wir gingen über die löchrige Straße zu der Wiese, wo mein Auto stand.

»Ich danke Ihnen für alles, was Sie getan haben, Carlton«, sagte ich und schüttelte ihm die Hand. »Wir bleiben in Kontakt.«

»Sie hören in ein paar Tagen von mir«, versprach er. »Und wer weiß, was Sie morgen in Scottsboro finden.«

»Stimmt.« Ich öffnete die Autotür, doch dann fiel mir ein, dass ich einen Teil der Geschichte der Familie Stark immer noch nicht kannte.

Carlton Lee hatte sich abgewandt und sah zu, wie Lettie mit den Kindern auf einer alten Wippe spielte, die auf dem Spielplatz der Kirche stand. Übers Autodach hinweg fragte ich: »Carlton, was ist eigentlich damals mit dem Mädchen passiert – mit Lil?«

69

Carlton Lee rieb sich den Nacken, als hätte er eine Verspannung. »Sie war undurchschaubar«, sagte er. »Die Carruthers haben sie adoptiert, genau wie Caleb. Und für eine Weile konnte sie das Chaos hinter sich lassen, das mit dem Mord zusammenhing. Aber es hatte seine Narben hinterlassen – das war nicht zu übersehen.«

»Und woran sah man das?«

»Wie gesagt, Lil war ein fröhliches Kind, das sich im Wald herumtrieb und auf den Berghängen hinter dem Haus herumkletterte. Als ihre Mutter noch lebte, war sie der reinste Wildfang. Aber nach dem Tod ihrer Eltern wurde sie sehr still, und als Teenager war sie dann mürrisch, verlor die Orientierung und lebte das in erotischen Abenteuern aus.«

»Was heißt das?«

Carlton Lee zuckte die Schultern. »Sie wurde das Stadtflittchen – ein seltsames Verhalten, so gut wie sie aussah. Sie hat rebelliert, getrunken, Joints geraucht. In ihr gärte ein unstillbarer Zorn. Die Carruthers konnten da nicht mehr viel ausrichten. Lil sagte, sie würde ihre Adoptiveltern hassen, und im selben Augenblick verkündete sie, sie wolle nicht mehr leben. Dann wieder wollte sie mit Caleb das Weite suchen.«

»Leider ist Hattiesburg nicht gerade ein fortschrittlicher Ort«, fuhr er fort. »Sie hätte wohl eine Therapie gebraucht, aber die hat sie nicht bekommen. Alle in der Stadt wussten, was passiert war, und sahen Lil an, als wäre sie nicht ganz richtig. Die Leute taten so, als stünde sie mit dem Teufel im Bunde. Ich rechnete damit, dass sie früher oder später schwanger werden und mit einem gewalttätigen Ehemann in einem Wohnwagenquartier außerhalb der Stadt landen würde. Ich habe mich geirrt. Auch wenn sich Lil wie eine Schlampe benahm, sie hatte doch Köpfchen. Eines Tages gegen Ende ihres letzten High School-Jahres hörte sie auf, über Selbstmord zu reden. Jetzt hatte sie etwas anderes im Sinn. Sie meinte, sie wüsste nun, wie man sterben und neu geboren werden könne, und versicherte den Leuten, sie könne sich in einen anderen Menschen verwandeln.«

»Wem hat sie das erzählt?«

»Meiner Schwester zum Beispiel«, erwiderte Carlton Lee und sah zu seiner Frau hinüber, die ihre jüngste Tochter auf der Schaukel anschubste. »Lettie auch. Wir gingen damals schon miteinander, das hat einen Mordsaufruhr in der Stadt verursacht.«

Er kniff die Augen zusammen, um seinem Gedächtnis auf die Sprünge zu helfen. »Ungefähr zwei Wochen später machte die Abschlussklasse eine Campingparty am Washoo River, bei den so genannten Rocky Narrows. Ich war damals zwanzig und arbeitete seit zwei Wochen für Polizeichef Carruthers als Hilfspolizist in der Nachtschicht. Ich sah mich gegen zwei Uhr morgens ein bisschen auf der Wiese um und leuchtete mit der Taschenlampe mal hier, mal da hin«, fuhr Carlton Lee fort. »Die meisten Jugendlichen hatten sich schon schlafen gelegt. Ein paar saßen noch am Lagerfeuer und warfen rasch die Flaschen weg, als sie mich sahen. Ich leuchtete noch ein bisschen in den Wald hinein, da sehe ich diesen Drecksack namens Cricket Lorette, wie er Lil Stark im Stehen von hinten vögelt. Da gab es ein großes Gejohle. Lorette wollte sich verstecken, aber Lil machte keine Anstalten. Dass ihr all die Leute beim Vögeln zugesehen hatten, war ihr egal. Ich sagte ihr, sie solle sich anziehen, ich würde sie nach Hause fahren. Sie kam zwar mit, war aber nicht gerade glücklich darüber.

Sie war betrunken, bekifft und stinksauer auf Gott und die Welt. Auf der Fahrt zum Haus der Carruthers sagte sie mir, sie hätte mit zu Hause abgeschlossen, und mit der Kirche erst recht. Es sei an der Zeit, ein neues Kapitel anzufangen. Ich sagte ihr, sie sei ja bald achtzehn, alt genug, um zu tun, was sie wollte. Sie bedankte sich für die Fahrt, indem sie mich anbaggerte. Sie meinte, sie hätte es schon immer mal in einem Streifenwagen treiben wollen. Ich sagte, nichts für ungut, aber nein danke, und setzte sie vor ihrem Haus ab. Seither wurde sie nicht mehr gesehen.«

»Abgehauen?«, fragte ich.

»Abgehauen, aber mit Furore«, sagte Carlton Lee und trommelte auf das Autodach. »Ich sah noch, wie sie um halb drei morgens in die Garage der Carruthers' ging. Als ich weg war, stieg sie dann aus ihrem Zimmerfenster, schnappte sich einen Benzinkanister und trug ihn zum Amtsgebäude am Stadtplatz. Sie brach das Fenster eines Büros auf und stieg ein. Drinnen schüttete sie Benzin ins Archiv, dasselbe tat sie in den Räumen des Standesamts, wo Geburts- und Todesurkunden verwahrt wurden. Dann zündete sie die ganze Chose an.«

Mir fiel das Fundament am Stadtplatz ein. »Sie war die Brandstifterin.«

»Es gab keine Chance, das Gebäude zu retten«, sagte Carlton Lee und nickte. »Das Feuer wurde erst um vier Uhr morgens bemerkt. Wir haben eine freiwillige Feuerwehr, und bis die angerückt war, stand das ganze Haus in Flammen. Da war nichts zu retten. Später stellte man fest, dass sie den Mikrofilm für 1976 aus der Bibliothek gestohlen und alle Fotos ihrer Familie aus dem Haus der Carruthers mitgenommen hatte. Sie hatte sich sogar sämtliche Abzüge und Negative ihres Fotos aus dem Jahrbuch der High School für den Abschlussjahrgang geholt. Ich vermute, dass sie das alles im Feuer vernichtet hat. Jedenfalls hatten die Leute mit dem Gerichtsgebäude alle Hände voll zu tun, sodass man viel zu spät merkte, dass auch die alte Holiness-Kirche brannte.«

»Ich nehme an, ihr habt sie nicht erwischt«, warf ich ein.

»Versucht haben wir's jedenfalls«, gab Lee zurück. »Von Hattiesburg kommt man nicht leicht weg, Seamus. Carruthers ließ Straßensperren an der Scottsboro Road errichten, die einzige Straße, die aus der Stadt führt, und sämtliche Fahrzeuge überprüfen. Spürhunde haben anhand einer Jeans ihre Witterung aufgenommen und sind ihr vom Gerichtsgebäude über drei Farmen bis hinauf zum Graben an der Kammstraße gefolgt und zur schwelenden Ruine der alten Kirche. Aber da riss die Spur ab.«

»Hat sie sich dort etwa in die Flammen gestürzt?«, fragte ich und warf einen Blick auf die Kirche. Als heiligen Ort konnte man sie fürwahr nicht bezeichnen.

Aber Carlton Lee schüttelte den Kopf. »Keine Leiche«, sagte er. »Wir haben gründlich gesucht. Dann haben sich ein paar Hunde für den Fuß des Berghangs dort drüben interessiert.«

»Wo?« Ich ging ein paar Schritte, um die Steilwände hinter der Kirche besser im Blick zu haben.

»Die linke Höhlenwand. Ich habe mir den Hang hundertmal angesehen. Es ist die einzig machbare Route.«

»Da geht es ja an die siebzig Meter hoch.«

»War wohl eine ziemliche Tortur, aber so muss es gewesen sein«, meinte Carlton Lee. »Sie hat die Kirche in Brand gesetzt, dann ist sie die Steilwand hochgeklettert, weil sie sich ja ausrechnen konnte, dass wir die Straßen überwachen würden, und ist im tiefen Wald untergetaucht, der sich von hier aus noch etwa vierzig Kilometer bis zur Grenze nach Tennessee erstreckt.«

Er schwieg. »Eins will ich Ihnen sagen«, fuhr er fort. »Der Wald ist ein einziger Dschungel – groß, wild, erbarmungslos. Da gibt es Bären, Wildschweine, Schlangen, Pumas. Wir haben Stunden gebraucht, um über eine andere Route hinaufzukommen. Bis dahin hatte es angefangen zu regnen, und die Hunde verloren die Spur. Die nächsten drei Tage hat es geschüttet wie aus Kübeln. Im Lauf des folgenden Monats haben wir ein halbes Dutzend Suchtrupps durch das Gelände geschickt, sogar ein indianischer Fährtensucher wurde engagiert, ein Seminole aus Florida, aber gefunden haben wir Lil nicht. Soweit wir wissen, ist sie fast ohne Gepäck im Wald untergetaucht: eine Jeans, ein Paar Turnschuhe, ein Sweatshirt vielleicht. Aber wir hatten uns nach allen Seiten abgesichert. Die Polizei in allen Städten im Waldgebiet jenseits der Grenze in Tennessee war alarmiert, aber Lil wurde nirgends gesichtet. Die meisten meinen, sie hätte sich irgendwo den Knöchel gebrochen und sei dann verhungert, und die Vegetation hätte ihr Skelett überwuchert.«

»Wurde die Akte geschlossen?«

»Sie ist noch offen. Carruthers hatte sie sogar kürzlich noch auf seinen Schreibtisch geholt. Obenauf liegt ein Bericht, der besagt, Lilith Mae Stark sei vermutlich tot, aber die Anklage wurde nicht fallen gelassen.«

»Lilith?«, fragte ich stirnrunzelnd. »Warum haben Sie sie Lilith genannt?«

Wieder zuckte Carlton die Achseln. »Lilith Mae Stark, auf diesen Namen wurde sie getauft. Ich wusste es selbst nicht, bis ich vor ein paar Jahren in Scottsboro die Adoptionsunterlagen sah. Hier in Hattiesburg hat sie aber keiner Lilith genannt. Sie war immer Lil.«

Hier am Fuße des Berghangs, über den Lil Stark ihrer Vergangenheit entflohen war, umgeben von drückend schwüler Luft, blitzte das Bild eines alten Terrakottareliefs auf, das eine nackte Frau auf einem Baum zeigte. Zu ihren Füßen lag ein Drache, Schlangen wuchsen ihr aus dem Kopf. In diesem Augenblick musste ich mich von einer offenbar vorschnellen Annahme verabschieden, die wir bei der Entdeckung des toten Morgan Cook gefasst hatten.

»Es ist kein Mann, der eine Frau als Lockvogel benutzt«,

sagte ich schockiert. »Es ist eine Frau, und sie agiert allein.«

»Was?«, fragte Carlton verwirrt.

»So etwas kommt kaum vor, deshalb haben wir diese Möglichkeit gar nicht erwogen.« Fieberhaft ließ ich mir die Einzelheiten der Ermittlungen durch den Kopf gehen. »Sie hatte einen australischen Cowboymantel in ihrem Büro. Sie hat ihn getragen, nicht weil es regnete, sondern um sich als Mann zu tarnen. Sie hat die leuchtend blauen Augen ihres Vaters. Wahrscheinlich färbt sie sich ihre blonden Haare. Sie glaubt daran, dass man ein ganz neues Leben beginnen kann. Das hat sie mir selbst gesagt. Sie roch das Southern Nights, schlüpfte in ihr anderes Ich und hat bei der Tötung dieser Männer auf verquere Weise den Mord an ihrer Mutter reinszeniert. Im Bann der Bibel. Von dieser Frau aus den Apokryphen besessen, die sich gegen Gott auflehnt und es mit Dämonen treibt.«

»Ich kann nicht folgen«, sagte Carlton Lee.

»Eine Serienmörderin«, sagte ich. »Lilith Stark, alias Susan Dahoney.«

70

Am nächsten Morgen um zehn durchsuchten wir Susan Dahoneys Wohnung, die im Stadtteil Bulingame von San Diego lag. Ich war eine Stunde zuvor aus dem Flugzeug gestiegen. Rikko und ich gingen als Erste rein, Jorge und Missy gaben uns Deckung, die Spurensicherung, meine Schwester und Polizeichefin Helen Adler warteten draußen. Das Wohnzimmer und die Küche waren leer. Auf dem Boden stand nur ein Aquarium mit gesprungener Scheibe und der Durchschlag des Mietvertrags für einen Umzugsanhänger, datiert auf Dienstag, den 29. April, dem siebenundzwanzigsten Jahrestag des Mordes an ihrer Mutter. Als Ziel hatte sie »Unbekannt« angegeben.

Im Schlafzimmer fanden wir weitere einschlägige Beweise. Aus den Eindrücken im Teppichboden war zu ersehen, dass Dahoney einen Schreibtisch und einen Aktenschrank im Zimmer gehabt hatte. Die Wand über dem Schreibtisch war mit Dutzenden von Zeitungsausschnitten übersät – über sie und ihr Buch sowie sämtliche Artikel, die über die Schlangenmorde erschienen waren. In vielen Berichten war mein Name mit Leuchtstift hervorgehoben. Neben Brett Tarentinos Kolumne über die Bibelbotschaft am Tatort des Haines-Mordes stand mit schwarzer Tinte notiert: *Mal sehen, was Moynihan weiß? Vielleicht kann ich ihm den rechten Weg weisen! Ha-ha!*

Ein später erschienener Hintergrundbericht über den Mord an Haines war als Ganzes herausgerissen und an die Wand geheftet worden. In der rechten unteren Ecke der Zeitungsseite, praktisch direkt unter dem Artikel, prangte eine Werbung für den Herrenduft Southern Nights.

Auf weiße Bögen getippt fanden sich auch die ersten

beiden Botschaften, die wir auf den Spiegeln an den Tatorten entdeckt hatten: *Welch unsagbare Freude, den Tod in Händen zu halten* und das Zitat aus der Apostelgeschichte. Darunter stand: *#3=Markus? #4=?*

»Sieht aus, als würde sie einen neuen Mord vorbereiten«, meinte Rikko.

»Gut möglich«, erwiderte ich grimmig. »Sie hat vier Tage Vorsprung.«

Während die Spurensicherung die Wohnung nach Haaren, Fingerabdrücken und anderen Hinweisen absuchte, die ihre Täterschaft bestätigten, gaben wir für Kalifornien, auf Bundesebene und international einen Haftbefehl für Susan Dahoney heraus. Wir informierten die Grenzkontrollen nach Mexiko und Kanada, sämtliche Flughäfen an der Westküste und ordneten Straßenblockaden an den Staatsgrenzen von Arizona, Nevada und Oregon an.

»Wir kriegen sie«, meinte Adler. »Das ist jetzt nur noch eine Frage der Zeit.«

Inzwischen war auch Lieutenant Fraiser eingetroffen und bedachte uns mit wütenden Blicken. Ich ignorierte ihn und nickte müde. »Ja, aber ich hätte es schon gern hinter mir, Chief.«

Ich hatte die ganze Nacht im Auto und im Flugzeug gesessen. Nach einem halben Dutzend Anrufen war es mir gelungen, unter Umgehung Fraisers mit Adler persönlich zu sprechen. Sie war außer sich, als ich zugab, dass ich in Alabama war und auf eigene Faust ermittelt hatte, aber schließlich beruhigte sie sich einigermaßen und hörte sich an, warum ich Susan Dahoney für die Mörderin hielt. Man kann über Helen Adler sagen, was man will, aber sie ist eine großartige Ermittlerin. Und am Ende meiner Ausführungen, irgendwo zwischen Dallas und San Diego, ließ sie sich gegen Fraisers Proteste davon überzeugen, dass die Bibelexpertin unsere Täterin war.

Jetzt, draußen vor Dahoneys Wohnung, legte mir Adler die Hand auf den Arm. »Tut mir Leid, dass ich an dir gezweifelt habe, Seamus. Hervorragende Arbeit. Ich werde mich für deine Beförderung einsetzen.«

»Beförderung!«, rief Fraiser. »Es steht immer noch zur Debatte, dass Moynihan einen Einsatz vergeigt und auf eigene Faust Ermittlungen geführt hat.«

»Sie wussten über Hattiesburg Bescheid, noch bevor ich es erfahren habe«, schoss ich zurück. »Sie haben die ViCAP-Antwort erhalten. Sie haben Jorge gesagt, er sollte es zurückstellen. Ich habe lediglich Ihren Mülleimer durchgesehen und das entdeckt, wofür Sie blind waren.«

»Das ist Quatsch und Sie –«

»Lieutenant«, ging Adler dazwischen. »Es reicht. Sie sind mit sofortiger Wirkung versetzt. Mit Mordermittlungen werden Sie sich nicht mehr befassen.«

»Versetzt? Wohin?« Fraiser war baff.

»Ins Polizeiarchiv«, sagte sie. »Wir brauchen jemanden mit Ihren Managementfähigkeiten, der mal ein System in die Aktenablage bringt.«

»Ins Archiv? Aber da bin ich ja lebendig begraben!«

»Nutzen Sie Ihre Zeit, Aaron«, sagte sie. »Vielleicht kommen Sie eines Tages wieder raus.«

Fraiser verschlug es die Sprache. Er lief puterrot an und stürmte davon.

»Ich will keine Beförderung«, erklärte ich.

Helen Adler runzelte die Stirn. »Du brauchst nicht zu befürchten, dass du neue Verwaltungsaufgaben aufgebrummt bekommst. Du wärst nur noch mit Ermittlungen befasst, Seamus, mit eigenem Team, und würdest jeweils den im Augenblick dringendsten Fall übernehmen. Der höhere Rang wäre eine Anerkennung für alles, was du geleistet hast.«

»Darf ich mir Bedenkzeit ausbitten?«, bat ich. »Im Moment brauche ich einfach nur Schlaf.«

»Natürlich. Fahr heim. Bis wir die Täterin finden, kannst du ohnehin wenig tun. Lass aber dein Handy und deinen Pager an. Wir melden uns, sobald wir etwas erfahren. Und – es tut mir wirklich Leid, dass ich an dir gezweifelt habe.«

Ich nickte benommen und ging über die Straße zu Christina. Sie zuckte zusammen, als sie die Schwellungen und Stiche in meinem Gesicht sah, dann schloss sie mich in die Arme. »Schön, dass du wieder zu Hause bist. Du siehst aus, als hättest du einen Ausflug in die Hölle hinter dir.«

»Da hast du nicht Unrecht, Schwesterherz.«

»Das ist alles vollkommen unglaublich. Lil Stark wäre nach Aileen Wuornos die zweite überführte Serienmörderin der Geschichte.«

»Du würdest wohl gern mit ihr reden.«

»Ja, genauso wie jeder andere Kriminalpsychologe im Land, sobald das bekannt wird«, erwiderte Christina. »Als kleines Mädchen musste sie also mit ansehen, wie ihr Vater ihre Mutter auf grauenhafte Weise umgebracht hat. Aber ich glaube, es muss noch mehr dahinter stecken – bestimmt hängt es mit Lucas Starks Geheimnis zusammen. Damit wurde die Saat für so monströse Taten gelegt.«

»Das habe ich mir auch überlegt«, sagte ich. »Und ich frage mich, ob sie vorhatte, mich an jenem Abend im O'Dorans's zu ihrem vierten Opfer zu machen.«

Meine Schwester schlug sich die Hand vor den Mund. »Wahrscheinlich hast du Recht. Sie war nur zu betrunken, um es zu Ende zu bringen.«

»Entweder das, oder weil ich nicht nach Southern Nights gerochen habe.«

Christina dachte darüber nach. »Soll ich dich heimfahren?«

»Nö«, sagte ich. »Das kann ein Streifenwagen erledigen. Ich will schlafen, und dann hole ich Jimmy ab.« Ich küsste sie auf die Wange.

Sie hielt mich am Arm fest. »Mein Gott, beinahe hätte ich es vergessen!«

»Was denn?«

»Alles Gute zum Geburtstag, großer Bruder. Jetzt bist du achtunddreißig.«

71

Über dem Yachthafen, wo mich der Streifenwagen absetzte, strahlte ein schier endloser Mittagshimmel. Ich hatte meinen Koffer bei mir, meine Aktentasche und eine Schachtel mit den Dingen, die ich im Garten der Starks gesammelt hatte. Zweifellos würden wir bald mehr als genug Beweise beisammen haben, um Susan Dahoney, alias Lil Stark, zu überführen, jedenfalls mehr als einen Duft, den ich in den Wäldern von Alabama wahrgenommen hatte. Wenn der Staatsanwalt die Schachtel benötigte, würde ich sie aushändigen. Bis dahin wollte ich mir die Sachen selbst nochmal ansehen.

Erleichtert stellte ich fest, dass auf dem Kai niemand zu sehen war. Ich nutzte die Gelegenheit und stahl mich zu meinem Liegeplatz und die Gangway zur *Nomad's Chant* hinauf. Unverhofft stand ich Janice Hood gegenüber, die blaue Shorts und ein weißes Matrosenhemd trug. Sie war wunderschön und wirkte etwas unsicher.

»Ich wollte dir einen Zettel an die Tür hängen«, begann sie hastig. »Ich war ein paar Tage unterwegs und habe nachgedacht. Da ist mir klar geworden, dass ich ungerecht zu dir war. Wahrscheinlich durftest du nicht darüber sprechen, dass ihr Foster beschattet habt.«

»Stimmt. Aber das spielt jetzt keine Rolle mehr. Er war's nicht. Wir sind auf einer heißen Spur.«

»Wen habt ihr im Verdacht?«, fragte sie, als ich an Bord kam.

»Die Bibelexpertin, ich habe dir ihr Buch gegeben. *Die zweite Frau.*«

»Nein!«, rief Janice. »Ich habe das Buch von vorn bis hinten gelesen. Es ist ungeheuer spannend.«

»Und vermutlich der Grund, warum sie gemordet hat«, sagte ich. »Wir haben heute früh ihre Wohnung durchsucht. Morgen steht bestimmt schon etwas in der Zeitung.«

Es herrschte verlegenes Schweigen. »Ich wollte deiner Karriere nicht schaden«, sagte ich schließlich.

Janice zuckte die Schultern. »Foster hat sowieso größere Pläne als den Zoo, und ich glaube, die Leitung wird zur Vernunft kommen, wenn die das merken.«

Wieder folgte ein unbehagliches Schweigen, dann sagte sie: »Du hast bestimmt viel zu tun. Ich verschwinde dann mal.«

»Zurück in den Zoo?«

»Nein, ich habe noch ein paar Tage Zwangsurlaub«, sagte sie traurig. »Eigentlich wollte ich schwimmen gehen.«

»Ich habe heute Geburtstag«, sagte ich. »Mein achtunddreißigster. Zur Feier des Tages gibt's eine Bloody Mary. Hast du Lust?«

Janice zögerte, dann lächelte sie. »Wenn du Geburtstag hast, wie könnte ich da nein sagen?«

Ich füllte einen Krug mit Bloody Mary, wir gingen nach draußen, setzten uns aufs Achterdeck und beobachteten den Bootsverkehr in der Bucht. Ich erzählte ihr von Alabama und Lil Stark. Sie sah mich erstaunt an. »Dann hat sie also den Namen Susan Dahoney angenommen?«

»Sieht so aus«, sagte ich. »Die Bibel war ja ihr Metier. Mit biblischen Geschichten hat sie quasi sprechen gelernt. Daraus hat sie sich dann eine Identität gezimmert.«

Janice nippte an ihrer Bloody Mary und schauderte. »Was ich am unheimlichsten finde, ist der Geruch im Wald, den du beschrieben hast.«

»Ich auch. Das hat mich sogar noch mehr schockiert als alles, was sich in der Kirche abgespielt hat. Trotzdem ist es ein betörend schöner Duft.«

»Das würde mich auch interessieren«, meinte sie.

»Leider habe ich kein Southern Nights da.«

»Macht nichts. Das kann ich mir bei Nordstrom besorgen.« Sie hielt mir ihr Glas hin. »Schenkst du mir noch was ein?«

Ich griff nach dem Krug, da fiel mein Blick auf die Schachtel neben der Tür zum Hauptdeck der *Chant*. »Möchtest du wissen, wie es bei den Starks riecht?«, fragte ich.

Sie sah mich verdutzt an. »Du hast doch gesagt, dass du kein Southern Nights da hast.«

»Vielleicht habe ich etwas Besseres.«

Ich stand auf, holte mein Messer aus der Tasche und schnitt die Pappschachtel auf. Ich nahm den Meeresgeruch wahr, dann Janices Duft, als sie näher kam und mit wachsendem Interesse beobachtete, was ich tat. Ich holte die Schlangenkiste heraus.

»Das ist ein Vorläufermodell der Transportbehälter, die wir im Zoo benutzen«, sagte sie mit einem bewundernden Blick. »Lass mich mal riechen.«

Sie nahm mir die Kiste aus der Hand, schnupperte und zuckte die Schultern. »Riecht einfach wie Gras. Duftet das Parfüm etwa so?«

»Nein.« Ich nahm ihr das Ding aus der Hand und schnupperte daran. Es war enttäuschend. »So hat es da nicht gerochen. Da haben sich die unterschiedlichsten Gerüche zu einem exotischen Gebräu vermischt. Aber das verbindende Element hat sich anscheinend verflüchtigt.«

»Was kann das gewesen sein?«

»Zum Beispiel ein schwüler Sommerabend«, sagte ich nachdenklich. »Wart mal, ich habe eine Idee.«

Wir gingen hinein, und ich setzte in der Kochecke der Kajüte einen kleinen Topf Wasser auf. Janice nippte an ihrem Glas. »Was machst du da?«

»Pass auf.« Ich öffnete die alte Schlangenkiste und schnitt mit einer Schere ein wenig von den Pflanzenteilen ab, die ich aus dem Garten der Starks mitgebracht hatte. Als das Wasser kochte, gab ich welkes Gras, Kudzu, getrocknete

Pecano- und Hartriegelblüten sowie Rinde der alten Kiefer, der Magnolie und des Milchorangenbaums dazu und rührte alles mit einem Holzlöffel um.

Kaum dreißig Sekunden später entfaltete der Aufguss sein Aroma. Als mir der Duft in die Nase stieg, fühlte ich mich wieder auf die Lichtung zurückversetzt, in die stummen Schmerzensruinen des Lucas Stark, ich sah die Geisterfänger vor mir und den Dschungel der Schlingpflanzen, den die Macheten gelichtet hatten, als gälte es, eine Befestigungsanlage frei zu halten, ich spürte das Moos unter meinen Füßen und hörte, wie die Eulen den aufsteigenden Mond begrüßten.

»Das ist es«, sagte ich. »So riecht Southern Nights.«

Janice schnupperte. In ihren Augen sah ich das Flackern der Lust. »Hübsch«, sagte sie.

»Nicht halb so hübsch wie du.«

Sie grinste, stellte ihr Glas weg und trat sehr nah an mich heran. »Wie sehr hast du mich vermisst?«, wisperte sie heiser.

Mein Atem flatterte. »Mehr als meine Seele.«

Das schien ihr sehr zu gefallen, denn sie gab ein leises Gurren von sich, und sie bedeckte die Linie zwischen meinem Kinn und meinem linken Ohr mit Küssen.

»Ich halte viel von Geburtstagsgeschenken«, murmelte sie. »Mein Geschenk an dich, Seamus Moynihan, ist die erotischste Erfahrung deines Lebens.«

Bevor ich sie in die Arme schließen konnte, löste sie sich von mir, ging zum Lukendeckel und schloss ab. Dann ließ sie das Rollo herunter, sah mich an, zog ihre Matrosenbluse aus und ließ sie auf den Boden fallen. Sie steckte aufreizend die Daumen in den Bund ihrer Shorts und streifte sie ab. »Komm her, Geburtstagskind«, rief sie, lockte mich mit dem Finger und klopfte auf den Tisch. Ich lächelte, kam langsam auf sie zu und zog mein Hemd aus.

Sie hielt die Hände am Rücken verschränkt und reckte

sich mir entgegen, als ich näher trat. Da schoss ihre Zunge heraus und sie leckte meine Brustwarzen, erst die eine, dann die andere. Das war eine der merkwürdigsten erotischen Erfahrungen meines Lebens, und ich spürte, wie ich steif wurde.

Janices Zunge wanderte über meinen Bauch zum Nabel und weiter bis zum Gürtel. Dann zog sie mir die Hose bis zu den Knöcheln herunter. Sie kniete vor mir nieder und ließ ihre Zunge über die Innenseiten meiner Schenkel gleiten. Gemächlich beschrieb sie Kreise, tastete sich immer weiter hinauf, dann hörte sie plötzlich auf.

»Warum gehst du nicht schon mal runter?«, schlug sie vor. »Ich hole uns noch etwas zu trinken.«

Sie kam nackt die Treppe herunter, zwei neue Bloody Marys in der Hand, lächelte, als sie mich im Bett liegen sah, stellte die Gläser auf den Tisch am Kopfende und zog die Vorhänge am Bullauge zu, sodass nur noch gedämpftes Licht eindrang. Sie trank einen Schluck und reichte mir dann mein Glas.

Ich nippte daran, es schmeckte bitter. Im ersten Moment wollte ich es ausspucken, dann fühlte ich mich leicht benebelt, und plötzlich wurde ich hellwach wie im Koffeinrausch und nahm alles überdeutlich wahr.

»Junge, das schmeckt aber anders als vorher«, sagte ich.

»Das ist mein Geschenk.« Sie trank. »Ich habe etwas in unsere Bloody Marys gemischt.«

»Was denn?«, wollte ich wissen.

»Beruhig dich, Dummerchen.« Sie streckte sich neben mir aus. »Es ist der Extrakt aus dem Saft einer Wurzel, die nur die Eingeborenen am oberen Amazonas kennen. Ich hab das von Tomás. Es ist das ultimative Aphrodisiakum – es erhöht die Sinneslust, und du bleibst stundenlang steif.«

Bevor ich ein Wort sagen konnte, lag sie schon auf mir und bewegte sich. »Ist das gut?«, fragte sie.

»Unglaublich.«

»Es kann nur besser werden.« Sie hielt inne, griff zwischen ihre Beine, half meinem Penis auf den Weg und ließ sich auf mich sinken. Mit dem ganzen Körper machte sie sanfte Spiralbewegungen, die mir nahezu den Verstand raubten.

Als Janice spürte, dass ich kurz davor war, packte sie mich an den Schultern und beugte sich über mich. »So magst du es also?«, fragte sie. In ihren Augen las ich den Irrsinn der Lust und noch etwas, was ich nicht deuten konnte. Aber es spielte keine Rolle. Ich erlebte den Fick meines Lebens, alles andere zählte nicht.

»Mein Gott, ja«, stöhnte ich, als es zu viel wurde. Ich nahm ihr Gesicht in die Hände und kam in ihr. Janice wurde langsamer, richtete sich auf und küsste meinen Haaransatz. Ich keuchte noch, als mir bewusst wurde, dass wir eine Art Tabu gebrochen hatten, dass es aber gleichzeitig absolut atemberaubend gewesen war.

»So gut«, murmelte sie. »So schön für mich. Was machen wir als Nächstes?«

»Hmmm.« Ich schloss die Augen und streichelte ihren Rücken. »Vielleicht ein Nickerchen. Dann Jimmy, dann Abendessen, und dann bin ich wieder für dich bereit.«

Ihr Finger glitt über meine Unterlippe. »Wir haben gerade erst angefangen, Geburtstagskind.«

»Du bist unersättlich.«

»Ja«, sagte sie, »das bin ich.«

Janice legte sich neben mich und zog meinen Kopf an ihre Brust. So schlief ich zum Rhythmus ihres Atems ein wie ein Betrunkener, der über den Rand einer Klippe tritt und ins Dunkel fällt, ohne recht zu wissen, wie ihm geschieht.

72

Die *Nomad's Chant* schwankte, als würde Gott persönlich sie schaukeln, und als ich langsam wieder zu mir fand, dachte ich, von der Baja-Wüste her sei ein Sturm heraufgezogen. Ich hörte ein Bellen, das nicht von Hunden stammte. Dann merkte ich, dass mir speiübel war. Mein Zahnfleisch war wund, mein Magen übersäuert, mein Kopf dröhnte. Und mein Gesicht war heiß und verschwitzt. Ich wollte mir den Schweiß von der Oberlippe wischen, doch ich konnte meine Hand nicht bewegen.

Ich schlug die Augen auf und sah mich in panischem Schrecken um. Zahllose Kerzen erleuchteten die Kajüte. Die Vorhänge der Bullaugen waren zurückgezogen. Draußen war es dunkel. Im Osten ging der nicht mehr ganz volle Mond auf. Die Uhr auf dem Nachttisch zeigte zwanzig nach zwölf. Ein weißes Kunststoffseil fesselte meine Handgelenke und Knöchel an die vier Ecken meines Bettes.

»Bist du eins mit dem Herrn?«, fragte eine tiefe samtige Stimme mit Südstaatenakzent.

Mich packte das blanke Entsetzen, als ich Janice an der Badezimmertür stehen sah. Sie trug einen hautengen schwarzen Body, und ihre Augen waren erstaunlicherweise smaragdblau. Unter dem Arm hatte sie einen Transportbehälter aus dem Zoo. Ich versuchte verzweifelt, meine Fesseln abzustreifen. Das Seil schnitt mir in die Haut, gab aber nicht nach. Schließlich hörte ich auf zu kämpfen, lag schwer atmend da und war kurz davor, zu kotzen. »Das ist ein böser Traum«, stöhnte ich.

Sie trat mit geschmeidigen Schritten neben das Bett. »Das ist kein Traum, Seamus Moynihan.« Sie packte mich brutal am Hodensack.

Ich schrie auf vor Schmerz. »Das tut weh. Lass das!«

Sie presste die Lippen aufeinander. Ihre Finger umklammerten meine Hoden und zerrten noch heftiger. Ich brüllte. »Hör auf, bitte, Janice! Lil!«

Grinsend zog sie ihre Hand zurück und ließ Kopf und Schultern kreisen. »Jetzt weißt du also, wer ich bin. Wir beide werden noch viel Spaß miteinander haben, bevor du stirbst. Das heißt, ich zumindest.«

Der dumpfe Schmerz in meinen Lenden ließ langsam nach. Janice schien einen Moment so elektrisiert von dem Gedanken an den bevorstehenden Spaß, dass ich vor Angst wie gelähmt war. Dann schoss es mir durch den Kopf: Janice Hood war Lil Stark. Wie war das möglich? Und dann verknüpften sich alle losen Enden in meinem Hirn. Sie hatte getönte Kontaktlinsen getragen. Sie hatte sich die Haare gefärbt. Sie hatte sich den Venushügel rasiert, sodass man bei ihren Opfern nie Schamhaare fand. Und sie war so umwerfend sinnlich, dass kein Mann, der bei Verstand war, sie abgewiesen hätte. Jedenfalls weder Sprouls noch Haines, noch Cook, noch ich.

Aber wo war ich? Wie lange befand ich mich schon hier? Hatte jemand gesehen, wie wir aus dem Hafen ausgelaufen waren? Welche Droge hatte sie mir verabreicht? Strychnin? Wo war meine Pistole? Wie sollte ich mich aus den Fesseln befreien? Wo lagen meine Stärken? Wo die ihren?

Der Aberwitz und das Rätselhafte meiner misslichen Lage richteten in meinem Kopf ein heilloses Chaos an. Da fiel mir Jimmy ein, der nun mit zehn Jahren seinen Vater verlieren würde, so wie es mir ergangen war. Das wollte ich ihm nicht antun. Mein Überleben war wichtiger als alles andere. Ich zwang mich zur Ruhe, und ich machte mir klar, dass nicht meine Geliebte vor mir stand, sondern meine Feindin.

Ich überlegte, welcher der Gegenstände in diesem Raum als Waffe zu gebrauchen war, falls ich mich befreien konnte.

Auf Anhieb sah ich nur, was schon immer hier gewesen war: Meine Bücher, meine Stereoanlage, die Schubladen, in denen ich meine Kleider aufbewahrte. Dann bemerkte ich auf dem Regal meinen Akkubohrer, der noch von Holzstaub bedeckt war. Und daneben: mein Handy und die Bloody-Mary-Gläser.

Doch damit war nichts anzufangen. Lil Stark hatte mich professionell gefesselt. Eine Flucht schien im Augenblick ausgeschlossen. Also unterdrückte ich den Drang, gegen meine Fesseln anzukämpfen, und zwang mich, meine Kräfte zu schonen. Die Zeit war mein einziger Verbündeter. Dann schoss mir durch den Kopf, dass ich noch andere Waffen hatte: Worte und Wissen. Ich wusste mehr über Lil Stark und ihre Beweggründe als ihre anderen Opfer. Vielleicht konnte ich ihre Vergangenheit gegen sie verwenden.

»Es muss schon lustig gewesen sein, mit anzusehen, wie wir all den Verdächtigen nachstellten, während ich dich die ganze Zeit vor der Nase hatte«, sagte ich.

Sie stand auf. »Mir gefällt es, Macht über Männer zu haben, wenn du das meinst. Janice hingegen wollte, dass du den Mörder schnappst. Am liebsten Foster.«

»Du sprichst über sie, als wäre sie eine andere.«

»Eine andere? Nein.« Sie stellte die Schlangenkiste auf das Regal neben dem Bohrer. »Eher eine andere Haut. Oder die Farbe des Chamäleons vor einem grünen Blatt unter gesprenkeltem Licht. Oder stell dir Janice als Tagtraum vor, den ich einmal hatte, ein Tagtraum, der Jahre brauchte, um zu reifen und Wirklichkeit zu werden – wie ein Baum, bevor er Früchte trägt. Janice gesteht sich nicht einmal selbst ein, dass es mich noch gibt. Wenn ich das Ruder übernehme, sagt sie sich, sie phantasiere über eine Seite ihrer Persönlichkeit, die tief vergraben liegt. Die ungezogene Seite.«

»Aber du kommst heraus, um zu töten, wenn du den Duft aus dem Garten deiner Kindheit riechst.«

»Ich habe nicht einmal gewusst, dass es das ist, was mich so wütend macht, bis du es mir gesagt hast«, gab Lil zu und schob nebenbei den Riegel an der Tür der Schlangenkiste auf.

Jeder Nerv meines Körpers wollte kämpfen, wollte mit aller Macht die Seile abschütteln, die mich hielten. Mein Magen rumorte, ich war kurz davor, mich zu übergeben. Aber offensichtlich konnte ich rein physisch nichts unternehmen, um mich zu befreien. Ich musste meine Kraft schonen, ich musste Janice zum Reden bringen, um Zeit zu gewinnen. Wie lange war es wohl her, seit sie die Yacht hierher gesteuert hatte. Bestimmt war jemandem aufgefallen, dass die *Nomad's Chant* mit einer Frau am Ruder ausgelaufen war.

»Wann ist der Tagtraum von Janice entstanden?«, fragte ich, um das Gespräch in Gang zu halten. »Als du durch den Kudzudschungel nach Tennessee geflohen bist?«

»Ach, schon lange vorher. Als ich aus dem Loch kroch und mich nach Miami aufmachte, habe ich ihre Träume schon gelebt. Sie war wie ein Baby ohne Windeln. Ich habe ihr alles gegeben: Das Hirn, das Aussehen, den Ehrgeiz. Ich habe sie aufs College gebracht und sie zum Erfolg getrieben. Sie hat einen Doktortitel, veröffentlicht in angesehenen Zeitschriften, spricht auf internationalen Konferenzen. Sie war sogar im Fernsehen.«

Sie lächelte bei dem Gedanken.

»Aber du hast doch Papiere gebraucht, um eine neue Identität anzunehmen, um einen Job zu finden, um studieren zu können oder auch nur einen Führerschein oder eine Wohnung zu bekommen«, sagte ich. »Wie hast du das angestellt?«

Sie lachte verächtlich, als seien das dumme Fragen. »Was für Geld nicht zu haben ist, kann mein Körper beschaffen.«

»Du warst Prostituierte.«

»Ich war eine Hure«, gab Lil kalt zurück. »Eine Hure für reiche Männer mit Geschmack, die sich für das sexuelle Abenteuer interessieren.«

Mit dem Zeigefinger der linken Hand stieß sie sachte die Tür der Schlangenkiste auf. Ich versuchte, nicht zu reagieren. »Abenteuer welcher Art?«

Lil zögerte, ihr Gesicht verhärtete sich. »Was ihnen so einfiel. Ich habe nie eine Bitte ausgeschlagen.«

»Und wie findet Janice das?«

»Sie weiß es nicht«, erwiderte sie heftig. »Sie wird es nie erfahren. Janice hat ein perfektes Leben geführt, sie hat etwas erreicht und ist angesehen.«

»Habe ich zu diesem Leben gehört?«

Sie musterte mich ironisch. »Dein Schwanz schon, Moynihan. Seine Form hat mir gefallen. Janice fickt eigentlich nicht gern. Ich muss nur ab und zu Dampf ablassen.«

Das Scharnier knarrte, als sie die Kiste öffnete. Sie griff ohne hinzusehen hinein und zog eine wesentlich größere Klapperschlange heraus als die, mit denen ihr Bruder Caleb hantiert hatte. Die Schlange war so dick wie ein Baseballschläger, fast zwei Meter lang und am Rücken blauschwarz. Ihren Körper bedeckten helle, fingernagelgroße Schuppen im Diamantmuster. Ihr Kopf war faustgroß, dreieckig und schien einer längst versunkenen Epoche der Erdgeschichte zu entstammen.

»Sag guten Tag zu Judgment«, sagte Lil. Sie spuckte dem Tier zwischen die Augen und reizte es damit aufs Äußerste. Jeder Muskel seines Körpers spannte sich an und trat hervor. Es klapperte mit dem Schwanz und krümmte sich in Lils Hand. »Er sieht alles. Und lügt nie.«

Ich reagierte unwillkürlich. Als ich die Schlange auf mich zukommen sah, mit aufgerissenem Maul und glitzernden Fängen, wand ich mich und zerrte an meinen Fesseln, zuckte, fuchtelte und stemmte mich mit dem Unterleib ab, um die Seile irgendwie aus ihrer Verankerung in der Wand und am Fußende des Bettes zu reißen. Wenn ich nur eine Hand, einen Fuß frei bekommen hätte. Aber es war nichts zu machen.

Lils Gesichtsausdruck veränderte sich, als erlebe sie einen Absturz in eine andere Zeit, an einen anderen Ort. Rasch umrundete sie das Bett und hielt die Schlange über meinen Arm.

»Welch unsagbare Freude, den Tod in Händen zu halten.«

Die Schlange schwebte über mir. Ich versuchte tief durchzuatmen, um den Puls jener Magnetwellen der Angst zu dämpfen, die ich aussandte. Aber Lil spuckte Judgment noch einmal auf den Kopf. Es war, als würde sie den Abzug einer Waffe drücken. Die Schlange richtete sich auf wie ein Fragezeichen. Und im nächsten Augenblick bohrte sie ihre scharfen Zähnen in meine Armbeuge, spritzte ihr Gift in mich und zog sich zurück. Ich wollte meinen Arm, der sofort zu brennen anfing, wegreißen, konnte aber nicht.

»Du bist nicht eins mit dem Herrn, oder, Seamus Moynihan?«, fragte Lil.

Ich heulte vor Schmerz, dann schrie ich sie an: »Damit kommst du nie davon. Für Polizistenmord jagen sie dich bis ans Ende der Welt, und irgendwann schnappen sie dich.«

Sie lachte. »Mich schnappen? Das glaube ich kaum. Ich wurde tagelang von Bluthunden gejagt und habe sie abgehängt. Du warst einen Monat lang hinter mir her, und ich war die ganze Zeit in Reichweite. Jetzt weiß ich, was du denkst: Tarentino oder irgendwer wird melden, dass du vermisst wirst. Aber ich habe ihn am Kai gesehen, bevor ich abgelegt habe, und ihm gesagt, du würdest schlafen und ich wollte dir mit einem romantischen Törn eine Geburtstagsüberraschung bereiten. In den nächsten vierundzwanzig Stunden rechnet niemand mit dir. Bis dahin bin ich mit dir fertig und habe eine andere Identität angenommen.«

Die Wunde brannte wie Feuer. Zwei mit Gift vermischte Blutstropfen rannen über meinen Unterarm.

»Jetzt hängt alles davon ab, wie stark dein Herz ist«, bemerkte sie sachlich. »Früher oder später macht es schlapp. Das passiert immer, wenn man vor den Richter tritt.«

Noch nie hatte ich mich so elend gefühlt. Mein Puls pochte über meinem Adamsapfel und in meinen Ohren. Anscheinend spürte Lil das, denn ihre Nasenflügel blähten sich. Ihre tiefschwarzen Pupillen in der türkisblauen Iris weiteten sich. Sie ging ans Fußende des Bettes und legte die Schlange wieder in ihre Kiste, ohne mich aus den Augen zu lassen.

»Spürst du, wie es dir durch die Adern kriecht?«, fragte sie. »Ich habe mir das Gift immer wie eine Armee von Feuerameisen vorgestellt, die durch deine Tunnels marschieren und in jeder Zelle nachfragen, ob Gott auf deiner Seite ist. Wie findest du das?«

Bleib ruhig, sagte ich mir. *Sie will, dass du in Panik gerätst. Angst erzeugt Adrenalin. Adrenalin beschleunigt die Ausbreitung des Giftes.* Nach allem, was ich über den Biss der Diamantklapperschlange gelesen hatte, wusste ich, dass seine Auswirkungen nicht so verheerend waren wie die eines Taipans, der Rikko angegriffen hatte. Viel hing vom Opfer ab. Manche starben innerhalb von Stunden. Andere hielten tagelang durch. Ich brauchte wenigstens vierundzwanzig Stunden.

»Keine Antwort?« Sie grinste verschlagen. »Du versuchst, dagegen anzukämpfen? Das ist gut, Seamus. Weiter so. Der Herr ist in einem Biss, der nicht tötet.«

Plötzlich klingelte mein Handy auf dem Regal, und wir fuhren beide zusammen. Es klingelte noch fünfmal, dann hörte es auf. »Sie suchen mich«, sagte ich. »Nur wenige Leute haben die Nummer, und fast alle sind Polizisten.«

Sie zuckte die Schultern und ging zur Kajütentür.

»Wohin willst du?«, fragte ich mit zusammengebissenen Zähnen.

Lil sah mich amüsiert an. »Ich arbeite an meinem neuen Ich.«

Die Tür fiel hinter ihr zu, und ich blieb mit Judgment zurück. Um die Ausbreitung des Giftes zu stoppen, atmete ich langsam und bewusst, hielt die Augen halb offen und versuchte alles zu verlangsamen, meine Lungentätigkeit, mein Herz, meine Gedanken. Dann wurde mir plötzlich schwindlig und mein Kopf tat weh, als hätte ich eine halbe Flasche Whiskey getrunken. Ich schmeckte Aluminium, lehnte mich nach links und erbrach neben das Bett.

Als der Brechreiz nachließ, hörte ich wieder das Bellen draußen vor dem Bullauge. Da wurde mir klar, dass es die Seeelefanten sein mussten. Wir befanden uns bei den äußeren Coronado-Inseln, in der Bucht der Seeelefanten. Dann drehte sich alles. Bevor ich ohnmächtig wurde, dachte ich noch, dass ich nur sechzehn Seemeilen von zu Hause entfernt war.

73

Es war, als würde mein linker Arm von einem Messer durchbohrt. Ich kam zu Bewusstsein, die Übelkeit hatte etwas nachgelassen, und ich hatte mehr Energie. Aus halb offenen Augen sah ich, dass Lil eine meiner Krawatten zum Abbinden meines linken Bizeps benutzt hatte, der einen dunklen Bluterguss aufwies. Auf dem Bettgestell lagen eine Spritze und ein Röhrchen des Serums, das mir Walter gegeben hatte. Anscheinend hatte sie beides in meinem Gepäck gefunden. In der Spritze waren noch ein paar Kubikzentimeter Serum, mit Luftblasen durchmischt.

Der Mond schien nun durch das gegenüberliegende Bullauge. Der Wecker zeigte drei Uhr fünfundvierzig. Lil saß im Schneidersitz zwischen meinen gespreizten Beinen und beobachtete mich. Sie hatte ihr Haar flachsblond gefärbt, kurz geschnitten und mit Haargel hochtoupiert. Ihr Lippenstift war dunkler als gewohnt. Und auch Mascara und Eyeliner hatte sie großzügig benutzt. Wäre sie mir auf der Straße entgegengekommen, hätte ich sie nie als Janice erkannt.

»Geht's besser?«, fragte sie. »Du hast ganz schön gekotzt. War nicht schön, das aufzuwischen, aber ich kann den Geruch nicht vertragen.«

»Wasser«, krächzte ich.

»Sofort«, erwiderte sie freundlich und stand auf. Sie nahm ein Bloody-Mary-Glas vom Regal und ging ins Badezimmer. »Der Besuch in meiner Heimatstadt hat dich anscheinend geschwächt, Seamus. Du wärst fast schon am ersten Biss gestorben und hast nicht einmal besonders gekämpft. Ich habe wohl mehr von dir erwartet als von den anderen. Eigentlich hätte ich etwas Besseres verdient, findest du nicht?«

Da begriff ich: Sie hatte mich mit Serum behandelt, um meine Qualen zu verlängern. Aber das war mir gleich, denn mit jedem Augenblick fühlte ich mich stärker, wacher. Sie kam mit dem Wasser aus dem Bad, hielt es zwanzig Zentimeter über meinem Gesicht und ließ es rund um, nicht aber in meinen Mund tröpfeln, sodass ich die Flüssigkeit auflecken musste.

»Genau«, höhnte sie. »Streng dich ruhig ein bisschen an.«

Genau das tat ich. Es ging ums Überleben. Alles andere war unwichtig. Als sie genug von dem Spiel hatte, ging sie ums Bett herum zu Judgments Kiste. Ich wollte sie so lange wie möglich von ihm fern halten. Also versuchte ich es mit einem Verdacht, den ich geschöpft hatte, als ich hörte, dass Nelson Carruthers sie in dem Wandschrank des Kinderzimmers mit ihrem Bruder Caleb gefunden hatte.

»Hast du dich versteckt, als dein Vater deine Mutter zu Tode gefoltert hat?«, fragte ich. »Warst du im Schrank, Lil? Im Schlafzimmerschrank deiner Eltern und hast mit angesehen, wie dein Vater deine Mutter vergewaltigte, während sie starb?«

Sie hielt inne. Ich konnte ihren Augen ablesen, dass kein anderer Mensch das über sie wusste. Sie warf mir das Glas an den Kopf, traf mich aber nicht. Es zerbarst an der Wand rechts neben mir, die Splitter flogen in alle Richtungen. »Kein Wort mehr davon«, sagte sie in einem Befehlston, der mich an Carruthers erinnerte.

»Du hast es gesehen, oder?«, hakte ich nach. »Du hast gesehen, wie dein Vater die Schlangen auf deine Mutter losgelassen hat. Du hast gesehen, wie er sie gefickt hat, während sie gegen das Gift kämpfte. Und du, ein kleines achtjähriges Mädchen, musstest deinen Bruder Caleb vor diesem Albtraum beschützen. Ich habe deinen Bruder gestern gesehen. Dass er noch lebt, hat er dir zu verdanken, Lil.«

Mit zwei raschen Schritten war sie bei mir und schlug mir auf den Mund. Blut spritzte aus meiner Lippe. Hasserfüllt beugte sie sich über mich. »Halt jetzt den Mund, kein Wort von Caleb und so weiter, oder ich hole Judgment jetzt sofort heraus.«

Wieder spielte ich mit hohem Einsatz, versuchte, sie so weit zu bringen, dass sie einen Fehler machte. »Darum geht's doch eigentlich, oder? Du vollziehst dasselbe Ritual, das dein Vater mit deiner Mutter vollzogen hat? Um mit ihm und allen anderen abzurechnen, die du bumsen musstest, um Janice zu werden.«

Lil packte mich an den Brusthaaren und riss ein Büschel aus. Ich kämpfte den Schmerz nieder.

»Nur weiter so«, knurrte sie. »Du hast keine Ahnung, worauf du dich einlässt.«

»Aber sicher doch«, erwiderte ich mit zittriger Stimme. »Von deiner Wut und dem Entsetzen und deiner kranken Art, damit umzugehen. Weil du im tiefsten Innern nicht begreifst, warum dein Vater, dein eigener Vater Schlangen auf seine Frau gehetzt und sich dann entmannt hat. Oder?«

Sie holte aus, und ich rechnete mit einer weiteren Ohrfeige. Aber sie zögerte, dann erschlaffte sie, ihre Augen wurden glasig, und sie ließ die Hand sinken. Sie war jetzt wieder in diesem Zimmer. »Ich weiß es schon«, murmelte Lil. »Ich weiß, was meinen Vater und meinen Stiefvater ihr Leben lang verfolgt hat.«

»Du weißt es also tatsächlich? Warum hat er es getan? Hat deine Mutter ihn betrogen?«

Lil schüttelte den Kopf. Sie sah die Schreckensszenen vor sich. »Das war schon Jahre her, lange bevor sie in der Kirche geheiratet und Gottes Zorn auf sich gezogen haben.«

»Womit haben sie Gottes Zorn geweckt?«, fragte ich. »Was hat dein Vater Carruthers erzählt? Warum hast du die halbe Stadt niedergebrannt, um all deine Spuren auszulöschen?«

Immer noch starrte Lil mit glasigem Blick ins Leere. Dann verzerrte sich ihr Gesicht, ihre Augen weiteten sich, und das Entsetzen wich der Wut. »Du glaubst wohl, du hättest irgendein Recht auf die Wahrheit?«

»Heute trete ich doch vor den Richter, oder?«

Lil nickte. »Stimmt.«

Sie holte die Schlangenkiste vom Regal und stellte sie neben meinem Kopf ab. »Die Wahrheit ist, dass meine Eltern der Hölle anheim gefallen waren. Genau wie ich und Caleb. Das hat mein Pa Carruthers erzählt.«

»Warum?«, hakte ich nach. »Warum waren sie verdammt, Lil?«

Sie lächelte ironisch, dann kletterte sie zu mir aufs Bett, was mich erstaunte. Sie stützte sich auf meinen Schultern ab und spreizte die Beine, sodass ich sah, dass ihr Body im Schritt offen war. Sie rieb ihr nacktes, haarloses Geschlecht an meinem, und zu meinem Entsetzen reagierte ich darauf.

Lil lachte schneidend. »Sie waren aus demselben Grund verdammt wie du, Seamus«, sagte sie. »Verdammt, weil sie das gern getan haben. Verdammt, weil sie ihren Körper mehr liebten als ihre Seele.«

Ich schauderte unwillkürlich. »Wovon redest du?«

»Es steht doch alles im Buch dieser Susan Dahoney, *Die zweite Frau*«, erwiderte sie. »Wie hat sie das genannt – das älteste ungelöste Rätsel der Geschichte? Eins will ich dir sagen: Meine Eltern wussten längst des Rätsels Lösung.«

»Kains Frau?«, fragte ich ratlos. »Was hat das mit deiner Mutter und deinem Vater zu tun?«

»Alles.« Lil richtete sich auf wie eine Kobra, bevor sie zuschlägt. »In der Bibel heißt es, Kain habe Abel getötet, weil er eifersüchtig darauf war, dass sein Bruder in Gottes Gunst stand. Aber mein Pa wusste es besser. Und meine Ma. Und ich weiß es auch.«

Mir fiel wieder ein, dass Lucas Stark bei einem Streit,

den keiner verstand, seinen Bruder Caleb ermordet hatte. Da wurde es mir klar. »Dein Vater und sein Bruder liebten als junge Männer beide dieselbe Frau«, sagte ich. »Ada Mae hatte vor Jahren etwas mit deinem Onkel Caleb. Daher der Streit.«

Lil schüttelte verächtlich den Kopf. »Es ist noch viel, viel schlimmer. Komm schon, ich weiß, dass du drauf kommst. Ein toller Ermittler wie du? Hast du denn Dahoneys Buch nicht gelesen?«

Ich ignorierte ihren hochmütigen Blick und ließ die Fakten immer wieder Revue passieren, aber ich sah einfach keinen Zusammenhang.

»Was hat dein Vater Carruthers erzählt?«, fragte ich noch einmal.

Lil beugte sich über mich und wisperte: »Genau weiß ich es nicht, aber ich weiß, was er ihm hätte sagen sollen. Pa hätte ihm erklären sollen, dass die zweitälteste Geschichte der Bibel falsch aufgezeichnet wurde. Kain hat Abel getötet, nicht weil er sich von Gott zurückgesetzt fühlte, sondern weil er herausgefunden hat, dass er und sein Bruder es beide gern mit der zweiten Frau trieben: Mit der Tochter von Adam und Eva, ihrer Schwester.«

Einen Herzschlag lang stürzte ich in eine Dunkelheit, wie ich sie mir nie hätte vorstellen können. Dann wurde mir klar, was das alles zu bedeuten hatte. Lucas Stark, der sich das Messer in die Geschlechtsteile rammt. Sein bitterer Zorn auf Gott, der ihm einen behinderten Sohn gegeben hat. Und dann Carlton Lees Schilderung, wie Ada Mae zum ersten Mal die Kirche Jesu betritt, nackt unter ihrem Kleid. Lucas, der vom Altar herabruft: *Bist du eins mit dem Herrn, Schwester?* Und Ada Mae, die antwortet: *Nein, Bruder. Aber ich möchte es sein.*

»Sie haben es wörtlich gemeint«, murmelte ich voller Abscheu. Dann fuhr ich zusammen, denn Lil öffnete den Käfig, griff hinein und holte das Vieh heraus.

»Weißt du, was mein Stiefvater immer über die Bedeutung meines Namens gesagt hat?«, fragte sie wie betrunken und ließ zu, dass die Schlange sich auf ihre Brüste legte. »Lilith?«

»Nein«, gab ich zu und beobachtete, wie das Tier seinen Kopf durch ihre Hand schob und sich mir zuwandte.

»Er sagte, Lilith sei das Kind des Inzests, des Albtraums, ein sexueller Dämon, der aus der Sünde seiner Eltern hervorgeht.« In ihrer Stimme erwachte der Zorn.

Sie löste sich von mir und rückte ein Stück zurück, bis sie über meinen Knien hockte. Sie knirschte mit den Zähnen. »Bist du diesmal eins mit dem Herrn?«

»Tu das nicht, Lil.« Als ich sah, wie die Zunge der Schlange, nur Zentimeter von meinem geschrumpften Penis entfernt, herausschoss, wand ich mich verzweifelt.

Sie legte die Schlange auf das Laken zwischen meinen Beinen und sah mich hasserfüllt an. »Ich bin ein Dämon, den der Geruch der Nacht hervorgebracht hat. Was sollte ich denn sonst tun?«

Ich starrte die Schlange böse an und verdrehte meine Hüften, um ihr zu entrinnen. Lil beugte sich vor und spuckte der Schlange auf den Kopf. Judgment fuhr zur Seite, schnellte zurück, stieß schließlich zu und biss mich in die Hoden. Es war wie ein derber Schlag, gefolgt von einem Rasiermesserschnitt und einem unerträglichen Brennen.

Ich brüllte, und Lil lächelte bitter. »Nimm's nicht so schwer, Seamus. Meine Mutter hat die Prüfung Gottes auch nicht bestanden.«

Ich stöhnte vor Schmerz, als Lil Judgment in seine Kiste zurücklegte. »Nur noch ein paar Stunden, bis es hell wird«, sagte sie. »Bald tut das Gift seine Wirkung. Es dauert nicht mehr lange, dann wirst du vergessen, wer du bist, bis du schließlich stirbst und wiedergeboren wirst. Dann trittst du vor deinen wahren Richter.«

»Das blüht dir auch«, keuchte ich. »Schert dich das nicht?«

»Warum sollte es? Ich weiß ja schon, wohin ich gehe, wenn ich aus diesem Leben scheide. Das war schon beschlossen, bevor ich zur Welt gekommen bin.«

74

Wer behauptet, die Zeit würde sich verlangsamen, wenn man stirbt, hat etwas falsch verstanden. Das, worauf es ankam, stürzte von allen Seiten auf mich ein, ein wahres Bombardement von Gedanken und Gefühlen: Lil Starks zufriedener Gesichtsausdruck, als sie die Tür schloss; der Lavastrom in meinen Hoden; mein rasendes Herz; die jähe Atemnot; die merkwürdigen Flecken vor meinen Augen, die platzten und zu Jimmy wurden, der auf dem Mound stand; meine Schwester, die mir zum Geburtstag gratulierte; Fay, die mir sagte, sie wolle Walter heiraten; meine weinende Mutter. Dann lösten sie sich alle wieder auf und hinterließen ein unruhiges Muster, das wie schwarze Tinte meine Erinnerungen auslöschte.

Zwischen vier und fünf Uhr morgens rang ich nach Luft und kämpfte gegen das Dunkel. Allmählich kehrte Jimmys Gesicht zurück, ich klammerte mich daran wie an eine Planke auf dem nächtlichen Meer. Ich durfte nicht sterben. Nicht jetzt. Ich hustete und spuckte Schleim, versuchte, nicht in Panik zu geraten, als die Erinnerung an Cooks Autopsie aufflackerte, und ich begriff, dass das Gift mich ebenso nehmen würde wie ihn, Sprouls, Haines, Carruthers und Ada Mae Stark: Tod durch Ertrinken.

Kälteschauer packten mich. Ich blickte um mich, mir war, als wäre ich in einer überfluteten Höhle gefangen, wie wahnsinnig vor Verlangen, aus diesem Gefängnis auszubrechen. Ich warf den Kopf nach links, dann nach rechts, kämpfte darum, nicht wieder in die Dunkelheit zu fallen, die sich vor mir auftat.

Dann sah ich am Rand meines Gesichtsfelds eine Glasscherbe, ein gebogenes spitziges Ding, etwa fünf Zentimeter lang, das aussah wie ein kleiner Säbel. Als Lil das Bloody-Mary-Glas an der Wand zerschmettert hatte, war die Scherbe auf der Ecke der Matratze zwischen meinem Kopf und meiner rechten Hand gelandet. Sie war groß und scharf genug, um meine Fesseln zu durchtrennen.

Wenn ich sie nur zu fassen bekam.

Mit aller Macht drehte ich meinen Kopf weiter herum und konzentrierte mich voll und ganz auf den Splitter. Ich versuchte, meine Hand so zu krümmen, dass ich ihn zu fassen bekam, aber es ging nicht. Es fehlten noch gut fünf Zentimeter zwischen der Scherbe und meinem ausgestreckten Daumen.

»Verdammt«, flüsterte ich und schlug frustriert mit dem Kopf auf die Matratze.

Das Bruchstück hüpfte und landete ein wenig näher bei meiner Hand. Ich blinzelte, hob noch einmal den Kopf und ließ ihn zurückfallen. Wieder hüpfte die Scherbe und fiel diesmal neben den Spalt zwischen Kopfbrett und Matratze. Dort lag sie auf der Kippe und konnte jeden Moment im Spalt verschwinden, und mit ihr meine Hoffnung, zu überleben.

Ich hatte keine Wahl, ich musste es versuchen. Nun tat ich etwas, was ich seit dem Tod meines Vaters nicht mehr getan hatte: Ich blickte zur Decke und betete. Und zwar in vollem Ernst.

»Ich bin nicht vollkommen, lieber Gott, das weiß ich«, begann ich. »Aber böse bin ich auch nicht, und ich brauche jetzt deine Hilfe.«

Dann sah ich die Scherbe ein letztes Mal an, hob den Kopf und schlug ihn seitwärts auf die Matratze. Der Splitter hüpfte, prallte am Kopfbrett ab und landete irgendwo rechts hinter meiner Hand.

Einen Augenblick war ich im Ungewissen, wartete darauf, dass die Scherbe auf die Bettumrahmung oder den Fußboden fallen würde. Aber ich hörte keinen Laut außer meinem eigenen Atem. Mühsam hob ich den Kopf, spähte und entdeckte das Glasstück an der Kante der Matratze direkt neben meinem kleinen Finger.

Vorsichtig ließ ich den Kopf sinken. Meine Lungen fühlten sich an, als würden sie sich allmählich mit Wasser füllen. Das Gift schlug wieder zu. Ich schaute zur Tür, versuchte trotz des rauschenden Blutes in meinem Kopf zu hören, ob Lil etwa aufmerksam geworden war und kam.

Nichts. Ich reckte meine Hand, so weit es ging, und drehte sie nach hinten. Mein kleiner Finger streifte die scharfe Kante der Scherbe. Ein Blutstropfen trat aus. Trotzdem versuchte ich es noch einmal. Es mochte eine Minute dauern, bis ich es geschafft hatte, das Glasstück zwischen meinen Ring- und Mittelfinger zu schieben. Dann bekam ich es mit den Fingerknöcheln zu fassen und wurde von einem Hochgefühl ergriffen.

Jetzt zitterte ich, sprach mir leise Mut zu, manövrierte irgendwie die Scherbe zwischen meine Fingerspitzen, beugte die Hand und begann mit der Spitze der Scherbe an dem Seil zu schaben, das mein Handgelenk gefangen hielt. Eine Faser des dünnen Seils gab nach, dann noch eine.

So mühte ich mich etwa fünfzehn Minuten ab. Unterdessen arbeitete das Gift in mir. Blut tropfte aus meinem Finger auf das weiße Seil, das sich allmählich rostrot verfärbte, aber doch unverkennbar durchtrennt wurde, und endlich war es immerhin halb durchschnitten. Mein Unterarm und meine blutige, verschwitzte Hand verkrampften sich zusehends. Ich lockerte den Druck der Klinge, sodass sie das Seil nicht mehr berührte.

Unterdessen machte mir das Gift immer mehr zu schaffen, es tobte in meiner Brust wie eine an Wucht und Höhe gewinnende Sturmwelle. Ich war der Ohnmacht nahe, sah nur noch wie durch einen gelben Nebel. Der Raum drehte sich. Wieder erbrach ich. Links von mir auf der Bettumrahmung sah ich die Spritze und die halb leere Phiole mit dem Serum. Ich brauchte es, und zwar jetzt.

Wieder klingelte mein Handy.

Ich fuhr zusammen. Das Mobiltelefon lag auf dem Regal, drei Meter von mir entfernt. Wieder läutete es, dann ein drittes Mal. Ich hörte Lil die Treppe herunterpoltern. Ich versuchte, die Scherbe zu verstecken, so wie Taschenspieler eine Münze verschwinden lassen.

Sie stieß die Tür auf, als das Handy zum fünften Mal klingelte, dann hörte es auf. Wir behielten beide das verstummte Telefon im Auge, und ich betete, dass Lil nicht auf meine Hand schaute. Die scharfe Spitze der Scherbe ragte noch etwa einen Zentimeter zwischen meinem Mittel- und Zeigefinger heraus, aber man musste schon genau hinschauen, um sie zu bemerken.

Sie warf einen letzten Blick auf das Handy, dann eilte sie zu der Schlangenkiste. Wieder hatte sie sich umgezogen. Statt des hauchdünnen, im Schritt offenen Bodys trug sie nun ihren Neopren-Schwimmanzug. In der Hand hielt sie einen grünen Apfel.

»Sie werden dich schnappen«, keuchte ich. »Du landest in der Gaskammer.«

»Nein, werden sie nicht«, meinte sie. »Du machst es höchstens noch ein paar Minuten. Du mühst dich schon ziemlich. Der ›Kampf gegen das Feuer‹, wie mein Daddy zu sagen pflegte. Du ringst mit dem Tod, nicht wahr, mein Liebster?«

»Ich bin nicht dein Liebster«, gab ich zurück und hörte, dass ich Silben verschluckte, aber ich zwang mich weiterzusprechen, damit sie die Hände von der Kiste ließ. »Das war nur Sex.«

»Aber der beste, den du je hattest, stimmt's? Ich wette, irgendwo im Hinterkopf dachtest du, Janice sei deine Rettung. Hübsch, gescheit, unglaublich gut im Bett. Aber das spielt jetzt keine Rolle mehr, oder? Du musst dir über andere Dinge Gedanken machen. Und ich auch.«

»Gehst du schwimmen?« Ich wies mit dem Kinn auf ihren Anzug.

Sie sah mich an, warf den Apfel in die Luft und fing ihn wieder auf. »Nachdem Judgment sein Urteil gesprochen hat, werde ich die Küste hinauffahren und irgendwo in Strandnähe zwischen La Jolla und Del Mar das Schiff mit Vollgas aufs offene Meer lenken. Dann springe ich ins Wasser und verschwinde für immer. Deine Yacht mit deiner Leiche finden sie dann frühestens in einer Woche.«

»Du kannst deiner Vergangenheit nicht entkommen, Lil«, sagte ich. »Sie beherrscht dich – daran ändert sich nichts, weder jetzt noch in Zukunft.«

»Da irrst du dich. Man kann sie mit ein paar Schwimmzügen hinter sich lassen. Das habe ich schon mal getan. Und ich tue es wieder.«

»Wirf deine Haut ruhig ab, aber in deiner Seele lebt sie weiter«, gab ich zurück. »Das konnte Carruthers bestätigen. Es hat ihn kaputtgemacht, dass er deinen Vater töten musste. Du wirst dich derselben selbst auferlegten Folter unterwerfen. Jedes Jahr Ende April werden dich die Schreckensszenen aus dem Schlafzimmer deiner Eltern heimsuchen, ganz gleich, was du anstellst, ob der Duft von Southern Nights dich nun aus dem Winterschlaf weckt oder nicht. Der Fluch, den dein Onkel Caleb über die Familie verhängt hat, lässt dich nicht mehr los. Wer dein Vater war. Wer deine Mutter war. Was aus dir geworden ist. Das alles kannst du nicht abschütteln.«

»Halt's Maul«, zischte sie, trat zu mir und stopfte mir den Apfel in den Mund. Ich spuckte die Brocken wieder aus und zerrte an dem Seil, das mein rechtes Handgelenk hielt. Ich ahnte zwar, dass ich mich gerade jetzt lieber ruhig halten sollte, aber das Gift tobte in mir und ließ mein Herz rasen.

»Was ist los, Lil?«, fragte ich. »Spürst du etwas im Herzen? Vielleicht so wie früher, als du ein junges Mädchen warst? Du hast dich so für deine Eltern geschämt, dass du das Gerichtsgebäude abgefackelt hast. So geschämt für dein Blut, dass du abgehauen bist und dein Leben lang eine andere Identität erfunden hast?«

»Halt's Maul!«, befahl sie. Dann hielt sie mir die Schlangenkiste hin. »Es reicht.«

Zum dritten Mal klingelte mein Telefon, immer wieder ertönte das Signal, insgesamt zehnmal.

Unterdessen zerrte ich so heftig an meiner Fessel, dass ich befürchtete, mir die Schulter auszukugeln. Aber ich quasselte ununterbrochen weiter: »Wie hast du dich damals genannt, bevor du von Hattiesburg weggegangen bist? Nicht Janice. Nicht Lil. Wie wär's mit Abschaum? Eine Versündigung gegen Gott? So hat dich doch der alte Carruthers genannt? Wie hast du dich damals gefühlt? Wie ist es dir gegangen, wenn die Jungs dich verspottet haben, nachdem du mit ihnen geschlafen hattest?«

Lil zitterte vor maßloser Wut. »Du hältst jetzt dein Maul«, schrie sie. »Du bist derjenige, der sich hier seinen Sünden stellt!«

Sie holte Judgment aus der Kiste, und mir fiel jäh ein, dass alle vier vorherigen Opfer letztlich an dem dritten Biss gestorben waren, dem Biss in den Hals. Solomon hatte gesagt, dass Klapperschlangengift durch die Halsschlagader direkt ins Hirn dringt, worauf der Tod rasch eintritt.

Als Lil näher trat, fing der Raum an, sich zu drehen, es war, als würde ich in einen Wasserstrudel gezogen. Irgendwo in den schimmernden wirbelnden Tiefen rasselte die Klapperschlange. Lil löste eine Hand von dem Tier, griff nach meinem schlaffen, schwarzen Penis, lachte bitter und spuckte dem Tier auf den Kopf. Zischend riss es sein Maul auf, dessen Inneres weißlich schimmerte.

Ich zuckte zurück und zerrte mit allerletzter Kraft, die

mir noch blieb, an dem teilweise durchtrennten Seil. Lil fiel das nicht auf. Als sie sich mit der wütenden Schlange meinem Hals näherte, hatte sie denselben tranceartigen leeren Blick wie kurz vor dem Orgasmus.

»Bist du diesmal eins mit dem Herrn, Seamus?«, fragte sie.

Die Schlange schlug zu. Mit einem Knall riss das Seil, das mich fesselte. Meine Hand schnellte nach vorn, das Seil glitt durch die Öse, mit der es am Kopfbrett befestigt war.

Bevor sich die Fänge des Monsters in meinen Hals bohren konnten, schlug ich mit der Glasscherbe zu und schlitzte ihm die Kehle weit auf.

Die Schlange wand sich in Krämpfen, zuckte und bockte in Lils Händen, und ihr Blut ergoss sich über uns beide. Sie krümmte sich zurück, fand Lils Arm und biss zu. Lil schrie auf und versuchte, die Natter von sich zu schleudern. Das Tier ließ aber nicht los. Sie schlug es gegen die Wände meiner Kajüte, doch es ließ nicht locker und pumpte ein letztes Mal Gift in sein Opfer.

Vom Schlangengift umnebelt, hackte ich mit der freien Hand auf das Seil ein, das meinen linken Arm fesselte, um an das Serum auf dem Tisch heranzukommen. Als es durchtrennt war, ließ ich die Scherbe fallen und griff nach der Phiole. In diesem Augenblick löste sich die Schlange ausgeblutet von Lils Arm und plumpste auf den Boden.

Ich steckte die Nadel in die Phiole und zog das mit Luftbläschen durchsetzte Serum in die Spritze. Lil beugte sich blutbesudelt über die tote Schlange und untersuchte keuchend die Wunde an ihrem Arm. Ihre Augen flatterten, und sie fletschte die Zähne. Sie merkte, was ich vorhatte, als ich die Spritze aus dem Fläschchen zog und versuchte, die Luftbläschen herauszuklopfen. Sie schaute sich mit irrem Blick um, griff nach dem Akkubohrer auf dem Regal und attackierte damit meine Beine.

Ich ließ die Nadel fallen, warf mich nach vorn, schlug nach ihr und versuchte, ihr den Bohrer zu entreißen, aber sie wich geschickt aus, schaltete ihn an und trieb mit einem Geräusch, das an den Gesang ihres Bruders erinnerte, die Spitze in meinen Knöchel.

Es war mehr als unerträglich, ein sengender, vibrierender Schmerz, der meinen ganzen Körper erfasste, bis ich unkontrollierbar zitterte. Sie durchbohrte mein Bein bis zum Wadenbein, die Wunde war fast drei Zentimeter tief, und zog die Bohrerspitze heraus. Ich brach keuchend und stöhnend zusammen, unfähig zu begreifen, was mir geschehen war. Meine linke Hand sank auf die Injektionsspritze.

Da registrierte ich, dass Lil mit dem Bohrer in der Hand auf mir saß und grinste. »Ich werde jetzt dein Herz ficken«, sagte sie.

»Wenn ich nicht schneller bin«, flüsterte ich und trieb ihr die Spritze zwischen der dritten und vierten Rippe tief in die Brust.

Ein dumpfer Schreckenslaut kam von ihren Lippen. Sie betrachtete mit ausdruckslosem Blick die Nadel und das rote Rinnsal, das darunter hervorquoll. Eine Sekunde lang schien sie zu denken, es sei ihr nichts passiert, es sei nur ein Pikser, nur ein kleiner ärgerlicher Zwischenfall.

Sie warf den Bohrer an und setzte wieder ihr bösartiges Lächeln auf. Merkwürdig ruhig, als würde ich neben mir stehen, schaute ich in ihre kranken Augen, während sich die rotierende Spitze meinem Körper näherte. Doch ich konzentrierte mich voll und ganz auf meinen Daumen, der auf dem Drücker der Spritze lag und das Serum mit allen Luftbläschen direkt in die Blutgefäße beförderte, die zu Lils Hirn führten.

Lil schickte sich gerade an, den Bohrer in meine Brust zu rammen, als die Muskelspannung in ihren Schultern und ihrem Hals nachließ. Der Bohrer setzte aus, fiel ihr aus der Hand, plumpste auf die Matratze und von dort auf den Boden.

Die Venen an Lils Schläfen und auf ihrer Stirn traten grausig hervor, dann schien eine zu platzen. Ein gezackter purpurroter Striemen zeigte sich mitten auf der Stirn. Ihre Lippen bildeten lautlose Worte des Hasses, ihre Augen wurden irre und erstarrten in einem leeren Blick.

Dann brach sie zusammen wie ein zum Einsturz gebrachtes Gebäude, sank auf mich, streifte mit ihrem erschlafften Mund meine Lippen und fiel vom Bett.

75

Ich atmete flach und zitterte wie ein Parkinsonkranker. Mein Kopf war wie ausgebrannt. Draußen vor dem Bullauge begrüßten die Seeelefanten brüllend und bellend die Dämmerung.

Ich muss mich befreien, sagte ich mir. *Ich muss ihr die Nadel aus der Brust ziehen und mir den Rest des Serums spritzen, dann mit dem Handy oder dem Funkgerät die Küstenwache rufen.* Aus meinem aufgerissenen Knöchel strömten Blut und Knochenstückchen, und ich wusste, dass ich bald sterben würde, wenn ich nichts unternahm. Mit allerletzter Kraft setzte ich mich auf und band mir mit einer meiner Fesseln die Wade ab.

Dann streckte ich die Hand nach dem Knoten aus, mit dem mein schauerlich zugerichtetes Bein festgehalten wurde, aber ich konnte nicht mehr. Ich kippte einfach um. Das Gift und der Schock, den ich erlitten hatte, waren zu viel. Schwarze Flecken tanzten vor meinen Augen und löschten nach und nach jede Erinnerung aus. Ich wusste nicht mehr, wer ich war und was ich gewesen war. Was blieb, waren nur noch Furcht einflößende Bruchstücke des Jetzt: das blubbernde Geräusch der Luft in meinen Lungen; der Schweiß, der über meine schwarz angelaufene Haut rann wie Regen über ein nächtliches Fenster; das Pochen des Bluts in meinem abgebundenen Bein; die düstere Vision eines Pecanobaums vor hellen Felshängen, dessen Wipfel sich in der Abendbrise wiegte.

Ein Hitzegewitter entlud sich, Blitze zuckten. Zikaden ließen ihren nächtlichen Ruf erklingen. Und die Brise wehte einen Duft herbei, einen betörenden Duft, der Bilder einer nackten Frau mit unkenntlichen Zügen wachrief. Ein unsichtbares Tier raschelte im Unterholz zwischen uns, und ich wusste, es war der Tod. Niedrige, bedrohliche Wolken erschienen vor der Mondsichel.

Wieder blitzte es. Die gesichtslose nackte Frau wartete am Rande der Felswand. Regen fiel, dann Hagel. Der Hagel verwandelte sich in einen Tornado, der die Frau ergriff und sie von der Klippe fegte, als wäre sie nur eine leere Haut.

Dann wurden die Bäume, die Felswand, der Mond im Hagelmuster, der Ruf der Zikaden, der Schrei der Eulen, der Geruch des Windes, das Klingeln eines Telefons, das letzte Bisschen meines Ichs, all das wurde vom Taifun aufgesogen und fortgetragen wie Wasser, das durch eine Kanalröhre strömt und sich in gleißendes Licht ergießt, in dem mein Vater auf mich wartet.

76

»Dad?«

Ich schaute mich um und sah Jimmy. Er lehnte sich aus dem Fenster von Fays Range Rover, der auf der Südseite des Broadway parkte, gegenüber vom Gerichtsgebäude in der Innenstadt von San Diego. Jetzt, um neun Uhr morgens, bewegte sich der Verkehr im Schneckentempo. Jimmy machte ein besorgtes Gesicht. Noch beunruhigender aber war die Miene meiner Exfrau.

»Warum zieht ihr so lange Gesichter?«, fragte ich.

»Möchtest du, dass ich mitgehe?«, erbot sich Jimmy. »Ich könnte die Schule schwänzen.«

»Nein, Jimbo. Das muss ich alleine hinter mich bringen. Keine Sorge, ich schaffe das schon.«

»Kommst du heute Abend?«

»Passt es um sechs?«, fragte ich Fay.

Sie nickte verlegen. »Mein Flug geht um halb acht.«

Ich lächelte gequält. »Also um sechs.«

»Gehen wir angeln?«, fragte Jimmy.

»Klar gehen wir angeln«, versprach ich.

»Und spielen wir Baseball?«

»Geht in Ordnung.«

Fay winkte. Ich hob etwas mühsam die Hand von der Krücke und winkte zurück. Dann piepste das Signal der Fußgängerampel, und ich setzte mich mit meinem Gehgips in Bewegung.

Es war ein schöner Augustmorgen, der Himmel war so tiefblau wie das Meer, die Luft klar und trocken, und die Temperatur lag um die achtundzwanzig Grad. Ungeachtet der Tatsache, dass meine Exfrau heute Abend nach Las Vegas reiste, um dort Walter zu heiraten, fühlte ich mich wenigstens körperlich halbwegs wieder fit. Ich war sonnengebräunt, ausgeruht und gut vorbereitet. Abgesehen von meinem Humpeln, den Krücken, der Einbuchtung in meinem Knöchel und den Bissnarben auf meinem Körper hätte mir in diesem Augenblick niemand ansehen können, dass ich mit einem Akkubohrer gefoltert und zweimal von einer Klapperschlange gebissen worden war. Als ich die belebte Geschäftsstraße überquert hatte und auf den Eingang des Gerichtsgebäudes zusteuerte, dankte ich so wie jeden Tag Gott für mein Überleben.

Inzwischen wusste ich, dass am 3. Mai, kurz nach Mitternacht – als ich benebelt vom Strychnin und dem Amazonascocktail, den mir Lil mit der Bloody Mary verabreicht hatte, im Bett lag – ein Polizist in Wyoming, der unseren Haftbefehl gesehen hatte, Susan Dahoneys Auto mit dem Umzugsanhänger vor einem Motel an der Interstate 80 entdeckt hatte. Er nahm sie trotz ihrer heftigen Proteste fest, stellte ihren Wagen sicher und brachte sie auf die Wache nach Wamsutter.

Dort beteuerte sie weiterhin ihre Unschuld und erklärte, sie sei nicht aus San Diego geflüchtet, sondern abgereist, weil ihr seit dem Erscheinen von Tarentinos Kolumne die verärgerten Reporter auflauerten, die sie irregeführt hatte, und ihr auch zu Hause keine Ruhe ließen. Ihr Verleger rief nicht zurück, sie war deprimiert und durcheinander, und deshalb wollte sie bei ihren Eltern in West Virginia Zuflucht suchen.

Dahoneys Verhaftung wurde der Polizei von San Diego erst gegen drei Uhr morgens gemeldet. Lieutenant Anna Cleary nahm den Anruf entgegen und informierte sofort Helen Adler. Helen wiederum versuchte mich per Handy zu erreichen. Als niemand ranging, rief sie Rikko, Missy, Freddie und Jorge an und wies sie an, sich bei Tagesanbruch für den Flug nach Casper, Wyoming bereitzuhalten.

Anderthalb Stunden später hatten sich alle im Hauptquartier eingefunden. Als Rikko kam und feststellte, dass ich nicht informiert war, versuchte er sofort, mich anzurufen. Er und Missy beschlossen, zum Hafen zu fahren, um zu sehen, ob etwa mein Telefon nicht eingeschaltet war.

Während die beiden unterwegs waren, kopierte Jorge sämtliche Computerdateien, die wir zu dem Fall angelegt hatten, um sie zum Verhör von Susan Dahoney mit nach Wyoming zu nehmen. Ihm fiel auf, dass in der Mailbox des Mordkommissariats eine Nachricht mit zwei an mich adressierten Bilddatei-Anhängen lag, und zwar von Polizeichef Carlton Lee aus Hattiesburg, Alabama.

Da ich auf eine Rückmeldung aus Hattiesburg wartete, öffnete Jorge die Nachricht. Carlton Lee schrieb, er habe sich ausführlich mit Bruder Neal Elkins und Carruthers' Witwe unterhalten. Als sie hörten, dass wir vermuteten, Lil Stark sei für die Morde in San Diego verantwortlich, gaben sie zu, dass der verstorbene Nelson Carruthers ihnen in der Nacht seines Todes sein Geheimnis verraten habe: Dass Lucas und Ada Mae Stark Geschwister waren; dass Lucas seinen Bruder Caleb aus Eifersucht ermordet hatte, denn sie schliefen beide mit ihrer Schwester Ada Mae; und schließlich, dass Lilith und Caleb aus einem inzestuösen Verhältnis hervorgegangen waren.

Die beiden Anhänge enthielten gescannte Fotos von Lil und Ada Mae Stark. Das Bild von Lil war verschwommen, eine Profilaufnahme von einem Picknick mit der Familie Carruthers kurz nach dem Tod ihrer Eltern, als Lil gerade neun Jahre alt war. Sie schien die Kamera nicht zu bemerken, sondern starrte in die Luft.

Das Foto von Ada Mae zeigte sie kurz nach Calebs Geburt. Sie war eine schöne Frau mit schulterlangen blonden Haaren. Jorge meinte, er habe die Trauer in ihren Augen gleich gesehen.

Rikko und Missy kamen wieder und meldeten, dass die

Nomad's Chant ausgelaufen war. Rikko hatte Brett Tarentino geweckt, der ihm erzählte, dass Janice Hood mich auf einen Geburtstagstörn entführt habe und wir erst am Spätnachmittag wiederkommen wollten.

Missy warf einen Blick auf das Foto von Ada Mae auf Jorges Bildschirm und meinte mit verdutzter Miene: »Seit wann hat sie denn ihre Haare wachsen lassen und blond gefärbt?«

»Wer?«, fragte Jorge.

»Sie.« Missy deutete auf das Foto. »Janice Hood.«

Bevor der Morgen dämmerte, hoben vier Hubschrauber der Küstenwache ab und suchten systematisch den Ozean vor der Küste San Diegos ab. In jedem Helikopter befanden sich ein Mitglied meines Teams und zwei Sanitäter, ausgerüstet mit einem Breitbandserum. Um Viertel vor sechs, als ich das Wissen um meine Identität verlor und in das gleißende Licht eintauchte, drehte der Hubschrauber mit Rikko an Bord seine Kreise über der südlichsten Insel des Coronado-Atolls, genau oberhalb der *Nomad's Chant*, und erschreckte die Seeelefanten, die die Flucht aufs offene Meer antraten.

Zehn Minuten später wurde ich in einem Rettungskorb von Deck geholt. Auf dem Flug nach Osten verabreichten mir die Sanitäter mehrere Spritzen mit Serum und konnten die Blutung an meinem Knöchel stoppen. Doch als der Helikopter über die Coronado Bay Bridge das UCSD-Krankenhaus anflog, hörte mein Herz auf zu schlagen. Das Gift hatte einen Herzinfarkt ausgelöst. Rikko glaubte, es sei aus mit mir.

Bis zum heutigen Tage weiß ich nicht, wie ich erklären soll, was geschehen war. Wenn ich von anderen hörte, die eine Nahtoderfahrung hatten, schenkte ich den Berichten wenig Glauben. Aber ich schwöre, dass ich meinen Vater in diesen aluminiumhellen Strahlen sah. Er winkte mich herbei, und ich trat in den hellen Sonnenschein hinaus und blickte von der Leftfield-Linie aus blinzelnd auf das smaragdgrün schimmernde Spielfeld, auf dem sich die Hoffnungen meines letzten Lebens in Luft aufgelöst hatten. Es war früh am Morgen, die Sprinkleranlage lief, noch war das Fenway-Park-Stadion leer. Die grüne Corvette stand im Schatten.

Mein Vater setzte sich, nahm die Kappe ab, die er beim Spiel immer trug, und lächelte. »Willkommen in meinem Himmel, Shay«, sagte er.

Von den Spuren seines gewaltsamen Todes sah man nichts mehr. Er wirkte sogar so glücklich und zufrieden, wie ich es nach einem der seltenen Spiele erlebt hatte, in denen die Red Sox die Yankees haushoch geschlagen hatten.

»Ist es auch meiner?«, fragte ich und sah mich um.

Er zuckte die Schultern. »Himmel oder Hölle erfindest du dir selber, mein Junge.«

»Meine Hölle habe ich hier auch schon erlebt, Dad«, sagte ich und warf einen Blick auf den Mound.

»Quatsch. Ich war in jenem Sommer da. Jedes Spiel habe ich gesehen, in dem du gepitcht hast. Und als es vorbei war, bist du ein guter Cop geworden.«

»Und jetzt ist das auch vorbei, oder? Wahrscheinlich ist das gut so. In letzter Zeit habe ich nicht gerade eine Glanznummer hingelegt. Bei diesen Ermittlungen habe ich Pfuscharbeit geleistet.«

»Stimmt, das war ein Murks. Hochkarätiger Murks sogar. Deine Zeit ist noch nicht reif. Du hast noch viel zu erledigen.«

»Aber ich weiß nicht, wie ich weitermachen soll«, gab ich zu.

»Das musst du auch nicht. Jimmy zeigt dir den Weg. Ich schaue auch nach dem Rechten. Aber du darfst nicht erwarten, dass ich dir vorangehe. Du musst schon über die Schulter schauen, um mich zu sehen.«

Danach erinnere ich mich nur noch, wie ich zwei Tage später auf der Intensivstation aufwachte. Als ich klar sehen konnte, entdeckte ich Jimmy, der mit Fay neben meinem Bett saß. Und ich hatte das Gefühl, dass mir das Leben noch einmal eine Chance gegeben hatte.

77

»Bloß nicht hier lang«, riet Rikko. Er hatte gesehen, wie ich den San Diegoer Broadway überquerte, und fing mich ab, bevor ich zum Haupteingang um die Ecke bog. »Wir nehmen den Eingang für die Geschworenen.«

Er dirigierte mich zu einer Seitentür, die von Sicherheitskräften bewacht war, und wir benutzten einen sonst den Richtern vorbehaltenen Aufzug. Als wir im zweiten Stock waren, stiegen wir aus und gingen durch den schmalen Korridor, der die Gerichtssäle von den Büros der Richter trennt. An der Tür von Richterin Marcia Allen bogen wir nach rechts ab und gelangten durch einen kurzen Gang in Saal Nummer fünf.

Die Plätze der Geschworenen waren leer, die Zuschauerbänke dafür brechend voll. Brett Tarentino bemerkte mich sofort. Als mich auch die anderen sahen, trat gespanntes Schweigen ein. Rikko und ich setzten uns in die erste Reihe am Mittelgang neben meine Schwester, Jorge, Missy und Freddie. Am Ende der Reihe saß der Polizeichef von Hattiesburg, Carlton Lee. Ich brachte ein Lächeln zustande und schüttelte ihm die Hand.

Brett schlüpfte in die Reihe hinter mir. »Hast du meine Serie gelesen?«, säuselte er.

Mit hervorragend recherchierten Artikeln hatte er seit meiner Rettung über den Fall berichtet. In der am selben Morgen erschienenen *Daily News* entführte er seine Leser nach Lost Hollow in Kentucky, wo auf dem Standesamt die Geburt von Lucas, Ada Mae und ihres Bruders Caleb vermerkt war. Dann suchte er die Familie auf. Die Starks von Lost Hollow schilderte er als mürrischen, abgeschotteten Clan, der in selbst gewählter Isolation in einem Garten

Eden eigener Prägung lebte: einer Schweinefarm auf hundert Hektar fruchtbarem Boden.

Brett sprach mit einigen Familienmitgliedern aus der Generation von Lucas und Ada Mae. Sie berichteten, Lucas habe Ada Mae vom ersten Augenblick an geliebt. Sie war das zweite Kind, vier Jahre jünger als er. Schon als Baby war sie sein Ein und Alles gewesen. Als kleines Kind zog er sie, wohin er auch ging, in einem roten Leiterwagen hinter sich her. Als Caleb zur Welt kam, setzte er den Kleinen Ada Mae auf den Schoß und fuhr mit ihnen auf dem Farmhof herum. Bis zum Mord waren die drei buchstäblich unzertrennlich.

Als Caleb tot war und Lucas hinter Gitter wanderte, erlitt Ada Mae einen Nervenzusammenbruch. Sie lief weg und wurde ein Hippie, »ein anderer Mensch«, wie ihre jüngere Schwester meinte. Die Geschwister behaupteten, sie hätten nie wieder von Ada Mae und Lucas gehört.

In einem anderen Artikel hatte Brett geschildert, wie Lil Stark ihre Opfer kennen gelernt hatte. Er fand Zeugen, die sie eine Woche vor dem ersten Mord im Yellow Tail mit Morgan Cook gesehen hatten. Leute vom Zoo meinten, Matthew Haines hätte sie nach Nick Fosters Show kennen gelernt. Flughafenmitarbeiter erklärten, ihr Flug nach Chicago zur Konferenz der Ichthyologen und Herpetologen sei etwa um die Zeit abgesagt worden, als John Sprouls' Jet aus Seattle eintraf. Brett vermutete, Lil Stark habe den Duft von Southern Nights an dem Handelsvertreter wahrgenommen, als er auf den Flughafenbus wartete, der ihn zu seinem Mietwagen bringen sollte, und ihn dann verfolgt. Eine Extrameldung berichtete, der Verkauf des Eau de Cologne »Southern Nights« sei nach Bekanntwerden der Mordserie eingebrochen. Gerüchte besagten, der Hersteller wolle es vom Markt nehmen.

»Eindrucksvolle Berichterstattung«, versicherte ich ihm. »Da werden doch einige Lücken gefüllt.«

»Danke, Moynihan«, sagte er, dann wurde er ernst. »Ist es zu fassen, dass sie jetzt aus dieser Sache Profit schlägt?«

Ich folgte seinem Blick und sah Susan Dahoney, die ziemlich weit hinten im Gerichtssaal saß. Sie trug wie immer ihre Lederjacke und machte sich eifrig Notizen. Wieder hatte sich das alte Sprichwort bewahrheitet, dass schlechte Publicity genauso hilfreich ist wie gute, denn als bekannt wurde, dass die Serienmörderin Lil Stark mir das Geheimnis ihres Vaters erklärt hatte, indem sie das Geheimnis der *Zweiten Frau* löste, landete Dahoneys Buch in den Bestsellerlisten. Es ging das Gerücht, dass sie in San Diego Recherchen für ein Kapitel über die Morde anstellte, das die Taschenbuchausgabe ergänzen sollte.

Als sie mich sah, lächelte sie verlegen, und ich nickte. Der Gerichtsdiener trat ein. Brett eilte wieder an seinen Platz, und ich wandte mich der Richterbank zu.

»Hältst du das durch?«, flüsterte Christina.

»Wird schon gehen. Und du?«

Sie zuckte die Schultern. »Gott hat uns das aus der Hand genommen, oder?«

»Das kann man wohl sagen.«

»Wie geht's deinem Bein?«

»In den letzten drei Wochen gab's keine Anzeichen einer Infektion. Wenn ich fleißig meine Übungen mache, kann ich in zwei Monaten wieder normal arbeiten. Aber ich frage mich, ob es für mich noch so was wie Normalität geben wird.«

»Alle Wunden heilen irgendwann.«

»Nein, Schwester«, erwiderte ich traurig. »Wenn ich etwas aus diesem Fall gelernt habe, dann, dass so etwas nicht heilt, es bildet nur Schorf.«

Bevor sie antworten konnte, breitete sich ein beklommenes Schweigen aus, denn durch den Seiteneingang kam ein Marshall herein, der einen Rollstuhl vor sich herschob.

Ich sah Lil Stark zum ersten Mal seit meiner Rettung, und trotz der Schilderungen ihres Zustands, die mir zu Ohren gekommen waren, war ihr Anblick ein schwerer Schock.

Sie trug blaue Anstaltskleidung und Pantoffeln. Ihr dichtes Haar war jetzt wieder blond wie das ihrer Eltern. Aber sie hatte zehn Kilo abgenommen, ihre Muskeln wirkten schlaff, ihre Haut fahl. Ihr Kopf hing nach links, und ihre rechte Hand zitterte. Ihr Mund stand offen, und sie schien kaum mitzubekommen, was vor sich ging. Aber trotz ihrer Erschlaffung, ihrer ungepflegten Erscheinung und ihrer Teilnahmslosigkeit war sie immer noch schön. Es war, als betrachte man eine kostbare Porzellanpuppe, die einen Sprung bekommen hat, die man aber unwillkürlich bewundern muss.

Der Marshall schob Lils Stuhl neben Chris Whelton, ihren jungen Pflichtverteidiger. Er legte ihr die Hand auf den Arm und flüsterte ihr etwas ins Ohr. Aber sie reagierte nicht, sondern blickte nur starr in die Ferne.

Der Gerichtsdiener befahl den Anwesenden, sich zu erheben. Richterin Marcia Allen trat ein, eine zart gebaute Frau Anfang fünfzig mit einem scharfen Intellekt und einem sachlichen, zuweilen herrischen Stil. Allen hämmerte auf den Tisch und eröffnete die Sitzung.

»Der Staat Kalifornien gegen Lilith Mae Stark«, verkündete die Richterin. »Angeklagt wegen Mordes in drei Fällen, Entführung und versuchten Mordes in einem Fall. Wir beginnen mit der Anhörung zur Feststellung der geistigen Zurechnungsfähigkeit der Angeklagten.«

Ich trat als Erster in den Zeugenstand. Sowohl Whelton als auch Staatsanwältin Ruth Harris bombardierten mich mit Fragen über den Kampf, den Lil Stark und ich auf der *Nomad's Chant* ausgetragen hatten.

»Was geschah, nachdem Sie sie mit der Nadel durchbohrt und Luft in Ihren Blutkreislauf gebracht hatten?«, fragte Whelton gegen Ende meiner Aussage.

Ich warf einen flüchtigen Blick auf Lil. »Sie fiel vom Bett. Ich dachte, sie sei tot.«

»Was war nach Meinung der Ärzte mit ihr geschehen?«, beharrte Whelton.

»Da müssen Sie die Experten fragen«, erwiderte ich. »Damit kenne ich mich nicht aus.«

Als Nächste wurde Christina aufgerufen. Als Neuropsychiaterin bezeugte sie, dass der Schmerz und die Scham in den Kindheitsjahren von Lil Stark so groß gewesen sein mussten, dass sie jahrelang in einen amnesieartigen Zustand verfallen sei, in dem sie zu Janice Hood wurde, einer funktionierenden Mitbürgerin, die ihren Beitrag zur Gesellschaft leistete. Nur wenn es um Sexualität ging, konnte sie diese Fassade nicht mehr aufrechterhalten.

»Die Methode, mit der sich Lil Stark half, war im Grunde nicht ungewöhnlich«, erklärte Christina. »Jeder von uns erfindet sich selbst beinahe täglich neu, passt sich den Lebensumständen an, die sich aus Vergangenheit und Gegenwart ergeben. Für manche ist diese tägliche Neuerfindung ein kreativer Akt, der Gutes bewirkt. Für andere, wie Lil Stark, dienen sie leider nur dazu, die dunkle Seite ihres Wesens zu maskieren. Natürlich ist diese Erörterung von Lil Starks früherem Geisteszustand rein hypothetisch«, fuhr sie fort. »Als Lieutenant Moynihan ihr die Spritze in die Brust stieß, durchbohrte sie die Brustplatte zwischen der dritten und vierten Rippe und drang einen Zentimeter oberhalb des Herzens in die Aorta ein. Das Serum und die Luftbläschen führten zu einer Embolie, die direkt von der Aorta in die Halsschlagader und durch weitere Blutgefäße ins Hirn überging. Die medizinische Untersuchung ergab, dass sie vier bis fünf kleinere und einen schweren Schlaganfall erlitt, der den Stirnlappen betraf.«

»Was wird durch den Stirnlappen kontrolliert, Dr. Varjjan?«, fragte Whelton.

»Die Identität«, erwiderte sie. »Die Persönlichkeit.«

»Und wessen Persönlichkeit und Identität legt sie nun an den Tag?«, wollte der Verteidiger wissen. »Die von Lil Stark oder die von Janice Hood?«

Christina schüttelte den Kopf. »Keine von beiden«, sagte sie. »Beide sind nichtig.«

»Ersetzt wodurch?«

»Durch nichts«, gab sie zurück. »Alles, was sie war oder für sich erfand, wurde ausgelöscht. Sie kann nicht einmal einfachste Anweisungen ausführen. Sie kann nicht selbständig essen oder zur Toilette gehen. Lil Stark ist in jeder Hinsicht auf eine rein vegetative Existenz gesunken.«

78

Am frühen Nachmittag verkündete Richterin Allen das Urteil: Lil Stark sei prozessunfähig und könne sich nicht verteidigen. Allen ordnete an, sie in der Abteilung für Straftäter im neuen psychiatrischen Krankenhaus Lone Pine in den östlichen Sierras unterzubringen.

Wenige Minuten nach der Urteilsverkündung kehrten Christina und die anderen Mitglieder meines Teams zur Arbeit zurück. Rikko begleitete mich in den Keller des Gebäudes, um zu beobachten, wie Lil Stark aus ihrer Zelle in das Transportfahrzeug gebracht wurde, ein weißer Bus mit Rollstuhllift. Er parkte dicht an einer Säule in der Tiefgarage, etwa zwanzig Meter vom Fahrstuhl entfernt. Zwei Gefängniswärter mit Sanitäterausbildung warteten neben dem Bus, um den Transport zu begleiten.

Als Lil Stark aus dem Aufzug geschoben wurde, hing ihr Kopf noch stärker nach links, und mir kam in den Sinn, dass sie nun zu dem geworden war, was sie immer hatte sein wollen: Ein Mensch ohne Vergangenheit, ein Mensch ohne Gott, eine Exilantin auf Wanderschaft im Lande Nod.

Bestürzt stellte ich fest, dass diese Erkenntnis mein inneres Elend noch verstärkte. Gut, ich hatte eine neue Chance erhalten, ich hatte Frieden mit meinem Vater geschlossen. Aber gleichzeitig hatte ich das Gefühl, als sei der Fluch auf mich übergegangen, mit dem der sterbende Caleb vor so vielen Jahren seinen Bruder Lucas belegt hatte. Ich hatte Janice Hood und Lil Stark vernichtet, hatte beide Persönlichkeiten wie einen beunruhigenden Satz von einem Computerbildschirm gelöscht.

Ich sagte mir, wenn die Haut, in der früher ihre Seele steckte, an Bord der *Nomad's Chant* gestorben wäre, dann hätte ich die psychische Wunde, die sie mir zugefügt hatte, verschorfen lassen können, so wie meinen Schmerz über den Tod meines Vaters.

Aber da sie lebte, als leere Hülle ihrer zwei Persönlichkeiten, wusste ich, dass die Narbe immer wieder schwären und aufreißen würde, immer dann, wenn Ende April nach dem Regen die letzten Blüten der Bäume im Zwielicht des Waldes ihren Duft verströmten.

Die Polizisten schoben Lil Stark zur offenen Seitentür des Transportfahrzeugs. Ich brachte es kaum über mich, sie anzusehen. Dann war sie da, ihr Rollstuhl stand neben mir, während der mechanische Lift heruntergefahren wurde. Einer der Wärter schob sie auf die Plattform, und ich ertappte mich dabei, wie ich die erschlaffte Seite ihres Gesichts und ihren gelähmten linken Arm betrachtete, der ebenso wie der rechte an den Rollstuhl gefesselt war. Meine Hand war keine zwei Zentimeter von der ihren entfernt.

Der Wärter, ein bulliger Latino namens Romero, drückte einen Knopf, und der Rollstuhl bewegte sich nach oben. Ich wollte einen Schritt zurücktreten, da streckte Lil den Zeigefinger aus und fuhr mir über den Handrücken.

Romero schob ihren Stuhl hinein und befestigte die Räder an Spezialhalterungen am Boden des Fahrzeugs. Sein Partner, ein kräftiger Weißer namens Gunnerson, hielt den Stuhl fest. Lil Starks Gesicht war so ausdruckslos und schlaff wie zuvor. Romero nickte und richtete sich auf. Gunnerson sprang heraus und wollte die Tür schließen.

»Warten Sie«, sagte ich. »Sie hat mich angefasst.«

»Was?«, sagte Rikko.

»Sie hat mich angefasst«, wiederholte ich.

»Nö«, meinte Romero. »Ich hab's gesehen. Das war nur eine Muskelzuckung. Schlaganfallopfer haben immer wieder unwillkürliche Krämpfe. Sehen Sie.«

Er klatschte dicht vor ihrem Ohr in die Hände, dann noch einmal vor ihren Augen. Sie zeigte keinerlei Reaktion. »Mann, mit der Schlampe kann man anstellen, was man will, die würde nicht mal mit der Wimper zucken«, sagte Gunnerson mit lüsternem Grinsen.

»Stimmt absolut«, bestätigte Romero.

Ich fuhr herum, ließ meine Krücken fallen und schleuderte Gunnerson gegen den Bus. »Noch so ein Witz, und ich breche euch beiden das Kreuz.«

Rikko ging dazwischen. »Mach keinen Ärger, Shay.«

»Hey, immer mit der Ruhe, Mann«, rief Romero von drinnen. »Er hat nur einen Witz über eine Schlampe gerissen, die versucht hat, Sie umzubringen.«

»Schluss mit den Witzeleien«, sagte Rikko. »Macht euren Job. Bringt sie nach Lone Pine und sperrt sie weg.«

Gunnerson warf mir einen wütenden Blick zu, dann setzte er sich ans Steuer. Romero schloss die Seitentür, und sie fuhren mit quietschenden Reifen an. Das Letzte, was ich von Lil Stark sah, war ihre gebeugte Silhouette im getönten Heckfenster, als sich das Stahltor der Garage öffnete und der Wagen über die Rampe der Nachmittagssonne entgegenfuhr.

Epilog

Gegen zehn Uhr brachte ich Jimmy ins Bett. Wir hatten uns mit unseren Angelruten einen schönen Abend gemacht. Bevor ich das Licht ausmachte, sagte er mir, er sei glücklich, dass Lil Stark nun weg sei, und er habe mich lieb. Ich warf einen Blick auf das gerahmte Baseballtrikot über dem Bett. Mein Spiegelbild im Glas hatte große Ähnlichkeit mit meinem alten Herrn.

»Ich hab dich auch lieb, Kumpel«, sagte ich. »Schlaf dich aus.«

Als ich über die Treppe aufs Hauptdeck ging, hatte ich das Gefühl, dass mein Vater mit seiner Vorhersage Recht behielt: Mein Sohn war die Legende zu einer Landkarte, die ich erforschen und selbst zeichnen würde. Offenbar verhielt es sich so, dass nach einem bestimmten Wendepunkt im Leben – der für manche früher, für andere später kommt – keine klaren Wege und Richtlinien mehr existieren; jeder von uns muss sich durch den Dschungel der ihm verbleibenden Zeit schlagen und den Kindern, die uns folgen, Orientierung geben.

Ich holte mir ein Bier aus dem Kühlschrank, legte Bob Marley auf und ging hinauf aufs Deck. Die Nacht war warm, und die Skyline von San Diego leuchtete wie ein Ozeandampfer, der zu exotischeren Stränden aufbricht. Und während das Bier meinen nervösen Magen und der Reggae meine Gedanken beruhigte, versuchte ich mich von der rauen Realität Südkaliforniens freizumachen, die mir am späten Abend, wenn ich mit Todesfällen zu tun hatte, besonders zu schaffen macht.

Aber bevor ich so recht entfliehen konnte, klingelte mein Handy. Es war Helen Adler.

»Lil Stark ist entkommen«, sagte sie. »Einer der Gefangenenwärter ist tot, der andere in kritischem Zustand.«

»*Was?*«, schrie ich. »Wie? Wo? Das ist unmöglich.«

»Doch, wenn man der kalifornischen Autobahnpolizei glauben darf«, erwiderte sie. »Soweit sich das feststellen lässt, haben die beiden Idioten wohl gemeint, Stark sei sogar noch als Zombie zu gut, um sich die Gelegenheit entgehen zu lassen. Sie sind 120 Kilometer südlich von Lone Pine vom Highway abgefahren und haben sich einen abgeschiedenen Winkel gesucht. Dann haben sie sie losgebunden, ausgezogen und vergewaltigt, der eine vaginal, der andere oral, da ist sie aus ihrem Stumpfsinn erwacht und durchgedreht.

Dem Latino, Romero, hat sie den halben Penis abgebissen, aber Gunnerson hat es erwischt. Sie hat sich seine Pistole gegriffen, sie ihm in den Mund gesteckt und seinen Kopf weggeblasen. Als Romero zu fliehen versuchte, hat sie ihm in den Arsch geschossen. Es werden Spürhunde eingesetzt. Sie ist nach Südosten zum Death Valley unterwegs. Da draußen hat es jetzt knapp 50 Grad. Sie trägt Pantoffeln und Anstaltskleidung. Weit wird sie nicht kommen. Mach dich fertig. Du und Rikko werdet bei der Suche helfen.«

Das war vor fast einem Jahr. Trotz der umfassenden Suchaktion über mehr als 2500 Quadratkilometer entdeckte man von Lil Stark keine Spur. Viele glauben, sie sei in der höllischen Augusthitze umgekommen, irgendwo in den Salzebenen, die ins Tal des Todes führen, und man glaubt, dass eines Tages im Winter ein Wanderer ihre sterblichen Überreste finden wird.

Aber ich kann nicht vergessen, wie ihr Finger über meine Hand fährt, wie ihr Körper beim Sex riecht, wie ihr Schlangenkuss schmeckt und wie leer ihr Blick ist, wenn sie die Schlange auf mich loslässt.

Für Seamus Michael Moynihan ist der Fall Lil Stark noch nicht abgeschlossen.

Danksagung

Ich schulde vielen Menschen Dank, die mir bei den Recherchen für dieses Buch geholfen haben. Zunächst danke ich Barbara Harrison, stellvertretende Polizeichefin von San Diego, die mir freundlicherweise die komplizierteren Aspekte bei der Tatortsicherung erklärt hat, sowie Captain Ron Newman, Ermittler im Ruhestand, der mir die Rahmenbedingungen bei Mordermittlungen erklärte, und Sergeant Terry McManus, der mir die Dynamik von Ermittlungsteams nahe gebracht und wertvolle Kritik zum Manuskript beigesteuert hat. Sämtliche Fehler in der Darstellung von Polizeiabläufen gehen jedoch allein auf mein Konto.

Mein Dank gilt auch Brian Blackbourne, dem Gerichtsmediziner von San Diego, der großzügig seine Zeit geopfert und mir Fallberichte von Schlangenbissopfern überlassen hat.

John Kinkaid, Leiter der Tierpflege in der hochinteressanten Herpetologieabteilung des Zoos von San Diego, hat mir die richtige Handhabung von Giftschlangen gezeigt, was ungeheuer hilfreich war. Die Werke von Laurence M. Klauer, dem bereits verstorbenen großen Herpetologen und Klapperschlangenexperten aus San Diego, waren eine unschätzbare Quelle. Ebenfalls äußerst nützlich waren *Snake Venom Poisoning* von Findley E. Russel, *Clinical Toxicology of Animal Venoms*, herausgegeben von Jürg Meier, sowie *Anatomy of Motive* des ehemaligen FBI-Verhaltensforschers John Douglas.

Einblick in die Kultur der Holiness-Gemeinden gewährten mir Dennis Covingtons herausragendes Buch *Salvation on Sand Mountain*, Jeremy Seals ebenso faszinierendes

Werk *The Snakebite* sowie Thomas Burtons *Snake-Handling Believers* und Weston LaBarres *They Shall Take Up Serpents*. Für etwaige Fehlinterpretationen dieser facettenreichen Glaubensrichtung bin ich jedoch allein verantwortlich.

Dank schulde ich auch Jonathan Kirsch, Rechtsanwalt und Bibelexperte, der mir die Geschichte des Rätsels um die zweite Frau nahe gebracht hat, sowie Dr. Bill Robinson, Experte für Wildnismedizin, der mir die physiologischen Aspekte des Schlangenbisses und die Anatomie des Kreislaufsystems erklärt hat.

Für einen Schriftsteller unverzichtbar sind die kompetenten Begleiter, die das Werk im Entstehungsprozess lesen und konstruktive Kritik leisten. Mein Dank gilt all jenen, die geduldig immer wieder die ersten Entwürfe gelesen haben: David Hasemyer, Wenda Morrone, Robert Rice, Damian Slattery, Matthew Sullivan, Kitty Donich, Barbara Daniels, Randle Robinson Bitnar und Louie. Euer Rat war unschätzbar.

Dieser Roman hat erst durch die Aufmerksamkeit und Anregungen meines Lektors Mitchell Ivers Struktur und Gestalt gewonnen, der die Geschichte besser zu begreifen schien als ich. David Chesanow hat bei der Redaktion des Textes hervorragende Arbeit geleistet. Herzlicher Dank auch an Judith Curr, Karen Mender und Louis Burke, die bereits an dieses Buch geglaubt haben, als es bei Spekulationen über das älteste Rätsel der Bibel zur Idee heranreifte.